Regines gåde

Historien om Kierkegaards forlovede og Schlegels hustru

瑞吉娜之谜

一部关于克尔凯郭尔的
未婚妻和施莱格尔的妻子的传记

〔丹麦〕尤金姆·加尔夫 著
京不特 译

Joakim Garff

Regines gåde

Historien om Kierkegaards forlovede og Schlegels hustru

Copyright Joakim Garff 2013

Published by agreement with GEC Gads Forlag, Copenhagen,

and Copenhagen Literary Agency ApS, Copenhagen.

本书根据 Gads Forlag 出版社 2013 年版译出

目　录

前言 ································ 1
心境 ································ 12

第一部分

1855年

痛苦的离别之旅 ······················ 33
"你，我心灵的女主人" ················ 41
圣克罗伊岛——比今天的月亮更远 ······ 51
维尔京群岛 ·························· 68
"圣克罗伊岛是个天堂！" ·············· 77
"但我可怜的妻子情况一点都不好" ······ 83
施莱格尔总督和他的妻子 ·············· 87
教会斗争 ···························· 94
"这里，苍蝇在某种程度上是很讨厌的" ·· 100
"汤、咖喱、牛舌、烤鸭、松鸡" ········ 108

目 录

第2067号病人……………………………………111

1856年

他的遗愿………………………………………127
"我的瑞吉娜！(……)你的K." …………………135
"她点了两次头。我摇了摇头。"…………………158
《重复》和重复…………………………………161
瑞吉娜·弗莉德丽克·奥尔森的离世………………178
坎恩花园的至福…………………………………183
"嚯，做一个孩子的教育者是艰难的！"……………192
奥卢夫——"像一块忘记上发条的表"………………198
远方的虚荣心……………………………………202
"蠕虫的食物，就此终结"…………………………206
"……因为你知道弗里茨和我有多少的逗趣"………213
亨利克·伦德和"索伦舅舅"………………………221
瑞吉娜给亨利克·伦德的第一封信…………………233
给施莱格尔夫妇的密封信…………………………242
瑞吉娜的内心空间…………………………………254
瘟疫的天堂………………………………………261
"心脏位置下面的四条水蛭"——瑞吉娜的身心敏感性……269
最初的爱…………………………………………279
"……只有一个话题是我想让自己进入的：盲目的爱！"……283

"但我一直惧怕她的激情" ················· 288
"——这样她撩拨刺激男人鱼" ············· 292
"……我们之间的一个未解决的问题"——瑞吉娜
　给亨利克·伦德的第二封信 ············· 297
"一个未曾被说及的、其名字会有一天被说及的人" ··· 303
"这时我再次回到你这里……" ·············· 311

1857年

霍尔森斯蒸汽磨坊 ····················· 316
"……这埃米尔到底是一个什么鬼东西" ········ 318
"诱惑者的日记" ······················ 325
热带圣诞时期 ······················· 335
瑞吉娜和黑人 ······················· 338
木头人比尔奇——以及他的兄弟 ············· 347
殖民地议会——以及对总督的批评 ············ 351
"不被注意地遇见她" ··················· 361
"……我是一个非同寻常的爱欲者" ············ 367
《非此即彼》 ························ 371
奥卢夫的糟糕状态和职涯挫折 ·············· 377
"我们本应向我们的长兄奥卢夫作出的致敬" ······ 381
"海勒瓦德的牧师们" ··················· 383

iii

目 录

"……没有什么沉思是像关于永恒的沉思那样
　无法竭尽的"……………………………………… 387
"白天是糟糕的,而晚上则更糟糕"………………… 389
"……然后我站在那里,对这一切如此无动于衷"……… 393
一千零一夜……………………………………………… 396

1858年

"你想着这是考尔讷丽娅"……………………………… 406
"这一沉默意味着什么?"……………………………… 408
"……我将,在上帝的帮助下,在下一次变得更残忍"…… 419
"我难以摆脱的恶习:制作永恒!"…………………… 424
"愿上帝保佑我远离他们的基督教"…………………… 431
奥尔森女王和若尔丹公主……………………………… 438
"……仿佛我又重新是16岁,而不是36岁"…………… 441
"海贝尔夫人离开了剧院,这是多么巨大的损失啊!"…… 446
弗里茨和他的折磨者…………………………………… 448
"——在我这样因俯视进她无限的献身而晕眩的时候"…… 456

1859年

"他们主要是演奏舞曲"………………………………… 464
法国军官:一个小小的弱点…………………………… 469
集体地不可言传的东西和一些盗取的镜像…………… 474

生日——和其他各种不祥事件 ················ 484

第二部分

1860-1896年

"……我不喜欢去哥本哈根" ················ 493
归返和随后的时间 ····················· 496
"蒂丽是个病罐子" ···················· 502
瑞吉娜的哥本哈根——及周边地区 ··········· 509
"关于亲爱的弗里茨的事情" ··············· 515
"我无法了断这一关系" ·················· 520
"如此之近，乃至这几乎就像是一次冲撞" ······ 527
"……我的心真挚地为我可怜的祖国而伤心" ···· 533
瑞吉娜的寄居宿舍 ····················· 540
施莱格尔的"拐角处" ··················· 542
"唉，我就这样是某种幽灵般的东西" ········· 548
蒂丽的蓝色眼镜 ······················ 556
瑞吉娜的神话和勃兰兑斯的传记 ············ 564
火烧：弗里茨再回西印度群岛 ·············· 572
通向永恒的出口 ······················ 577

目 录

第三部分

1897-1904年

"于是一场梦想从我青春的春天来到……" ········· 587
瑞吉娜的爱情故事的权利 ······················· 591
"……他是谜,伟大的谜" ······················· 596
"'我们的亲爱的小瑞吉娜'" ····················· 601

参考书目 ·································· 607
  与西印度群岛相关的文献 ··················· 607
  与索伦·克尔凯郭尔和瑞吉娜·施莱格尔相关的文献 ·· 609
  史料、地志和其他文献 ······················ 611
人名索引 ································· 613
注释及引文来源 ···························· 622

前　言

　　若你去北桥，那里有一幢房子，你在三层楼会得到友善款待（……）。房子的主人是一个身材修长而不怎么说话的人，外表总是很得体，令人肃然起敬；他曾出任政府中极高的荣誉职务。主妇在其青春时代曾非常迷人，仍很年轻就有了一头白发，现在，雪白的发绺衬出很精神的面容，很美丽。对于我，她仿佛有着无形的标记；因为她在很年轻时就被一个伟人爱上。她热情待客，流露着诚挚的善意。但"认识她"并不意味着很大的收获，她在社交的意义上太过活跃，因而并不会让你得到什么。家里举行晚会时，她不会在任何一个小群落里逗留很久，因而也就不会真正去解读人们在谈论些什么。一分钟后，她匆忙地走到房间的另一个角落，在那里说上几句话，就像听耳边风一样地听一下谈话中的主题，然后继续为客人们沏茶。[1]

　　在回顾施莱格尔夫妇家（北桥街8号）的一些令人难忘

前　言

的聚会时，格奥尔格·勃兰兑斯这样写道。勃兰兑斯当时只有25岁，他每天都留意地观察着。那天晚上在施莱格尔家的客厅和起居室中也是这样，他捕捉住了主人主妇的一些特征——从外表上看。约翰·弗里德里克·施莱格尔是一位审慎、低调而举止得体的主人，他统筹各种事务，并且冷静。他的妻子瑞吉娜·施莱格尔则不同，身上有着某种斯芬克斯式的暧昧，但也有着某种迷人的、某种引诱性的东西——因为她曾是克尔凯郭尔的爱的对象，就是因此而被勃兰兑斯称为"有着无形的标记"的东西。

　　这一措辞选择得很好，"有着无形的标记"，但这说法也在其所有矛盾性中表明，勃兰兑斯本以为会见到克尔凯郭尔可爱的青春恋人，但接待他的却是施莱格尔的合法妻子，她有着雪白的发绺，和善地在客人间走动，倒茶。就像以前和以后许多做着类似努力的人一样，勃兰兑斯肯定是希望瑞吉娜能打开一扇进入她灿烂往昔的门，哪怕只是一道小缝，由此勃兰兑斯就能更近地抓住克尔凯郭尔迷宫中的红线。然而，他失望了，甚至是很明显，勃兰兑斯失望了，因为这个拥有关于那天才背后的人的无价知识的女人本身可以说就是一个谜，一个飘忽而难以捉摸的人物，她不让自己有必要的安宁来倾听或交谈，而总是在没有事先打招呼的情况下突然离开所在的群落，因为，她显然是要匆忙地置身于任何一个别的地方，只要不是勃兰兑斯站着以其焦灼的提问来绊人的地方。

前　言

　　我们不知道求知心切的勃兰兑斯从这幢坐落于北桥的街角房里的一次次聚会中带回了些什么；我们也不知道他是否向瑞吉娜表露：他已经详细研究克尔凯郭尔的著作有挺长一段时间了，并计划为这个人写一部传记，因而他无法避免会进入这场不仅是由他们对彼此的激情发展成的，而且确切地说一直就是这种激情本身继续所是的极其紧张的戏剧之中。

　　如果说当年年轻的勃兰兑斯是徒劳地试图吸引施莱格尔夫人的注意，那么，一个多世纪之后，缘于一系列事件，我倒是在很严肃的意义上接触到了瑞吉娜，如此幸运，乃至让我觉得自己迟早会招惹上复仇女神。1996年夏末的一个晚上，我在洛兰岛的小镇瑟尔斯特德为民俗交流学校的学生和当地对克尔凯郭尔感兴趣的人们做一个关于克尔凯郭尔的讲座。讲座结束后大家在桌前坐下喝咖啡自由闲聊，我被安排坐在一对保养得很好的老年夫妇对面。夫人有着梳理得很整齐的发型，衬托出富有活力的双眼，丈夫则平静地微笑着，非常得体地打着领结，身穿一件深蓝色的、刚熨过的、有闪亮铜扣的西装外套。然后我得知，这位女士实是瑞吉娜的姐姐考尔讷丽娅的孙女。她直接就提出这样一个令我惊诧结舌的建议，我简直感到有火舌在舔着太阳穴：如果我有这兴趣的话，她非常愿意让我阅读瑞吉娜在丹属殖民地西印度群岛（瑞吉娜的丈夫曾在那里担任过五年的总督职务）逗留期间与考尔讷丽娅相互来往的一百多封信。我有这兴趣吗？！

前　言

　　一星期后，那位打着领结、穿蓝色西装的老先生来到我的办公室，把一个毫不起眼的、曾装过货物的纸箱放在了我的桌子上，根据箱盖上的墨绿色字体，这纸箱所装的货物应该存放在零下18度的地方，但现在这纸箱却装着瑞吉娜在地球另一端的热带酷暑中写给她最爱的姐姐的信。因此，这纸箱以最奇特的方式确认了克尔凯郭尔在《非此即彼》的前言中摆到其读者面前的怀疑：内在的并非总是外在的，外在的因此也不总是内在的。

　　纸箱里有一些较新较大的C5信封，上面标有从1855年到1878年不等的年份。这些信封里面藏有一些小信封，以工整的手迹写着"瑞吉娜·施莱格尔。圣克罗伊岛"。令信件得以远行的邮票都被剪掉了，可能是某个过度热情的集邮者所为。大部分信件的信封也不见了，因此，这些信只是由一张方形的木质纸（这种纸在学生时代的廉价学院练习簿中很常见）固定在一起。信写在最薄的薄纸上，大都偏灰或略带蓝色，并有明显的被写字写累了的手指折叠过几次后设法塞进信封的痕迹。

　　后来，在一些闲暇的夜晚，在我有时间处理这些从纸箱里逐一取出的脆薄文件的时候，瑞吉娜和考尔讷丽娅连带着她们周围的人和环境也就渐渐开始从这些信件的无声国土中重新呈现出来。瑞吉娜没有留下什么日记，所以想要知道她是谁，我们要么得依靠克尔凯郭尔所作的描述，要么就得尝

前　言

试根据她在1896年丈夫去世后的言论（当时她曾好几次以"施莱格尔枢密议员夫人"的身份谈及她与克尔凯郭尔的婚约，但只是限于很婉转地重复正式公开版的故事）来拼凑出一幅肖像。在年少的瑞吉娜·奥尔森和年迈的"施莱格尔枢密议员夫人"之间差不多间隔着60年的岁月。我现在得以进入的正是这些岁月，这不为人知的几十年。

瑞吉娜把一个世界拉到我的写字台上，这个世界在很多方面都是陌生的，也许在地理上尤其是如此。丹属西印度群岛对我来说是一个未知领域，我带着冒险家不可救药的好奇心踏上这片土地，当然也带着周期性的眩晕，一种"迷失了方向、仿佛地面在脚下摇晃"的感觉所能引发的晕眩。

圣托马斯、圣约翰和圣克罗伊这三个小岛在1917年之前一直是丹麦的属地，其殖民史既富有戏剧性又充满各种问题，奴隶贸易、海盗劫掠、腐败、下毒谋杀以及诸如黄热病和霍乱等致命的疾病都是当时乱象的一部分。尽管如此，这些岛屿仍被称为维尔京群岛（英语Virgin Islands/丹麦语Jomfruøerne，意译为"处女群岛"），一个意味着纯洁无邪的地名，这就仿佛是一种反讽，但是，之所以这样命名，首先还是因为它们有着世外桃源般的原始自然状态，——当瑞吉娜在一个小海湾的白垩沙滩上游泳，或者在热带暑气真正袭来或在风暴突然笼罩在蔚蓝平原上的远方之前在马背上赞叹岛上宜人的清晨时刻绽放着的繁茂时，令她着迷的也正是这

前　言

种原始自然状态。

瑞吉娜与西印度群岛的现实世界的遇会在同样的程度上既是一种自然冲击也是一种文化冲击，但可能更多地是后者，因为她必须进入殖民地第一夫人的角色，而且在现实的意义中有着仅次于丹麦王后的衔位，以及这衔位同时蕴含的物质意义上的祝福和社会意义上的诅咒。等待着总督约翰·弗雷德里克·施莱格尔的日常生活同样是复杂的，他不仅接手了彼得·冯·肖尔滕气派的豪宅，也接管了西印度的行政管理的职责。在冯·肖尔滕于1848年宣布解放奴隶自由后，西印度的行政管理比以往任何时候都更复杂，其特征是经济危机和在司法行政、贫困救济基金和教育系统方面的改革。

这本书中的主要人物既是与索伦·克尔凯郭尔订婚一年的女孩，也是与约翰·弗雷德里克·施莱格尔结婚超过一个世代[2]之久的女人。因此，这本书（也）是关于在克尔凯郭尔的另一边等待着瑞吉娜的生活，它跟踪她的所作所为，甄别出各种情绪和境况，并由此讲述出一个消逝了的时代的日常故事。由于一个人的人生观往往是在日常生活的场景中体现出来的，因而，有时候个体的性格在与他人的关系中表现得最为明显。瑞吉娜的世界就是这样一个有着各种关系的世界，充满了朋友、熟人、亲人、令人想念的人和令人无法忍受的人。但它首先是一个由相对于家族、相对于姐妹和兄弟以及他们的配偶的关系维持的世界，瑞吉娜与他们有着最繁多的

前　言

交流，如果这本书是一本小说的话——当然它绝不是小说，也许我们甚至可以考虑称它为家族小说。

面对如此丰富的素材，自然要有所选择，我觉得瑞吉娜肯定会赞同这么做。一封信中的内容不可能都同样有意思，我没有取用我认为不太相关的内容。在我的能力范围内，我努力再现出瑞吉娜，从而尽可能地发掘和描绘她存在的方方面面，这样，她就不仅仅是（尽管以前可能曾经是）一个不具内涵的花瓶形象，而是她事实上所是的那个真正有血有肉、有观点有欲望的女人。我充分意识到，在各种不同的关联中我是充当了舞台设计的角色，并且不时地设置场景，以便让瑞吉娜能够在一个有意义的背景下进行表演并且被理解，但我并没有成为一个向她低声说出替代台词的提词员。换句话说，我从来没有超越事实进行虚构，更不曾有悖于事实，而是尊重这样的实际情况：手头所有的这些材料就是其曾经所是的，它在说话的时候说话，但也在沉默的时候保持沉默。

瑞吉娜是以专业领域中所称的"拉丁语之手"来写字，这意味着她的笔迹与我们的非常相似，因此相对容易阅读。信件中很少有更正、补充或空行，这也有利于提高可读性。只有在特殊情况下，我才会插入一个缺失的词或一个符号，以方便阅读，正如在个别的地方，我还加入了关于这个或那个的解释性评论。这一类添加被安置在一个方括号内。我保

前　言

留了个别写信者的拼写方式和标点符号，只在非常明显的情况下才做出不明言的修正。

考尔讷丽娅的笔迹与瑞吉娜的笔迹不同，很难辨认，不仅因为它是哥特体或者说是我们称之为"卷曲"的笔迹，而且有些地方的墨水已经褪色，乃至相应的字词几乎消失了，令后来的读者面临着文本意义上不断出现的空洞。因此，哲学硕士兼博士安妮·梅特·汉森提供帮助抄写了考尔讷丽娅的信件，这件事有着不可估量的重要性，她不仅专业而认真地完成了这项工作，而且还以一种设身处地的理解来激励我继续进行这项在某些时候看来是无法预期的工作。

无需提及大家也都知道，我绝不是西印度群岛事务上的专家，因此我对多年来人们写下关于该群岛的文献深表感谢。我之所以能够自己去访问这旧殖民地，是因为得到了盖德基金会的善意资助，在此我要表示衷心感谢。这次访问的非凡成功尤其要归功于作家尼娜·约克，她不仅热情地带领我参观了圣克罗伊岛，并慷慨地让我分享了她对该岛历史的丰富知识，并且还向我介绍了一些人，他们的专业才能以各种方式为这本书的创作带来助益。因此，我要感谢历史学家米凯尔·希恩和他的妻子简，他们向我打开了自己的家门，并向我展示了他们独特的立体画面或立体像收藏，其中有几张被我选用在下面的正文中。还要感谢历史学家乔治·泰森和他的丹麦妻子卡米拉，他们在和煦的五月天欢迎我到他们位于坎恩花园的房子,在那里,他们让我了解了他们对黑人历史的记录,并安排我进入施莱格尔极有气派的夏日府邸。这府邸现在是理查德·H.詹瑞特的财产,房主的善意令我难忘。同样无法忘怀的还有对阿诺德·R.海菲尔德和他的妻子雪莉这一家人的访问,他们在一次午餐中回答了我的诸多问题。感谢圣托马斯岛上的迈戎·杰克逊和罗纳德·洛克哈特,以及圣约翰岛上的大卫·奈特和埃莉诺·吉布尼。他们以各自的方式一起证实了传说中的西印度好客精神仍完美无损地被保留到今天。

我还要由衷地感谢阿格尼特和托尔本·特吕德,这对来自瑟尔斯特德的夫妇如此充满信任地将瑞吉娜和考尔讷丽娅间的通信托付给了我。在这对夫妇去世后,我一直与他们的女儿英格宝·特吕德和爱娃·图西恩·特吕德保持着联系,她们带着关注和善意的耐心留意着这本书的创作过程。感谢国家档案馆首席顾问保罗·艾瑞克·奥尔森和丹麦西印度群岛协会主席安娜·瓦尔波姆,感谢他们对手稿的批判性和专业性的阅读。感谢西娜·郝布若·弗吕噶尔硕士在档案研究方面提供的帮助。我要感谢我的几个朋友和熟人以及其他相关专业人士,他们多年来通读了手稿中或大或小的部分,提供了宝贵的建议和提示。我在下面只提及他们的名字,因为我们见面时很少使用我们的学术头衔:彼得·阿尔贝尔·延森、耶斯贝尔·勃兰特·安德森、哈康·哈克特、托尔·阿

前 言

尔维德·迪尔鲁德、斯蒂恩·图尔贝尔和乌尔里克·霍伊。我应该特别感谢盖德出版社。感谢项目主任亨利克·塞布罗，他以稳健的方式让我保持进度，尽我所能；感谢乌尔里克·维尔斯霍伊，作为本书的编辑，他表现出有助益的豁达和令人钦佩的洞察力。感谢厄尔哈德·布鲁恩非常乐意让我拍摄他的瑞吉娜的微型画，感谢汉斯·丰斯博尔和艾瑞克·丰斯博尔的大力帮助和对埃米尔·贝伦岑的瑞吉娜画的出借。感谢我的儿子亚当·加尔夫为本书提供了对手稿和图片的精美摄影。

"上帝给予了我能够如一个谜一样地存在的力量"，克尔凯郭尔在他1849年的日记中这样写道，并且由此指出，谜不仅仅是为了让人猜测而存在的，在某些情况下必须继续保持为谜，并从这种持久的不可猜测性中获取力量。本书之所以叫作《瑞吉娜之谜》，除其他原因外，也是因为它的女主人公并不确定地知道她年轻时的爱情的"力量"，然而，随着时间的推移，她却越来越被吸引向它的方向。而我关心的是这种吸引的性质和程度，而不是谜题的解答，不是明确的诊断，而是在这关系中留下烙印的持久的情爱高热的症状。

我是带着同样程度的欣慰和忧伤来结束这项工作的。"Nulla dies sine linea"，克尔凯郭尔在某处写道，没有写下一行的日子是没有的。在很长一段时间，我一直能说："Nulla dies sine Regina"，没有瑞吉娜的日子是没有的。我的妻子昕

前 言

娜耐心地忍受了我多年的激情,对我永远的夜间工作纵容地视而不见,她倾听了我许多独白,阅读了文稿的好几个版本,提供了无数的改进的意见和不少精简的建议。为这种坚持不懈,我(也)深深地感谢她。对于书中还会潜藏有错误和不足,我当然承担全部责任。

心　境

1851年4月的第三个星期二，索伦·克尔凯郭尔搬到了旧护城河堤的外面，住进黑塘湖尽头一幢新建的别墅的三楼。他的新住所被各种氛围宜人的花园和大型果菜圃围绕着，因此是处在一种几乎属于农村的环境之中。在起居室里，他能以目光跟随平常沿黑塘湖的小径来往行走的人们。黑塘湖曾经属于哥本哈根陆地上这一边的城防工事，但在克尔凯郭尔的时代，它已经渐渐地被当作一种装饰性的风景。旁边的两个湖，即培布陵湖和圣约尔根湖，也有着同样的和平目的，哥本哈根人世世代代都是从这两个湖中获取饮用水的。一条爱情小径沿着三个湖伸展，真正的行家将其分为几个阶段，对应于爱情生活中时而会发生的演变：友谊小径沿圣约尔根湖而行进，爱情小径在培布陵湖旁蜿蜒，婚姻小径沿黑塘湖延伸。这些小径大致地对应于今天的西湖街、北湖街和东湖街。

在常规地进出哥本哈根的路上，克尔凯郭尔经常遇到他的前未婚妻瑞吉娜。自从1841年10月12日星期二他们的婚约

心　境

"索伦舅舅也有一半是搬到了绿野之中"，卡尔·伦德在1851年5月20日的信中能够这样告知彼得·克里斯蒂安·克尔凯郭尔。"在这里，他在三楼一个空间很大的新居所住了下来，出门就是一个美丽的花园，还有湖，在屋里也能够观赏得到这景色。"摄影师在一个夏日来到东桥街这幢有着庄严感的别墅，当时有几位住户在外面的大花园里坐着。从三楼客厅的阳台向外看，这花园向东一直延伸到视线所及的地方。然而，从三楼的一个在遮阳篷下敞开着的窗户中向外看的却不是克尔凯郭尔，不过，从1851年4月到1852年10月，他就住在这套有着六个房间外加散屋的公寓里。这座别墅在19世纪90年代被拆除，因为要建造一幢现在构成维勒莫斯街入口的带有角楼和外面覆铜的尖顶的双子建筑。

无日期的照片。皇家图书馆

心　境

以极具戏剧性的方式在公众的注目之下被解除以来，他与她没有相互说过一句话。婚约的解除几乎要了他俩的命，但他们忍受了各种恐怖的煎熬，各自重新站立起来，并能够在剧烈地丰富了心灵经历之后重新开始：克尔凯郭尔成为世界历史上著述最丰盛、最奇特、最放纵的作者之一，而瑞吉娜则在1843年8月28日与约翰·弗雷德里克·施莱格尔——一位被称作弗里茨的部门主任——订婚，并于1847年11月3日在克里斯蒂安港的救主教堂与之结婚。

　　瑞吉娜与她的前未婚夫的关系本来能够是一个已结束了的章节。只是事实并非如此。也就是说，事实表明，这两个人，索伦和瑞吉娜，有着一种神秘的关联，因此必须找到各种借口和机缘，尽可能频繁地相遇，最好是以这样的方式：相遇看起来就像一个巧合。他们在湖边的遇会总是无言无语，但也许恰恰因此而有着独一无二的激烈度，并且准确地根据一个爱欲的音域来定调，在他们相互经过对方时，两个人在他们可以支配的颤栗着的几秒钟里奏出这调子。这是一种按固定规则展开的不贞之贞洁，定期的，近乎于仪式性的。克尔凯郭尔以一种趋近于令人痛苦的详细度描述出这些遇会，他确定地记下了时刻、距离、路线的变化、风向、大致的天气情况。就仿佛他想要确保这些遇会能够随时重复，这样，两个沉默的身影就永远能够在湖边的同一条狭窄的小径上缓慢而无声地走向对方，——然后消失在各自相反的方向，不回头看上一眼。

心　境

　　沉默有助于维持这关系并更新其光环。通过一言不发，瑞吉娜就仿佛是在让他们年轻时的爱情不受时间影响；无言的状态罩着它，使它不受到日常生活中的各种困扰的影响，令它得免于无休止的琐事、得免于我们人类在彼此间总有着的所有账目、得免于所有那些常常从婚姻中抽吸去激情、奉献和骄傲的东西；——瑞吉娜作为"她现在所是的她"走向她的索伦，但也许更多地是作为"她所曾经是的她"，他曾真正爱着的唯一者。如果一个人能够允许自己在"她与别人结婚"这一事实前后加上一个小小的、轻率的括号，那么在遇会的这一极其脆弱的瞬间里，在某种意义上，一切都完全没有改变。只有当再次离开克尔凯郭尔的视线时，瑞吉娜才恢复了自己作为施莱格尔夫人的身份。

　　这两位先前的订婚者恰在婚姻小径上相遇，这蕴含着一种反讽，克尔凯郭尔应该是第一个留意到这反讽并将之解释为道德警示的人，但这位博士显然另有他的想法。通读他这些年的日记，我们惊讶地了解到，他与瑞吉娜的遇会发生得究竟有多么频繁。例如，在1850年1月的一篇日记中，克尔凯郭尔写道，在一个多月的时间里，他和瑞吉娜"几乎每一个永恒的日子都相互见面，或者至少每隔一天有两次"。正如前面所提示的，克尔凯郭尔对这些遇会的记录有着一种极大的客观报道的烙印，有时几乎是直接带着创痛的，这就让人打消掉了在别的关联中可能难免会冒出来的"其中会有虚构"

心　境

的怀疑。"在1851年的最后一段时间,她每天都遇见我",克尔凯郭尔在1852年5月记录道。"就是在我上午10点钟在长堤上走回家的那段时间里。准确地说就是这个钟点;而地点只是在通往石灰窑的道路上被移得越来越远。她好像是从石灰窑走着过来。(……)日复一日,事情就是这样。"我们无法避免地会留意到这些邂会中完全非偶然的元素,这准时性和精确性,这同步性本身,而遇会地点的转移就像是为了转移注意力,——不管是在不相关的外人那里还是在这对羞怯的恋人自己这里。

渐渐地,克尔凯郭尔是"如此可怕地有名",以至于早早的上午时分在城外与一位"单独的女士"的这些遇会可能会显得很抢眼,也许会引发出流言蜚语。他注意到,另一对也定期见面并"认识我们俩"的夫妇,已经开始显得有点过于好奇了。若部门主任施莱格尔得知他已婚的妻子又一次早早穿着显眼的衣服出去散步时,他会怎么想,——这显然是克尔凯郭尔不怎么关心的事情,但不管怎么说,他现在感觉到,这些约会早已失去了其无邪的纯真,并且无法再用任何理由简单地将之记在偶然性的公开账本上:"于是我不得不做出改变",他在日记中写道。在新的一年的第一天,几乎就是作为一种新年决心,他打算选择另一条路线。

这决定也得以遵行。1852年1月1日,我的路线改变

心 境

了，我从北门走回家。

就这样，我们有一段时间没有见面了。一天早上，她在湖边小径上遇见我，我现在一般走这条路。第二天，我也沿我往常所走的这条路走着。她不在那里。然而，为谨慎起见，我还是在未来改变掉我的路线，沿着法利玛路（Farimags-Veien）走，并在最终让回家的路线变得不确定。

当时，东桥几乎有着乡村的特点，它以其果菜圃和家庭菜园与护城河堤内熙攘的城市生活形成了一种平静的对比。在茂密的树梢上，你可以看到卡斯特雷特五星要塞的风车，而在东桥街向左急转的地方，你可以看到小岛教堂墓园的大门。画面右侧的黑塘湖静水中映出的树木构成爱情小径两侧，索伦和瑞吉娜经常在这里相互遇见。

1865年的照片。皇家图书馆

心　境

有一段时间,这"让回家的路不确定"的做法似乎是一种相当有效的方法——

但发生了什么事?一段时间过去了,一天早上8点,她在东门外的大道上遇见我,我每天早上都走这条路去哥本哈根。

然而,第二天,她却不在那里。我继续不变地走我的这条路进城,这条路线是我无法很好地改变掉的。在这里,她更经常地遇见我,有时也在我进城所走的护城河堤上。也许这是巧合,也许是。我无法明白她当时沿那条路会想要做什么;但由于我留意一切,我注意到,特别是在有东风的时候,她会沿那条路走。那么,这当然可能是因为她无法忍受长堤上的东风。不过,——她在有西风的时候也来。

瑞吉娜仍神秘莫测,她走着过来,像一个女神一样出自乌有,出现在一些看似偶然但却很难说是偶然的地方,不出现,又重新显现,并选择各种在哲学家的结论中招致困惑的风向。

在他的生日,或当时所称的"Geburtsdag"[①],克尔凯郭尔

[①] 译者说明:Geburtsdag是由德语"出生"和丹麦语"日"构成的名词,克尔凯郭尔用来表述"生日"的名词都这样写,但在下文中一律译作正常的"生日"。

心　境

通常会去西兰岛北部,在一家宾馆度过一天,他一般在回城之前在那里过夜。但他在1852年5月5日年满39岁时,感到有些不舒服,因而就留在家里:

> 于是我的生日到了。通常我总会是在生日那天出去,但我感觉身子不是很舒服。因而,我待在家里,早上像往常一样走到城里,去找医生谈,因为我本考虑过以某种我以前从未尝过的新东西,蓖麻油,来庆祝我的生日。就在我门外,就在大道前的人行道上,她遇见了我。正如最近常发生在我身上的那样,当我看到她时,我无法不微笑,——唉,她有了怎样的重要意义啊?——她答以微笑,然后她问候了一下。我在她身边一步走过,然后摘下帽子,继续往前走。

作为这些词句的读者,我们可能也会发现自己在微笑,因为我们在眼前看见这场景,看见在这肚子不舒服的生日天才是怎样朝他心爱的缪斯微笑的,她也回报以微笑。然后一步向前,脱帽,继续向前,离开。

*　*　*

这些邂逅如此意义重大,不仅仅是因为那无视时间、语言和一般意义上的道德而将两个人捆绑在一起的各种深刻的、幽闭的感情，也是因为瑞吉娜与克尔凯郭尔的一生著述有着千丝万缕的关联，以他的眼睛看，她成了他一生著述的外在历史诱因。她在他的著述中的绝对特殊地位在1843年的《两篇陶冶性的讲演》的前言中已经为我们所见。也就是说，克尔凯郭尔在这篇前言中想象：这本小书将怎样在沉思中沿着孤独的道路漫步到这世界上，并也许突然有幸遇到"那个单个的人；我带着欣喜和感恩将之称作我的读者，那个单个的人，它所寻找的人，它就仿佛是向之伸展出自己的双臂，那个单个的人，他心甘情愿有足够的意愿来让自己被找到"。随着著述活动的发展，这一对"那个单个的人"的指向几乎具有了纲领性的特征，"那个单个的人"成了克尔凯郭尔的品牌，但在本原的意义上，"那个单个的人"是与瑞吉娜联系在一起的，陶冶性的讲演是向她张开其双臂的。"两个陶冶性讲演的前言是为她而写的"，克尔凯郭尔在很久以后的日记中承认，并且继续写道，"在这书中本身就有着隐约的暗示"，是关于瑞吉娜的。[3]什么暗示以及这些暗示是在哪里，我们就不得而知了，但克尔凯郭尔从与西贝恩教授的一次谈话中知道，瑞吉娜确实读过这本书。而西贝恩则是从瑞吉娜本人那里了解到这一点的。

克尔凯郭尔将自己最喜欢的各种《新约》经文中的一段，《雅各书》第1章的第17-22节，当作该讲演集中第二篇陶冶性讲演的基础。讲演的标题取自第17节，叫作"各样美善的恩赐，和各样全备的赏赐，都是从上头来的"。克尔凯郭尔后来解释——尽管没有做进一步的具体讨论："她从我这里得到的第一个宗教性的印象"恰恰与这些话有着关联，因此，这些话对这对曾经订婚的未婚夫妇有非常特殊的意义。

1852年5月9日星期日，也就是在瑞吉娜回报这位过生日的人以微笑仅四天之后，在所有这一切的背景之中，发生了一件极为离奇的事情：克尔凯郭尔在克里斯蒂安斯堡城堡教堂做早祷，宫廷牧师尤斯特·保利正在布道。瑞吉娜也在那里，并在靠近克尔凯郭尔站立的地方坐下。根据《丹麦圣殿规范书》，这个主日的福音书是《约翰福音》中的一段文字，但保利却选择就书信文字[4]作布道。这段文字恰是《雅各书》中对克尔凯郭尔和瑞吉娜意义重大的段落。事实上，保利就书信文字还没说出很多句话，瑞吉娜就转过身来，"被邻座隐藏起"，朝克尔凯郭尔的方向看了一眼。克尔凯郭尔留意到这一眼"非常真挚"，但除此之外，他完全是有意识地不回视这一眼。"我不确定地朝我面前看出去"，他解释说，但这一不确定的姿态要求着超人的力量：

我承认，甚至对于我，这也是某种震撼性的事情。保利朗读完了这段文字。她在更大的程度上是沉坠下来而不是坐下，所以我确实有点心慌（我以前也曾有过一次这样心慌），因为她的动作是那么充满激情。

心　境

25　　　然而，事情马上就会变得更剧烈。因为当保利开始他的布道时，他对会众说，这段经文的词句是"植在了我们心中的"，是的，他继续说，如果这些词句"要从你的心中被扯掉，生命对于你岂不是失去了其所有价值"。正因为《雅各书》中的这些词句已经成为索伦和瑞吉娜之间牢不可破的关联的象征性封印，保利对这段文字的解说所起的作用就像是对他们的爱情关系的直接评论，这段爱情已经在他们心中扎根，没有它，生活就会是毫无意义的。

　　　回顾这些事件，克尔凯郭尔觉得保利为自己的布道想出这一引言是"无法解释的"。他有过这样的想法，觉得这可能是为瑞吉娜"专门考虑的"，但无论如何，他很确定地感到这整个事件会为瑞吉娜留下深刻的印象："对她来说，这在极大程度上必定是压倒性的。我从未与她相互说过一句话，走我的路，不到她的路上，——但在这里，仿佛有一种更高的权力在对她说我未能说出的东西。"

　　　因而，在五月的那个星期天，在克里斯蒂安斯堡城堡教堂里，保利高高地站在布道台上，说出了克尔凯郭尔内心深处感受到但却从未敢直接对瑞吉娜说出的东西。这几乎就像是一场即兴的婚礼，充满着令人惧怕的欢愉。克尔凯郭尔在这时也感到大地在他脚下燃烧："我就仿佛是站在火炭上。"

　　　当他在"一些个日子之后的早上"在城里某个地方再次见到瑞吉娜时，在教堂里将他们结合在一起的那种高度紧张的、精神上的爱欲，已经大大减少或完全消失了，因此，尽管克尔凯郭尔感觉到瑞吉娜在期待着他的问候，他还是没有向她问好。他很清楚，他与另一个男人的妻子的关系，尽管在肉身的意义上有着其完全的端庄，在事实上是超越了所有得体的分寸，只有在施莱格尔表示同意的情况下才能继续。简言之，施莱格尔必须变成这种关系在伦理意义上的中介：

> 我愿意做一切，但若有什么事要做，我必须让她的丈夫夹在中间。非此即彼！如果我要让自己与她有什么关系，就必须根据最大的尺度行事，这样我要让所有人都知道，让她转化成一个胜利者形象，为我与她分手这一羞辱得到最完全的补偿。

克尔凯郭尔应该是足够地了解自己的，知道他要把这些决断性的言论变成现实有多么困难。此外，正如我们将在后面看到的，事实上他在几年前就已经试图以书面形式联系施莱格尔，希望能够在有更好安排的情况下与瑞吉娜共处。然而，事实表明，施莱格尔完全不愿意接受这一要求，他将之解读为对其婚姻生活的不得体的干涉，在一封很明确地意味"不"的信中，他让克尔凯郭尔明白了这一点。

尽管"获得施莱格尔对他们的联系的认可"的希望因而是破灭了，索伦和瑞吉娜却继续相互遇见，有时是每天都见

心　境

面，有时不那么频繁，但他们继续着，因为他们无法自禁。完全就是这么简单，也复杂得可怕。瑞吉娜真的成了"那个单个的人"，就像陶冶性讲演的前言所说，事实表明了她"有足够的意愿来让自己被找到"，要么在哥本哈根的某一座教堂里，要么在护城河堤后面，要么在另一些"恋人们总是忙着将之称为完全偶然恰因为他们是绝非偶然"的地点之一。

1852年9月10日星期五成为一个"要被'他们相互间发展出的各种爱欲的沉默仪式'标志出来"的非常特别的日子：

> 这样，12年前的今天是我订婚的日子。/当然，"她"并没有忽略过这件事：在那地点与我相遇；尽管我在夏天比往常更早出门（……），她今天和昨天上午却都在东门的林荫道上遇见我。

他们在前一天相遇并正要交换眼神时，"她突然收回了目光"，因为瑞吉娜在克尔凯郭尔身后看见一个骑马的人过来。结果，这骑手是要来告诉他，他的姐夫在小径的更远处想跟他说话。幸运的是，12年纪念日那天的遇会要成功得多，虽然也有一小点不尽人意：

> 今天她看着我；但她既不问候也不与我说话。唉，也许她是期望我会问候或说话。我的上帝，我多么想

为她这么做，并为她做一切。但我不敢承担下这责任；她必须自己要求这事。/然而，我今年曾希望有这事发生；而且，年复一年地坚持让一件事如此，这也是很不堪的。

一个多月后，即1852年10月的第三个星期二，克尔凯郭尔搬出了他在东桥的别墅公寓，回到了城里，他从寡妇凯萨琳·克里斯蒂安娜·鲍里斯那里租下了布料商铺街5-6号的几个小房间，从而有圣母教堂作为他新的宏伟近邻。搬家为他的日常路线和节奏带来了变化，但不久之后，瑞吉娜就让自己协调适应了。圣诞日，他们通常在圣母教堂相遇，晚祷的时候明斯特尔主教在那里布道。这一年也是如此，但过程与往年不同，因为当克尔凯郭尔进入教堂时，瑞吉娜正站在那里，等着他，——或者难道她是在等别人？克尔凯郭尔在这一瞬间无法对处境作判断，不得不事后在日记中进入细节重述它：

她站着，她没有走着过来，她站着，显然是在等什么人，不管这人是谁。没有任何别人。我看着她。然后她走向我将要通过的那道侧门。这一遇会中有着一些奇怪的地方，如此近乎私密。当她从我身边走过并转身进门时，我用身体做了一个动作，这可能只是为了让出位置，但也是一半的问候。她迅速转身，做了一个动作。[在纸张边沿：]但现在她不再有机会了，如果她本来是想要说话的话，因为我已经站在教堂里面了。然后我找向我通常所坐的位置；但我不禁注意到，虽然她坐得很远，但她不断地在以目光追寻着我。

　　人们以这些词句见证的是一场奇怪的哑剧：对在慢动作中再现的身体间互动的舞蹈设计意义上的详细记录；对"一个单个步骤会被赋予错误意义"的忧虑；克尔凯郭尔姿态中尴尬和笨拙的地方，被抑制的自发性——所有这一切都赋予教堂前厅的这场哑剧一种痛苦的现实主义色调，但也呈现着瑞吉娜散发出的那种混有令人惧怕的元素的魅力：坚不可摧而又如此私密地接近，空灵而又如此充满激情，正式地是别人的而又实际地是他的。

　　一些时候，克尔凯郭尔会收到匿名女性崇拜者的通过"步行信差"送来的信件，为了感谢他的陶冶性的讲演，她们可能会想到附送一件"小礼物"。1852年圣诞节期间，再次发生了这样的事情。克尔凯郭尔没有透露相关礼物的性质，只是说在他看来，这与1843年的《两篇陶冶性的讲演》的前言，因而由此也就与关于"那个单个的人，我带着欣喜和感恩将之称作我的读者"的那句句子，有着某种关系。当他去参加圣母教堂的晚祷时，他想着一些其他事情，但他突然想到，

心　境

这小礼物可能会是瑞吉娜送的，于是遇会的神秘性就被极端地强化了：

光和影小心翼翼地分布在她开放的脸庞上，瑞吉娜的蕾丝领子被一枚结实的胸针固定住，她梦幻般地凝视进摄影师的镜头，几秒钟后就成了后人永恒的财富。这张照片没有日期，但可能摄于1855年，可能是缘于即将来临的离乡前往西印度群岛之行。照片中的女人就是那出发旅行的当天跑出去在哥本哈根某个地方找到克尔凯郭尔并在14年的沉默之后在熙熙攘攘的人群中为他祝福的那个她。

1855年前后的照片。皇家图书馆

心　境

　　也许她在过道里等着的是另一个人，也许是我，也许那个小礼物是她送的，也许她想要让我跟她说话，也许，也许。

　　1855年3月17日星期六，14年的沉默被打破。部门主任约翰·弗雷德里克·施莱格尔被任命为丹麦西印度群岛总督，任期五年。就在启程出发的那一天，瑞吉娜匆匆离开自己在新桥街的公寓，进城，希望能见到自己的旧爱。仿佛这是上帝对这一对其生命史如此坚韧不可分地被捆绑在一起的人最后的慷慨姿态，不一会儿，她就看见了那个戴着宽边帽的熟悉身影。在从他身边走过时，她用最安静的低声说："愿上帝保佑你——愿你一切都好！"[5]

　　这个星期六，在哥本哈根的一条随意的街道上，一切都在一瞬间被颠覆了。瑞吉娜以自己的祝福使得这个本来并非无话可说的男人完全结舌沉默，手里拿着帽子，以一种或多或少带有象征性的姿势站立着。他所遭遇的就是一个这种类型的事件：人们以过时的词汇，诸如"天数"和"降临"，来描述这类事件；借助于这样的词汇，人们摸索着试图用语言表达出"生命中最强有力的东西总是来自于他人，因此并非是一个人自己所控制或者自己能够谋划的"的经验。神学思想大师克尔凯郭尔在祝福的这一秒中想了什么，没有人知道，也许他例外地根本就什么都没想，而只是让自己被自己生命中的女人祝福。

我们也不知道在瑞吉娜的内心之中发生了什么，想来她是正忙着赶回新桥街的空公寓，然后尽可能表现出一副无动于衷的样子。

几个小时后，她开始离开，把这个城市留给过去。

第一部分

1855年

痛苦的离别之旅

在1855年7月10日的一封信中,瑞吉娜对她的圣克罗伊岛之旅作出了这样的总结:

你已经从字里行间读到了我的旅程是多么的悲伤,因为让我特别沮丧的是,那占据我内心的,如果不说死亡的话,是精神上的全然冷漠;我看见美好的事情,但我已经失去了全部的接受能力;就好像我是在通往坟墓的路上,已经无法再看到白天的光明。

收信人是考尔讷丽娅,瑞吉娜最爱的姐姐和知心闺蜜,她显然已经掌握了从字里行间阅读的艺术,其中的最根本内容是用一种看不见的墨水写的。因此,瑞吉娜觉得没有必要揭示这些细节,但我们明白,通往热带目的地的漫长旅程尤其是一个心理上的艰辛过程,瑞吉娜借助于从死亡静寂的疆

第一部分

域中提取出的隐喻来描绘这一过程。

  瑞吉娜悲伤的原因在字里行间已被隐于无形，只有在阅读的同时用眼睛看的人才能隐约地猜到。就像这时的考尔讷丽娅。在这一情形中，由于瑞吉娜的信不是只写给考尔讷丽娅一个人，所以这种间接的沟通方式就更有必要。就是说，信件在家庭成员间传阅，然后又传给想要了解写信人近况的朋友和熟人，这在当时是很正常的。换句话说，考尔讷丽娅不一定是这封信的唯一读者。就不用说是第一个。因为当瑞吉娜写完信后，有时候弗里茨会想加一句个人问候，从而他会，如果他有心情的话，了解信的内容，——这所需的只是匆匆沿纸张对角线的方向看一眼。说是审查，那就夸大其词了，但毋庸置疑，意识到弗里茨可能是共同的读者，这不可避免地限制了私密性，弱化了她完全打开心扉的勇气。相应地，弗里茨也可能会为瑞吉娜朗读一封来自考尔讷丽娅的信。这种做法也会妨碍更私密的倾诉。这就仿佛是，她想在书信中建立起私人空间的第四堵墙，但这堵墙却总是与公共阅览室相邻，或者干脆就不存在。最后，还有一个不确定因素，就是这信以后的命运，若它落入了不该得到它的人的手里，后果会是灾难性的。

  1855年3月中旬那个冰冷的星期六，瑞吉娜是如何离开哥本哈根成功地出发的，我们在事实上并不清楚，但从她一天后在考尔瑟尔开始写的信中可以看出，她和她的旅伴们是

1855年

乘坐开往罗斯基勒的蒸汽火车来完成第一部分旅程的。在此之前，他们不得不把自己和自己的物品通过西门运送到火车站，这火车站的位置与现在的火车总站大致相同，但在当时只是一个挺大的、不怎么好看的木棚。当时的报纸专栏经常谈论说：铁路没有一直通到城里，乘客不得不自己步行或坐马车去车站，后者为旅行预算增大了费用。愤怒的读者抱怨说，除其他各种不方便之外，在没有正规候车室的情况下，乘客不得不将就着在漏雨而很不卫生的棚屋里等火车。

1847年6月26日，从哥本哈根到罗斯基勒的短途铁路线在一场非常热闹的庆祝活动中落成：在音乐和几乎无休止的掌声中，克里斯蒂安八世和卡洛丽娜·阿玛莉亚王后坐在一节以鲜花装饰的车厢里体验了首次通车过程。第二天，铁路向公众开放，人们可以享受每天三次的往返交通。这条铁路由西兰岛铁路公司运营，该公司在曼彻斯特购买了五台蒸汽机车，并将其命名为"奥丁"、"哥本哈根"、"西兰岛"、"丹麦"和"考尔瑟尔"，以彰显民族的骄傲。在从哥本哈根到罗斯基勒的大约30公里的路程中，列车在瓦尔比、格洛斯楚普、克厄路和赫德胡森等站停了三分钟，全部旅行时间不到一个小时。

从罗斯基勒到考尔瑟尔进一步的路段直到1856年4月26日——在弗雷德里克七世和丹纳伯爵夫人的见证下——才正式开通，因而在此之前，如果一个人想要继续向西走，他就必须换交通工具，改乘客运驿车或称公共马车（这称呼原本

第一部分

35

1847年5月20日,人们屏息等待"奥丁"号从哥本哈根到罗斯基勒的首次通车。从《祖国报》上可以读到对"尚未发生事故"的喜悦,几乎可以说是引发了人们的叹息:"第一辆机车今天早上8点半离开这里,至少已经成功地通过了瓦尔比坡。"

约1866年的照片。丹麦铁路博物馆

是来自法语)。公共马车外观独特而庄重,有着宽大的黄色车身、镜面玻璃窗和气派的灯光,但内部空间却很逼仄,个体的人身自由受到严重限制,尤其如果你没有及时订购一张保证让你有一个带皮扶手的软垫弹簧座位的车票的话[6]。一般人会觉得向前行驶方向右侧的前排座位是最有吸引力的,但人们对此的意见不一,因此经常会有讨论,从克尔凯郭尔在

1843年的《重复》中让他的一位假名作家康斯坦丁·康斯坦丁努斯对公共马车所作的有趣评判中也可以看出这一点：

> 关于哪一个位子在公共马车上是最舒服的，在博学者们那里有着各种不同看法；我的Ansicht（德语：观点）是如此：这些位子全都很糟糕。上一次，我是坐在车厢中的最边上的向前的位子（对于一些人这个位子被看成是一个大奖），并且，以这样一种方式，三十六个小时与紧贴我坐着的人一同颠簸着，以至于在到达汉堡时我不仅仅失去了理智，而且也失去了腿脚。在这三十六小时中，我们六个人坐在马车里被加工挤压成了一个身体，以至于我有了一种墨尔老乡们有过的想法：在他们长久地坐在一起之后，无法认出自己的腿。

在自己的70年生命中把10年时间用于丹麦境外旅行的汉斯·克里斯蒂安·安徒生也不是那么喜欢公共马车，他将之称作"酷刑室"，并做了这样的描述："大而重的公共马车，只有一边有入口，所以，如果你在这一边翻倒的话，你就无法出来，而且你总是会翻倒。"[7]

然而，这穿越西兰岛的旅行对于瑞吉娜而言非常可怕，这之中有着完全另外的、远远更为内在的原因，她后来用一句话来概括："我的心几乎要碎了。"对她来说，与77岁的母

第一部分

亲瑞吉娜·弗莉德丽克告别是一件悲哀和忧心的事情。老人守寡六年,身子虚弱,在失去丈夫特尔基尔德之后,她已经不完全是自己了,特尔基尔德曾是财政部门簿记与会计办公室的负责人,克尔凯郭尔对他也有着极深的感情。

与玛丽亚告别也很沉重,瑞吉娜的姐妹中最年长的一个,已经45岁了,仍未出嫁,多年来一直为索尔登费尔特兄弟做管家。这两兄弟,费迪南德·威尔海姆和约瑟夫·卡尔,一生中大部分时间都生活在一起,属于瑞吉娜的熟人圈子。玛丽亚在托尔拜克有一幢小房子,夏天家人和朋友经常在那里聚会,这是瑞吉娜非常喜欢的,因此她在远离丹麦期间会非常想念这地方。

然而最艰难的事情,不,应该说,几乎不可能的事情是:要与考尔讷丽娅告别。她不仅在年龄上,而且在性情上,与瑞吉娜最接近。考尔讷丽娅37岁,比瑞吉娜大5岁。她于1849年11月6日与埃米尔·温宁结婚,当时,他们在加尔尼森教堂相互向对方伸手,交付出自己并承诺无论顺境逆境都会生活在一起,——从那时起,他们就一直出色地忙于繁衍后代。劳拉、弗莉德丽克·玛蒂尔德和奥丽维娅在1852年底前来到了这个世界。在生育有了一个短暂的停顿之后,保罗·托尔基尔德紧跟着进入世界,不幸的是,他属于体格脆弱的类型,出生后仅五天就去世了。悲伤最好用爱来缓解,埃米尔知道这一点,所以当考尔讷丽娅在3月中旬吻别瑞吉娜时，她又怀孕了，又是一个女儿，约翰娜·玛丽，她在1855年9月25日看见了曙光。

考尔讷丽娅是那些罕见的、有着光彩的女性形象中的一个，活泼而精神充沛，有着心灵的修养和天生的设身处地的同情，因此可爱，用一个拉丁语的词来说就是amabile。在她的时代，当所有人都谴责克尔凯郭尔取消与瑞吉娜的婚约时，她说出了许多人在头脑冷静下来之后可能会有的想法："我无法理解克尔凯郭尔先生，但我仍然认为他是一个好人！"[8]据说，克尔凯郭尔听到这话时，"被感动，是的，感到钦佩"[9]。克尔凯郭尔对这同情和尊重是有回应的，这一点在他1844年的日记中可以看到，他把考尔讷丽娅作为他可能希望塑造的女性形象的生动模型：

> 在标题"秘密的想法"之下，并尽可能保持细腻，我会想要描绘一个女性形象，她恰恰在其和蔼可亲的、谦逊的、腼腆的放弃之中是伟大的（例如，有点理想化了的考尔讷丽娅·奥尔森，我所认识的最优秀的女性形象，也是唯一让我不得不感到敬佩的人）。

在克尔凯郭尔的日记中，这都是些有着宏大意味的词，这种类型的最高级用词在使用时一般会被隔得很远，往往有几千行的距离。克尔凯郭尔从来没有描绘过一个这样的人物，

第一部分

这种如此蒙福地谦逊的人物,但只用一个辅音的变化,考尔-讷-丽娅就出现在《诱惑者日记》中,成为女主角考尔-德-丽娅,她是最强烈、最具感性、最诱人的女性形象之一,——不仅在克尔凯郭尔的人物库中是如此,也许在整个丹麦文学黄金时代里也是如此。文学作品中的考尔-德-丽娅能够像现实中的考尔-讷-丽娅一样地把握继续自己道路的机会,这一点是我们在克尔凯郭尔1851年1月的一篇日记中能够愉快地看到的,他描述了自己在护城河堤上与瑞吉娜的定期遇会,并在这一关联中弄出了一个神圣的笔误:"这时,她要么与考尔德丽娅一起来,要么单独来,然后总是独自走回原路,因而两次都与我相遇。/当然,这不可能是完全偶然的。"这几乎就不是,而在心理学的意义上几乎也不能够说是,重大的笔误:考尔-讷-丽娅和考尔-德-丽娅想来都是同样地美好的!

考尔讷丽娅与埃米尔和他们的三个女儿住在西街28号,这条街一直延伸到老广场,施莱格尔一家所住的老广场5号是一幢带着狭窄的古典院子的房子,从1801年起就已就绪可供人入住。当时的房东是一位裁缝师约翰·雅各布·施莱格尔,他的儿子威尔海姆·奥古斯特住在这房子的三层楼。后来儿子接手并管理该房产,直至1871年去世。威尔海姆·奥古斯特获得了宫廷议员的头衔,与年龄相仿的多萝西娅·玛丽亚结婚,1815年生了一个女孩艾玛,1817年生了男孩约翰·弗雷德里克，随后在1818年生了克拉拉，更晚又在1830年生了奥古丝塔。关于弗里茨的童年和青年时期，我们知之甚少。1833年从圣母广场一角的都市主教学校毕业后，他开始学习法律，并于1838年成为硕士。正是在这些年里，他在奥尔森家担任家庭教师，并对家中最年轻的女孩产生了热烈的感情，但这女孩却突然想到去与克尔凯郭尔订婚了，这让弗里茨陷于既惊讶又尴尬的状态。

"你，我心灵的女主人"

在克尔凯郭尔的笔记本15中的十几行里，你能够读到这一切是怎样真正地开始的：

9月8日，我带着对整件事情作出决定的坚定意图离开了家。我们在他们家外面的街上相遇。她说家里没人。我愚鲁得足以恰恰把这理解为一个邀请，理解为我所需要的东西。我随着她进了屋。在那里，我们单独在客厅里。她有点不安。我请她像往常一样为我弹奏一小段。她这样做，但这对我没有起到什么作用。然后我突然拿起乐谱，不无剧烈地合上它，把它扔离钢琴，说，啊，我在乎什么音乐；我找的是您，我找了两年的您。她保持沉默。

第一部分

40

在保罗·马丁·缪勒（克尔凯郭尔的心理学首要著作《恐惧的概念》就是题献给他的）从自己的窗户向外看新广场和旧广场的时候，他所看见的就差不多是这样的街景。这广场被一系列古典主义的市民住宅和小豪宅（房屋的主人和租户获得了暴发的成功并且也不羞于展示这一点）包围，以圣彼得教堂和圣母教堂的塔楼为其背景。在最左边的是商人克尔凯郭尔家隔壁的建筑。在旧广场的上方，有两个尖顶的窄房子属于W. A. 施莱格尔，他的儿子就是与瑞吉娜结婚的约翰·弗雷德里克。

约1865年的照片。皇家图书馆

41 奥尔森小姐保持沉默，是的，而且还是"在本质上沉默"，这是可以理解的，克尔凯郭尔也没有什么更多可说的了。就是说，在以上所述的剧烈扔掷乐谱之后，他在一种

"可怕的恐惧"中赶紧离开了公寓,然后去见瑞吉娜的父亲奥尔森议员,显然,他在这狂躁的一切面前有着与年轻的钢琴演奏者一样的困惑。克尔凯郭尔向他陈述了自己的情况。这引起了进一步的沉默:"父亲既没有说是也没有说不是,但还是挺愿意的,这一点我很容易理解。我要求一次谈话;我在9月10日下午得到了这谈话。我没说任何一句施展魅力的话,——她说好的。"

那个星期二下午公寓楼上钢琴旁的情景本身反映出了两人在严格的意义上对彼此的了解有多么少。虽然当时与订婚有关的整个仪式与今天有很大的不同,但克尔凯郭尔出现在议员面前时所具的那种"颤抖着的拘谨态度"绝对是自成一类的。

克尔凯郭尔可能是在1837年5月中旬在腓特烈堡第一次见到这位现在成为他未婚妻的女孩,当时他正在那里拜访他的朋友和神学家彼得·若尔丹,后者与母亲卡特琳娜·乔治娅一起住。她是教区牧师长托马斯·夏特·若尔丹的遗孀,除了儿子彼得之外,还有三个到了适婚年龄的漂亮女儿,伊丽莎白、艾玛和波莱特,所以对一个年轻人来说,这里不失为一个串门的好地方。这个5月天,伊丽莎白、艾玛和波莱特也在接待她们来访的朋友,15岁的瑞吉娜。瑞吉娜在后来回忆了这个克尔凯郭尔是如何毫无征兆地出现在这里,并通过"滔滔不绝"的谈话给人留下了"非常强烈的印象",的确,

第一部分

他的"谈话仿佛倾泻而出,极其吸引人"[10]。这次到访若尔丹家,也为克尔凯郭尔留下深刻印象,他在日记中披露了自己的想法:

> 在今天(5月8日)我也尝试了想要忘记自己,但不是通过嘈杂的噪音——这种替代帮不上什么,而是通过去若尔丹那里和波莱特谈话,并且通过(如果可能的话)让诙谐之魔鬼留在家里,那带着炽热的剑的天使(正如我所应得的那样)置身于我和每一颗无辜的少女心灵之间——当你赶上我时,哦上帝,感谢你没有让我马上发疯,——我从不曾因此而如此恐惧,感谢你再次向我倾耳。

心境是紧张的,语气是戏剧性的,但我们并不完全清楚到底发生了什么。后来,克尔凯郭尔划掉了"去若尔丹那里和波莱特谈话"的字样,——出版商巴尔福德在其1869年的版本中没有说明这一点,所以,当瑞吉娜读到这段日记时,她以为这表达了克尔凯郭尔对她的最初迷恋,但她在这一点上看来是弄错了。克尔凯郭尔这天前往腓特烈堡的目标是22岁的波莱特,她的哥哥彼得在1836年2月23日的信中称她是"一个非常漂亮而有头脑的女孩"。[11]从年龄上看,波莱特是一个多少比瑞吉娜更合适的对象,后者才刚接受了坚信礼。事实上,在很久以后,克尔凯郭尔也承认,他和波莱特相互为对方都留下了"印象",因此,他对她感到有某种"责任"——"尽管是完全无邪的并且纯粹是智性的"。不过,从1837年5月的一段日记看,他对这位住在腓特烈堡的小姐的迷恋以及各种与之相关的冲突已是相当持久了的:

今天又是同样的情景——我还是去了若尔丹那里——仁慈的上帝啊,为什么这种倾向恰恰要在现在醒来——哦,我多么强烈地感觉到,我是孤独的——哦,诅咒那种对"独自站立"的傲慢的满足感——现在所有人都会鄙视我——哦,但我的上帝愿你不放弃我——让我生活并改善自己——

克尔凯郭尔也不希望这段日记为后人所知,因此后来试图通过反复画线使之无法辨认。下一次若尔丹这个名字出现在他的日记中,是在1837年7月9日星期日——他在回城的路上在腓特烈堡花园作了停留,并带着几乎是预言性的自我理解写下了:

就像一棵孤独的云杉,只顾及自身地终结并指向更高的东西,我站在那里,不投下任何阴影,只有木鸽在我的枝条中筑巢。/7月9日,星期日,腓特烈堡花园/造访若尔丹家之后。

第一部分

随着商人克尔凯郭尔在1838年8月8日的死亡，儿子索伦不仅成为一个富有的人，他还感到有义务完成他的神学学业。在他的日记中，他用上了瓜达尔基维尔河的比喻，这条河的名字无疑只有当地人能说出来，但他喜欢拿自己与这条河作比较："我现在要用一年之时，用时间中一英里的路，让自己像瓜达尔基维尔河一样撞入地底；——我无疑还会再上来！"克尔凯郭尔从地球的表面消失了，并带着一种几乎不自然的能量攻读下了神学的课程。与世隔绝的生活差不多使他发疯，但他坚持过来，是因为一个年轻女孩成功地带着应许将自己编织进他的思想。从1839年2月2日起，我们于是就有了对这个女人的渐渐地被翻译成了无数种语言的称颂，这个女人，她有着像奥尔森这样的平民的姓，但感谢上帝，却有着一个非凡的诗意名字：

你，我心灵的女主人〈"Regina"①〉，隐藏在我胸中最深的私密之中、隐藏在我最丰实的生命思考之中，一个与天堂和地狱相距同样遥远的地方，——不为人所知的神圣！哦，我真的能够相信诗人们的那些故事吗：当一个人第一次看到所爱的对象时，他相信自己在先前早就见过她；所有爱，正如所有知识，都是回忆；爱在单

---

① 译者说明："Regina"是克尔凯郭尔在后来加上的，拉丁语"女王；公主；女主人"的意思，也是丹麦名字瑞吉娜（Regine）的拉丁语形式。

1855年

个的个体身上也有其各种预言、其各种类型、其各种神话、其旧约。在每一张女孩子的脸上，我都能看到你的美丽之痕迹，但我觉得，我不得不拥有所有女孩，以便从她们的全部美丽中提取出你的美丽；我不得不航行整个地球，以便找到我所缺、但我整个自我的最深秘密作为极点暗示的那部分世界；——而下一瞬间，你是如此临近于我，如此存在于当场，如此有力地充实我的精神，以至于我在我自己面前变容，并觉得这里是适合于我在的好地方。你，情欲之爱的盲神！在暗中观察的你，你能为我给出启示吗？我是否能在这里，在这个世界上，找到我所寻求的东西，我是否能了知从所有我生活中的古怪前提中得出的结论，我是否能将你拥入我的双臂，——或者

这命令是在说继续吗？

你已经走在前面了吗，你，我的渴慕，你是否已然变容从另一个世界向我招手？哦，我愿意抛开一切，以便变得足够轻盈来跟随你。

这些字行里有一种令人窒息的幸福，但也有一种忧伤的离别心境，似乎是以其精雕细琢的意象在暗示：这命令事实上在说继续，因此瑞吉娜将永远不会成为不朽的虚构创作所取用的短暂素材之外的其他或者更多的东西。对于那在具体

第一部分

44

在这幅为他远房堂亲索伦画的画中,尼尔斯·克里斯蒂安·克尔凯郭尔可能遵循了晚期浪漫主义的审美理想,而不是对自然主义可辨性的要求,——他可能是第一个承认这一点的人。这幅画作于1840年左右,因此与贝伦岑的《瑞吉娜》油画是同一时期创作的,这两幅画经常并列在一起。

尼尔斯·克里斯蒂安·克尔凯郭尔约1840年的绘画作品。皇家图书馆

1855年

1840年，当住在证券街的奥尔森家隔壁的画家兼石版画家埃米尔·贝伦岑为18岁的瑞吉娜画下一幅肖像画时，他没有想到他的这幅小油画会给他带来世界性的声誉。瑞吉娜——Regine 或 Regina，她的受洗名为 Regina，并在她的信件中署这个名——同年与克尔凯郭尔订婚，后者选择叫她 Regine，并带着她一起进入了文学史和哲学史的广阔世界。按她近50年的婚偶弗里茨说，瑞吉娜如此娇小，乃至她能够在雨滴间奔跑而不湿鞋。

埃米尔·贝伦岑1840年的油画。哥本哈根博物馆

第一部分

的女孩和虚构意义上被赋予了精神的人物形象之间已经发生的转变来说，这一点也是标志性的：瑞吉娜（Regine）这个名字最初根本没有被写入日记，而是在后来被加插进去的，并且是有着拉丁化的形式"Regina"。

在对不为人所知的"神圣"的颂歌之后，克尔凯郭尔日记中的书写记录又朝着所有可能的各种方向奔去；在同一天，即1839年2月2日，他在日记中又写了两段文字，但与瑞吉娜都没有直接的关系。1840年7月3日，克尔凯郭尔获得神学硕士，成绩是laudabilis（值得称赞），并在同月中旬去了日德兰，8月8日星期六从日德兰回来。整整一个月后，这位27岁的天才犯下了他一生中最幸福的错误。

1840年9月8日，奥尔森小姐在上完钢琴课回家的路上，被克尔凯郭尔赶上，克尔凯郭尔上前向她求婚。在这之前的一个月里发生了一些什么，从本质上说，是被埋入了不确定的元素之中。"笔记本15"用下面这些简要的句子描述了这个时段：

甚至在我父亲去世之前，我已经就她做了决定。他去世了。我阅读着准备考试。在所有这段时间里，我让她的生活与我的生活交缠在一起。/ 40年的夏天，我参加了神学考试。/ 然后，完全是无缘无故地，我去拜访了这家人。我去了日德兰，也许在那时就在稍稍地捕捉着她，比如说，通过在我不在场的情况下借一些书给他们，并且通过在某一本书中引导他们去阅读一个特定的段落。/ 8月份，我回来了。从8月9日到9月这段时间，在严格意义上，可以说是我让自己接近她的时期。

故事的一部分是，在克尔凯郭尔对波莱特·若尔丹怀着强烈的感情同时，奥尔森小姐一心想着的是自己的家庭教师，言行恰当而英俊的约翰·弗雷德里克·施莱格尔，而后者也肯定不会无视自己的学生的美好。有不少人认为，两人间的订婚本来必定是指日可待的，但这时却有这个克尔凯郭尔在那里。在瑞吉娜鼓起勇气告诉他关于施莱格尔的事情的时候，克尔凯郭尔坚持宣称："你可以谈论弗里茨·施莱格尔，直到审判日，——这帮不上你什么，因为我想要你。"[12]克尔凯郭尔以这些话来描述其对另一个人之存在的消息的反应："（……）当她谈到与施莱格尔的关系时，我说：就让这一关系成为一个括号吧，因为我毕竟还是有着优先权的。"

圣克罗伊岛——比今天的月亮更远

弗里茨则像个男人那样地接受了这事实，并沉浸在他的工作中。在海关总署和商务局的贸易与咨询办公室当了五年的见习生后，他在1847年被任命为首席办事员。1847年11月

第一部分

3日,他们在克里斯蒂安港的救主教堂举行了婚礼。第二年,弗里茨晋升为殖民地办公室主任;1852年,他像他父亲一样成了宫廷议员;对他来说,一切似乎都很成功,但在同年11月底,他的母亲去世了,1854年,政府决定了,他从1855年起将担任西印度群岛总督一职。

现在,弗里茨正在去那里的路上。他坐在其中一个"酷刑室"里,瑞吉娜在他身边,缓慢而艰难地行进着,目的地是大约7000公里外的三个小岛。由于他和瑞吉娜已经习惯了有一定水准的生活,他们带着他们的年轻女仆约瑟芬·珊斯霍夫。后者在他们身边服务了几年,是瑞吉娜的同龄人。7岁的玛蒂尔德·奥尔森,又被称为蒂丽(Thilly,有时拼成Tilly),也与他们同行。她是瑞吉娜的长兄奥卢夫·克里斯蒂安·奥尔森的女儿,他在过去七年中一直担任圣克罗伊岛的海关检查员。

随着黑夜的降临,蒂丽屈服于疲劳,睡了大半夜。瑞吉娜也成功地进入了瞌睡,——"然而我的睡眠是身体和精神如此极度疲劳的结果,乃至在睡梦中我也感受到自己的痛楚。"大风一整夜都不断地撼摇着公共马车。3月18日星期日早上7点,他们在索惹东北几公里处的"龙虾馆"旅馆停了下来。旅人们通常在那里寻求过夜的落脚点,但我们的这个小旅行团则继续向考尔瑟尔前进,并在早上11点到了那里。温度可怕地远低于冰点,所以大家是"极端地"需要喝杯咖啡

1855 年

暖暖身子的，但却没有这时间，因为要带旅客们去哈尔斯科夫海岸（Halsskov Rev）的车夫们已经等得不耐烦了。瑞吉娜曾希望风暴会把冰块逼得远离渡轮泊位，但实际情况却恰恰相反，大量的冰块漂移向海岸，使得出海成为不可能：

> 然后我们带着所有的行李上了马车，行驶了半丹里［加尔夫注：到哈尔斯科夫海岸大约是4公里的路］，在那里我们一直等机会等到4点钟，但机会没有来，因为我们直接正对着逆风，冰朝着陆地的方向漂移，所以没有这么急着出去的必要，于是我们往回行驶［到考尔瑟尔］，幸运地得到一个温暖的房间和一顿美味的晚餐。

自1828年夏天以来，英国制造的轮式蒸汽船墨丘利号一直在运送旅客穿越大带子海峡[13]。墨丘利号的长度刚刚超过20米，宽度为3.5米，配有一台双缸平衡发动机，功率为32马力，推进速度为每小时7.5海里。即使风向和水流都与航行方向相逆，墨丘利斯也能在几个小时内驶完这一路线[14]。同时，旅客可以在"舒适温馨的舱室"里的沙发椅上打哈欠，就像著名的旅行者亚当·欧伦施莱格尔在1834年和汉斯·克里斯蒂安·安徒生在后一年所做的那样。不过，与其他的几艘轮式蒸汽船一样，墨丘利号也受到不幸的季节性限制，——

第一部分

若是在冰上航行，它的大型桨叶有可能会被损坏。如果冰层开始在大带子海峡蔓延开，"溅水的玛莲娜"号[15]（老练的水手们嘲笑地称这船为"溅水的玛莲娜号"）必须被拉上岸，然后，任何希望穿越大带子海峡的人都被告知要去乘坐所谓的"冰上客运"。在1855年，从1月30日星期二到4月11日星期三，相当于72个日夜，在大带子海峡上有着这种"冰上客运"的运营[16]。

"冰上客运"的冰船本质上与普通船只一样，但其龙骨很薄，并装有金属片，因此它可以像大溜冰鞋一样在冰上移动。每条船上有五名水手和差不多同样数量的乘客。最强壮的人徒步跟在船后面，可以帮助拉船，船不时地在冰中沉没，必须被重新拉上来。因而这冰上客运并非完全没有危险，——一个月前，即1855年2月17日，三名乘客跌落进冰洞里，最后算是勉强逃过一劫活了下来[17]。

瑞吉娜、弗里茨、蒂丽和约瑟芬在考尔瑟尔待了整整三天，如瑞吉娜在信中所说，"这个不怎么有趣的小镇"，这说法不完全是没有道理的。自中世纪以来，考尔瑟尔一直是丹麦各部分间的交通枢纽，因此，它的特征就是有点破旧并有着一种临时存在的感觉，这通常是过境小镇的特点。欧伦施莱格尔称考尔瑟尔为"奇怪的、混杂的城镇"，并用"悲伤"、"黑暗"和"滑稽"[18]等如此不同的词语来描述它。1855年，考尔瑟尔的人口约为2000人，很难被称作是一个城市。

1855年

"摩西不湿鞋地渡红海,他的后代将在带子海峡上尝试同样的技艺",1861年1月的《插画时报》杂志以其特有的大胆登出了这句话,该杂志对乘坐冰船穿越大带子海峡的艰辛作了长篇的生动描述。"船队在白绿相间的数英里远的冰面上缓慢地步行移动,按冰的状况和起伏所允许的走向,一会儿向一个方向转弯,一会儿向另一个方向转弯。"海洋画家约翰·卡尔·诺伊曼描绘了这一场景,他的签名被刻在木刻右下方的冰壳上。

1861年1月的《插画时报》。皇家图书馆

第一部分

　　弗里茨和瑞吉娜没有感到受诱惑要去仔细观察这个小镇，而是留在了他们的酒店房间里。为了打发等待中的时间，瑞吉娜如前所述开始写一封"整张纸页规格的信"，在信中她概述了穿越西兰岛的主要路线。这封信是为"致我在哥本哈根的所有亲人"而写，要在信纸上写满旅途中的各种印象和想法，所以她只在"信纸已写满"时才会寄出。弗里茨坐在她对面，写着"他给勋章管理机构的生平描述"，该机构负责管理丹麦勋章颁发事宜，并负责获取每一个接受皇家勋章的人的生平信息材料。

　　终于，在3月21日星期三早上"6点半"，据说，将再有一次过海峡的尝试——

　　（……）是啊，我根本就无法真正搞明白，究竟我们是如何带着我们所有的行李物品出发和上船的，但最后我们都被安置在船上坐下，浑身包裹起来一直到鼻子，所以我们很温暖舒适，一开始有着杂乱的感觉，我们不得不与冰块作可怕的搏斗，雾气相当重，但当我们到达更远时，我们眼前几乎一直有着辽阔的水面。

　　当瑞吉娜谈及更多船时，这很符合这样一个事实：为了减少风险，允许一队船在运送者的监督下越过冰面，运送者必须评估，比如说，是否有正常航行的可能。就是说，冰船配备有船帆和船桨,因此它能够以正常的方式航行,——直到它再次被冰阻止。船上有罗盘、喇叭、水桶和各种供应品(诸如面包干和盐)的容器,但交通法规也规定,在越过海峡时总是必须携带白兰地和朗姆酒。考尔讷丽娅很有预见地给了瑞吉娜一小瓶番石榴朗姆酒,瑞吉娜把这酒斟给了船上的船员。船员们很感激这些能让他们精神焕发的饮料,而从整体上说,他们确实是"一些了不起的人"。

到了语言岛旁,大家尽可能畅快地吃了午餐,但没有人上岛,据瑞吉娜说,只是满足于送交出一些"供给物"。然后旅行又得以继续,天气仍然恶劣,旅程似乎需要持续很久,"但试想一下,六个小时以后我们就过海峡了"。在正常情况下,旅客们在四个小时内就可以渡过大带子海峡,但若是遇上大量的流冰,渡过大带子海峡可能需要好几天时间,所以瑞吉娜为能够在六个小时内完成旅行而表示松了一口气,这就完全是可以理解的了。

到了纽堡,他们要等待来自考尔瑟尔和语言岛的其他旅行者。可能是在邮庄酒店,也被称作沙尔堡酒店,他们吃了一顿期待已久的晚餐。渐渐地,要进一步被运送的人员和货物都集中了起来,——"我们有6辆邮车,一大堆人,因此,一般来说,相当混乱,货物和人员必须载入新的车厢里"。瑞吉娜当然担心蒂丽是否能够应付得了这许多麻烦事,"但想想这可爱的小家伙,她给我们带来的不便如此之少,她心情总

第一部分

是很好，胃口很好，在所到的地方她都能睡觉，不管是在马车上，还是在椅子上，但若是能到床上，她就会非常高兴"。约瑟芬不太高兴，因为在正常的倒腾和重新打包装箱的过程中，她忘了把她的"帽盒"放进行李，显然它没有被带上从哈尔斯科夫过来的冰船。约瑟芬对自己的这件倒霉事非常恼火，但希望遗漏的东西很快会被寄给她。

乘坐驿站马车穿越菲英岛，经过欧登塞到达米泽尔法特的进一步旅程是在浓密的冬季黑暗和越来越大的风暴中进行的。"我们在凌晨3点和4点之间到达米泽尔法特，这是一场狂烈的风暴，所以是一个艰难的渡海过程，但它只持续了一刻钟，所以还是能让人承受。"斯诺赫伊是该地区的一个交通枢纽，从米泽尔法特到斯诺赫伊是乘坐轮渡。然后又有更多的等待时间和更多的重新打包装箱，可能又要坐一辆公共马车，这样，旅客就又会面临丢失帽盒和其他珍爱的财物的风险。但在斯诺赫伊换乘日德兰半岛的公共马车的过程最终是成功的，这种马车通常有四匹马拉着，并有多个伴行车厢[19]："从斯诺赫伊我们终于坐上了将要带我们一路向南的公共马车。"

公共马车要通过科灵，那里开始飘下第一片雪花。"现在我进入了旅程中有趣的部分，令人感到可怕的部分"，瑞吉娜警示着地对自己的读者写道。就在哈德斯列夫用餐的同时，他们透过驿站房舍露水密布的窗户观察到：暴风雨的天气变得越来越厉害,他们原本打算稍稍绕行一下去拜访约纳斯·克里斯蒂安和他家人的计划泡汤了。约纳斯·克里斯蒂安(他通常被称作约纳斯)是瑞吉娜的二哥,他从1850年11月起担任奥本罗教区海勒瓦德和埃格瓦德教众的牧师。约纳斯出生于1816年,于1837年,和克尔凯郭尔一样[①],毕业于公民美德学校,然后他和克尔凯郭尔一样,开始在大学学习神学,并于1842年以laudabilis(优异,值得称赞)的成绩毕业。在"克尔凯郭尔与瑞吉娜决裂所引发出的痛苦和羞辱"的印象之下,他在一封所谓的"短信"中宣告出对克尔凯郭尔的炽烈仇恨,克尔凯郭尔在他的日记中用以下的话评论了其中所表现出的激情:

> 如果我的好朋友约纳斯·奥尔森,像他在他那封令人难忘的短信中写的那样,真的能以前人从不曾有过的恨来恨,那么我会很高兴能有幸与他成为同时代的人,很高兴能有幸成为这种恨的对象。

约纳斯不是一个恶意怀恨的人,而是一个安静而有修养的人,他与小他近10岁的劳拉·汉莉耶特结婚,当时他与她有四个孩子,但后来随着时间他们有了九个。瑞吉娜和弗里

[①] 译者说明:克尔凯郭尔于1830年毕业。

第一部分

茨想与约纳斯和他的家人正式告别,因此,在从哈德斯列夫到奥本罗的路上,他们原本是想从南行的公共马车上下来,坐一辆小马车朝正西方向行驶十几公里,前往海勒瓦德。然而,这却是一个他们不得不放弃的计划:"雪和风暴越来越大,现在我们正在前往奥本罗的路上,我们本应在那里离开这条路线,去约纳斯那里,但在路上弗里茨说,我们不得不放弃这打算,因为在这种天气下这是不可能的。"

他们无法实现他们原本的计划,这让瑞吉娜感到郁闷,——"我的所有悲伤想法一下子涌上心头,几乎把我淹没"——但在后来,随着她距离奥本罗越来越近,她不得不承认弗里茨是对的,要去海勒瓦德是根本没希望的:

> (……)因为天气越来越差,所以我想,在两天一夜的车程之后,我们越早到达弗伦斯堡并躺进一张好床,就越好。于是我们继续前进,但这是什么样的天气啊,大雪在暴风之中纷飞,乃至马车在离弗伦斯堡一英里的地方在雪里陷住,我们在那里坐了两个小时,直到马车检票员从最近的村庄找来人,然后当我们被推出雪地而松动时,马匹已经如此精疲力竭,以至于我们几乎无法到达镇上。

终于,他们驶完了最后一英里,在夜里"1点到2点之

1855年

间"抵达弗伦斯堡。尽管这样,各种麻烦却远远没有结束:

试想一下,到处全都是那些在我们之前到达的旅行者,这样,我们不得不带着可怜的孩子从一个旅馆到另一个旅馆,而且是在嘎吱作响的大雪堆中。最后我们到了最大的旅馆,它本来是向我们保证了那里有床位的,结果我们也被拒绝进入,但是后来我说,他们总不能拒绝让我们坐在椅子上,我想进去,但试想一下,人们会变得多么恶劣,在我们在那里待了一会儿并尽可能舒服地让自己坐在沙发上的时候,他们来了,说现在为我们中三个人安排好了床,弗里茨没有床睡,尽管我看到有好多床,蒂丽和我还算是在一个冰冷的洞窝里进入了屋檐之下,喔,这是一个夜晚,因为对于人们"想把我们留在街上"的这种恶劣的印象是如此之强烈,以至于我因愤懑而哭了。6点钟,我起床了,感谢上帝,很精神,我赶紧把他们全都叫醒,以便在8点钟上火车,但由于我们住在三个不同的楼层,而且我们得到的服务如此糟糕,弗里茨还得先去驿站取我们的其他行李,所以我们没能坐上第一班火车,而是坐了中午的火车。我给约纳斯写了信,所以现在我已经对城外的所有亲戚都说了再见。

下一班去伦茨堡的火车是12点半出发,这段行程与公共

第一部分

马车迟缓笨重的旅行完全不同，很舒适。有三种座厢等级：一等座，你可以在带有红色毛绒靠背的悬空座椅上舒适地坐着，地板上有地毯。二等座，提供舒适的灰色毛绒座椅，但没有地毯；这个等级主要为公务员、国家议会中的成员和其他富人服务的，所以弗里茨买的可能是这个等级的票。三等座是为不太富裕的人准备的，他们不得不在座位紧凑的座厢里，坐在简单的、没有弹簧坐垫的座位上。[20]

在下午3点按计划到达伦茨堡后，出现了协调货运和客运的问题。瑞吉娜认为，列车的晚点是由于"两条铁路之间的嫉妒"，他们只是想尽可能地"互相骚扰"。等待的时间让她能够看一眼伦茨堡，为她这封渐渐地变得相当长的信买更多的墨水。弗里茨把他的名片寄给了年轻的法尔贝，后者同样也在去西印度群岛的路上，但现在在伦茨堡生病了，因此派出穿着全套制服的父亲作为自己的代表——"而我们几乎永远都摆脱不了他，这个废话连篇的家伙"。3月24日星期六，他们经阿尔托纳抵达汉堡，住在斯特莱茨酒店，瑞吉娜用新买的墨水继续写信，结果发现这墨水是如此"差劲"，乃至她不得不写"两遍"才能画出"一条线"：

> 星期六。汉堡。我们今天早上10点多一点到达这里，我们5点前就起床了，但我们也是在9点前就睡觉了的。除了有点伤风，我们都很好，但在这样的天气

里，怎么可能会有什么别的情形呢？现在，我们已经在连续不停的雪天里旅行了三天，的确，今天的天气是如此糟糕，以至于在这里我从斯特莱茨酒店（我们根据埃米尔的建议入住这里）的窗户看不见汉堡的丝毫美景。本来当我在恩斯勒夫的全景图上看到这个区域时，我倒是觉得它很美，但一切都被一层厚厚的雪覆盖着，我完全可以理解，没有什么能在这之中冒出来。这条街道就像一幅哥本哈根最糟的街景那样乱糟糟的，所以我想没有什么可看的东西能让我出门，无论是坐车还是步行。

就是说，是姐夫埃米尔推荐了这家斯特莱茨酒店，其地址在处女堤。如果一个人来到汉堡并且有着"不是随便什么人"的优越特权，那么他所住的也就会是"斯特莱茨"。当功成名就的安徒生在1845年11月访问这座城市时，他带着自我意识住进了斯特莱茨，但随后在半夜惊醒，因为他认为"房间里充满了燃气空气"，所以他"几乎晕倒"，不得不起身喝了一杯水。[21]

10多年后，瑞吉娜在斯特莱茨宾馆里坐着，有点伤风，无可奈何地望着消失在一层"厚厚的雪雾"中的城市。弗里茨冒着暴雪出去了一趟，带着一只用"涂了漆的锡片"做成的棋牌筹码匣子回来，据瑞吉娜的评估，他为此付出了过高

第一部分

的价钱——"这里的人都是犹太人"。他现在正穿上他最讲究的衣服,这样他能够以得体的形象去与丹麦总领事亨德里克·蓬托皮丹相见——"是的,我们是上等人"——他是一位富裕的绅士,他的公司提供大量贷款,特别是向日德兰银行提供贷款。瑞吉娜不知道这次会面会持续多久,但弗里茨刚离开没多久,瑞吉娜就开始不无风情地担心起来,会不会是一个"汉堡美女绑架了他"。她自己也换上了自己"很好的旧缎子长裙",以便为下午4点开始的公共晚餐,即所谓的"宾馆客餐"做好准备。瑞吉娜本来是希望等回到自己的酒店房间后会有一些愉快的事件可用于她的信中,但事实上并没有这样的事件发生:

——现在我们吃完饭上来了,我们得到了很好的餐食,除了我之外只有一位女士,一起用餐的人们都挺乏味,没什么可说的。因此,现在我就要结束这信了,这样你们最终可能不会对这封长信纯粹地感到绝望。我们明天早上离开,并将努力尽快赶到伦敦,不幸的是,我们在那里只停留几天。——现在,再见并且感谢,再次感谢你们的爱,愿你们都保存有同样的对我的爱,直到我回家,你,我亲爱的老母亲,愿你一切安好,在你所去之处愿你都能够感到舒服,还有你,亲爱的父亲[弗里茨的父亲],愿你身体健康,还有你们,我亲爱的嫂子们，感谢你们的所有善意，还有你们，心爱的姐姐们，还有埃米尔和可爱的孩子们，哦，还有我的心肝雷格纳，问候他，亲吻他，还有亲爱的姑妈和我的所有亲人，好吧，我几乎无法提到你们所有人，但却没有人是因此而被遗忘的。弗里茨和玛蒂尔德也一起送来了爱的问候和亲吻。

在签下自己的名字"你们的小瑞吉娜·施莱格尔"[22]之后，她在一个简短的后记中想起，也应该向莱欧诺尔问好，而且姐姐玛丽亚最后要向索尔登费尔特兄弟问好。在这两句话之间，瑞吉娜写道："向所有人，所有问起我的人，问好。"所有人——这当然能够是如此多人，但也许瑞吉娜想到的是一个她不能够提及名字的特定的人。

第二天早上，3月25日星期日，旅程朝着伦敦的方向继续，但瑞吉娜和她的同伴们在英国首都经历了什么，以及其余的旅程是如何进行的，我们不得而知，就是说，瑞吉娜的记述从未到达哥本哈根的家人那里。在后来的一个场合，当谈到这封信无影无踪的消失时，她称此为"悲惨的"：家里的姐姐们因为命运的不公而被骗走了"我们到达南安普敦时我写给你们的信，信中有着对我们所经受的所有危险和痛苦的描述"。考尔讷丽娅几乎放弃了在瑞吉娜和弗里茨离开伦敦之前得到他们讯息的所有希望，但后来另一封信到了，"在你们

第一部分

寄出后的第九天终于到了，多亏了仍在带子海峡上全然运行的冰上运输，为此而感谢（……）是的，瑞吉娜，我心中最热烈的感谢，感谢每一行字，在这寒冷的黑暗时期，看来天意好像忘记了送来春天和温暖，这每一行字都是阳光"。在与旅行者们挥手告别后，考尔讷丽娅和埃米尔陪同年老的瑞吉娜·弗莉德丽克回到老广场"空荡荡而阴郁的住处"。蒂丽的哥哥雷格纳作为仍留在家里的人受到了双重关注："埃米尔只要看他一眼就会想起自己的妹妹[23]，他带着爱把这个男孩揽进自己怀里。"不过，考尔讷丽娅却也并没有察觉"有很大的悲伤在他身上发作，他不断地把这悲伤转化成其他人的，因为他说：'蒂丽肯定为我哭得很厉害，姨妈肯定会为我没有同行而感到伤心'"。因此，奥卢夫是不该把雷格纳看成是"无家可归的小孩"的，因为他的叔叔舅舅们都争着和他玩，"是的，他的力量如此之大，以至于上周日他强迫埃米尔舅舅穿上自己的制服，然后他自己也穿上了，并发现他看起来像（……）穿着制服的弗里茨姑父。"表演结束时，考尔讷丽娅的女儿们轮流穿上了制服，这引出了很多欢愉，"尤其是小奥丽维娅，她拖着长大衣跟在后面，真是一个无价的宝贝"。

家里的其他人则比较难以把自己全心全意地交付给笑声。大家通常在周日聚会，"这样，变化就不会显得太突然"，他们打牌喝茶，一起唱点歌，但思念为这种聚会投下深深的阴影："没有了兄弟般的朋友弗里茨，埃米尔非常郁闷。"小外甥女们也很难接受这新的境况："孩子们多么频繁地想要去看一次瑞吉娜阿姨和弗里茨叔叔，这是我无法告诉你的。"考尔讷丽娅自己已经非常强烈地想念瑞吉娜了。有一天，她在教堂里看到了"一张小脸"，与瑞吉娜的脸如此相似，以至于"我不得不强行克制住不让自己走过去"。考尔讷丽娅无法忍住眼泪，泪水顺着她的脸颊淌下来，但她这样安慰自己：她至少要把它们哭出来，用泪水为"她离去的妹妹对她所意味着的一切"而感谢上帝。

十九世纪中期，要从哥本哈根到达西印度群岛，前20英里可以通过铁路到达罗斯基勒，之后再乘坐公共马车继续旅行。如果大带子海峡在那个冬天有冰，就必须用所谓的冰船越过海峡。

第一部分

考尔讷丽娅的信在瑞吉娜从南安普顿启程出航前到达了瑞吉娜手中，这在无告的航程中是非常及时的鼓励："在蒸汽船的甲板上，我是多么地感谢你温馨的长信，当我独自躺在我的铺位上时，这是我最快乐的想法。"就是说，这一航程绝不是愉快的。后来，她也回忆起，她是如何"在伦敦和在蒸汽船上，一方面苦于饥饿，一方面又苦于对食物的厌恶"，这时她的思绪转向考尔讷丽娅以及她们一起在胡姆勒贝克的美好早晨——"然后我想到了我们的早茶，我嘴里和眼里都流出水来"。

维尔京群岛

前面是圣托马斯岛、圣约翰岛和圣克罗伊岛。它们被称作维尔京群岛，是小安的列斯群岛的一部分，该岛链将大西洋和加勒比海分开。大安的列斯群岛包括牙买加、古巴、波多黎各和伊斯帕尼奥拉等岛屿。维尔京群岛位于热带，北纬18-19度，西经65度，所以可以说，赤道就在一旁。

圣托马斯岛的面积为81平方公里，相当于丹麦艾尔岛的大小，圣约翰岛的面积为51平方公里，刚好覆盖丹麦凡岛，而圣克罗伊岛的面积为215平方公里，与丹麦默恩岛的面积大致相同。瑞吉娜未来五年的居住地将是一个长约34公里、宽略超过9公里的地方。如果你把这三个岛加在一起，总共面积不到350平方公里，和丹麦洛兰岛差不多大。[24]

从欧洲人的角度来看，这些岛屿第一次出现在历史上是1493年11月14日，当时克里斯托弗·哥伦布在一个让人痴迷的美丽小岛上抛锚，他将之命名为桑塔克鲁斯，即圣十字。他在日记中狂喜地写道："这是一个愿望之国，一旦你了解了它，你就永远不想离开。"[25]在随后的日子里，他航行在天堂般的水域中，并绘制出岛链中其他岛屿的海图，他将其命名为维尔京群岛，以纪念圣厄休拉和她的11000名处女，——根据天主教的传说，她们是在公元三世纪的某个时候殉教的。整个地区被命名为西印度群岛，正如我们所知，因为哥伦布到达美洲后，以为自己终于找到了通往印度（这是他第二次发现之旅的目的地）的海路。因此，哥伦布以自己有缺陷的逻辑把他在这些岛屿上遇到的原住民称作"印第安人"。

当一种文化被"发现"时，它的毁灭就被预示出来，这似乎是一条没有太多缓和性例外的规则。这里的情形也是如此。1512年，因为了解到印第安人对西班牙海员的攻击，并了解到他们不适合做奴隶，也许特别是因为知道到他们的食人风俗，西班牙国王费迪南德决定消灭西印度群岛的所有印第安人。在令人震惊的短短几十年里，这一决定被付诸实施，因此，当欧洲海军强国诸如英国、法国和荷兰在16世纪初开始殖民时，这些岛屿几乎是荒无人烟的。

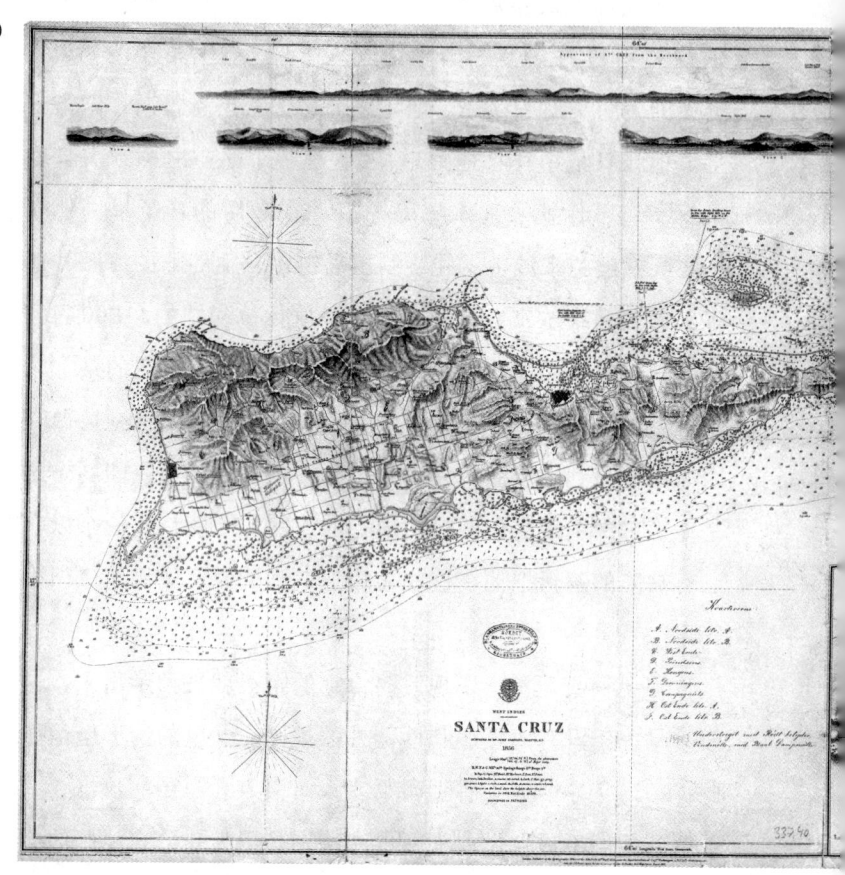

第一部分

1855年

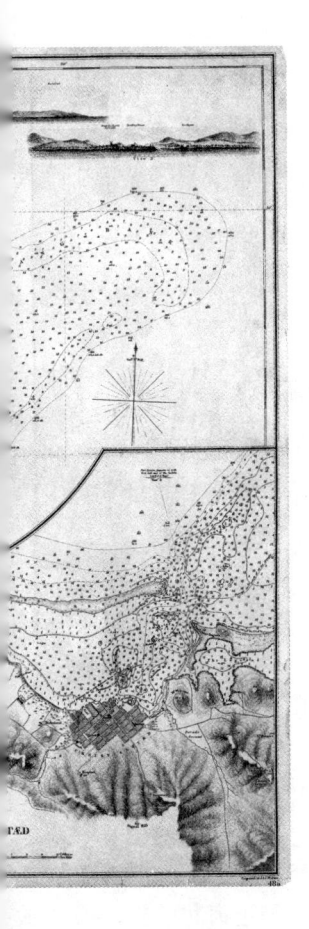

圣克罗伊岛，或者如哥伦布在1493年所命名的，桑塔克鲁斯，长约34公里，宽约9公里，因而与丹麦的默恩岛一样大。该岛的首府是位于北海岸的克里斯蒂安斯泰德，而弗雷德里克斯泰德则位于远远的西边。方块表示岛上的种植园区，以整数计算，每块土地的面积为100丹亩（相对于136.31英亩或551.62平方米）。在广阔的田野周围，高大的甘蔗丛在轻盈的信风中摇曳，种植园主住在很有气派的建筑中，其中一些是正规的庄园或古典风格的小豪宅，其名称包括 Aldershvile（丹麦乡间别墅的名字）、Fredensborg（丹麦小镇的名字）、Work and Rest（英语：工作与休息）、Upper Love（英语：更高的爱）和 Lower Love（英语：更低的爱），另外，其最近的邻居被称为 Jealousy（英语：嫉妒）。最接近现实的种植园名词是 Hard Labour（英语：苦役）。

1856年的圣克罗伊岛地图。国家档案馆

第一部分

然而，这一区域仍有一些较小的岛屿避开了海上强国们的关注，其中包括圣托马斯岛，哥本哈根的投资者们派出的第一批丹麦殖民者在艾瑞克·尼尔森·斯迈德的指挥下于1666年抵达该岛。他能够毫无麻烦地以丹麦国王的名义占领该岛。斯迈德在抵达后不到三个月就去世了，在那之后，黄热病和疟疾等热带疾病，以及外来的袭击、海盗的骚扰和猛烈的飓风，使大多数船员在可预见的几年内都回到了自己的祖国。

关于遥远的殖民地的可怕条件有各种传言，这是可以理解的，因此，前往西印度群岛的旅行通常不是人们直接就会愿意和期待去做的事情。因此，在丹麦人们决定将受管教的犯人、退业的妓女和其他有着可疑人生史的无产者们强行派送过去。1682年，他们想要以有着更多不同经验的约尔根·易瓦尔森·戴佩尔取代总督尼古莱·埃斯米特，但又无法召集必要的人手进行远航，于是他们决定将所有在霍尔门岛被判刑带铁镣的无期徒刑犯送往遥远的天边外，由20名生活放荡的女士陪同！可以预想到的是，混杂的船员组合带来了不恰当的共处和激烈的冲突，这船几乎还没驶出英吉利海峡，哗变就已经成了事实：先是荷兰船长被枪杀并被扔进海里，然后戴佩尔和其他五名高职人员也被枪杀扔进海里。戴佩尔的妻子在启航后不久就分娩了，她遭受了最可怕的强奸，无辜的婴儿被扔下船。

1855年

圣约翰岛的制糖厂。瑞吉娜带着感人的热情将糖送到大西洋彼岸，分发给哥本哈根的家人和朋友。糖是几乎无法想象的、非人的劳作的产物，圣克罗伊岛的烟囱、无数的灶房和圆锥形的糖厂明确地表明，"白色黄金"需要准备和相当大的牺牲。经过14-15个月的生长，甘蔗被切碎并运送到种植园的制糖厂，在那里，一些奴隶将甘蔗送入旋转的圆筒中，将汁液从茎部压出。由于奴隶有时不小心可能会把他的手，甚至整个手臂压在滚筒之间，所以磨坊里有一把宽刃斧，可以迅速地砍掉被卡住的肢体。

第一部分

63

红糖在所谓的加工坊外面被倒入底部有孔（以便让糖浆可以流掉）的木桶中，在运出之前必须经过克里斯蒂安斯泰德港口码头上的称量棚。这一有着开放式的大门和置于中央的磅秤的建筑建于1855年，但称量棚自第一个殖民时期起就发挥了重要作用，通常为磅秤管理员提供了很好的赚钱机会。彼得·冯·肖尔腾就是这样，他作为圣托马斯岛的磅秤管理员开始了其职业生涯，并在1835年达到顶峰，当时他43岁，被任命为丹麦西印度群岛总督。

无日期的照片。米凯尔·希恩

1855 年

64

View over "La Valee" St. Croix D.W.I.

65

圣克罗伊岛有着多样的自然环境，其丰富的轮廓比圣托马斯岛和圣约翰岛要柔和得多。如果你从东海岸向西走，你就能看到景观的变化，从到处都是荒芜的田地和具有特征性的仙人掌的沙漠荒野，到岛屿中部平坦、郁郁葱葱的蔗糖平原，再到深谷交错的绿色茂密雨林，而蓝山和鹰山这两座山则高达近 400 米。

无日期的照片。米凯尔·希恩

第一部分

边远区域的殖民化和管理最初由西印度-几内亚公司负责，该公司于1671年由皇家拨款建立，以刺激丹麦在西印度群岛的参与。[26] 公司是作为一家股份公司来组织的，它的总部设在哥本哈根，有行政大楼、仓库和船厂。公司随着对西印度群岛和几内亚贸易的国家意义上的垄断，也获得了经济上的优势和特权，包括对利润丰厚的炼糖业的独家权利。作为回报，公司必须保证定期航行到殖民地，确保一定数量的丹麦商品的销售，同时免费运输国王的货物。1672年，公司获得了圣托马斯岛作为其在西印度群岛的第一个殖民地。圣约翰岛在1718年加入。最后，公司在1733年买下了桑塔克鲁斯，它自17世纪中期以来一直在法国人手中，因此被称为圣克罗伊岛。这里有一件奇怪的事：丹麦实际上占有了第四个西印度岛，即螃蟹岛。丹麦人在1682年成功地占据了这个岛屿。丹麦国旗被竖立起来作为所有权的标志，但丹麦人却无法在军事上保卫这个岛，因此，螃蟹岛，或通常以丹麦字母写出的 Krabbe-Ejland，几个世纪以来一直是一个基本无人居住的海龟天堂。今天，螃蟹岛被称为别克斯岛，属于波多黎各。

1733年对圣克罗伊岛的购买是西印度-几内亚公司终结的开始。就是说，一些私人投资者和商人表现出有兴趣接管公司的活动，而政府在认为垄断可能会阻碍发展的时候，股东们的股份在1754年被收购，公司被解散。殖民地的管理等等事务在那之后就由严重酗酒的弗雷德里克五世负责，他在1755年取消了对贸易和航运的管制，使其臣民中有钱的那些得到好处并感到高兴。

在那个时候，旅行不是为了生活，而是为了生存，——也是为了挣钱，如果事情进展顺利，而自己的良心又不至于太脆弱的话，就能够令人发指地赚大钱。所谓的三角贸易有巨大的利润，这种安排构思非常巧妙，但又在同样的程度上非常不人道：在哥本哈根的船上装载各种容易交易的货物，如镜子、帆布、烈酒、铁、铜、燧发枪和弹药，然后在北风的帮助下，迅速向南航行。在船经过了马德拉群岛后，东北信风把它吹向非洲西海岸，它在那里抛锚，把带来的货物卸空，再往里面装满黑人男子、妇女和儿童。然后他们启程前往西印度群岛，在那里这些黑人作为货物被带上岸，卖给当地甘蔗种植园的主人。卸空了的船再装满供哥本哈根加工的糖浆，不过也有空间加载朗姆酒、烟草、生姜、肉桂树皮、棉花和来自雨林的实心红木板等殖民地货物。一旦货物到达丹麦，这船就又以最快的速度重复这一旅程。

"圣克罗伊岛是个天堂！"

这些在前方等待着岛屿的情况，弗里茨和瑞吉娜并不是一无所知。在离开南安普敦的时候，他们知道前面有着一段

第一部分

危险的旅程。诚然，不再有人会像哥伦布起航时害怕驶入深渊，但仍有着其他远远更为实在的危险让人担忧：飓风、沉船和热带疾病。对这些丹麦殖民地的探险可能会是致命的，并永远地改变一切，这是蒂丽能够带着最大的痛楚谈论的事情。她的故事一开始确实像一场快乐的冒险，但被一场悲剧打断了，这场悲剧构成了她现在与瑞吉娜阿姨和弗里茨叔叔一同前往圣克罗伊岛的背景。

1845年11月3日，瑞吉娜的长兄奥卢夫在哥本哈根的救世主教堂与劳拉·伊西多拉·温宁结婚。当时劳拉还没有满23岁，而奥卢夫已经过了30岁。劳拉是考尔讷丽娅的丈夫埃米尔的妹妹，所以随着他们的婚姻，奥卢夫和劳拉可以说是被保留在了家族之中。1846年9月底，他们生了一个男孩，叫雷格纳，差不多两年后，当这个小家庭登上"警戒号"驶向圣克罗伊岛时，劳拉又一次怀孕了。

1848年2月25日，奥卢夫在一封长信中向他的妹夫埃米尔讲述了早期的情况，他在信中以快乐的赞叹开始。"圣克罗伊岛是一个天堂！"奥卢夫特别想到了可怕的大自然，但构成这个丹麦家庭框架的大房子不缺乏美好的价值，恰恰相反：

> 今天是我们搬进住所的第8天，它很漂亮地坐落在一个山坡上，我们可以俯瞰船厂和湖的景色，有一个可爱的大厅或起居室，40英尺长，还有一个珍贵的画

1855年

廊,在第二层有好几个房间,最后:在底层的下面,但不是在地下,有一个温馨舒适的浴室,是一个砖砌的浴池,天花板被切开,还有一个用于舒适美好的淋浴的设施——你明白吗,我亲爱的朋友,我有着怎样程度的享受?!然后,作为一个必要条件,还一个奇妙的大蓄水箱。钢琴立在大厅里(它在旅途中被保护得很好,只有一根弦断了),我们要感谢你的亲切关怀,使我们的长期分离变得甜蜜;墙上挂着我们收藏的许许多多绘画和石版画,现在,尤其是在我们打开行李后的第一时间,我们的眼睛和内心都感到由衷的愉悦。画廊里立着我的大书架,已经是漂亮地上了漆,我的藏书几乎占满了庞然大物上的所有格子。而且它相当结实,虽然有些部分是零散地拼起来的,而且是一个各种材料的混合体。这里有一个相当大的院子,带有一个大黑人房,还有一个没怎么打理的小花园,里面有着比如说几棵橘子树,一棵杏仁树,一棵奥塔海蒂树,还有一棵橡胶树。

奥卢夫和劳拉完全能够感觉到,他们是两片在陌生国土上未被描述的叶子。当然,没有什么人因为想要进一步认识这两位新搬来的年轻人而来串过门,但这尤其让劳拉觉得非常合适:

第一部分

来自公众的热烈欢迎完全没有发生,这对劳拉来说是一个很大的安慰,她像一个真正的奴隶一样,总是拖着那淘气邋遢的男孩,这样,接待任何一个人都会让她觉得烦,更不用说我因为看见她每天这样痛苦并且让自己虚弱下去而感到的悲伤了——

劳拉是个娇美的女人,但也很虚弱,当小雷格纳光着屁股在亮堂的客厅里快乐地跑来跑去要与妈妈一起玩耍时,她会产生令人担忧的心悸:

关于这孩子,我可以说,他的状态非常好,在"警戒号"上的时候尤其明显,特别健康,而现在,我们看他穿着小衬衫在这些大房间里独自跑来跑去,在他的"好妈妈"面前,有时候还会在他的"吧台"前,一会儿逗惹着,一会儿撒着娇,这样,大家当然会感到一种奇妙的喜悦。但我不能不为他没有节制而烦人的表达方式以及他给他母亲带来的所有难以言喻的麻烦而感到难过,他母亲除了受炎热的折磨外,还在极大的程度上受蚊子的烦扰,以至于我非常担心有一种叫作血脓肿或蓝脓肿的危险继发病症会来侵袭她。

正当奥卢夫坐在那里用忧虑和思索填满他的信纸时,劳

1855年

拉像一个天使一样抱着满怀的玫瑰花走进房间:"就在此刻,劳拉向我展示了我所见过的最可爱的玫瑰花属,一枝上有三个绽开的和两个未绽开的花蕾。"这么多的美丽只能被解释为是对幸福的承诺。在属于这座房的花园里,有两棵玫瑰树,奥卢夫每天都会从树上摘下"四五朵饱满而芬芳的玫瑰"。劳拉的玫瑰则不同,它们是来自杰勒鲁普少校的一个高级园圃,那天早上,少校以满满一篮子的花取悦劳拉。人们留意到了这个漂亮的丹麦女人,是的,有一天,奥卢夫正在工作时,一位将军突然来访,让"我的穿着睡衣的劳拉"感到意外。不久之后,奥卢夫和劳拉被邀请参加在总督府举行的舞会,总督彼得·冯·肖尔腾第一次向劳拉致意,而那位多少有些不幸的将军则在更得体的境况下再次见到了她。当天早些时候,奥卢夫的老指导,"作为单身汉和投资者,经营着一个优雅的小府邸"的阿尔讷森,为奥卢夫和劳拉安排了一个晚餐宴会,总督的兄弟宫廷侍臣弗雷德里克·肖尔滕也被邀请参加。阿尔讷森的慷慨和善良看来是没有边界的:"他还派出自己的马车送我的夫人去参加舞会,并向我展示了我所能希望得到的所有绅士式的善意。"舞会在总督府邸里继续进行。这府邸宏伟的装饰和丰盛的佳肴简直让最习惯于餐宴的人都喘不过气来,并且使得奥卢夫在他的信中加入了一个浪漫的画面:

舞厅是富丽堂皇的,对北欧人来说是一个真正的奇

第一部分

迹，整个舞厅有两条平行的长廊（这些长廊可以防止有灰尘落下，并保持着最昂贵的凉爽感），在舞厅里，一个人就同自己的女士们一起在舞者们之间穿梭。——月亮透过拱形的窗户照进来，他从窗户里伸出手来，从高大的橘子树上摘下一个成熟的果实，橘子树茂盛的叶子在外面低语，他把这果实递给他的女士，你有着一整个我相信只属于意大利或西班牙的浪漫场景。舞会是美丽的，音乐糟糕，但有漂亮的克里奥尔人和好多冰激凌！

奥卢夫让埃米尔明白，在总督家的聚会远非总如此壮观，有时这活动只是让人在形式之中感到厌烦："每个星期一和星期四晚上，总督都会举办一种晚会，人们在那里交谈或打牌，但除了茶或酒之外，没有其他娱乐活动，在这些晚会中到场被视作是一种义务。"奥卢夫在信的结尾处向埃米尔周围的人们问候，并要求大家拿起笔，为旅居国外的丹麦人发送一大堆来自祖国的坚实的生命迹象：

请向我两边的亲戚致以最衷心的问候，并恳请贝伦岑、约纳斯和施莱格尔现在都给我写长篇而有趣的信，让我有理由原谅这些坏蛋，我在日德兰时他们从不写信，姐妹们会写的，我知道，在她们身上也有另一种品性和矿藏。从你自己这里，我们完全可以期待会有一些你特有的漫无边际的长篇涂鸦过来，在每一页纸上写上一句句子。（……）今天，2月28日，我们收到了国王［克里斯蒂安八世］于本月20日去世的令人伤心的消息。伤心！伤心！在许多方面都伤心！

"但我可怜的妻子情况一点都不好"

奥卢夫和劳拉尽最大努力了解国内的情况。1848年5月18日星期四，奥卢夫感谢埃米尔，忠实的妹夫用"克里斯蒂安号"双桅船给他们寄来"飞行邮包"的包裹。关于他们自己的现状，奥卢夫既骄傲又忧虑地写道：

> 我们的小女儿，正如你已经知道的那样，在5月3日快乐和健康地来到了这个世界，她的状况完全就像她哥哥一样好，但与他不同的是，至少在表面上，有着更温和、要求更少一点的性格，这对我可怜的妻子多少有点好处，因为她最近几天一直在更剧烈而更持久地承受着悲惨的心悸。

奥卢夫本人的状况也不是很好，只勉强过得去。一段时间以来，他除了自己"通常的食欲不振"外，还患有"令人厌恶的萎靡感"，他把这归因于热带的气候。家里人的健康

第一部分

状况也一直有着一些小问题:"我很遗憾地告诉亲爱的母亲,她如此认真地要求了解的雷格纳的肚脐情况没有得到任何改善。"这位小朋友总体上的"顽劣"使得运用一种恰当的药物治疗变得几乎不可能,所以最好还是看随着时间事情会怎样。雷格纳没有呈现出任何虚弱的迹象,他很健壮,很适应这个世界,这在一种程度上让奥卢夫心中充满了做父亲的喜悦和对未来的希望,以至于他简直就不敢相信自己的眼睛,并因此不得不对所有的美好持有一小点反讽的态度:

至于他的健康情况,我可以安慰她和你们所有其他人,他的情况好极了——怎么会不好呢:他整天只穿着衬衣走来走去,不停地吃喝,食量和我们其他人加在一起的差不多。他发育很迅速,以一对胖胖的罗圈腿在楼梯上独自爬上爬下,不过,这双腿的力量还不足以阻止他走路时的蹒跚,这是因为这小小的市长肚子总是被填得很满。这孩子还表现出很好的"感觉",就像英语中所说的那样:他第一眼就发现了桌子上最好的东西,并且清楚地知道所有可以吃的东西都放在哪里。他还模仿各种各样的声音来说话,特别是英语单词;他非常崇拜我们的黑人女仆,喜欢黑人舞蹈,还有黑人歌,他很可笑地模仿着。简而言之,他是在自然状态中成长着的人的一个标准标本。在其他方面还可以说一下的是:他仍然是一头结实的小猪。

雷格纳的妹妹将在几周后接受洗礼——"她的名字将是玛蒂尔德"。星期天将是劳拉在她生产后第一次去教堂,她对她和奥卢夫蒙福得到的这健康美丽的女儿充满感恩之情。然而,奥卢夫对他年轻妻子的身体状况感到担忧:

> 但我可怜的妻子,她的情况一点也不好——从早上到下午四、五点钟,她一直被心悸和随之而来的疲劳折磨着,以前从来没有这么可怕过,我每天离开家,看着她受苦,几个小时后回来,又看见我不忍心为你描绘的情景,唉,亲爱的埃米尔——!

这破折号以其自身清晰的语言在叙述,就是说,奥卢夫仿佛已经置身于在未来等待着他的恐怖之中。不过他仍希望"气候"的变化能让一切好起来。然而,管天气的诸神和其他天体生灵却注定要让这位魂飞魄散的海关公务员失望:不到六个月,就在1848年12月16日星期六,心脏脆弱的劳拉去世了,年仅26岁。留给奥卢夫的是一个婴儿,一个两岁的男孩,无法估量的悲痛和完全控制不了的生活。与此同时,奴隶造反使得丹麦西印度群岛在政治方面和在社会生活方面处于自由落体状态,彼得·冯·肖尔滕在12月3日宣布让奴

第一部分

隶获得自由,这并没有让事态变得缓解,反倒是让混乱达到了最高潮。

当劳拉去世的不幸消息传到哥本哈根时,国务议员特尔基尔德·奥尔森决定将他的二女儿奥丽维娅送到圣克罗伊,为奥卢夫管理房子并照顾他的孩子。奥丽维娅37岁,和玛丽亚一样未婚,但有一段时间热恋朱利叶斯·弗里德兰德,后者是犹太裔肖像画和风俗画画家,其作品经常从生活更黑暗的一面出发来描绘生活。因此,在遥远的殖民地发生在奥丽维娅身上的事情会出现在他的主题范围之内。1853年1月,就在她抵达克里斯蒂安斯泰德两年多之后,奥卢夫不得不写下他一生中最沉重的一封信,寄给"殖民事务秘书,枢密议员施莱格尔",后者在一个多月后读到下面的文字:

亲爱的弗里茨,——一场巨大的悲伤再次降临于你。最亲爱的姐妹们和兄弟们!把你们能想到的最痛苦的消息寄送给你们,将再次是我的命运——奥丽维娅,我们宝贵的奥丽维娅已经被上帝带走了——现在悲伤的全部重量已经落在你们的心上,它以你们希望它杀死你们的全部致死的力量向下压着,但你们太强大,几个瞬间后你们的目光会转回到我的这些话上面。那么首先让我说:"我看见了一个义人死去!"怎样的爱,死亡面前怎样的无畏,在上帝面前怎样的谦卑——我不配谈论这个。

1855年

在信的结尾，奥卢夫想着悲伤中的母亲和"可怜的姐妹们"，他表示希望弗里茨能第一个读到这封信，这样弗里茨就能带着尽可能大的呵护之心传递信息；此外，他还有一个更实际的请求："我想要求得她的画像，这是否太过分？现在我将独自在这里与我亲爱的人的一些画像在一起。"雷格纳和玛蒂尔德先是失去了母亲，现在又失去了姑妈，他们被暂时安置在拉尔家，所以现在奥卢夫又只能一个人独处了。

施莱格尔总督和他的妻子

就在这些事件发生的几年后，弗里茨、瑞吉娜、蒂丽和约瑟芬来到了克里斯蒂安斯泰德。他们驶入的港口有很好的防护，但由于通过珊瑚礁的狭窄开口在平常的日子一直是一个问题，所以港口雇用了一名领航员，他在港口停泊处的水中央的一个小岛上有自己的站点。这小岛的名字很滑稽，叫"新教徒码头"。[27]据说，这个名字的渊源是：由于信天主教的法国人不希望有新教徒被埋葬在圣克罗伊岛，因此让人把那些死去的新教徒运到这个小岛上。克里斯蒂安斯泰德位于该岛的北海岸，弗雷德里克斯特德位于西海岸。因此，弗雷德里克斯泰德经常被称为韦斯滕（Westenden：西端），而克里斯蒂安斯泰德经常在日常中被称作巴辛特（Bassinet），或者——正如奥卢夫在他的一封信中强调说的——"Bassenden

第一部分

（应该这么写，而不是Bassinet：停泊处）"。

克里斯蒂安斯泰德是三个岛屿的首府，挪威人弗雷德里克·莫特于1734年被西印度-几内亚公司派到这里对新获得的殖民地做进一步考察，他对克里斯蒂安斯泰德有着决定性影响。在手下的陪同下，莫特"步入"圣克罗伊岛，并抵达拉格朗日种植园。拉格朗日的建筑非常完整，因此，按莫特的说法说，"当土地得到充分的开垦时"可以在那里建出一个城镇。弗雷德里克斯泰德就这样被建了出来。在那之后，莫特进一步向北航行，他在那里选了一个法国人所建的堡垒来构建克里斯蒂安斯泰德的核心区域。莫特的城市样板是挪威首都克里斯蒂亚尼亚，他用一把标尺来完成一个布置好街巷的城市规划图。他看来是使用了同样的工具来测量种植园的地块，这些地块的标准面积为110丹亩。

莫特在总体上不怎么喜欢差异，因此克里斯蒂安斯泰德的所有房屋都被赋予了大致相同的高度。它们的最下层，根据相应的消防规定必须用石头建造，通常被拱形的长廊穿透，阴暗的拱顶覆盖长廊旁的人行道。根据1747年的建筑条例，房屋的一楼必须用砖头建造，这些砖头从弗伦斯堡运往西印度群岛，在途中作为丹麦船只的压舱物。鉴于该岛的暴力历史，一些建筑是由军事建筑师设计的，这一点并不奇怪。但也有一些著名的平民设计师，诸如汉森、威德威尔特和弗洛恩德，设计并装饰了许多古典主义的房屋，这些房屋带屋脊的瓦片屋顶、小阳台、木质百叶窗和低调粉笔色的优雅看来是毫不费力地适应了热带环境。

当弗里茨和瑞吉娜穿过这座城找到他们豪华的新地址时，看上去很熟悉的不仅仅是建筑。这些街道的名称，诸如：海滩街、集市街、教堂街、渔夫街、医院街和女王支街，也让人想起家乡。弗里茨和他的小队随员在国王街的总督府邸作了停留。这座房子是该市最大的房子，由约翰·威廉·肖鹏于1747年建造，他是西印度-几内亚公司派出的一名官员，但也是一名有进取心而富有的种植园主。1771年他去世后，他的遗孀将该房产卖给了政府，政府对之进行了大规模的改造，使之适合于用作总督的府邸。房产在1818年又一次被重建，屋顶被更换，整座建筑被重新抹灰和粉刷，然后，在1826年，它被与隔壁商人和船东约翰纳斯·索博特克的府邸连在了一起。一些时期，当彼得·冯·肖尔腾在其他地方工作时，约翰纳斯·索博特克就担任总督职务。

这建筑雄伟的外观恰是要归功于彼得·冯·肖尔腾，他按晚期古典主义风格重建了这府邸，使之有一个全新的外墙，屋檐下有一个雄伟的弧形楼梯，肖尔腾在楼梯上以皇冠之下的弗雷德里克六世名字的缩写字母图案和1830年的年代数字作装饰。楼梯通向二楼，进入开放式的前厅，从那里可以进入一个极有品位的宴会厅，有金色和白色的装饰，几乎就是按建筑的长度从这一端延伸到另一端。沿着宴会厅的两侧是

第一部分

屋檐上皇冠之下的弗雷德里克六世名字的缩写字母图案和1830年的年代数字是彼得·冯·肖尔腾的作品，他在这一年完成了总督府按晚期古典主义风格的改建工作。这座大理石半身像据说是贝尔特尔·托尔瓦尔德森的作品，她带着一种忧伤的温柔把目光转向丹麦。楼梯通向三楼，进入一个开放式的前厅，主人施莱格尔夫妇能够从那里带领他们的客人进入一个极有品位的宴会厅，这个宴会厅延伸开，几乎覆盖整个建筑的长度，并有着金色和白色的装饰。当站在面向街道的门房里的黑人士兵在瑞吉娜到来时自豪地展示他的步枪时，她有时不禁会微笑。

2012年的照片。尤金姆·加尔夫

一个外廊——这就是奥卢夫在信中入迷地描述的那个外廊。宴会厅两侧的柱子上挂着金边框的镜子，镜子下面放着由镀金的格里芬（希腊神话中半狮半鹫的怪兽）支撑的凳子，上面铺着红色的羊皮。[28] 难怪几代人都认为彼得·冯·肖尔滕的豪宅是西印度群岛上最宏伟的。[29] 事实上，在1917年丹麦的热带殖民地落入美国人手中之前，人们已经作出了安排，将包括殖民地议会厅在内的一部分室内整套设置送到哥本哈根，它们存在今天的克里斯蒂安斯堡中。

因而，不止在一种意义上，约翰·弗雷德里克·施莱格尔总督和他的妻子进入的是一个全新的世界。由于他们自己在新桥街公寓里的家具还没有到，所以要真正适应当地的生活仍需要时间。直到6月初，瑞吉娜所谈论的"我们的东西"才随着"弗洛拉号"从哥本哈根抵达。它们的行程还算顺利——"我们不想谈论一些小的修理，我已经变得很西印度化了"——但瑞吉娜的新书桌和椅子到达时的状态很糟糕，桌腿断了，其他家具"完全都被用来包它们的《地址报》报纸上的印刷油墨弄脏了，我绝不相信它们还能重新变得美观"。为了给这些东西打包，弗里茨得到了一位施密特先生的帮忙，他"从头到脚都很热情"，但令人遗憾的是，这位精力充沛的人"犯了一个天才的错误，要么是忘记了、要么是太好地藏起了所有钥匙，以至于我们后来再也没有找到它们，这样，我们不得不撬开所有锁"。

第一部分

　　各种修理事宜使施莱格尔本来就不太好的财务状况变得更加紧张。"弗里茨不断要面对债权人的压力,然后他向奥卢夫借钱",忧心忡忡的瑞吉娜解释道,她接着说,奥卢夫"为他买的东西给我们开了一大笔账单,而我们离开家到这里的开支就更大了"。他们"作为有名望的人"不得不支付一切,"所以要节省什么的话,看起来就会很糟糕"。仆佣的费用也很高,光是厨师一个月就得花上10元国家银行币。考尔讷丽娅曾一度抱怨"海滩路上的太贵",这时瑞吉娜可以告诉她,丹麦的价格与西印度的价格相比就根本算不了什么,是的,她简直就能够"为我们被如此卑劣地欺骗而火冒三丈"。她可以举出"许多例子,但我不愿把时间浪费在比一杯卡特琳李子汁更多的东西上",这杯李子汁的价格是1.5美元,相当于"丹麦的3马克;是不是很神经"。而且它是相当神经的,或者说用我们现在的话说,是太过分的。因此,买新东西在很长一段时间里就会是不可能发生的事情了,这样,在检查寄运箱里的东西的时候,她总会有点心悸。她的"小熨斗"要用的零件已经到了,但遗憾的是"没有熨斗"。瑞吉娜曾要求考尔讷丽娅确保弗里茨和瑞吉娜的枕头能上"弗洛拉号",因为他们的枕头套恰恰就是适用于这些枕头的,但枕头却不知道去了哪里,或者它们根本就没有被放进箱子——"而这里的枕头则太大了"。瑞吉娜明确要求把弗里茨房间里的一些黄色窗帘发送出来,但她显然只能在梦想之中得到它们了,这让

92

人很郁闷，因为它们本来很适合拉起来遮盖一些"破旧的沙发"。毫无道理的价格水准让瑞吉娜很恼火，她决定开始自己的水货进口业务，她在9月26日星期三的信中把自己的这个决定通知了考尔讷丽娅：

> 我有一件事想要委托玛丽亚帮我去做一下，让她为我买一个1磅的糖面包蛋糕的模具（我想它应该是叫这个的），在皮革巷和高桥广场的拐角处能够买到，挺高的，中间有一根管子，条纹是斜的，用镀锡的铁做的。你把你所有的咖喱都寄给了我，这让我心里难过，但这就像你一贯的善良，从自己这里拿钱给别人。我无限地感激你寄来果酱，这是我们非常需要的，我们应该马上就会开始考虑做出回报。

适应新的经济和社会条件并不像瑞吉娜所希望的那么容易，但她拒绝让对各种个人便利的琐碎考虑干扰他们远离故乡的更大目标："我们来到这里是因为事情应当是如此，而不是出于对荣耀的虚荣愿望；我们感谢上帝，因为在总体上说我们得到了比我们所希望的更大的满足。"尽管如此，弗里茨还是很难适应，乃至瑞吉娜在6月28日星期四能够明确地告知考尔讷丽娅："昨天弗里茨说，他不介意再乘坐弗洛拉号回家。"而瑞吉娜则相反不甘心这么快就回去，"绝非因为我迷

第一部分

恋在这里逗留的舒适，而是因为去年的各种斗争对于我来说是如此重大，乃至它们必须是为争取什么东西而作的斗争"。瑞吉娜想到了什么斗争，她没有透露，但如果她在这么短的时间内就回家，"我想，我会感到不幸，会感到我的生活没有意义，就像一个逃学的女孩"。

教会斗争

在瑞吉娜为她的小熨斗和黄色窗帘没能到达地球的另一面而抱怨的同时，克尔凯郭尔正处于所谓的教会斗争中。他以尖锐的反讽把那些穿着袍子的人们展示为市民阶层的庸俗神学家，他们更关心的是田园牧歌式的牧师住宅、不承诺义务的幼稚的基督教和有利可图的晋升，而不是耶稣宣示中的激进性和在永恒中等待每个人的审判。他称牧师为食人者、骗子、猴子和其他不知尊敬的东西；教会被谈论作一种应该尽快关闭或拆除的垃圾堆；洗礼被谈论作一小点水；坚信礼被谈论作一场尴尬的闹剧；婚礼被谈论作一次乌烟瘴气的爱欲演出。这场被称为历史上最壮观的"一个人的革命"的更进一步的目标究竟是什么，一直是人们深入讨论的焦点。克尔凯郭尔本人表示，他想要诚实，另外，只有这唯一的"论点"，即基督教根本就不存在。就是说，当人们不再赋予上帝任何重要性并且在繁忙的自足中将自己安置进世界就仿佛上帝根本不存在时，基督教就成了一个古怪的、充满漏洞的古董，而教会则成了一个木乃伊化的神圣的无声的博物馆。十几年后，尼采将克尔凯郭尔的攻击之精髓归纳为一句已经流传为所有人的共同拥有物的句子：上帝死了。

引起克尔凯郭尔抗议的外在机缘是马腾森教授于1854年2月5日在明斯特尔主教的葬礼上发表的一次纪念性演讲。马腾森把明斯特尔主教置于"真理的见证人"的神圣系列中，这一系列贯穿历史并能够回溯到使徒时代。克尔凯郭尔认为这种表述是应受驳斥的，但他没有马上提出抗议，只是在1854年12月20日才在《祖国报》上提出了反对意见，他在其中称明斯特尔是"软弱的、有享受狂的、只在作为雄辩家的意义上是伟大的"。然后，他顺便向报纸的读者介绍了他的真正的"真理的见证人"的版本：

> 一个真理的见证人，那是一个其生活从最初到最后都与所有被称作享受的东西素不相识的人（……）。一个真理的见证人是一个在贫困之中为真理作证的人，在贫困之中，在卑微和下降之中，如此不为人所认，为人所恨，被鄙视，被讥嘲，被嘲辱，被取笑——（……）。一个真理的见证人，那些真正的真理的见证人之中的一个，是一个被剥皮、被虐待、被从一座监狱拖到另一座监狱、最后（……）被钉在十字架上、或被斩首、或被烧

第一部分

死、或被烤炙在铁架子上的人,他那失去了灵魂的躯体不是被掩埋而是被拾荒的拉克人抛丢在某个遥远荒芜的地方——一个真理的见证人就是以这样的方式被葬的!

以这一轮炮击,克尔凯郭尔发起了所谓的教会斗争或教会风暴,他先是在报纸上发表了22篇文章,然后出版了9期自己的小册子杂志《瞬间》,对教会及其世俗化的神职人员展开了猛烈而机智的论战。其中有一个口号是,基督教在其传播的同时就以与传播速度成正比的速度被废除了,这是教会最高当局应该以诚实的名义承认的事实。既然这一承认就像预期的那样没有被作出,所以,克尔凯郭尔就觉得自己不得不重复自己的抗议。这是在1855年1月29日,并且是再一次在《祖国报》上,他写道:

没有什么缓和,相反,我在此更尖锐地重复我的反对意见;我宁可赌博、酗酒、嫖娼、偷窃、谋杀,也不愿意去愚弄上帝;宁可在保龄球场、桌球馆度过白天,玩骰子游戏或者参加化装舞会度过夜晚,也不愿意参与进被马腾森主教称作"基督教的严肃"的那种类型的严肃。

不知道克尔凯郭尔是在什么时候得知了施莱格尔夫妇的西印度旅行计划的,他很晚才对马腾森真理见证人说法作出公开反应，可能是出于对瑞吉娜的考虑，——这不是完全不可想象的。而在3月中旬她离开后的这段时间里，这种攻击在嘲讽和愤慨之中不断增强，也许正是由于克尔凯郭尔在世俗意义上已经失去了他唯一真正爱的人。这可能是一个巧合，但它确实像是一种设计：在瑞吉娜离开前后的这段时间里，克尔凯郭尔在《祖国报》上的出现频率明显地急剧上升，其中一半以上的文章在短短12天内出现。因此，当瑞吉娜坐在大带子海峡拥挤的冰船上时，克尔凯郭尔正在向马腾森提出全面修正的改写建议。马腾森于1854年4月15日被任命为明斯特尔的继任者，但他在1855年3月22日克尔凯郭尔向其提出以下完全不可置辩的议程时，才刚刚在主教席上就职：

> 首先，根据尽可能大的尺度，应当终结所有官方的——善意的——非真相，这些非真相——善意地——唤出并维持着"人们所宣示的就是基督教，就是新约的基督教"的假象。（……）事情必须这样地被扭转过来；去除，去除，去除掉所有炫目的幻觉，让这真理显现出来，用这语言说出来：我们不适于去作新约意义上的基督徒。

两天后，当瑞吉娜到达阿尔托纳时，克尔凯郭尔宣称："基督教（……）根本就不存在，这无疑是每个人几乎都必定

第一部分

能够像我一样清楚地看到的事实。"又过两天后,也就是3月28日,瑞吉娜在车声隆隆中穿过英格兰前往南安普敦的时候,克尔凯郭尔继续其对文化新教的抨击:

> 新约基督教根本就不存在。这里没有什么要改革的;重要的是去揭露出一种已经持续了几个世纪、由几百万人(或多或少有辜的)实践的基督教的犯罪行为,人们通过这种犯罪行为,在基督教之完美化的名义之下,机巧地从上帝那里一小点一小点地骗除掉基督教,使基督教成为与新约中的基督教完全相反的东西。

在接下来的几周里,当施莱格尔夫妇在他们的"蒸汽船"上时,各种指责倾涌向"教士骗子行会",亦称作"牧师公司",它们由维持他们舒适的地位而不惜去做一切(哪怕是"国家突然有了这样的奇想,打算引进比如说一种相信'月亮是由绿色奶酪构成的'的宗教"!)的平庸小人物构成。或者,带着一种精确性所特有的残酷:"牧师——这一裹在长袍之中的无聊事物之缩影!"

在公共媒体中沉默多年之后,克尔凯郭尔再次在公众的意识中展现出自己,并且是带着他在《非此即彼》中首次亮相后从未呈示过的力量。克尔凯郭尔的晚期文本以其紧凑的文风特征,以其讽刺、戏仿和反讽,让人想起那位所谓的审美者在《非此即彼》最初的几页中为读者带来消遣的箴言。在《瞬间》第6期中，一小组的警言短句有着标题"短小而尖刻"，其中给出了一段精彩的荒诞对话，暴露出了神学家克尔凯郭尔与他那作为箴言作家的审美者之间明确无误的亲缘关系：

"使徒保罗有什么公职吗？"不，保罗没有任何公职。"那么他有没有以别的方式赚了很多钱呢？"不，他根本就不赚钱。"那么，他当时是结婚了吧？"不，他没有结婚。"但这样的话，保罗当然就不是一个严肃的人！"对，保罗不是什么严肃的人。

为了澄清本原的基督教和今天的庸俗神学之间的区别，克尔凯郭尔使用了一长串的比喻，其中包括一个现代的旅行者，试图借助于一本古老的旅行手册在一个一切都已完全改变了的国家里找到自己的路。结果这本旅行手册就是《新约》，它曾经是存在意义上的"基督徒道路指南"，但现在只是成了一本"历史性的奇书"，主要是起着一种"逗趣读物"的作用。普遍困惑的各种后果也变得相当可笑：

人们在铁路上很轻松地一路行驶时，会在手册上读到："这里是可怕的狼壑，在之中你会坠入地底下七万

第一部分

寻之深"；人们坐在温馨的咖啡馆里抽雪茄时，会在手册上读到："这里是一个强盗团伙落脚的地方，他们袭击并殴打旅行者"：这里是：这里曾是，因为现在——想象一下以前的情况如何，会觉得很有趣，——现在没有狼窟，只有铁路，没有强盗团伙，只有一家温馨的咖啡馆。

"这里，苍蝇在某种程度上是很讨厌的"

克尔凯郭尔的巴洛克式游记可以在1855年6月4日出版的《瞬间》杂志第2期上读到，当时瑞吉娜和弗里茨已经抵达圣克罗伊，正逐渐安顿下来。在新家里，一些"辫有图案的藤椅是我非常喜欢的"，那里还有"我得到的两只白老虎，在大理石台子上，在华丽的镀金镜子前很有光彩，看起来很可爱"。然而，对瑞吉娜来说，最重要的是她为自己建立的私密空间，里面有她不可或缺的书桌和她最喜爱的人和图案的画像。"我在我的新写字台前写字，它在一个与在新桥街时类似的位置"，她在6月9日星期六叙述道。在办公桌上方，"我从贝伦岑那里得到的作品"占据了中心位置。在这幅画的两边分别挂着"来自胡姆勒贝克的作品"，下面是"弗里德兰德和石楠荒野"。最下面是考尔讷丽娅当年寄给奥丽维娅的一幅小画，奥卢夫把它送给了瑞吉娜，画的是"卡斯特尔斯路的前面有四棵高大的杨树的小房子"。这个主题唤起了一种甜蜜

1855 年

的忧伤，因为考尔讷丽娅和瑞吉娜经常从这幢毫不显眼的房子前走过："（……）想一下我们那时是怎样能够一次又一次地去那里，为那点可怜的美景感到高兴。"在同一个房间的沙

当瑞吉娜在她的信中列出考尔讷丽娅最终必须记得问候的家里人的名字时，埃米尔·贝伦岑几乎总是在其中。他有欣赏来自西印度群岛的问候的特别前提，他年轻时代就了解西印度群岛，那时他在克里斯蒂安斯泰德做文员，利用空闲时间用画笔和调色板提高绘画技巧。在西印度群岛呆了五年后，他回到哥本哈根并获得了法律职业学位，之后他申请进入学院，成为埃克斯堡的学生。

无日期的石版画。皇家图书馆

第一部分

发上方，挂着"所有的马斯特里德、埃克斯纳和两份画廊杂志"，再在它们上面，"我，亲爱的克拉拉，也把你给我们的银版照相照片放在了那里"。当瑞吉娜心不在焉地把它们从箱子里拆出来时，突然"一下子看到了你们亲爱的脸庞，眼泪就从我的眼睛里冲了出来，它们太逼真了"。

最明显的变化之一是热带气候，永恒的夏天，温度全年几乎保持不变。冬天的平均气温是24度，夏天是27度。太阳一年有3000个小时在天上，几乎是瑞吉娜所习惯的两倍。在靠近海岸线的地方，常有令人心怡的微风。许多来自东面和东北面的凉爽信风，抚摸般地在这些岛屿上扫过，能够将湿度降低到可容忍的水准。也正是因这些风的缘故，当地气温很少高于30度。

不过，炎热还是十足地让人感到难受。7月10日星期二，瑞吉娜叙述道，天气太热了，人根本就无法做任何理智的事情。"昨天我换了四次衣服，每次我穿的一切都是这样，能够拧得出水来，但他们都说天气还会变得更热。你可以想象我的那些丝裙会怎样，我第一天穿黄色的那件，背后就有一个大污点。"在后来的一封信中，瑞吉娜抱怨说她的"皮肤因为长期出汗而变得非常敏感"。

夏天和冬天的区别尤其表现在湿度上，湿度随着温度的降低而降低。雨季从5月或6月开始，持续到10月或11月。下雨主要是在晚上。8月中旬的一个星期天，总督府邸举行了一场晚宴；最后一批客人离开后，风暴开始了。瑞吉娜说，这就"像是一切都将溶化在水里"。远处整夜雷声滚动，"这对我们的睡眠来说可不是最愉快的伴奏"，但直到早上，才出现"真正的雷雨"。蒂丽醒了，哭得如此撕心裂肺，瑞吉娜不得不进去安慰这个受惊的女孩，但她的力量消失了，她几乎摔倒，她的膝盖就这样颤抖着。

然后，这里的雨是如此可怕，到处都在下雨，以至于我们不得不穿上厚厚的靴子，在自己的房间里也穿着套鞋，我们触摸到的所有东西都是潮湿的，是的，连我们自己也是潮湿的，这样，你今天收到的将是一封潮湿的信。

扫过这些岛屿的不仅仅是凉爽的信风。从南美大陆过来高气压和低气压能够向东推到维尔京群岛，当冷空气的前沿被温暖的海洋加热时，就会释放出猛烈的北风和大雨，使大海变得暴戾无常。晚夏和秋季是飓风的季节，飓风平均每十年来一次，它在这些岛上的无情肆虐是一种极其可怕的现象。我们正处于"飓风季节"，瑞吉娜在8月中旬解说道。几周前，教堂举行了礼拜仪式，教众向上帝祈祷，愿得免于自然界的破坏性力量。

第一部分

87

总督府邸宽敞的院子里在一些时期会有强烈的橘子树的味道，以至于瑞吉娜觉得自己被关在了一个"气味盒"里，几乎因纯粹的香气而窒息。中间的建筑是约翰纳斯·索博特克的院子，它被并入了总督府邸的建筑群里，而左边的灯笼和大面包轮后面的房子则包括了厨房部分及厨师和仆佣住的房间。在1857年的居住者名单中，施莱格尔夫妇被误列为约翰·弗雷德里克和瑞吉娜·施律德（Schlyd），尽管这比1855年的名单略有改善，在那个名单上他们都被列为律德（Lhlyd）。

无日期的照片。米凯尔·希恩

热带的温度使得日常生活中的一些特殊预防措施成为必要。"我今天玩蒙眼捉迷藏"，瑞吉娜在9月27日星期四写道，但这个游戏的出现并不是由于蒂丽或其他小孩子想要玩,而是由于"一个疖子",它已经疼了好几天,并逐渐"变得又大又硬,我不得不在它上面敷粥,但这不是一个适合于敷粥的地方"。就是说,脓肿在她的额头中间,所以粥往下流到了瑞吉娜的眼睛里,她恰就只有"这么一小点眼睛的自由,我可以看着写东西"。第二年,当她和弗里茨搬到一个乡村农场时,苍蝇成了他们学习忍耐技艺的难以忍受的老师:

> 苍蝇在这里的讨厌程度是我们在家里无法想象的;在可怜的我身上,它们总是知道如何找到疖子留下的创口让自己停在上面;今天我把手臂上的疖子上的膏药拿掉了,现在我移动手写字,不能总是赶走它们,它们在那里安身了,好像我已经是一块腐肉;如果我坐向钢琴,它们就会直接让自己停在我的眼睛上;是的,它们就是能如此烦人,使人全身颤抖;当它们去休息时,蚊子就成群结队地来了,它们的叮咬使人疼痛;但所有这些折磨在乡下更厉害,因此,如果一个人在一方面舒服了,那么他就不得不在另一方面付出代价。

瑞吉娜不得不煞费苦心地用适当大小的膏药来覆盖住流脓的疖子,以防止苍蝇飞来。"我不介意这些疖子",她勇敢地坚持说,特别烦扰她的是"相当乏味的敷药工作"。但是,

第一部分

正如她所推断的那样,"如果你在这里不变得有耐心,那么你这辈子都不会变得有耐心"。渐渐地,她也学会了去做出不得不做的放弃,听天由命。这样,1856年10月初,当她和弗里茨"在卡斯特尔的牛顿餐厅"用餐时,她设法坚持挺过了整个晚上,"尽管我一直在痛苦中坐着,因为可能是由于城里的炎热,我的嘴唇下面又长了一个小疖子,让我整个脸都很痛"。同年5月中旬,瑞吉娜发送出了一封长信,由衷地对那些在故乡带来舒心的气候变化的各个季节的缺席而叹息:

> 这里在严格的意义上说就是一个永久的夏天,我认为这一点在很大程度上尤其使生活变得单调,因为尽管家乡的冬天给我们带来许多麻烦,但这些麻烦也使我们对夏天倍加喜爱:我们是怎样地期待着它的到来,第一个春日的太阳又是怎样令我们充满喜悦(……)。看,这些过渡在这里都没有了,不过在这一次我倒是很高兴地观察到,这里也有过渡,这样,充满爱心的大自然以新奇的乐趣来酬报它安静的观察者。在我们这里的所谓冬季,我们有持续的阳光和温暖,一切都一直是绿色的,但如果仔细观察,在绿色的一切之中并没有郁郁葱葱,最后干旱也使树叶落下,然后当干燥的风把灰尘吹进眼睛时,尽管有灼热的太阳,这里也会呈现出一种凄凉的秋天外观;现在,我们得到了丰沛的好雨,现在很明显,

1855年

这个永恒的夏天已经从雨水的沐浴中恢复了青春，土壤是如此的绿，所有的灌木和树木都长满了最茂盛的叶子，而且它们现在还都开着花，就像它们通常在春天所做的那样；在不可描述的一切之中有着一种芬芳，是的，我们的花园里有许多橘子树，香气如此浓烈，乃至有时让人感觉好像是因为不小心而进入了一个气味盒，被关在里面盖上了盖子，几乎因它的纯正芬芳而窒息。

他们的新家被看作是一个公共场所，任何人显然都可以随便进来，这也是他们需要适应的境况。这几乎就像风的情形，经常呼啸着穿过许多房间的风，"在这里，所有的东西都是门和窗，所以风直接进来并管着一幢让你不知道什么是在家的房子"。瑞吉娜由于作为西印度群岛第一夫人的新社会身份，日常生活与在哥本哈根时大不相同了。当她想和蒂丽一起出去散步时，她们就需要有一个保镖——"我必须有一位先生陪着我，他们并非总是愿意的"。此外，这事情也折磨着她："所有人都在看我，是的，我能听到他们跑到窗口来看我，一直为自己如此小、能在生活中如此不被注意而感到高兴的我，这是很头疼的。"另一方面，这也有点好玩，"所有的黑人都向我打招呼，真是这样，白人也是如此，但当卫兵单独向我举枪致敬时，我几乎要笑出声来了"。

第一部分

"汤、咖喱、牛舌、烤鸭、松鸡"

　　许多新的和不习惯的事情中的一件是：瑞吉娜和弗里茨在黑色的服务精灵的围拥中进餐。当奥卢夫和蒂丽与他们一起吃饭时，这样的情景就像是一场宴会，但由于奥卢夫经常生病并让人把食物送到楼上，而蒂丽则要早早上床睡觉，所以常常就会有这样的情况：弗里茨和瑞吉娜在大餐厅里相对而坐，不知道自己该有什么样的面部表情才算合适。

　　如果说大餐桌旁的两人独处可能是不得已的喜剧，那么反过来，各种正式的义务则往往是可以预见的无趣，是的，中等程度的无聊。至于食物，倒真的是相当豪华奢侈的。在6月9日的信中，瑞吉娜向克拉拉和考尔讷丽娅描述了勃兰特牧师和他的妻子，"一个相当标致的妇人，活泼而开朗"，是如何与来自圣约翰的警长一起用餐的，这位警长是航行到圣克罗伊岛来向新总督夫妇表示欢迎的：

　　（……）现在你们可以听一下他们吃了什么，考虑到餐食的匮乏，我对此是非常焦虑的：汤、咖喱、牛舌、烤鸭、松鸡和与之相配的所有各种蔬菜等等，蛋糕、水果、我刚拿到的各种丹麦果酱（我感谢提供了自己的果酱的每个人，它保存得非常好）、糖果，还有红酒、马德拉的波特酒和香槟。

瑞吉娜把众多的菜肴称为"粗简",因为在正式的晚宴上,"除了小菜之外,还有12道大菜",这对厨房提出了相当高的要求。虽然约瑟芬尽了一切努力,但要改变菜单会是很困难的,特别是因为"在这里,大块的烤羊肉和牛肉都不好,它们在同一天被屠宰,然后不是很硬就是很干"。

这些聚会通常是"周一晚会",参加的人数在十几到二十个左右。瑞吉娜在6月28日星期四的信中说:"这里大部分是英国人,我是拼命地交谈,听任他们嘲笑我糟糕的语言。"当天晚上的宴会又是相当不尽如人意,所以当英格兰牧师在他散发着香气的女士们的簇拥下告别并为这一长段时间里最愉快和最有趣的夜晚而赞美女主人时,瑞吉娜"几乎要昏厥了"!"现在,如果我们两个都是丹麦人并且是在故乡哥本哈根——当然在哥本哈根我没有那么高的地位,我会完全严肃地请求他不要愚弄我,但现在这样,我则是礼貌地回答他,并把这个有趣的夜晚归咎于他。"因而,不是说荣誉——"归功于",而是说过错——"归咎于",——多么美丽的笔误啊!

瑞吉娜解释说,一场这样的晚会发挥了我的语言天赋,她更喜欢小型安排,在这类"小聚会"中,人们能更多地一起交谈。在这样的晚会上,她和弗里茨避免点亮大吊灯,而只是满足于"一打蜡烛和四盏巨大的灯",他们把这些灯分

第一部分

布在几个房间里，并装上灯罩——这些圆柱形的玻璃，以确保不让蜡烛在风中发出声音。客人们得到了茶和小饼干，通常还有一点其他点心，"但没有我认为晚会本该有的正式餐食"。第一次他们吃的是非常典型的丹麦食物，比如说，红粥加黄油，而下一次他们吃的则是由约瑟芬烹制的"酒果冻"，这在当晚大受欢迎，乃至其中一位女士问仆人，"这是什么样的美味"。另外，瑞吉娜只需与约瑟芬约定好餐饮安排，其余事情都由仆人们来完成。仆人中有一个被证明是非常有效率的——"他做任何事情都有着一种体面和稳重，无论谁来演勒波拉罗的角色，都真的能从他身上学到一些东西"。

有时，一些客人是粗野无礼的家伙，或者正如瑞吉娜在某个地方所说的那样，是"一些驴"。11月底，她兴致勃勃地告诉考尔讷丽娅，刚到达的海军双桅船的船长和四名军官几乎就是入侵了他们家，并立即就展示出粗野的举止——"我几乎觉得，我们的马得拉白葡萄酒对他们来说味道太好了，因为许多人喝得太多了"。另外，女人们的情形往往更糟，她们不断地说东道西，毫无节制地诽谤，尽管瑞吉娜穿着她最漂亮的礼服，但她觉得和她们在一起不舒服，感到是被忽略的——"她们都有着如此如假包换的西印度式的傲慢，乃至她们无疑就是等不到走出我们的门就明显地不把我们看在眼里了"。而且随着时间的推移，情况并没有得到任何改善。"不，（……）这些女士们肯定也权衡过，觉得我太容易对付，我甚至连说东道西的能力都没有，在这里，搬弄是非是最正常不过的事情。"

第2067号病人

1855年11月10日星期六，瑞吉娜坐着给她77岁的母亲写信。母亲越来越需要照顾，因此依赖着施密特先生有效的在场。考尔讷丽娅曾有点不高兴地在信中说，母亲在某种程度上"对施密特产生了小小的依赖"，以至于她完全主动地不仅仅把施莱格尔的一些刀叉，而且还把他们的餐桌，赠送给了施密特！由于母亲显然一直就有"把别人的东西拿来送人的倾向"，一盏属于约纳斯的灯也几乎落入他人手中，考尔讷丽娅在最后一刻阻止了这一情况的发生。在写信的时候，瑞吉娜并不是那么担忧这种毫无节制的慷他人之慨的行为：

我亲爱的受祝福的母亲！我怀着极大的感恩读了你的信，虽然我知道写这封信让你耗费了不少工夫，但我也知道，如果你看到它给我带来的快乐，你为此耗费的功夫就得到了充分的回报。这也让我感到放心：正如你在信中总是写到的，你的健康状况一如往日，唉，我真希望，在上帝的帮助下，我们还能在这个世界上相见。我很确定，如果你一起来，你会很好地适应这里的气候，

第一部分

> 但你知道，我精力充沛的老母亲，这里对你来说肯定太安静，除了我们现在频繁举办的晚会外，昨天我们还有一个14人的晚会，有美国牡蛎和水果，这是我们从圣托马斯的丹麦冰激凌商人科福德那里收到的礼物。

93　瑞吉娜没有真正地完成她的句子，它变得太长，简直就像是从她那里跑开了。然后，她继续写下去，就像一个人在严格的意义上没有什么内容可写——尽管这人爱着自己写信的对象——却仍写着信时的情形。瑞吉娜讲述她和弗里茨所过的平静而又有点孤独的生活；他们很少被邀请出去；她喜欢骑马；雷格纳在圣诞节时来城里，这会是很美好的，这样他就可以在祖母和表兄弟的陪伴下在护城河堤上散步；知道母亲正在拜访一位彼得森先生，这很好，大家都知道，约瑟芬以前在他那里做过事，——另外，就是这位彼得森，瑞吉娜曾答应过要给他一只龟，但现在这家伙带起来有点困难，"对他和对我们，这都会很贵，而且也很难有船可以它运回家。"最后，是她的滚滚而来的问候：

> 当你收到这封信时，你一定要出去走走转转，让自己心情愉快，代我向老朋友和熟人问好，比如艮斯特一家、布拉姆森，小登克和伦德一家，缇娅姨妈，以及其他你自己可能记得的人。现在我要说再见了，亲爱的妈

妈，我的弗里茨如此亲切地向你问好，奥卢夫和我一样被你的信深深打动，感谢你对他所怀的爱，小玛蒂尔德亲吻祖母，但最亲切地向你问好的，是你亲爱的小女儿/瑞吉娜·施莱格尔。/约瑟芬说她冒昧地要求向你问好。

在瑞吉娜坐在克里斯蒂安斯泰德写下这些字行的同一昼夜，克尔凯郭尔在哥本哈根的弗雷德里克医院离开人世。如前文所述，他生命的最后一年是在一系列论争文章和小册子的写作中度过的，他在这些文章和小册子中指责牧师们没有将他们含泪的礼拜日布道转化为一种存在性的礼拜—实践。

克尔凯郭尔对公众的最终呼吁是有着其代价的，既是在经济上也是心理上。这一行动是否在神学的意义上也带来损害，很难有明确的答案，但克尔凯郭尔以前在他的著作中表现出来的调侃、慷慨和陶冶，不得不为一种具有虔诚主义性质的阴郁神学让出位子，他自己在1855年9月25日星期二的日记中白纸黑字地证明了这一点，这是他一生中写下的最后日记："这一生命的命运是：被带到厌世的最高程度。被带到这一点上的人能够坚持认为（……），是上帝出于爱把他带到这一点：他以基督教的方式接受生命的考验，对于永恒来说是成熟了。"

就在克尔凯郭尔用墨水写下这几行阴晦词句的这天，考尔讷丽娅生下了精力充沛的约翰娜·玛丽，——在距离克尔凯郭

第一部分

尔位于杜尔克波5号的居所只有几百米。在同一天，雷格纳庆祝了他的9岁生日。第二天，9月26日星期三，瑞吉娜坐在她那翠绿的热带小岛上，给考尔讷丽娅写信，请她让玛丽亚买一个适用于"做糖面包馅饼的模具"，应该能够"在皮革巷和高桥广场拐角处买到"。同时性确实能是一个奇怪的现象！

克尔凯郭尔本人的身体状况给予他了"把厌世提升到'基督徒生活的最高目标和意义'的高度"的最好条件，因为在9月，他是一个只剩几个月生命的被打上了死亡标记的人。在这个月的中旬，他坐在沙发上，当身体稍稍向一边倾斜时，就滑到了地上，几乎无法站起来。第二天，在他想要穿上裤子的时候，他又摔倒了。他没有晕眩、痉挛或头痛，但当他走路时，他踩不到他想踩的地方，他步子的跨度就仿佛是变得太短。同时，他的双腿有麻痹刺痛感，它们晃动着或麻木，有时他感觉到一种蔓延着的疼痛，从腰部一直向下延伸。他以前的排尿困难又出现了，要么是根本无法排尿，要么是排尿失禁。这很尴尬，很难堪。此外，他的胃里有结块，但反过来胃口倒是很好。他咳嗽也有一段时间了；特别严重的时候，会有乳白的分泌物冒出来，尤其是一开始时，胸前疼得特别厉害，但这时的分泌物是浆状的，透明但带有黄色的凝块。9月底，当他在外面散步时，他的腿不听使唤了，有人叫了一辆马车，把他送到杜尔克波的家里，但情况没有改善。四天后，即10月2日星期二，他到了位于挪威街

1855年

（Norgesgade，俗称宽街Bredgaden）的皇家弗雷德里克医院，要求接受检查。值班的见习医生记录了：

> 他无法为自己目前的疾病给出明确的原因。不过，他想要将之与夏天喝凉的苏打水、与黑暗的住处联系起来，还将之与过度的脑力工作联系起来，他认为相对于他纤瘦的身架子相比，这种工作的强度过大。他认为这病是致命的。他的死亡对于他倾注了全部心力去完成的事业是必要的，只有他一个人为这事业作出了工作，他认为他就只是为了这事业而存在的；因此，与如此纤瘦的身体关联在一起的是敏锐思考。如果他要活着，他就必定会继续他的宗教斗争，但这样一来这斗争会让人疲惫，而反过来这斗争通过他的死亡则会维持其力量以及，如他所说，其胜利。[30]

随后，克尔凯郭尔被送到医院的主管办公室，他在那里被收为付费病人，登记作第2067号病人。从那里又到医疗A区，塞利格曼·梅耶·特里尔在那里担任了13年的主任医师。在面向挪威街的前楼，克尔凯郭尔被安排进一个单间——对"那个单个的人"来说相当合适。医院有14间这样的单人病房，与普通病房不同的是，这些房间配备了上好的、柔软的毯子、床、衣柜、镜子、椅子和桌子，还有一个置于角落的

115

第一部分

柜子，里面有精美的陶制茶具和餐具。配有双层玻璃的窗户能够抵挡最强劲的穿堂风并消除来自挪威街的噪音。这位42岁的天才就是在这样的环境里度过了他神秘的生命中最后41昼夜。

克尔凯郭尔接受的是"1/2最佳护理"，这并不意味着他比其他付费病人吃得差，只是分量少了一半。在一周的七天里，午餐包括32克小麦面包，8克黄油和50毫升牛奶。和其他病人一样，克尔凯郭尔的房间里也有一个饮食秤，这样他就能够检查，医院的工作人员在经过走廊时有没有往自己口袋里拿一点。我们不知道克尔凯郭尔是否用上了饮食秤，但仅就其在单人病房里的存在而言，与总督府邸的豪华晚宴相比，这几乎就是怪诞的，——在后者的餐桌上，瑞吉娜的贪婪的客人们狂饮猛食着牛舌、烤鸭、松鸡、糕饼、糖果、红酒、马德拉酒、波特酒和香槟。

一开始，只有克尔凯郭尔的直系亲属知道他住院的事，但在10月6日，这个消息传到了诗人和作家卡斯顿·豪赫的那里，他写信给他的朋友和同事英格曼，述及他们共同的最憎恶对象：

> 这些日子，据说索伦·克尔凯郭尔该是中风发作，发作的后果很可能是死亡；无疑，疾病状态、神经紧张和一种类型的抽搐性骚动也在他刻薄的和否定性的活动

1855 年

看起来有些阴郁的埃米尔·波厄森,像另一个拿破仑一样把右手插进大衣后面,他从童年就认识克尔凯郭尔,是其一生中唯一的知己。克尔凯郭尔在柏林的第一次逗留期间,给他写了一些坦诚告白的信件,谈论了自己与瑞吉娜的分手的事情和《非此即彼》的构思过程。波厄森于1849年成为霍尔森斯的常驻助理牧师,并从1861年起成为教区牧师,——考尔讷丽娅和埃米尔·温宁于1856年在霍尔森斯成为一对蒸汽磨坊主夫妇。波厄森在克尔凯郭尔临终时前往哥本哈根,后来写下了他们最后一次动人的谈话。

无日期的照片。皇家图书馆

第一部分

中起了很大的作用，——在这些活动中，他向着整个世界仰起他那烙有对人类的仇恨的脸。[31]

豪赫在这同一封信中称克尔凯郭尔是一个"敏锐但冰冷的精神，其言辞如冰针般尖锐"；他是一个"假先知"，固然是"带着极大的能力出现，但其内心是如此空洞"，乃至他，在他自己"大声宣称自己几乎就是唯一看见了真正的基督教的人并直言不讳地宣称上帝憎恨人"的同时，"明白地说出：世界是否是基督教的在严格的意义上对他来说可以是同样的一回事"。[32]

在接下来的一周里，克尔凯郭尔的病情不断恶化。用腿支撑自己的能力进一步减弱，左腿瘫痪变得越来越严重。此外，背部也出现了疼痛，因此医生把松节油按摩进病人的背部。医生开出了一种安抚神经的药方，缬草的精华。一天四次，每次25滴。与临床医疗没有太大关系的是"半瓶巴伐利亚啤酒"的处方，不过克尔凯郭尔第二天就请求免除了这部分——根据医疗记录，是因为"宗教方面的看法"。相反，这濒死者得到了一种特殊的茶，由干燥的苜蓿草纤维、洋甘菊花和山金车花配成，他早上晚上都要喝上一杯。然而，这些茶并没有真正发挥作用。"他一直在宣告着自己正临近的死亡"，医生在10月12日星期五的记录中指出。几天前，安徒生写信告知汉莉耶特·伍尔夫："克尔凯郭尔病得很重，他们说，整个下半身都瘫痪了，他要待在医院里。"[33]

1855年

克尔凯郭尔青春时代的老朋友埃米尔·波厄森听说克尔凯郭尔住院了，就从霍尔森斯的教区赶到哥本哈根的医院，10月中旬，他开始与临终前的克尔凯郭尔谈话。接下来他们又有过不少次谈话，后来这些谈话都随着1881年《克尔凯郭尔遗稿》最后一卷的出版而为公众所知。[34] 在他们的初次谈话中，克尔凯郭尔谈到了他与瑞吉娜的关系，瑞吉娜作为总督夫人的新身份让他有机缘玩一点幽默的文字游戏，显然，这是他的最后一次文字游戏。在波厄森问他感觉如何之后，克尔凯郭尔回答说：

> 很糟；这是死亡，为我祈祷吧，祈求它来得迅速而痛快。我感到沮丧……。我有我的肉中刺，就像保罗（……）。与R［瑞吉娜］的关系中的问题也是如此；我曾以为这是能够被改变的，但这不能被改变，所以我解除了这关系。多么奇妙啊，丈夫成了总督（Gouvernør），这我不想关心……，如果事情是在宁静之中消失，那就更好。确实，她得到了S.［施莱格尔］，那是最初的一场关系，然后我来了，并打扰了这关系。她和我一起承受了很大的痛苦（他非常温柔而忧伤地谈论着她）。那时我担心她会成为Gouvernante①（旧丹麦语外来语词：女教

---

① 译者说明：Gouvernante，这个词在丹麦语中既可以是"女教师"，也可以是"总督夫人"。

第一部分

师);她没有成为Gouvernante(女教师),但现在却在西印度群岛作Gouvernante(总督夫人)。[35]

当克尔凯郭尔提到他按自己所说"是与使徒保罗共享"的肉中刺时,他所想的是什么,这是我们所不清楚的,并且至今仍有很多讨论。这相应的痛苦在严格的意义上是与瑞吉娜决裂的真正原因。然而,她与施莱格尔结婚,克尔凯郭尔只能够给出自己的祝福,尽管他现在更希望施莱格尔没有成为总督,因为施莱格尔因此将瑞吉娜带入了一个公共空间,全面地考虑这一点,我们从字里行间可以感觉到,"她进入公共空间"本应是通过克尔凯郭尔的名声而发生的。同样有趣的是,波厄森在述及瑞吉娜的时候很快地打开括号并又同样快地关闭掉括号。波厄森记下了,克尔凯郭尔"非常温柔而忧伤地"谈到了她,但为什么克尔凯郭尔关于他生命之至爱的最后一些话会被如此概括性地再现,并被关进一对括号里,这则是仍无法弄清楚的。如果说这样做是出于慎重的考虑,那么波厄森的做法则达到相反的效果,因为这种类型的括号自然而然地会让人抛出所有"在根本上发生了什么"的猜想。

两个人在谈话中涉及了瑞吉娜,那天是秋高气爽的天气,所以波厄森建议,他们应当像以前那样在哥本哈根的街道上散步。克尔凯郭尔同意这个想法,但随后就没有下文了:

是的，只有一个麻烦，就是我不能走路，不过，另外还有一种交通工具，就是：我能够被提升起来；我有过成为天使、获得翅膀的感觉，这就是将要发生的事，跨骑在云上，并唱着：哈利路亚，哈利路亚，哈利路亚！[36]

当波厄森稍后差不多是以牧师的程式套话问克尔凯郭尔是否现在也想在基督那里皈依于上帝的恩典时，他病弱而快乐地，似乎是想为自己做好准备。"是的，当然了，还有什么？"[37]回答听上去很简洁。想来波厄森已经能够感觉到，他已趋近于超越克尔凯郭尔的不可触及的区域之界限，因此赶紧出离了克尔凯郭尔博士与永恒之关系的问题，以便让注意力集中到各种非常当下的事情上：是不是有什么克尔凯郭尔还没有说的事情？答案马上就被给出。"没有；不，有的，问候所有人，我曾非常喜欢他们所有人，告诉他们，我的生命是一场巨大的、别人不知道并且也无法理解的苦难；一切看上去像是骄傲与虚荣，然而事情并非如此。"[38]

克尔凯郭尔的哥哥彼得·克里斯蒂安是索惹附近的金德托夫特和佩德斯堡教区的牧师，他从一些来自哥本哈根的旅行客人那里得知，他弟弟病了，并"在27日和29日之间的晕倒过"一次。[39]彼得·克里斯蒂安的外甥米凯尔·伦德医生在10月7日的信中写到他舅舅的情况，并补充说，这可能是

第一部分

一种"特别是通过双腿的麻痹而发生的脊髓感染"。米凯尔的父亲，批发商 J. C. 伦德在几天后写信给彼得·克里斯蒂安说，索伦的情况是"过得去"。就像他的两个"每天"都去看望索伦的医生儿子亨利克和米凯尔一样，他当然不乐观，因此他敦促彼得·克里斯蒂安来哥本哈根，越快越好。

如果彼得·克里斯蒂安犹豫不决，我们完全能理解。就是说，克尔凯郭尔兄弟之间的关系多年来一直很冷淡，部分是因为作为格隆德维主义者的彼得·克里斯蒂安在一些会议上反讽地谈及他弟弟的激情事业，并拿他与马腾森作比较：据彼得·克里斯蒂安的说法，马腾森代表着"沉思"，与他的弟弟，一个"狂喜的修道院修士"构成鲜明对照。[40]本来是像茶杯里的风暴的事情，却被这位受委屈的弟弟一下子升级为真正的台风。"迂夫子"、"三脚猫"、"废话冥想家"和"流口水的家伙"等等，这些是在他的日记中对这位自以为是的兄长倾泻的不悦之辞的一小部分，另外还有更多指控性的措辞，诸如"呜咽啜泣"、"优柔寡断"、"肤浅"、"轻浮愚蠢"、"怯懦"、"犯罪"、"喋喋不休"、"拙劣草率"、"文学盗窃"、"假惺惺的诚挚"、"毫无特征的游荡"，并在最后还有一个命名："中庸之调的领唱者"。

既然血一向浓于水，彼得·克里斯蒂安就打起精神，长途坐马车从佩德斯堡前往弗雷德里克医院。他于10月19日星期五抵达，要与弟弟做最后的告别。然而，他并没有达到此行的目的。他应该是在要进入时遭到医院人员拒绝,他们让他明白,临终前的弟弟明确表示,如果兄长到来的话,不想见他。于是,彼得·克里斯蒂安只能带着未了的心愿穿过西兰岛,回到他阴冷的牧师住宅。

10月20日星期六,当波厄森拜访克尔凯郭尔时,两位看护妇正在把这个完全乏力的人从一张椅子搬到另一张椅子上。克尔凯郭尔要求波厄森支撑一下他的头,波厄森马上就用两手抱起他的头。当他第二天进病房探望时,克尔凯郭尔告知他,这时候不方便。周一的探访时间也很短。那你对一个垂死的人说什么呢?波厄森试图建议克尔凯郭尔应该有一个从他的房间里望出去的更好视野,这样他就可以看到医院可爱的花园,但克尔凯郭尔不考虑这想法,因为现在这并不重要。现在他臀部疼痛,脉搏是100,小便失禁,特别是在晚上。咳嗽继续困扰着他。病历日志带着一种特别的临床性文采指出:"排泄物由化脓性血块组成,其中一些与粉红色的血密切混合。"[41]

一星期不到,10月27日星期六,克尔凯郭尔感到身子"沉重"。外面的人群比往常多,各种人类活动的喧闹声传到了医院的走廊里。"是的,这正是我曾非常喜欢的",克尔凯郭尔说。[42]过了一段时间——我们不知道是什么时候——波厄森最后一次进入他的病房。克尔凯郭尔几乎无法说话,波厄森也没有写下任何东西。不久之后,他回到了他在霍尔森斯的妻子和小儿子身边,他在那里有着一个牧师职位需要他去

第一部分

处理各种事务。

11月初,医院尝试着在天黑后不久对克尔凯郭尔的下肢部分进行电击。这对这位瘫倒的人只有非常轻微的效果,两腿稍稍颤动,仅此而已。总体情况没有变化,但病人的精神能力则是完好无损的。他想来是能够逐日跟踪自己的衰退过程,看着自己的体质一小时一小时地涣散。也许这就是为什么每天药剂从100滴缬草被一种有着强烈镇静和抗焦虑作用的混合物 infusum tonico nervina 取代。医院每天给克尔凯郭尔的剂量是50克。

最后一个星期,他躺在床上一言不发。人们发现他身上有褥疮,为他做湿敷,每天更换被褥,并继续进行电疗,这对腿部肌肉的似乎稍有一点效果。他胃口还仍是挺好的。11月9日星期五,人们发现克尔凯郭尔处于瞌睡状态,他不说话,不吃东西。褥疮并没有真正愈合,但看起来比较干净。他的脉搏紊乱。脸部出现扭曲,左嘴角有点稍稍被向上拉起。第二天,右嘴角也开始上翘。现在,2067号病人面部双侧神经麻痹地坐着,这使得他向着前方僵硬地微笑。像一个石化了的反讽者。疾病已经蔓延到了脑干的上部,病人无法再与外界交流,不管他多么想。如果别人抬起他的手臂,放开它们,它们就又重重地落下来。他仍然能够睁开和闭上眼睛,并呼吸很快,没有什么声音。他的咳嗽能力已经消失,快速的呼吸和高频率的脉搏表明他现在还有着高烧,可能是由于排泄停滞引起的双瓣肺炎招致的。2067号病人仍有意识，但完全瘫痪了。

11月11日星期日成了克尔凯郭尔的最后一天。他完全失去了意识，脉搏微弱，呼吸沉重而短促。他慢慢地窒息，——就像他的伟大榜样苏格拉底在毒芹汁到达其心脏区域时一样。12小时后，当苍白的冬日阳光短暂地让城市的瓦片屋顶闪烁时，他那没有了灵魂的躯体被转移到医院的停尸房。

一周后，11月18日，也就是在他关于跨骑在云上升天的玩笑话的一整个月之后，克尔凯郭尔的葬礼在圣母教堂举行。克尔凯郭尔在与波厄森最初的几次谈话中曾有一次这样说："医生们不明白我的病；它是心理上的，现在，他们想要以通常的医疗方式来治疗它。"在这个病例上，医院并没有完全以通常的方式来处理，就是说，他们没有对他做尸检，大概是因为克尔凯郭尔反对尸检。一些医科学生对这一决定感到不满，因为他们很想要让自己的手指抓进这脑子，将之切成片状，来为科学带来好处。也有其他人把自己的注意力对准了这优秀的器官。在克尔凯郭尔去世的第二天，尤斯特·保利在给自己的一个朋友的信中就是这样写的："他一定是大脑患了软化症；是这病导致了他的写作还是他的写作导致了这病"。[43]

保利的问题几乎就和"这大脑是优秀的"一样意义深远，但既然没有病理数据的存在，这个问题就很难得到回答。我们只有克尔凯郭尔的病历日志，它与1855年11月期间

第一部分

以各种不同的方式离开医疗A区的其他69名病人的文件装订在一起。在克尔凯郭尔的病历扉页上，有人写了"偏瘫"作为诊断建议，但这被划去了。偏瘫是指半身不遂的瘫痪。作为最后诊断被写上的是"瘫痪"，即完全瘫痪，但这是对症状的描述而不是一种严格意义上的诊断。因此有人在括号里加了"tubercul"，亦即"结核病"（tuberkulose）的简称，但后来又加上了一个问号，从而死因就被设想为了可疑的"tubercul"？

这个问号表明他们面对的是一种与肺结核相似的疾病，但显然不是同一种疾病，塞利格曼·梅耶·特里尔的部门有着评估肺结核的最佳条件，因为仅在1855年期间就有不少于28名肺结核患者住院，因而他们有一些比较的依据。特里尔还写了丹麦第一本关于听诊的教科书《了解肺部和心脏疾病的指南》，所以他似乎不太可能检测不到普通的肺结核。最近的研究得出结论，这应该是一种被称作"上升性脊柱麻痹"或"急性多发性神经炎"或"格林-巴利综合征"的神经系统疾病，其原因仍然不明。[44]

克尔凯郭尔本人曾在《我的著述活动》中宣布，他将死于"对永恒的渴望"，这在临床的意义上当然无法与上升性脊柱麻痹相比。

然而，由于这两种诊断都具有明确的上升性的特征，克尔凯郭尔"对永恒的渴望"也许与事实根本就相差不大。

1856年

他的遗愿

在这一年的第一封信中，瑞吉娜写下了一个她自己称作是"相当有特征性"的笔误：

~~哥本哈根~~圣克罗伊岛，1856年1月10日
亲爱的考尔讷丽娅！你看我在信的上方开始写的东西；我奇怪我以前，特别是一开始，没有这样写，但今天相当特别，因为真的，我的所有想法都在那座亲爱的城里，和你在一起。

瑞吉娜因瞬间的分心把她的信中的写信地点错写成了哥本哈根，这在严格的意义上并不令人惊讶。就是说，1856年1月1日星期二到达圣克罗伊的一封信，使她和她的丈夫最近不得不处理哥本哈根的一些棘手的事情。这封信是彼得·克里斯蒂安·克尔凯郭尔写来的，他告诉她，他的弟弟索伦于

第一部分

1855年11月11日星期日去世了。

彼得·克里斯蒂安写信过来的背景大致是：11月19日星期一——葬礼的第二天，在死者生前住处杜尔克波5号的房间里，他发现桌上有两个密封的小信封，上面写着相同的字样："致牧师克尔凯郭尔博士先生。/ 在我死后被打开。"信封几乎完全相同，只有封蜡的颜色不同，在一封上是黑色，在另一封上是红色。当他打开黑色封蜡时，他看到了死者的遗嘱：

亲爱的兄弟！

这自然是我的意愿：我的前未婚妻，瑞吉娜·施莱格尔夫人，无条件地继承我能够遗留的全部这一小点东西。如果她自己不愿意接受，就按这一条件问她，她是否愿意作为其受托人，将之分发给穷人。

我想表达的是，对我来说，一次订婚在过去和在现在都与一场婚姻一样具有约束力，因此我的身后财产完全归属于她，就像我已经和她结婚一样。[45]

你的兄弟

S. 克尔凯郭尔。

这封信既没有日期也没有年份，但可能是在1849年11月的某个时候写下的。正如我们将看到的，克尔凯郭尔在当时曾试图与施莱格尔夫妇接近，但没有成功。相反，第二封信，

1856年

即信封上有着红色封印的那封信,有着1851年8月的日期;其内容是:

> "这未曾被说及的、其名字会有一天被说及的人",整个著述活动都是献给她的,她是我以前的未婚妻,瑞吉娜·施莱格尔夫人。[46]

以色列·列文曾长期担任索伦·克尔凯郭尔的秘书,但那天他不在寓所里[47],后来他讲述了,兄长在读完信后不得不坐在椅子上休息几分钟让自己镇定下来。两兄弟间的关系长期以来一直很糟糕,如前所述,最终在弗雷德里克医院都令人绝望地得不到和解,索伦通过看护妇让彼得·克里斯蒂安明白他的探访是不受欢迎的。如果他因此希望有一个过世之后的和解的话,那么现在他的希望终于破灭了;也许这就是他需要坐下来的原因。无论如何,信封里的内容都是关于瑞吉娜的,这个她曾与之订婚近15年的男人显然认为她是自己的合法妻子,并将她指定为其遗产继承人。彼得·克里斯蒂安也许是怀着一种暧昧的愉快:他因此要通知圣克罗伊岛的总督,他是娶了一个重婚者!

在他精力充沛的姐夫J. C. 伦德的鼓励下,彼得·克里斯蒂安在1855年11月23日星期五把他的信写好了准备发送。[48] 它与律师马格撰写的文件一起发送出去。J. C. 伦德在葬礼后

第一部分

不久就通知了律师马格死者的遗愿,并请求他处理其中的法律事宜。这封信在新年的第一天到达了圣克罗伊岛这对毫无戒心的夫妇手中。弗里茨在1856年1月14日星期日的回信中写道:

> 我在新的星期二收到善可敬者阁下前一年11月23日的信,并通过其后出发的第一班蒸汽船所送包裹给您了回复。
>
> 首先,我谨代表我的妻子和我本人,对您和您尊贵的亲属表示我们的感谢,感谢你在一件事上所考虑到的谨慎,鉴于多种原因,我们不希望这件事成为讨论的对象。
>
> 接下来,关于阁下信中所包含的意外信息,我有以下内容要告知阁下:
>
> 我的妻子起初有过某种怀疑:由死者通过您而向她表明的遗愿声明中是否包含有她能够将之视作声明第二段所暗示的要她必须履行的义务的遗愿。然而,她放弃了这种怀疑,部分原因是我们离家远行会造成的各种巨大的困难,部分原因是出于一个根据她的和我的看法都是决定性的考虑,即,考虑到她根本不敢认为自己有资格接受一个"根据'通过你在给我的私密通知中(……)所包含的附加的解释'得以更明确展示的各种表述来看是依据于'她绝不会可能考虑'"的提议。[49]

1856 年

弗里茨以公务员的正确方式写信，在本质上能够把他的各种情感和激情隐藏在官样文章精打细磨的句法后面。然而，人们还是明白，这"意外消息"让他和他的妻子陷入了困惑，瑞吉娜如果无视克尔凯郭尔的"遗愿声明"是否就是没履行义务，但据弗里茨说，她已经在这方面有了一种清楚的认识。一方面，要考虑到地理上的距离，另一方面，也是最重要的，是瑞吉娜和弗里茨都无法克服的精神和象征上的距离。从心理学的角度看，这是可以理解的，当弗里茨谈到克尔凯郭尔关于"订婚和婚姻在他看来具有同样的约束力"的言论时，公务员式的修辞达到了高潮，而瑞吉娜——又是按弗里茨的说法——认为这是"她绝不会有可能考虑"。这样，弗里茨能够得出结论：

因此，她通过我请求您和其他各位共同继承人，以"就像上面所谈论的遗愿声明不存在一样"的方式进行处理，因为她只希望获得一些信件和一些在死者遗产中发现的小物品，她认为这些物品过去曾由她拥有，而且她自己也就这些物品写信给了亨利克·伦德博士。

我已经直接将我妻子所做的决定通知了马格律师。

怀着至高的敬意，我仍然是善可敬者阁下您的

最恭敬的

F. 施莱格尔[50]

第一部分

在弗里茨对有着"意外消息"的信件作出回复之前,他与瑞吉娜进行了哪些对话,这个问题在往昔那些震颤着的热雾之中褪淡消失了,但这能够像是一种婚姻妥协:瑞吉娜得到许可"获得一些信件和一些在死者遗产中发现的小物品",然后,相应地放弃其他东西。如果只由弗里茨一个人作决定,那么这些信息来就会仍被留在哥本哈根。他一定对自己被往昔追赶上而由衷地感到心烦,并且大概也能隐约地感觉到这同一段往昔将在全部的未来之中跟随着他。现在他只能听任事态发展并等待着瑞吉娜,当包裹到达时,坐下来重读那些老旧的、火热的情书。弗里茨在收到这一"瑞吉娜为其前男友的遗产继承人"的消息时,我们不知道,他是将之当作一种慷慨的姿态还是当作一种来自自己的旧日情敌的最终挑衅,但后一种反应想来会是更符合人之常情。

瑞吉娜在什么时候给亨利克·伦德写信、她写了些什么,我们不知道,就是说,这封信已经丢失了。我们也不知道弗里茨的文件是在什么时候被送到马格律师那里的[51],但在1856年2月27日星期三,亨利克·伦德写信给彼得·克里斯蒂安·克尔凯郭尔,如前所述,他是索惹附近的金德托夫特和佩德斯堡教区的牧师,因此平常并不会出现在哥本哈根:

> 亲爱的舅舅!你上次来的时候可能已经了解到,西印度群岛的施莱格尔夫人寄来了一封信和一份列单,是

关于遗产的。她希望挑选出一些小物品，——这些东西已被挑选出来，并由上一班出发的船只送往她那里。既然我们现在可以更自由地处理这些遗物，我要冒昧地告诉您我们觉得在这方面是最正确的做法，——我们希望这也会得到您的认可。就是说，还有一些其他物品，主要是妇女饰品，是属于她的，并被列在遗产中的物品清单上；但我们觉得让这些物品被拿去拍卖是不值得的，所以我们把它们取了出来，我暂时先根据它们的评估价值支付出相应费用把它们从遗产中接管过来。[52]

在小小的拍卖目录上有着"一部分好的家具和物品之清单"，如果有人打算获取一些索伦·克尔凯郭尔的世俗物品，那么，这份目录在手头会很有用。1856年4月2日至3日，这些物品在东街63号的一场家具拍卖中被落槌拍出。根据清单，亨利克·伦德在信中提到的珠宝应该是"1枚金胸针，1个同款手镯，1个同款戒指，同款的小饰物"，估价下来值10元国家银行币。[53]既然家人认为这些饰物有可能是瑞吉娜的，亨利克·伦德安排将之发送到了圣克罗伊，而不是交付拍卖。

瑞吉娜在给考尔讷丽娅的信中对这一切连一句话都没写，这很奇怪，同样也很说明问题。在这几周里，唯一能表明往昔之强行闯入在场的是信纸右上角的笔误，圣克罗伊变成了哥本哈根，然后这哥本哈根又重新变成圣克罗伊。当她在1月

第一部分

28日星期一再次给考尔讷丽娅写信落下地点时,她又重复了她的笔误,因此,圣克罗伊被写成了哥本哈根,然后这哥本哈根又再一次重新变成圣克罗伊。它渐渐地开始像是一个想法。瑞吉娜以一种几乎惊人的决心来隐瞒她的遗产事件,她在信的开头这样写道:"亲爱的考尔讷丽娅!既然我这次真的没有什么要告诉你的,我就只想以几行字来稍稍拖累你一下,尤其是要对来自你全家的美好的圣诞信件表示感谢。"这封信使他们俩"如此有家的感觉",并以一种很有益用的方式来帮助他们抹去"对我们度过的乏味的圣诞节的记忆"。最后的几句肯定是真实的,但从遗产继承这件事上看,瑞吉娜的"没有什么要告诉"则看来是一个相当可疑的说法。她写信说,前一天,弗里茨在一整天的倾盆大雨之中去了圣托马斯。遗产继承事件的繁复印象毫无疑问没有让旅行变得更愉快一些。瑞吉娜在圣克罗伊岛感到"比平时稍稍更孤独",但她以这样的想法来安慰自己:但愿弗里茨的这次旅行对他有好处,能够分散他的注意力,这样他的精神就能得到恢复。她很想念他,并且真的是很想一起去,但只是事情并非应当如此:

> 这一次我根本就不会去,因为既然这是一次他想尽快结束的商务旅行,那么我一起去就只会为他和为我自己带来不便,我上次去的时候很愉快,但我也同样很想留在家里,期待他很快就回来。

1856年

弗里茨在圣托马斯待了8天。孤独使瑞吉娜不知所措，骚动不安，她觉得就仿佛有着"巫术参与，一天天日子不愿有终结"。她想象着，弗里茨在那里也许会生病，而事实上他也确实是病了，是的，他"有一天晚上病得很严重，乃至他以为自己要死了，（这些可鄙的晚宴）所以他不得不在第二天叫医生"。感谢上帝，他已经明显地在康复中，但他不得不取消当晚的一个重要活动，回来后一个多星期身体状况一直很糟糕。我们可以设想，各种不适有着身体上的原因，但也许不仅只有身体上的原因。在弗里茨病倒的同时，那些来自他的旧日情敌的书信正在前往圣克罗伊的路上。

"我的瑞吉娜！（……）你的K."

婚约的这段历史可以首先通过克尔凯郭尔在1840年9月至1841年10月期间写给瑞吉娜的30多封信来了解。在这些信件中，有五封只是关于见面地点和时间的小信件，或者是伴随着礼物的小字条：鲜花、香水（瑞吉娜喜欢"Extrait double de Muguet"）、一个乐谱架、一块手绢、一本《新约》，以及瑞吉娜的19岁生日时所赠的一对烛台，还有像一台"绘画仪"这样的高级物品。信件以"我的瑞吉娜！"作为开头并通常以"你的S. K."与"你永远的S. K."交替地结束，以及——在关系即将结束时——"你的K."。

第一部分

当人们读完这一小堆信件时，一个奇怪的双重性会渐渐地呈现出来。在语言上，这些信件是克尔凯郭尔迄今为止所创作的最优秀作品的一部分。在墨水渗入纸面的同时，笔就不再静止，曾经能把克尔凯郭尔的语言逼入各种无声的结构的吱嘎作响的拉丁文句法已经被一种迷人的柔韧弹性取代，几乎让语句从纸张上起飞。这些信件轻柔地围绕它们的主题抚弄着，引入了爱瓦尔德、巴格森、欧伦施莱格尔、温特尔和保罗·马丁·缪勒等诗人的作品。这些信件不是普通的通信，而是艺术。[54]

胜利和悲剧就在这之中。依据于其不可置辩的审美特质，这些信件几乎向其作者呼喊：他所应该作的，根本就不是一个丈夫，而是一个作家。由此，这些信在事实上就成了告别信，它们带着极大的谨慎和巧妙的间接性让收信人明白，那个一页又一页地为她唱歌的男人早已从她的生活中消失了，因为他在关于她的回忆中迷失了自己，因此在事实上不适合婚姻性的共同生活。就是说，分隔开相爱者的死亡也是从将生命赋予幻想的回忆中蔓延出来的。

"我立即接手了与整个家庭的关系。我的大手笔尤其是被用在父亲身上，顺便说一句，他是我一直非常喜欢的人"，克尔凯郭尔在1849年很得意地写道，但他又以另一种低调的语气继续写道："但向内心深处；第二天我看到，我弄错了。像我这样的一个悔者，我的前生，我的沉郁，这就足够了。/ 我

1856 年

在那段时间遭受了难以描述的痛苦。"这种从施展魅力到懊悔的变化早就发生了,这与瑞吉娜后来的说法令人遗憾地不谋而合,就是说,她有一天,"在订婚后不久,在拱形走廊里遇到了他",他"就像变了个人似的——心不在焉并且冷漠!"[55] 然而特别是因此,或者说,恰恰是因此,在克尔凯郭尔最早的那些信件中,有一封已经在字面上特别地把瑞吉娜与文字绑定在了一起,毕竟,这文字在描述什么东西的时候就是回忆的媒介。

我的瑞吉娜!

写给

我们自己的小瑞吉娜

在这词之下的一条这样的线,是为了通知排字员,他应当把这相应词的字母间的空间拉开。拉开空间的意思是,将各个字词从相互间拉开。因此,当我拉开上面写的那些话里空间里时,我就想,我应该把它们尽 可 能 地 拉 开,乃至一个排字员想来会失去耐心,因为他很有可能在自己这一生中不会再去排字了。

你的S.K.

瑞吉娜不仅在这样一种程度上被拉开空间,乃至她可以伸展开越过时间和地点,伸展进全世界的文学史,而且她还

第一部分

从一开始就被赋予了一种正式的特征。她被作为"我们自己的小瑞吉娜"来谈论,并因此而被从情侣间的各种交流通常发生的更亲密空间中提升了出来。瑞吉娜成了我们的,后世的,读者的。

一段时间后,克尔凯郭尔寄来了一幅自制的墨水画,画的是一个小个子男人拿着巨大的望远镜在科尼佩尔桥上,他在那里向右边的"Tre Kroner"字样("Tre Kroner是哥本哈根城外港口航道上的军事炮台)凝望。这封信这样开始:

我的瑞吉娜!

那是科尼佩尔桥。那个拿着望远镜的人是我。你知道,那些出现在风景之中的人一般看起来都有点奇怪;因此,你能够安慰自己:我看起来根本就不是那么丑陋,每一种艺术性的解读都有某种理想的东西,甚至在画漫画的做法中也是如此。

到此为止还是文字表面的意义。但接下来是各种关于未来的象征性暗示。就是说,克尔凯郭尔佯称他的墨水画已经被一些"艺术内行"评判过了,他们想知道为什么他把周围的环境完全省略掉了。他解释说,有些人认为这种省略一定是渊源于艺术家在透视方面的弱点,而另一些人则倾向于更正确的理论,即这必定是由于"对一个民间传说的暗示,说

1856 年

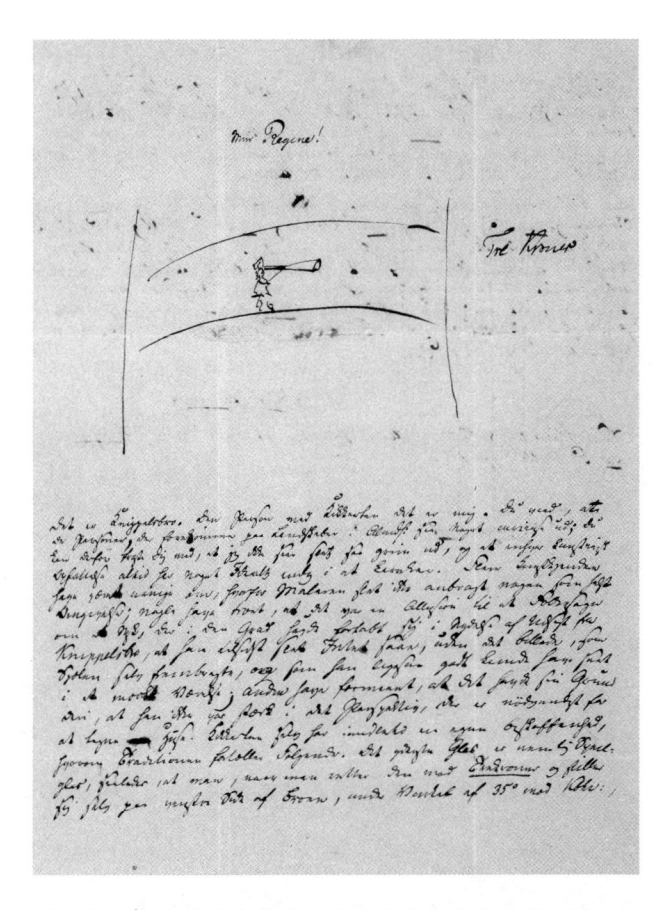

克尔凯郭尔在给瑞吉娜的信中附上的大多数自制水墨画已经丢失，当他在 1840 年 9 月 23 日给他的未婚妻写信时，把自己的画直接画在了信中。从附带的文字来看，似乎是绘图者本人站在科尼佩尔桥的中央，持有一个巨大的望远镜瞄准 Trekroner 海上堡垒，但借助于一些巧妙设计的斜置的镜子，能够看见证券街 66 号家中的瑞吉娜。

皇家图书馆

第一部分

一个人在享受从科尼佩尔桥望出去的景色时在这样的程度上是入迷，以至于最后，除了那灵魂本身给出的并且他在一个黑暗的房间里也能够看到的画面之外，他什么都没看到"。

114　　这样的民间传说自然是不存在的；克尔凯郭尔只是虚构，但他的虚构是晦暗的，因为它告诉瑞吉娜，她正在他的眼前消失。固然他是在那里站在科尼佩尔桥上，盯着他的望远镜，但在现实中，他是在望着一幅自制的灵魂画面，那女人是理想，也许是神话，但肯定不是18岁的由血肉和欲望构成的瑞吉娜·奥尔森。克尔凯郭尔对望远镜的奇特构造的解说是：

> 就是说，最外层玻璃是镜子玻璃，所以当你把它对准Trekroner，将自己置于桥的左边，与哥本哈根成35°角时，你会看见某种与周围所有其他人完全不同的东西（……）。只有在正确的人手里，在正确的人眼前，它才是一台神圣的讯息传送机，对其他任何人来说，都是一件无用的器具。

因而，这望远镜就是一种潜望镜，它通过斜置的镜子将现实在自己黑暗的内部送来送去，以便以任何其他人都看不见的画面来满足充满欲望的眼睛：现实之瑞吉娜已经被反思之"瑞吉娜"取代。而这些信在本质上是写给后者的，而不是如信封正面上很平淡地写着的：写给"R.奥尔森小姐"。

1856 年

那填满在克尔凯郭尔的书信中的视角的也不是最近的未来，而是空气与光线之研究，对永恒和瞬间、当场和回忆的冥想，仿佛它们会迷失在自然抒情中，迷失在四季的变化中，或者突然远远坠回到希腊神话中，以便随后马上就流连于处在特定处境中的瑞吉娜，最好是在室内，窗户大开，对着浪漫的风景：

> 这是在晚夏，接近黄昏。——小窗户开着；月亮变大起来，用超越自身的光芒来照射，以遮掩大海中的镜像，这镜像似乎要以更亮的光线来盖过它，几乎能听得见，如此辉煌。它因恼怒而涨红了脸，藏身于云中，大海颤抖，——你坐在沙发里，思绪四处萦舞，眼睛不被任何东西约束，无限的思绪只消逝在浩瀚天空的无限之中，所有中间的一切都没了，就仿佛你是在空中航行。你把各种向你展示出一个对象的转瞬即逝的思绪召集在一起，如果一声叹息有向前推动的力量，如果一个人如此轻盈，如此空灵，以至于一声叹息中倾泻出的被压缩过的空气可以把他推走，并且叹息得越深，推得也越快，——那么你无疑会在同一个此刻之中与我在一起。

一个几乎是夏卡尔式的场景：在一道柔和的弧线中，这叹息在城市的房顶上方的蓝色空域中把这对飘渺的恋人相互

第一部分

发送给对方，——充满爱欲化的效果，但也有一小点不具体。12月9日的信重复了这种脱离世界和日常生活的遥远，但方向是相反的：瑞吉娜在一幅（现已丢失了的）画中已经能够在她的未婚夫为她设想出并以下面的这些词句描述出来的水下住宅中找到方向，——这些词句是："现在下面有许多小但却舒适的房间，外面被大海的风暴环拥着，人们却能够安全地坐在这些房间里，其中有几间还能让里面的人遥遥地听到世界的喧嚣，不是在忧惧地发出嘈杂声，而是在悄悄地，与这些房间的居住者们在根本上没有关系地，慢慢沉寂下来。"

瑞吉娜对这种持续着的与世隔绝作出了怎样的反应，可以从她手写出的四行小字中间接地看出，其中包含有一种对那强加于她的一忽儿是高于大地的、一忽儿是低于水下的存在形式的抗议：在11月或12月的一封信中，克尔凯郭尔夹入了一张彩色的图片，这图片描绘了一幅东方风景，它以一些塔楼、一些拱形门洞和一座在背景中向天上高耸的尖塔明确无误地象征着爱欲。前景中的长椅上坐着一个年轻人，他的腿上放着一把弦乐器，无疑是一把鲁特琴，同时一个面带微笑、露着肩膀的女人从一扇打开的窗户里向他递出一朵玫瑰花，飘出窗户的一块发绿的大窗帘在他的头顶上诱人地拍拂着。这全都有着极大的胆魄！相反克尔凯郭尔则没有——恰恰相反，他对图片的评论让每一种爱欲的可能性都消散在了

1856 年

一种"羞怯的辩证法"中：

> 她手里拿着一朵花。是她将它递给他，抑或是她从他那里接受它、将它还回以便再接受它？没有任何第三者知道。广阔的世界在他身后，他已经背对了它，到处都是寂静，就像在永恒之中，这样的瞬间属于永恒。也许他这样坐着已经有几个世纪了；也许幸福的瞬间只是非常短暂的，然而对一种永恒来说却仍是足够的。

116

就这样持续了很长时间。在图片的后面，克尔凯郭尔再次矜持得体写上了一小段来自《少年魔法号角》的德语诗段，但是在后面，就在德语诗句的下面，是瑞吉娜留下的订婚时期的唯一的几行字：

> 而我的手臂对你来说是如此大的欢愉，
> 为安慰和平静。
> 英俊的男人鱼，赶紧，来吧，
> 把它们两个都抓住！

因而，瑞吉娜也会引用，是的，她引用约翰纳斯·埃瓦尔德的浪漫小说《渔夫》的这一小段话表明，她能够带着爱欲的重音来引用。她不想被搪塞被拖延，不想满足于机智诙

第一部分

谐的观察，也不想被以奇怪的隐喻来推脱打发，而是想被她的男人鱼拥抱，抱进7万寻之深的翻滚的深海之中。据说圣女贞德是她的女英雄和伟大的榜样，这绝不是没有道理的。

然而，克尔凯郭尔却沉郁地把这关系朝相反的方向拉。在他们两个人关系的初期，他试图通过"每周一次"为瑞吉娜朗读明斯特尔主教布道中的一篇来缓和瑞吉娜的爱欲激情，但正如历史上曾有过的情形——只要想想阿贝拉尔和哀绿绮思——爱欲激情深深渗透进宗教激情并引发出震撼："就人和人之间的宗教而言，最大的可能误解是，如果你考虑到男人和女人，想传授她'宗教的'的男人（……）现在成为她情欲之爱的对象。"我们可以设想，在这里的情形中也有着一种这样的对象转移或者说移情。在一封未注明日期的信中，克尔凯郭尔解释说，他在这天更早的时候不得不对瑞吉娜说一些严肃的话并不是想要使得"你在任何瞬间会以为，我在这样的一些时刻里会觉得自己是更好的"，因为他绝不会这样想。作为他也"训诫"自己的一种证据，他给瑞吉娜寄了"一本《新约》，作为这个上午的纪念"。在这些权威性的训导之辞下，我们能感觉到，瑞吉娜在那个上午太坦白、太感性、太具情欲，——她的未婚夫（尽管他并非不受影响）坚决地向她指出的就是：这是不得体的。

带着一种特别的仪式性的准确，克尔凯郭尔设法让瑞吉娜在一开始是在每星期三收到一封信，但渐渐地，随着这关

1856年

在证券交易中心和科尼佩尔桥之间的三幢有山墙的房子是以荷兰的文艺复兴风格建造的,被称为"六姐妹"。它们突出的山墙对着城堡岛的水道,而它们后面的一排仓库则面对着证券水道,人们在这水道中把货物运往或者运出证券交易中心。奥尔森一家住在证券街66号的二楼。根据1840年2月1日的人口普查,该家庭包括:"特尔基尔德·奥尔森,57岁,已婚,司法议员,皇家簿记员/瑞吉娜·马琳,62岁,已婚,他的妻子/玛丽亚·多萝西娅·弗莉德丽克·奥尔森,31岁,未婚,他们的女儿/奥丽维娅·克莉丝蒂安娜·奥尔森,29岁,未婚,他们的女儿/奥卢夫·克里斯蒂安·奥尔森,26岁,未婚,他们的儿子,大学生/约纳斯·克里斯蒂安·奥尔森,24岁,未婚,他们的儿子,大学生/考尔讷丽娅·奥尔森,23岁,未婚,他们的女儿/瑞吉娜·奥尔森,19岁,未婚,他们的女儿/克尔丝蒂娜·米凯尔森,35岁,未婚,女佣。"在一系列缺乏感觉的增建之后,"六姐妹"于1901年被拆除。

照片摄于1860年前后。哥本哈根博物馆

第一部分

系接近终结,他让信的间隔时间变得越来越大。因此,1840年11月11日星期三,瑞吉娜坐在那里等待着一封从未到来的信。她请克尔凯郭尔当晚与她父母共进晚餐,但他乘坐一辆驶往弗雷登堡的马车离了城直到八点才到达那些善意地让自己有了要做他的姻亲的打算的人的家里,实在太晚了,而且非常尴尬。他回城途中在马车隆隆的半暗车厢里的感受,可以从日记中的一段沉思性的文字中看出:"在空空的马车底部,有5、6颗燕麦粒,它们在震动中跳舞,构成最奇怪的图案——我沉浸在对此的观察之中。"

下一个星期三瑞吉娜也没有收到信,但克尔凯郭尔的仆人突然到了,送来一个包裹,里面是卡尔·伯恩哈德刚出版的小说《旧日的回忆》。这书名可以被解释为一个象征性暗示。暗示出他们的关系正处于一种过渡,它即将进入到历史中的"已终结的关系"的无限档案之中,礼物的赠送者在一个星期之后让瑞吉娜明白了这一点,那是11月25日星期三,爱欲的温度在这一天突然发生了急剧的下降:"我的瑞吉娜!/你可能期待在收到《旧日的回忆》的同时也收到一个有着一封信的形式的形成着的回忆。事情没有如此,因此接受这几行字吧,谁知道呢,也许它们很快就会成为对于一段消失了的时光的一种代表。"这听起来就像它本身所是的那样,给出不祥的征兆。克尔凯郭尔在一种生硬的讽刺之中继续:

1856年

你在等待我的信，这是美丽的，尤其是当这种等待不是应当得以平息的不安，而是一种神圣、宁静的渴慕时（……）。自由是爱的元素。我确信，你过多地将我保持在荣誉之中，而不愿在我身上看到一个以簿记般的认真严谨履行着爱的部门事务的在职宫廷侍从[56]，也不希望我在"中国式的工艺性勤奋[57]中的坚毅"的竞争之中夺取一块奖牌；我确信，我的瑞吉娜太有富于诗意了，因而在一封信不出现时，不会将之视作是对于"责无旁贷的关注"（用一个官方的表达[58]来说）的缺乏，太有富于诗意了，即使从来没有任何信到达，也不会渴望回到埃及的肉锅[59]旁或者想要不断地被一个感伤恋人神魂颠倒的磨坊转动声环拥着。

对于这最后的，这"感伤恋人"的说法，也几乎是没有什么临近的危险。在这信的可疑署名"你的S.K."之后，有着一个简短的"后记"："在此瞬间，我正走过你的窗户。我看我的表，这意味着我看见了你；如果我不看表，我就没有看见你。"

这些隐晦话语背后的具体境况可以大致地被重建出来：[60]在仆人的陪同下，克尔凯郭尔从他位于北街38号的住处走过圣母广场，大概穿过斯特律街，继续穿过高桥广场，来到他的住在证券街66号的未婚妻的居所。在仆人把信送交给她的同时，克尔凯郭尔计算着：她什么时候能看到那段隐晦的后记，并走

第一部分

120

"这里附上一幅我不想将之挂在一个没人住的房间里不为人所见的画",克尔凯郭尔在为这幅描绘一对东方夫妇的画(画中的两侧是柱子,背景是有着山的风景,他们深情地相互投身于对方)而写的介绍性的附文中说。"你永远的S.K."——或者如这里——"你的S.K."是婚约时期信中最亲密的签名,在关系结束时缩减为"你的K."。这封没有日期的信想来是写于1841年1月的某个时候。

皇家图书馆

到窗前，从那里看自己的未婚夫，掏出表来示意他已经看到了她，抑或把表留在口袋里作为相反情形的标志。这一直是古怪、神秘而巴洛克式的，但绝不无聊，这与"无聊"恰恰是相反的。弗里茨·施莱格尔绝不可能想得出这样的名堂。

临近圣诞节，克尔凯郭尔的信似乎变得更趋向于和解了。他似乎想要表明，11月发生的伤感情的事件和没有信件是对瑞吉娜的忠诚的考验。"我不再试探你，现在我知道你的心意"，12月中旬的一封信引用诗人克里斯蒂安·温特尔的话这样说。一封12月30日星期三到达的新年长信，温柔，具体而不繁复："我感觉是如此难以形容地轻松。我坐车去灵比，不同于往常阴暗而沮丧地被扔在车厢的一个角落里。我坐在位子中间，不寻常地挺直了身子，我的头没有低下，而是快乐而自信地环顾我周围。我遇到的每一个人都是那么无限地让我感到愉快。"这封信在一种屈从中结束："（……）我来，我见，她赢。"

在新的一年里，克尔凯郭尔有很多事情要做。到1840年11月中旬，他已经开始在牧师师范[61]学习，在那里他要撰写各种布道词，并帮助评判他的神学院同学的成绩。1841年1月12日星期二，他在小岛教堂作了一生中的第一次布道。所讲的经文是《腓立比书》（1：19-25）中的段落，其中保罗谈到了他对"尘世的"和"天国的"的裂分，对他来说，基督是生命，因此死亡在事实上是一种收获。在参加牧师师范的课程的同时，克尔凯郭尔还在为他的博士论文《论反讽的概念》做各种

第一部分

初步的、决定性的准备工作。而这一切都在窃取本来要留给瑞吉娜的宝贵时间，她显然是抱怨了她的未婚夫以博士论文和牧师师范课程为借口，不与她见面。3月9日，他对他的同龄同学中一个人所写的布道作评判，完成了评判之后，他写信给她说，这确实不是"因为我手中有笔，所以我就好像是在利用这机会并趁着机会给你写信"，她肯定是曾责备过他这种做法。

瑞吉娜不得不以其他方式来打发时间，所以当她的未婚夫在1841年5月5日满28岁时，收到了一个珍珠镶边的信函包，这是他手指灵巧的女友做的。在同一天，庆祝生日的人为收到这只包表示感谢，并同时送上一朵玫瑰，但不是普通的玫瑰：

> 我随信送你一朵玫瑰花；它没有像你的礼物一样，在我的手下绽放出其所有的光彩；相反，它在我的手下枯萎了；我没有像你一样，快乐地见证了一切怎样展开，我是忧伤地见证它渐渐的憔悴凋零；我看到了它承受痛苦；它失去了它的芬芳，它的头无力地垂下，它的叶子在死亡的搏斗中耷拉下来，它的红晕消褪，它的新鲜的茎叶变得干枯；它忘记了它的华贵，它以为自己被遗忘了，它不知道你保留了关于它的回忆，它不知道我一直记得它，它不知道我们两个共同地保存了它的记忆。

信中明确无误的象征意义和随后信件交流的空白都在说

着自己不祥的语言,当克尔凯郭尔在8月11日星期三归还订婚戒指时,这不祥的语言转化为行动。被归还的戒指伴随有一封告别信,在他眼中,这封信在文学的意义上是如此成功,以至于它在后来一字不差地被放入他的著作《"有辜的"——"无辜的"?》之中。给瑞吉娜的信已经遗失,而在著作中的文字则是:

> 有的事件,说到底还是必定会发生的,而这样的事件,在发生了之后,无疑会给出各种力量,正如我们需要这些力量;那么,为了避免更频繁地对这样的事件进行排练,就让它发生吧。最重要的是,请把写下这文字的人忘记掉;原谅一个尽管有能力做某些事情但没有能力使一个女孩幸福的人吧。
>
> 在东方,寄送一条丝带意味了对收信人的死刑判决;[62]在这里,寄送一枚戒指则差不多该是意味了对发送出这戒指的人的死刑判决。

读完这几行字后,瑞吉娜变得魂不守舍,马上跑到北街去找克尔凯郭尔谈。他不在家,她就走进他的房间,留下了一张克尔凯郭尔在后来描述为是"完全绝望的字条"的纸条,其中她恳求他"为了耶稣基督的缘故和对我已故父亲的记忆,不要离开她"。瑞吉娜无疑是知道她的心上人在哪里最敏感!

第一部分

123 "于是",克尔凯郭尔继续写道,"没有别的办法可行,只有冒险到极端,如果可能,通过一种欺骗来支持她,为把她从我身边推开、为重新激发出她的骄傲而做一切。"

由此,"恐怖时期"开始了,据克尔凯郭尔自己的说法,他不得不作为"顶级恶棍"出场来打断两人间的关系,一种他自己解读为是最"精心设计的骑士作风"的行为。西贝恩教授记得:"在他想要和她分手——但通过迫使她提出分手——的时候,他有着这样行为,乃至O.小姐说他虐待了她的灵魂;她用了这一表述,并对此感到极深的愤慨。"[63]尽管如此,这恶棍策略看来是有效的,瑞吉娜在很多年后公开承认,是她向他提出分手的。另外,西贝恩试图以这样的说法来安慰她:她"没有成为克尔凯郭尔的人",这是一件好事,"这个天性总是专注于其自身的人,这个在自我反思中被狭窄地限制的人",他要么会"用嫉妒来折磨她",要么会"就仿佛他不在意她一样"地与她生活在一起。同一个西贝恩后来一直拒绝对关系终止的原因发表意见,尽管他本来是能够说出"除了我之外,也许只有极少数人知道的事情。但其中对我来说最意义重大的事情,我不敢向纸张透露。"[64]

在克尔凯郭尔进行这一欺骗的文字中,9月底或10月初的一封信似乎是粗暴得闻所未闻:一个装有一瓶"Extrait double de Muguet"的盒子,伴有这样的文字:"你可能记得,我,大约一年前,给你寄了一瓶这种香精。"在对回忆的各种祝福进行了小小的沉思之后，克尔凯郭尔又让话题回到了瓶子上，特别地谈到它被精心包装的方式：

> 因而我给你寄了一瓶这个，用许许多多纸页外包装包起来。但这些包装层并非有着一种"人们为了得到内容匆匆撕掉或者恼怒地扔掉"的性质，相反，它们恰恰是那种让人喜欢的包装，我看见你会带着多大的关怀和小心打开每一叶包装层，并由此回忆着我在回忆着你，我的瑞吉娜，并回忆着你自己 / 你的 / S.K.

这里，这些用作包装层并且显然具有这样的"性质"以至于瑞吉娜必须在回忆或重温一切的同时小心翼翼地将之一层一层地打开的"纸页外包装"究竟是什么？我们不得而知，但我们会有这样的想法：瑞吉娜在得到里面的漂亮小瓶子之前两手上拿着的"纸页外包装"可能是——她自己的信！上面所说的这些"纸页外包装"还可能会是什么？[65]克尔凯郭尔本人没有给出对这一具体事件的说明，但在1849年用这些话总结了整个时期：

> 那是一个可怕的痛苦时期——不得不如此残忍，然后要像我曾爱的那样地去爱。她像母狮一样地搏斗；如果我不是认为自己有一种神性的抵抗力量，她肯定就赢了。
>
> 然后就破碎了，大约两个月后。她变得绝望。在我

第一部分

生命中,我第一次进行了责骂。这是唯一可做的事情。

克尔凯郭尔从证券街的奥尔森家中出来,直接去了皇家剧院,因为他想和埃米尔·波厄森谈谈。"当时由此弄出了在城里为人所传的故事:在我拿出我的表的同时,我对这家人说,如果您还有更多要说的,那您能不能赶紧;因为我要去剧院。"当克尔凯郭尔在演出结束离开剧院的二层正厅前排座位时,瑞吉娜的父亲特尔基尔德·奥尔森从一层正厅前排座位中出来,走向他,要求进行一场交谈,然后两个人一同回到了证券街。

他说:这将导致她死亡,她完全绝望了。我说,我会让她平静下来;但这件事已经决定了。他说,我是个骄傲的人;这是艰难的;但我恳求您不要与她分手。他真的是很伟大;他震撼了我。但我坚持我的决定。我和他们一家人一起吃了晚饭。在我离开时和她谈了一下。

125 第二天早上,克尔凯郭尔收到了来自特尔基尔德·奥尔森的信,特尔基尔德能告诉他,瑞吉娜彻夜不眠,并请求他来家里探望她。克尔凯郭尔就去了:

我到了,向她说明白道理。她问我:你是不是永远都不会结婚。我回答:会结婚的,十年后,在我冷静下来后，我必须有一个青春少女来恢复活力。一种必要的残酷。然后她说：原谅我对你所作的。我回答：是我应该这样请求原谅。她说：答应想着我。我答应了。她说：吻我。我吻了她——但没有激情。仁慈的上帝。（……）然后我们就分手了。这些个夜晚我都是哭泣着在床上度过。但是白天则仍是平常的日子，比以往任何时候都更逗趣更诙谐，这是必要的。

在日记中克尔凯郭尔在感叹"仁慈的上帝"旁边的空白处补充了，瑞吉娜往常在她的"胸前"佩戴一张"上面写着我的一句话的小纸条"。上面写有什么，没有人知道更多了。就是说，瑞吉娜拿出那小纸条，默不作声地把它撕成碎片，凝视着前方说："（……）那么你仍还是和我玩了一个可怕的游戏。"这个姿态是一个决定性的行为：瑞吉娜从文字中解脱出来，放弃做纸上墨水的瑞吉娜，回到现实中。她自己回忆说，在她最后告别时，她说："现在我无法再承受了；再吻我一次，然后去拥有你的自由吧！"[66]

婚约的解除于是就成了现实。后来，索伦和瑞吉娜互换了他们写给对方的信，但我们无法知道是在什么时候发生的。我们知道的是，克尔凯郭尔还从奥尔森家收到了"我所有的东西，等等"，而他写给瑞吉娜的父亲的一封信则"未开封就被送了回来"；这信已经不存在了。

第一部分

126

"你是我的,与我结合在一起,即使有一整个大陆将我们分开",克尔凯郭尔在这封未注明日期的信中的最后一句话中作出这保证,信中附有一幅浓墨重彩的图片,一个露着胳膊的女人从窗口向一个弹鲁特琴的少年递上一朵玫瑰,而拱形门洞、尖塔和其他爱欲象征物在背景中堆积着。"当雷雨和暴风席卷思想的工坊时,我就倾听你的声音;当我站在困苦之中时(……),我看到窗户开着,你穿着夏天的衣服站着,就像以前在施莱格尔家",这些句子和谐地出现在这封信的中间,但不知道克尔凯郭尔指的是哪一段"在施莱格尔家"的情节。

皇家图书馆

1856年

彼得·克里斯蒂安在1841年10月的日记中写道："10日（？），在长期的挣扎和沮丧之后，索伦解除了与奥尔森小姐（瑞吉娜）的关系。"[67]这个问号打得很好，因为婚约的解除事实上是在1841年10月12日星期二才发生的。本来是带着一种特别的仪式感来与特殊日期打交道的索伦·奥比也记不得这日子，后来他试图借助日记和旧报纸来为自己重建出这个时间点，但却徒劳。

婚约被取消的事情在城里很快被许多人知道，人们议论纷纷。有传言说，一天晚上瑞吉娜受邀请在剧院观看《唐璜》，但序曲刚结束，克尔凯郭尔就站起来说："现在我们走了，现在你已经欣赏了最好的部分，期待之喜悦！"[68]许多年后，当尤里乌斯·克劳森小心翼翼地向瑞吉娜说起这个故事时，她说："是的，我清楚地记得那个晚上；但我们是在第一幕之后离开的，因为他头痛得很厉害。"[69]亨利克·赫尔兹加入了愤慨之声的合唱，能够为克尔凯郭尔"以其各种怪癖几乎将其折磨至死"的"年轻可爱的奥尔森小姐"的故事提供自己的叙述：

有一天他用一辆维也纳马车[70]接她去乡下游玩，她对此感到难以形容的高兴。但到了西桥的圆形广场，他让马车掉头又把她送回了家，为的是让她能够习惯于拒

第一部分

绝快乐的享受。就凭这件事，他的R-［:røven①］就应当挨抽。71

在奥尔森家，这沮丧自然也是巨大的。正如我们所看到的，约纳斯甚至直接地宣告出他对克尔凯郭尔的火焰般燃烧着的仇恨，但是，当彼得·克里斯蒂安告诉自己的弟弟，他将试图向这家人解释，这个索伦并非完全像他看起来那样"恶"时，索伦的抗议马上就冒出来："我说：如果你这样做，我就一枪打穿你的脑袋。这是我在这件事中投入有多深的最好证明。"

"她点了两次头。我摇了摇头。"

两年后，1843年4月16日星期日，瑞吉娜坐在圣母教堂里。这是复活节的第一天，她去参加晚祷，——人们将下午1点到2点之间的礼拜仪式称作晚祷。克尔凯郭尔也坐在教堂里，他在柏林呆了近5个月，在手提箱中带回家的有《非此即彼》的大部分手稿。他的这部洋洋洒洒838页的处女作出版于1843年2月20日，让哥本哈根的读者世界首先是目瞪口呆，然后又瞠目结舌。在没有约定的情况下，这对从前的恋人却

---

① 译者说明：røven丹麦语，"屁股"。

1856年

128

"你确实是你父亲的女儿!"考尔讷丽娅在给瑞吉娜的信中感叹道,因为她使用了她们的父亲也可能使用的一种特定的说话方式,但父女间的相似性在本质上远远超过人们做梦所能达到的程度。大波浪形卷发之下的面部轮廓有着规则有序的、意志坚强的特征,但也显现出一些在瑞吉娜的相貌中能被重新找到的女性化而敏感的东西。复制石版画所依据的图像是演员卡尔·温斯洛在1825年创作的,特尔基尔德·奥尔森在自己的年轻时代就认识他,当时他自己也尝试过要登上舞台,但没有超出普通业余级的水准。

根据卡尔·温斯洛的画作制作的石版画,1825年。汉斯·冯斯博尔

第一部分

在挺长的一段时间里仍奇迹般地在周一早上9点到10点之间无声无息地见面,地点是他们穿过城区散步时相互擦肩而过的一小段路。但是那个晚祷仪式中的星期天使得他们的仪式化的共处发生了一种戏剧性的转变,克尔凯郭尔在他的日记中强调了这一点:

> 复活节的第一天,在圣母教堂的晚祷上(在明斯特尔布道时),她向我点了点头,我不知道那是在请求还是在原谅,但无论如何,是那么深情。我在一个靠边角的地方坐下来,但她发现了我。上帝保佑,真希望她没有发现我。现在一年半的痛苦被浪费了,我所有的巨大努力都成了徒劳,她仍不相信我是个骗子,她相信我。现在她所面对的是怎样的考验啊。接下来就是,我是个伪君子。我们走得越高,就越可怕。一个人,有着我的真挚、我的宗教性,竟然会做出这样的行为!

克尔凯郭尔用波浪形的墨水弧线划掉了整段日记,其中差不多是中间的部分内容涉及了那些星期一的遇会,因此,这段文字显然已经变得非常私密,后人是不应当得到阅读同享的许可的。在后面,他又回到瑞吉娜在晚祷中的点头,这次他更详细地描述了其中的细节:"她点了两次头。我摇了摇头。这意味着你必须放弃我。然后她又点了点头,我也尽可能友好地点头,这意味着:我的爱你留着吧。"一段时间后,他们再次在街上相遇。瑞吉娜友好而迎合地打招呼,但克尔凯郭尔茫然不知所措,只是诧异地看着她,摇了摇头。

《重复》和重复

间接转达会是一种危险的做法,因为你发送出一个消息,接受者可能会为之赋予与发送者在之中所置意义完全不同的意义。如果另外这消息还是一个没有言辞的姿势,事情就常常会完全出错。瑞吉娜在教堂里第三次点头,克尔凯郭尔善意地点头回报,其中的情形大概也是这样的。他想以此来表明她能够对他的爱感到确定,但我们能够设想,他反而是向她发出了这样的信号:她得到了他的祝福去——恢复她与约翰·弗雷德里克·施莱格尔的关系。也就是说,从各方面来看,促使瑞吉娜那天在教堂里作出了无言的致意的正是这个关系,而这则是克尔凯郭尔完全一无所知的。

三周后,也就是1843年5月8日星期一,他开始了第二次前往柏林的旅程。他再次乘坐伊丽莎白女王号出海,经于斯塔德抵达施特拉尔松德。第二天,他继续乘坐公共马车前往斯德丁(也就是今天波兰的什切青),从那里有一条经由安格尔明德通往柏林的铁路,这意味着这部分旅程只需要大约10个小时。[72]在到达了柏林并在萨克森酒店——位于耶格尔大

第一部分

街和夏洛滕大街的拐角处——安顿下来后,他写信告知埃米尔·波厄森:

> 我是昨天到达的,今天我在工作,我额头上的青筋突出。(……)此刻,忙碌的思绪又工作起来,笔在我手中吐蕾绽放。(……)我开始了我过去的那种在菩提树下大街上来回的散步,正如我旅行时一向的情形,一个无声的字母,无人能读出,也无法向什么人说出。

克尔凯郭尔没有把他的信寄给波厄森,而是在四天后重新又开始写一封信,在信中他宣示出:

> 在某种意义上,我已经达到了我能希望的东西,某种我原先不知道我是否需要用一小时、一分钟或半年的时间来达到的东西——一个想法——一个迹象(……)。就这一点而言,我完全能够马上重新回家,但我却不想这样做;相反,除了柏林之外,我几乎就不再想去别的地方了。

克尔凯郭尔实际上打算离开"一年半",所以,他在这样程度上"达到"的是什么,以至于他在抵达柏林后仅一周不到就能够回哥本哈根,这我们并不清楚。从他在十几天后,

1856年

即5月25日，寄给波厄森的信中可以看出，他的回国计划仍没有改变：

> 过一小会儿，你会再见到我。我已经完成了一项对我来说很重要的工作，我正在全力以赴地进行一项新的工作，我的图书馆对我来说是必要的，同样，印刷坊也是。在一开始，我生病了，现在我可以说是很健康，也就是说，我的精神在膨胀，想来是在杀死我的肉体。我从来不曾像现在这样强劲地工作。早上，我出去稍稍散一下步。然后我回到家，在我的房间里不间断地坐到3点钟左右。我几乎无法用眼睛看。然后我挂着拐杖溜进餐馆，但如此虚弱，以至于我相信如果有人大声叫我的名字，我就会倒地而死。然后我走回家，重新开始。在过去的几个月里，一直在懒散之中的我往上抽吸，积够了要真正地覆桶淋浴[73]所用的量，现在我往下拉了绳子，各种想法向下冲向我，健康的、喜悦的、活泼的、快乐的、蒙福的孩子们，轻松地出生，但却都带着我个性的胎记。顺便提一下，如我所说，我很虚弱，我的两腿颤抖着，我的膝盖很不方便，等等。

一周前，5月17日，克尔凯郭尔在他的日记中加上了几行字，这几行字并不具备那种过度兴奋的特征，但却也绝不

第一部分

是冷静的:"如果我有信心的话,我就会留在瑞吉娜身边。感谢上帝,我现在已经认识到了这一点。这些日子我几乎失去了理智。"克尔凯郭尔选择了用密密麻麻的墨水圈来划掉这些字,但它们是可以被辨读出来的,比如说,我们能够看出:"在审美和骑士精神的意义上,我爱她远远高于她爱我;因为否则的话,她既不会向我表现出骄傲,也不会在后来用她的尖叫来令我焦虑。"我们明白,他希望不让瑞吉娜遭受不必要的痛苦,因而"纯粹从美学角度讲是作了一个伟大的人";是的,在他与瑞吉娜分手后,他甚至不曾与任何年轻女孩说过话。因此,他远远不是人们认为他所是的"恶棍",——"因为这确实是"。确实是什么?我们不得而知。手书在一些无法读出的、直接通向乌有的字词中继续。就是说,克尔凯郭尔已经去掉了日记中的第52-53页,大概是因为他写得已经太过亲密,因此在一次重读之后,决定不让未来好奇的阅读者辨认出这里的内容。在下一页日记的最上方,我们突然能继续读到:

……无疑已经发生。但是考虑到一场婚姻,重要的并不是让一切在拍卖锤落下时的状态中卖掉,这里重要的是对早先的日子的一小点诚实。在这里,我的骑士精神又是很明确的。(……)但是,如果我为我自己作出了解释,那么我就不得不让她了知各种可怕的事情,我与父亲的关系，他的沉郁，孵伏在内心最深处的永恒黑夜，我的迷失、情欲和放纵，当然，在上帝眼中，这也许并不是什么天大的事：因为，是恐惧使我误入歧途，而在我知道了或隐约感觉到了我钦佩其坚强和力量的唯一的人站立不稳的时候，我该去哪里寻求依托。

他和瑞吉娜的关系与他和父亲的关系是不相容的，后者扭曲了儿子的爱欲、阻碍了他的奉献，这是他一直无法向瑞吉娜解释的，因为她缺乏前提条件，而他自己则缺乏勇气、力量和信念；——在柏林逗留期间，他终于明白了这一点。在他的下一篇日记中，他概括地保留了这一认知："因此，信仰也为今生希望着，但注意，是依据于'那荒谬的'，而不是依据于人的理解力，否则就只是生活智慧，不是信仰。"可以肯定地说，正是这种认识，更新了他对于"能够以一种更为柏拉图式爱情的形式来恢复与瑞吉娜的关系"的期望，这种柏拉图式的爱在哥本哈根的护城河堤内得以实现，而护城河堤则像一种修道院墙那样围拢起他们纯洁的遇会，他们自己通过这些遇会而成了修道士和修女在现代社会中的对应物。

为了实现这一爱欲乌托邦，克尔凯郭尔带来了他的手稿，根据他5月25日给波厄森的信，这手稿是他已经"完成"了的。所谈的就是《重复》的手稿，从文学的角度看，它是克尔凯郭尔无条件地最异想天开的作品，但更多地从传记性的

第一部分

角度看，它也揭示出了一个绝对的混合解剖结构。就是说，《重复》是某种就像一份签上了假名的忏悔文献一样离奇的东西，它把克尔凯郭尔自己的婚约史中的冲突材料分配到两个人物身上，康斯坦丁·康斯坦丁努斯和年轻人，其中前者显现出大致同等程度的心理学能力和原则性的悲观主义，而后者则已不理智到了坠入爱河的程度，这爱情在他身上唤醒了一种无法抑制的诗歌激情；然而，这并没有阻止他最终——或者至少是在最终之前——希望有一次与他所爱的人的关系的重复。通过在康斯坦丁·康士坦丁努斯的形象之中回顾年轻人的形象之中的自己，克尔凯郭尔能够以这样一种方式在完全的公众关注之中描述他自己的爱情危机，这爱情危机就其本身已经是足够的了，这里所需的只是作为诗性刺激的情欲之爱：

> 这个年轻人就是有着这样的心理结构并且以这样的方式有着天赋，以至于我愿意打赌说，他没有被捕捉在情欲之爱的圈套之中。就是说，在这方面存在着例外，这些例外是无法被折叠进普通的事例格式之中的。他有着非常之多的精神力量，尤其是想象力。一旦他的创造力醒来，就足够一生之用，尤其是，如果他正确地领会自身并且将自己限定在带着精神的活动和想象力消遣的舒适温馨的家庭娱乐之中的话，这是对于所有情欲之爱

的最完美的补偿,并且绝不会导致情欲之爱的麻烦和灾难,并且与情欲之爱中的至福中最美丽的东西有着明确的相似之处。

正如人们能够预料的,这年轻的爱者与其作者一样忧郁,因此开始回忆自己的爱情。他因这爱情而将自己置于与原本是他的爱情对象的女孩的不祥的距离之中。出于各种几乎不需要单独给出特别评论的原因,康斯坦丁·康斯坦丁努斯能够带着一种完全特别的设身处地之心作出诊断:

他深沉而真挚地坠入了爱河,这是很明显的,但他却马上能够在最初的日子中回忆自己的爱情。在根本上他是完全地了结了这整个爱情事件。(……)然而她却是被爱者,他所爱的唯一者,他在一辈子中会爱上的唯一者。(……)在所有这一切正进行着的过程中,他自己身上也发生了一种明显的变化。他身上有一种诗意的创造性苏醒过来,达到了一种我从来不相信会有可能的程度。现在,我很容易理解这一切。这个年轻的女孩不是他的所爱者,她是那唤醒他身上的诗意品质并且使他成为诗人的机缘。因此,他只爱她一个,从不忘怀她,从不想去爱任何别人,却只持恒地思慕她。她被牵入他的整个存在,关于她的回忆永远都是活生生的。她对于他意义

第一部分

重大，她使他成了诗人，恰恰因此，她就在她自己的死亡判决书上签下了名。

假名著作远远更为不偏不倚地让我们洞察到我们在克尔凯郭尔的日记之中常常被禁止触及的东西，因为，可以这么说，在写日记的时候，他在自己身边有着想象出的未来读者好奇地站着与他一同读这日记。一部像《重复》这样的作品，由于其所署的假名，使得克尔凯郭尔有可能将自传性的材料主题化并对之进行重塑，从传统的立场看，这一类自传性材料中的各种私密性是保留给日记的秘密的独白者的。因此，他对批评他那些假名著作的评论的愤怒反应不仅是由于受伤的虚荣心，而且还是因为这些书——也——具有忏悔文献的自我揭露的特点，因此必须由它们暴露了其生活的那个人来进行辩护。如果我们将表述中的第三人称转化为第一人称，那么，在克尔凯郭尔让康斯坦丁·康斯坦丁努斯书写的时候，看上去的效果就像是他自己在说话：

> 随着时间流逝，他的这一爱情事件变得越来越令人痛苦。（……）他在他的沉郁之中越陷越深，他决定继续作假。现在，他身上的全部诗意的独创力都被用来使她高兴、让她愉快；他能够给许多人提供的所有东西都被用在她身上；她是并且继续是被爱者、唯一的受崇拜者，

尽管他几乎因为对于"巨大的、只是越来越深入内心地迷住了她的不真实"的恐惧而丧失理智。在某种意义上,她的存在或者不存在事实上对于他并没有区别,只有他的沉郁在"为了她而去让生活充满魔力"中获得欣悦。(……)对于一个女孩而言,也不会有什么事情能比"被一个诗意沉郁的性情之人爱上"更具有诱惑性了。

当然,《重复》中的年轻人并非就只是一个克尔凯郭尔式的复制品,乱真地与原本相似,然而当事情涉及到爱情冲突的机缘和悲剧性背景时,凸显出来的不是差异而是相似之处:沉郁;早期承认的错误;起初是爱欲之对象,但很快就成为诗人激情之机缘的女人;引辜上身的不对称性;"在对两人关系即将毁灭的痛苦的意识中迷惑爱人"的情欲;在作为真正的恶棍的角色之中达到高潮的欺骗和作假的行为。由于这个在爱欲上困惑的少年无法说服自己去向女孩解释"'她只是可见的形象,而他的灵魂却在寻找某种他转移到她身上的其他东西'的错乱",康斯坦丁·康士坦丁努斯在这时也建议他采取一种激进的策略:

破釜沉舟,让自己成为一个可鄙的只在坑蒙欺骗中取乐的人。(……)首先要看,是不是有可能让她觉得不舒服。别去逗她,这会刺激她。不!要变化无常,要胡

第一部分

说八道,今天做这个,明天做那个,但不要有激情,在完全的懒散状态中(……)。不断地创造出某种病态而令人作呕的半吊子的情欲之爱,而不是情欲之爱的快感,这种半吊子的情欲之爱既不是无所谓也不是欲望;让您的整个登场过程显得就像看一个男人流口水那样地令人不舒服。

康斯坦丁·康斯坦丁努斯坦率地承认,他认为这种策略"不得体",尽管如此,或者恰是因为这个原因,他仍雇佣一个"年轻人常常与其一起公开出现"的缝纫女,以便关于他们的可疑关系的谣言能够在城里传播开并传到那年轻女孩的耳中,这样她就能够,怨恨地,但让旁人的同情站在她这边,从她和年轻人的关系中摆脱出来,而与此同时年轻人则应当"努力尽可能去突破自己的诗人存在"。康斯坦丁·康斯坦丁努斯,按他自己的说法"灵魂绷得非常之紧,等待着观看结果如何",但就在演出即将开始时,这年轻人丧失了勇气,结果表明,他逃避到了斯德哥尔摩,一段时间后,他从那里给康斯坦丁·康斯坦丁努斯寄出了一系列信件中的第一封。这些信白纸黑字地见证了他的情况仍是危急的。然而,这些信逐渐被大量对《约伯记》的反思填满,年轻人以一种特别的迷狂来赞颂《约伯记》中经受苛酷考验的主人公,并渐渐地开始把自己认同于约伯。这种认同在好几个方面是有问题的,但它揭示了一个人怎样通过让自己被写进宏大叙事之中而能够带着对"在我之前已经有其他人处于我的处境"的了知在世界上继续生存下去。这部著作之所以获得它所获的标题，尤其是因为这一重复。

克尔凯郭尔带着《重复》的手稿离开柏林，按他自己充满自信的说法，这手稿是他已经"完成了"的。然而，这份手稿与1843年10月16日在哥本哈根出版的书究竟有多少相似之处，则是我们所不清楚的。现有的文本材料不允许人们在严格的意义上对作品的各个创作阶段进行重构，但很明显，克尔凯郭尔在回国后感到不得不对自己的作品进行修改和扩展，特别是第二部分，并对重复的概念本身作出了一些大幅度的修正。最重要的变化涉及年轻人，在手稿的第一个版本中，他最终因为重复的失败而自杀，并且估计是在这种无生命的状态下被装在克尔凯郭尔的旅行箱里从柏林运回了哥本哈根。自杀或多或少是向瑞吉娜发出的一个间接信息，如果她和她以前的未婚夫之间的关系要得到一次重复，就必须有一个奇迹，一种上天的干预，这本书在这样的一种表述中将这一点尖锐化：它必须依据于"荒谬的"发生——就像在约伯得到双倍的回报时发生在约伯身上的情形。

1843年的夏季，克尔凯郭尔忙着借助于各种方案来让这年轻人重新活过来，我们在某种程度上可以在手稿层面上对这些方案进行追踪。比如说，在一个地方，以下括号中的声

第一部分

明连带括号一起被删除了:"他以一种可爱的真诚(我不是在滥用这真诚,因为他死了)向我倾诉说,他之所以来拜访我是因为他需要一个知心者。"[74]相应地,"关于'他的死亡'的回忆"被改为"关于'他的消失'的回忆"。这个仍活着的少年反对康斯坦丁·康斯坦丁努斯精心设计的要用上缝纫女的毫无品味的策略,原本的原因不是他没有必要的"力量去实施这一计划",而是他已不在人世——"他开枪自杀",如果我们阅读手稿,就能够看到这个简单的原因。这自杀是在《重复》中的什么地方和什么时候发生的,我们无法确定,因为在年轻人给康斯坦丁·康斯坦丁努斯的倒数第二封信之后,克尔凯郭尔通过简单的剪切,去掉了一个有五页纸的文本,其中四页已经很确定是作出了描述的。

在浪漫主义晚期,朝着自己的额头开枪并不是什么解决文学上的灵魂危机的原创性方案,但克尔凯郭尔觉得有必要重新让年轻人活过来,这几乎不能说首先是出于原创性的考虑。相反,我们应当在一个特定的事件中寻找解释,这个事件在具体的层面上痛苦地打消了作者对这关系之重复的希望:1843年8月28日,瑞吉娜·奥尔森与约翰·弗雷德里克·施莱格尔订婚。句号。我们从瑞吉娜的订婚戒指上所刻的日期知道这个日子,但瑞吉娜和弗里茨在订婚前交往了多长时间则仍然不得而知。更有可能的应当是,两人间的交往在4月中旬瑞吉娜在圣母教堂向她的前未婚夫第三次点头之前就必定已经是一个事实了。然而,没有人知道克尔凯郭尔是在什么时候或通过什么人得知瑞吉娜重新恢复了与弗里茨的关系,但《重复》中的年轻人在读到他爱人的结婚的消息时只限于让报纸掉落在地,在这里克尔凯郭尔对作为向瑞吉娜作间接转达的《重复》失去了信心。因此,年轻人必须重新复活,这样一来,这本书就可以假装所谈论的重复不是关于与女人的关系的重复,而是宗教的重复,它将使得"人对自身的重新获取"成为可能。作为总体上在最后所能说的东西的一部分,年轻人相当有特色地写下了:

> 她结婚了;和谁结婚,我不知道;因为,从报纸上读到这消息的时候,我仿佛受到电击而让报纸掉落在地,并且自此之后就不曾有过耐性去进一步查看细节。(……)难道这不是一种重复吗?难道我不是双倍地得到一切[75]吗?难道我不是重新获得了我自己,且恰恰是以这样的方式:我可以双重地感觉到其中的重大意义?

尽管这些问题很明显地是强调语气的修辞型反诘,但它们毫无疑问地让读者感觉到,提出问题的人自己确实是有疑问的。这年轻人没有得到自己的爱人,而是重新得到了自己,这不是作品的内部连续性造成的,而是缘于世界的外部格局,这与瑞吉娜和弗里茨的复合有着惊人的相似。克尔凯郭尔被

第一部分

139 迫做出的重新安排造成了作品结构上的紧张，他试图通过续写一篇长长的后记来缓解这种紧张，康斯坦丁·康斯坦丁努斯在后记中尽自己最大的努力为年轻人提供了道德上和宗教上的补偿，——这样一来，作品的实际作者就重新收回了自己原本向瑞吉娜所做的转达。从他的手稿中，我们能够观察到同一个作者对回国后等待着自己的历史事实的反应，增删的内容苦涩而暴躁地相互覆盖。比如说，克尔凯郭尔以一种浓粗的墨水圈，删除了这建议：试图以各种宗教的手段在爱欲的意义上进行引诱的女孩不仅应当"以一颗黑牙来让人认出，不，她的整张脸都应该是绿色的。然而，这可能是一个过高的要求。那样的话就会有很多绿色的女孩了。"[76]在另一个也是在后来被用墨水圈删除的地方，读者了解到了，当一个人要离开自己的女孩时，他如何以最好的方式对待她。他被告知，他必须让她"喊叫到竭尽，刺激她去喊叫，这样她就会越快地忘记"，因为这样一来，她向一个新的情人的过渡就远远地越容易：

> 若你这样做了，你只需留意趁热打铁，进行锻造。没有任何瞬间是比在一个女孩放走了一场会让她失去生命的爱情时更让她倾向于去抓住一场新的爱情的。这时你要确定，把一个男人放进她的手臂，她就会接受他，哪怕这是一个你从五金店铺里买来的男人。[77]

1856年

在日记中，克尔凯郭尔也试图为自己找到喘息的空间，比如说把瑞吉娜的爱情危机描绘成一种能够通过简单的现金援助而处理的无关紧要的小事情。1843年的日记在"回复"这个标题下，明确无误地指向了瑞吉娜那时为挽留住未婚夫而使用的祈求语——"为了耶稣基督的缘故和对我已故父亲的记忆"，这样写道：

> 一个幽默的个体人格遇到一个曾经向他保证若他离开她，她就会去死的女孩；他遇到她，现在她已订了婚。他向她问好，并说：请允许我感谢您向我表明的好意，也许您会允许我表达我的感激之情，（他从背心口袋里拿出2马克8斯基令，递给她。她因恼怒而哑口无言，但仍站着，想要用自己的目光来影响他；这时他继续说：）没有什么好感谢的，就是帮助着丰富一下妆奁，在您举行婚礼并且终于圆满完成您的好意的那一天，我以一切神圣事物的名义承诺，为了上帝的缘故和您永恒的至福，将会再送您另外的2马克8斯基令。

瑞吉娜的祈求语作为想要使克尔凯郭尔放弃离开她的决定的最终尝试，在这里成了一种刻薄地展示的丑化对象并被漫画为最不诚信的人物形象。其中所说的2马克和8斯基令恰是一本《新约》的价格，[78]这绝不是什么巧合，因而这是在

第一部分

说，瑞吉娜能够得体地为自己买一本《新约》，并在开始说出她那些可怜的祈求语之前对之作更深入的研究。很明显，克尔凯郭尔日记中的粗暴主要渊源于瑞吉娜与弗里茨订婚的消息在他心中引发出的情绪性混乱；而另一方面，《重复》原本所希望发生的重复是由"与弗里茨重归于好并重新开始"的瑞吉娜来实现的（依据于"荒谬的"！请注意，这不是哲学或神学意义上的"荒谬的"，而是荒谬的境况，亦即，克尔凯郭尔在圣母教堂中在错误的前提下以点头来回报瑞吉娜，从而完全违背自己所愿地认可了她与弗里茨的关系），——这之中的沮丧更加唤起这种粗暴。因此，克尔凯郭尔在这一点上必定是变本加厉地同意康斯坦丁·康斯坦丁努斯：康斯坦丁·康斯坦丁努斯就"生活"的问题强调说，生活是无限地深奥的，因为"它的统治力知道怎样以一种完全不同于所有诗人（……）所能够想得出的方式来进行谋划"，——所有诗人，也包括这位名叫克尔凯郭尔的诗人。

瑞吉娜和弗里茨的婚期在克里斯蒂安港的救主教堂里被宣告出来的那天，他，这个被丢弃者，就坐在这教堂里。但是，当他们于1847年11月3日星期三在同一个地方被宣布成为真正的丈夫和妻子时，他决定乘坐一辆出租马车到灵比以远离这一切，他是那么痛苦而悲惨。一段时间后，他在日记中写下："我能够以一种古怪的共济会方式，把诗人的这些话弄成关于我的生命的苦难的一部分的警句"。克尔凯郭尔引用

1856 年

埃米尔·贝伦岑为约翰·弗雷德里克·施莱格尔创作的油画，可能是作于1847年，当时，这位精力充沛的律师带着温和的特征和外交官的气质与瑞吉娜结婚。施莱格尔曾是她的家庭教师，当克尔凯郭尔在她家出现并与她订婚时，他对自己的学生产生了强烈的感情。

埃米尔·贝伦岑的画作，约1847年。摄影：Kit Weiss。国家历史博物馆，弗雷德里克斯堡。

第一部分

了拉丁语诗人维吉尔的诗句。在维吉尔的《埃涅阿斯》中，蒂朵女王要求特洛伊人埃涅阿斯讲述关于特洛伊城陷落的事情，诗人让埃涅阿斯说出这些话作为回答："女王，你命令我重新经历一场难以言喻的苦难。""女王"在拉丁语中叫作"Regina"，克尔凯郭尔巧妙地利用了这一事实，在他的版本中，拉丁语短语变成了以下的说法："瑞吉娜（Regine），你命令我重新经历一场难以言喻的苦难。"他在自己的日记中带着更直接而明显的失望继续写道：

> 这女孩为我造成了足够多的麻烦。现在她——没有死——而是幸福而美满地结了婚。六年前的同一天，我也这么说过——并被宣布为所有卑鄙的恶棍中最卑鄙的。奇怪！

瑞吉娜·弗莉德丽克·奥尔森的离世

对瑞吉娜来说，带着她人生故事中这些不可磨灭章节的戏剧性事件，在完全不同的另一个世界里走动，是同样地奇怪的。尽管每天的日常节奏和例行事务已经逐渐稳定下来，她还是常常会想着家里的各种事情和她所爱的人们的健康状况，在一些时候，尤其想着她母亲的健康状况——"告诉她，我最想念她"。

1856年

考尔讷丽娅试图通过引用家庭医生特里尔的话来安抚她自己和她背井离乡的小妹妹。特里尔在到年迈的奥尔森夫人家进行了探访后曾说:"您是一个强壮的老妇人,您的脉搏跳动得如此有力,乃至让其他人感到羞愧,但这样一来您也就不能抱怨了,而只能散步,让自己愉快。"

考尔讷丽娅的各种描述在瑞吉娜的意识中有了自己的生命。一天晚上,母亲出现在"一个糟糕的梦"中,瑞吉娜醒来发现自己在躺着哭。但她还梦见自己"在宽街上为她看房间,是的,我甚至带着这样的西印度式的自以为是,我觉得我买了一整栋房子给她"。初春时节,她得知母亲得了流感,或者说"Lagribe"①——当时人们如此称呼这种现象,她变得非常担忧——"你记得吗,在我结婚后不久,父亲在证券交易中心因那场糟糕的病症而有了一次发作之后,就一直没有真正康复。"瑞吉娜的忧虑被证明是有根据的,因为4月26日星期六,考尔讷丽娅坐着写了这封信:

最亲爱的宝贵的瑞吉娜!上一次,除了关于我们亲爱的老母亲的病的消息以及在信中表达出的对于这只是一种暂时的病痛的希望之外,你没有从我这里得到任何其他讯息;上帝的意愿不同于我的希望,我这次给你们

---

① 译者说明:可能是出自西班牙语la gribe,意为流感。

第一部分

的是关于她离世的消息。

就在考尔讷丽娅将特里尔安慰的说法加插进在她写给瑞吉娜的信中的那个晚上，疾病显示了它真正的"面目"。特里尔被叫到家里，诊断出是一种严重的肺炎。肺炎肆虐了三天，"但随后就结束了，她得了安宁"。考尔讷丽娅没有发来母亲对在人世的亲人们的最后问候，因为她母亲"在那三天里没有真正的意识"。约纳斯立即来到哥本哈根，这是一个很大的安慰，因为，正如考尔讷丽娅所解释的那样，"人在遇上一个死亡事件时感到非常孤独"。他的母亲已经将她的遗嘱传达给了夜里醒着守护母亲的玛丽亚，所以遗产方面的安排是不会有什么问题的。母亲留下了200国家银行币的债券，用于支付葬礼等费用，但她还为瑞吉娜、弗里茨和奥卢夫留下了各种物品，她显然是认为他们在热带远离故土会缺乏这些物品。

母亲的意愿是让弗里茨和奥卢夫一有机会就马上能得到这些雨伞，你也有一把阳伞，我们只是为你换了颜色，她把弗里茨当作自己的孩子来爱，他是平静而理智的人（……），我们其他人有太多消耗着我们的不安和火焰！

葬礼是由约纳斯主持的，他没有准备讲稿，所以考尔讷丽娅无法为瑞吉娜寄送悼词。约纳斯直到最终都对自己在葬礼中要做的事感到不确定,——"就在要举行葬礼的同一天早上,他仍对自己是否要致悼词感到犹豫不决"。然而,由于他的妹夫埃米尔故意不去联系另一位牧师,因而约纳斯就没有了退路,据考尔讷丽娅说,他出色地完成了任务。他在悼词中强调了死者如何"通过人类平常的挣扎和斗争,进入了一个温馨、安静而平和的晚年"。因此,她在葬礼后听说约纳斯的演讲被认为是过于神学化的时候,感到非常惊讶。有几个人在私下说:"他想来是一个正宗的正统派。"这令考尔讷丽娅非常恼火,因为这种反应在她耳中揭示出了:现在所有事情都要"被批判和讨论,乃至一个人被所有这神学化(这是一个弗里茨肯定会添加到他为我的各种愚蠢所列出的目录中的新词)弄得简直要发疯"。当这一指控传到约纳斯的耳朵里时,他非常愤慨,威胁说要在返回自己的教区之前在圣母教堂再做一次布道,但这一次考尔讷丽娅劝阻了他,因为,正如她对瑞吉娜说的,在回返到"他自己的地狱"之前,他"向这一所多玛投送出蔑视"无疑就已经足够了。

约纳斯在为他父母的墓碑选择文字时则多少更幸运一些,那是先知以赛亚的几句话,是《以赛亚书》第43章第5至6节中的一些句子。先知在之中描述了奥尔森家族也曾经历过的离散,但同时也表达出了对这些散居异乡儿子和女儿有一天会安全回家的希望。在协助墓园的墓碑上,碑文是这样的:

第一部分

这里安息着特尔基尔德·奥尔森，国务议员，丹麦国旗勋章骑士。1784年2月7日出生，1849年6月26日去世，瑞吉娜·弗莉德丽克·马琳，1778年8月7日出生，1856年4月15日去世。于是主说：不要害怕，因我与你同在。我必领你的后裔从东方来，又从西方招聚你。我要对北方说，交出来。对南方说，不要拘留。将我的众子从远方带来，将我的众女从地极领回。

瑞吉娜给予了这段文字的选择"最无条件的认可"，并在她的信中多次提到这段话，在她看来，这段话"就像我们确实能够取为己用的一种安慰和一种希望。现在，当你探访墓地并阅读这些话时，就好像这同样的墓碑也覆盖了［在这里］安息的亲人，希望如此强有力地通过他们说话"。然而，没过多久，天上的希望就不得不让位于在世者们的自责了。考尔讷丽娅觉得自己没有给母亲足够的关怀，没有在必要的范围内让她免于面对让人费神的孙子孙女们，而瑞吉娜责怪自己，则是因为在整个冬季，母亲"从来没有从我这里得到任何果酱或类似的东西"。但她完全可以意识到这种自我责备的荒谬性。她在心理学的意义上把这种自我责备的真正原因完全定位在一种特殊的心理位移上——

当一个人尚未在"自己的不可能出错"的幻觉之中

1856年

完全盲目时，这个人对一个死者的悲伤的最自然的爆发无疑就是找到一些可以责备自己的事情，——要么是因为自己对死者做过这事情、要么是因为自己没有对死者做过这事情而责备自己。

而在他们亲爱的母亲的事情上，她以这样的想法来安慰自己，"她是多么的宽容，尤其是在她最后的岁月里，因而我们能够如此确信她对我们的原谅。"

坎恩花园的至福

殖民地议会给弗里茨太多要做的事情。长时间的会议，通常从上午11点持续到下午4点或5点，而且经常在灼人的酷热之中进行，明显地让他感到疲惫。由于他也是——按瑞吉娜的说法——被"喂食了大量实足的废话"，他的耐心经受了严峻的考验，更何况他还是最终要对会议的结果负责的人。现在——5月13日星期二——他们又聚集在那里面，而瑞吉娜则坐着给考尔讷丽娅写信，尽自己所能地忘记时间，"但是，当我对你说'每次钟声响起，我的心就会受到伤害'时，你能理解我，因为我知道，他们待在一起的时间越长，他的精力就被消耗得越多"。

殖民地议会是财政大臣威尔海姆·斯波内克伯爵的想

第一部分

法，旨在为当地事务提供建议。[79]议会由20名成员组成，其中8名来自圣克罗伊岛，6名来自圣托马斯岛，2名来自圣约翰岛，总督再任命4名成员。每位当选成员的任期为四年。任何年满25岁，在岛上5年中有固定住处，年收入500元西印度群岛币，或向国库缴纳至少5元的土地和建筑税的名声无瑕疵的男子都有资格。这听起来也许有点民主，但在这些条件下，岛屿上95%以上的人口实际上被排除在对这议会的参与之外。[80]

议会中的情况也不理想；相反，在南面的圣克罗伊岛与在北面的圣托马斯岛和圣约翰岛之间的商业和经济差异被殖民地议会的一些成员清楚地表达出来，他们越来越频繁地抵制议会选举，到最后干脆就完全不到场了。4月25日，"殖民地议会第三次会议"开始，人们遗憾地发现，议会不是由20个议员、而只是由14个议员组成。

对弗里茨来说，让他精疲力竭的还有：他要负责向《部门时报》递送报告，这份期刊全年每两周出版一次。西印度群岛隶属于公共内政部，与之相关的事情通常被放在"混杂消息"标题下，其内容覆盖面很广，从各种招聘广告到当前和预期的糖业收获状况。渐渐地，瑞吉娜只在吃饭时和傍晚时分见到弗里茨，但他在这时"常常是如此疲惫不堪，乃至见到他为我带来的悲伤多于快乐"。

1856年

坎恩花园位于圣克罗伊岛的南部，距离克里斯蒂安斯泰德六、七公里。该建筑中的某些部分能够回溯到十七世纪五十年代，当时的耶稣会修士在这块地基上建造了一座小修道院。坎恩花园庄园是整个圣克罗伊岛上最优雅的私人住宅之一。

2012年的照片。尤金姆·加尔夫摄

第一部分

总督夫妇想要离开克里斯蒂安斯泰德，搬到乡下，他们有这想法已经有一段时间了。去年，他们两个，一方面是刚刚经历了旅行，一方面也是因为"我们经历了漫长的、不得安宁的时间"因而都如此心灰意懒，以至于什么事都没做成。现在，他们所缺少的则不再是愿望，而是一个合适的地方。从四月底写给玛丽亚的一封信中，我们能够看到，事情开始变得有点起色了：

> 现在我们差不多已经在乡下租下了一幢房子，但首先要对它进行维修，并加建出几间仆人住的房间；我们大概每个月要付35到40元，但房子里没有家具，这样，我们在那里安居下来之前，有许多事情要处理，会很难也很贵；但如果弗里茨，在殖民地议会结束之后，会因为住在那里而能感觉好一点的话，其他事情就无所谓了。

几周后，顺便说一下，这所房子继续处在"修复中"，不过，翻新工作必定是在接下来的几个月里完成的，因为当瑞吉娜在8月9日星期六给考尔讷丽娅写信时，她已在信上端把地点定为"坎恩花园"。

瑞吉娜喜欢这里的新环境。12月初，她报告说，他们"又买了两匹马"以及一辆"漂亮的小马车"，这样总督就能够与

1856年

自己的身份相符地同他的总督夫人一起驾车离开——"而玛蒂尔德就坐在中间的一张凳子上"。这肯定是一个令人感到骄傲的景象。弗里茨每天在坎恩花园和克里斯蒂安斯泰德之间往返。如果有社交方面的需要和身份所代表的义务上的需要,瑞吉娜就会同他一起乘坐马车,但她和弗里茨确实是无条件地更喜欢乡村生活:"比起在城里被各种声称我们应该把我们的招待津贴花在他们身上的人围绕着,我们在那里感受到的孤独要远远少得多。"要养一辆马车当然也不便宜:"所有这些运输服务都要耗费大量的钱,但这不仅仅是出于奢侈,因为,既然我们这么愿意继续住在乡下,这反而能被看作是一种必需品。"安顿下来需要时间,但渐渐地,温馨舒适的心情也弥漫开来。来自哥本哈根的——

(……)一块特别漂亮的地毯铺在地板中间,两张舒适的小沙发,上面铺着红色天鹅绒,每张沙发前都有一张镀金的大理石桌子,两幅门帘挂在进入餐厅的两扇难看的门前,这一切都考虑得非常周到,为施密特带来了巨大的荣耀。这当然花了几百块钱,但我们在这个时候特别为此而感到高兴,因为外面的天气是刮着大风,很阴郁,所以一个人需要在自己的房子里感到舒服。你看我们西印度群岛的方式还是很不错的。

第一部分

坎恩花园高高地坐落在一块丘地上。我们在各种植物得到精心打理的后花园看得见向着加勒比海的壮丽景色。1856年8月9日星期三，瑞吉娜写信给考尔讷丽娅："让我（……）向你描述一下我从写字台前透过我在这里能打开的窗户看到的美好景色（……）。现在，在凝视它很久之后，我必须用波莱特［若尔丹］的话说：我无法描述它！甚至这说法，我也希望它能给你一个印象：在这里，我们在乡村里的感觉很好。"

2012年的照片。尤金姆·加尔夫

一周中的大多数日子里，瑞吉娜都是一个人在坎恩花园度过的——也就是说，她和蒂丽、约瑟芬在一起，身边有她的一些仆人。她对约瑟芬"非常满意"，在宽街和新桥街的时候，约瑟芬都曾在他们家做事。在府邸搬到坎恩花园后，约

1856 年

由于彼得·冯·肖尔腾的努力，奴隶们的孩子开始在他于1840年代前期建立的学校中接受识字教育。施莱格尔和妻子继续他的做法，监督岛上的17所学校的考试。在瑞吉娜的情况中，开始时纯粹是职责，最后成为她"最好的消遣"之一。苏格兰人大卫·斯托与大城市贫困儿童打交道的经验使他相信，学生们不仅应该在智力上得到刺激，在道德上得到发展，而且还应该从活动中受益，因此，这里的学生每个小时要到操场上活动十分钟，在一天中，他们可以跑上一整个小时。学校是由丹麦建筑师和商人阿尔伯特·洛夫曼德设计的坚固的砖瓦建筑，他以对称的外墙、显著的门户和明显的轮廓来培养新古典主义风格。学校在小山上，丹麦国旗在背景中如画地挥舞着，这里显示的是老师和学生们在圣约翰岛克鲁兹湾的一个石墩上排成一排。

瑟芬也显得更加快乐，瑞吉娜认为这是因为她不再"像在城里那样与世隔绝，更多地与我们在一起，因为她的房间就在

第一部分

我们的旁边,而在城里,他们都是住在房子的另一侧"。此外,黑人女仆安妮被当场解雇了,"因为她在家里弄出很多事端来"。"我们数量众多的家仆"中的其他成员都相当"正派和能干",有几个甚至对瑞吉娜有着一种挚爱。"我没有用其他女仆来代替她,我从小就没有使用贴身女佣的习惯,除非是我心爱的姐姐们,以前她们经常宠溺着我,既然现在无法再这样了,我就宁可自理吧。"这些话里有一种特别感性的东西。

当然,约瑟芬能够用"她那有点粗鲁的、把自己看得很重要的性格(你可能记得在宽街就是这样)"来考验瑞吉娜的耐心,但一方面瑞吉娜仍然可以使用"我对她一直有着的权力",另一方面,她渐渐地已经非常了解约瑟芬,"她对我们有着怎样的挚爱,是的,她怎样专注于我们的最佳利益,因而毫不吝啬地为我们花费时间和精力,相比之下,所有的这一类事情几乎就变得无足轻重了"。像其他人一样,约瑟芬"不断地因气候而难受",但她从奥皋医生那里得到"药片和药粉等",他坚持说她的不适是暂时的。不过她也确实没有发烧,只是"在一个人生病的时候,心情会非常糟糕",以至于瑞吉娜不得不定期做出特别的努力来"让她有好的心态"。遗憾的是,两个女人在这方面或多或少就有着同样的先天倾向——"我们没有很多耐心可让人来赞美我们",——而约瑟芬"在乡愁降临于她的时候,几乎就没有什么东西是可以用来作抵抗的"。不过,这样发作通常在几天后就会消退,"然后她就会相当平静"。瑞吉娜在总体上是尽其所能地安抚约瑟芬。在他们住在克里斯蒂安斯泰德的时候,作为一种可让她有所专注的安排,他们弄了一个"鸡鸭场",因为约瑟芬"试图让我们的家园成为一个等于是乡村的地方",这让她很开心。

约瑟芬也带着频繁的间隔出现在随后几年的通信中。1857年5月12日,针对考尔讷丽娅与她的一些仆人发生的"激烈争吵",瑞吉娜"也费时间为约瑟芬写上几行"。就是说,考尔讷丽娅绝不应当认为"我从丹麦的水里带走了的是一条纯粹的金鱼"。事实上,约瑟芬"完全没有教养,如果不使用'粗野'这样强烈的表达的话"。例如,约瑟芬将自己"置于一个高于其他仆人的错误位置上,其余的仆人都在她的手下,她也想对他们实行暴政",这让瑞吉娜感到说不出的痛苦。此外,约瑟芬有着某种"病态,以至于人们几乎不敢对她说什么,因为一说什么她就会痛哭流涕",或者以一场突发的高烧作出反应——"然后就拿她为了我们的缘故而离开她的出生国和她所有的朋友的事情说我"。然而,瑞吉娜还是接受了这样一个事实:约瑟芬只能拿她"来发泄自己的悲伤、愤怒和快乐(……),因此我从不用这种论据来针对她:我带她来这里纯粹只是为了(……)让她远离家乡的腐败。"

瑞吉娜所指的是什么,这里并不清楚,但是,当时的许

第一部分

多女仆常常不得不通过卖淫来补充收入,则是一个得到了充分证明的可悲事实。如果瑞吉娜想到的是这种"腐败",她不以此作为"论据"无疑是相当明智的。约瑟芬在从前应该是有过暧昧的经历,这一点看来是能够得到证实的。1857年9月24日,考尔讷丽娅提到她寄送的一些礼物,包括给约瑟芬的一件黑丝毛衣,并在这个关联上提到:"我(……)常常有着顾虑,我没有为她的孩子做什么。"像当时无数的女孩一样,约瑟芬看来是陷入了困境。因此,她夜里的失眠和白天表现出的情绪不稳定可能是她对自己在家乡的命运不确定的孩子的各种忧虑造成的。

"嚯,做一个孩子的教育者是艰难的!"

蒂丽也能够让瑞吉娜头疼:"玛蒂尔德长得很快,真希望我敢说她在知识方面也在成长,但对此我自己不敢作判断,她和我确实都做出了相当大的努力。"瑞吉娜不觉得蒂丽"像在家里时那样可爱,她现在长得太快而没办法可爱了",是的,她事实上"变成了这样一个长得太大的丫头了"。无论是对蒂丽还是对瑞吉娜来说,这种描述都不是那么得体,1857年5月12日星期二,瑞吉娜对她作出的形象描绘进行了细节上的修饰,指出蒂丽"有很多母亲的特征,我敢肯定她也会变得非常迷人"。因此,蒂丽将能够很轻而易举地把异性缠在她的小手

1856 年

指上①，找到个好对象，但不幸的是"继承了母亲的虚弱，她一点也不强壮，所以我认为，在这里的温和气候中成长，对她来说是好事"。有一段时间，她"流鼻血很严重，甚至在晚上都免不了；她仍然躺在她的小床上，与我和弗里茨一起"。此外，她"有淋巴结核"，起初造成听力受损，"奥卢夫对此非常哀伤"，随着耳聋症状开始消退，蒂丽又染上了寄生虫病，因此奥皋医生不得不上门来，开出"驱蠕虫糖片"②。

1857 年，当黄热病开始在岛上的儿童中索取新的死亡牺牲品时，瑞吉娜变得"很为蒂丽担忧，但感谢上帝，她大部分时间都非常健康，但她根本就不是那么容易教养的（至少对我这样的可怜虫来说是如此）"。然而，瑞吉娜很确定地觉得，如果蒂丽有陌生的养父母或与可能对她产生有害影响的孩子交往，那么，她的行为就会"完全像雷格纳一样"，这之中没有什么赞美的意思：

在许多方面看当然是这样，玛蒂尔德和我们一起生活得很好，但她没有其他孩子每天在一起玩耍、吵架和竞争，这对她来说确实是一种损失，而且在许多方面会阻碍她的发展。我能感觉到我太严肃（更确切地说也许是太暴躁）而无法和她一起玩；弗里茨在这方面和在其

---

① 译者说明：控制异性。
② 译者说明：有点类似于中国以前的"宝塔糖"。

第一部分

他许多方面一样,是个罕见的人;他回到家时,如果没有去和她玩一会儿的话,那就说明他在回家前一定已经是非常累了。

蒂丽经常说及她的丹麦表亲,她非常想念他们——"有时当她谈到他们时,她在最后会说'你为什么要把我从雷格纳和表姐妹身边带走'。这当然是让我很难过的。"考尔讷丽娅和埃米尔曾谈起过要把他们的劳拉送去圣克罗伊岛,这样她就能够和她孤独的表姐在一起,不过这计划仍然停留在想法上,对此瑞吉娜完全理解。不过,她还是忍不住为西印度群岛的至福生活做了一点广告——并在这样做的过程中发送出几行字,这是我们能够读到的对坎恩花园的田园生活中的所做的最细节性的描述了:

(……)我不想谈她每天出门驾车有多愉快,一个可爱的大院子,她和蒂丽能够在橘子树的树荫下和蒂丽养的一只可爱的小白狗一起玩耍,我们管这只狗叫菲多,为一个很老的回忆,然后是一只可爱的狍子,它如此受宠溺,乃至和我一起吃盘子里的晚餐,然后他们,若是得到了我的允许,能够每天都来作伴。然而,对于可怜的小劳拉来说,如果她失去了自己亲爱的父亲和母亲,那么,这一切的美好的事物又有什么用呢。

1856年

公主种植园的学校。这些学校都是由丹麦建筑师阿尔伯特·勒夫曼设计的精心建造的砖瓦建筑，他赋予这些建筑以新古典主义的形式语言：外墙简单、对称，门户醒目，线条严谨，颜色多为黄色和白色。作为奴隶子女免费学校制度的发起人，彼得·冯·肖尔腾本人在当时岛上17所学校的考试过程中到场。施莱格尔和他的妻子继续着这种监督实践，对瑞吉娜来说，这开始只是一种纯粹的义务性工作，但最后却成了她"最好的消遣"之一。

2012年的照片。尤金姆·加尔夫

瑞吉娜曾打算自己承担起教蒂丽读书的责任，但她经常怀疑这种想法的正确性和自己的资格，尤其是当蒂丽不时接受奥卢夫的考核时，"带着一种难以言喻的无知表情站着，我很自然地变得焦虑和害怕，并问自己：这到底是我的错还是

第一部分

155 孩子的错"。瑞吉娜用这样的想法安慰自己：蒂丽在当地的学校里根本无法学到更多的东西了，也就是说，除了"更多的淘气，而她身上已有的淘气已经不能算少了"。耐心和有规律性是解决问题的钥匙——"因为这里的生活确实是在极大的程度上与教育作对"。蒂丽在对"自己作为总督养女的特权"的利用上则是没有任何谦让的，"她让家中一半以上的人，即所有仆人，接受她的统治，这后果就是，她必须不时地由她父亲、弗里茨和我来管教一下；但她所属这一类的非常活泼的孩子无疑不会总是守规矩的。"

蒂丽的各种麻烦的增大速度与这年轻女孩本身的成长速度大致合拍。"蒂丽是健康的，因为懒惰并不是什么严格意义上的疾病，"她严格的姑妈在1859年2月底宣布。奥卢夫早就放弃了陪她一起读书，因为他既没有必要的耐心也不想采用瑞吉娜有时不得不采用的"有着极大效果——稍稍责骂她一下"的有效措施。奥卢夫自己从不曾体罚过蒂丽，但他愿意看见瑞吉娜和弗里茨对她严格要求，从而对她的轻率构成必要的制衡，这种轻率在过去和现在都是她非常严重的缺点之一，——"在这里，这里的所有人对孩子的过于夸张的习以为常的宠溺，一切都像安排好就是适合于去培植这样的缺点。"然而，瑞吉娜担心，她和弗里茨的严厉要求可能会"使她产生'我们是不公正'的想法"。在教育学的阳光下无疑没有什么新鲜事。

1856年

教学需要教科书和其他在西印度群岛无法直接弄到手的材料，瑞吉娜请求她的姐夫埃米尔——他的"出版社"出版了一些"画图和写字书籍"——把其中一些寄给蒂丽，"我一定会把这列入我的委托清单"。他们同样也需要一张地图。然后，瑞吉娜期待着她的钢琴从哥本哈根到来，这样她就能够教蒂丽弹奏，并保持不让自己的技能变得生疏，从而也减轻一些"长期休闲的怨气"。通过瑞吉娜从前的钢琴老师，住在修斯肯巷的伯特格尔小姐，考尔讷丽娅已经安排好了将一些歌曲选和乐谱本船运到圣克罗伊岛。考尔讷丽娅最后不得不问候伯特格尔，并告诉她，瑞吉娜在教蒂丽各种乐谱的辛苦过程中，常常"带着无限的钦佩之情"想到她，因为伯特格尔当年忍受着不守规矩的小瑞吉娜，而现在瑞吉娜从未成功地晋级为一个"耐心之天使"，因此她常常会鲁莽地说出一些不该说的话："你简直不会相信，我有时怎么会对她如此生气，正如事后我如此发自内心地责备自己，因为没有什么比对孩子发火更糟糕的了，但她有时就是会如此倔强。"蒂丽能够用一种非常特别的方式来表达她的怨恨——她能够用眼睛这样做——这也许是青春期前女孩的特有特征，但也可能有一小点是由基因决定的。因为，有一天，奥卢夫没有表情地对瑞吉娜说，他现在更明白为什么他们的父亲会想到要打他了，尽管奥卢夫根本没做什么，而只是看着他——"她恰恰就能给人完全一模一样的眼神，仿佛她想要说，你怎么敢来

第一部分

指责我"。如果瑞吉娜对她太放纵,她就有可能陷入"那种痴愚盲目的母爱,在自己的孩子身上只看得见天使",这通常会导致孩子变成小恶魔。不幸的是,不管是对孩子的教育过于严厉,还是单纯任其自然成长,他们都不会好到哪里去。瑞吉娜真的是不知所措,在自己的教育学难题中嘟囔着——"嚯,做一个孩子的教育者是艰难的!"——但她安慰自己说,感谢上帝,她不需要单独为蒂丽的进一步命运负全责:"好吧,我们会努力履行我们的义务,此外,比起我们自己能给予的教育,我们更信靠我们的主通过生命给予的教育。"总而言之,瑞吉娜就是这样——

(……)很高兴有她和我在一起,她给予我的工作让我得到好处,因为我为了身份的缘故不敢让自己去管家务。如果没有她,我怎么能忍受奥卢夫在他失神时忧郁的目光,然后她来了,简直是把他额头上的那些阴云亲吻掉了。

奥卢夫——"像一块忘记上发条的表"

这样的亲吻也是必要的,因为奥卢夫常常是沮丧的。他通常在坎恩花园度过星期六和星期日,然后星期一早和弗里茨一起去克里斯蒂安斯泰德。一切进行得还算顺利,但瑞

1856年

吉娜称奥卢夫是个"可怜的家伙",并告诉考尔讷丽娅,她和奥卢夫"自从我们来了以后,有过许多艰难时刻"。然而,奥卢夫向她坦言,"与在那之前相比根本不算什么,是的,他向我保证,如果我们没有来这里,他肯定已经死了,如果不是仅仅因疾病和悲伤而死,那么就是由于完全地缺乏对任何事物的兴趣,他的生活已经停滞,就像一块忘了上发条的表,我是那么地理解他,因为现在我了解了这里的生活。"奥卢夫是特尔基尔德的精神幽灵——"他是多么像父亲"——这能让瑞吉娜不寒而栗,她想到"可怜的奥丽维娅承受了什么,完全是单独和他在一起的她"。

奥卢夫绝不是什么轻松的客人。麻烦的不仅是他的性情,这整个处境也是如此全新的。奥卢夫并不真正了解弗里茨,而且由于奥卢夫不知道"他想要让人对他有所照顾的有多么少",因而"他在我们家的逗留有点尴尬"。瑞吉娜在"让事情变得柔和"的高难度技艺之中尽最大能力作了尝试,"当我高兴地认为自己能够是弗里茨和奥卢夫之间某种起作用的因素时",她常常会想到考尔讷丽娅。同样,"当我伤心地感到我曾是并继续是一个零时",因为共处失败了,变得不随意而尴尬了,这时,她也紧紧抓住考尔讷丽娅。在这样的一些处境中,她能够通过这样的想法来抓住自己:"如果我有一小点精神,我可以进行调和性的干预,但我没有,我是一个'为在这个世界上过得好、而不是为了牺牲爱去为别人'而活着

第一部分

的人。"

疾病、严重的头痛和可怕的"肾结石发作"——他们的父亲活着的时候也曾经受这样的折磨——使奥卢夫的情况更加恶化,此外还有一些意外的不幸事故,由于未知的原因,这些事故明显过于频繁地发生在人类的一个特别群体中。因此,在1855年8月中旬,瑞吉娜能够在信中这样报告奥卢夫最新的跌绊失足——

(……)第八天,他的小腿撞在了一个大铁箱上(他把这铁箱竖着放在自己的房间里,因为这是他作为教堂管事的职责),虽然他马上躺下,非常小心,根本没有用腿走路,伤口还是发炎了,现在他已经敷着药躺了五天,没有任何起色。我夜里坐在他那里守着他,但他似乎不太喜欢这样,晚上我们和他下棋或打牌。

劳拉和奥丽维娅躺在潮湿而枝叶茂盛的墓园里,瑞吉娜不喜欢去墓园。奥卢夫每次站在劳拉和奥丽维娅墓旁的棕榈树和宽冠凤凰树的树荫下时,就会想起自己的不幸命运。奥卢夫仍保持着与劳拉的婚姻关系,尽管她已经死了,可爱的劳拉,苗条的劳拉,有着大理石般白皮肤的劳拉。劳拉,孩子们的母亲。悲苦通常导致沉默,但有时也会转化为常规的攻击性,比如说奥卢夫突然表明,他觉得自己没有受到家里人的公正对待。"奥卢夫说他是如此懒惰，乃至如果没有收到信，他也很高兴，因为他懒得回信。"有一天瑞吉娜有些随意地问奥卢夫，最近的邮件中是否有给她的信，然后，上面引号里的就是她对他的反应的描述的开头部分。奥卢夫失控地发脾气，用很重的话给了瑞吉娜一通真正的"训斥"，说"我总是既在小袋子里又在大袋子里，总是篮子里的第一只母鸡，所以我就是不能偶尔让他也得到一小点而不对此心怀妒忌"。看到自己作为兄长的尊严在社会层次的意义上被自己最小的妹妹推翻，这不是什么容易的事情，而这妹妹想来也尽着自己所能不让奥卢夫受辱，但反过来也无法逃避开"作为总督夫人"所带来的地位上的优越。而且她也不总是每一次都同样幸运地做出正确的事情。1856年6月奥卢夫去丹麦时，瑞吉娜在一封给她的"亲爱的兄弟和姐妹"的信中表示，希望奥卢夫在拜访了约纳斯和他的家人后会继续去埃米尔和考尔讷丽娅那里。这样他就可以和雷格纳一起度过假期的最后一段时间——"因为如果你能稍稍多陪一下你的男孩，那将是一种很美好的，留意一下，蒂丽是怎样也有着同样的想法，因为在她为你即将回家而高兴的时候，她总是马上说：'可怜的雷格纳，他可就要想念父亲了'。"

奥卢夫不喜欢在一封给整个兄弟姐妹群的信中有这些私密细节。同样糟糕的是，瑞吉娜在这同一封信中用长篇的文字来建议他先不要返回圣克罗伊岛，最好等到"更凉快一些

第一部分

的时候,因为你知道九月和十月,甚至十一月都很热,如果你马上就挥霍掉我希望你能随身带来欧洲的寒冷,那就太可惜了"。奥卢夫非常清楚圣克罗伊岛的天气如何,因而无需瑞吉娜来告诉他这个。另外她还热切地要求他回来时从巴黎走,"然后,我想要请求你为公共利益的缘故研究建筑艺术"。现在她是否也要负责安排他的普通教育?此外,她恳请不在岛上的兄长不要"怀有'你能够回到一个已经修好的总督府邸'这种疯狂想法",这绝不可能,因为装修要到"飓风时季"过去之后才会开始。最后,他要知道,她让他在哥本哈根买的一些衣服和布料,包括一些裙子,终于到了,并赢得了以下优秀成绩:"现在你的布料,奥卢夫,已经到了;这些裙子非常漂亮,但有些太暖和,不过在天冷的时候我们能够用得上它们;我给了姑娘①一件,给了蒂丽另一件,第三件留给了自己;至少在我们回家的时候,它们会是舒适漂亮的旅行装,我们全都很喜欢它们。"最后的一句话就是这些真正想要说些什么的善意谎言之一。

远方的虚荣心

显然,奥卢夫在哥本哈根被派出买衣服时,是带着相当

---

① 译者说明:丹麦语Jomfruen"处女",也用来称呼家里的女管家或女仆。

1856年

　　黑人仆人准备就绪靠墙站立，有钱的白人已经围聚在红木圆桌前，坐在舒适的柳条椅上。被用来布置西印度群岛房间的是热带木材，如桃花心木或愈疮木，它们能够抵御气候和白蚁的侵袭。正是在这样的室内，瑞吉娜经常在岛上一些自以为很重要并且喜欢八卦的女士的陪伴下度过她的下午，她在给考尔讷丽娅的信中抱怨过她们。比如说，在1856年9月11日星期四，她能够自嘲地报告说："你寄给我的黑帽子（我现在费了好大劲才把它套到头上）在这种场合引起了轰动，它很适合我，但特别适合我的是我额头上肿起的一些水泡。"

　　无日期的照片。米凯尔·希恩

第一部分

精确的指示的,因为瑞吉娜是虚荣的,她的信中不时流溢着对大量的帽子、丝绸衣服、带子、蕾丝和斗篷的评论,尽管有着跨大西洋的波浪的阻隔,这些东西还是到达了圣克罗伊岛,而现在,当它们快乐的女主人出现在名人社交场合或者"集市"上时,这些东西装饰着她。更多的贴身衣物也找到了来这里的路:"我想从埃戈尔姆买六双橡胶弹性吊袜带,我想玛丽亚是知道它们的。"

通常考尔讷丽娅先支付货款,然后同施莱格尔算账:"一定要记得把你买的东西的钱都拿回去,我一直觉得这是一种如此糟糕的受骗方式。"让家里的姐姐们在正确的时间下正确的订单需要有复杂的计算,因为如果新的东西在旧的东西被穿坏之前到达,"它就会躺着变得过时"。

帽子的供应商是豪根森夫人,地址在大国王街。考尔讷丽娅要向她转达瑞吉娜毫无保留的"赞美",因为豪根森确实是一个"真正有才干的人,我的两顶帽子,尤其是那顶用草秸做的,仍然很漂亮"。瑞吉娜的周围的人们也要有头饰,"然后给我寄一顶来自布鲁恩夫人的童帽,这是给蒂丽的",瑞吉娜说的是在阿玛尔广场 开店的时装女商人索菲·布鲁恩。就是说,最后收到的一顶儿童帽子得到了"奥卢夫原本挑剔的眼睛的青睐"。然而,瑞吉娜也自己缝制衣服,在这方面,她"在外面比在家里更勤奋"。她和黑安妮一起,花了很长时间慢慢地为蒂丽做出四件新衣服,同样她为蒂丽的全部下身衣服都绣上花边,"与其他孩子相比,她总是还想要更好"。在这一件事的关联上,瑞吉娜请求考尔讷丽娅问候女仆布克哈弗,她非常喜欢布克哈弗做出的手工,是的,"起初我心里非常后悔没有带她来,单单只依靠安妮的帮助,得以打扮是一件很艰难的事"。在这里抱怨着的是一个真正的总督夫人!显然,在丹麦对瑞吉娜的奢华习惯有一些流言蜚语,因为在1859年5月底的时候,她愤怒地在信中指责那些称她为"时装部"的人。这个称呼想来是很准确,因此以各种方式来说都是伤害着瑞吉娜的虚荣心的。

有时候来自哥本哈根时尚界的一件衣物的到来并不完全符合瑞吉娜的想象:"这顶帽子很可爱;它唯一的缺点是不能戴在头上,但我想这就是时尚。"帽子是黑色的,是必需的。就是说,这是为纪念她母亲的去世而戴的,但瑞吉娜加倍地期待守丧期的结束,这样她就能够再次戴上"老式的帽子",因为它们有这个好处:"我能够戴"它们。然而,这却不是那顶有"淡红色饰边"的帽子,因为它根本就是一件不中用的废物。蒂丽也戴着守丧的黑帽子,她已经戴了很久,并已经瞄定了一顶全新的、伏在帽盒底部引诱着她的帽子。当然,奥卢夫认为这就是乱七八糟的,到处都堆着帽子,是的,他甚至调侃瑞吉娜,因为她就是不能满足于一顶当地制造的帽子,而是坚持着要把她的独家哥本哈根帽子运到半个地球的另一边。

第一部分

在这个热带岛屿上，厚重的毛料斗篷也不是严格意义上的必需衣物，所以当一件这样的斗篷——尽管有不少人友好地试图劝阻——终于还是来到了这里时，瑞吉娜巧妙地把"系帽绳"去掉了，于是斗篷就变得相当适用了。而与此同时，斗篷所带的帽子被改成了"固定在脑后的小帽子"。已故母亲衣柜里的一件长裙也被运到了岛上，但渐渐地就没有地方放所有这些东西了："看，现在我有很充足的黑色衣服，这就像是一个针对我的复仇女神，我一直讨厌有太多的衣服，但在这种情况下总是得到双倍之多的衣服。"关于复仇女神就说这些。各种各样的帽子都挂在自负①之上："（……）自从我从家里来到这里，我到底用过了多少顶帽子？你能把它们数出来吗，我不能。"瑞吉娜在很大程度上利用着她姐妹们的耐心，她自己也很清楚这一点："千万不要因为我无聊的胡言乱语而生气，但当一个人成了一个无脑玩偶，那么胡言乱语就成了很自然的事。"

"蠕虫的食物，就此终结"

现在瑞吉娜不只是一个傻傻的无脑玩偶，不，她是一个常常与存在性的和宗教性的问题搏斗着的思索的女人。固然

---

① 译者说明：根据希腊神话，招致复仇女神Nemesis的惩罚的，是人类的自负Hybris。

她的前未婚夫可能认为她"没有宗教性的趋向",[81]这是她所反感的,但当问题牵涉到上帝时,与克尔凯郭尔相比,又有谁在某种意义上不是缺乏预设条件的呢?

另外,克尔凯郭尔看法有一部分是错的,因为瑞吉娜有着很好的预设条件。她安心于关于天意的深不可测的正义的想法,并带着这样的确信为自己找到安慰:无论如何,在无意义之中必定会是有着一种意义的。她对天意的信仰恰恰是在克尔凯郭尔一生中都将之当作"理想的宗教状态"来赞美的简单性的深处汲取养料的。但正因此瑞吉娜仍然能够对这一切产生怀疑,并被围绕着她的所有悲惨、平庸、卑琐、虚荣、寒酸,总之,就是在人从其最不人性的方面展现出自身时的——人,影响着。而在这时,她突然能够在心中感觉到,人类在事实上根本就不是上帝按照自己形象制造并应许获得永生的奇妙受造物,而只是粗糙的、笨拙的生灵,其意义就是"成为蠕虫的食物,就此终结"。

传承之罪是一个明显的现实,一个人能够明白这一点,既不需要神学教授,也不需要庞大的教义体系;他只需观察自己的周围环境,或诚实地看向自己的内心。如果一个人想要严肃地获得陶冶,他可以把目光转向大自然的辉煌和荣华,因为,在户外,比起在教堂里,"在我看来,一个人远远更接近上帝",在教堂里,人们"要么得到一场糟糕的布道,要么我们自己的轻率天性以另一种方式控制着我们"。瑞吉娜早就

第一部分

决定了不去在乎英国人的，尤其他们对总督夫妇的星期天的驾车行程的，如此忙碌的窃窃私语，"是的，就在那天，为了让我们的生活有一点变化，我安排出了最长的驾车行程。"瑞吉娜也感到自己从音乐、绘画和诗歌中得到陶冶。当在圣诞节期间收到"可爱的埃克斯纳画"（这大概是指尤里乌斯·埃克斯纳的石版画）时，她在给考尔讷丽娅的信中感叹道：

> （……）真希望你们能看到，我这些天站在它面前，享受着它，是的，享受着它，直到我最终真挚地感到喜悦。那么，请问约纳斯，这种艺术享受是否也配得上矫情感伤的名头，在这里，在我们的孤独中，尤其是在我们的精神性的世界中，这种艺术享受能够使得心灵变得欢悦和轻松。不，我相信，每一份精神的礼物都是来自上帝，因此它的效果是合理的；无论是音乐、绘画还是诗歌，我们都不应该通过将它们称作矫情感伤（我认为这种做法几乎就是对神的不敬）来贬低它们或者贬低我们对它们的享受。

兄长约纳斯很可能读过保罗·马丁·缪勒关于矫情的小论文，其中缪勒作为这时代最早和最好的心理学家之一，揭示出瞒病的多种形式。缪勒对自欺和虚伪等现象有很好的洞察力，他在向读者们指出"在日常的生活场景中可以发现多少谎言"时，丝毫不掩饰自己的观点。矫情首先不是一种精心设计的语言行为，而是涵盖了每个人生活中根深蒂固的倾向或缺陷。缪勒解释说："矫情的渊源总是在于：人被某种倾向迷惑，而自己对此却不知道。"因此，每一个"自以为有着某些观点、兴趣或欲望——因为他出于某种外在的原因而希望拥有它们——"的人都受矫情影响，比如说，出于纯粹的虚荣心，"用谎言让自己觉得自己对某些自己对之毫无感觉的艺术有着热爱"。矫情与势利、偏见和随意的品味判断，与所有含糊其词的和虚假的东西，与假装深刻的肤浅，都有着亲缘关系。

也许神学家约纳斯曾向瑞吉娜指出，作为精神的上帝是不可见的，因此既不能够也不可以被描绘。上帝与音乐、绘画和诗歌所能带来的福祉也没有任何关系。就是说，基督教的上帝选择只在他的儿子拿撒勒人耶稣身上显现自己，正如《新约》中所描述的：上帝对他的言行给予了天国的认可。在埃克斯纳的美丽画面中迷失自我，是热情狂想和感伤的唯美主义。约纳斯可能说过这一类话，但瑞吉娜显然是坚决不同意的。就是说，与约纳斯相反，她认为，只是因为一些头脑聪明的人在其远离现实的智慧中决定了"艺术享受属于'矫情'范畴并因而与'宗教的'无关"，所以就不让自己在一幅绘画中受陶冶，这是不敬神的。艺术和基督教当然有关系，对于"美的"的印象唤醒了对"真的"的感觉。如果不这样

第一部分

想，那么这就会像矫情一样地腻心。

此外，如果说她觉得"看见上帝的蓝色天堂和郁郁葱葱的大自然"比牧师的布道"更让人受陶冶"，那是因为大自然能够释放她的想象力，让她纾解内心的各种巨大渴望：

> 多少次，我跟随这些白边的美好云朵、这些在去往我的家乡我所爱的人们那里的漫长旅程上的云朵，想着上帝如何赐福给予我这么多优秀的人的爱，尤其是在我总是接受到的丰富的姐妹之爱；然后我也让云朵不时地就像是炫耀着我的眼睛，以至于它们仿佛在把我吸引向那些上帝在其仁慈的爱中已从今生的悲哀和艰难中带走的人们，这样，在那里也肯定会为我藏有爱。看，这会是罪；但在我的心没有这需要的时候强迫我，去整天阅读敬神的书籍，不，那么我愿承认，我的本性是如此卑劣，无论我多么乐意在一段时间内阅读我拥有的敬神的书籍，我想，如果我以这样的方式去读的话，我会把自己读坏掉的。

瑞吉娜渴望让考尔讷丽娅一同来了知这种奇妙的确定性，即生命远远超越死亡，直达上帝之爱的核心。因此，当瑞吉娜告诉考尔讷丽娅，她的思想经常停留在死亡上，或者说是死后的生命上时，考尔讷丽娅不应当以为她是在来回踱步感到伤心。相反，这样的想法为尘世的生活增添了充实，它给出希望和极大程度的释然开怀。但同时，这一类想法在死者和生者之间产生了一种奇怪的错位，正如瑞吉娜在写出下面这段文字时以打出一个叉的形式，或者更确切地说是以画出一个十字架的形式，所展示的那样：

在我曾爱过的人中，有多少个在死亡的分别时刻并没有与我分开，在我仍爱着的人中，有多少个是与我分开了，如我们所说，分开了几年的，但我没有看见他们中的任何一个。

因而，瑞吉娜体验到，她没有看见的仍然活着的人，在某种程度上进入了死者的行列，而死者反过来变得又重新活着。由于她既没有看见住在远方的活人，也没有看到天上的死人，他们之间的距离在她的意识中渐渐地消失，这样一来，当她想到他们时，所有不在场者实际上都以一种平等的在场方式呈现。当然，上帝也以这种方式用他的爱笼罩着仍活着的人和早已去世的人，瑞吉娜这样想。她希望她能如此完全充满信任地将自己交付给对我们的主的智慧治理的信仰，乃至她无需再为考尔讷丽娅和埃米尔的现世健康状况担忧了：

第一部分

> 现在,如果我真的能吸收那种让自己投身于上帝的爱心旨意之中的奉献意识,那么我自然想要说,无论我是先和他们在这里聚在一起,还是先和他们在那里聚在一起,这都是上帝使之发生的最好的事情,然后我就当然不会为你的状况而受不安的烦扰了,等等诸如此类:但我们是人,而且非常虚弱,我常常觉得,我只能让我搬不动的石头留在原地。

瑞吉娜渴望能够与考尔讷丽娅谈论这些至高的事情。在她来到圣克罗伊岛的这段时间里,她只去过两三次奥丽维娅和劳拉的坟墓,而这确实需要自我克制。"对我来说,几个小时的车程比去那里短途走一趟更有意义"。她的思绪集中在死者现在的所在上,相反,他们的墓碑,"这里繁茂的大自然很快就让丛生的杂草高高地将之盖过",没有为她留下任何印象。当然也有例外。如果她和考尔讷丽娅"在哥本哈根时在亲密的交谈中一路散步到我们美丽的墓园(Kirkegaard)",那就会完全不同,那会是很有气氛的。这完全可能是无意识的,不过,瑞吉娜在结束她对与心爱的死者们重逢的思考时,恰恰加上了这个词——"Kirkegaard"(墓园,其老式拼法是Kierkegaard,亦即作为姓氏的"克尔凯郭尔"的丹麦语),这实在像是有着一种想法在里面。

1856年

"……因为你知道弗里茨和我有多么少的逗趣"

2月12日星期二，瑞吉娜承认说："当我认识不到自己情况很好时，我对主也是非常不知感恩的。"但她的情况也并非是很好；她的日常生活太平淡无奇了，是的，甚至连经常举行的晚餐聚会也没有提供严格意义上的消遣。尽管她和弗里茨"在这样的日子里在谈话的踏轮中勇敢地"努力着，但不管是夜餐还是晚宴都没有成为单纯的例行事务，而是每次都与麻烦联系在一起。首先是邀请谁的问题，"我们要从差不多130名可受邀的人中轮流选择"；然后是晚餐的内容，通常由瑞吉娜来决定，而这往往因为无法获得必要的原料而变得很麻烦；最后是瑞吉娜必须着装打扮的这一天，"但我现在已经如此习以为常，乃至我不再把它当一回事了"。

然而，这些晚宴有助于拓宽瑞吉娜对人类生活中许多古怪现象的认识，从而也提高了她对自身的理解。当考尔讷丽娅有一次为她无法推脱掉的交际活动而烦恼时，瑞吉娜充满了理解，同时她又向她那有良知的姐姐指出，她不宜在这件事上有太多自责——"记住，有一种东西叫性格，当一个人像你和我一样到了为自己负责的年龄，我想，一个人有权说，是的，是有义务说：我现在要做或不做这事情，看这事与我的性格是否一致。我们从父亲那里继承来的遗产是，我们在

第一部分

人群之中找到空虚,在孤独中找到内容。"我们非常了解这个事实:克尔凯郭尔博士和奥尔森国务议员相互找到对方。然后又分道扬镳。

瑞吉娜现在很清楚地认识到伪装的诱惑力。一天晚上,她的餐桌上坐着司法议员路德维·比尔奇。他是一位有礼貌而举止得体的先生,在这方面看是能让人信靠的,尽管他过多地谈论自己身上的小毛病,而且他绝不是晚会的中心。然而,他突然赢得了瑞吉娜完全的同感,就是说,在他开始高调赞美考尔讷丽娅的这一瞬间,而且他继续着,持续的时间如此之长,以至于瑞吉娜几乎"为了忍住不让泪水流出来而弄痛了眼睛,因为它们与如此精美的晚餐毫无关系"。然后,这比尔奇表达出的,甚至不是他自己对考尔讷丽娅的看法,而是他哥哥弗雷德里克·克里斯蒂安·卡尔·比尔奇的看法,后者是霍尔森斯的校长,因此对考尔讷丽娅非常了解。尽管有着这极大的同感,瑞吉娜倒是并没有完全失去冷静,因为正如她清醒地推断的那样:

> 我们人类是多么容易堕落啊!那位我对之当然没有进一步的兴趣的校长,他通过他的兄弟,借助于这些话,就这样在我眼里赢得了认可,乃至我差一点忍不住想通过你们向他发送最友好的问候;但不要这样做,因为他当然会认为我是疯了。

晚宴也提高了瑞吉娜的语言能力。她讲英语几乎不费吹灰之力，而在这方面收到了不少"恭维"。当她试图为一封信收集各种想法时，她突然发现自己是坐着在脑子里用英语造句。瑞吉娜也能用法语与人沟通，所以当她进餐时的桌伴是一位"来自圣多明各的前长官"时，就是再合适不过了。而在别的时候，不能明白人们所说的话，则会是一种优势：

另有一位现在已经在这里居住下来的女士，你也认识的，就是班纳贝尔夫人；但她那哥本哈根式的唠叨让我觉得很烦，你真是无法想象（……）这种一半假腔假调的、把a发成æ的发音语气。

班纳贝尔夫人，或班纳贝尔格——如果按实际拼写发音的话，是尼尔斯·安东·班纳贝尔格的妻子多缇娅·索菲，她差不多是带着同样多的矫情和自负，说着"最糟糕的废话"。但即使在这种情况下，瑞吉娜也无法完全摆脱伪装的诱惑——"关于这位好女士我要说，我们是非常好的朋友"，她向考尔讷丽娅倾诉，是的，"我相当肯定她对我的判断是这样的：施莱格尔夫人，天哪，真是个好妻子"。瑞吉娜对这种可怕的、部分是相互间的虚伪感到悲哀——"然而这种赞美是当之无愧的，因为没有人比我自己更清楚我为它付出的代价"。因而，瑞吉娜就是能够这样地以如此克尔凯郭尔式的方

第一部分

式来进行辩证化!

在餐桌上,她忙着确保厨房工作人员做了他们该做的事,但招待客人也需要一双警醒的眼睛。客人们当然不会空着肚子离开餐桌。"为了好玩,我会告诉你我们在大宴会上有过些什么",她在给玛丽亚的信中写道,——然后好玩的事情一般来说就开始了,你会认为约瑟芬和她的黑人助手团队一直在厨房区域里忙碌:

> 真正的龟汤,然后是羊肉配酸豆,鱼配番茄酱,肉鸡加松露馅和同样的酱汁,鸡肉米饭,火腿配绿豌豆、甘蓝等,然后在煮和炸之间加芦笋,炖牛肉,龟肉排,野兔配醋栗粥,等等。李子布丁是她做得非常成功的,它在被切开的过程中一直在烧着,2个带奶油酱的葡萄酒果冻,一个葡萄酒派,一个磅蛋糕①,各种小饼干、甜点和水果,还有9种葡萄酒。

170　　所有菜肴,包括蛋糕,"是的,甚至面包",都是在"我们的厨房里做的,因为我们能买到的东西都很糟糕"。在没有雨水的时期,肉质很差,几乎不能吃,"因为牛除了草以外什么都不吃,如果田里没有草,那么它们就会挨饿,但人们还

---

① 译者说明:因为当年这种类型的蛋糕在烘制时用1磅黄油、1磅糖和1磅面粉而得名。

是要吃这肉的"。由于这是一件改变菜单的事情，瑞吉娜的大姐玛丽亚接受下这任务，留意"一些特别的好菜或糕点的烹饪法"，并将之寄送给瑞吉娜和约瑟芬，她们长时间来只能满足于"我们两个一起研究的曼戈尔夫人的两个版本"。瑞吉娜所说的这些"版本"是指曼戈尔夫人的《为小型家庭编写的烹饪书，包括了对各种菜肴和蛋糕的制作指导，带有精确给定的单位和份量》。曼戈尔夫人的名字叫安妮·玛丽，作为一名厨师，她收集了大量的食谱，并于1837年由她自己的出版社出版，因为出版商莱兹尔拒绝了她的手稿。莱兹尔后来为这事后悔了很久，就是说，《为小型家庭编写的烹饪书》共出版了40版，最后一版是在1919年，当时共印刷了22万册。曼戈尔的食谱是平淡无奇的日常食物，她主要是针对市民阶层的家庭，这也许能解释，为什么她的烹饪书无法长期地满足被各种美食宠坏了的西印度食客们的口腹之需。

此外，总督厨房里的烹饪努力往往以一种怪诞的方式与受邀的客人们品尝美味的能力完全不相称，一些客人只知道坐在那里往肚子里填塞食物而根本没有鉴赏美食的能力。海关管理员奥斯滕是这种没有头脑、没有文化的饕餮之徒中的一个，这种人不仅拼命地大咬大嚼让看的人都失去胃口，而且什么事情都想得出来，包括，瑞吉娜担心，在回到哥本哈根时散布谣言说她"有痘疮"。在这种情况下，"他是在可耻地撒谎，因为几乎所有的疤痕都消失了"，受到了伤害的瑞吉

第一部分

娜保证说，她的皮肤对热带气温有不良反应。她几乎恨透了这个奥斯滕，还因为他当年在奥丽维娅面前表现很恶劣。"我第一次见到他时，我对他冷冰冰地很有礼貌，以至于我感觉就好像我一直在喝冰水一样。"而他"如此不得体，在岛上待了整整一个星期才来和弗里茨打招呼"，这当然也不会让她对他的看法有任何改善。然而，他们却很难不邀请他来吃饭，在他到达时，"我克制了自己，友善地待他，忠实于我的原则，绝不故意树敌，至少在这样一个偏僻的地方"。在谈话过程中，他向弗里茨道歉，"所以，现在事情就算是了结了"。

在一些阶段，想要到这些小岛上去似乎就意味着没有尽头的难堪。瑞吉娜当然能够继续写下去。"现在是一件和上面所说的事情相同的事情"——她警告考尔讷丽娅，然后，接下来的是一个关于误解、虚荣和对期待的失望的冗长而复杂的故事，考尔讷丽娅想来也无法直接弄明白这故事在说什么。苦涩的寓意实际上就是下面这段文字，顺便提一下，这里面包含有瑞吉娜在书信中不多的划痕之一：

> 我们把钱浪费在这种人身上，让自己被他们的谈话烦死，浪费我们宝贵的时间和耐心，这就是回报我们的感谢；（……）那就让人来责备我吧，说我我们隔绝我们自己，我们给他们好吃好喝，给他们最好的礼遇，但牵涉到真诚，好吧，我们说：保持你的距离吧。

1856年

商人蓬塔维斯的房子。1856年2月28日,在与商人让·德·蓬塔维斯和他的妻子艾米莉(国王街对面的邻居)共进晚餐后,瑞吉娜在给考尔讷丽娅的信中气愤地写道:"即使我们是最坏的乞丐,我们也不可能受到比这更卑劣的待遇。"瑞吉娜愤慨的原因是让·德·蓬塔维斯没有首先说出"为总督干杯",而是为一个下属的上尉及其驼背妹妹干杯,然后是为美国国旗干杯。瑞吉娜无法忍受埃米莉·德·蓬塔维斯,但还是常与她作伴一起度过下午,然后给考尔讷丽娅写一些措辞愤慨的信。

无日期的照片。丹麦西印度群岛协会

然而,对一个公众人物来说,保持必要的距离是一件很复杂的事情,因为你不能允许自己在一段时间内过久地隔离自己。瑞吉娜感到奇怪的是,人们怎么会对总督和他

第一部分

的妻子感兴趣，"……因为你知道弗里茨和我有多么少的逗趣"。另一方面，这匮乏着的"逗趣"，可能意味着"我们在长远的意义上赢了"。瑞吉娜给考尔讷丽娅写下这几句话是在晚上，她在同一天的上午接待了埃米莉·德·蓬塔维斯的来访——

> （……）但我向你保证，没有人会相信从一张嘴里会说出这么多的恶意和诽谤；我已经习惯于以短促的笑声来面对她这样的人，就像波莱特所用的方式，因为我应该说什么？让自己出于正义感去与她这样的女士发生任何争执吗？你能明白，那是不可想象的，不，我在笑声中得到更多的满足。

她以前的未婚夫也是如此，笑声的满足，如果一切事物有着另一种情形的话，他们也许就能够在一起嘲笑世界的愚蠢。现在，瑞吉娜单独以短促的笑声笑着，就像她的老朋友波莱特·若尔丹一样。在遇到瑞吉娜之前，克尔凯郭尔在腓特烈堡曾迷恋波莱特。现在这已是往昔了，如此久之前的往昔，以至于这几乎让人心痛，但当瑞吉娜隔着锦缎桌布和带有饰面的波特酒杯选择对艾米莉·德·蓬塔维斯这样的热带毒蛇友好地表示不屑时，克尔凯郭尔也知道的波莱特的笑声就在她这里有了回响。

1856年

亨利克·伦德和"索伦舅舅"

这一年,圣克罗伊岛的圣灵降临节很平静。圣灵降临日那天,从早上到晚上一直在下雨,蒂丽被人邀请了出去——

(……)于是奥卢夫、弗里茨和我从他的房间到我们的房间走了一整天,如此温馨而愉快地一起聊天;奥卢夫在那天让我想起了父亲,在一个星期天,他因为能单独地和自己的家人在一起而感到高兴;我想,在这样的日子里他很感谢有我们陪他作伴,真希望我们能为他做一点事,因为他为我们所做的,我们欠他太多了。

尽管有着无人打扰的私密感,尽管有着诗意的降临日之雨,瑞吉娜还是在某个时刻退回到自己的房间,坐在写字台前,为了给克尔凯郭尔的外甥亨利克·西格瓦尔德·伦德写信而集聚起自己的想法。他一般就被称为亨利克,是妮可莉娜·克里斯蒂娜的儿子;妮可莉娜在1824年嫁给了丝绸和布料商人约翰·克里斯蒂安·伦德。这可以是一个早期的家族凝聚的例子:他的弟弟亨利克·费迪南德比他小四岁,是国家银行的一名办公室助理,于1828年与妮可莉娜·克里斯蒂娜的妹妹佩特瑞娅·塞弗林娜结婚,后者比他小两岁。当满

第一部分

脸雀斑的小索伦·奥比在公民美德学校学习的时候，他的两个姐姐则把时间花在了确保家庭之未来上。幸福长久地朝着这两对热情的夫妇微笑，但后来事情突然就不对了，1832年8月30日，妮可莉娜·克里斯蒂娜在分娩时生下了一个死胎并在稍后自己也发了高烧。一星期后，她的情况非常危急，以至于在一天上午，他们不得不派人去找在公民美德学校教书的彼得·克里斯蒂安。他到达她家后，妮可莉娜·克里斯蒂娜的情况有了一点缓解，但不久后她又开始说胡话，医生不得不为她放血、在她身上放水蛭并昼夜不停地在她悸动的太阳穴上放冰块。第二天，她的情况好转，但在9月10日星期一晚上，死亡真正地抓向她，无情地榨干了这发着高烧的女人的生命。她为约翰·克里斯蒂安·伦德留下了7岁的亨利克·西格瓦尔德、6岁的米凯尔·弗雷德里克·克里斯蒂安、5岁的索菲·威尔海弥娜和2岁的小卡尔·费迪南德。

商人克尔凯郭尔于1834年12月12日年满78岁，火红头发的佩特瑞娅·塞弗林娜正怀着孕，她在家里向他表示祝贺，尽管没有什么可祝贺的。除了妻子安娜外，这位饱经忧患的老人还失去了七个孩子中的四个，最近的一个是尼尔斯·安德瑞亚斯，于1833年9月21日在美国新泽西州的波士顿去世。佩特瑞娅·塞弗林娜，索伦·奥比最喜欢的姐姐，是老克尔凯郭尔剩下的唯一女儿。第二天，她生下了一个健康茁壮的男孩，但三天后就生病了。虽然她可以自己哺乳，但人们担心奶水会渗入她的大脑并使她发疯。不过,一条腿上的疖子倒是表明,医生为让奶水回落而开的催吐剂开始起作用了。然而他们错了。旧年结束前两天,佩特瑞娅·塞弗林娜在剧烈的抽搐中死去。她33岁,和她的姐姐妮可莉娜·克里斯蒂娜去世时的年龄一样。现在,鳏夫亨利克·费迪南德和他的兄弟一样,不得不努力为自己的孩子们创造一个可以过得去的生活框架,这些孩子是:5岁的汉莉耶特、3岁的威尔海姆·尼古莱、1岁的彼得·克里斯蒂安和一个16天大的男孩,为了纪念他从未见过的母亲,他被取名为彼得·塞弗林。

作为许多没有母亲的孩子的舅舅,克尔凯郭尔感到有一种特殊的责任,他试图通过提供生日礼物或安排一次令人难忘的马车之旅来履行这种责任。然而,汉莉耶特尤其记得"索伦舅舅"是如何通过与一个"18岁的漂亮女孩"订婚而令所有人意外的——这女孩"对我们这些孩子很亲切,并且热切渴望赢得我们回报的爱"。伦德家的孩子们到奥尔森家做客,"在那里,他们都竭尽全力让我们高兴,尤其是索伦舅舅本人"。[82]后来,汉莉耶特也单独拜访了瑞吉娜,并回忆,有一天她怎样站在那里向瑞吉娜挥手告别并突然能感觉到这对新订婚者的幸福很脆弱,可能很快就会破裂。克尔凯郭尔在1841年10月25日前往柏林之前,召集他的外甥和外甥女们在他儿时的家(新广场2号)参加一个晚会,她担心的预感成了现实。汉莉耶特回忆说,那天晚上他"强烈地受震撼",完

第一部分

全情不自禁。突然间,他在一场"猛烈的哭泣"中爆发出来,这种伤心的状态逐渐蔓延开,以至于孩子们也哭起来,但他们谁都不知道自己为什么哭,更不用说因为什么事情而哭。"不过,索伦舅舅很快就振作起来,并告诉我们,他这几天要去柏林,也许要离开很长时间;因此,我们要答应勤快地给他写信,因为他很想知道每个人的情况。我们流着很多眼泪给出了我们的许诺。"[83]

孩子们的小书信已经不存在了,但克尔凯郭尔的回信却仍在。在这些信中,人们可以感觉到,外甥和外甥女们不知道该对这位离开家园的博士说些什么,他显然已经在一种程度上恢复了清醒,乃至他不仅引用德语和拉丁语的文字,而且还冷静地纠正了收到的信件中的拼写错误。尽管如此,他在给卡尔的信中最后说:"尽管把你想到的东西直接写出来吧,不要羞怯,你的信息是受欢迎的。"克尔凯郭尔在写出给外甥和外甥女们的第一封信的几周前写给埃米尔·波厄森的信中表明,在这种对坦率的鼓励背后藏着一个特别的动机,那是与瑞吉娜有关的:

> 在你写的所有东西中,只有一件事我觉得有点疑虑,那就是她让亨利希、米凯尔他们去找她。她很聪明,在我指导下的一年并没有让她变得更简单,除了别的事情之外,还让她得知了我甚至注意到最微不足道的琐事。

我的行动计划，考虑到那些孩子们，必须被改变。我很抱歉；但我不相信任何人。

上面所提到的"行动计划"有哪些内容并不十分清楚，但这些外甥和外甥女们似乎在不知不觉中让自己充当了六个为更高的事业服务的小间谍。他们的努力也许并不是很值得称赞，但作为现在这对甚至在地理的意义上都是被分开的恋人之间的联系环节，他们是如此重要，以至于在有这样的需要时，他们能被用作某种重聚的使者。在给波厄森的倒数第二封信中，克尔凯郭尔能够这样宣布：

如果我回到她身边，那么我希望带着她通过我学会了去爱的那几个小生灵，即我的四个外甥和两个外甥女，一起去。为了这个目的，我经常以牺牲时间为代价，与他们保持着不断的通信联系。自然，为了转移注意力，我给出了"我身上的某种古怪特征"的表象。

因而，与外甥和外甥女们的通信是由克尔凯郭尔对瑞吉娜的兴趣引起的，他希望通过这些通信能够为自己构建出一个对瑞吉娜的行踪和行为的或多或少的完整印象，而这些孩子则几乎永远都不会意识到这个。与汉莉耶特一样，她的表弟亨利克一生都对这位著名的舅舅有着深深的、永

第一部分

不消减的钦佩。正是亨利克在1843年2月27日的一封信中，将哥本哈根的读者世界的最新消息告知了他的叔叔，自然学家彼得·威尔海姆·伦德，后者当时正待在巴西的圣湖镇："一有机会，我就会从这里给你寄去一本引起巨大轰动的、为'几乎每一个受过教育的人'所阅读的书。书名是《非此即彼》，人们推测索伦是作者。"[84]推测的原因是克尔凯郭尔曾用笔名维克多·艾莱米塔发表过作品，而且马上被人发现了。随着这些话，《非此即彼》就启程前往圣湖镇了。

在所谓的三年战争期间，亨利克是欧登塞常设军营医院的一名医生，他利用业余时间与克尔凯郭尔通信。尽管我们所能看到的这关系有点不对称，因为来自"索伦舅舅"的只有一封未注明日期的信被保存下来，而亨利克的所有信件都仍继续存在着，但很明显，双方是有着极深的感情的。在标有日期1849年5月3日的生日贺词中，亨利克签名为"你的，永远不忘记你的/外甥/亨利克"，"索伦叔叔"则以签名"你的完全奉献给你的舅舅"作为回应。但是，"索伦舅舅"在写作时是一个几乎从乌有中获得很多东西的大师，而亨利克则是一个反过来的大师，因此从很多东西中几乎获取乌有。在家乡之外的菲英岛的军营医院医生的生活，当然没有提供一些他好意思让别人知道的无聊的事件，尤其在这个别人是一位像克尔凯郭尔这样的超级作家的情况下。

1856年

克尔凯郭尔的外甥亨利克·西格瓦尔德·伦德在1849年成为医学毕业生,然后在军队中担任初级医生。在弗雷德里克医院短暂任职并在国外逗留之后,他于1854年开始在哥本哈根开业行医。伦德认同他舅舅对教会和神职人员的批判,在克尔凯郭尔的葬礼上大声抗议。他开始了对克尔凯郭尔遗稿的登记工作,但没有完成这项工作,而是去了圣约翰岛,从1856年11月到1860年5月,他在岛上担任医生。无日期的照片。

1870年代的照片。私人拥有物。

第一部分

　　幸运的是，克尔凯郭尔曾一度表示，他希望了解菲英岛的纬度地区的"鸟类世界"，从而为这位年轻的军营医院医生提供了一个很好的动机，让他在田野和森林中漫游，并在他的信中写满他的鸟类学观察。就像鸟儿随着寒冷的到来而渐渐消失一样，舅舅和外甥之间的书面踪迹也随着战争的结束、随着亨利克回到哥本哈根的工作中而停止。写给"硕士H.伦德先生/弗雷德里克医院"的字条，除了"星期二"之外，没有任何其他具体时间："亲爱的亨利希！你今晚不能在通常的时间和地点见我吗？如果没有，请在明天上午11-12点来我这里。/你的舅舅。/S.K."人们可能会期待更多的信息，但人们理解到，这段时间两人是如此定期地见面，所以说在"通常的时间"见面是有意义的，而且这次见面显然非常重要，如果亨利克被阻止，就必须推迟到第二天早晨。因为人们最近留意到，亨利克帮助舅舅在1851年8月6日出版的《关于我的著述活动》[85]的草稿中重写了几个篇幅较大的脚注，所以看来是有这样的可能，伦德在这年夏天对克尔凯郭尔的手稿进行了研究，保存下来的带有"星期二"时间说明的短信纸条可能就出自于这些手稿材料。在这些约会探访的交往中，菲英岛书信所见证的感情是否转化为一种更大的私密交流，我们无法说清，但外甥对舅舅的神学事务的同感随着时间的推移而增加，这则是一个历史事实。我们还知道，亨利克和他也是做医生的弟弟米凯尔一起，在弗雷德里克医院照顾临终的

1856年

克尔凯郭尔；当克尔凯郭尔的藏书被拍卖时，他坚持着不放弃地出价购买；就在这拍卖过程中，他获得了一对可能曾属于他所钦佩的舅舅的书柜。

亨利克第一次出现在瑞吉娜的信件中是在1855年11月27日星期二，她让考尔讷丽娅给家乡的朋友和熟人转达各种各样的问候，其中包括亨利克。在命运的善意帮助下，他安排了让瑞吉娜在远离家乡的地方收到了他的一个小小的生命迹象。亨利克要他的表弟[①]安东·法尔贝中尉带一张名片给她，法尔贝没有能完成这所托之事，他于1855年11月2日去世，年仅26岁。名片被转送到了他在圣托马斯的兄弟那里，从那里最后到了瑞吉娜的手中。当然，考尔讷丽娅应当知道这事：

> 星期天我收到了一张名片，上面有亨利克·伦德的友好问候，我非常高兴，因为我在这里没有交到新朋友，我非常感恩仍有着旧朋友，如果你能见到他，请告诉他。

基于地理上的原因，瑞吉娜当时并不知道在哥本哈根发生的一些事件，因为这些事件，亨里克·伦德在九天前因在索伦·克尔凯郭尔葬礼上提出抗议引发了公众愤慨从而被写进了历史。这一事件过程的开始在某种意义上可以说是完全

---

① 译者说明：比亨利克小，但也可能是堂弟，因为从丹麦文看，分不出是堂是表。

第一部分

平淡无奇的：圣母教堂的仪式结束后，装着克尔凯郭尔尸体的灵车驶往协助墓园，教区牧师长特吕德要在墓园里举行墓前仪式。最后一铲土刚投到到小小的棺材上，亨利克就已经从人群中走出来，摘下帽子，似乎要发表讲话。然而，这是规则所禁止的，但伦德不顾特吕德和为这天的活动而被派来的警察赫尔兹和克莱因的阻拦，在这时大喊："以上帝的名义。/ 请稍等，先生们，如果您允许的话！"[86]然而，他们没有允许，于是沉默蔓延开。"这是谁？"人群中这里那里都有人发声。"我是医学硕士伦德"，高高的黑衣人回答说。"这话被听到了！"有人喊道，而另一个人则能给出保证，"他是不错的！就让他说吧！"

然后，伦德抗议以一种基督教的葬礼来为克尔凯郭尔送葬：尽管后者对教会和神职阶层做了激烈的抨击，却"违背他一贯意愿地被带到这里"，因此"他在某种程度上是被强奸了"。为了佐证自己说法的正确性，他提到了克尔凯郭尔在《祖国》和《瞬间》中的文章，并引用了《启示录》第3章中关于等待着每一个既不冷也不热而像温水那样不可原谅的人的审判的段落。在《瞬间》杂志第2期的文本"我们都是基督徒"中有一小段话表达出克尔凯郭尔对这样的事实感到愤怒：即使是一个"以最激烈的措辞宣布整个基督教就是谎言的自由思想者"也无法避免一场基督教的葬礼。在读完这段话之后，伦德转向所有在场的人众问：

1856 年

> 难道这描述不正确吗？难道我们今天不是看见了，与他的话一致，这些话所见证的事实：这个可怜的人，尽管他在思想、言语、行为、生活和死亡各方面都提出了强烈的抗议，却被"官方的教会"当作它的一个心爱的成员埋葬了。在犹太人社团中，甚至在土耳其人和穆罕默德教徒们那里都不会发生的事情，(……)它被保留给"官方的基督教"来履行了。那么，这难道能是"上帝的真教会"吗？[87]

演讲结束时，没有人觉得自己该去作出回复，但听得见零星的掌声。人们站在那里等着，看现在会发生什么，因为必定会有什么事情发生吧，但什么也没有发生，亨利克·伦德就像他的出现一样地突然消失了。当一个稍醉的男子对自己的一个同伴喊道："那么就让我们回家吧，克雷桑！"的时候，人群里有点雀跃。于是他们就这么做了，克雷桑和其他人，回家了，既然这天在墓园里没有什么事情可看的，为什么要站着受冻？

然而，事情绝非就此结束，是的，它差不多才刚刚开始。一昼夜不到，这位年轻医生的抗议故事几乎就出现在所有哥本哈根的报纸上。当然，这是一个和大多数其他这一类故事一样地会有不好的后果的好故事。《伯苓时报》在其晨报版中逐点描述了事件的全过程，在其晚报版中则报道了彼得·克

第一部分

里斯蒂安·克尔凯郭尔在教堂中所致悼词的概要。在同一个星期一,《飞邮报》和《祖国报》也都带着关于"真正有责任的人们的各种可能的疏忽"的辩论的稿件和报道在这天早早地离开了繁忙的排字间。

作为教会的首脑,马腾森主教不能对这场事件袖手旁观。在公开场合,他不想发表评论,他认为这太冒险了,但他在他的职权范围里紧追不放,要求特吕德对所发生的事件做出书面说明。特吕德是个温和的人,他建议不要采取任何进一步的行动,但马腾森坚决不同意,并要求负责教会事务的文化部追究处理这件事。

在此期间,伦德根据自己的记忆写下了他的演讲稿,并于1855年11月22日星期四以"我的抗议;我说过和没说过的东西"为题印在了《祖国报》上。两天后,后续的文章"下一瞬间——然后又怎样?"又跟上了。同时,他亢奋的心境被一种深深的绝望取代,而这在12月导致了一次自杀尝试,只是在最后一刻被他父亲约翰·克里斯蒂安·伦德阻止了,后者不久后去找了文化大臣哈尔,请求以仁慈代替惩罚:他的儿子在道德上和刑事上都无责可追。然而,马腾森不依不饶,用关心人民教会的未来、普遍的礼仪和其他这一类出自发了霉的教士抽屉里翻出的陈词滥调来侃侃而谈。

因此,该案最终在哥本哈根第五刑事法庭审理,该法庭位于新广场的老市政厅和法院,紧挨着克尔凯郭尔的出生地,

1856年

亨利克小时候曾来过这里,而在很久以前的一个晚上,他就是在这里看见舅舅去柏林前的伤心哭泣。控方想把亨利克送进监狱,辩方要求无罪释放,证人们相互争吵着,案件久拖不决,这样,直到1856年7月5日法院才作出判决,亨利克被罚款100国家银行币,交到哥本哈根的贫困事务局。亨利克脸上毫无表情地接受了判决。"现在我认识到",他在两天前写给彼得·克里斯蒂安的信中说,"对我来说,唯一正确的事情是放弃我未受召唤而被卷入的这整个的斗争,并寻求进入基督的教会"[88]。促成这一彻底放弃的原因可能是,亨利克在以前有一段时间曾被置于奥林格精神病院,在那里他因一种未被明确说明的"神经病"而接受了治疗。

瑞吉娜给亨利克·伦德的第一封信

瑞吉娜在圣灵降临节雨点的温馨陪伴下,在写给亨利克的信上,小心翼翼地写下日期"1856年5月12日,圣灵降临节第二天",因此这是在亨利克还不知道他的诉讼案的结果的时候写的。这封信的开头是:

亲爱亨利克!你曾经被他,曾是我们两个人相互认识的机缘的他,并且现在又是我们两个人相互通信的机缘的他,被他描述为具有非常美好的特征:是忠诚的。

第一部分

> 那是很多年以前了！这些年，除了它们带来的所有其它东西，也为我带来了这经验：这个词用在你身上，是真实的。那时我还很年轻，对自己非常只有不多的信心；我清楚地记得自己在当时在想"但愿有一天这个词能用来说你"。[89]

183

瑞吉娜失去了她在语言上的直率，她在给亨利克写信时，与给考尔讷丽娅写信不同，是不自由的。虽然这封信在某种意义上完全是关于克尔凯郭尔的，但在任何时候都没有提到他的名字，这对于她所怀的未释之情是标志性的。当瑞吉娜在她与亨利克及其兄弟姐妹的"友谊"中表现出真正的忠诚时，她担心这听起来像"自我赞美"，可能会被误解，但她确实希望"我必定是表达出了"在根本上只是"你们对于我的想法"。她非常热情地回忆起当年，亨利克到宽街看望她和弗里茨，并告诉他们，他的考试成绩很好，他现在想去国外。这次拜访可能是发生在1849年的某个时候，因为在那一年，亨利克成了医学硕士。他出国的计划被放弃了，因为他已故的舅舅——可以这样说——希望事情不是如此。我们知道，她与亨利克之间有一些信件往来（现已遗失），但随后瑞吉娜把目光转向了现在，并对亨利克从拍卖会上拿回来并寄给她的那些首饰进行评论：

1856 年

我要表示极大的感谢,你是在怎样的程度上让我的愿望得以实现啊,这两枚胸针曾是我的,我很高兴收到它们,第三枚我以前没有见过,但要在这么远的距离寄回,你是对的,不用谈了,所以我会把它收起来。戒指是对的,有透明宝石的那枚被改成了十字架的形状,想来这不是没有意义的;但我很抱歉,在接受它们的时候,我可能让你们中的一个失去了一段美好的回忆。[90]

"两枚胸针"是她的,而"第三枚"一定是属于另一个人的。会不会是克尔凯郭尔的母亲或他早年去世的姐姐之一的,甚至可能是亨利克自己的母亲的?另一方面,订婚戒指是"对的"。瑞吉娜在一开始要认出克尔凯郭尔的"有透明宝石的那枚"是有点困难的,因为它"被改成了十字架的形状,想来这不是没有意义的"。瑞吉娜的这个假设是正确的。就是说,解除婚约后,克尔凯郭尔让银匠重打戒指,使它的四颗宝石形成一个十字架,表示他永远属于上帝——事实上,他一直是属于上帝的。他在1849年的日记中写道:"有时会发生这样的事情,一个孩子还在摇篮里与有一天会成为他的妻子或丈夫的人订婚:从宗教的意义上理解,我早年作为孩子就已经——订婚。唉,我曾误解了我的生活,忘记了——我已经订婚,我已经付出了沉重的代价!"戒指上的十字架是一种让人记住这一点的日常提醒,因此是一个闪烁着的纪念品,

第一部分

表明戒指的主人通过他在尘世的婚约而违背了他天国的婚约。

当然，亨利克寄给瑞吉娜的在婚约期间的信则有着完全不同的价值，瑞吉娜以下面的评论来确认收到了这些信：

> 我相信，在上帝的帮助下，你把所有的信件寄给我，也是正确的，包括被决定了要烧掉的和其他的，因为，如果他的意愿是我在他死后收到所有的信件，那么他就肯定知道，他的文件的那一部分会被置于我的检查之下；而既然我是在谦卑祈祷上帝对此赐福之下进行检查的，因而我希望这会对我有益而不是有害。也正是基于这种信念，我仍然请求：你不可对我隐瞒任何，无论是在言辞上还是在书面上的，你能够为我准备的东西；我相信我明白，他保存在巴西檀木柜中的文稿，其中有一些是确定了为我准备的；不过，也许我是误解了。

因而，瑞吉娜不仅收到了婚约时期的"所有信件"，而且还收到了克尔凯郭尔第一次在柏林居留时寄给他的朋友埃米尔·波厄森的信件。在这些信件中，克尔凯郭尔频繁地涉及他与瑞吉娜的关系，这就是为什么他后来决定，这些信件要在他死后被烧掉——但一个这样的决定看起来自相矛盾地是保证后人获得原始材料的最好方式。从心理学的角度看，瑞吉娜给出的理由倒也是正确的：如果克尔凯郭尔确实不想让她或其他人知道这些信件，那么，他就会自己把它们烧掉。因为当然，他必定是知道的，瑞吉娜会带着特别的兴趣想要阅读的，就是他文稿中的这一部分。在这个关联上，她非常恳切地要求亨利克不要隐瞒任何东西，无论是书面材料还是别的他可能有所知的东西。

瑞吉娜还听说克尔凯郭尔把他的一些文稿存留在一个"巴西檀木柜"里是考虑到她的，——"不过，也许我是误解了"。现在，瑞吉娜绝对没有误解，事实上她的消息相当灵通，这可能是因为她已经开始了对克尔凯郭尔日记的阅读，其中他提到了这个巴西檀木柜，它简直就是围绕着婚约时期的一句戏剧性台词来定制的。就是说，瑞吉娜如此渴望与克尔凯郭尔在一起，以至于在他们的一次交谈中，她提出，她可以满足于住在一个小柜子里！为了这个目的，克尔凯郭尔让他的木匠做了一个精致的基座（柱形柜子），他在日记中有着解说性的描述：

> 我住在北街的二楼时，我自己让人做了一个巴西檀木基座。这是根据我所给出的结构做的，而这结构又是由于她，这可爱的人，在痛苦之中所说的一句话的机缘想出来的。她说她会为可以和我在一起而一辈子感谢我，即使她因此将住在一个小柜子里。考虑到这一点，它的结构是不带架子的。——这里面的一切都是很小心地被

第一部分

藏好的，一切"让我想起她并能够让她想起我"的东西。也还有一本给她的假名［著作］；其中固定地只有两本牛皮纸的印本，一本给她，一本给我。

186　　在这个奇特的瑞吉娜陵墓中，《非此即彼》以一种非常吸引人的版本形式躺在那里，它印在牛皮纸（光滑的羊皮纸般的纸）上，并专门装订在一种浅色的薄纱式的带有金质花饰的波纹丝绸上，带有三面的金色切口。环衬（粘贴在书的封页内的衬页部分）是蓝绿色的丝纸，这给作品的入口带来了空灵和梦幻的感觉。在这基座柜里还有《重复》和《前言》等作品，也是经过精心处理并带着崇拜之心制作的，还有一本用棕色天鹅绒装订的《终结中的非科学后记》，它曾是昂贵的，但也为人留下了相当沉重的印象。

在信的结尾处，瑞吉娜对亨利克给她寄来了"遗留的小信件"表示欢迎，她指的可能是彼得·克里斯蒂安发现的那个小信封，里面有他弟弟的遗嘱规定，它指定瑞吉娜为遗产继承人。正如她丈夫在给彼得·克里斯蒂安的生硬的正式函件中对这一决定表示惊讶一样，现在瑞吉娜也表示，所选择的"形式"多少有点令她吃惊：

你"奉命"把遗留的小信件寄给我，这肯定是完全正确的，上帝不诱惑人，如果不是祂的意愿让我知道我

1856 年

现在知道的事情，那么这事也就不会发生。虽然自从他向我告别后，在我们之间没有出现任何解释（一封你发现了的未开封的信，当时我和我丈夫一致同意，根据我良心的最佳的信念，就把这封信按其原本的样子寄送回去），我无疑期待在他死后会有一个这样的解释，尽管我必须承认不是以我收到它的这种形式。

因而，瑞吉娜从未从克尔凯郭尔那边收到过一个"解释"，但现在收到了某种类似于解释的东西，以"他寄给她和弗里茨并被'未被打开'地寄回的信"的形式。瑞吉娜以对她目前的处境所做的一些概括性评论来完成她给亨利克的信：

这里的生活非常单调；但感谢上帝，我们两个都能很好地适应气候，施莱格尔有太多的事情要做，而我几乎什么事情都没有，看，现在你知道，太少和太多都会破坏这个世界上的一切，所以现在重要的是：要毫发无损地出离。谁知道最近贯穿我脑海的这许多严肃的想法，是不是注定要拯救我得免于在各种伴随着商镇生活的琐事中迷失，而这里的生活在严格的意义上就应当是被以这样的方式来称呼的。至少这是我对我自己的判断：在有了我所经历的一切、以及通过我丈夫的能干也许还会经历的一切之后，我比任何其他女人更不允许自己在琐

187

239

第一部分

事之中失去自己。[91]

亨利克从他舅舅的"基座"上拿出多少东西并发送到了圣克罗伊岛,这一点并不确定,不过,当图书管理员、文献学家和文学研究学者拉斐尔·迈耶在1904年应瑞吉娜本人的要求出版了婚约史中最重要的文件时,他在序言中指出:

> 这里出版的大部分文件是在S.K.死后由负责遗产之首次安排的亨利克·伦德以两个密封包裹寄给西印度群岛的施莱格尔夫人的。这些文件还包括施莱格尔夫人自己写给S.K.的信。[92]

拉斐尔·迈耶说,在他的版本中,他还"收入了S.K.自己提到的《日记》中的四个段落和他的《遗嘱》,以及施莱格尔的回信和施莱格尔夫人写给亨利克·伦德的两封信"。[93] 如果我们把这些材料放在一旁,使之自成一堆,那么,瑞吉娜收到的"两个密封包裹"就包含有克尔凯郭尔的以下文字:

——婚约时期写给瑞吉娜的信;
——与瑞吉娜分手后第一次在柏林逗留时写给埃米尔·波厄森的信,——这是按克尔凯郭尔的说法要在他死后烧毁的那些信;

1856年

——在1849年的笔记本15中,有"我与'她'的关系"这一大段文字;

——与克尔凯郭尔于1849年11月寄给施莱格尔夫妇、但未被打开地被退回的信有关的草稿和构思:

——两个装有克尔凯郭尔遗嘱条款的信封。

这些材料,除了情书之外,本来瑞吉娜并不了解其内容,这些材料一定给了她很多机会来刷新这过去的爱情史并重读她自己写给克尔凯郭尔的信。然而,他让别人烧掉一些特定的信件,而她则选择了明确地以另一种方式来与"后人对她给他的信可能产生的兴趣"发生关系。"不过,幸运的是,我烧掉了它们"[94],她告诉拉斐尔·迈耶,此外,她在与汉娜·穆里耶所进行的一次纪实性对话中重复了这一信息,后者以令人震惊的清醒将这一行为收入了其记录:"你收到了你自己的几封信,你把它们烧掉了。"[95]这些无法估价的文件是如何、何时、何地被烧毁的,这属于历史用以撩逗历史学家们的秘密,但这一小批信件是在圣克罗伊岛的某个地方被烧掉的,则似乎是最有可能的。

在写完给亨利克的信的第二天,即5月13日星期二,瑞吉娜写信给考尔讷丽娅:"现在,降临日过去了,昨天是降临节的第二天。"瑞吉娜没有对考尔讷丽娅提及她写给亨利克的信,更不用说写信的原因了。唯一的线索可能是下面这句话:

第一部分

"（……）我想你一定同意我的说法，我们姐妹，就像我们这样地分开的，永远都不可能过世上所说的快乐的降临节，我们年轻时的太多回忆总是会与之作对。"

给施莱格尔夫妇的密封信

在《诱惑者日记》的某处，诱惑者约翰纳斯带着一种特别的情欲优雅说：通过诗化虚构进入一个女孩的心是艺术，而通过诗化虚构来出离这女孩的心则是杰作。[96]克尔凯郭尔懂这门艺术，但在杰作的创造上，却很难说是能成功的：瑞吉娜继续是快乐地让他害怕而令他眩晕地被禁止的，她使温泉如此诱人地泛出泡沫，乃至克尔凯郭尔遵循他的天性，让自己——在纸上——被卷走。

然而，索伦和瑞吉娜的故事却不仅仅是关于两个人由于智力和心理方面的原因而互相失去，相反，它是因男性主角扮演者的缘故而成为西方精神历史中的各极端间的大型戏剧：直接性与反思，欲望与控制，在场与缺席。克尔凯郭尔在1849年指令说："这些书将献给她和我已故的父亲：我的教导师，一个老人的高贵智慧和一个女人的可爱不智。"克尔凯郭尔在他去世的那一年回到了这表述，在"预备性知识"的标题之下，他将父亲和瑞吉娜列为"我爱得最深的两个人，我作为一个作家可能成为的一切都归因于他们：一个老人，他沉郁的爱之谬误；一个完全年轻的女孩，几乎只是一个孩子，她可爱的不智之泪"。

人们在瑞吉娜身上察觉到的这种奇特的"对名字的端庄态度"——她在信中从未提及克尔凯郭尔的名字，在克尔凯郭尔那里也能发现：在他的日记中，他提到瑞吉娜一次是"R"，三次是"Regina"，七次是"Regine"，除此之外她一直是匿名的：她677次藏在"Hun"/"hun"（主格的"她"）后面，802次藏在"Hende"/"hende"（宾格的"她"）/"Hendes"/"hendes"（所有格的"她的"）后面[97]。在著述活动中，这种对名字的端庄态度是再明显不过的了，因为克尔凯郭尔从来没有以瑞吉娜的公民名字来谈及过她！然而，她作为一个充满渴望的、爱欲的"阿拉伯式花纹"明显地存在于作品中，并清楚地出现在著作集之中反复上演的各种爱情冲突中，正如她也能够出现在读者最意想不到的地方——比如说，在《哲学片断》中："这不幸之处不在于爱者相互无法得到对方，而在于他们无法相互理解对方。"并且，相互理解对方是他们所不能的，因为他太充满激情地反思着，而她则太直接地充满了激情，所以他们无法相互理解。

纯粹的爱能够克服任何交流的危机，这无疑是一种有点过于浪漫的乐观主义，但人们无法否认，克尔凯郭尔有着一种现代的态度，因为他恰恰把两性之间的关系建立在他们对彼此的理解上。在这一要求上，他是完全不妥协的，因为这

第一部分

种理解是私密关系的预设条件,而私密关系是婚姻的始终和全部。"但是,没有私密关系的婚姻是不可能的",《非此即彼》的一份构思草稿明确指出这一点。在后来的一篇划掉的日记中,克尔凯郭尔解释说,缔结婚姻的情形并非是"让一切以拍卖锤落下时的状态被卖掉";相反,这是一个"对以前的时间的诚实"的问题。然后他以单数第一人称继续:

> 如果我不是把她作为我未来的妻子而比尊敬我自己更多地尊敬她,如果我不是为她的荣誉比为我的荣誉更多地感到骄傲,我就会保持沉默,满足她的和我的愿望,让自己和她结婚——世上有那么多隐藏着小故事的婚姻。我不会的,如果那样的话,她会成为我的妾,那我宁愿谋杀她。——

不可否认,这种对绝对私密关系的坚定要求会使大多数关系事先不可能发生,但显然,对克尔凯郭尔来说,重要的是,瑞吉娜作为他的未婚妻,对他的充满问题并且为辜所缠的过去——不管这过去是由什么构成的,应当有完全的知情权。

在解除婚约后的几年里,她作为施莱格尔夫人继续生活在这个世界上,但仍没有得到解释——为什么她作为潜在的克尔凯郭尔夫人的时间突然结束了,因而克尔凯郭尔需要让自己能够被瑞吉娜理解。出于同样的原因，克尔凯郭尔感到有必要以书面的形式致信约翰·弗雷德里克·施莱格尔，要求与他的妻子面谈。克尔凯郭尔只是在等待合适的机缘。

这机缘在这样的一个时候出现了：瑞吉娜的父亲在1849年6月25日和26日的晚上去世了。"这为我留下了深刻的印象"，克尔凯郭尔承认。他一直喜欢这位威严而敏感的国务议员，因此他也想向他解释，但这并不容易，他们的最后一次会面几乎以悲喜剧交加的方式结束：在一种不确定的冲动的驱使下，克尔凯郭尔于1848年8月26日星期六前往弗雷登堡，在宾馆老板奥勒·科尔在宫殿街的大酒馆宾馆里订了房。克尔凯郭尔莫名其妙地感到高兴，并奇怪地感到确定，他会遇到奥尔森一家，因为在夏天快结束的时候，他们常常会来弗雷登堡。抵达后，他像往常一样沿着斯基普尔大道（Skipper Allé，直译为：船主大道）散步，那是一条长而直的路，从弗雷登堡城堡稍前一点开始，向着埃斯鲁姆湖缓缓斜下，终点是船主之家。克尔凯郭尔在船主之家与一位名叫托马斯的水手交谈了几句，后者正确地指出，这似乎是博士今年第一次来这些地方。克尔凯郭尔随口问道，奥尔森国务议员一年中究竟来过这里多少次，托马斯回答说，只有在复活节的第一天来过。随后，克尔凯郭尔再次走向大酒馆宾馆，要了自己所订的房间，但就在他准备就餐的瞬间，一个人从窗口走过，吸引住了他的目光：那是奥尔森国务议员！

第一部分

克尔凯郭尔很想同国务议员谈一下，如果可能的话，与他和解，但不是在嘴里含着食物的时候谈。他还没来得及咀嚼完并取下餐巾，这位议员就已经消失了。克尔凯郭尔以目光寻找着他，开始变得不耐烦，因为他很快就要回哥本哈根了。然后，他决定沿斯基普尔大道往下走，有这样的可能，他会遇到议员，但他向自己保证，这种尝试只做这一次。看，结果真会是这样，他就在那里，这位年迈的、克尔凯郭尔对之怀有如此深感情的国务议员：

192　　我走向他，说，日安，奥尔森国务议员，让我们相互谈一下吧。他脱下帽子，作出问候，但随后他用手把我推开，说：我不想和您说话。唉，泪水在他眼里，他是带着一种窒息了的激情说出这些话的。然后我走近他，但这人随后开始如此快速地奔跑，即使我想追，也不可能追上他。然而我说出了这么多，他也听到了：现在我要让您为"您不听我说"负责。

克尔凯郭尔35岁，国务议员64岁。然而，他仍让自己不被追赶上。而在第二年，他就去世了。克尔凯郭尔终于没有说出他想对这个他因沉郁的爱而如此可耻地冒犯了其女儿的人说的话。

1849年7月1日，议员去世后的那个星期天，瑞吉娜

1856年

和她的全家人一起在圣灵教堂（Helligåndskirken，当时叫Helliggeist）。克尔凯郭尔也在那里出现了。他经常在布道结束后立即起身离开教堂，而瑞吉娜则通常会留在座位上再唱一首赞美诗。但是这个星期天，她和弗里茨也在恩斯特·威尔海姆·考尔托夫牧师的阿门之后离开了：

> 她也是完全到位地赶上了：我们大约是在我从唱诗楼座上下来时相遇的。不过，她也许是等着我会打招呼。然而，我却保持让眼睛停留在自己这边。（……）上帝知道，我有多么想要，从人的角度说，对她温柔一点；但我不敢。然而，以许多方式，就仿佛一种治理在想要阻止这做法，——也许是因为她知道后果会是怎样的。

考尔托夫的下一次布道时间，即7月22日，克尔凯郭尔坐在圣灵教堂里以目光侦寻瑞吉娜，但徒劳。一个多月后，8月24日，他拿起"笔记本15"，写下了他新本子上的第一篇日记条目，它具有标题页的特征："我与'她'的关系。/49年8月24日。/某种诗意虚构的东西[98]"。尽管有着"某种诗意虚构的东西"这样的场景说明，但克尔凯郭尔在笔记本上记录的事件是以报告式的客观性来再现的，几乎有着电报语言的简洁，所以关于虚构性的说法很难说是指这现实是重新虚构过了的，更确切地倒是可以指它的一部分被省略了，被

第一部分

修饰掉了。或者,也许这种描述恰恰是如此接近现实,以至于克尔凯郭尔担心变得过于私密,因此将之称为"某种诗意虚构的东西",从而对文本做了加密。无论事情是如何,回顾似乎是加剧了他的"与瑞吉娜交谈"的需要,他已经近八年没有听到瑞吉娜的声音了。他不愿再满足于在城里与她擦肩而过,不愿简单地让自己的目光深情地迷失在她的目光之中;他希望为自己做出解释,想要尝试去做某种像"说出来"一样复杂的事情。

因此,在几个月后,11月19日,约翰·弗雷德里克·施莱格尔收到了他一生中最不寻常的信件之一。或者说是两封。就是说,克尔凯郭尔把另一封较小的放在一个密封起的信封里的信放在了给施莱格尔的信中,施莱格尔被要求把这封信交给他的妻子,"那个单个的人",然后,她单独一人,完全单独一个人,将去了解信封里的内容。给施莱格尔的信,确切的措辞不得而知,但在一系列不断变得越来越短的草稿中,最后一份是这样写的:

  至高尊敬的先生。

  所附信件是我(S.克尔凯郭尔)写给——您的妻子。您自己决定是否要把它交给她。我毕竟无法为自己接近她作出合理的辩护,尤其是现在,因为她是您的,因此,我从未利用过一些年来提供自身的,或也许是被提供了的机会。

我的意见是，一小点关于她与我关系的信息可能会对她是有用的。如果您不同意，我就必须请您把这封信不打开地寄还给我，但要告知她这件事。这一步——我感到自己是在宗教的意义上有义务要走出的一步，是我一直希望要走出的，而且是以书面形式，因为我会担心，我那有特殊标记的、无疑曾经表现得过于强烈的个性可能会再次表现得过于强烈，从而以这种或那种方式构成干扰。——我有此荣幸，等等诸如此类。

S. K.

施莱格尔显然不认为关于写信人与妻子关系的信息会是有任何意义的，因此未开封就把信退回了。为此，他差不多就是无可指责的。他的做法不仅一致于克尔凯郭尔的明确愿望，而且他完全有理由因那句有着辩证转义的、但却相当明确无误的话而感到受冒犯，——那句话是在说他的妻子几年来一直向她的前未婚夫提供自身，而后者那有特殊标记的个性已起到过高度打扰性的作用。是啊，谢了！还有，第一行中"您的妻子"前面的破折号是什么意思？就仿佛在这件事上还能有任何怀疑的影子？！

弗里茨没有觉得受到了诱惑要去为间接交流提供服务，这一点是更容易理解的，正如这种恍惚地出现在克尔凯郭尔

第一部分

的思绪里的安排，直接地看就是非常奇怪的。其中一份草稿是这样的：

> 如果您回答"是"，那么，考虑到若是您并不觉得自己有理由要这样做，我必须预先提出一些条件。如果我们之间的交流是以书面形式进行的，那么我保证，若非是您读过的，出自我的任何信件都不会落入她的手中，正如我也不会读来自她的任何信件，除非这是得到了您认可的。如果这交流是口头的，那么我保证，您在每次谈话时都在场。

人们必定会问，克尔凯郭尔究竟想要做什么。难道他真的是认真地想象过，施莱格尔会坐在那里审查他的信件，并且——相应地——在瑞吉娜可能写给他的信件上签名？在施莱格尔看来，他作为第二者，要在场听克尔凯郭尔和自己的妻子间的对话，肯定也是毫无意义的，因为他们究竟将谈论什么？天气、集市价格、石勒苏益格问题？他们永远都无法触及所有事情看来是应该围绕的东西，他们的爱情之中那神秘的东西，他们的互属性中的不可捉摸性，他们的关联之中的无法解释的力量，——很快，一个又一个的天使就会令人痛苦地在安静的房间里默无声息地悄悄穿过。弗里茨拒绝了"向他以前的情敌敞开大门"的建议，从某种程度上说，这绝不是无法理解的。

然而，克尔凯郭尔对此却并不理解。两天后，给瑞吉娜的密封信被寄回，他在日记中以激动的语气写下："至高尊敬的先生附上了一封'道德化的愤慨信函'"，克尔凯郭尔几乎没有时间读完，就任由它被引火纸的火焰吞噬。在后来的日记中有一段关于施莱格尔的描述说，他"变得非常愤怒，绝不'容忍在他和他的妻子间的关系中有任何来自他人的干涉'"。弗里茨信中的"道德化"的东西具体包括什么，我们不知道；我们所能够得到的唯一信息，就是克尔凯郭尔所引用的一小点文字。我们也不知道瑞吉娜因受保护而未能得知的——也许更确切地说是——被欺骗掉的信息有哪些。在长达数页的构思第一稿中，克尔凯郭尔写下了：

> 谢谢，哦，谢谢；为我欠你的一切，感谢；为"你是我的"的那个时候，感谢；为你的孩子气，感谢，我从这孩子气中学到了如此之多，你，我迷人的老师，你，我可爱的老师。你这可爱的百合，你，我的老师，你这轻盈的飞鸟，你，我的导师。
>
> 感谢你的孩子气，它成为我的淬炼和教养。感谢你的孩子气，它成为我得到的教导，感谢你的孩子气，通过它，在上帝的帮助下，我在最美丽的意义上得到了淬炼和教养。

第一部分

如果知道克尔凯郭尔在其他地方声称自己只有两个老师，即基督和苏格拉底，那么瑞吉娜就不必感到委屈了。但也许克尔凯郭尔感觉到了，他正处在"变得过于感伤"的边缘，最好是到一个更清醒的层面上写下自己的意思。在最后一份草案（其措辞可能与密封信的措辞接近）中，他写道：

> 我是残酷的，这是真的；为什么？是的，你不知道。我沉默了，这是肯定的：只有上帝知道我承受了什么——上帝保佑，我不会，即使是现在也不会，说得太早。结婚是我所不能；虽然你那时仍是自由的，我不能结婚。然而，你爱过我就像我爱过你；我欠你很多——而你现在已经结婚了：好吧，我向你提供，第二次，我能够、敢于和应该提供你的东西：和解。

在这个地方，即在最后一行的冒号之后，克尔凯郭尔先是写了"我的爱，也就是说友谊的爱"，言外之意是："和解"，这显然是太剧烈了。因此，他将措辞缩短为："我的友谊"——但它仍然显得过于情绪化，因此被改成了"和解"这种如此契约式的东西。他继续道：

> 我是以书面形式这样做的，这样就不会让你感到意外或不知所措。我的个性也许曾发生了太强烈的作用；

1856年

这种情况不会再发生。但看在上帝的份上，请认真考虑你是否敢让自己参与进这事，如果敢的话，你是想要立即同我谈，还是先与我以几封书信交流一下。

如果你的回答是：不——现在，那么为了一个更美好的世界，你要记住：我也已经迈出了这一步。

你的，在任何情况下

从最初开始直到这最后的，

诚实地，并且是完全地奉献于你的

S. K.

这个冗长的签名显然是经过精心选择的，几乎不会是偶然地形成的，它差不多就是对克尔凯郭尔的父亲米凯尔·彼得森·克尔凯郭尔当年给住在吉勒莱的儿子索伦的信中的问候语的逐字重复，——他在1835年夏天去了吉勒莱，在那里居住了一段时间，当时他还是一个不安分的年轻学生，尽可能想要找到自我。

许多年之后，克尔凯郭尔试图在与一个他知道自己无法释怀的已婚女人的关系中找到自我。当他想到瑞吉娜时，奉献之情和感性几乎自然地流向笔端。从他的各种草稿中，我们能够看出他如何试图系统地清除信中的这种奉献之情和感性。尽管我们也许会觉得他在信中的绝望措施和保证很可笑，但不可否认，在他试图解释自己的努力中，存在着"限制他

第一部分

对瑞吉娜造成的悲伤"的真正愿望。

读了这封密封的信,我们更能够理解为什么弗里茨想来圣克罗伊岛:自从他的妻子在几乎还没有性成熟的时候遇到这个在许多方面都优越于他的男人后,她就一直在与一种迷恋搏斗着,而来圣克罗伊岛,他就能与这种令人乏力的痴迷保持适当的距离。但如果重温旧时的婚约史和相关的文件让瑞吉娜感到震惊,我们也完全能够理解。在她打破密封信上的封蜡、阅读她(特别是弗里茨)在1849年决定不读的内容的时候,她在想什么?而这是否符合她所想象的克尔凯郭尔会告诉她的东西,——如果那时他们不只是在湖边窄窄的小径上默默地相互走过对方,而是停下来交谈,在仍有着时间的情况下相互向对方敞开心扉?

瑞吉娜的内心空间

瑞吉娜写的信明显地是很少有修改的地方。她可能会回头加上一个逗号,或者用一个小圈圈,插入一两个在匆忙中漏掉的词,同样,她也可能会在信的边缘或折页内加上弗里茨或约瑟芬的问候语,但除此之外,这些信就像是在连续的运动中写下的,我们几乎从未在瑞吉娜写的东西中遇到划掉或涂抹掉的字行,她写下的东西就是她写的东西。信件因此就有了直接的特征,我们几乎能听见瑞吉娜的声音,感觉到她的手势，一个在运动中的女人的身体就在这些字符之上，活泼的、忧虑的、深思的、渴慕的。

除了不多的几个例外，1856年以来的信件都写在一大张羊皮纸上，薄薄的纸，偏蓝或偏灰，折成两半，一直写到第四页的底部。8月26日星期二在坎恩花园写的信是一个例外。它写在相当厚的纸上，规格不大。这封信尽管体型很小，却可能是她所有信中最重要的。它触及了其他信件不提及的东西。信是在收到克尔凯郭尔的那些信之后写的，但这一事实并不使得这封信就不那么有趣了。

不过这封信的第一部分相当传统，其形式是对考尔讷丽娅最新来信的反应。考尔讷丽娅在来信中描述了她和埃米尔如何从哥本哈根出发，抵达霍尔森斯，现在仍然处于搬家后乱糟糟的状态，孩子们让人头疼，外面是丹麦最糟糕的夏天，刮着大风，灰暗而沉重。在这样的忙乱中，考尔讷丽娅仍抽出时间给她的"小瑞吉娜"写信，这让瑞吉娜既羞愧又感激，她勉强地回复了一封很短的信："看，这就是这个世界上的感激之情！对我们最近收到的你的受祝福的长信（……）我如此作答：找出我最小的纸，以便尽快地在今天完成一封给你的信。"不过，按瑞吉娜自己的说法，她因无法忍受最炎热的日子而有了"合理的借口"——"昨天我还很有精神，但今天我又在摇椅上无聊地悬了一上午"。

下午，她感觉好一些，坐在写字台前，要给出生命的迹

第一部分

象。因而,这只是一封小信,但在第一页的几行中,她已经写下了也许是她与考尔讷丽娅通信中最坦率的句子中的一些:

199
你如此了解我的天性,我能够很快地向你解释,我的情况如何。你知道我不是那种坚强的人,但你也知道,我在家里总是以一种非常可敬的方式与我的天性搏斗;在这里不谈什么搏斗,炎热压倒了我的也许在事先就因为与我不愿被之压倒的悲伤作斗争而有点紧张的神经,因为我说出我相信的,我觉得我没有乡愁;但在我心中有一个我很少对之开放——因为我担心事实表明它会比我自己更强大——的空间,那里藏有什么呢?不用我提及它,你也知道。

最后的句子,就仿佛是在让这封信向着两边剧烈地扩张开,这样,它就成为瑞吉娜其他信件的字面之下的潜文本,令人不安地神秘的潜文本。因为就在瑞吉娜趋近关键点的瞬间,她消失在一种沉默中,这沉默让考尔讷丽娅明白,她自然很清楚瑞吉娜会想要说什么,如果两姐妹不是在世界的两端,而是某一天在鹿苑诸多"或早或晚会通到一片空旷地"的小径中手拉着手亲密地漫步和交谈的话。

对我们其他人来说,这种不言而喻几乎可以说是起着一种挑逗的作用,或者让人想起克尔凯郭尔风格的最好的(亦

1856年

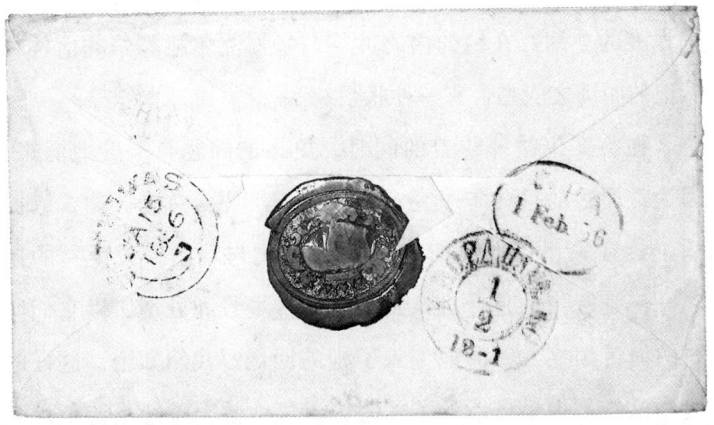

带着血红色的鲑鱼封蜡、诸多的邮戳、收送姓名地址和其他邮政印迹，瑞吉娜的信，在带着其自身的故事到达被指定为信的目的地——以弗里茨的手迹被交错地写下的Copenhagen（英文"哥本哈根"）——之前，就已经有了一个故事。

私人拥有物。摄影：亚当·加尔夫

第一部分

即,最坏的)秘密说明。除了对考尔讷丽娅之外,瑞吉娜将心中的门完全关闭了,但她恰恰通过关闭心中这扇门,打开了一系列其他的门,进入"猜测"的长廊的门,在之中很快就回响起了逼迫过来的问题:她在那里藏着什么呢,瑞吉娜,在她的内心空间里?她所害怕的那些力量是什么?如果她不顾自己的理智,敞开这扇门,会发生什么?她向弗里茨透露过吗——他对她的内心空间之门背后发生的事情到底知道多少?这内心空间是留给克尔凯郭尔的吗?是不是因此她在自己的信中从不曾提及他,是不是就因为他在她的内心中占据了太多的空间?在她的内心冲突与她对克尔凯郭尔的信件和日记的阅读之间是否有一种联系?

在答案仍被等待着的同时,更多的问题急流般地涌来,因为,周边的这些句子究竟该怎么理解呢?首先,瑞吉娜提到了她在家里以明显非常可敬的方式与她的"天性"的搏斗——她所指的是什么?到底有哪些场景和处境,以它们所有的痛苦烦恼,深深地刻入了她的回忆?我们知道,这样的搏斗已经不再是可能的了,因为天气太热,神经系统负担太重,但心理显然是在事先就已经很紧张了,因为瑞吉娜不得不把自己的力量用于对抗她从前拒绝屈服并且至今仍不愿屈服其"权力"的悲伤。那是什么样的悲伤?它不是乡愁——但却也是类似的东西。仿佛只要写下"乡愁"这个词,她就会唤醒难以驾驭的记忆,以至于她必须把所有无法解决和无法解释的东西远远地逼到忏悔的最内在空间，并赶紧转动钥匙。她的"乡愁"是不是对逝去的青春的思念，是不是对"沙漏中无忧无虑地流下的沙子"、对"时间令人萎靡的消逝"的无声的绝望，——因而在事实上是不是对"不仅仅是超越各种物质需求、财富和社会地位，而且也超越弗里茨和他们两人间相互所怀的对对方的爱情"的意义的存在性的或者形而上学的渴望？或者说，这一切也许在现实中是不同的、是具体的、是远远更多地与肉体、性别和生物意义上的不可变联系在一起的，——瑞吉娜是不是在为她和弗里茨从未成功地获得孩子、为她的希望月复一月、年复一年悲惨地破灭而感到伤心？

我们无法知道。这两姐妹有着一个共同的、她们不愿与任何别人分享的秘密，无论是在她们的时代还是在将来的时代。而这封小信的其余部分并没有提供什么特别的帮助。至少没有什么直接的帮助。就是说，瑞吉娜在完全另一条的轨道上继续。首先，她写道：

最近我是多么想你啊，现在你的处境和我一样；虽然你比我更接近首都，但你却被排除在那些我们从年轻时就习惯于享受的快乐（那时我们能为各种乏味而悲伤的想法寻求刺激）之外；当我们在去绘画集藏馆时，或者在去父亲的坟墓（你现在说它是如此美丽）的路上，

第一部分

我们的心在安静的谈话中得到了释放,那时,我们享受的快乐是双重的。

正如我们所看到的,瑞吉娜的思绪再次转向哥本哈根,转向协助墓园,那里埋着她曾经爱过的两个男人,她的父亲和另一个,其名字不可被提及的"那单个的人",但其特别的性情或者说其"存在"想来在两姐妹间的"寂静的谈话"中已经被相当频繁地触及了。几乎就是对自己的"联想性的率性"迅速纠正,并且标志着她特有的羞怯:瑞吉娜没有在自己的情感之中追踪其方向,而是选择把整件事当作什么事都没有,当作一种不合时宜的自我中心、一点小小的异想天开、一个无序的拼图中的奇怪标记:"然而我在这里所说的,在你耳中一定像风暴在磨坊中嚎叫的曲子的歌词,这样,它对你来说当然是一首熟悉的歌。"瑞吉娜渐渐地觉得,她通过这样一直写下去,已经把自己完全地逼到了边缘,——人从这样的边缘深深地凝视进自己的令人眩晕的不可捉摸性。这种凝视唤醒恐惧,但也能有一种有助益的作用:

看,现在我感觉到只有这么少的一点纸可写的好处,因为,现在我已经写着写着并因为写而把自己弄得如此健康,以至于我能够继续写很长时间,不过,那样的话我就得在事后为之付出代价。

最后几行是关于写信过程本身，笔在纸上的物理行为，但瑞吉娜也有可能想着继续展开这封信的最内在的主题所需的巨大心理力量。她没有这些力量，对此她太清楚了。因此，她在一个远离这封信的迷失了方向的主题角落终结了自己的信：

> 确实，为了不让你以为我只是患有自己幻想出的疾病，现在我要向你提及几种真正的疾病：疖子，有大有小，而且很疼，还有腹泻等等。

从被轻视地称为"幻想出的疾病"的无法控制的痛楚突然转向像疖子和腹泻这样具体的东西，瑞吉娜已经让自己写到了第四页，该页通常被用于向家中的亲人做简短的报告和问候。但是，没有来自弗里茨的问候，他也许完全不知道这封信的内容。

瘟疫的天堂

爱欲的高烧可以是如此猛烈，以至于它被血液带着在身上到处流淌，直到生命的终结。西印度群岛潜伏着一种完全不同的热病，即黄热病，它能够是一个致命的老相识。1855年6月底，瑞吉娜在给考尔讷丽娅的信中说："我们最近都很

第一部分

在天气好的时候,像"警戒号"这样的帆船可以在5个小时内驶完南部的圣克罗伊岛和北部的圣托马斯岛之间的70公里航程;但如果风和海流的情况不尽人意,则需要几天的行程。"警戒号"曾是总督的邮船,因此与瑞吉娜的来往信件就在其船舱里。当总督夫妇前往圣托马斯时,他们也是乘坐"警戒号"航行,船上最好的座位是一对编制出的小笼子,拴定在船两边的栏杆上,但它们既无法遮住无情的太阳也无法阻挡天黑时刮进来的潮湿冷风。在它们的下面是深深的黑蓝色大海,有着丰富但凶险的海洋动物生活,所以坐着的人不宜让自己幅度太大地从编笼里掉出来。

埃米尔·贝伦岑的石版画

1856年

圣托马斯岛是一个岩礁岛,既崎岖又迷人,有着起伏的地形和深深切入陆地的峡湾,不像平坦肥沃的圣克罗伊岛那样以自然的方式适合于农业。岛上的中央山丘海拔474米,任性地匍匐向海岸,只匀出一小块边角土地供人安居。但反过来,圣托马斯岛拥有一个非常理想的天然港口,世世代代都是商业集市和新旧世界之间货物的中转站,这一优势为该岛带来了相当的繁荣。

无日期的照片。米凯尔·希恩

健康,但我们悲痛地因黄热病而失去了我们的马车夫。他是个能干而正派的小伙子,是一个把我们的东西打理得这么整齐的士兵。"事实上,这种致命的疾病在开始时只是中度发烧,但由于这马车夫害怕让自己在医院接受检查,因为他认为那是让人生病的地方,所以留在总督府邸。"尽管我认为他

第一部分

得到了所有能得到的照顾,他的病情却越来越严重,后来,因为这显然确实是黄热病,医生要求将他转移到医院,第二天早上他就死了。"

黄热病,或用拉丁语说febris flava,在热带和亚热带非洲和美洲广泛流行,但人们认为它实际上是起源于西印度群岛。在圣托马斯岛上尤其容易染上,这座岛被水手称作瘟疫的天堂。在弗里茨和瑞吉娜居住在西印度群岛的那几年里,黄热病并没有像奥丽维娅的时期那样猛烈地肆虐,瑞吉娜给家里的人们写了好几次信,让他们不要为她和弗里茨担心。就是说,人们普遍都认为,黄热病不会再回到克里斯蒂安斯泰德。如果这疾病来到圣克罗伊岛,"我们所住的可是一幢通风的大房子,这房子想来能得免于这疾病,是的,即使它甚至是像当年的霍乱那样来到我们家,我也仍很平静,并且也请你们平静"。瑞吉娜提到霍乱"来到我们家"的那个时候,想来指的是1853年哥本哈根的疫情大流行,当时霍乱肆虐了14个星期——从6月中旬到10月初——,造成城里大约13万居民中4737人死亡。从首都出发,霍乱在奥胡斯、奥尔堡、斯卡恩、腓特烈港、斯文堡和尼克宾法尔斯特等城市往返了一圈。全国的死亡总数为6688人。在1854年、1855年和1857年,首都也出现霍乱病例,但在那之后,霍乱就不再在丹麦流行了。[99]

然而,它却在西印度群岛出现了,是作为流行病出现的。7月底,《部门时报》公布,来自波多黎各的霍乱疫情袭击了螃蟹岛,"从6月15日到第二天上午10点,有26人死于此病"。人们希望通过切断"与螃蟹岛的联系",在沿海地区派驻警卫并成立一个"卫生委员会",从而使丹属的群岛免于流行病的困扰。"根据6月25日波多黎各总督给西班牙领事的信,螃蟹岛的霍乱几乎完全停止了,然而,这必须主要归因于上百人口已经移居出岛。"圣托马斯岛没有出现霍乱——"除了几个黄热病的病例外,总体上居民健康状况良好。在圣克罗伊岛,弗雷德里克斯泰德也出现了几例黄热病,在过去几天里,驻军中有两个人被黄热病夺去了生命,但除此之外,那里的居民的健康状况仍是良好的"。[100]

然而,这种状态并没有持续。8月23日星期六,我们能够在《部门时报》读到几起霍乱病例,到目前为止,这些病例"主要发生在城里的西部,即王储区",7月18日晚上,在那里发现了一个"有可疑症状的黑人孩子"。这孩子不久后就死了。在同一天的24小时内,一个"21岁的托尔托拉黑人"也遭到了攻击,还有"另一个黑人小孩";不久之后,一个未被作出身份描述的"妇人"遭到了攻击,随后还有更多个"黑人"。到7月22日,共发生了"14例霍乱,6人死亡",到月底,有"49例,41人死亡"的记录。[101]此后,所有的岛际交通都被限制到"只允许有绝对需要的"通行,但预防措施显然是不够的,在9月6日的《部门时报》上,霍乱成了头版

第一部分

208

当夏洛特·阿马利亚在1764年正式成为一个自由港时，所有船只不分国籍都可以使用各种优质的港口设施，这座城市进入了绝对鼎盛时期。在世纪之交，夏洛特·阿马利亚每年有近1300艘船到港，人口约为3000人。中美洲和南美洲的革命促使西班牙和葡萄牙殖民地重新向国际货运交易开放港口，这在极大的程度上促进了贸易繁荣，夏洛特·阿马利亚因此而成为爆炸性的过境贸易的中心。1837

1856年

年,"圣托马斯银行"成立了,这是第一家丹麦私人银行,它的出现很实在地证明了夏洛特·阿马利亚的日益繁荣。第二年,瑞斯在夏洛特·阿马利亚开设了一家货源充足的药店,该市居民人数达到11000,是丹麦仅次于哥本哈根的第二大城市,夏洛特·阿马利亚的这种地位一直保持到1850年。

无日期的照片。皇家图书馆

第一部分

新闻,以图表形式列出了感染者、治愈者和死者的数量,对圣托马斯岛的情况的总结为:"因而,从7月18日到8月15日的整个期间(……)有111例霍乱,81人死亡。"[102] 9月20日,该图表被扩大。目前,霍乱病例总数为144例,其中102例是致死的。

总体上看,要说居住,圣托马斯是一个不安全的地方。"28日下午一点,发生了一场相当强烈的地震",《部门时报》报道说,"由于霍乱病例同时在增加,人们认为上面提到的自然事件可能在这方面产生了某种影响,这并非不可能"。[103] 有了这样的专业性描述,我们感觉得到,在这岛上人心惶惶,担心着这在许多死者之下咆哮翻撞的地震是在预示世界末日。然而,就像以往一样,末日又被推迟到了下一次。灾难的真正破坏程度也就是损坏了镇上的一些有围墙的房屋,"不算很严重"[104]——这是10月11日的情况,这天统计出死于霍乱的总人数为175人[105]。

11月8日,《部门时报》公布,虽然圣托马斯岛的情况已基本稳定,但霍乱似乎正在圣约翰岛上流行蔓延开,而且那里已经有三个多月没有医生了。由于在这种情况下,命令"圣托马斯岛的国家指派的医务人员和驻军医生离开该岛"是不可取的,总督指示圣克罗伊岛的驻军医生阿德里安·贝诺尼·本仲·克努森前往圣约翰岛看诊感染者并接管"各种医师业务",他以"完美的就绪状态"去进行这项工作。不久之后，克努森弄清楚了他的霍乱受害者队列，在圣约翰有127名，在圣托马斯有194名。[106]在哥本哈根焦虑的亲属和担心的投资者研究这些死亡数字的时候，疫情停止了，然后克努森回到了仍未受霍乱影响的圣克罗伊岛。[107]克努森的投入是英勇的，因为他知道他去瘟疫天堂做考察所冒的风险是什么。因此，我们只能说，在这样的一个事实之中就蕴含着一种特别的出自恶魔之手的反讽：第二年，即1857年11月11日，他自己的女儿死于"气候热（伴有高烧的热带病，诸如黄热病和疟疾）"。

"心脏位置下面的四条水蛭"——瑞吉娜的身心敏感性

奥皋医生一再向瑞吉娜和弗里茨保证，他们不是"易受高烧发作影响的"，这是令人安心的，但只是在某种程度上，因为瑞吉娜用一种独立的、无可辩驳的观察来补充奥皋的观点："（……）现在一个人不用发烧当然也能被送去天国。"半年后，她自己就在一次通常的早晨骑行中体验了这话的真实性：

> 我的病是由于我如此倒霉以至于我的马和我一起摔倒了，然而我还是很幸运，我的四肢都完好无损，但它

第一部分

211

    担任圣托马斯岛首席长官的汉斯·亨利克·贝尔格不得不在1857年正式离开,并将日常管理移交给总督施莱格尔。因此,在1857年2月28日星期六,瑞吉娜坐在首席长官的庄严宅邸——卡特琳娜堡里的一个房间里给考尔讷丽娅写信。她没有讲述她在圣托马斯岛逗留期间的任何具体情况,但我们可以设想她曾在有许多丹麦街名的贸易市镇上逗留过。这些丹麦街名:Bjergegade, Bredgade, Brøndstræde, Dronningegade, Frederiksberggade, Generalgade, Hospitalsgade, Hyacinthstræde, Jødegade, Kanalgade, Kokostorvet, Kongensgade, Kronprinsensgade, Krystalgade, Lillegade, Nygade, Nørregade, Palmestræde, Prinsensgade, Rosengade, Silkegade, Skovgade, Sneglegade, Store Grønnegade, Strandgade, Torvestræde, Trompetergade 和 Vestergade。没有比这更有家的感觉了——在不是在家的情况下。

    2012年的照片。尤金姆·加尔夫

1856年

的摔倒是如此突然,而且正好摔在鼻子上,我的脸被撞得相当严重,我不得不走进一幢房子,把脸上的血和沙子洗掉。

因为坠马事故发生在镇外有一段距离的地方,所以帮忙的人就把马匹牵回到克里斯蒂安斯泰德,并将之套在一辆马车上,然后再把马车驾到瑞吉娜那里去接她,她很坚强地面对了这一事故——

(……)驶回家时,尽管我觉得很痛苦,但我不得不笑,因为在这样一个小镇上,谣言是真正的野火,当然是说我被摔死了,所以特拉弗画廊和街路本身都挤满了人,看我的葬礼队伍。当我回到家时,我的心脏位置下面被放上了四条水蛭,因为我有一些非常剧烈的内部疼痛,可能是惊吓造成的。

约瑟芬对瑞吉娜的坠马事故的反应是她发了一场高烧,持续得很短,但很剧烈,——"她说是看到背上没人的马匹回家的惊骇冲击了她的头脑,然后就爆发成了高烧"。事故发生后的几天里,瑞吉娜浑身疼痛,无法入睡,但一周后,她差不多恢复了过来——尽管她仍浑身又黄又蓝又绿。幸好她没有失去好心情:

第一部分

你看，在这样的事情里你可以看到让自己高贵并去模仿皇家人员的结果（……）。现在我早上和玛蒂尔德一起散步，我已经克服了不喜欢在街上走的毛病，当然，这叫作，一个人能做自己想做的事，至少在这一类小事上确实是如此。

坠马事故发生一年多后，瑞吉娜仍有着心理上的后遗症，每次骑上马都担心会发生最糟的情况。这创伤以最屈辱的方式表现出来——"当我和一个仆人单独骑马出去时，我总是步行回家，因为在他面前我不觉得难堪，然后我向我的惧怕让步，但和弗里茨在一起我就不敢"。她坦率地承认，她的行为是说不过去的，并多次提到这是"自己的固执妄想"，但若要放弃骑马的话，那则会是可怕的，因为马背上的时间一直是她"最美好的乐趣，若不是说唯一的乐趣的话"。

在这件事情上，身体的坠马产生了心理上的后果，但通常情况下这关系是反过来的，因为平时往往是瑞吉娜的心理冲突导致身体上的痛苦。在解除婚约后的一段时间里，克尔凯郭尔非常担忧她的健康。1842年2月6日，他从柏林写信给埃米尔·波厄森，希望了解瑞吉娜的状况，因为他听说她"病弱"[108]。克尔凯郭尔有理由感到不安，因为从汉娜·穆里耶在很久以后与瑞吉娜的谈话看，人们曾担心瑞吉娜的肺部是"受到了攻击的"。然而，她的肺没有受感染；病弱的印象主要是由于她的"紧张和悲伤"。[109]

瑞吉娜的身心敏感性在她给考尔讷丽娅的信中经常表现出来。1855年6月下旬的一天，她看到他们可怕的邻居蓬塔维斯夫人接待来访的弗尔斯贝尔夫人，后者站起来哭了，因为她的儿子威廉要去丹麦——"然后我也开始哭了，想到我们许多痛苦的离别"。瑞吉娜竭尽可能使自己振作起来，她太清楚地知道，灵魂和身体是危险地联系在一起的："然而，亲爱的考尔讷丽娅，你必须知道，我很少想到这些，不，主对我很好，给我力量把黑暗的想法赶到门口，因为一旦我心情不好，我马上就会生病。"

弗里茨也意识到了瑞吉娜的敏感状态。有一天，她"有点头痛"，他立即叫来了奥皋医生。医生命令她休息，并严格禁止她写信——"现在，到了今天，我几乎没有任何问题，所以我在看见任何人之前就赶紧写信。但奇怪的是，在这里，多么小的一丁点小事，就能够影响一个人"。虽然这些头痛是一个反复出现的问题，但奥皋认为，瑞吉娜已经逐渐地充分适应了这里的气候，这是她自己能够证实的："（……）我几乎没有吃过药，只用了一小点儿童粉末和一瓶玛丽亚从特里尔那里得到的红色混合物。"儿童粉末是一种通便药和镇静药，主要用于婴儿，但也用于成人，包括天才类的人。1873年2月底的一个天色阴晦的日子，安徒生对"腹部右侧"的一些疼痛感到担忧。他的医生特欧多尔·科林判断，安徒生可

第一部分

能只是得了"大肠风",这种情况通常会发生。另一方面,科林的同事埃米尔·霍内曼开出了"儿童粉末和洋甘菊茶",但这些药方没有实质性的效果,这也是可以理解的,因为安徒生的"胃抽筋"(他自己对这种持续疼痛的说法)是由于肝癌引起的;两年后他就死于肝癌。[110]

在有信到达带来了家里的坏消息时,圣克罗伊和丹麦间的距离就会进一步加剧焦虑。因此,关于埃米尔生病的信让瑞吉娜一下子感觉天塌在了身上:

> 亲爱的考尔讷丽娅!收到你上一封来信,我无法形容我是多么由衷地悲痛。我亲爱的埃米尔病了,是的,甚至病得很危险,我心爱的姐姐独自悲伤;我没有在那里,不,我对此根本就是一点都没有预想到!

最后这部分,关于预想的部分,并不完全正确,瑞吉娜马上纠正了自己所写的。就是说,10月7日,在邮船抵达圣克罗伊岛的前一天,她就已经在一种奇怪的忐忑不安的状态中走动着。当所有人都在为国王生日而准备参加"巨大欢庆"时,她的心思却完全在另一个地方,是的,她事实上由衷地希望邮船能在别处多耽搁些时间,哪怕是晚一天进港,因为她有一种感觉,它带来了坏消息。

第二天，当弗里茨为我读你的信时，他同意我的看法，认为我之前没有收到信是件好事。愿上帝保佑，让所有的危险都过去，那么，对已经历的悲伤会有一些补偿，就在这样的感情之中：一个人从巨大的危险中解脱出来了。（……）但愿我们有机会给他送去一些好的马德拉酒来让他强化一下自己。

两周后，10月24日星期五，瑞吉娜回到了女性直觉的不祥的无误性。在她的信中，她告诉考尔讷丽娅，她以这种方式仿佛事先就知道了埃米尔的病复发了，因为"我梦到过这件事"！但这梦有着一个人在总体上所能想象的"最糟的结果"，"是的，这梦以这样的方式让我感到恐惧，以至于醒来后我就病了"。可怕的事情发生了：埃米尔在梦中死去了！瑞吉娜热切地希望她能马上离开这里去霍尔森斯，现在她不得不严肃地认识到，在她想象着自己随着年岁在自己"不安的心念"之上"获得了更多安宁和力量"的时候，她曾是多么天真。收到考尔讷丽娅的信后，她变得"非常恐惧，这种感觉一路下来进入我的两腿，是的，我几乎就认为这种不安在某种程度上也是招致我所患高烧的助缘"。同样，这种身心上的反应这一次也是没多久就出现了："星期五，当我们在早上收到你的信时，我一整天都不舒服，但我认为这是我常见的神经性疼痛，我经常承受这病的痛苦，但我也在诚实地与之

第一部分

瑞吉娜在给考尔讷丽娅的信中填满,并要求她转达给她优秀的丈夫的不计其数的跨大西洋之吻:"替我吻埃米尔,听着,如果他的石版画的肖像不存在,我渴望看到他亲切的脸。"这样的石版画确实存在,而且是由埃米尔·贝伦岑制作的,他不仅为埃米尔的"亲切的脸"制作了一幅肖像,而且还在自己的石版画研究所"E. Bærentzen & Comp."中雇用了他。几年后,贝伦岑选择了全身心地投入到绘画中去,此后,日常管理被转交给了埃米尔·温宁,但研究所仍在家族中,两位埃米尔是彼此的亲戚。

无日期的石版画。皇家图书馆

斗争。"为了分散自己的注意力,她劝诱弗里茨和她一起外出骑行,但他们骑了一段时间后,她觉得自己高估了自己的体力,"因为我从来没有为了回家而承受过这样的痛苦,想来我的身子已经在发高烧了。"

星期六她的情况又很糟糕,没有食欲,只能勉强从床上爬起来吃药。弗里茨安排奥皋医生从克里斯蒂安斯泰德驾车到坎恩花园去看她,但当他到达时,瑞吉娜已经睡着了,正在恢复中,所以奥皋只是建议她合理地饮食。他刚走,瑞吉娜的病情立马就恶化了,当奥卢夫和弗里茨回来吃晚饭时,她几乎无法保持直立——"我的头像着火了一样,我带着高烧上床了"。她整个星期天也在发烧。弗里茨留在家里同奥卢夫和约瑟芬一起看护她——"所以我肯定就不得不给予他们了我在尽快好起来的喜悦"。

到了星期一,她已经恢复了足够的体力,她能够服用有益于健康的"奎宁",并在接下来的三天里不停服用,然后她的病情或多或少得到了稳定——"除了我不得不在一定程度上与倦怠和萎靡状态作斗争"。由于其他原因,她也不得不谨慎,"因为我们现在挺凉的,你听到22度就笑了,但我向你保证,我敏感的天性很容易感受到变化"。我们当然相信她。"现在我不敢再写了,弗里茨正在去西边参与一场学校考试的路上,所以我自己偷着写了这几行,本来我是几乎得不到许可的。"

第一部分

　　终于，在11月27日星期四，瑞吉娜终于对来自家里的最新消息松了一口气。埃米尔还活着，而且从各方面来看情况都很好。作为"对于你收到的前三封非常令人伤心的信的补偿"，考尔讷丽娅在11月9日画了一幅"画"，画中的"我们亲爱的宝贝埃米尔"靠窗坐在温馨的客厅里，坐在他的扶手椅上，相应地裹着一些毛毯，外面很冷，但阳光明媚，使风景显得很亮堂，——

　　（……）他的对面坐着你的姐姐考尔讷丽娅，她视他为她从死亡手中抢回来的珍宝；但她也在恐惧和颤栗中为此搏斗了整整十个星期，尽管我在深深的谦卑之中承认，与如此多被战火击中头部的其他人相比，这种仁慈和拯救不是我们所应得的，我也知道我必须继续守护和努力，但他已经答应我，并且已经开始服用2汤匙鱼肝油。

　　考尔讷丽娅的信马上就对瑞吉娜产生了影响，她用"起居室里埃米尔的温馨画面"来调侃埃米尔说：他可能只是为了"让我们接受考验，看看我们全都有多喜欢你！"而生病。在她自己的情形之中，这是一种心理与身体双重意义上的反应，她丝毫不怀疑这一点——

1856年

（……）因为，我当然只是由于为你悲痛才发高烧的，在我们收到最后一封信之前（我们在信中得到了情况会持续好转的希望），我进入了这样的一种不安宁的状态，就像往常一样，这种不安宁打击着了我最脆弱的地方，亦即，我的胃。是的，我是如此疲惫而虚弱，以至于我真的非常害怕听到传令兵带着邮件小跑着过来，因为我不知道，在邮件包以及随后信件被打开时，我该从哪里获得力量来承受这种紧张的悬念。但我亲爱的弗里茨把我从这种状态中救出了来，因为他悄悄地让人把邮件送到了他那里，然后他先读了信，这样，他就用一句话让我得到了安宁。哦，我是多么高兴，我是多么感谢上帝！

最初的爱

12月11日星期四，瑞吉娜很认真地向考尔讷丽娅保证，她不会再记起埃米尔生病时那段悲伤的时光，"现在埃米尔已经好了，你自己在承受了所有被熬过的不安宁之后本该稍稍休息一下了，但却要被我的这些充满恐惧和震惊的信件烦扰很多天，这让我感到非常难过。"瑞吉娜能够渐渐地开始拿她对自己和对总体的处境的忧虑来进行调侃：

第一部分

> 你在上一封信中感叹道："我们的生命之流是多么不同，它们在什么时候还能够重新流到一起吗"，这句话尤其适用于我们的信件之流，因为它们在严格的意义上造成了什么混乱啊：我为埃米尔担心得要死，甚至在他的全部悲惨状态结束后很久也一直是这样；现在，当他坐下来，独自一人，需要足够的"进食时的安宁"从而通过固体食物来恢复失去了的力量时，被我高热般不安的信件折磨，在信中，不管我怎样努力掩饰，我还是认为他已经去世并且下葬了；这样，我真希望那时你没有让他看到这些信，因为这几乎会使他又重新生病。

又重新生病，但看来也有点欢快。这段小插曲让瑞吉娜确信，作为圣克罗伊岛上的一名写信人，她被引到了荒诞的境况之中：

> 在严格的意义上，人们不应该在这么远的距离间通信；毕竟，像《最初的爱》中的恋人那样的做法，"看着月亮，相互想着对方"，也不是什么糟糕的事；这对于你们这些在家里的人们来说很不错的，因为在这里，我们在月光下回忆有着与你们完全不同的机缘；因为这是我们所拥有的最美好的事情之一，漫长的、美丽的月光之夜；由于我们从来就没有雾，我们很少会有月光之夜被

骗走的情形，——就像你们在家里不得不满足于市政当局之月光时的那种情形。

这里文字中的许多"月亮"无疑需要一些说明。我们从后面开始吧，关于市政当局之月光的说法，是指向当时的一个经常被批评的事实，即：市政当局（哥本哈根的街道照明归市政当局管）在月圆的夜晚就不点亮城里的差不多2000盏吊灯，结果，在有云层覆盖的情况下，市民们就不得不在黑暗的街道上摸索着行走。[111]同样有意思的是信中谈及了法国剧作家奥古斯丁·欧仁尼·斯可里布的独幕喜剧《最初的爱》，该剧以海贝尔翻译的译本于1831年6月10日在皇家剧院首演，随后在首都总共演出了139场。瑞吉娜所提到的关于月光的说法出现在第一场中，艾玛丽娜告诉父亲，她和她的表哥查勒斯已经相互许诺了永恒的忠诚；当父亲想要知道他们如何能够保持彼此间的联系时，艾玛丽娜带着可爱的天真地回答说："是的，每次满月；十点钟我出去，看天上的月亮；他在同一时间也这样做，这是我们间的约定。"[112]

克尔凯郭尔和瑞吉娜好像不太可能一同去看过《最初的爱》的演出，尽管在他们有着婚约的这段时间里，该剧共演出了五次。[113]不过，我们知道，1841年12月14日，在克尔凯郭尔从柏林给埃米尔·波厄森写信的时候，他以下面的说明来结束这封信："（……）请尽快地寄我：海贝尔翻译的《最

第一部分

初的爱》,它被列入剧院节目单,在舒波特书店可以拿到,但不要让任何人感觉到这是给我的。"最后的告诫是由于克尔凯郭尔正在秘密地写着《非此即彼》的手稿,其中包括对《最初的爱》的分析,因此波厄森不得不谨慎地去浴堂巷17号书商舒波特商店里要了这剧本并寄给这位在柏林的打字书写者。在克尔凯郭尔的分析中,他让他所谓的审美者A来说话和书写,如果瑞吉娜读过他这分析中的引言的话,她也许不仅会为这出戏的魔力所吸引,而且还一定感受到自己是特别私密地被击中了的。就是说,审美者A写道:

> 这部戏上演的日子到了,我得到了一张票,我的灵魂处在喜庆的状态中,有着某种骚动不安,欣悦而充满期待,我匆忙地进入剧场。我走进门,将目光投向第一层,我看见什么了?我的爱人,我心灵的女主人,我的理想;她坐在那里。我不由自主地在正厅的黑暗中向后退了一步,以便不被看见地观察她。

如果瑞吉娜读过这几行的话,那么必定会在心中雀跃,因为"我心灵的女主人"是克尔凯郭尔在1839年他写下关于他生命之爱的第一篇较长的日记时用来写她的表述。我们不知道她是否读过,因为在她的信中,瑞吉娜让这方面的描述停留在对斯可里布的月亮的提示上,然后又回到了关于埃米尔的健康状况的消息上，这消息使她的心情变得如此轻松，以至于她听任自己进入一小段辩证的调情：

> 我因变得高兴而失去的唯一东西是我不再梦见你，小埃米尔；以前几乎没有任何一个夜晚不是被你打扰了睡眠的，因为在一场关于你的之后，我通常会醒来，无法重新入睡，因为我会努力着解读我自己的那些梦！

延续这些字行，我们不禁要问，瑞吉娜对克尔凯郭尔去世的讯息又有什么样反应。她是否也梦见了他，——在她躺在四帷柱红木大床上的飘动着的蚊帐里而弗里茨则在又一次行政马拉松之后疲惫不堪地在她身边深深地沉睡的时候？瑞吉娜从未触及这个话题，但我们从她给亨利克·伦德的信中知道，克尔凯郭尔去世的消息在她心中引发了"悲伤"，并给出了"懊悔"的机缘——那么，这里岂不是也有着梦想，难于驾驭而非法的梦想，它们是如此私密，以至于一个人必须作出极大的努力才能让自己与它们保持距离？

"……只有一个话题是我想让自己进入的：盲目的爱！"

12月28日星期天，瑞吉娜没有让自己的目光在岛上不

第一部分

安地扫视，以寻找能够充填她给考尔讷丽娅的信的有趣事件，不，她把目光转向了内心：

> 我没有什么可讲述的，因为我觉得这里的生活（我还不至于如此毫不偏倚）非常琐碎，乃至它几乎就不能提供足够的谈话内容，更不用说是写信的内容。因此，我将在我一贯的自我中心之中谈论我自己，我又能对谁比对你更容易做到这一点呢，你，我对你的爱是如此确定，以至于我知道，不管我做什么，你都会喜欢。看，只有一个话题是我想让自己进入的：盲目的爱！在我的人生中，我对它有很大的信心，就是说，相信它的合理性；既然我在这里通常会有足够的安宁来考虑问题（如果我也有足够的精神来得出一个结果的话），因而，它在最近更频繁地成为我思考的主题。

一想到要回顾瑞吉娜生命中的盲目爱情，我们会深吸一口气，但是——现在可以放心！——瑞吉娜知道如何控制自己，没有考虑在纸上倾泻自己的内心感受。她对盲目的爱的本质和非本质的反思是不是缘于她对克尔凯郭尔的信件和日记的阅读，我们只能猜想。然而，两人同享过的脆弱而无常的幸福仍在鲜活的回忆之中，因此，要将之置于历史的灵薄狱界（limbo）之中，就需要有一种特别的果决：

1856年

我不会再回到过去；我不会让你的耐心经受如此艰难的考验；我想要从昨天和今天获取生活。因而在这里没有很多人是我以这样的方式爱着的，因为对蒂丽，上帝保佑我，我的爱应该是盲目的，可我仍只会是一个糟糕的养育者。

因而，瑞吉娜画廊里的第一幅活生生的画面就是蒂丽，她不能允许自己对她有盲目的爱，因为作为她的养育者，她应该严加监管。奥卢夫是瑞吉娜名单上的下一个名字，她以一种爱来拥抱他，这种爱特别地是关联着"他的内心世界，——我一直认为他的内心世界是丰富而美好的，尽管他不遗余力地试图说服我（……），认为他的内心世界是贫乏而糟糕的，但我向他保证，我比他更了解他自己，这也是我真诚的看法"。然而，在这一情形之中也不存在无条件的爱的问题；奥卢夫简直就是过多地让自己躲避在自己的性情之中，过于任性、固执和郁闷，因而无法涉及这类问题。在这些血亲之后，就轮到弗里茨，关于他，瑞吉娜指出，她无条件地尊重"他的外在作用"，这就是说，他的"工作、义务和责任"，在她眼里，他以无可置疑的技巧管理着这些作用。"看，就在那里，现在，我如此坚定地相信：他总是在做着、在选择着正确的事情；我相信，要么他是完美的，要么我就是完全毫无批评可言。"

222

285

第一部分

正如我们所看到的，得到最高分的是公务员施莱格尔，而不是丈夫弗里茨，瑞吉娜在这一关联中根本没有谈论后者。如果她的反思——在她思考弗里茨是否在事实上是完美的或者完美是否只是她赋予他的属性时——会显得不独立而有附属性，那么，这并不是因为她是一个没有批判目光的点头者，而是恰恰相反，这是因为她正处于"从总督的无法独立代表自己的妻子的角色中解放出来"的过程中。实际上，她是让自己对弗里茨持有一种态度的，她评估他、接纳他，并且在越来越大的程度上意识到，夫妻之间也应当有相互间的批评，不是说他们必须一直相互找茬，而是说他们必须带着爱心持有批评态度，在日常的相处中把恋爱的狂电转换成深层的电流传导，这样各种小小的修正和调整就得以容忍，是的，如果"弗里茨有一个能给出更多更好的批评的妻子，那么他无疑会在很多方面得到更大的好处"。

瑞吉娜完全能感觉到，在不总是赞同弗里茨的愿望中，潜藏着一种"坏"的类型的解放冲动，并有瞬间的颤抖，因为这肯定是"我身上的一个小魔鬼，他低语着诱惑我进入自信"。这当然不会有什么作用。就是说，如果这解放内心的"小魔鬼"的计划有幸成功了，她就会被带离她对弗里茨的无条件信任，——那么，她会站在什么样的位置上——弗里茨会站在什么样的位置上呢？这无法说，瑞吉娜跟跄着直接就跌进了一个幽深无底的问题之中：

1856年

（……）我相信这是邪恶者的声音，难道这样想是不对吗？因为，如果我将之清楚地展示在自己面前，像我这样的老妇人谈论热情或谈论"对自己所爱之人的不可能出错的盲目相信"，这会意味着什么；我从哪里得到许可这样做？是的，在我18岁的时候，这甚至可能适合我；但是现在，难道我不是已经见过了生活中的这么多事情，难道我不是因此应该有如此丰富的经验，乃至我能够是一个顾问，而不是像我现在的这种情形：最多只是一个留意的听众，其建议纯粹地由"表示完全赞同"构成。

瑞吉娜想要诚实的意愿是强烈的，但当她让自己被辩证地转化为一个关键的、存在性的段落时，她的视角就仿佛是发生了错位，因为她对自己的想法感到害怕了，并屈服于关于"自己的自卑、自我中心和愚蠢"的观念。一方面，她确实是厌倦了做一个顺从的"听者"，总是只有着和弗里茨一样的想法，这样看的话，就是自己根本没有什么想法。另一方面，一个成熟的"顾问"的角色预设一种解放作为先决条件，她用"魔鬼"和"邪恶者"等恶魔式的词汇来描述这一解放。以某种方式，她两难的困境可能让人联想到她的年龄；她称自己老，但34岁的她是处在一个年轻的长者和年长的年轻人之间的不确定区域。可是，难道只因为一个人比自己年轻时

第一部分

的年龄大了一点,这个人就老了吗?而当一个人不完全是自己、但也许正处在成为自己的过程中时,这个人在严格的意义上又是谁呢?瑞吉娜既不知道怎样出离、又不知道怎样回返,她不得不求助于一个破折号来把自己带到远离这个复杂的主题的地方:

224　　——然而现在我还是将按我过去的方式,在我说的事情的中间断开,因为我感觉到,我已经进入了某个话题,要出离就会要用上我的絮叨、而不是我的与前面所写相同的东西;但我仍然希望在你这里会有如此多的同感,乃至你能够借助于同感而让自己出离这话题。

"但我一直惧怕她的激情"

瑞吉娜的最后一句话有点隐晦,但她大概是在发挥希腊语中"sympati(同感)"一词的多弦音的含义——既是同感又是同情(怜悯)——并要求考尔讷丽娅动用这样的多义领会来理清各种突然中断的反思。现在,"在我18岁的时候"这句话已经给考尔讷丽娅了领会的线索。在当年,我们知道,瑞吉娜的"热情"是不同的,差不多就是不加掩饰、无法控制,克尔凯郭尔日记中各种不同的表述肯定了这一点。在日记中,他的未婚妻被描绘成一个充满激情的外向的人，而他则努力抑制她热烈的感官性或者为之给出各种新的方向。当激情变得太过炽热时，他可能会给瑞吉娜读一段明斯特尔主教的布道，让她去想一些别的事情。在一封打算以密封起的信的形式给瑞吉娜的信的草稿之一中，有这样一段很具特征性的话："你是被爱者，唯一被爱者，当我必须离开你的时候，你是在最大程度上被爱的，尽管你因你那什么都无法明白、什么都不愿明白的激烈性而让我有点难过。"因而，再一次是这种激烈性、"充满激情的"、向往着结合的意愿。后来，在又一份草稿中："也是因为这个原因，如果你想和我说话，我打算相当认真地责备你，因为你毕竟曾因你的热情而越过了某种界限。"我们不禁要问，什么界限呢；瑞吉娜在良心上到底有什么问题呢？而在这样的一个表述背后会有着一些什么样经历呢？

> 至于"她"，我仍一如既往，只会是尽可能地更真挚，有愿意并准备好了做一切能够让她喜悦和快乐的事情。但我一直惧怕她的激情。我是她婚姻的保证。如果她得知了关联到我的是怎么一回事，她可能会突然厌恶婚姻——唉，我太了解她了。

因而，在他们在一起的那段时间的整整九年之后，也是在她与施莱格尔结婚两年之后，克尔凯郭尔担心，如果瑞吉

第一部分

娜了知与他相关的事情在严格意义上是怎样的,她就会变得"厌恶婚姻"。我们不知道进一步的细节,但关于瑞吉娜激情之中"最后通牒式的东西"的各种评论在克尔凯郭尔的日记中如此频繁地回返,其背后必定有着深刻而令人生畏的经历,比如说,就像这篇同样来自1849年的日记所展示的:

> 也许甚至整个婚姻都是一个面具,她比以前更充满激情地依附于我。在这种情况下,一切就都落空了。我无疑是很清楚,一旦她抓住了我,她会想出什么。

这样地写着的不是一个诱惑者,更确切地说倒是一个被诱惑者,他担心这诱惑会重复其自身,并且第二次会比第一次更无法控制。"《诱惑者的日记》是为她而写的,为了把她推开",克尔凯郭尔确实这样宣称,但读到这样的日记文字,我们不禁会问自己,在克尔凯郭尔写上述日记的一大堆动机中,是不是也有着一种需要,去说服怀疑者们,是他,克尔凯郭尔,诱惑了瑞吉娜,而不是反过来。瑞吉娜似乎是像另一个唐璜一样地渴望着,而克尔凯郭尔却一直充满激情地回避,就仿佛他是"想要却又不想要"的泽尔丽娜。一想到瑞吉娜可能在袖子里或其他地方有着什么东西,他就退缩了:

> 设想是这样,激情再次被点燃,我们会得到那二次

幕的老故事，设想她会冲破婚姻的捆绑，挣脱各种束缚，绝望地扑向我，想要分开，想要我娶她，更不用说那更可怕的事情了。

除非我们把克尔凯郭尔的忧虑解说为一种爱欲的自大狂的表达，或者把它们归约为各种紧张的、与世隔绝的空想，否则的话，它们就是指向瑞吉娜无比剧烈的激情。这种激情曾是无条件的，趋近于不可估测的，并可能会驱使她离开弗里茨，强迫她的前未婚夫重新立下婚姻许诺——"更不用说更可怕的事情了"。克尔凯郭尔，激情之思想者，在瑞吉娜身上遇上了优越于自己的更强者，因此不得不在那个在婚约时期的最后阶段设计出并试图维持到他死的可疑的恶棍角色中让自己得到强化。"如果她得知这事情的真正关联，她会无条件地失控"，1848年8月底的一篇日记中这样说，他在这里再次考虑了她的情况，并看出她的状态根本没有变化——没有变得更糟。

现在是轮到瑞吉娜"拿出这关系"了，也就是说，完全具体地从寄给她的箱子里取出那些信件，去了解克尔凯郭尔对事件过程的陈述和倾诉。"和解"的提议，就这件事本身的性质而言，早已错失了机会，但瑞吉娜的激情也许并没有因此而消减。也许这就是为什么她在给考尔讷丽娅的信中要把"盲目的爱"作为主题。也许这也是为什么她满足于将弗里茨

第一部分

作为一个尽职的公务员来评判,而没有花一滴墨水来写及同名的丈夫。

"——这样她撩拨刺激男人鱼"

对于"'无条件的奉献'如何能在大致相等的程度上成为同时引发出欢悦和恐怖的机缘",克尔凯郭尔在1843年的《畏惧与颤栗》中多处进行了论述,他以约翰纳斯·德·希伦提欧的假名,不仅重述了《旧约》中上帝如何命令亚伯拉罕牺牲自己的儿子以撒的故事,而且还使得阿格妮特和男人鱼的民间传说成为一系列心理学重新解说的对象。约翰纳斯·德·希伦提欧所写的东西超越了所有浪漫的甜蜜,将男人鱼的魔性本质诊断为"事情按其发展方向发展",或者说,"他与阿格妮特间的关系无法发展"的真正原因。

现在,我将让一个概述跟随着"魔性的"方向。(……)男人鱼是个诱惑者。他叫唤阿格妮特,他借助于自己的花言巧语把她内心里隐藏的东西引诱了出来,她在男人鱼身上找到了她所寻找的,她向大海海底凝视着所寻找的。阿格妮特想要跟随着他。男人鱼把她放在自己的臂弯里,阿格妮特缠绕他的脖子;她信任地把自己的全部灵魂奉献给这更强的生灵;他已经站在海岸上,

1856 年

他躬身倾向大海要带着自己的猎物投入海的深处，——这时阿格妮特再一次看着他，不羞怯、不疑惑、不为自己的幸福骄傲、不迷醉于情欲；但却是绝对地信、绝对地谦卑如同一朵卑微的花，她努力让自己成为这朵花，以这一道眼神她绝对信任地把自己的全部命运托付给了他。——看啊，大海不再咆哮，狂野的声音哑然，自然的激情（那是男人鱼的力量）舍他而去，只留下一片死寂，——阿格妮特仍然这样地看着他。这时，男人鱼瘫倒，他无法抵抗无辜的权力，他的本性元素变得不忠实于他，他无法诱惑阿格妮特。他把她又送回家，他向她解释说，他只是想向她展示大海在宁静的时候是多么美丽，阿格妮特相信他。——于是他一个人返回，大海里波涛汹涌，男人鱼心中的绝望更狂野地汹涌起伏。他能够诱惑阿格妮特，他能够诱惑一百个阿格妮特，他能够迷住每一个女孩，——但阿格妮特战胜了，男人鱼失去了她。

正如我们所看见的，约翰纳斯·德·希伦提欧使用了一系列的破折号，在前三种情况下，这些破折号都指向目光、视景、眼睛。每一次，破折号都会在文本中引起的轻微停顿，从而引入阿格妮特所特有的沉默，因为阿格妮特恰恰什么都不说，她只是看，但反过来却能用目光［Blik］（以一种精致

228

第一部分

的方式，发出一种"死寂〔Blikstille，按构词的各部分直译是：目光+寂静〕"）挫败"男人鱼"的各种操纵性的计划。阿格妮特的沉默强调了她的无辜，强调了她在诱惑游戏中的不参与性。"我允许自己稍微改动了男人鱼的细节"，约翰纳斯·德·希伦提欧承认，"在根本上我也稍稍改动了阿格妮特；因为在传说中，阿格妮特并非完全是没有辜的，总体上说，如果我们想象一场女孩子在之中完全没有辜的诱惑，那么这无疑就是胡说八道和奉承，并且是对女性的侮辱。"因而约翰纳斯·德·希伦提欧理想化了阿格妮特的无辜，对之进行了总体化处理，从而让自己与民间传说和现实世界都拉开了距离。在现实中，女人们从来不会就这样让自己在无意识的空空如也之中被诱惑出去，她们是自己主动参与进这个过程，因此在全部的辜中占了一定份额。这种将阿格妮特当作诱惑游戏中的主动人物的想法导致约翰纳斯·德·希伦提欧以另一组不同的人物组合来进行实验，他在一个脚注中展开了这一想法——顺便说一下，在这个脚注中，让最重要的东西突然出现，这非常符合克尔凯郭尔的一贯做法：

> 我们也可以以另一种方式来处理这个传说。男人鱼并不想诱惑阿格妮特，尽管他在之前诱惑过许多。他不再是男人鱼，或者如果我们想要这样说的话，他是一个可怜的已经在海底坐着哀伤了很久的男人鱼。然而他

却知道，正如人们能够从传说中知道的：他可以通过一个无辜女孩的爱情而得救。但是相对于那些女孩子他有着良心上的不安，并且不敢接近他们。这时他看见阿格妮特。他已经很多次，隐藏在芦苇中，看见她漫步在海岸边。她的美丽，她宁静的自得其乐把他吸引向她；但是在他的灵魂中一切都是忧伤，没有任何狂野的情欲在之中骚动。这样，在男人鱼将自己的叹息混合在芦苇的低语中时，这时，她把自己的目光转向那里，这时，她静静地站定沉浸在梦中，比任何女人更美好，但却美得像一个拯救的天使向男人鱼倾注着信任。男人鱼鼓起勇气，他靠近阿格妮特，他赢得了她的爱情，他希望着自己获得拯救。但阿格妮特不是一个宁静的女孩，她非常喜欢大海的呼啸，只因为她内心中有着更强烈的汹涌澎湃，湖边忧伤的叹息才让她神怡。她想要离开，离开，她想要和她所爱的男人鱼一同狂野地冲撞进"那无限的"，——这样她撩拨刺激男人鱼。她曾对他的谦卑不屑一顾，现在骄傲醒来了。大海咆哮，波浪翻滚，男人鱼拥抱着阿格妮特与她一同冲向海底的深渊。他从不曾如此狂野，从不曾如此欲望勃勃；因为，他曾希望自己通过这个女孩而得到拯救。他马上就对阿格妮特厌倦了，但我们从未找到过她的尸体；因为她成了一条以自己的歌声诱惑着男人们的美人鱼。

第一部分

阿格妮特不再是羞怯无辜的，而是一个充满激情的女人，她可爱的外表下隐藏着野性和欲望。相反，男人鱼在严格的意义上已经停止了他作为诱惑者的实践，现在正在海底哀悼，我们不知道他是为了什么哀悼，但也许是为了他的前世，完全就像克尔凯郭尔，他经常将这些词用作描述"在迷乱而绝望的过去发生的各种不可原谅的事件"的词。与第一种变更一样，这灾难是在得体的考虑之下以一个破折号来得以宣示的：阿格妮特并不是一个安静的女孩，而是欲求着的并且狂放不羁的"——这样她撩拨刺激男人鱼"。正是这种无耻的撩逗，这种对欲望的暴露，这种对男人鱼受压抑的性欲的不尊重，带来了灾难：男人鱼被鄙视的谦卑变成了一种强化了的骄傲，它与一种爱欲的凶猛结合在一起，有泛着泡沫翻滚着的水浪作为其原型的象征。男人鱼被自己的欲望推到了崩溃的边缘，带着阿格妮特跳进了深渊。阿格妮特并没有死，而是变成了一条美人鱼，从而在性方面变得不可接近，下半身被关闭，没有了受孕或生育的能力。

无子之身也成了瑞吉娜的命运，克尔凯郭尔的重述因此而不自觉地而无意地获得了一种可怕的预言性质。就像深海里的美人鱼阿格妮特继续用她的歌声引诱男人一样，瑞吉娜一生都在引诱克尔凯郭尔，让他重新解释解除婚约背后的各种动机。解读工作是在日记中进行的，但是——我们感觉到——有一种精心策划的克制，因为克尔凯郭尔很清楚地知道，他的日记有一天会为公众所知，因此他要么在已写下的文字周围写，要么割除掉这些页面，要么宣称这些材料将在他死后被销毁。

在重述的民间传说中，在重新解说的神话中，或者在假名的著作中，他能够允许自己有公开性和亲密性——而日记则使这种公开性和亲密性变得艰难或者干脆就被禁止掉。因而，有着足够悖论性的是，克尔凯郭尔因此允许一些最私密的东西在一种神话式的忏悔文献中表达出来，这类文献首要的收件人是瑞吉娜，她有着各种无以伦比的预设条件来从字里行间阅读出无形文字，阅读出加密的文本。正因为克尔凯郭尔在一部又一部的作品中把瑞吉娜写进了神话，这神话也渐渐地被写进了瑞吉娜，瑞吉娜因此被赋予了神话身份，这种身份原本是只有女神、天使和美人鱼才有资格具备的。

"……我们之间的一个未解决的问题"
——瑞吉娜给亨利克·伦德的第二封信

尽管作了公开忏悔，亨利克·伦德仍没能逃脱出克尔凯郭尔的魔圈。他在2月27日就将要举行的图书和遗产拍卖会致彼得·克里斯蒂安的信中，差不多在中间的地方是这样写的：

> 至于他的手稿，正如我已经告诉你的那样，他希望

第一部分

> 我负责它们的出版事宜,——我希望你会同意,无论你对他的观点的正确性和真实性有着什么样的看法。我当然认识到,这对我来说不会是一项愉快的工作,因为父亲对许多观点是不会赞同的。[114]

231 亨利克为自己作为出版商的资格辩护,理由是克尔凯郭尔在临终前或多或少间接地——"反讽地"——让他成为他的文学执行人。[115]无可否认,这是一个相当弱的理由,而且他的心理状态肯定无助于强化这一理由。1856年3月中旬,彼得·克里斯蒂安在他的日记中指出,亨利克承受着"剧烈的抑郁性发作"之痛。[116]在其后的几个月里,亨利克的状况有了很大好转,他能够前往萨姆索岛,去了解在这个远离世间喧嚣的小岛社区建立诊所的可能性,但建立诊所的想法并没有变为现实。[117]初夏时节,这位焦虑不安的医生把自己关在他已故舅舅位于圣母教堂后面的布料商铺街的小房间里,试图大致整理一下箱子、盒子、袋子、书桌和基座(柱形柜子)里等待着让后人了解的手稿纸卷、文件夹、笔记本、信件、票据、散碎的纸条和纸片。[118]随着登记工作的进行,他认真地记下了有关物品在被发现时的位置:"在书桌上"、"在书桌下面的抽屉里"、"在书桌上的箱子里"、"在第二个基座,B.在上面的抽屉里,右边"。[119]相应地,他还准确地记录了哪些大张纸、纸片和纸条是被放在一起的。他为每个单个物件都加了一个编号,然后将之记入《克尔凯郭尔死后收录的手稿清单》。[120]

亨利克承担下了一项不仅是艰巨的,而且很快就会被证明是无法操作的并在原则上看是无止境的工作。有一天,在堆积如山的写满了字迹整洁的文字的纸张中,他偶然地发现了"一个大袋子",里面装满了手稿、誊清稿、校读稿、信封和一袋账单,这时,文献学的激情受到了决定性的挫折:亨利克认识到,这个任务应该被移交给其他人。他在1856年9月通知了彼得·克里斯蒂安,而后者还没来得及对亨利克的声明做出反应,就在11月底收到了他外甥的另一封信,外甥在信中简洁地宣示了:他获得了圣约翰岛的医生职位。这紧邻着瑞吉娜和弗里茨所住的圣克罗伊岛。如果说世界是很小的,那么世界之反讽就是很大的!

亨利克于1857年2月底抵达西印度群岛。[121]在不了解亨利克的精神状态和其他计划的情况下,瑞吉娜在半年前,即1856年9月10日,给他写了一封长信,她在信的开头写道:

亲爱的亨利克!

你不要以为我不感谢你6月11日的信,所以才将之搁置这么长时间而没有回信;不,恰恰相反,我在心里感谢了你很多次,而现在,我今天再用文字向你表示感谢。[122]

299

第一部分

瑞吉娜提到的那封信已经不存在了，因而亨利克所写的内容只能从瑞吉娜9月的信中间接而碎散地重新构建出来。瑞吉娜的信继续：

> 在我这里，这一直是一条规则：要回复每一封信，在下一次邮件中发出，但没有什么规则是不带有例外的，所以我把你的信弄成了一个例外，一方面是因为我们无疑不会有严格的意义上的定期通信，所以稍作停顿当然也没什么，另一方面是因为我有些事情想问你，有些话想对你说，对此我想要作出进一步考虑。[123]

随后，瑞吉娜告诉亨利克，她最近健康状况不太好，她的神经无法忍受剧烈的高温，但在经历了一段时间的"一部分——在这里是很正常的——疖子"之后，她感觉好一些，并因此有了更适合于写信的状态。然后是：

> 感谢你寄给我的这些书，如果它们还没有寄出，如果对于你这不会牵涉到太多的不便或者甚至是牺牲，我想向你要一些他的神学著作，我有一些 [以下是一些难以辨认的字]，特别是最后的（……）。

瑞吉娜没有说明她已经有了哪些神学著作，这里只有她要书的请求。

（……）现在说一下我想问你的事：你写道，他在病中提及了我，这正是我由衷地想要知道的，关于我，他所说的；因为我固然从遗留的文稿中得到了关于我们关系的信息，这使得我们的关系被置于不同的视角之下，一种我自己有时也以之来看这关系的视角，但在我加上了"我的谦虚常常使我无法以这视角来看（……）"的时候，我不知道你是否明白我的意思。[124]

瑞吉娜，作为所有女人中的第一个，坐着翻看了从克尔凯郭尔的关于订婚和随后这段时间的日记中的精心挑选出的文字。虽然阅读让她以一种新的视角看见了他们间的关系（她自己原本因为太谦虚而没有以这样的视角看），她在本质上也只是让自己的各种想象得到了肯定，并强化了她在城里遇到他或通过弗里茨收到那密封的信和他的"和解"建议时的感觉：克尔凯郭尔的爱是她从来没有认真怀疑过的。她也痛苦地意识到，随着克尔凯郭尔的死亡，这种爱在悬而未决的状态之中增长着：

（……）相反我带着确信感觉到的是：我们之间有一件没有被决定的事情，总有一天必定会得以澄清；我这

第一部分

个目光短浅的人,把它放置进了老年安宁的时光中,因为,我在那时由于一种奇怪的疏忽而从未想到他的死亡;因此,它的出现更出乎我的意料,它不仅以悲伤,而且也以懊悔来充填我,仿佛我因这种拖延而对他犯下了大错。我希望我能够通过"了解他关于我的最后一句话是什么"而来推断出的,就是这个,因为,我所明白的全部事情就是,他的文稿都是在好几年前写的;而这些年毕竟也有着各种巨大的变化。[125]

234　　瑞吉娜有一个并不罕见的经验:死亡既不平静也不和谐,往往是在你正在做别的事情,或者也许是正要迈出第一步,去对那个——瞬间后——不再是活人的他或者她说出决定性的事情的时候,死亡就疾奔而来。而现在,瑞吉娜希望亨利克能帮助她了解克尔凯郭尔在进入永远的长眠之前说过的关于她的话。在这一询问中有着一种可爱的好奇心,但在它的背后无疑也有着一种希望,希望他们的关系中的神秘的东西会在某一时刻不再是神秘的。然而,神秘的东西仍然是神秘的,并且像一个惊怯的、令人不安的影子一样地在死亡的另一边飘舞着。

　　后人对克尔凯郭尔关于瑞吉娜的最后一句话的了解仅限于,正如我们所看到的,他在与埃米尔·波厄森的谈话中,"非常温柔而忧伤地"谈到了她,并赞同她与施莱格尔的婚姻，之后他又以他一贯的对各种大大小小的悖论的感觉补充说，"那时我担心她会成为家庭教师（Gouvernante）；她没有成为这个（Gouvernante），但现在却在西印度群岛作这个（Gouvernante）"[126]。一个家庭教师是一个关心孩子们的成长和发展的管家人，同时也充当女监护人的角色，以免孩子过早丧失贞洁。这样看的话，这恰是瑞吉娜相对于蒂丽而言的双重角色，但克尔凯郭尔对此差不多就是一无所知的。他的小调侃只是针对瑞吉娜一个人的，因为她的身份是总督的妻子，这使她成为一个"总督夫人"（guvernorinde），差不多就是一个"家庭教师"（guvernante）。

"一个未曾被说及的、其名字会有一天被说及的人"

在给亨利克的信中，瑞吉娜直言不讳地承认，她因克尔凯郭尔的死讯而被悲伤和懊悔充填，甚至觉得自己的拖延"对他犯下了大错"。此外，我们了解到，她翻阅了从亨利克那里收到的文稿，但没有找到在她眼里看起来像是严格意义上的声明的东西：

在这些文稿中，我发现了一个密封的文件，里面只写着：这是我的遗愿，我的著作将献给我已故的父亲和她。令人惊讶的是，在一篇印在一个含有三篇讲演的小

第一部分

> 册子的前面的献给一个不说及名字的人的题献辞中,从第一次看见它时起,我就相信,我可以将其所指理解为是我自己。这也是我现在想要问你的,如果你能给我任何信息的话。[127]

瑞吉娜在这里首先提到了克尔凯郭尔的遗嘱,我们知道,这个遗嘱就在盖有红色封蜡印章的信封里,日期是1851年8月,亨利克把它放在他先前寄送给瑞吉娜的"两个密封的包裹"里。接下来,她提到了应当是在一本"含有三篇讲演的小册子"中的题献词。瑞吉娜记得,可以说是多出了一个讲演,因为这里指的"小册子"是《在星期五圣餐礼仪式上的两个讲演》,克尔凯郭尔经过反复考虑之后,在上面印上了他给瑞吉娜的题献——尽管没有提到她的名字。他原本打算将他的全部著述题献给或者说"奉献给"瑞吉娜,并在《关于我的著述活动》一书中附上题献词,在现存的手稿材料中,我们能够追踪他对各种不同版本所做的工作,它们的特别的地方是:瑞吉娜是作为一个未曾被说及的、其名字有一天会为公众所知的人出现的。因此,克尔凯郭尔满足于为一个这样的题献词留出空间,后人将通过插入瑞吉娜这个名字来完成:

> 一篇题献词,我在这里只是保留出这空间,直到在

1856 年

它之中能够被填上一个名字的瞬间到来，这名字将不可分割地跟随着我的著述活动，无论这会是一个更长还是更短的时间段，只要我的著述活动仍被人记得（……）。[128]

我们能够想象，这种对瑞吉娜的名字几乎是高声大喊的隐瞒在克尔凯郭尔看来是做作的，在某种程度上，我们不得不承认他这样想是合理的。尽管如此，他还是让自己尝试了一个新的、更直接的版本，顺便说一下，这个版本应该与最后的版本是非常接近的：

> 奉献给
> 一个未曾被说及的
> 其名字仍必须被隐瞒
> 有一天历史会提及，
> 并且，无论它是一个更长久抑或更短暂的时间段，
> 都和我被提及的时间一样长久。
> 诸如此类，等等。

克尔凯郭尔显然是仍放不下这样的想法：后人会把"瑞吉娜"填入题献词中的空白来将之读出来。因此，在他的第三次尝试中，他将题献词完全留空，但用一个小星星或星号标记来将之与一个所谓的说明连在一起：

第一部分

献词*）

*）说明。基于各种境况，这一题献词还不能用名字来填写；但它应该是已经有了自己的位置。

克尔凯郭尔在题献词复杂的体裁中的第四次尝试同样是隐晦的，因为它只有如下内容：

一个未曾被说及的
其名字会有一天被说及的
并将——"被说及"

这艺术性的结果似乎与本来在风格上充满自信的克尔凯郭尔所做的各种努力几乎不相称。我们在1851年8月7日出版的《关于我的著述活动》中找不到写给瑞吉娜的题献词，这并不是因为克尔凯郭尔放弃了他的计划，而是因为他在此期间决定了将题献词移到与《关于我的著述活动》同一天出版的《在星期五圣餐礼仪式上的两个讲演》之中。然而，这题献词，对克尔凯郭尔来说，并不只是一个发光的、完美的突发奇想。它的第一种形式是这样的：

由完全属于她的人完成的在某种程度上属于她的著述活动通过这本书奉献给R. S.。[129]

1856 年

正如我们所看到的，克尔凯郭尔现在敢于插入瑞吉娜的名字缩写，并在题献词中增加了相当的亲密性，考虑到瑞吉娜事实上是与弗里茨结了婚的事实时，这就像是一种挑衅！因此，是弗里茨，而不是克尔凯郭尔，"完全属于她"；也许正是题献词中这种情敌式的倾向，使得克尔凯郭尔放弃了草稿，转而写出了以下内容：

从一开始起的
全部著述活动
　　通过这本书
　　奉献给
一个同时代的人
其名字仍必须被隐瞒，但
历史会提及，——无论这是
一个更长的抑或是更短的时间段——只要
这历史提及我的名字。

在所有这些辩证的抑扬顿挫和不自在的吹毛求疵之后，克尔凯郭尔又回到了他最初的一些完全简单的草稿上，然后给出了题献词的最终形式：

从一开始起的全部

第一部分

著述活动借助于这本书

奉献给

一个未曾被说及的

其名字会有一天被说及的人。[130]

238　克尔凯郭尔在任何地方都没有直接解释他为什么把题献词移到《在星期五圣餐礼仪式上的两个讲演》中去,但这一移动是一个事实,他在日记中指出:"当我如此决定性地进入我从一开始就想要的'宗教的'的角色时,在那一瞬间,她是唯一重要的人,因为我与她有着上帝之关系"。[131]这题献词最终进入《在星期五圣餐礼仪式上的两个讲演》中,是为了将瑞吉娜置于她(按克尔凯郭尔的看法)所具的与克尔凯郭尔的宗教性的关联之中。

虽然瑞吉娜不了解与这事有关的所有文件内容,但她却不仅很清楚克尔凯郭尔为她在历史中想好的位置,而且也知道她在他的"上帝关系"中占据了一个重要位置。在谈及了题献词的事情后,她在给伦德的信中写道,她一直害怕"全部公众",但克尔凯郭尔的死亡迫使她在这方面改变了态度,是的,在她看来简直就是,她有一种让自己公开亮相的义务。如果她旁置了这样的责任,她就会冒犯——

(……)不仅是冒犯他,而且是冒犯上帝,他把我祭

1856年

献给上帝,即使这是(他自己有着的一个疑虑)一种天生的自我折磨的倾向,或者如我所设想的,时间和他的工作结果表明,来自上帝的内心召唤。你能给我的信息不会改变我过去的决定,考虑到我丈夫和他的立场,我想你也能够理解这一点;但我感到有一种冲动,要尽可能为自己弄清楚这件事,我不会再在沉默中拖延,我在这辈子里已经拖延得够久了。

瑞吉娜显然不是不了解她前未婚夫的心理结构,因此能够把他的"把她祭献给上帝"的观念解读为"天生的自我折磨的倾向"的症状。然而,就个人而言,她最倾向于认为这种祭献是由于"来自上帝的内在召唤",毕竟克尔凯郭尔自己承认,在他考虑与瑞吉娜结婚之前,他早已与上帝"订婚"(for-lovet)(这个词正常地看forlovet,是订婚,但是克尔凯郭尔用连接符号把它的前缀和词干分开,强调这个词在构词关系中的意义上"事先"和"答应")。我们再次注意到,瑞吉娜了解克尔凯郭尔秉性中的一些绝对最内在的动机,但却无法让自己与这样的事实完全和解:没有更多要转达的东西,——而且,她和他之间命运攸关的接触因而仍然是一个谜,她的谜,瑞吉娜之谜。

她对解释的需求使她不断追问亨利克,但根据所有的关联来判断,他无法告诉她任何不是她已经知道的或者能够从

第一部分

亨利克寄送给她的相当丰富的原始材料中读到的东西。正如她下面这段话的括号所示，她自己也觉得她在信中暴露了自己的想法，因此不得不以恳求的姿态来确保亨利克保守秘密：

> 我还有一些事情要向你说明（请注意我是如何毫无保留地预设了你对我的最诚挚的关注，从而向你展示出我的各种最隐秘的疑问，但不是吗，我知道我能够相信你）。你在信中说，你认为从我的信中可以看出我并不真正满意，从你当时收到的信来推断，现在你在这一点上也许是对的，因为你无疑通过经验知道我们人类是多么容易受心境的影响；但如果我不说自己是幸福的，甚至为不多的幸福的人，那我就太不知感恩了；因为人们确实是常常重复说，幸福的婚姻是生活中最首要的事情，而施莱格尔和我是如此相互适合对方，我们相互丰富对方；在某种程度上，这当然也是我欠他的。

瑞吉娜用这些话结束了她的信。她已经进入深水区，一时之间陆地的轮廓从她的视野里消失了。对她来说，这很重要：必须让亨利克明白，他在她前一封信中察觉到的不满不应归因于任何更深层次的意义，而只是由于她是一个受感动的心境之人。如果她不说自己是幸福的，那她就太不知感恩了；事实上，她比大多数人都要幸福，因为一场幸福的婚姻恰恰是"生活中最首要的东西"。然而无论如何，在最后一句话中，她还是让她的婚姻幸福在婚姻之外的一个有问题的前提上动摇不定。就是说，以"这当然也是我欠他的"这句话，瑞吉娜将后人置于一个迷幻性的处境，即，没有人能够确定地知道这个"他"在严格的意义上是谁：如果说为了婚姻中幸福，她所欠的是弗里茨，那么，这看起来就很奇怪：这所说的显然不是充分和完整的，而只是"在某种程度上"；相反，如果这个"他"是克尔凯郭尔，那么瑞吉娜就是想用她的"在某种程度上"来表明，通过与弗里茨结婚，她的做法一致于克尔凯郭尔的各种沉郁的宣示，因而就目前而言，她的婚姻在事实上也是成功的，这是欠克尔凯郭尔的[132]。

"这时我再次回到你这里……"

无论你选择哪种解释，克尔凯郭尔都是在最后下结论的。再一次，就仿佛弗里茨永远都不会成功地把瑞吉娜从往昔中扭夺走。如果说去圣克罗伊的旅行是朝着这个方向的尝试，那么，当他们刚刚在新环境中安顿下来就收到克尔凯郭尔去世的消息时，这几乎是一种残酷的反讽：这样一来，远离故土的生活也许就并非是那么必要，然而，他后来还留下了一份遗嘱，其中瑞吉娜被指定为遗产继承人，因为死者将她视作是自己的妻子——不管弗里茨在如何大的程度上是已

第一部分

经与她结婚了的！而这只是个开始。然后，正如我们所看到的，订婚时的信件和首饰，以及部分挑选出的克尔凯郭尔日记，在哥本哈根被小心翼翼地包装起来，向西被运送到几千公里远的克里斯蒂安斯泰德的总督夫人那里。似乎所有这一切还不够，过了一段时间，克尔凯郭尔的亲外甥和忠实的弟子亨利克·伦德来到圣约翰岛居留，——想来是因为他也想摆脱与克尔凯郭尔的交往带来的明显的后遗症。然后，现实只是不断地以最有创意的奇思妙想来超越自身：考尔讷丽娅是在霍尔森斯与瑞吉娜通信交流的，不巧的是，霍尔森斯的牧师是埃米尔·波厄森，而克尔凯郭尔在临终前与他进行了对话——其中有谈及瑞吉娜，还有其他事情。如果它是一部小说，那么我们简直就会把这整个安排看作是一种太不现实的创作手法。

也许能够被看作让人冷静下来的事实是：我们不知道亨利克和瑞吉娜在居留国外时期曾有多少次在一起交流过克尔凯郭尔的记忆，甚至不知道他们见面次数有多少。但从瑞吉娜1857年2月28日在圣托马斯岛逗留期间写给考尔讷丽娅的一封有点困惑的信中可以看出，她对这位年轻的医生充满了紧张而兴奋的期待：

你无疑听说了，亨利克·伦德获得了圣约翰岛的医生职位；他这几天到了圣克罗伊岛，住在奥卢夫那里；

1856 年

在他到自己的新家之前，我们在这里等他；我非常期待见到他并同他交谈。现在我已经写得够多了，你可能也认为我很累，我今天感冒了，我的鼻子和眼睛都流着水。

瑞吉娜没有更多说及自己与亨利克的谈话，这当然并不意味着没有什么要说的，而只是意味着考尔讷丽娅不应该被告知。瑞吉娜也没有告诉她克尔凯郭尔遗嘱中的决定，关于情书的内容一句都没写，关于日记的内容一字都没说，关于往昔到达现在的西印度群岛一个音节都没落下，总之，关于她从前的爱一个逗号都没出现。在瑞吉娜的信件中，最后一次标志出亨利克在场的，是1859年10月12日的信，如下：

8日，星期一，伦德医生从圣约翰岛过来，在这里待到星期一晚上才回去。他已经厌倦了西印度群岛，并提交了离职申请，我并不惊讶，我更惊讶的是他来到这里。他在这里，这对他和对我们来说当然都是一个小小的变化。

因而，亨利克在瑞吉娜和弗里茨家住了一个星期，然后回自己的祖国。将他的来访称为"小小的变化"似乎是极大的淡化。我们同样也会感到奇怪，为什么不再以亨利克的名字来称呼他，而是奇怪地以匿名的职位来提及，从而称他为

第一部分

"伦德医生"。这是不是出于中和她与亨利克的关系的需要，以便让考尔讷丽娅或其他一起阅读这封信的人们不至于产生各种先入为主的想法并得出有失体面的结论？

亨利克辞去了他的职务，在弗里茨辞职生效的同一天生效，即1860年5月31日。[133]同年7月份的某个时候，彼得·克里斯蒂安·克尔凯郭尔在自己的日记中写了："亨利克·伦德于［7月］18日（即他的生日）从西印度群岛回来，途经英格兰，在那里J. C.伦德接待了他。"[134]如果想知道亨利克和瑞吉娜是否成功地相互让对方对他们共同的"关系"有了更多的了解，那么，我们可以去看一下历史中那些空白页中的一页。而反过来，如果有一天瑞吉娜希望回想克尔凯郭尔打算随时用以拥抱她的那种爱，她就能够在摇椅上坐稳了，为自己挑出一封出自订婚时期的没有日期并因此而奇妙地是永恒的信，重读这样的一个段落：

我的瑞吉娜。中午1点。

甚至在这一瞬间我也在想着你，如果有时你觉得我在躲避你，那么这并不是因为我对你爱得少了，而是因为在某些瞬间一个人独处对我已经成了一种必要。然而，你绝非因此被排除在了我的思绪之外，被遗忘，相反，你是真正活生生地在场的。当我想着你忠诚的心念时，这时我又重新变得高兴，这时你在我周围萦舞，这时其

1856年

他一切都从我的视野中消失,——我的视野无限地扩展开,只有一个唯一的边界。(……)这时我再次回到你这里,飘舞着的想法在你身上得到安息。

你的 S. K.

1857年

霍尔森斯蒸汽磨坊

就在弗里茨投身于管理西印度群岛的同时，他的姐夫埃米尔正计划出手自己的石版画研究所，并打算在霍尔森斯试一下当蒸汽磨坊主的运气。在霍尔森斯的几个最高地点中有一个叫作布莱斯比尔格（Blæsbjerg，字面意义是风刮山）。[135]自十七世纪以来，布莱斯比尔格高地上就建有风车磨坊，为城里的居民磨面粉。十九世纪五十年代初，经过多次重建的风车磨坊配备了一台小型蒸汽机，以便在没有风的情况下驱动磨坊里大功率的粗磨盘。然而，这新的机器并不是什么毫无危险的装置，它有可能就是整个风车磨坊和蒸汽机所在的侧棚于1853年9月18日被烧毁的原因。火灾场地和在火灾中幸免于难的住宅随后被拍卖，出价最高的是弗雷德里克·埃米尔·温宁，他现在将成为一名磨坊主，因此非常得体地在他的姓氏中刻上了富贵与成功①并存的字样。老磨坊在他36岁生日那天被烧毁，这个事实看起来也会被认作是一种应许着的征兆。

埃米尔·温宁是一个有事业心而能干的人，具有质量意识，他在丹麦语的"创业者"（iværksætter）一词被发明之前就是一个真正的创业者。由于他的磨坊必须是一座像样的建筑，他联系了建筑师泽尔特纳尔。泽尔特纳尔在几年前来到霍尔森斯，作为建造这座城市里壮观大气的刑罚机构（更多地以"霍尔森斯国家监狱"的名称为人所知）的监管。当新的磨坊设施于1854年10月中旬投入运营时，埃米尔能够让自己有点自豪，因为通过霍尔森斯蒸汽磨坊，他远远地向工业时代跨出了大胆的一步。蒸汽磨坊有一台16马力的高压机，并配备了两台法国的和两台莱茵兰的磨盘以及一台碾压盘。据估计，整套设备每年能够碾磨和筛簸15000桶（"桶"，丹麦容量单位tønde，相当于139.121升）小麦和35000桶黑麦、大麦和麦芽。埃米尔雇用了10名男性工人来进行这一大规模的生产。

以"Winning & Co."为公司名称经营的霍尔森斯蒸汽磨坊对埃米尔来说当然是有巨大风险的投资，但他有时间和运气，在1855年就已经向英国出口面粉。1868年，从奥胡斯到弗雷德里西亚的铁道干线开通，为霍尔森斯和日德兰其他城

---

① 译者说明：温宁，Winning，这个名字在英文中是"赢"的意思。

第一部分

市间的交通提供了便利，从而打开了新的销路。霍尔森斯的蒸汽磨坊也参与了当时的几场参观人数众多的工业展览会，在欧登塞、斯德哥尔摩和1862年伦敦的世界展览会上赢得了银牌和铜牌。经营上的成功让埃米尔扩大和改进他的蒸汽磨坊。蒸汽磨坊在1868年又添加了更多法国磨盘，还有一台功能更强的蒸汽机，后者在1877年又被换成了一台75马力的新型机器。这些机器来自"Møller & Jochumsen"——然后，专业人士可能知道我们在谈论什么事情！扩建带来了更多的就业机会，1857年已经有18人在磨坊里有了固定工作，而到1890年，这个数字不止是翻了一番。

"……这埃米尔到底是一个什么鬼东西"

因而，蒸汽磨坊后来就成了丹麦商业冒险的一个成功事例，然而，在1856年7月，当埃米尔收拾好他的可动产财物、带着他的妻子和孩子去西部碰运气时，没有人能够知道会有这样的成功。最初的时期也不容易，其印痕就是：埃米尔繁忙紧迫的日程安排，在远离哥本哈根的外地环境中的新的日常生活——以及伴随搬家和重新安顿而来的各种事情。考尔讷丽娅在4月9日的信中说及了她为此在精神上付出的各种代价，她在信中承认说，她完全不能理解："我在磨坊只待了九个月，但我在其悲伤和痛苦的结果之中感觉这九个月就像是漫长的九年时间。"春天姗姗来迟，埃米尔一直在咳嗽，"尤其是最近几个夜晚，我简直就无法相信，他的胸腔能忍受，医生说要静息，不要工作，不要被风吹，环境要暖和"。但这可不是人们能为布莱斯比尔格这位雄心勃勃的磨坊主给出的最好建议。作为一场与"全体雇工和女佣们的大规模冲突"（他们提出了磨坊主无法也不愿接受的要求）的结果，他不得不取消一次去哥本哈根的旅行。他妻子觉得自己确信这个问题是典型的时代问题。"（……）这是一种所有人都承受着的普遍邪恶，现在，在丹麦国内，这是一场主人和仆人之间的公开战争。"这一类事情就是我们今天所说的民主化过程。

没过多久，考尔讷丽娅就开始担心：她的蒸汽磨坊主丈夫是不是启动了一个过于雄心勃勃的项目。一同担心的人也包括她在加勒比海的妹妹，后者在几封信中表示，这磨坊将把哥本哈根的创业者直接推向令人感到羞辱的破产，因此应该尽快出手。"如果埃米尔卖掉那个磨坊，这难道会是一场巨大的灾难吗？"她在6月12日的信中问道，但由于她也想让霍尔森斯的这对陷于困境的夫妇振作起来，因而她在提问的同时也给出了一个更富有心理学意义的解释："埃米尔在整个磨坊企业中形成了巨大的能量，他现在拥有它，而它应该并可以被使用，因为在他身上沸腾着的就是它，它频繁地使他对城里的企业感到不满意，使他渴望某种别的东西，比如说：在他想成为一个农民的时候，他的状态就是这样的。"

第一部分

他当然就是这样的，埃米尔，固执、精力充沛、坚强、不安宁。他的小姨绝不否认，这个项目在当年确实为她留下了深刻的印象：

> 我清楚地记得，当我站在霍尔森斯磨坊的地基上时，我是怎样在心里想着，这埃米尔到底是一个什么鬼东西，没有什么财富，他居然就把这一切都搞成了。唉！但现在他将失去它，你也许会说；这当然是无所谓的，他所做的事情并不会因此就又重新被抹掉。当然，你可以确信，如果我在我的关联之中不是坚持这样的想法，认为"这工作，虽然既没有结果，也没有别人的认可，却仍是值得的"，那么我必定会因为弗里茨的缘故而变得非常忧郁，因为他无疑两者都没有得到。

尽管总督的妻子没有对蒸汽磨坊发表意见的任何预设条件，她还是经常把她姐夫的磨坊当作各种猜测和各种牵强附会的评论的对象，而这些猜测和牵强附会的评论，毫不夸张地说，总是晚了一班邮轮。在以好几封信来投票表示赞成卖掉磨坊之后，她在6月27日星期六的信中表示，她在投票时根本就没有考虑到埃米尔是否会因此而成为"一个更富有或不太富有的人"，这在某种程度上是由于她自己对金钱的大大咧咧的态度——"我这一辈子对金钱和金钱的价值以及我自己的命运如此缺乏尊重，因为我从一个贫穷的枢密议员夫人成为一个驾着自己的带有地毯的马车的总督夫人，等等诸如此类"。然而她并没有完全为"奢侈"所腐蚀，同样她也没有忘记自己的旧习惯；"如果命运有意再一次让我翻一个筋斗，那么我将依据于我对金钱和金钱的价值的蔑视重新站起来"。

在9月7日的信中，考尔讷丽娅承认，她有一种不幸的倾向，倾向于"从生活的各种事件中最黑暗的一面来看这些事件"，但她同时也请求瑞吉娜理解，在出售石版画研究所之前的所有事情都超乎寻常地构成负担。埃米尔在哥本哈根住了七个星期，与可能的购买者们谈报价并选择他想要保留的油画和石版画。石版画研究所卖给了年轻的平版印刷家阿道夫·布尔和国务议员延斯·彼得·特拉普——后者以《丹麦王国统计测绘学描述》闻名。而埃米尔并没有把这笔生意做得很糟糕——"以过去六个月的收益，并免除了他的员工所有的旧债，他能够期望得到比报纸上所写数目更多的钱，大约4万国家银行币"。

埃米尔不在的时候，考尔讷丽娅坐在霍尔森斯的家里，一想到埃米尔因过度劳累而生病，就"陷入巨大的恐惧之中"，而当埃米尔终于回到霍尔森斯时，他"疲惫，呆滞，忧伤而沮丧"。考尔讷丽娅试图通过为他描绘他在这个冬天如何通过整理"他所有美丽的收藏"来享受自在的生活来安慰他。

第一部分

247

作为新旧生产形式交汇的一种近乎象征性的展示：风力磨坊被放置在蒸汽动力磨坊的上面，在没有风的情况下，蒸汽动力磨坊就会被启动。考尔讷丽娅、孩子们和一些仆人在住宅楼前进入了拍照的位置，但也有一个人头在风车磨坊的一个窗户中俯视着摄影师。从1856年到1880年，考尔讷丽娅在这些绝不寂静的环境中生活着。1880年，她和埃米尔回到了哥本哈根。

无日期的照片。霍尔森斯市档案馆

1857年

但她完全估计错了，因为埃米尔绝对没有心情在霍尔森斯这种远离哥本哈根的乏味小城里扮演自我满足的艺术收藏家的角色。考尔讷丽娅带着一种几乎惊愕的心情，描述了这处境，并重述了她愤怒的婚偶在这关联中的一些说词：

（……）。我的喜悦只是短暂的，他嘲笑我，问我是不是疯了，现在是不是该休息了，不，在磨坊被卖掉之前不能休息，"八天后，等家里的一切都检查完了，我将去石勒苏益格和汉堡，为离开这里迈出严肃的一步，你认为我会为犹太人服务吗？（……）不，我现在要收集起所有的东西；这是我差不多能够赚到的——如果我在第三场生意中从霍尔森斯全身而退的话"。

考尔讷丽娅因为这种激烈的爆发而伤心，但同时又真切地担心着她丈夫的精神状态——"这种不安宁的雄心是一种心灵的疾病"。埃米尔叨叨的"第三场生意"，考尔讷丽娅确信，是"他的想法中完全陌生的东西"。但是很快，她，这个设身处地为别人考虑的人，开始以各种各样的自责（她在自己的孤独之中有的是自责的机会）来折磨自己。就是说，埃米尔认真地开始了他的旅行计划，启程前往汉堡。没有考尔讷丽娅同行。他确实曾提出要带她一起旅行，但随后各种不幸的事情接踵而至。首先，丽克病了，"持续高烧，有着发脑

第一部分

炎的危险，14天后才有好转"。然后小玛丽也病了，"这样，我明白了，我的位置是在家里，我要陪伴着她们；否则的话，这可能会是一次美丽的小旅行"。本来考尔讷丽娅还打算去拜访约纳斯，他要带她去弗伦斯堡，从那里可以乘蒸汽船返回霍尔森斯，但现在，她只能用孤独在遗忘之书中把所有这些美妙的计划一个一个地写下来。

249　　考尔讷丽娅与她的孩子们一起度过了她作为留守妇人的几个星期。孩子们去了一家新建的浴堂，他们能在浴堂室外霍尔森斯峡湾的海水里嬉戏。天气非常好——"这是一个令人愉快的美丽夏天，天气这么暖和，而且一直没有变化，我不记得自己曾经历过这样的事情"。只有雷格纳来看望他们，他在他姑妈家待了五个星期，据说他很喜欢陌生的环境，教"十多个和劳拉同龄的女孩子玩各种游戏，（……）很奇怪但很肯定，比起同男孩子一起玩，他和女孩子更玩得来"。晚夏也变得很可爱——"你从来不知道这样的九月，白天有着夏天的温暖，但空气清亮"，——考尔讷丽娅让一种浪漫的心境进入寄往她远离故土的妹妹的信封："（……）如果我只能向你展示祖国有多么美好，——它的阳光下的山丘、凉爽的森林和蓝色的海滩，你就会，像我在这个夏天常做的那样，把所有其他的想法都扔到海里，以保罗·缪勒的诗《为丹麦欣悦》来发出大声赞叹。"

1857年

"诱惑者的日记"

考尔讷丽娅以她自己奇怪的方式,在其晚夏的信的结尾处建立了与克尔凯郭尔,或者说与他的文学杰作《诱惑者的日记》的联系。前面说起过,在这本日记中有一个与考尔讷丽娅(Cornelia)名字相近的考尔德丽娅(Cordelia),她留下了三封信,在信中她交替地崇拜和诅咒她的背义歹徒,后者不仅偷走了她的贞操,而且还卷带着她的幸福跑掉了。这三封信是写给约翰纳斯的,署名是"你的考尔德丽娅"。在第三封信的结尾处,写道:

> 给予我的爱一份耐心、原谅我继续爱着你,我知道我的爱对于你是一种累赘;但是这样的一个时刻会到来的,那时你就会回归向你的考尔德丽娅。你的考尔德丽娅!听这祈求的话语!你的考尔德丽娅,你的考尔德丽娅。
>
> 你的考尔德丽娅

想着考尔德丽娅(Cordelia)写给约翰纳斯的这封信中的最后一句话,再看考尔讷丽娅(Cornelia)怎样在给瑞吉娜的信中写出结尾,会多少让人有点打颤:

第一部分

　　你给我送来了这么多东西,我亲爱的妹妹,我不知道如何开始感谢你,我在我整个灵魂和内心中感谢你。为此而高兴吧,如果我让你的耐心感到了厌倦。
　　　　你的你的你的忠实的姐姐考尔讷丽娅

　　考尔讷丽娅似乎不太可能没有读过《诱惑者的日记》,虽然我们不能确定她是否读过。但反过来,她故意去指向考尔德丽娅的信,则不太可能;想来这只是一个巧合,但肯定是比较令人愉快的巧合中的一个。我们也不知道瑞吉娜是否读过《诱惑者的日记》,但若说她对这部作品(其女主人公借用了她的特征并在某种程度上同享着她的命运)不会有兴趣,似乎违反了基本的好奇心法则。从某种意义上说,我们也可以希望她熟悉这本可疑的日记,因为若非如此,克尔凯郭尔为之准备的"激人愤慨"的使命就会落空。也就是说,他在1849年,考虑着她,宣示出了:"《诱惑者的日记》是为她而写的,为了把她推开。"因而,这本日记在这样一种程度上是要让瑞吉娜反感,使她与克尔凯郭尔保持距离,从而能够更容易克服他因解除婚约而造成的悲伤和痛苦。

　　在一段时间里,《诱惑者的日记》也为其他人留下令他们厌恶的印象,但由于在厌恶感之中有一种特殊的吸引力,一些读者随着时间渐渐地屈服于这部作品的魅力,屏息静气地在场观看,诱惑者约翰纳斯怎样让自己占有轻信的考尔德丽娅、实施他的计划、然后听任这个失魂落魄的女人无告无慰地进入一种不确定的命运。约翰纳斯对考尔德丽娅的眼泪、祈祷和信件无动于衷,继续潜向各种新的爱欲冒险,从而让自己被写进后人的道德案例记录中,这些案例记录的是"美的感觉、精湛修辞艺术和性能量被无道德的天才运用时常常会酝酿出的不可饶恕的罪行的实施者"的。

《诱惑者的日记》被放在《非此即彼》前半部分的最后。当《非此即彼》在1843年2月20日出版时,它在同样的程度上既唤出读者的热情和又令读者感到震惊,比如说,安徒生的颇有天赋而擅长写作的笔友西娜·莱西俄就是如此,她同年4月7日向正在巴黎的脑子里充满奇想的诗人通报了哥本哈根护城河堤上的最新消息:

> 这里,在文学的天空中升起了一颗彗星(……),不吉,不祥;它是如此魔性,乃至你读了又读,不满地把它放开,又总是重新把它拿起来;因为你既无法摆脱它,也无法保留它。我能听到您问"那是什么呢?"。它是索伦·克尔凯郭尔的《非此即彼》。您不知道它引起了多大的轰动;我相信,自从卢梭把他的《忏悔录》放上祭坛以来,还不曾有过什么书像它一样在阅读世界里引起如此大的轰动。读了它之后,你会厌恶作者,但为他的头脑和他的学识而向他深深鞠躬。[136]

第一部分

　　几周后,安徒生以摇头作答,似乎是出于嫉妒:"你发给我的出自克尔凯郭尔的书中的东西并没有特别地引起我的好奇;一个人在想旁置一切顾虑,撕开自己的灵魂和所有神圣的情感时,很容易会显得出色!这样的东西会引起轰动。哲学的光耀肯定是马上就把海贝尔炫瞎了!"[137]然而,恰恰是这个假设,安徒生彻底错了,因为约翰·路德维·海贝尔在3月1日谈论《非此即彼》时,称该书为"怪物",并拿书名来打趣,他把这书名用在他自己与这本书的关系上:"我是要读它,抑或是不读?"而对于《诱惑者日记》,他则没有丝毫怀疑:"(……)你厌恶,你反感,你愤怒。"[138]

　　如果一个人对发生在《诱惑者的日记》中的一切要么充耳不闻、要么视而不见,那么不赞同海贝尔的道德判断肯定是不合适的。但是,一个人在谴责这本日记时也许应该表现出一点克制,这本日记只在非常肤浅的考虑之下才是在谈论一个情欲的放荡者需要夺取哥本哈根的无辜少女的贞操。事实上,一位没有给出名字的先生在日记的前言中说,从整体上看,约翰纳斯"因为在太大的程度上被精神性地定性,以至于不会成为一个一般意义上的诱惑者",所以在给他打上"犯罪者"印戳时我们应该谨慎。约翰纳斯所展示的激情是与"实现'战略、战术、操纵的强大胜利'"联系在一起的。简而言之,驱使他的不是什么"满足需求"那样生物学意义上的琐事,而是"他知道怎样用来悄悄潜入一个女孩心里的狡黠、诡诈,是他知道怎样去为自己创造对女孩子的统治力,是迷人的、机关算尽的、层层相扣的诱惑。"并非只有这位无名的出版者认为约翰纳斯是一个非典型的诱惑者,他的日记从体裁上来说是非同寻常的,就是说,克尔凯郭尔也这样声称,他在《恐惧的概念》草稿的一个注释中要求自己的读者牢记以下内容:

> 如果有人对这方面的观察有心理学意义上的兴趣,我会让他去看《非此即彼》中的《诱惑者日记》。如果仔细观察,它是某种与一篇小说完全不同的东西,它藏有完全不同的范畴,如果知道如何使用它,那么它能够作为进入各种非常严肃而并非恰是肤浅的研究前的初步工作。诱惑者的秘密恰是这个:他知道女人是恐惧的。[139]

由于我们不知道的原因,克尔凯郭尔在对《恐惧的概念》最后校读中去掉了对《诱惑者的日记》的这一指向,这些原因不论是什么,都不是强制性的。就是说,《诱惑者的日记》完全能够被看作是《恐惧的概念》的"初步工作",在这种意义上说,这本日记——也——可以被当作《圣经》中的"创世与罪之堕落"故事的现代版本来阅读,《恐惧的概念》的作者将这个故事弄成了一种高级的心理学-神学解读的对象。就像是另一个造物主,约翰纳斯通过一场爱欲实验构建或塑造

第一部分

出了他的考尔德丽娅,这实验在各个压缩的阶段中让她经历了一个从无辜的女孩变成了在性欲上欲求着的女人的发展过程。这个实验之所以在大自然曾想为此目的而设定出的时间的一些片断里获得了成功,是因为约翰纳斯能够通过一系列激发出恐惧的手法来控制住考尔德丽娅的情绪变动域并调节她在性方面的张力曲线。

如果对"女人的恐惧"的了解是诱惑者的操纵技艺中的一部分,那么,相应地,女人的"秘密"就是她可以在不想"是诱惑着的"的情况下是诱惑着的。这样一来,她成了一个远比她自己和"她的或多或少地幻觉出来的诱惑者以约翰纳斯为样板想象出的人"远远更主动和更擅长于创造出场景的人物。正是她,考尔德丽娅,启动了这整个情节。就是说,正当约翰纳斯心不在焉地沿着长堤散步时,他的目光被一个他不认识的女人吸引住了,她的美貌令他如此完全地目眩神迷,以至于他——就像有一个来自另一世界的生物出现时的情形——他暂时失去了视觉,因而无法存留下他所看到的东西:

我瞎了吗?灵魂的内在眼睛失去了它的力量吗?我看见了她,但这就好像我看见了一种上天的启示,然后她的画面又完完全全地从我面前消失了。我徒劳地集中起我灵魂的全部力量来召唤出这一画面。

1857年

在这幅身穿大领长裙的瑞吉娜的铅笔素描中,埃米尔·贝伦岑成功地保留了某种活泼、狡黠和率性的特征,而在他1840年的同时期油画中,这一特征就不得不让位于那种浪漫地流连着而仍未被触及的神情。

埃米尔·贝伦岑约1840年的素描。汉斯·冯斯博尔

第一部分

这宗教性的隐喻几乎是过度地表明，那天在长堤发生在约翰纳斯身上的事情具有"降临"的特征，是一种恩赐，是上天的派送。这不是他在考尔德丽娅身上看到了一个牺牲品，而是正相反，是她俘虏了约翰纳斯，注意，不是她想要这么做，而是无意识的，完全没有算计的，纯粹只是因为她在那天在那个地方在场了。因而，考尔德丽娅是瞬间地诱惑着的，而这是约翰纳斯永远都不具备的质地，因此他借助于自己迟到的诱惑，必须试图通过"诉诸自己智性的策略"来弥补，启动出版者所称的"机关算尽的、层层相扣的诱惑"。

主体与客体、统治与被统治、男性与女性的传统观念因此突然被打乱了。"她自己会成为来诱惑我去超越普通界限的引诱者"，[140]约翰纳斯在某一时刻宣布，根据他在心理学方面的计算，考尔德丽娅将会解除婚约。然而，单是看他对言词的选择，读者就不禁会怀疑，这种从诱惑者到被诱惑者的变化是否会是已经发生了的，而且这变化的发生是否比约翰纳斯所想象的要早得多。日记的出版者在前言中说，诱惑者"与考尔德丽娅的故事是如此错综复杂，以至于他能够显现为被诱惑者"，这不是没有意义的。原本被想象为"至高的自我导演者的画像"的东西，让人们的目光情不自禁地转向令人不安的事实：诱惑者本人与诱惑游戏"纠缠在了一起"，因此不是它的统治者，而是反过来自己被它统治了。

如果不是因为超越了自己的权限，出版商完全能够补充说，目前的诱惑故事与另一个故事，亦即索伦和瑞吉娜的故事，进一步"纠缠在了一起"。另一方面，知道这种纠葛并非是严格地必要的，无论是在克尔凯郭尔的时代，还是在他去世后的时代。在他去世后的时代，这日记，无论好坏，已被交付给了一种传记式的附读，这种附读当然不会因为克尔凯郭尔说他是为了瑞吉娜而写日记的说法——"为了把她推开"——而令明确的证据有所消减。这样一来，他为日记提供了明确无误的传记（自传）性的潜台词，但他不是唯一的一个，更不是第一个有过这种突发奇想的人。也许我们能够在海贝尔那里找到某种类似的说法，在对《非此即彼》的评论中，特别针对《诱惑者的日记》，他不仅大声表示愤慨，而且还试图发掘出日记作者的深层动机。海贝尔并不怀疑一个人会像诱惑者约翰纳斯那样，但他无法理解"一个作家的个体人格怎么会有这样的特质，以至于在'将自己放置进一个这样的人物中'的做法中找到乐趣"。[141]因而，海贝尔强调出了虚构的诱惑者背后的实际作者，但他为什么这样做？难道他是在暗示作者克尔凯郭尔写《诱惑者的日记》可能有着自己完全特别的动机吗？也就是说，克尔凯郭尔在约翰纳斯这样的"人物"中寻求逃避，以便在虚构的形式中与"这实际上是一个女人成功地勾引了一个男人"的事实拉开距离。换句话说，海贝尔是不是在暗示：克尔凯郭尔不得不写《诱惑者的日记》，以便让读者以为，是他，克尔凯郭尔，诱惑了瑞

第一部分

吉娜，而事实上是瑞吉娜决定了这一关系中的爱欲动力，并且在这个程度上，诱惑了克尔凯郭尔？

这仍停留在假设上。如果这就是海贝尔想要暗示的，那么在完全公开的场合中这一暗示与克尔凯郭尔在《恐惧的概念》的草稿中留下的发人深省的犹豫之间就会有一种特别的关联。写这份草稿的时候，他正开始思考：为什么在严格的意义上是夏娃勾引了亚当：

> 这个问题一直吸引着我的注意力：夏娃的故事与后来所有的类比都是完全相反的；因为用在她身上的那个词，"诱惑"，本来按语言使用法是固定地被用于男人的。[142]

克尔凯郭尔试图以此来解释这种关系，他说在《创世记》中，是"第三种力量勾引女人"，亦即蛇，这样看来，勾引亚当的，更确切地说，是蛇而不是夏娃。然而，这种解释只是暂时解决了问题，因为现在"仍然存在着蛇"，克尔凯郭尔承认，他必须诚实地坦白，他"无法把任何确定的想法与蛇联系在一起"。因而，通过他的解释，他只是把问题推移到了时间中更久远的以后——并且推移进了一个他无法解释清楚其力量和意义的神话动物。也许克尔凯郭尔比他所想象的要更接近一种解释，是的，也许他简直就是亲身经历了这种解释：旧约中神秘的蛇象征着"诱惑之游戏"本身，这游戏就像一种外来的力量，将其参与者拉进其魔法圈之中。正如蛇在亚当和夏娃被创造出之前就在乐园里，只是狡猾地等待着他们，同样，"诱惑"也以这样的方式，同样阴险地等待着，历史中的其他夫妇进入"诱惑"的领地，在那里，权力和无力之间的关系就听由一系列深不可测的交互变换和不可预见的转变来决定。

1849年8月下旬，克尔凯郭尔回想了他与瑞吉娜相处的时光。他在日记中反思了"她真正拥有的权力"，并继续道："事实上，当天意把力量给了男人、把软弱给了女人时，他是在使谁成为最强大者。"这个问题仍然没有得到回答，它可以说是一个修辞性的反诘。但它也许恰恰揭示出了：为什么克尔凯郭尔的《旧约》作家同人们都根据自己的经验选择让夏娃勾引亚当——据说这是历史上的第一次，但肯定不是最后一次，而且很难会像克尔凯郭尔想要相信的那样"与所有后来的类比相悖"。[143]

热带圣诞时期

在《诱惑者日记》的前言中，出版者告知读者，诱惑者的"脚是这样长的——他可以收藏起它们之下的脚印"，由此得出的结果是，他"生命的路是无法追踪的"。类似的情形也适用于瑞吉娜。她在《诱惑者日记》中的路在这种意义上也

第一部分

是"无法追踪的",因为我们不知道,准确地说,她到底在哪里或者到底在多大的程度上是在场的。我们只知道,如果没有与瑞吉娜在一起的经历,克尔凯郭尔不可能写出这部作品;而通过这经历,她不为人所察觉地在读者的意识之中或多或少地植下了一种潜在的可能性,亦即,她在每一页上都有可能是在场的。以这样的方式,克尔凯郭尔不仅把瑞吉娜带进了历史,而且把她带进了虚构的小说,——这之中让人感觉到悖谬的是:后者是前者的决定性的预设条件。

然而现在,她不再是天才创作其虚构作品或重述民间传说和神话的素材,而是正在热带的高温下融化并试图为自己带来一小点圣诞节心境(这绝对是件麻烦事)的总督夫人。"我其实有点害怕圣诞节",她也不得不承认,并开始反思她季节错位的圣诞悲伤,这也许是因为,这些地方的圣诞节"太没有色彩了",当然,不是说外面的大自然,大自然总是"绿色而美好的",确切地说没有色彩的是"在屋子里",她想——

> (……)然后一种感觉涌上心头,仿佛这是我的错;因为如果有人要给它着色,那么这人就会是我,为了我小小的家庭、弗里茨、奥卢夫和蒂丽;但我该做什么呢,我愚蠢得像条干鳕鱼;但我为这种愚蠢感到悲伤,它肯定是渊源于爱心匮乏。

1857年

　　干鳕鱼，丹麦语是stokfisk，它有这名字是因为它是在细棍或藤条（stokke）上晾干的。当这个词用在一个人身上时，是表示这人很乏味或没有天赋。当瑞吉娜在自己的信中谈到她自卑的感觉、或者谈到她为了取悦别人而想去做却因她的心思在别的地方或者只是因为她并不真正知道该怎么做而没有做的各种事情时，她多次使用这个词来形容自己。例如，一段时间以来，她一直计划着想要"拥有一棵华丽的圣诞树"，但由于与她交往圈里的大多数人的关系根本就不是诚挚的，因此"要期望我为他们花更多时间去为他们着想，让他们得到比他们在常规的各种晚宴和舞会上所能得到的更多"，这无疑是太过分了。除此之外，还有处境本身——"想要和西印度群岛的人愉快相处，你不觉得，这听起来很可笑吗？"但现在蒂丽很可怜，瑞吉娜很愿意承认这一点，当她在信中写了很多行之后想到考尔讷丽娅的孩子时，更多的不满足感涌上心头——"我是他们什么样的阿姨，我这么有钱却不给他们送圣诞礼物；但在这个狗窝里我又该从哪里去弄一些什么东西呢？"甚至连考尔讷丽娅都完全没有被考虑到，去年和前年也是如此，这在当时已经几乎让瑞吉娜的信羞愧得要脸红了：

　　现在我想到，我没有在任何瞬间想到过要送你什么东西，但我在这里能得到的东西不会为你带来快乐，而

第一部分

只为我带来烦恼,因为尽管我们的收入很高,但当我不得不为不好的货品付出四五倍的价钱时,我就会感到烦恼;此外,我希望你同意我的看法,我们现在已经太老了,无法为生日礼物感到高兴,是的,也许你像我一样试图把这一天从你的记忆中抹去。这对我来说并不困难,因为在这个永恒的夏天,日、星期、月在不知不觉中消逝,我希望年份也能如此。圣诞节的情形,对于我也是如此,因为尽管我们当然是在大步地迈向它,但我却没有趁这机缘向任何一个我亲爱的人发送过一次问候,或者圣诞祝福,但是要让我们在这个明亮温暖的夏天里过圣诞节,这是我完全不可能想象的。我也不曾想到过任何礼物,不管是给大人的还是给小孩的。

瑞吉娜和黑人

在克里斯蒂安斯泰德度过圣诞假期后,瑞吉娜和弗里茨要按照传统组织一场大型新年舞会,受邀的客人中也包括黑人。

元旦那天,我们要像去年一样举行热闹的活动,但我和弗里茨都愿意在那天牺牲一下自己,好让黑人们玩个痛快;在这一年里,我们一直都不能为黑人做上一小点事情,这也是很遗憾的事情,因为我们要为白人们屠

1857年

杀自己这么多次。

对黑人的这种关怀似乎是合理的，更何况人们从字面上说或多或少为了白人的缘故屠杀过的正是黑人。直接地看，瑞吉娜似乎对历史方面的和社会方面的各种状况并没有什么特别的兴趣，她在这方面的反应本质上是人们所能期待的当年有地位的白种女人的反应。黑人的事业和处境在她的信中并没有占据太多篇幅，但有一封日期为1855年11月27日的信，以明显的负面方式来显现出其与所有其他信件的不同。这封信是写给考尔讷丽娅的，她很长一段时间身体一直不太好，但现在终于有了起色，瑞吉娜希望用一些逗笑的话语来让她高兴起来。因此，在瑞吉娜用大量的从句和长篇的插入语来提出她对黑人的看法的时候，我们也许并不该将之太当一回事：

然而，我要告诉你，由于人的天性的卑劣是众所周知的，我也许能够在不太过分的情况下，预设了你会愿意听（你看，我预设你现在是完全健康的，因为我是在开玩笑）：这里的黑人根本就没有好到哪里去，事实上，我甚至这么过分地（作为一个有地位的人，如果人们了解到这一点，我会因此而招致斯托夫人和她的全部拥护者诅咒）认为：这些被解放的奴隶从不曾被我们的主创造为是要有自由的。

339

第一部分

信中提及的斯托夫人是哈里特·比彻·斯托,她在1852年出版了《汤姆叔叔的小屋》,获得了巨大的成功。次年此书有了丹麦文版本,并于1856年以《汤姆叔叔的木屋或美国奴隶制诸州的黑人生活》为题被重新翻译。这本书讲述了一个正直、善良、敬神的黑奴汤姆的故事,他在美国内战之前的一段时间里试图改善他的奴隶同胞的生存条件。《汤姆叔叔的小屋》对黑人权利的辩论产生了广泛的影响,但比彻·斯托和她的追随者显然没有指望在瑞吉娜那里会获得很多同感,

261

走过总督府与国王街平行的长廊,瑞吉娜来到路德教会教堂,在小女孩身后的左边可以看到教堂的入口。在国王街的另一边,远处是学校,中间是牧师住宅。

无日期的照片。国家博物馆。

1857年

后者甚至还进一步声称，被解放的奴隶不是在上帝的批准下获得他们的自由的。不过，正如信中所写，瑞吉娜很清楚，她可能会因为这样的观点而树敌，这样，在官方圈子里走动时，她也不会亮出这观点。不管是玩笑还是认真，瑞吉娜在给考尔讷丽娅的信中继续，并且在厌恶中达到高潮，她写道：她在黑人身上看见了一种——

（……）这样的儿童的和动物的天性的混合，说到动物，我差不多是想到一只猴子，我几乎相信，通过始终被拴在绳索中，他们能够更好地有助于为自己和主人带来满足，比他们现在作为自由人要好得多，自由远远不能为他们带来真正的幸福。

瑞吉娜以一种权力语言来表述自己，当她在她那些自命不凡的同胞姐妹遇上这种语言时，通常会对之进行嘲笑。尽管她用一个"差不多"和一个"几乎"来修饰自己，但她对黑人的态度当然是无法让自己得到辩护的——即使是作为一种夸张的蹩脚笑话。如果我们想要试图解释她的言论，那么，它们可能渊源于奴隶解放运动之后临时的、有时是混乱的状况，在当时，黑人刚赢得的自由大多只是目标性的条款，根本没有转化为具体的现实。这一事实在大多数人——无论是黑人还是白人——中引发出沮丧，这也是可以理解的，而瑞

第一部分

吉娜在亲眼看到了这一点的情况下能够肯定：

> 我现在不仅从我们的确实是大规模的家庭事务中判断，而且也从我周围看到的情况中判断，特别是在奴隶解放之后总督的工作和责任，由于各种因奴隶解放而招致的持续地乱成一团的状态，已经与原先的情况完全不同而变得非常麻烦。（……）不过，在这里我要短暂地中断一下，因为我写的无疑都是弗里茨也许会认为"不可以写"的胡说八道，然后我就开始说一些更有意义的、填充着我的内心的事情：感谢你，为美味的果酱我要说无限多的感谢，它们一直被保存得非常好，只有一只罐子上有一小点发霉，就仿佛是为了向我们展示另一罐是多么出色。

我们必须允许瑞吉娜按自己的方式做，她知道怎样转移话题。从黑人到果酱只用了几行字！我们更多是隐约地感觉到，弗里茨绝对不同意瑞吉娜的观点，她代表他把这些观点归类为"胡说八道"，然后她几乎是因负气而强迫自己传达各种琐事，这样弗里茨——她有点捣蛋地把他的话放在引号里——就不会因为他妻子坐着在自己寄往祖国的信中兜售政治上不正确的观点而受指责。

1857年

摄影师将自身及其设备直接地安置在总督府附近,并从那里摄下了右侧有着学校建筑和牧师住宅的国王街的正面走向的路段。在街道终结的远端,我们能隐约地感觉到通往埋葬着劳拉和奥丽维娅的公墓的植物区。在当时,摄影师对现实的描绘也不是完全可靠的,正如那些摆出了很完美姿势的黑人过度佐证的记录实况。

无日期的照片。托尔克尔·达尔和凯尔德·德·芬尼·里希特摄

瑞吉娜在到达圣克罗伊岛不久写的一封信中提出了自己的各种看法,如果把随后几年的信件中零星出现的关于黑人的言论收集起来,那么我们就能够获得一种不同的印象。固然这里所谈的不是一种显眼的转折,但她从故土随身带来的偏见似乎为一种更有人情味和同情心的态度让出了位置,这种态度在好几个场合使瑞吉娜超越了传统的阶级差异并忘记

第一部分

了她作为西印度群岛第一夫人的身份。各种对黑人的负面说法通常是由于个人在近距离关系中感到的失望，或源于对日常生活中大小事务的效率的不同看法。比如说，瑞吉娜与黑人女佣安妮有过不愉快的经历，她最后解雇了安妮，因为在她眼里，安妮在与约瑟芬打交道时是"刻薄的"、"无礼的"，在后来与瑞吉娜本人打交道时也渐渐变得无礼。她向考尔讷丽娅诉说，她不明白怎样"对待奴隶天性，我待他们太好"。因此，她决定，不知道从什么时候起，遵循她的"老原则，宁可自己去做事情，也不要有那么多啰嗦"。

　　正确地对待"奴隶天性"的说法听上去肯定不会让人觉得顺耳，但这多少能被称作是一种情有可原的细节：瑞吉娜在某种程度上让自己卷入冲突，其实是为实际情况所迫，并不具有更多的原则方面的或意识形态方面的性质。在她到达克里斯蒂安斯泰德不久，她观察到这里的人们确实"极度地懒惰"，但"西印度群岛这种漠不关心的心态"已经"如此地影响"了她，以至于她完全能够"看着所有游手好闲的现象"而不怎么感到恼火。她觉得黑人做任何事都很慢，是因为黑人面对命运的各种安排时所具的一种心理倾向。或者更确切地说是不是这样：由于一种持久的外部压力，黑人在工作中养成了一种特殊的麻木性，这种麻木性会被错误地当作倦怠。瑞吉娜很难看明白这一点，但她至少明白了把握新环境中的各种节奏和反应模式的必要性。当一艘船，载着供给瑞吉娜要负责的集市的各种物品,长期停泊在挪威海岸时,她起初变得不耐烦,但后来接受了西印度群岛的各种条件和事情状态所要求的代价,无论是心理上还是经济上,因为正如她向考尔讷丽娅诉说的那样:"(……)我冷静地接受,在这个你要以各种方式挥霍钱的地方,这是最聪明的做法。"

这些钱到了黑人手里后是如何像太阳下的露水一样消失的,瑞吉娜可以用一个具体的例子来证明:"今天早上女佣告诉我,我们在14天里用掉了20壶油,40支蜡烛,每周一晚上用20支。"晚会点剩的蜡烛残渣通常被用在接下来一周里,但这些蜡烛残渣不见了,"因而我们想来是照亮了几幢黑人的木屋,因为他们像乌鸦一样偷东西"。当偷窃行为被发现时,奥卢夫承担下了"对府邸里的所有人进行训斥"的工作,但瑞吉娜对其效用没有什么信心,并以"我们当然有足够的收入来维持生计"这一事实来安慰自己。

我们从最后一句话中感受到的,是典型的瑞吉娜的态度,她既有物质上的盈余,也有精神上的盈余,可以忽略黑人们的偷盗行为,——若对这种行为感到愤慨,那就已经是不体面的小心眼了,更不用说去追究了。她完全意识到这一点,这也能从下面的插曲中看出:根据预约,厨师在总督府邸过夜,"但今天早上我在六点前出门时,看见他的妻子和三个赤裸的孩子从他的房间里出来"。约瑟芬听说了这事情,她大声表示对这种不尊重规则的不满,但瑞吉娜平静地提醒她,怨

第一部分

恨一方面是一种有害的心态，一方面在这一具体情况下也是错误的，因为在每天的"除甜点外的三或四道菜"之后，总会有一些剩余的东西，因此足以喂饱一些胃口不好的黑人。在其他方面，瑞吉娜以类似的和解精神，在黑人经常表现出的孩子般的天真之中获得乐趣——"是的，我的女佣告诉我，黑人们说总督必定是个非常好的人，因为自从他来到这里之后，上帝就给予了我们这么好的天气"。当瑞吉娜笑着告诉弗里茨这个故事时，他也笑了，然后请求"上帝免除自己招致好天气的责任，因为他在事先就已经有很多责任了"。瑞吉娜不得不同意他这说法，"这对一个普通的凡人来说是太过分了，尽管他是丹麦国王的所有西印度群岛的总督"。

瑞吉娜还观察了总督府外的黑人们的举止和活动。9月初，她告诉考尔讷丽娅，她和弗里茨参加了由一些岛上的英国富人组织的赌赛。现在，赌赛本身并不让人觉得有很多乐趣，但"看到黑人们成群结队，像其他绅士们一样下注，然后他们在活动中如此充满激情，就像他们即使是世界上最好的朋友，到最后也要以相互斗殴告终似的，——这是非常好玩的"。瑞吉娜继续讲述，关于一场小型绅士聚会，在聚会的晚餐上大家所吃的东西有很多，其中包括一只鹅，这只鹅是好心的拉森船长送给弗里茨的。据瑞吉娜说，这样的家禽"在这里是稀罕物，然后他们又试了试弗里茨的新武器，就是说，他从家里带来了两把手枪和一支步枪；这是考虑到如果黑人考虑要再次造反，我们不该没有保护自己的装备，不过这样的事情发生的可能性是很小的"。虽然要确定这晚会有没有把这稀罕的鹅作为活靶子可能有点困难，但不管怎么说，可以肯定的是：瑞吉娜并不认为黑人会构成真正的危险，因此她对黑人造反的风险评估不同于那些在祖国的行政人员所做的评估。

木头人比尔奇——以及他的兄弟

可能有助于为历史混乱的账本带来一点平衡是：当瑞吉娜处于真正糟糕透顶的心情时，不仅是黑人，白人也遭受毒舌。例如，她对费德森（弗里茨的前任）的评判可以是完全无情的。新年过后的几个星期，她向考尔讷丽娅诉说道——"（既然这封信不会落到其他任何人手里，我当然就敢说）"——"费德森在这里做成的事情是多么地少啊"。他的玩忽职守是在于：对费德森来说，"通过女人来统治几乎成了一种固定的想法"，这些女人包括但不限于他的妻子，根据瑞吉娜的说法，他的妻子必定"是相当出色的尤物"，而费德森本人似乎曾是"极其微不足道的人物"。

不清楚瑞吉娜以"女人统治"这一说法指向的是什么事情，因为在日常工作中，费德森特别得到了司法议员威尔海姆·路德维·比尔奇的协助，费德森辞职后，弗里茨接替了

第一部分

他的工作。这个比尔奇从许多方面看都是完美的公务员，正确、勤奋、有抱负、有修养、错误地未婚，从瑞吉娜的角度来看，最后这一点产生了非常不幸的后果。她是说，一个妻子能够充满活力地改变琐碎的办公室的奔忙，在琐碎的办公室奔忙之下，比尔奇正缓慢且肯定地失去的热情。为处境所迫，比尔奇不得不只是通过工作来实现自己，这工作因此要去满足所有未满足的生命要求，这些要求在这矜持冷漠的公务员内心中翻滚着，他毫无根据的沾沾自喜奇怪地一天天增强，可悲而顽固比尔奇成了一种阴险的逻辑的受害者，这种逻辑威胁着每一个"其能力和其未被认识的任性直接地成正比"的人。这种心胸狭隘地发展自己的优越感的后果就是不信任其他人，不信任下属；他们允许自己"在办公室之外享有生活"的奢侈，因而就被他怀疑为是浅薄、无能和玩忽职守的。在瑞吉娜的眼中，比尔奇看起来就像市民主妇那样固执而暴躁易怒，她们不信任自己女佣的能力并且渴望完美，最终不得不自己做所有事情的。最后，比尔奇是一个自己设置的狭隘关口，所有事务，从重要的到最微不足道的，都必须通过这关口。简而言之，比尔奇具备要成为一个真正糟糕的领导人所需的所有素质。

木头人比尔奇是两姐妹通信中反复出现的主题，她们有着匪夷所思的好运气，在自己的世界一角各有一个比尔奇可拿来诋毁。身处西印度的这个比尔奇在先前的晚宴上曾是瑞吉娜的桌伴，那时她对他在霍尔森斯的兄弟弗雷德里克·克里斯蒂安·卡尔·比尔奇有了好感，因为他曾向自己的兄弟称赞过考尔讷丽娅。然而，这位自1849年以来一直担任霍尔森斯博学学校[144]校长的丹麦比尔奇，现在已经成为考尔讷丽娅八卦报告的主题，瑞吉娜和她的"同伙"们在大西洋彼岸狼吞虎咽地享受着这些报告——比如说，在4月12日的信中："你写的关于比尔奇的兄弟的那些事让弗里茨和奥卢夫读得很高兴，他们都认识他。他真的结婚了吗，他的妻子叫什么名字？"

瑞吉娜显然觉得很难想象一个如此乏味的人居然会是结了婚的人。比尔奇校长也不是那种在生活之中毫无计划地草率颠簸的人；相反，他在所有的日子里按正确的顺序处理事情：1836年成为文献学的硕士后，他继续进行古典著作研究，四年后出版了《拉丁语中的直陈式和虚拟式以及句子之间的关系的学说》。不到40岁，他就成了霍尔森斯高中的校长，然后就能够寻找合适的生活伴侣了。他的选择落在了索菲·弗莉德丽克·克诺贝劳赫身上——这是一个瑞吉娜无法记得的名字——他在1851年与她结婚。然而，并非所有事情都处在谨慎的比尔奇的控制之下，因为他的舅子显然不那么有学术风格，瑞吉娜是这样叙述的："由于她的弟弟是一个漫行四处的演员，因此对于她丈夫在这里的兄弟来说，前者想来是一个太简单的人物，因而不会谈及前者，因为他雄心勃勃，仍然希望能成为总督，如果不是在这里，那就是在圣托马斯岛。"

第一部分

269

瑞吉娜把总督秘书威尔海姆·路德维·比尔奇说成是一个不可救药的"晒泥炭的乏味人",他在平时是总督的得力助手,1861年被任命为他的继任者。这位一丝不苟、雄心勃勃的公务员抽不出时间来结婚,过着近乎是苦行僧般的生活,他的眼疾烦扰着他,不得不多次到欧洲疗养。在其职位上工作了一共将近11年后,比尔奇在圣托马斯岛去世。

无日期的照片。皇家图书馆

1857年

西印度群岛上的这位比尔奇受眼疾困扰已经有很长一段时间了，因此在奥皋医生的建议下，他不得不回哥本哈根。到了哥本哈根后，他去霍尔森斯看望自己的兄弟，瑞吉娜听说了这事，因而写了以下的简述："（……）不要期待了解关于我们的任何事情，他只知道如何向人介绍他自己；但记住，我们是好朋友。是的，在这个疯人院世界上（这是你自己为这世界给出的如此出色的称呼），一个人为什么不去该死地和每个人都做朋友？"哥本哈根的眼科医生显然无法创造奇迹，因为在霍尔森斯——用瑞吉娜的话说——终于"因司法议员比尔奇在场而得到祝福"的时候，这祝福是由一位"见光就眨眼"的弱视先生的形象带来的。比尔奇到访霍尔森斯给了考尔讷丽娅充分的机会来让自己确信这个人和他的校长哥哥一样地有着不冒泡的性格。校长向考尔讷丽娅介绍了自己的弱视副本，然后大家非常有礼貌地互相交谈，直到这位忙碌的访客表示向埃米尔问好对于他确实是"非常重要的"，然后他问候了埃米尔。在考尔讷丽娅的信中，事情的经过是这样的："埃米尔马上就来了，因为他只和他哥哥一起待三天，所以可用在我们身上的时间又能有多少分钟呢；但他还是待了半个小时。"

殖民地议会——以及对总督的批评

比尔奇从他在霍尔森斯的兄弟家出发，到莱茵河畔的克

第一部分

鲁兹巴赫，然后从那里出发去意大利，希望能得到进一步康复。直到1858年春天，他才回到圣克罗伊岛。他的长期缺席意味着弗里茨有更多的工作要做，要处理的事情包括堆积在这位外出旅行的人的办公桌上的"大量的未得到处理的案件，是的，甚至弗里茨在之上写下了决议的案件，也从他的文件堆里找了出来，他根本就没处理"。瑞吉娜以老派的方式表达愤慨，能够毫不犹豫地做出判断："比尔奇的野心，加上费德森的胡闹，是造成办公机构如此衰败的根本原因；他不希望这里有年轻人，也许他害怕有竞争对手。"

除了一般人际间的勾心斗角之外，还有一个法律上的难题是殖民地办公室的官员每天都不得不面对的。无论人们能为黑人的自由权利提出多少好的理由，解放黑奴对种植园主来说都意味着实际的损失，他们能够有理由声称，丹麦国家政府在支持这种解放时，漠视了他们的私有财产权利。换句话说，国家为自己揽上了赔偿种植园主的责任，种植园主能够说英国、法国和瑞典等殖民国家所做的事情：这些国家的政府在相应的情况下都给出了一笔可观的赔偿。[145]

然而，丹麦政府则有着不同的看法。当然，从某种意义上说，种植园主失去了自己的劳动力，这责任是在于国家政府，但由于奴隶制既违背宗教，也违背正义，于是这种特殊情况使得赔偿要求变得无效。种植园主不能接受这样的说法并指出，丹麦国家政府几个世纪以来一直从奴隶制中获利，从而自己就已经承认了奴隶制。对此，善辩的律师们回答说，我们并没有在丹麦这边引进过奴隶制，更不用说保证奴隶制会永久持续下去。[146]当种植园主再次反对对法律的这种抽象演绎时，政府决定按照被解放的黑奴的数量计算赔偿。彼得·汉森（费德森的前任西印度群岛总督）的估价是：殖民地约19,000名前奴隶的平均价格为100美元。政府不同意，将价格定为40美元，并认为，这个价位对于这些在遥远的、为国家带来亏损的殖民地的不知名人士们已经是足够慷慨了。1853年7月23日，经过又一轮的谈判，种植园主要求75美元，政府则将价格定为50美元。补偿的形式是十年期的政府债券。[147]

尽管这些问题在一定的程度上有了正式的解决方案，但这些种植园主在路上从丹麦总督和他的公务员身旁走过时，完全不会掩饰自己的不满。总督和他的公务员竭力应付着这局势。在这样的背景之下，有人在国内的一些报纸上批评总督及其人员缺乏行政管理能力，这就加倍地显得不公平。因此，11月7日星期六，考尔讷丽娅在信中报告说，"他们在《日报》上写着穷凶极恶的文章"，关于各种西印度群岛的事务，其中也有针对总督的。考尔讷丽娅指的是两天前《日报》发表的一篇题为"西印度群岛来信"的匿名撰文。大致介绍了降雨量和甘蔗种植情况以及黄热病的统计数据之后，作者对西印度的行政管理进行了"热心的"论述，并尖刻地

第一部分

展示出众多法律方面的工作人员与总督府的实际效率之间的不匹配：

> 一群 Jus［律师］以一个执行秘书和四名部门负责人的形式，一下子在我们这样的一个小小的政府中被酌情安排出来，必定是绝对地能使这台机器令人满意地工作，而且人们对未来迅速和便捷的事务过程只能是抱有最美好的希望；然而，与此同时，人们必定会带着惊奇询问，在我们的"领导着大家的想法"——执行秘书——为了自身的健康而在欧洲旅行的同时，这机器必定是缺少了一个执行秘书和四名部门负责人，那么，它会是如何工作的呢。难道是总督，在没有其他人帮助的情况下，在这里那里忙着，并且也充当消防队长，并且还独自一人承担了政府事务的全部重任？或者说，政府中是否曾雇佣过有用的、"在需要用上他们的时候就能够被用上，但为了向已经出现的司法人才训练学校表示尊敬，当然也可以被扫地出门"的人才呢。

这位匿名作家既不缺反讽也不缺讥刺，当然也绝不让自己的读者怀疑这说法：总督政府有着官僚主义惰性的印痕，并且，在事实上如果没有其昂贵的法律专家治理系统，那么它就会运作得好很多。总督政府挺过了总督秘书比尔奇，"我们的'领导的想法'",多次因康复旅行而离开的各个时期。这种把比尔奇说成是"领导的想法"的粗鲁说法让瑞吉娜非常恼火,并引发出她的感叹:"我们有这领导阶层,也真是够倒霉的。"就是说,比尔奇很显然地缺乏领导素质,按瑞吉娜的说法,他不断地"让自己被别人领导,尤其是被阿尔讷森领导,这就是他的所能"。不过,不管是她还是她被攻击的丈夫都没有看到这一期的《日报》,因此他们也不曾有"机会通过不把这批评当一回事来展示我们超越的态度。但'比尔奇做了一切而弗里茨让自己被他带着走'的故事,我是知道的,加里布非常真诚地把它抄写给了弗里茨"。然而,在这位匿名作者对总督的无能做出了各种评论之后,他仍觉得自己的怒火远没得到发泄,因为在长篇大论地叙述了圣托马斯岛的一些无疑是对所有各方都造成了危害的争端之后,他假惺惺而不怀好意地宣示出:

(……)另外,正如人们会想要断言的,总督政府并不总是得到国内政府的支持,(……)并时而会被丢弃在其自身的麻烦之中得不到帮助,于是您完全能够想象,总督的职位有着各种令人不舒服的特质。毒舌和牢骚者无疑就会说,这只是复仇女神的惩罚,因为总督本人没有充分照顾到下属公务员的利益。

第一部分

考尔讷丽娅认为,这篇文章一定是由圣托马斯岛上的一个专门找茬的人写的,他在这之前也是作为吹毛求疵者而为人所知的。"当弗里茨带着他无价的平静读到这篇文章时,他会怎样地发笑啊"——埃米尔在折起《日报》时禁不住感叹道。瑞吉娜自己在一开始曾因在国内街巷里流传的充满市侩气味的毫无道理的断言而感到痛苦,但她成功地"通过稍稍更进一步的反思"让自己超越了自己的负面情绪。人们希望她的丈夫以同样平和的心态处理仇恨,但就事论事而言,一个有野心而自以为有道德的检举者就是一种累赘。文中被提及的勃兰特牧师想来也不会因对"他在寻求自己的职位,但被一位年轻的、征服了其教众的'极有天赋的传教士'抢走了机会时不得不接受屈辱的惨败"的描述而感到舒服。该匿名作者从对这一敏感私密的事件的谈论,又转到了另一个同样敏感的话题上,这种详尽的冗长叙述当然不可能使人们有更大的兴趣"找机会西行":

274　　一种这样的被人夺走机会在这里更是不合适的,正如在相反的情况下,当我们这里的公务员在国内寻求就业时,他们曾在西印度群岛就职的经历远不能被看作是对他们有利的。尤其是法律领域的公务员,如果他们首先在这里任职了的话,那么,他们就很难在国内获取能够对他们有利的职位。

1857年

作者把最后一栏的空间用于描述殖民地议会中普遍存在的闹剧般的荒唐状况，议会的决议权由于圣托马斯岛的代表没有正常到场而被减弱了。

来自圣克罗伊岛的成员占自然多数，议会的会议在他们的家里举行，他们有足够的意愿来开会，因为他们确信，每天在殖民地议会开上几小时会，这能够实现他们的愿望，并且无需让自己忽略任何事情；但这对圣托马斯岛上的人们来说就完全是另一回事了。圣托马斯岛上的主要是商人，他们的时间就是金钱，要让他们能够离开自己的商店去圣克罗伊岛并且在有关他自己的岛屿的问题出现时处于绝对的少数，这确实不可能不是巨大的牺牲。

然而，作者认为自己知道，在下一次会议上，我们将看见一个更大的来自圣托马斯岛的代表团，因为他们想要"获得一个独立的殖民地议会"，这"毫无疑问地"是一个合理的"要求"。作为后记，作者加上了这样一段致敬词：

我们等待着，海军双桅船"圣托马斯"号马上要来这里，一次不会为殖民地带来1斯蒂弗［等于：2斯基令］的好处，但却会为他们带来30 000美元的账单的访

357

第一部分

问。这便宜吗?

我们完全可以设想,这个问题是反诘式设问。因而,瑞吉娜和弗里茨仍等待着《日报》上讨论的下文,但能够用同一类烦心的消息来打发这等待的时间,因为,正如瑞吉娜在12月27日的信中所说:

我们在《祖国报》上读到了另一篇对我们的批评,可怜的我也被置于其中,但请原谅我不说更多事,我已经向克拉拉和奥卢夫都提及了,为了让你放心,我只对你说一下:我们两个人都是无辜的。

瑞吉娜指的是一篇同样以匿名方式撰写的文章,于11月5日星期四发表在《祖国报》上,标题是"来自圣克罗伊的一封信,1857年10月13日"。这封"信"并不像前面所说的那封信一样地罗列出那么多的指控点,而是集中在一单个的指控上,不过它却是以最折磨人的方式展开的:

——我向您保证,事态非但没有改善,反而变得越来越糟。种姓精神超越了一切界限,我不认为我说我们的总督在大力支持和加强种姓精神是冒犯了他。去年10月6日(国王的生日),按照惯例,在中午举行了一次招

1857年

待会。几天前，总督发出了一个晚宴的邀请函，我们这些所谓有色人种的男人被邀请了。在饭桌前，我们大致总共有70人。晚饭后，许多白人女士（她们被秘密地告知，施莱格尔夫人会很高兴在晚上见到她们）加入了我们，晚会以舞会的形式结束。我们的妻子自然没有在场，然而没人能说，总督发出过舞会邀请，我们的家人被忽略了。但我们肯定是不会再陷入同样的圈套，于是我们等待，看下一次国王生日会带来什么。最后，这日子到来了。在6日前的几天里，总督在报纸上刊登了一则通告，邀请岛上的居民到总督府邸参加招待晚会。同时所有男性白人得到了私下的口头邀请，说施莱格尔总督和夫人很高兴在6日晚上见到您和您的家人，而我们这阶层的人关于这件事则一个字也没听说。鉴于这个原因，我们都决定也不参加招待晚会。我们的缺席在那些到场的人中引发出了一阵低语，我们中不多的几个不失时机地告诉了他们我们缺席的原因。您对这一切有什么看法，特别是因为这样的事情是由一个应当为他人树立良好榜样的总督所为？如果这场活动的费用出自他自己的口袋，那就会是另一回事，但政府为此向他支付了一笔钱，而我们所有交税的人都是为这些资金做出了贡献的。——

一如既往，各种困难和麻烦不断地出现。就是说，不仅

第一部分

是比尔奇的缺席为殖民地政府机构带来了负担，其他员工也被疾病困扰，不得不待在家里。新年伊始，1月27日星期二，瑞吉娜告知考尔讷丽娅，各个部门"被精神上和肉体上的弱者们占据，弗里茨是唯一强壮的人，到最后所有工作都得由他来做！然而上帝会让自己的手罩在他身上，给他力量，然后一起就都会好起来"。这样一只神圣地保护着的手看来实在是他所需的，因为，按瑞吉娜的说法，充斥于办公室的混乱简直是无法想象的，部分地是因为弗里茨的前任因疏忽而没有招人把一些空缺的职位填补上，而只是临时任命了一系列不称职的公务员，很快，他们就不能胜任自己的工作——"现在他们病了，并且几乎全都需要回家"。

尽管弗里茨有着无可争议的勤奋和外交家的精神素质，但面对着国内的公务员和他们不切实际的墨守法规，维护殖民地的利益对于他就成了越来越困难的事情。财政议事和首席律师阿尔讷森也强调过，在19世纪50年代，哥本哈根的官僚机构作风"占据着这些岛屿"，因此，总督政府逐渐被改造成了"一个与诸岛屿的各种利益有关的（往往具有最琐碎的性质的）事务的最高理事会的往来承运代理"。[148]在弗里茨任职的最初几年，这一殖民地的正式名称从丹麦西印度群岛改为丹麦西印度属地，这标识出了宗主国的所有权意识。

既要满足国内财政税收的需要，又要设法让殖民地居民（特别是那些好斗的种植园主）满意，这法律条文和官僚机构的西西弗式的工作的弗里茨来说显然是一种折磨,他在很长一段时间里一直觉得这样的工作完全是荒谬的。他渐渐地感到无法应付,并满心欢喜地递交了辞呈——正如瑞吉娜1月12日的信所写的:

> 弗里茨前几天向奥卢夫保证,他真的是希望马上回家;他这么说,那么这肯定是真的;但我有一种感觉,事情不该是这样的;这是一份上帝赋予他的工作。

"不被注意地遇见她"

在因善意的亨利克·伦德而被寄给瑞吉娜的包裹之一中有克尔凯郭尔在其首次逗留柏林期间寄给他在哥本哈根的朋友埃米尔·波厄森的信。这些信在尘世的意义上有着完全另一种定性,因为克尔凯郭尔在他包装这些信件的外封上写了:"这包信将在我死后,不被打开地,被烧毁。/ 这是给在世者们的消息。/ 它不值4斯基令。"幸运的是伦德和后来的出版者都没点燃火柴,从而保留下一份原始材料。它们与克尔凯郭尔留给后人出版的大部分内容不同,其中可能连一个逗号都没有删掉——"当我和你说话时",克尔凯郭尔也承认,"我完全赤裸地跳来跳去,对其他人我则总在极大程度是算计着的"。

第一部分

278 作为这种亲密关系的具体表现,克尔凯郭尔一到达他在柏林的住所——中心街61号楼上一层,就马上给波厄森寄出了他的七封信中的第一封。在说及了一些旅行、将要去听的讲演和其他诸如此类的事情之后,这信没有做预示就直接进入了一系列的命令句:

> 为我提供各种消息。但必须让这些消息保持为最秘密的。不要让任何人有隐约的感觉是我想要这消息。(……)不被注意地遇见她。你的窗口能够帮助你。周一和周四,在4到5点的时候要上音乐课。但不要在街上遇见她,除非你能在星期一下午5点或5点半遇见她,在她从西护城河堤穿过西街走到布料商铺街的时候,或者同一天的7点或7点半,在她和她的姐姐有可能穿过拱形走廊去证券交易中心的时候。但要谨慎。去里楼下的糕饼店看看,但要谨慎。为了我的缘故,演练一下"掌控每一种表达方式"、"在瞬间里马上能够编织出一个故事"的技巧,不要有畏怯或焦虑。哦,一个人是能够随心所欲地欺骗别人的,只要他想这么做,我是从经验中知道这一点的,至少在这方面,我有无限的执拗。(……)我不相信任何人。

对瑞吉娜来说,通读这份详细的、由她的前未婚夫坐在

1857年

15 Januar 1838.

"你知道，我在1838年画过一幅你弟弟的小小的素描轮廓，几年后又开始画另一幅，正面的，但这两幅草稿都很不完整"，尼尔斯·克里斯蒂安·克尔凯郭尔在1875年1月底在给他远房堂兄彼得·克里斯蒂安的信中这样写道。他之所以写这封信，是因为他多次被要求出借他的画作来用于"复制和出版"，在这之前他都拒绝了，因为他清楚地知道"索伦不想要留下自己的画像"。由于替代方案是使用《海盗船》上的漫画，尼尔斯·克里斯蒂安认为他自己的画毕竟更可取，即使它们只是能够稍稍"为那些认识索伦本人的人重新唤起关于他的记忆"。

尼尔斯·克里斯蒂安·克尔凯郭尔的素描作品，1838年。国家历史博物馆，弗雷德里克斯堡

第一部分

柏林的一个酒店房间里制定出来以便遥控指导波厄森（另外，波厄森当时就是考尔讷丽娅所在的霍尔森斯教区的牧师）的侦查计划，感觉必定很恐怖。克尔凯郭尔显然知道瑞吉娜每天所做的事情，有时甚至是每小时所做的事情，他知道她在城里所走的路线，知道她与什么人同行、什么时候以及多久，甚至还要求波厄森去糕饼店主约翰·莫尼加蒂那里打听瑞吉娜的情况，约翰·莫尼加蒂住在新证券63号楼底层的公寓里，他可能会有住在新证券66号的奥尔森家的各种有用信息。

波厄森这一时期的信件全都没有被留存下来，所以我们不知道他对这些让他作为一个二手跟踪者在哥本哈根四处潜行的指令有怎样的反应。然而，从身处他乡的博士的下一封信中，我们能够感觉到，波厄森为大量的猜疑所伤害，并对这种克尔凯郭尔式的方案表达出一定的反感；由于波厄森本人正处在不幸的恋爱中，因而他自己已经有很多事情要去关心，所以，克尔凯郭尔的这些要求就有点来得不是时候。现在，这不是克尔凯郭尔很关心的事情，他要求得到各种与瑞吉娜有关的最新消息，并在后来的一封信中建议波厄森去埃米尔·贝伦岑那里打探消息，后者住在证券街67号，并且，作为奥尔森家的邻居，必定是个"好的消息来源"。信中继续：

> 家里人恨我是好事。我自己也指望着这一点，正如我也指望着，如果可能的话，她必定能够恨我。她不知

道她在这方面欠我有多少(……)。很不幸,我的过于有创造力的脑袋,甚至在柏林,也无法不去想出一些东西来。她要么爱我,要么恨我,她不知道第三种情形。对一个年轻女孩来说,没有什么是比各种中间状态更有败坏力的了。(……)哪怕人们还认为,我是个骗子,那又怎样,在这样的情况下我也同样能够研究哲学,写作,抽雪茄,并且不把整个世界当一回事。我毕竟一直是在愚弄着别人,那么为什么我在最后就不这样做呢。

当然这是把话说白了,但如果克尔凯郭尔从他给波厄森的信的第一行到最后一行都是在"完全赤裸地跳来跳去"的话,那么他就很难会是克尔凯郭尔了。就是说,随信附有一张分开另外写下的小纸条,克尔凯郭尔在上面说到了一件特别有刺激性的趣事,他是以一种很不寻常的方式来讲述这事的:

去结婚,我是没有时间的。然而这里,在柏林,有一位来自维也纳的女歌手,一位舒尔茨小姐,她扮演爱尔薇拉,并且与某位年轻女孩有着惊人的相似之处(……)。当我的狂野心情袭向我时,我不禁几乎想要去接近她,并不完全是出于各种"最诚实的意图"。(……)当我厌倦于思辨的时候,这能够是一种小小的消遣(……)。然而,我不希望你向任何人提及在柏林有一位

第一部分

这样的女歌手,或者她扮演爱尔薇拉,或者诸如此类。

克尔凯郭尔指的是黑德维希·舒尔茨,她在莫扎特的歌剧《唐璜》中扮演多娜·爱尔薇拉的角色。克尔凯郭尔在柏林逗留期间,这部戏于12月3日和10日在柏林歌剧院(该剧院位于菩提树下大街的一个很显眼的位置)上演。[149] 在同一时期的日记中,克尔凯郭尔也提到了舒尔茨小姐,但更为详细,并再次是特别考虑到瑞吉娜,——他在之中是以一种特别的间接方式描述了后者:

> 这里,在柏林,一位来自维也纳的女歌手黑德维希·舒尔茨小姐扮演了爱尔薇拉的角色。她相当美丽,在其举手投足之中有着果决,——她在步态、身高、服装(黑丝裙、裸露的脖子、白手套)都与我认识的一位年轻女士有着惊人的相似。然而,这是一个奇怪的巧合。我确实不得不对自己使用一点强制来驱除掉这一印象。[150]

给波厄森的信中所附的纸条想来可能是渊源于克尔凯郭尔"过于有创造力的脑袋",而且它恰恰不是为了让克尔凯郭尔对舒尔茨小姐的迷恋成为秘密,正相反,是为了引诱波厄森将他私下所知的事情置于传播流通之中。就是说,克尔凯郭尔并非不知道,被解除的婚约打开了流言的闸门,——比

1857年

如说，在他出行前不久，他了解到西贝恩教授称他为"最恶劣的意义上的反讽者"。如果克尔凯郭尔在国外追求女性的行为传到那些喜欢八卦的哥本哈根人耳中，那么，愤慨的情绪很快就会找上瑞吉娜，她对自己在柏林的相像者的恼恨会帮助她摆脱掉堕落的前男友。

"……我是一个非同寻常的爱欲者"

1841年10月25日至1842年3月6日，伪装之大师在柏林，但德国的首都看来并没有邀请他做进一步的探研。他肯定不是传统意义上的游客——"旅行是一种痴愚"，他在给波厄森的第一封信的信纸上方就写下这样的断言。印象不多，都是零星的，有些随意。作为一种异国奇情，他向外甥卡尔介绍说，在柏林，人们把大个头的狗拴在各种把牛奶从农庄运送进城的小拖车上，有时这些小拖车还把丈夫和妻子也拖上，这使狗拖车的场景有了更多的喜剧效果。然后，这里也有动物园，他叙述道，这个动物园满是叫唤着的松鼠，它被一条大水道一分为二，水道有点类似于腓特烈堡花园里的那条水道，但有无数的金鱼，它们与卡尔可在克尔凯郭尔北街旧址斜对面的一家草药店的窗户里看见的金鱼很像。然而，克尔凯郭尔的行动之所以被限定在一个不大的范围里，某种程度上也是由于当地的实际情况，或者说是不切实际的情况，

第一部分

亦即,城里的公共厕所太少,人们不得不根据自己的膀胱的伸缩张力来计算漫步行程的长度:

> 10点钟整,我来到一个特定的角落放我的水[注:亦即,小便]——(……)在这个有道德的城市里,人们外出几乎就被迫要在口袋里带着一只瓶子(……)。我能够在这事情上进行更详尽的铺展;因为这事情很烦人地干扰着生活关系中的所有方面。如果两个人在花园里一起散步,其中一个说:不好意思,只一会儿,于是这散步就结束了,因为他必须全程返回走到家里。因此,几乎所有的柏林人都是在各种必要的差事中才步行走路。

从总体上说,身处异乡就是艰难的事情。例如,有一天晚上,他到一家高级餐厅,毕恭毕敬地向一群穿着黑色礼服、围着白围巾的先生致意问候,几分钟后,这些先生奔跑着过来,作为向他提供服务的——侍者!这让他感觉很尴尬。尽管每天都有一个小时的语言教学,要在德语世界里活动仍是一件麻烦事:"我很确实地感觉到,对我来说,要隐藏起我的忧郁,语言是多么重要——这里,在柏林,这种隐瞒对我来说就是不可能的,我无法用语言来进行欺骗。"非常简单的小事,比如说,要让旅馆老板提供一个烛台,也让人不得不付出超人的努力。旅馆老板骗人到不得体的地步——尽管这个老板，让其住宿者的头衔从硕士升到博士再升到教授的级别，将之当对房租上涨的补偿，但并不使各种关系变得更易于忍受！既然克尔凯郭尔教授无法承受进一步的提升，新年伊始，他就搬到耶格尔大街和夏洛滕大街交汇处的一幢楼里，在那里他再一次住在楼上一层。

谢林的那些讲演，也就是引发这次旅行的正式机缘，在各个方面都被证明是令人失望的。弗里德里希·谢林，一位羞怯腼腆的先生，也许是浪漫主义时期最伟大的哲学家。在一开始情况很好，学生们蜂拥而至，进入他的讲堂，一些人徒劳地到了讲堂外面进不去，于是就站在外面，坚持不懈地敲打着讲堂的窗户。但几个月不到，谢林就像是一个充满怨恨的"酿醋者"，他的讲演风格让克尔凯郭尔感到很烦，特别是在谢林说"（……）ich werde morgen fortfahren"（德语：我将在明天继续）的时候（他的发音与柏林人相反，柏林人的g发音很轻，而他的发音则像k一样，非常重：morken）。跟了41堂课，并在他的小笔记本上相当整齐地记录下了这些讲演之后，克尔凯郭尔再也无法忍受谢林了——后者接下来就得在讲堂里少一个人的情况下一个morken接一个morken地继续讲课。就是说，克尔凯郭尔早就已有其他事情要忙，并继续在给波厄森的信中流连于自己的爱情危机。在第四封信中，他向波厄森倾诉道：

第一部分

> 正如我感觉到我是一个非同寻常的爱欲者，我也在同样的程度上知道我是一个糟糕的丈夫并且一直会继续是。很不幸，这一方面总是或者通常是与另一方面成反比。（……）我并非是由此来低估自己，但我的精神生活和我作为丈夫的意义是两种不同质的体。

284　克尔凯郭尔想要作的，是作家，而不是丈夫。在他后来写给波厄森的一封信中，他毫不含糊地承认，他将成为"对于她的终生困扰"，然后他在一种八卦性的辩解中补充说，这是"上帝所赐的幸运，我没有为了她的缘故而解除婚约"——但上帝所赐的幸运不在于此，因为"她的"被划掉了，取而代之的是"我的"。波厄森根本就没有抓住"这件事中的要点"，但克尔凯郭尔的动机也不是直接能让人洞察的：

> 我生来就是擅长于各种阴谋，擅长于各种纠葛、各种特别的生活境况等等（……）现在经常提到的这事情有两个方面，一个是伦理的，一个是审美的。如果她有能力不再继续在意这件事，或者如果这甚至能够对于她是一种去攀升、去达到比她本来要达到的更高的地方的冲动，那么伦理的环节就被取消了——然后我就只剩下审美的环节了（……）。"审美的"在总体上就是我的元素。一旦"伦理的"让自己发生作用，那么它就很容易

获得对我的过多的控制。我成为完全不同的另一个人，我不知道任何限定那"会是我的义务"的东西的边界，等等。

通过这段话，克尔凯郭尔承认了他自己后来不得不集聚起极大的申辩机智来使之遗忘的事情："审美的"是他的元素，这艺术性的驱动力是如此不可制服，以至于它迫使他离开瑞吉娜，从而强加给他一种——无论是在伦理的意义上还是在宗教的意义上——他永远无法成功地摆脱的辜疚感。在他要求埃米尔给他寄《最初的爱》的信中，他很说明问题地以"法瑞内利"作为自己的签名。固然，他确实划掉了这个名字，但它因而就在那里。法瑞内利是一位著名的阉人歌手，他通过每天晚上为西班牙的菲利普五世唱四首同样的歌曲来为这位疯狂的国王驱散忧郁。因而，克尔凯郭尔以这签名不仅仅是在暗示出他也是为艺术的缘故而牺牲了自己的爱欲激情。或者说，艺术已经要求了他为其特别选择的祭品之一。

《非此即彼》

让克尔凯郭尔不去讲堂而更喜欢留在旅馆房间里的，不仅仅是谢林的金属般K发音。12月中旬，他告知波厄森："我在决生死般地写作。我现在已经写了14个大印张。这样一来，

第一部分

我已经完成了一篇论文的一部分,若上帝有此意愿,我将在某一天把它拿给你看。"波厄森本人正在推敲着地写一篇费脑筋的短篇小说,所以我们很容易理解,14个大印张——相当于224页——的炫耀引起他的好奇:"你问,我正在做的工作是什么。回答:现在告诉你的话,那就会变得太冗长乏味了;只说这么多:它是对《非此即彼》的进一步完成。"克尔凯郭尔要求波厄森绝口不谈——"匿名性对我来说是极端重要的"——,他只限于谈及该作品的标题,说它是"完全很出色",因为它既"刺激"又有"思辨性的意义"。1842年1月中旬,波厄森又收到了在柏林的多产作家所写的报告:

> 我拼命工作。我的身体无法承受这种状态。因而,为了让您看到我仍是同一个人,我要告诉你,我又写了"非此即彼"中的一大部分,创作并不是那么快捷,但这是因为,它不是演绎,而是纯粹虚构性的创作,特别要求一个人处在创作状态之中。

在下一封信中,克尔凯郭尔加长了他所承受的痛苦的列单——"寒冷、失眠、神经紊乱、对谢林的失望、我的各种哲学理念的混乱,没有消遣,没有能够刺激我的反对意见",——现在他想要回到哥本哈根。在启程的四天前,他给波厄森发了七封信中的最后一封:

> 1857年
>
> 我正在离开柏林，赶往哥本哈根，然而，正如你肯定明白的，不是为让新的约束把自己捆绑起来，不，我需要我的自由，我现在比任何时候都更多地感觉到这一点。一个有着我这种怪异性的人应当有其自由，直到他遇到一种就其本身能够束缚他的力量。我到哥本哈根是为了完成《非此即彼》。这是我最喜欢的想法，我生活在这想法中。你应当看出，这想法是不容轻视的。我的生活仍然绝不能被看作是结束了的，我觉得自己身上仍有着大量积存的资源。

这些都是2月份写出的大话，但克尔凯郭尔并没有言过其实。1842年3月6日，当蒸汽船"克里斯蒂安八世"号在哥本哈根停靠时，29岁的克尔凯郭尔能够提着装着《非此即彼》的大部分手稿的手提箱走下舷梯板。1843年2月20日星期一，这部838页印数为525本的著作，在莱兹尔书店的柜台上以单价为4国家银行币4马克8斯基令出售。

克尔凯郭尔在与瑞吉娜分手后不久，就着手写下了文学史上最长的婚姻辩护词之一，这一点一直是让人感到奇怪的。这辩护词出现在伦理者威尔海姆法官寄给审美者的两封内容覆盖面很广的信中的第一封里，目的是让审美者改变滥交的做法，对"提供着比'审美者想来能有的想象力可想象出的审美质地'远远更多的审美质地"的婚姻习俗产生同感，正

第一部分

是为此,威尔海姆也把自己的这封信称作"婚姻的审美有效性"。威尔海姆是和谐、家庭以及家庭生活的不懈倡导者,因此他非常强调时间性对伦理生活方式的重要性,他用以下精美的比喻来描述出了这一点:

> 作为一个真正的胜利者,那丈夫并不曾杀死时间,而是在永恒之中救下并保存了这时间。这样做的丈夫,他是真正诗意地生活着,他解开了伟大的谜语,生活在永恒之中却又听见客厅里的钟敲打着,以这样的一种方式:它的钟声没有缩短而是延长了他的永恒。[151]

这位审美者作为《诱惑者日记》的主角扮演者,明确无误地阐述了自己的喜好,并在同一个地方令人难忘地嘲讽了"婚姻中的家庭之吻(……),结了婚的人们在没有餐巾的时候就以这样的吻相互擦干对方的嘴,一边相互说着'愿尽享美味'"。相应地,在他那些为后人如此频繁地引用的"间奏曲"的一篇里,他将婚姻置于一台伪逻辑的永恒机器中,——这永恒机器的元素根据需要和倾向能够被替换:

> 结婚,你会后悔;不结婚,你也会后悔;结婚或者不结婚,两者你都会后悔;要么你结婚要么你不结婚,两者你都会后悔。(……)吊死你自己,你会后悔;不吊

死你自己，你也会后悔；吊死你自己或者不吊死你自己，两者你都会后悔；要么你吊死你自己，要么你吊死你自己，两者你都会后悔。这个道理，我的先生们，是所有生活智慧的精粹。

上述的这种生活智慧与克尔凯郭尔在柏林对有"两种不同质的体"的婚姻和艺术的反思所得出的苦涩而甜蜜的认识大致吻合。这样，当《非此即彼》第二部分中的伦理者用下面这些话来描述第一部分中的审美者时，我们几乎就像是听到了他在这些信中的自我描述的回声：

在你的身上有着一种骚动，意识在这种骚动之上明亮而清晰地盘旋着，你的整个灵魂集聚在这唯一的一个点上，你的理解力设计出上百种方案，你为出击做好了准备；你在一个方向上失败了；刹那间，你那几乎是恶魔般的辩证法能够以这样的方式来为前面发生的事情作出解释：这必定是有助于那新的行动方案。

如果把《非此即彼》解读作是克尔凯郭尔就其作为丈夫的能力与自己所进行的长篇对话，那就有点误读了，但若说他是试图以权威的伦理者的形象来说服自己这个无可救药的审美者去相信婚姻的有效性，这也不是完全没有可能。如果

第一部分

288 这尝试成功的话,他就会能够回到哥本哈根,恢复与瑞吉娜的关系。现在则相反,他是作为一个作家回到家里,能够用整整838页向她和公众说明自己的各种安排的依据,有时甚至如此明确无误地是自传体的,以至于作品看来已经忘记了这是小说而不是忏悔文学。以这样的方式,在几页关于婚姻的赞词之后,威尔海姆能够突然(被设定了去)论述一种合理的例外,这种例外在极大程度上偏离了他在其他情形中坚持的"对例外的取消":

> 我从我的角度出发只想提及一种情况,这就是:当个体生命以一种方式变得繁复而无法公开自身时的情形。如果你的内在发展史有着一种不可说的东西,或者,如果你的生命使得你成了一些秘密中的知密者,简言之,如果你以某种方式吞咽下了一个秘密,若这秘密从你这里被泄露出去的话,你就得付出生命的代价,在这样的情况下,你就永远不要结婚。

威尔海姆有着足够的审慎,没有透露出是谁构成了这一悲剧性的例外情形,但克尔凯郭尔的读者几乎不需要作进一步的传记性的定位就能感觉到所指的方向。法官的例外是实际作者给这部作品最重要的女读者发出的信息,在这所说的情形中,她无需费心在字里行间阅读潜台词。

1857年

奥卢夫的糟糕状态和职涯挫折

有一些旅行带来了精神上的清朗，另一些旅行则只会使存在性的视野变得模糊并加重沮丧。1857年初，弗里茨和瑞吉娜前往圣托马斯岛，临时替代该岛去波多黎各执行公务的首席长官汉斯·亨利克·贝尔格。我们不知道这持续了多久，但进入4月份之后刚过一个星期，考尔讷丽娅收到了一份他们一家回到坎恩花园后的状况的报告：

弗里茨和我都很健康，但不幸的是：奥卢夫的情况比以前更糟了，濯足节和耶稣受难日这两天，他都在这里，今天上午，也就是星期六，他回自己家去了，但我想他不会再出来了，他的胃非常虚，乃至他简直吃不了任何东西，这两天他除了一杯燕麦汤和一杯竹芋之外，没有尝任何别的东西。

奥卢夫的胃很差已经有一段时间了，坦白地说，这个可怜的人简直就是大便失禁了，这使他更怕见人而不愿交往——"他的胃又受寒了，这样我就根本无法让他来这里，他是古怪的，这你肯定知道，他生病的时候决不允许我去照顾他"。当奥卢夫的胃"受寒"（瑞吉娜得体地以此来称呼这

第一部分

现象）时，他就回他在克里斯蒂安斯泰德的家，在那里，某个名叫简的女人能够照看着他，给他一点帮助。然而，胃的情况一点也没有改善，到了4月底，它又翻腾着地出了毛病：

> 奥卢夫不在这里，他的日常食物主要是牛奶和面包，所以在晚宴上他是个糟糕的客人；他现在情况好了一点，但他不再到这里来了，他来这里时情况总是会变糟，我不知道是因为坐车还是因为空气有所变化的缘故。

几周后，奥卢夫还是来到了坎恩花园，但他不愿在这里过夜，每天都回克里斯蒂安斯泰德。这位饱受折磨而病弱乏力的海关税官想要尝试一种"牛奶疗法"，而"由于我们这里的种植园里有奶牛，他可以喝到现挤出的好牛奶，我希望这在最终会有帮助"。然而，奥卢夫的牛奶疗法却无法获得进一步的成功，因为在5月底，瑞吉娜在信中报告："奥卢夫现在胃和胸腔都受寒，我真希望他能够尽快出行。"

奥卢夫不仅在等待去哥本哈根的航行机会，而且还在等待着他差不多已经是很久以前向丹麦当局提交的申请得到处理，他申请从他多年的上司手中接任克里斯蒂安斯泰德的海关管理员一职，——这位上司是一位不很受人喜欢的先生，他最终以自己的去世来为其下属做了一件好事。《部门时报》上的招聘启事公布了，"基本确定的工资是2400国家银行币，

1857年

马匹保养费20国家银行币，包括办公室维护，再根据部门工作要求和分项账单可以有最高1300国家银行币的津贴"。[152] 这数字是殖民地办公室的年轻公务员所能期待的收入的两倍，并且是多过当时人们能够用来尝试着引诱一位年轻神学硕士的收入的两倍。弗里茨对于被指责为裙带关系的恐惧根本就无所谓，写了一封关于他内兄的推荐信，所以现在大家都在屏住呼吸等待结果。

"奥卢夫没有得到海关管理员的职务！"——6月27日星期六，在期待已久的对这件事情的裁决终于被做出时，瑞吉娜能够这样宣布说：

> 我对此不算是很恼火。最初我认为这对奥卢夫是一种羞辱，他是一个忠实能干的公务员，现在他的晋升被终身停止了，已故的汉森是一个让人不舒服的人，所以奥卢夫在他手下一点也不舒服，而现在，得到了该职位的毕耶也将是一样地让人不舒服；但随后我又看见了我自己思路中的错误，我看着奥卢夫，他的状况看上去是多么糟糕，我为他现在能够更快地回家而感到高兴；此外，我也觉得，国内政府在弗里茨美丽而谦虚的推荐之下不把这职位给予他的内兄，这是一种耻辱，尤其是在他当之无愧的情况下；但在这个世界上，事情就是这样的。

第一部分

瑞吉娜对于弗里茨的努力通常总得不到认可感到很不满,可能还曾找到机缘抱怨人们以最粗暴的方式来剥削利用他的"工作本领"——

（……）你可以相信,他在这样的时期也在使用它,但感谢上帝,他身体很好,能让他苦恼的只有他的眼睛,它们因大量的书写工作而难受。我自己的健康情况也很好,尽管天气热得很糟糕,而且我的血液肯定在变稠,因为我在自己的心情上能感觉得到,但昨天和今天我的精神又重新有轻松感,为此我感谢上帝。我在等奥卢夫出来吃饭,他的情况则仍是老样子。

那个夜晚,奥卢夫的胃因特别的原因失控,后来晚餐的情况如何,瑞吉娜已经有足够的策略来保持沉默。8月20日星期四,他终于成功地得到了一个船位,但由于他当年显然是出生在一个非常不吉利的星象下,他登上的是"警戒号",瑞吉娜惊恐地了解到,这艘船是"他和劳拉一起来这里时坐的那艘!"因此,即将到来的航行是一次绝对特别等级的感伤之旅。"（……）这对我们来说是一种极大的损失",瑞吉娜在奥卢夫离开八天后给考尔讷丽娅写道,"无疑,你能理解,特别是对我来说,我不否认,这件事在某一瞬间以同样的凄凉感攫住我的心,我在大西洋上让无数海浪把我和欧洲分得越来越开时感觉到的那种凄凉。"正如人们能预期的，蒂丽在父亲离开后的那段时间里也有点难过，不过，在坎恩花园，"她现在拥有了他的房间和大床，这当然是很大的安慰"。

"我们本应向我们的长兄奥卢夫作出的致敬"

在奥卢夫到达哥本哈根五天之后，考尔讷丽娅和埃米尔才在一封信中得到他已回家的消息。信中说，经过长途跋涉，他感到非常困乏，乃至不知道自己状态是不是允许他去一趟霍尔森斯。然而，考尔讷丽娅受不了这种踌躇不决，因此她要求埃米尔（反正他在首都有几件小事要处理）往东去一趟，这样他就能够问候一下他回国的内兄。可以想象，总是不停忙碌的埃米尔会设法找借口不去，但就在他站在那里列举他留在家里的许多好理由时，考尔讷丽娅听到自己问，如果她一起去，情况会是怎样。这是埃米尔无法拒绝的提议，而且事情进行得很快："（……）在一个半小时内，我就把全部要做的事情说了一遍，收拾好了行李，和埃米尔一起坐上了那天从这里直驶考尔瑟尔的蒸汽船。"从那里，他们很快就"在铁路上"继续向哥本哈根进发。

这种即兴旅行有其代价，其表现形式就是酒店全都客满，而且他们还要不断为家里在蒸汽磨坊的孩子们担忧，但事实马上就表明，考尔讷丽娅和埃米尔的决定是正确的，因为当

第一部分

他们没有事先通知就出现在哥本哈根的地址时，玛丽亚"欣喜若狂"，奥卢夫则感动得热泪盈眶。他们发送出了一份"电报急件"给约纳斯，告知他关于他们匆忙赶到哥本哈根的事情，第二天，约纳斯就不安地飞一样地来到，因为他原本是得到了这样一种印象，以为奥卢夫已是垂死之人，因此，看到精力充沛的哥哥，他喜出望外，几乎要欢呼雀跃了。考尔讷丽娅确实不记得曾看见约纳斯比这次更高兴过——"在任何场合他都那么愉快地唠叨着，而且如此明显地只用耳朵听而不用眼睛看奥卢夫的赞许，乃至后者也尽其所能地一同欣喜若狂"。其他兄弟姐妹和他们的婚偶也投入到了这欢会之中，并"形成了自证券交易中心旁的老住址有过的一些难忘夜晚以来让人听到的最感恩的合家欢笑"，——在证券交易中心旁的老房子里，你即使没有真正的"任何让人大笑的机缘，也会笑到极点，以至于你几乎因大笑，就像因烈酒，而躺在桌子下面"。

用考尔讷丽娅的话说，在哥本哈根的五天是"我们本应向我们的长兄奥卢夫作出的致敬"，包括两场戏剧演出和一次在贝伦岑家的晚宴，约纳斯和埃米尔"在餐桌上异常兴奋"，是的，奥卢夫"笑得眼泪流下脸颊"。索尔登费尔特兄弟也向这群快乐地嚷嚷着的参宴者开放了自己的家："你无法想象索尔登费尔特这两兄弟是多么和蔼可亲，我们像狂野的军队一样，又跑又说又笑地开进他们平和安宁的日常生活中。"此外，他们在仍位于老广场的施莱格尔家安排了一场晚会，奥卢夫在那里感到很自在，以至于他这个"古怪的内向者"有了十足的转变，几乎逼肖地像年轻时的自己。然而，就在当天晚上，一阵不适在他身上"相当严重地发作"，按考尔讷丽娅的意见，他应当让家庭医生"特里尔做一次像样的巡诊"，但奥卢夫坚决拒绝，宣称他愿意付给特里尔任何费用来让他别来管他。几小时的午睡之后，他又恢复了精神并去了赌场。大家在赌场里享受愉快时光，一直持续到获得大金牌，但没有不散的聚会，然后考尔讷丽娅就突然站在"宽街中央"，在一片漆黑中向奥卢夫和约纳斯告别。

"海勒瓦德的牧师们"

有些信件从未到达收件人手中，不是因为它们在途中被邮政机构弄丢了，而是因为它们从未被写下过。渐渐地，约纳斯就成了一大堆这类不出现的信件的发送者。1859年5月底，瑞吉娜对他的沉默感到如此厌倦，乃至她称这是"不治之症"。她对约纳斯和他的妻子（在信中经常被称为劳拉·约纳斯，以避免与奥卢夫的劳拉混淆）的好感长期以来一直是停留在低谷之中——4月27日星期一的信中是这样写的：

> 若我告诉你我对海勒瓦德那些牧师的看法，温柔善

第一部分

良的埃米尔肯定会说我的判断苛刻；但事情必定是这样的，他应当把这事情算在这本账上：因为我在这里的高温里失去了那么多美好的感情，其中也包括怜悯；至少对他们我是没有什么怜悯的。劳拉是疯了吗！？她是在抱怨她有太多的事情要做吗！？当一个人像她那样在石南荒野中孤独地生活时，那么她相反可以为此而感谢上帝；工作不是一种祝福吗，我们多少次谈论过这事，我的考尔讷丽娅？而当一个人只为自己的丈夫和孩子工作时，难道这又有什么可抱怨的吗？

这位在物质上受宠于命运的总督夫人，每个手指上都有一个黑仆人，坐在风景如画的热带岛屿上，对自己的嫂子在日德兰半岛石南荒野上风吹日晒的牧师住宅里的不够勤劳感到愤怒，这也许并不太得体。然而，瑞吉娜那天没有什么宽容的心情，并且脑海中根本无法摆脱她嫂子随便和混乱的家务管理的画面，这种家务管理令约纳斯消沉，迫使他在住所里的另一头躲到堆积如山的一大堆神学文献的后面：

约纳斯把自己关在书房里，我认为他做得非常正确；无疑，比起同她在一起，他在那里有着更好作伴者；他是个牧师，因而他靠近那可在之中找到针对所有世俗的苦难和不幸的安慰的源泉。他不干涉孩子们的教育，可

1857年

"昨天你哥哥责备我不断谈论：我的鞋匠，我的水果商，我的杂货贩，我的马车夫，等等等等等等"，克尔凯郭尔在给瑞吉娜的第一封信中写到她的哥哥约纳斯，后者显然对富有的克尔凯郭尔的奢侈习惯进行了评论，——这是克尔凯郭尔试图通过选择另一个"所有格代词"并在信中以"你永远的"签名来平衡的事情。约纳斯·奥尔森同大他三岁的准妹夫一样，曾是公民美德学校的学生，也像后者一样成为一名神学家。他最初是在南日德兰地区担任牧师，从1850年起在海勒瓦德，从1858年起在洛伊特。作为丹麦民族性的倡导者，他在1864年的战争中被普鲁士人免职并监禁。在维堡附近做了几年牧师后，他被任命到科灵附近的斯坦德鲁普，在那里工作了30多年。瑞吉娜爱着心地善良的约纳斯，但对他永远的优柔寡断感到恼火，她至死都不明白他为什么会想到要娶劳拉这样的悍妇做妻子。

无日期的照片。皇家图书馆

第一部分

> 能是由于他不想介入两个女人（劳拉和家庭教师）间的争吵，他缺乏对她们的控制，他应当以一个来打另一个，至少弗里茨肯定会建议他这样做。这家里缺乏舒适和温暖，这是我根据自己的经验知道的，但这两个人自己对家庭生活缺乏特定的品位（……）。

瑞吉娜流露出了她通常冷静地保留在身后的这一面：她要约纳斯更加果断，因为他真的必须让两位女士明白，他才是作决定的人，他是家里的男人，而不只是一个好脾气的软体动物，可以根据需要和脾性来差遣和羞辱。瑞吉娜确信，约纳斯需要换一下环境，他必须远离那有着凶狠而体态结实的女人们的抑郁的石南荒野。去一趟首都也许对他会有助益，但毕竟瑞吉娜对外在变化能够意味一切的说法没有什么特别的信心，她用一种相当尖刻的悲观主义来证明这一点：

> （……）来哥本哈根对他来说也许是件好事；但我仍强烈地偏向我的观点，即：一个人是其自身幸福的创造者；因此，如果他在石南荒野里是不快乐的，到城里来也不会对他有很大的帮助；毕竟，这种生活毕竟只持续很短的时间，为什么还要带着如此多的贪婪在之中要求幸福呢？

1857年

"……没有什么沉思是像关于永恒的沉思那样无法竭尽的"

两姐妹达成了"默契",每到第二次有船停靠时就给对方写信。因此,6月27日星期六,瑞吉娜本来根本是不该写信的,"但我今天忍不住了,我怕我自己的姐姐伤心,生活,在其天命运程之中,是沉重的"。现在,使她写出这封与约定相悖的信的,不仅是女性的直觉,而且也是对于"她的上一封信只会使事情变得更糟"的惧怕。她解释说,那封信实际上是试图要成为一封"明智的信",但她现在明白,它"绝对是一个失败的产品",因为她如此明确地敦促了埃米尔出手他的蒸汽磨坊,把精力用在更能带来盈余的事情上。为了努力对自己不得体的干预表示歉意,她重新写出了她与奥卢夫的谈话片段,奥卢夫曾谈及考尔讷丽娅说,她"在严格的意义上是我们所有兄弟姐妹中唯一有性格的人"。瑞吉娜认为,当一个人的人格以这样的方式在根本上得到确立后,是不是会有逆境的日子到来或是不是会有通往沉郁的倾向,就不那么重要了。上帝确实曾将考尔讷丽娅置于各种考验之中,但她勇敢而坚强地挺过了这些考验。也许生命本身就是由一系列的考验构成的,以人类的眼睛来看,这些考验会显得不人道,但在永恒的视角之下,因而就是以上帝的眼睛来看,这些考

第一部分

验在开始之前就差不多已经结束了。瑞吉娜安抚考尔讷丽娅说，她很清楚自己借助于这些考虑已经冒险进入了非常深的水域，但幸运的是，她能够返回到陆地上，而且绝不是濒于失去理智：

> 你不要对我在这里写的东西感到奇怪，但弗里茨说我每天都在制作新的永恒，他说得确实是很对；但是你看，当一个人非常孤独的时候，当一个人和陌生人走到一起的时候，他们与这人是如此不同，以至于这人在最大的人堆之中仍继续是孤独的，于是这人就沉陷进各种各样的沉思，你当然能够理解，没有什么沉思是像关于永恒的沉思那样无法竭尽的，那么，我在总是能找到质料的地方去取出质料，这也就不是那么奇怪的了。

297　　瑞吉娜把弗里茨关于她的"各种沉思"的话记在心里，但她为自己辩护说，她每天都想法回到"永恒"，是因为她觉得自己在那些陌生人中感到孤独、在那些她总是只有表面认识的人中感到孤独。瑞吉娜的永恒是完全不同的，充满了"质料"，她可以将之取出来并以之打发时间及时间中的所有琐事。尽管她是羞怯的，她并不想具体说明这种"质料"的性质，但当她在8月下旬的信中再次谈论其永恒主题并将之置于自己面前时，她也许揭开了纱幕的一角："（……）你克服了对死亡的惧怕，这样你才真正赢得了生命，我这段时间也一直被这想法占据，每天晚上我都不会梦见别的，只是梦见我们所有亲爱的逝者。"

夜复一夜，瑞吉娜梦到她曾经爱过的人，梦到他们在地下。在那些仍活着的人身上，我们可能会找到各种类似的品质，也许有着更好的特征，确实也会有更高尚的情怀，然而，因为一个人不仅是其品质的总和，我们失去了的那个人永远无法被另一个人取代，因此，这另一个人永远都无法消除死者因其缺席而在我们的生活中留下了的"死之在场"。

"白天是糟糕的，而晚上则更糟糕"

在热带夜晚的巨大黑暗中，还出现了其他的梦，凶恶、阴郁的梦，夹杂着对一些年轻、温暖的尸体的印象，这些尸体在岛上的军营医院和海军医院里四处躺着，散发着甜酸气味，它们让仍活着的人想到一切事物所具的令人难以忍受的不确定性、想到生命的令人震惊的短暂。8月底，瑞吉娜写道："白天是糟糕的，而晚上则更糟糕，我从来没有睡足过一半以上的睡眠时间，睡的时候也像是在发烧的幻觉中一样没有安宁。"幸运的是，瑞吉娜和弗里茨都不曾有过真正危险的高烧发作，即使这高烧有侵袭的企图，也会被寡言的奥皋医生开出的"Chinnin（'奎宁'的错误拼法）"击退。然而，在瑞吉

第一部分

娜的周围，并非所有人都有同样的抵抗力：

> 不幸的是，现在又有一些人可悲地死于黄热病，来这里上班的所有年轻人中最能干的一个，名叫奥利维勒斯，死于黄热病，他是在星期六发的高烧，根本退不下去，因而他无法得到任何Chinnin，星期一他呕吐出来的东西发黑，星期二他就死了。

9月初，人们能够在《部门时报》上读到一份"圣托马斯岛的临时医官"所写的报告，说从5月到7月，港口区域出现了"非常猖獗的黄热病"，然而，由于温度降低和港口的煤船减少，病例正在减少。在情况最严重的时候，"每天有50或70个病人躺在海军医院里，同时在城里其他一些地方则有大约20或30个病人。在整个流行病期间，空气里弥漫着一种压抑的炎热，风也在不同的程度上一直相当强烈"。在450名左右进医院治疗的人中，有135人死亡，但死亡人员中的大多数在被送上岸时病情已经非常严重，乃至医药治疗不会有什么效果。除了少数例外，疾病的蔓延区域只限于港口地区，而且像往常一样，染病的主要是煤船上的船员。[153]

9月中旬，一个不祥的消息传到了圣克罗伊岛居民的耳中，一名"刚到的新兵"被诊断出患有黄热病。一种常规性的"流行性黄热病"逐渐发展成形了，事实上，根据主任医生的报告，这种疾病"像以往一样剧烈，没有任何可被指出的原因"。到目前为止，"有4个士兵死亡，10名黄热病患者仍在接受治疗"。[154]看来，圣克罗伊似乎会比圣托马斯以更小的代价脱身，但当克里斯蒂安斯泰德驻军中的疫情突然呈现出"恶性形式"时，恐怖就蔓延开了。截至10月27日，入院治疗的"有37名病人，其中有好几个在入院几小时后就有了黑色呕吐"。

可以看出，殖民地的医生们不了解黄热病的病因，但他们认为这种病与"气候情况"有关。此外，人们还强调了"士兵们的低饷是一个起着有害作用的因素"，因为普通士兵的经济能力有限，根本没有可能购买"在目前条件下维持其体力和健康所要求的生活必需品。因此，委员会一致同意，有必要提高军饷或提供生活津贴"。[155]

等到11月13日的报告出来后，人们才能对自己和自己最亲近的人有所抚慰，"克里斯蒂安斯泰德驻军中猖獗的热病流行"已经呈现出"更温和的特征"。自疫情开始以来，感染者总数达101人，其中33人死亡，22人仍在住院治疗，其余46人脱离了生命危险——到目前为止是如此。[156]在令人沮丧的死亡记录表格中有着好几个瑞吉娜认识的年轻人的名字。11月12日星期四，她能告诉考尔讷丽娅的就是：

> 黄热病疫情现在略有缓解，不过昨天有一个年轻女

第一部分

孩，克努森医生的女儿，死了，尽管不是死于黄热病，而是死于气候性高烧，奥丽维娅和费德森夫人也死于这种气候性高烧；我不知道你有没有在报纸上看到，又有一个弗里茨安排进部门的年轻人死于黄热病，他是个英俊的年轻人，我很喜欢他，他叫摩尔特克，是露易丝丈夫的表弟。这会让其他新来的人有不祥的感觉，而且就在今年，在这么多年轻人来到这里的时候，情况会这么糟糕，这是让人感到悲哀的。

瑞吉娜感觉到黄热病也盯上了她，她不得不让自己坚强。"你现在理解我了吗"，她问考尔讷丽娅，"我寻求使自己更强大，哪怕这多少要以牺牲我性格中更柔和的一面为代价？"她再次铺展开对自己状态的描述，这不是"出于自我中心"，而是为了让考尔讷丽娅和埃米尔放心——"然后我就聊起来，这一直是我安慰自己和他人的方式"。在故土的家人有着各种不好的状况，而这些状况则是无法以谈论来消除掉的：玛丽亚有"血痘"，劳拉·约纳斯有"胸部疾病"，考尔讷丽娅如此持续地有着健康问题，如果瑞吉娜不使自己"硬起心肠"，而是哪怕与年轻时代相比只有一半程度地把考尔讷丽娅的病弱状态老放在心上，那么，她就会"明天因直往上窜的高烧而躺下，后天就死去并被埋葬，[然后]我可怜的弗里茨就站在那里！不，谢谢了，我已经变得比那更明智了！"

另外，弗里茨也没有逃过，而是有过一次"相当严重的高烧发作"。他尽职尽责，过早地去上班工作，然后就又病了，——"他在城里的唯一一天，回家时他情况是那么糟糕，乃至我的心都吓得卡在嗓子眼了"，但感谢上帝"他及时服了药"。在他生病的时候，他"脸上出了两只大疖子"，据奥皋医生说这是个好兆头，"现在糟糕的状态已经走上了这条路"，瑞吉娜很在行地解释道。然而，疖子却开始蔓延开。它们从他的脸上爬到他的脖子上，又爬到他的背上，以至于弗里茨因疖子和溃疡的创口而很久都无法入睡。在自己的身体上了解了这个问题的瑞吉娜，承担下了当他的"医生"的工作。弗里茨在一开始反对她治疗，半开玩笑地指责说她只是"趁机掐捏他，扯他的头发"，但据瑞吉娜说，这"确实不是真的，我待他温柔得就像他是糖做的一样"。

这种治疗在通常当然有着它的效果。

"……然后我站在那里，对这一切如此无动于衷"

9月27日星期日，她又报告了一个悲惨的夜晚，这种没有规律的睡眠曲线既不是疾病、也不是"带有大风、雷和闪电的不稳定天气"造成的，而是由于"昨天劳累的一天之后的不良后果"，——前一天她在克里斯蒂安斯泰德到处走，进行了"10次拜访"。之所以会有如此非同寻常的拜访次数，是

第一部分

因为即将在10月6日庆祝弗雷德里克七世的49岁生日，届时要举办一场由弗里茨和瑞吉娜做东主持的舞会。

301　在成功地发生的事件过去了之后，瑞吉娜能够带着一小点胜利的喜悦讲述她自己忙碌的参与："我很大的程度上帮助了女仆，在我自己要这样说的时候，你可以相信这是真的；我好想知道，如果劳拉·约纳斯和她的家人看见我装点出的所有沙拉和果冻，他们会怎么说！"在烹饪方面努力的结果也许经不起嫂子的"严苛批评"，但这食物确实"非常成功"。瑞吉娜从清晨到中午前不久一直在帮着忙——

（……）然后我穿着盛装礼服和总督一起坐马车巡驶了一圈，免得人们以为总督夫人与此有任何关系；然后，在晚饭后我先给蒂丽打扮，然后是我自己，女仆帮忙钩上礼裙，把一些蝴蝶结系紧，礼裙、发饰、每一个蝴蝶结都是我自己缝制的。请不要以为我讲述所有这一切是为了让自己显得重要，但是你，你对我是如此了解，难道在我对你说"这是唯一让我有可能对全部浮华有一点兴趣的方式"的时候会无法理解我吗；当女士们戴着金子穿着缎子围拥着我而一切都在灯光通明的大厅里翻倍地闪亮时，我觉得这很有趣，仆人成群地走动着，外面的蜡烛火炬在打着哈欠的人群面前吱吱作响，然后我站在那里，对这一切如此无动于衷，旧的瑞吉娜和旧的弗

1857年

里茨在那里如此毫无变化，但总督和总督夫人，他们是高雅的优越的人，他们，作为彬彬有礼的主人，带着一切可想象的优雅举止履行他们的义务。

瑞吉娜以这些字行展开了一个华丽的场景。在开始的时候，她用第三人称称呼自己和弗里茨，以标明他们的两种所是的距离：他们作为总督及总督夫人礼貌地接待客人时外在的官方形象，和他们是并且尤其内在地是非常普通的人。瑞吉娜从来没有完全进入一个优雅而体面的总督夫人的角色；她伪装自己，戴着一张微笑着的公务面具，完全无邪地享受着自己小小的专业的欺骗。她很高兴让其他女士停留在对总督妻子的想象上——认为她是来自哥本哈根的略微倦怠的、永远闲散的、衣着昂贵的女人。如果她们知道，她自己费力地坐着把自己的每一个礼裙的蝴蝶结慢慢地打出来，而且一天里的大部分时间里都是和约瑟芬以及黑人女佣们在厨房里忙着摆弄锅碗瓢盆和砂锅里的东西，她们会怎样看待她。

正如西印度群岛上的女士不知道她们的总督夫人从深处看到底是什么人，从来没有超出服饰去看待她，瑞吉娜同样认为，考尔讷丽娅几乎不可能想象"这里的一切与家乡有多大的不同"。例如，在丹麦国内，舞会和宴会是为少数特别邀请小圈子举办的，但人们在西印度群岛却根本不会这样做：

第一部分

　　大门是敞开的,长廊和楼梯上挤满了观众,这些观众自然属于平民阶层;但从来没有人偷过银器,尽管这很容易,因为一切都散放着,到处都是,但反过来,吃食消失得很快;我确信,与大厅里面相比,在外面被吃掉的东西更多;想想看,那些高贵的人们,如果知道我向他们提供的是完全同样的食物,在外面会怎么评价我。但现在这些废话已经够多了,如果你在什么时候和奥卢夫谈起我们的各种晚会,那么你可能就会知道真相,知道我总是在做多少蠢事,当然我还没有蠢到向在家里的你们坦诚地承认我做下的这些蠢事的程度。

一千零一夜

　　从坎恩花园驾车到克里斯蒂安斯泰德庆祝国王生日的那天,瑞吉娜独自坐在马车里想:

　　(……)现在我们中的一个人可能会得黄热病,因为这一恶客似的病症在军营里爆发得很厉害,但感谢上帝,我们活着回来了,而且所有人的状况都非常好,尽管这一整个月都热得如此可怕,特别是在晚上:如果不算舞会后的第二天晚上——那晚我睡得像块石头,因为我累得要死,那么我差不多就没法记得有哪一天晚上我不是这样:

1857年

如此可怕地承受热的煎熬,以至于只睡得了一小会儿。

另外,那天晚上黄热病在其他地方忙碌,所以瑞吉娜有惊无险地逃过一劫,代价是令人晕眩的睡眠不足、忍受被汗水浸湿的床单。现在她回到了坎恩花园,生活在那里又恢复了懒洋洋的西印度节奏,让她有足够的机会思考生活。但就像以前那样,她常常一会儿觉得她有太多、在一会儿又觉得她有太少的事情要思考。而且,无论她的想法是大是小,都不那么容易从脑回脑沟的褶曲中转移到纸张开放的表面上。11月12日,她写信给考尔讷丽娅:

> 你无法相信我们在大部分时间里所过的是怎样的一种平静的生活,在一般情况下我对这种生活感到很满意,是的,有很多次我觉得,我有这么多事情要想、要考虑,以至于我永远都无法得到足够的安宁;在另一些时候,想来你也知道,一个人并不总是自己的主人,我感到如此空虚,以至于没有什么有价值的想法会从我傻傻的头脑中出来,并进入到我给我自己的考尔讷丽娅的信中,但我知道你比我更宽容。我们在这里读了很多书,作为对此的证明,我只想举出一个例子:我们两个都从头到尾读了《一千零一夜》,你看,这是一本很厚的书。最近我读了安徒生新的长篇小说,我不喜欢它,一如既往的

第一部分

> 东拼西凑，而自己的东西却那么少，然后我不会否认，童话风格不适合出现在长篇小说里。

瑞吉娜对可怜的安徒生的大胆直率的论断想来应该是针对他的《存在抑或不存在》，该书于1857年5月20日出版，是安徒生当年出版的唯一一部长篇小说。小说的主题是当时人们热烈讨论的信仰与知识间的关系，对小说的主人公尼尔斯·布吕德来说，信仰和知识两者并非绝对对立，现代人必须学会在其间摇摆的两极。《存在抑或不存在》得到了普遍的好评，但《雅典娜神庙》杂志的评论者不喜欢这本书，并称之为"危险的"。1857年夏天，安徒生与狄更斯一家在伦敦郊外的乡间别墅里度过了几个星期，《雅典娜神庙》杂志的评论让他陷入了阴郁的心情之中。6月28日星期日，他在日记中写下："睡得不安稳，做梦；像吸血鬼一样，《雅典娜神庙》的评论压在我的心上；今天早上我仍心情郁闷。"[157] 狄更斯试图安慰他的丹麦同行，说他自己除了自己写的东西之外从不读报纸上的任何其他东西，因此二十多年来不曾读过任何一篇关于自己的书的评论！[158] 但不幸的是，安徒生确实看了关于自己的书的评论，而这在那个夏天让他付出了沉重的代价。

几十年前，安徒生有过几乎同样的感受。当时为他带来这感受的机缘是一个年轻的神学系大学生对他的长篇小说《只是一个提琴手》所做的毁灭性的批评。这批评者名叫索伦·克尔凯郭尔,他对安徒生的无懈可击的看法催生了一整本小书,有着一个意义晦涩的书名:《出自一个仍然活着的人的文稿。被违背其意愿地发表》。敲打安徒生的意愿在这里是准确无误的,对安徒生的打击如此之重,以至于他,按他在自己的年鉴中的记录所写,"仿佛在一种昏昏然的麻木状态中"踉跄地走来走去,并且不得不用上"降温粉末"来恢复自己精神上的正常温度。[159]与瑞吉娜相反,克尔凯郭尔认为安徒生在他的小说中给出的自我表现不是太"少",而是太多,是的,克尔凯郭尔直接指出,安徒生的长篇小说"与他自身有着一种如此肉体的(physisk)关系,以至于它们进入存在更多地被视作他的截肢而不是生产"。

如果要在《只是一个提琴手》和《一千零一夜》之间做选择,那么,克尔凯郭尔和瑞吉娜一样,会无条件地选择他一生都不断回返的阿拉伯童话集。故事的外在缘起是一个令人毛骨悚然的传说:沙里亚国王每天晚上让他的维齐尔(大臣)给他带来一个处女,他与她一同在床上享乐,然后在黎明时分杀死她。维齐尔的女儿舍赫拉查达也是这些漂亮纯洁的女孩中的一个,她在一千零一夜中的每一夜都用一个新的童话来取悦国王,因此而救了自己的命。在她的最后一个童话之后,她向国王展示了她在奇迹般的隐蔽状态中成功地生下的孩子,这时,国王放弃了他的杀人计划并娶了她。

克尔凯郭尔在日记中能够将自己与舍赫拉查达相比,并

第一部分

将他自己不可控制的写作需求与舍赫拉查达探奇性的讲述意愿并列。就像在舍赫拉查达的情形中那样,无数的言辞缘起于对"与无法忍受的事物保持距离"的需求,这无法忍受的事物可以是:沉郁、各种渴望、各种误解、各种屈辱。在1849年的一篇日记中他这样写道:

> 哦,多么沉重啊!正如我如此频繁地就我自己所说的:像《一千零一夜》中的那个公主一样,我通过讲述,亦即通过生产,来拯救生命。生产是我的生命。一种巨大的沉郁,能引起同感的这一类内在痛苦,一切,一切我都能够控制——在我得到许可去生产的时候。然后,世界冲进来,袭向我,那会使别人失去生产能力的虐待——它只使得我更具生产力;一切,一切都被遗忘,对我没有控制力量,只要我得到许可去生产。

克尔凯郭尔比大多数人更早地认识到写作能减轻灵魂的危机,写作过程有治疗效果。通过他的写作,他成功地减轻了痛苦;写作是自我遗忘的修习,写作是欣喜地存在于自身之外的其他存在之中。除了是如此无限地多的其他东西,克尔凯郭尔的写作——也——是在纸山中从一个高峰到另一个高峰的一种生死攸关的飞跃行为,是对"恶魔在之中所做的翻覆搜寻"的有着里程碑意义的抽象。在1847年某天的日记中写有:

1857年

> 你看,安徒生能够讲述关于幸运的套鞋的童话——但我能够讲述关于挤迫着的鞋的故事,或者更确切地说我本来能够讲述这童话。然而正因为我不愿讲述这童话,而是将之藏在深深的沉默之中,因此,我能够讲述诸多其他的东西。

这篇日记有好几个层次;首先是不同的鞋类之间的愉快比较,这比较要标出安徒生和克尔凯郭尔在本质上的不同,一个是幸福之小册子的作者,另一个是痛楚之思想者;接下来是关于作为"对于'克尔凯郭尔的生活中严格意义上的真实'的长期隐瞒"的著述作品的观念,——这严格意义上的真实也就是:所有他原本——如果他想要转达的话——能够转达给他的读者的东西。克尔凯郭尔的写作不是为了宣示自己,而是为了隐藏自己。这种努力在多大程度上是可行的,仍然是一个开放的问题,但正如我们所看到的,瑞吉娜也不想让考尔讷丽娅接触到所有材料。当她坐着给在霍尔森斯的姐姐写信时,她的表现有点像她以总督妻子的身份到处亲切地问候晚间客人时的情形,而她的思绪实际上是完全停留在另一个地方。瑞吉娜持续着地在她的信中隐瞒了一些最本质的事情——尽管她并不隐瞒自己有着这种隐瞒。她与克尔凯郭尔在这方面也有共同之处,在4月27日的信中,以对考尔讷丽娅完全信任的样子,她

第一部分

有点撒娇地表现出了这一点：

> 看，现在这规定好了的4页已经满了，我也因此就不再写了；我也没有什么更多可讲述的了，而我的想法！是的，"被隐藏起来"对它们无疑是有好处的。

307

一个已消失的时代的伟大的精巧和高度的物尽其用的例子。这信被围着自身折叠起来，形成了一个信封，弗里茨在上面用花体字注明了考尔讷丽娅是收件人。当红色的蜡封被打开时，它也从纸张上拉了一小点出来，在文本中留下了一个空洞。

私人拥有物。摄影：亚当·加尔夫

1857年

瑞吉娜和克尔凯郭尔一样,以"看"开始自己的句子,但他们表达的相似本质上是更深的:瑞吉娜写了她应写的四页,既不多也不少;据她自己说,她没有更多的东西可讲述了。但她随后透露,这四页纸,以最克尔凯郭尔的做法,最好是在边上做些涂写,因为她所写的东西与她内心深处的想法并没有真正的关联,因为她事实上是打算把它们留给她自己的!因而,她不告诉我们这鞋在哪里挤迫——正是因此,她能够像克尔凯郭尔一样"讲述诸多其他的事情"的原因。12月12日,星期六,她写信给考尔讷丽娅:

看,那是一段无谓的长谈;尽管你的上一封信很亲切,尽管里面有无限多的东西我想和你谈论,但这同样的事情就是不适合于被写出来,我们得希望有一天我们可以聚在一起,重新通过在一起聊聊来使我们的心情变得轻松一点,还有许多埃米尔和弗里茨所抱怨的事,也许他们是对的,闲谈私语最好是在楼梯上进行。

瑞吉娜关于在楼梯上进行闲谈私语的句子几乎和克尔凯郭尔将幸运的套鞋和挤迫着的鞋放在一起的句子具有同样的创造力。但除此之外,这种几乎是大声说出的隐瞒,这种在字里行间闪烁或伪装着的表述性,是瑞吉娜想要又不想要的——当然绝不会在信中想要的。然后是,也许,无论如何;

第一部分

但只有在相当长的助跑式的准备性文字之后：

> 看，现在是五点，太阳开始下山了；在这个季节，这里的太阳下山也很早；但它在地平线后，很快就下去了，然而，这短暂的瞬间是唯一的"光照——随着阴影的拉长——令我想起家"的瞬间；在白天的正中时分，太阳太炫眼而无法与故乡的光照相像；于是我变得忧伤，因为对家的爱仍藏在我心中，它从未被遗忘，但我很少屈服于我的感情，于是我想，无论我多么爱那些被我留在了那里的人，如果上帝在我再次见到他们之前召唤我到我真正的家，那么，在那里也会有一个相聚的时刻。相反，如果一种像你最近在家中经历的这样的喜悦还能在地球上留存给弗里茨和我，哦，那么我希望，无论是上帝还是人类都不会觉得我对爱的礼物不知感恩。

瑞吉娜仍旧是神秘的，她在说了下山的太阳将她的思绪往东引向哥本哈根的家之后，提到了"最近"降临在考尔讷丽娅和埃米尔身上的"喜悦"。这样的"喜悦"可能是指小约翰娜·玛丽，尽管她不是最近才来到这世上，而是在1855年9月25日。不管怎么说，瑞吉娜后面这句话是可以朝这个方向解释的，这样，也许她和弗里茨在那几周里希望得到相应的幸运，也许她已经超过了时间——就像在月经迟迟不出现时的形而上学的说法。她的情形会不会像撒拉的那样，违背所有的生理计算，在晚年生下以撒，从而得到双倍的祝福？如果瑞吉娜所想的是一种这样的"爱的礼物"，那么她至多只会满足于间接地触及这事情，然后匆匆进一步对果酱和其他类似的更容易掩盖的事情做出一些评论。

舍赫拉查达讲述着，讲述着，以求阻止死亡，但她也让自己受孕并得到了孩子，这成了对她的救助。克尔凯郭尔写着，写着，以求抑制住自己的沉郁，象征性的死亡；他把自己的思想和理念作为"健康的、喜悦的、茁壮的、快乐的、得到了祝福的孩子"来谈论，所有这些孩子都有着他的"人格之胎记"。这些书成了他的孩子。瑞吉娜，则相反，写了一封又一封信，但没有孩子出生，尽管她也许在一千零一夜中和弗里茨尝试过。她从来没有比她在这封信中更接近这个主题，也许是因为没有孩子引发的痛苦如此之多地充满着她，以至于要把它写出来对于她会是根本无法忍受的。因此她不得不旁敲侧击地写，以某些可能看起来会被误认作乌有的东西来填充这些信。

1858年

"你想着这是考尔讷丽娅"

1858年初，瑞吉娜、弗里茨和蒂丽以及数量不确定的一些仆人从坎恩花园搬回了克里斯蒂安斯泰德的总督府。这次离开在瑞吉娜的心里留下了一个"小伤"，但没多久她就感觉到，当他们住在城里时，那通常在她身上留下印痕的"空虚和凄凉"几乎不再是那么明显了。人们好奇的目光不再以同样的方式困扰她，而城市生活在所有其他事情都相同的情况下提供的消遣也是她非常需要的。如果她的情绪不是每天都一样好，她仍总是有"无价的优势"，那就是她能够期待"再到乡村"。正如我们所知，幸福就在我们不在的地方。约瑟芬的心情也有了很大的改善："乡下的寂寞好几次差点把她弄傻了，你可以肯定，我和她一起经历了很多事情。"

2月13日星期六，瑞吉娜坐在她的房间里，看着"东端山丘的可爱景色"，给考尔讷丽娅写信。她在信的开头向她保证，她的爱是不变的，尽管距离她上次给出生命迹象报平安已经有一段时间了。像以前常常所做的那样，她反复谈论着"分离"，但事情应当是如此的——"忍受不可避免的事情既是好的也是明智的"。按照她的习惯，她把一切都寄托在更高的权力手中，但在这种情况下，她的天命信仰伴随着对非常多的东西的深思熟虑。就是说，她最近经常想着，"人在追随自己的倾向时是多么狡猾，是的，甚至不去搞清楚我们做这做那的原因，正因为是这样一种被压抑住的感情在驱动着我们"。

瑞吉娜触摸的问题，正确地考虑的话，涉及到"'无意识的东西'之活动"的范围，这一奇怪的令人不安的事实就是：我们被各种黑暗的力量驾驭着，有时我们的行为有隐藏的动机，可能与瑞吉娜所说的"被压抑住的感情"有关。她自己最近有过一次充分证实了她在这方面的感受的体验：一位施瓦茨夫人来到了圣克罗伊岛，弗里茨的前任费德森法官为她提供了几封推荐信，其中有一封是给瑞吉娜的。施瓦茨夫人是一位非常有教养的妇女，明显患有关节炎，手脚部分瘫痪，因此医生建议她在热带气温下休养。瑞吉娜和一位梅内克夫人一同照顾施瓦茨夫人，邀请她到总督府喝茶，并为她安排马车到乡下游玩。在这期间，她"与梅内克夫人很合得来"，在某个时刻简直就"不审慎"。她不想用进一步的细节来烦扰考尔讷丽娅，"因为幸运的是，这只是一件小事"，但在她有一天向弗里茨吐露出这些事情的时候，他马上说："你所约的

第一部分

人,你想着这是考尔讷丽娅"。瑞吉娜被这句话打动了,完全相信经验丰富的弗里茨是对的。她对施瓦茨夫人的关怀是对考尔讷丽娅的那种爱的一种转移,由于很说明问题的地理方面的原因,她不能直接表达出来。考尔讷丽娅是不可替代的,但恰恰正是因此,事实就是如此足够悖谬:其他人不得不暂时进入她的位置来作替代。

然而,我们也不能排除这样的可能性:瑞吉娜对考尔讷丽娅的爱也是对另一个人的在道德上重新定位后的爱。当心理学家弗里茨在经历了炎热的西印度政府机构中一天的苦劳之后的深夜,坐在他最喜欢的红木摇椅上,尝试就没有止歇的蝉鸣发出几声感叹,他是否有类似的想法?想来他有着解读妻子的复杂情感的各种预设条件,而在一个因为看起来很坚强而被称作是软弱的瞬间里,如果他走到他弯腰坐在有着东端山丘的可爱景色的屋子里专心致志地写信的妻子身边,想来他会几乎忍不住想要知道,瑞吉娜在一封信又一封信中向考尔讷丽娅吐露的爱是不是仅仅针对日德兰半岛东部一个偏远城市的一个女人,而非也拥抱着一个虽然已经死去并被埋葬了,却仍让人感觉几乎是肉身在场的男人。

"这一沉默意味着什么?"

在她的诸多信件中,瑞吉娜本可以在其中的一封里告诉

1858年

考尔讷丽娅她在克尔凯郭尔死后获得的材料,但她从未找到这样做的机缘。因此,她也没有说出弗里茨对完全出乎意料地出现在他们的西印度流亡中的哥本哈根信函鬼魂的反应,因此我们只能去猜测这一反应,借助于大致同等程度的移情力和想象力——以及一小点克尔凯郭尔的文字。《为自我考检而写》是克尔凯郭尔进入人们所称的"他的沉默期"(因为他在这一时期什么文字都没有发表)之前发表的倒数第二部作品,在这本书差不多一半的地方,他以这样一种方式捕捉到并保存下了一种似乎是从《雅各书》第1章第22至27节中奇怪地摘取出来的情景,而《雅各书》第1章第22至27节则成了构建该书前三分之一的文本基础。这一情景可能发生在餐桌上,也可能发生在阳台上,或者发生在人们一起说话——而没有交谈——的任何地方:

你坐着与她说话;当你坐得最好的时候,你自言自语说:她沉默——这一沉默意味着什么?她打理着她的家务,是完全在场的(……)她是喜悦的,有时充满调皮和快乐(……)——当你坐得最好并看着她的时候,你对自己说:她沉默;这一沉默意味着什么?即使是与她最亲近的人(……)要求着她的私密关系的人——如果我们能够想象,他想要对她坦率地说:"这一沉默意味着什么,你在想什么;因为在所有其他一切的背后有某

第一部分

种东西,某种你似乎总会放在心上的东西,告诉我这意味着什么!"她没有坦率地说;至多也许是拐弯抹角地说"那么你星期天一起去教堂吗!"——然后她又说起了其他的事情(……)。这一沉默意味着什么?

当他的妻子不在场、有着距离或者坐在自己的工作间而思绪是明显地在别的地方时,弗里茨难道不是有时也会问自己这个问题?难道他真的从来没有打听过从克尔凯郭尔遗产中被取出寄送给他妻子的那些信中的内容、从来没有询问过随信的日记材料的性质、从来没有追问过她逝者的这些密语和坦白为她带来的感觉和印象?总督是否就这样甘心接受了事物的现状,听任这两个曾经订婚的人在隔壁房间感情炽烈地陪伴着对方?抑或他为自己的好奇心所苦,在瑞吉娜清晨外出骑马或游泳、或者这一天稍晚些时辰有点不情愿地在街对面的埃米莉·德·庞塔维斯家里打发掉一个小时的时候,潜入她的房间以获取文件内容的信息、查看那些箱子?猜测而已。反过来,无可争议的是,这些箱子里有着克尔凯郭尔当年与给瑞吉娜的那封密封的信一同寄出的信的各种构思和草稿。这些草稿是直接发给施莱格尔的,因此他的妻子不得不让自己进入道德上的两难问题:是让收件人了解这些草稿的内容,还是出于婚姻的考虑,隐瞒它们的存在,果断地把它们放到这堆信的底部。如果她选择了后一种处理方式,人

1858年

们在这一点上也会很理解她,因为有好几份草稿读起来会让人觉得相当不顺耳,比如说,克尔凯郭尔作出了如下的宣示:

> 我和这个女孩以一种方式经历的事情,从某种意义上说,是很奇怪的。然而,在我们当年分开时,我当然是唯一拥有过并拥有着对我这关系的解释的人,——这也是我现在仍没有改变地所是的;我是唯一懂得如何评估该女孩之价值的人;我是唯一综观这关系的人;唯一预见到现在发生的事情一定会发生的人,这是我相当频繁地暗示的。然而,在那个时候,我是"一个恶棍,一个卑鄙的恶棍",等等——"这分离会让她选择死亡!"而现在,现在她早已幸福地结婚了——而我完全没有变。

克尔凯郭尔用来宣称他是"唯一"曾拥有并仍拥有着对这一关系的明确解释的人并且他是"唯一的人"懂得如何欣赏瑞吉娜的得意的详细描述当然不会让弗里茨感到愉快。克尔凯郭尔引号里的东西也必定是起到了伤害作用,第一个引号里的听起来像是人们愤怒的论断的回声,第二个引号里的说法再现了特尔基尔德·奥尔森所说的那些话,他当年试图用这些话来让克尔凯郭尔改变决定,不离开这位可敬的国务议员的小女儿。这些历史记录性的细节似乎伴随有某种得意,这对弗里茨来说肯定是可怕的,因为它明确无误地表明了瑞

第一部分

吉娜在那个时候是带着怎样的极端热情拥抱克尔凯郭尔的,而现在,这么多年之后,以一种特别的酸涩态度,在这样一个事实中强调出反讽的成分:瑞吉娜最终"幸福地结婚了",而克尔凯郭尔却"完全没有变",由此,这就更表明他仍爱着她,爱的强度并没有减弱。

除了是一场心理方面和爱欲方面的领土战争外,这封给施莱格尔的信函草稿也是对克尔凯郭尔当年所招致的辜的清账交代。在草稿的稍后部分中,他这样承认,对瑞吉娜,他"在某种意义上(有着)完全的过错和辜责",她"极其无辜地"承受了"很多,非常之多",但正是因此——"当然只有在你同意的情况下",他希望向瑞吉娜解释"她'与我的关系'"。可以说,这措辞似乎颠倒了,因为,如果克尔凯郭尔想让瑞吉娜了解"他的'与她的关系'",然后让瑞吉娜在自己的"与他的关系"上有自己的解释,那无疑会是更合理的。但显然克尔凯郭尔认为自己的解释才是算数的,更重要的是,它将能够以决定性的方式"美化"她的婚姻,并给予她一种"等待着她的意义"的观念。克尔凯郭尔继续:

> 一个年轻的女孩,就这件事而言,能够是可爱性本身,另外还能够是有着极高的天赋,——然而,当她被引进各种如此可怕的决定,唉,就像那些她"在之中必须由我牵着手带领"的决定时,就会犯错。她在订婚后

1858年

的最后一段时期与我的关系就是一种这样的错误,尽管她在本质上没有丧失任何可爱性,虽然她几乎是在不明白这一点的情况下努力补救。——然后,当一段时间过去后,这同一个女孩有时间让自己回过神来,她能够通过她随后所做的事情(通过订婚,然后结婚,并且恰恰是和某某人)来表明她不仅是可爱的女孩,有天赋的,而且在极大程度上还是一个明智的女孩;然后她能够通过同一步骤确保对方有不断的感恩。这就是"她"的"通过'与您结合'的与我的关系"的情形。——

这封信中"与自己的收信人如此有修养地进行竞争"被它对其无名的女性对象(我们明白,这女性对象随着婚约趋向瓦解而渐渐地即将失去自己的"可爱性")所做的纠正抵消掉了。然而,在恢复冷静之后,她知道该怎样去特别理性地行事,去与"某某人"(就像在无礼的匿名化中称呼的那样,这种匿名化有着让弗里茨与其他任何人互换和替代的倾向)结婚。与此相应的是对于瑞吉娜作为一个"明智的女孩"的鲜明的强调,这明智的女孩在自己暴风雨般的青春恋爱之后选择了缔结一场明智的婚姻。

然而,在给弗里茨的信函草稿中,执笔者不仅是个令人难忘的初恋情人,而且他还是个在行的心理学家,——作为在行的心理学家,他解释说,当"这样的婚姻有时间巩固自

第一部分

己"时，让"这女孩"了解"这恶棍"为补偿自己招致辜咎的行为而"为她积攒出来"的名声，能够是一种"义务"。克尔凯郭尔借助于下面的比喻来提出保证"让瑞吉娜在还活着的时候就达到文学上的不朽"的方案：

在正确的情况下，一位妻子的情形会是这样的：只有在她的婚姻中，才会有日常生活里的常用衣裙和个别节庆场合的节日礼服之间的差异；这个非同寻常的女孩在这方面则不同于普通女孩，她除了自己婚姻中的日常衣裙之外，还拥有更昂贵的华饰，亦即，"名望和历史意义"的节日礼服，我已为她准备好了一切这类礼服，为她死后准备的，除非这女孩的心，也许是作为对这么多的冒犯的一小点补偿，希望马上穿上它；因为这可以马上被做到。

在弗里茨所娶的"妻子"里面，继续生活着与索伦订婚的"女孩"。在她的婚姻中，瑞吉娜穿着日常衣裙到处走动，但她也拥有名望的远远更为华丽的衣裙，这衣裙实际上是存放在她的前未婚夫那里，如果她有这样的欲求，那么他"马上"会让她穿上这衣裙。如果弗里茨认为无须为这一名望的节日礼服着急，我们完全能够理解，更不用说这礼服不可避免地会为他带来远不是英雄性质的穿戴：愚人装、小丑服、永恒第二的耻辱背标,或者只是额头正中竖起的乌龟角[①]。

这信函草稿,以其所说出的把索伦和瑞吉娜结合在一起的愿望,看起来就像是一封分离瑞吉娜和弗里茨的信件:固然他们在现世之中确实是相互获得了对方,但在永恒之中他们则不可避免地会分道扬镳,弗里茨不得不为自己的老对手让出自己的位置。但在这个永恒开始之前,瑞吉娜属于弗里茨。就是说,克尔凯郭尔进一步宣称,在瑞吉娜收到她未来的"意义"的消息之前,他会充满严肃地敦促她忘记他,这样她就能够完全属于她的婚偶。这又是一个暧昧含糊的保证。当然,一种这样的压抑之敦促,如果它会有任何意义的话,那么它的未被说出的预设条件很明显地就是:瑞吉娜事实上仍没有真正成功地使克尔凯郭尔成为她青春生活中的一个插曲,她仍迷恋着他,没有停止爱他,并因此必须得到帮助去在与弗里茨的婚姻中实现自己的激情,学会节制、升华,并带着不掺有杂质的激情等待到永恒中的某个时候。克尔凯郭尔向瑞吉娜的婚偶保证,"见到我的机会对于她可以说会是完全都被剥夺掉了的",但因只是"可以说会是完全",因此瑞吉娜在提醒自己应当忘记克尔凯郭尔的时候,出现在她面前的困难没有变得少一些,——而弗里茨则完全有理由问自己,这"可以说是完全被剥夺",等于是有多频繁呢?然后这分离

[①] 译者说明:相当于中国的绿帽子。

第一部分

信就走向了其终结：

> 上帝祝福她！今生，她将属于您；在历史中，她将走在我的身边；在永恒中，她也爱着我，这当然不会打扰您，在我与她订婚的那一天，我已经是一个老人了，而且已经太老了，一千年太老，乃至无法在严格的意义上爱一个女孩，这是我以前就应该明白的，而这是我现在太明白了的，现在这件事早就使得我又老了几千年。

通过强调自己不正常的高龄，36岁的克尔凯郭尔把自己弄成了一个神话般的超人，打破了通常人们所认定的时间和空间的范畴。这样一来，他就能以同样的手法限制自己在订婚灾难中的份额，并为他所诉诸的特权进行辩护。由于他的"千年"，他几乎已经进入了永恒，在那里他耐心地等待着瑞吉娜按计划的到来。不过克尔凯郭尔也想要合情合理，因此以外交式的措辞解释，他之所以不是以口头方式，而是以书面方式来找过来，是因为要确保这对夫妇有着必要的"平静和无动于衷"来彻底考虑他的提议：

> 很不幸，我的过于明显的个人在场，可能会以这种或那种方式打扰您和她，推动你们去做某些你们其实并不希望做的事情，或者使得你们不去做某些也许是你们

1858年

想要做的事情。因此,我也没有去利用那大量地提供自身的——也许是被提供了的——机会,来进行个人直接的接触。

这段话的内容被完全地移到了最后一封信中,克尔凯郭尔在其中警告说,他的"明显的个性"已经在以前的场合"起到了太强烈的作用",这样的事情最好不要再发生。最后一封信中还包括这样一句话:瑞吉娜多年来一直向她的前未婚夫提供自身,因而,这样的一句话不仅仅是突发奇想的结果,而是一个精心策划的挑逗,不过(这也是典型的克尔凯郭尔的行文特点),这种挑逗马上就被一种经过处理而变得正式的礼貌消解在一种平衡之中:

也许——谁知道呢?!——这也许会是第一次,也是最后一次,我与您这样交谈,因此我借此机会为您见证我特别的敬意(……)。这"使得您与一个诗性地值得称为Regina(拉丁语:女王、女主)的女孩结合"的幸运,您的这种幸运对我来说是一种真正的善举。对她来说,也是那么美好!此外,一个女孩还能要求什么更多呢。您使她在生活中幸福,——我将设法安排她的不朽。

她无论如何都不能读这封信。如果她会提出任何要求要读这信,那么告诉她,如果她读了它,那么她将在

第一部分

她的生命中第一次在严格的意义上让我伤心,这
　　带着特别的敬意的

　　　　　　　　　　　您的恭敬的
　　　　　　　　　　　S. K.

施莱格尔不太可能会觉得与克尔凯郭尔"交谈"特别愉快,克尔凯郭尔提出的要求和条件与他署名时写下的"特别的敬意"明显地相悖。在"P. S."之后接下来的几句话清楚地表明,千年的克尔凯郭尔已经从永恒中归来,现在正在忙碌的当下之中不耐烦地跺脚:"由于我可能要去国外进行一次小小的旅行,我希望能尽快得到答案。"

正如我们所知,施莱格尔只用了两天时间就满足了克尔凯郭尔的愿望:给瑞吉娜的密封信未被打开就回来了,伴随有一封"道德化的愤慨之信",克尔凯郭尔立即将其销毁,之后他将自己的信函草稿放在瑞吉娜陵墓(这是他按照自己给出的尺寸让人制作的)进行归档:"所有东西都在她的基座上的纸包里,用白色信封装着,上面写着:关于她。"几个月前,克尔凯郭尔把笔记本15号放在同一个地方,上面写了一大段条目:"我与'她'的关系。/49年8月24日。/某些诗意虚构的东西。"他以一种特别的脆弱承认,他曾希望与瑞吉娜建立一种"姐妹关系",这"肯定会让她高兴"。然后他作出定位:"我的碰撞是一种宗教性的碰撞。以一个恶棍的形

1858 年

象来进行欺骗是对她有好处的。然而,她曾因'她对她的爱情、对想死、对她的宗教性的祈求等等的绝望的说辞'而失态;她,现在结婚了——而我没有结婚。"克尔凯郭尔安慰自己说,他不管怎么说毕竟尝试了与施莱格尔接触,而施莱格尔显然对于他的"礼赠"(对瑞吉娜的名望的保证在事实上就是这一"礼赠")根本就没有任何感觉。"如果他明白我,如果他相信我,那么,我就几乎会是他手中的一个侍者。——但现在这事情在严格的意义上被决定下来了"——

> 我在这件事上从来不曾像刚刚迈出这牺牲的一步之后那样,感觉如此轻松、快乐和自由,如此完全地又重新是我自己;因为我现在明白,我得到了上帝的同意,放手让她离开,只需满足她最后的"不时地想起她"请求就能够让自己脱身。

"……我将,在上帝的帮助下,在下一次变得更残忍"

神经受损的亨利克·伦德正是从这座瑞吉娜陵墓中拿了材料并寄给瑞吉娜。在克里斯蒂安斯泰德,她有充分的机会认真面对克尔凯郭尔为附信和密封信所写的各种准备性的初稿。而且,这肯定也不会是无关的阅读。在内容最多的未定

第一部分

稿中，克尔凯郭尔承认自己曾是"残忍的"，但他的行为是出于爱的动机并有着宗教上的考虑。虽然他很清楚瑞吉娜"承受了难以言喻的痛苦"，但他认为他自己"承受了最大的痛苦"，不过还是想要请求得到瑞吉娜的原谅——如果，她错误地这样解读这段关系，认为克尔凯郭尔只是一个"卑鄙的恶棍"，出于纯粹的自爱，"残忍地欺骗了一个可爱的少女"，而这少女是带着"在自己这一边的无辜之权利"向他献身的。如果这种叙述与瑞吉娜自己的解释相吻合，克尔凯郭尔就会"受悔的煎熬并乞求原谅"。

然而，克尔凯郭尔认为，有另一种解读的可能性，把辜的问题放在一个完全不同的视角之下。这确实将永远是他的辜，"我把你扯上一起进入激流"，但如果瑞吉娜已经洞察到，"恶棍"只是一个"假相"，一种必要的欺骗，那么克尔凯郭尔就成为"感激者"，因为瑞吉娜已经实现了他的这个愿望——"我的所有残忍都是瞄准了这个愿望：你去结婚并且正是与施莱格尔结婚"。克尔凯郭尔进一步让瑞吉娜明白，他不会满足于以书信形式表明他的感恩之心，而是打算"根据另一种尺度"来表达它。但他还不想向她透露更具体的细节，在责备了她当年通过"诉诸基督并提醒他去想去世的父亲"来"祈求"他的那种不顾一切的尝试之后，他以较温和的语气继续，并向她保证他已经最大限度地履行了他的"不时地想起你"的诺言。

1858年

（……）尽管放心，在丹麦不会有任何活着的女孩，无条件地不会有任何女孩，关于她将被说出的东西，在任何时候会在这样一种程度上像关于你被说的这样：其生命有着非凡的意义。（……）我的全部名望——这是我们的意愿——将属于你"我们亲爱的小瑞吉娜"，你，你的优雅曾迷住、你的痛楚永远地打动那个既不为世界的奉承也不为世界的对抗所动的人。只有两个人曾以这样的方式令我专注：我去世的父亲和我们的亲爱的小瑞吉娜，以一种方式也是一个死者。

克尔凯郭尔能够（有人会说：恰当地）选择这赞美来结束他的信，但他没有这样做，就是说，他打算加上一句"告诫的话"，为了进入这告诫，他用上了下面的相当长的助跑：

无疑，你自己已经深刻地、清楚地、虔诚地明白了你的任务：在承受过了你同我一起承受的一切之后，出色而优秀的施莱格尔，正是你能够使之幸福的人，和他在一起你能够变得幸福，并且你应当幸福，这幸福不应当像一种瞬间即逝的心境的蹒跚那样"不是那么多"。（……）你在与我的关系中处于一种困难的境地；但诚实的意愿能做成很多事（……）；去做那出于关怀和爱而不得不残忍的残忍者，这是沉重的；但是要知道，如果这是有必要做

第一部分

的——愿上帝不让这样的事发生——如果这是有必要做的,那么我将,在上帝的帮助下,在下一次变得比第一次更残忍,更冷酷。然而这不会是必要的,对此我是确信的。那就好好活吧;让你,这对你有好处,为再听一遍这句话而感到欣悦吧,那么现在就听这句话吧:是的,你是爱人,唯一的爱人,当我不得不离开你的时候,你是最被爱的,尽管你因你的激烈让我有些伤心,这激烈不能够也不愿意理解任何事情,所以残忍成为必须。

克尔凯郭尔从来没有确定过这常被提及的残忍的性质,这仍是他和瑞吉娜之间的一个没有被纳入任何主题的情节。他感到不得不威胁要在必要时第二次作出更残忍的反应,这是因为他担心瑞吉娜在明白她感到不得不离开的"恶棍"与她继续爱着的克尔凯郭尔根本不是同一个人时,会想要恢复他们的关系。我们留意到了在克尔凯郭尔充满惧怕的想象中是怎么会有这样的想法出现的:瑞吉娜会"失去对婚姻的兴趣",到目前为止这种失去只是一个临时的"面具",正如我们已经看到了他面对"'火焰在激情之中'重燃,因而瑞吉娜要求与弗里茨分离并想要嫁给她以前的未婚夫,——'更不用说那更可怕的事情了'"的前景时会变得多么惊惶。

一个众所周知的心理学事实是:被吓阻和被禁止的感官性不仅会造成创伤和攻击性反应,而且在最坏的情况下会导致残忍的行为。在这种背景下,克尔凯郭尔把他严厉的、审判官似的父亲与"以其感官性无意识地把父亲的训诫和禁止如此生动地带入到其爱人的意识中以至于他觉得残忍是必要"的活泼的女人并置于一处,就在同样的程度上既是痛苦的也是符合逻辑的。让人感到惊讶的是,克尔凯郭尔从来没有问过自己这个问题:他所实施的残忍是否真的是缘于他对瑞吉娜的关心,或者更确切地说也许是源于自己对于"要遵从父亲的对'性方面的放弃'的要求"的挫折感。在他寻求施莱格尔对于一个打算要给予瑞吉娜的题献的批准的信函的草稿的关联上,她——又——被与作为"一个死者"的父亲并置,从而被转移到"受到了压制的性"所留下的沉默的空虚之中:

> 以这样的方式,这是我的意愿,以这样的方式,这也是你应得的,你是我们的亲爱的小R。你曾以你的优雅迷住并以你的痛苦永远打动了那个迄今既不为世界的奉承也不为世界的对抗所动的人。只有两个人以这样的方式令我专注:我去世的父亲以及——也是一个死者:我们的亲爱的小R。

复数形式的"我们的"是对于瑞吉娜在现世中作为施莱格尔的妻子和在永恒中作为克尔凯郭尔的名望意义上女伴的双重拥有性的各种说法在逻辑意义上和在挑衅性意义上的延

第一部分

伸。由于他预见这一重婚肯定会在瑞吉娜心中引起的惊奇，因而建议她不要对这一格局安排中特殊的地方进行过多的思考；这不值得去花工夫，就是说，上面提到的重婚会持续下去，并以这样的方式继续是瑞吉娜之谜：

> 对你来说，在这整件事情中会有某种无法解释的东西：接受下它，不要对它进行思考，你最终还是弄不清楚它的。在我看来，一个女孩所要求的无非是：一场幸福的婚姻，——然后，对另一个人有着如此重要的意义。

"我难以摆脱的恶习：制作永恒！"

瑞吉娜难以使自己突然如此鲜明生动的往昔（这种往昔使她不幸地没能建立新的人际关系）进入关系之中，这毫不奇怪。她在5月12日的信中以下面的说法来解释自己为数不多的闺蜜友情："从我的童年起，我的姐姐们就如此完全地占据了我的心，以至于没有任何其他女人能在那里获得位置"，我们自然很愿意相信她，但如果这不是全部的事实，我们也能够理解。为了让自己看得更清楚，瑞吉娜考虑了家里姐妹之外可能占据其心的人，唯一可能的候选人是劳拉，奥卢夫的劳拉，她以其好胜的性情和发光的友善，马上就被接纳到奥尔森家女孩的圈子里："有谁也能像她一样，势不可挡地夺走人们的心？"由此，瑞吉娜让她的思绪自由奔跑，回到童年的家和已逝的青春，——"哦，上帝啊，你还记得我们住在证券交易中心旁那些日子，劳拉和我们一起玩得有多开心吗？"——但她以这些话来把自己重新召回到当下：

> 然而安静，那个时间永远不会再来，至少在这个世界上不会，这两个人已经死了！永恒是否会重新结合我们，以及如何结合？确实，不再像我们当时所是的傻傻的年轻女孩；但我们身上有着永恒印记的东西，亦即我们真挚的爱，难道它不会存活下去并战胜死亡吗？但看，我现在写到哪里去了，又进入了我难以摆脱的恶习：制作永恒！因此，最好是简短地中止，因为以明智的方式，我永远都无法摆脱它。

正如我们所见，发明这一关于瑞吉娜的说法的是弗里茨：她与"制作永恒"有关，这样她就能够从现在的时间里溜走，沐浴在记忆奔涌的泉中。当然，在那些日子里，她们只是年轻的、迷惘的哥本哈根处女，穿着轻飘飘的夏裙，感性得令人震颤，对幸福的慷慨本性有着各种天真的想象，是的，那是当然的。但是，她们当时所怀的感情，特别是她们恰恰具有"永恒之印记"的真挚的爱，难道不会永恒地带着对生命的肯定而超越死亡？或者说，这一切根本就什么都不是，情感上的琐碎细节，往昔的无关紧要的小事，偶然的生命活力在熙熙攘攘的世

第一部分

界历史中带有欺骗性的突然爆发,除了继续向前,从来没有想过什么别的事情? 瑞吉娜不知道答案,只是很清楚地知道:要提醒自己"在这个世界上有一些事情对我们来说最好是忘掉"是多么困难。11月13日的信是这一年的最后一封信,她在信中又一次进入回忆的主题,但这时更低调些:

我不认为一个人应当完全忘记:当一个人在多年后回到这城市而在这城里各种回忆就像街上的铺路石一样多时,这在当年怎么会是可能的;但一个人应当控制住回忆的悲伤,因为他要为自己仍拥有的快乐而感谢上帝。

记忆是无法抹去的,但一个人必须努力限制流逝的时光不可避免地唤出的忧伤,以免成为自身感伤或者甜腻的自怜(这种自怜作为世俗的安慰总是准备去拥抱沮丧者)的受害者。瑞吉娜继续写道:

再一次到哥本哈根,感觉肯定会是很奇怪!看见那些熟悉的老面孔以最奇怪的方式被时间改变了!如果我活着,我无疑将会经历这样的事情;但我担心的是,我将无法以一种理智的方式来接受它;当然我自己在许多方面已经变得非常老了(尽管在一些个别的方面我仍然感到自己年轻),并在灼热的太阳下变得更老。

1858年

1858年11月13日，瑞吉娜从克里斯蒂安斯泰德的总督府给她在霍尔森斯的姐姐写信："亲爱的考尔讷丽娅！这是我今天开始的第四封信，因此，不管这新的结果变得怎样，你要原谅我。严格的意义上，我现在根本不应该给你写信，因为我的精神和手指都很疲劳……"

私人拥有物。摄影：亚当·加尔夫

第一部分

写下这些句子的女人只有36岁,但在许多方面却觉得自己老了,尽管正如感人的括号中所展示的,仍有着一些未被年龄触及的领域。各种焦虑的回顾和想象的"回到家乡在所爱的充满了记忆的城市里与老熟人们重逢"的令人惧怕的场景,使得瑞吉娜去思考了命运冷漠无情的精巧,这种精巧不理会"人们年轻时所做的规划"将人们一起拢在各种不可预测的局面中。"(……)我已经完全放弃了自己和整个人类",她以一种放弃的姿态坦白说,按她的说法,她这种放弃的姿态来自于她对于人类的"可悲"以及人类缺乏"只是克服我们的一个小罪的力量"的经验。在牵涉到"确定自己的有罪性级别并且只承认各种小错、琐碎的事情和玩偶罪"时,她任何时候都不会怀疑事情的真正状态:

(……)因为它当然就像墨水一样清楚,如果我们无法纠正小的,那么我们也就无法纠正大的。因而,我们全都是一样大的罪人,无论这罪是我们不善待我们的仆人抑或是高至不善待臣民,无论是我们把一只苍蝇折磨至死抑或是高至把创造的杰作——"人"折磨至死。我用《亚当·霍莫》中的话说:我们全都在一起站立和跌倒,因为,要么没有人得救,要么所有人都得救。

奥尔森姐妹总是无法抵挡帕鲁丹·缪勒的《亚当·霍莫》

一书的魅力，可能是因为她们在书中认出了她们自己人生观的本质性要素，包括对天意的全智安排的信任，这是一种命运之爱，如果你愿意这样说的话。帕鲁丹·缪勒作品立足的人生观在第十一首歌中得以展开：当年迈的亚当临终前躺在床上时，一位夜班女护士照顾他，结果她就是他的青春期的情人阿尔玛·斯蒂尔那，他当年为了一个高贵但浅薄无脑的男爵夫人离开了她。阿尔玛在亚当死后几天就去世了，但她还是通过一个怀疑地狱的存在并歌颂这一世界人们全面的相依相联的演讲为他赢得了盛名。这一共同性超越了死亡，由一种"普遍的良心"承担着，在每个人的生活中表现出来，并揭示了一个命运共同体，其公式是：

我们彼此间必定与每个其他人一起站立和倒下，
胜利的棕榈叶要么不伸向任何人，要么伸向所有
人！[160]

很有可能，瑞吉娜在给考尔讷丽娅的信中凭记忆引用的就是这些字行。她是否特别为亚当被他如此可耻地背叛的女孩拯救这一事实所吸引，仍然是一个未决的问题，但她自己的生活史无疑能支持这样的推测。在任何情况下，瑞吉娜都不会让考尔讷丽娅或自己觉得自己了解了自己情感生活的每个层面。她经常面对大自然反复无常的法则，或者跌撞进巨

第一部分

大的激情和强烈的情感之中；她本来以为自己已经把这些激情和情感置于身后——直到它们再次出现，让旧的沉默的心脏像在青春岁月中那样剧烈跳动：

> 是的，当你在这里每天都这样生活，心脏如此平静地跳动，以至于几乎不知道自己还拥有什么的时候，所有这些你用来坐着欺骗自己的闲话，都是挺好的；然后你告诉自己，现在自己已经变得沉稳、冷静、理智，等等，等等，直到有一个美丽的日子，一个事件终于出现，它使心脏以旧日的剧烈力度跳动，就像一次告别，是的，然后所有的理智都消失了，平静也随之消失。

328 显然，当一个人不仅仅是不知道情况如何，而且还有着充分的理由不知道情况如何时，事情就是这样的！这样，在给考尔讷丽娅的信中洒上一点生活智慧和神学方面的常识倒是更容易的，比如说，瑞吉娜强调"保持乐观的心情"的重要性，因为公正的上帝用他慈爱的目光关注着人类为达到"正确的"所做的努力，是的，这种努力在一个不完美世界中构成了生命本身，"完美只有在死后才能被达到"。以这样的方式，一个人就可迅速而灵活地把自己的问题置于与神学有恰当的距离，——就像瑞吉娜第一个说的那样："但是停下，这听起来像是一个糟糕的牧师所做的糟糕的布道，这可能是人们已经听得太多了的东西，然而我还是得带着极大的感激之心说，我们并没有获得很多这一类东西，因为我们有一个好牧师。"

"愿上帝保佑我远离他们的基督教"

瑞吉娜提到的牧师是神学硕士乌辛，他不光是个好人，而且也是个"非常帅气的人"，他让瑞吉娜想起了自己的哥哥约纳斯——"绝不是在外表上，而是在思想上，弗里茨想来会否认这一点，但我喜欢停留在我的幻想中，他至少是反格隆德维主义的"。他对格隆德维的反感赢得了瑞吉娜的同情。1857年，在乌辛到达后不久，她在给考尔讷丽娅的信中说：

> 我们得到一位年轻的牧师，上帝保佑，他不是格隆德维主义者，因此他也就是更严肃和更谦卑，尽管他肯定是非常能干的；我是那么喜欢他，因为我有一种感觉，告诉我在这里现在至少还有一个人能够理解和珍惜像弗里茨所具的这样一种正直的性格。

同年9月底，瑞吉娜更深入地谈论了自己的"反格隆德维主义的"观点：

第一部分

你们在丹麦举行了一次大型的牧师会议,我没有读到很多这方面的消息(……),但根据我在一些旧《伯苓时报》上读到的内容,这次会议想来也能够被称为是一场废物会议,由其过去同样的头——格隆德维来领头。难道我们的主以犹太人的方式,通过让他在乡下长寿,来酬赏这同一个人吗?因为他现在肯定是真的很老了。在我看来,好牧师在这个世界上更多地是在为自己的国度而不是为上帝的国度工作。

瑞吉娜在信的很后面承认,她在这些问题上是"有偏向的",并非常隐晦地以"一些'傲慢的天主教徒、主教和牧师'长期以来'戏弄弗里茨'并把许多额外的工作强加给他"来为自己的偏向辩护。然而,她的偏向也能够有其他原因,因为,她可能了解到了克尔凯郭尔在他生命的最后一年发行的论战性的并命名为《瞬间》的小册子。1855年8月23日出版的第6期《瞬间》包含了对格隆德维及其所有作品的刻毒批评:

那就拿格隆德维牧师来说吧。(……)他所奋斗的至高事物是允许他自己以及那些愿意跟随他的人,表达出他所理解的基督教是什么。(……)他所想要的至高事物是:对于他自己和那些会同意他的人而言的自由,"表达出他和那些同他一起的人所理解的基督教是什么"的自由，——然后他会保持平静，在这一生之中感到安宁，去属于他的家庭，而且，就像那些在本质上已经在这个世界里有了家的人一样地生活。

为了完整起见，克尔凯郭尔补充说，格隆德维的宗教"热情"与"原初的基督教之激情"相比，只是"半温的"和"冷淡主义"。这个评判引起了广泛的惊讶和愤怒，但格隆德维仍算是便宜地脱身的，因为克尔凯郭尔本来能够做更狂烈的批评。他多年来在日记中一直把格隆德维当作笑话，在之中格隆德维被称作，诸如："世界历史的群殴助拳者"、"咆哮的铁匠"、"用真假嗓音变换地歌唱的快乐情郎"和"啤酒北欧的巨人"，有时被干脆地定性为"废物"。克尔凯郭尔1851年在一篇很长的日记的结尾写道，"我认为格隆德维是一个无聊的废物"，从而未曾料想到地预示了瑞吉娜关于格隆德维主义的"废物会议"和格隆德维为一个"废物的头"的各种说法。

1857年，克尔凯郭尔在法定的意义上被阻止对瑞吉娜提及的"牧师会议"进行评论，但他更早的时候曾在一些场合对这样的聚会进行过调侃。1845年6月下旬举行的北欧学生联合会议在鹿苑召集了斯堪的纳维亚的热情追随者，而格隆德维就在那里演讲。克尔凯郭尔受《祖国报》对这一会议的描

第一部分

述的启发,撰写了一篇以下面奇妙的怪诞画面为形式的"升神颂扬辞":

> 格隆德维由巴尔福德和保罗森支撑着出现在森林背景中的一个高地上。一件大斗篷以如画的风格披在他身上,手里拿着一根法杖,他的脸被一个面具遮住,面具上有一只眼睛(有着对世界历史的深邃观察的眼睛),一把有着鸟巢的长满青苔的胡须,(他有这么老——一千岁左右),他用戏剧化地伴有吹海螺发出的声响(如同去街头集会)的空洞嗓音,热情洋溢地做演讲。当他演讲结束后(也就是说,当组织庆典的委员会说够了时,因为,否则的话他永远也不会结束),一口由一根绳子拉着的大钟被敲响,胡须脱落,巨大的斗篷也脱落,我们看到一个身材纤细的年轻人,长着翅膀:这就是作为斯堪的纳维亚理念之精灵的格隆德维。

克尔凯郭尔以一种敏锐而邪恶的目光来看格隆德维身上那些嘈杂的、外向的、晦涩的东西,他批评格隆德维想"通过皱眉头、真假嗓音变换地歌唱、拉升眉角、凝视前方、取用低音音阶中的低F来使'深刻的思想的深刻性'变得显而易见"。然而,克尔凯郭尔的不适感与其说是由于格隆德维本人,不如说是由于他的弟子,格隆德维主义者们,他很有品味地称他们为"纯粹的流口水脑袋"。流口水的原因之一是他们长期以来"关于民族性所说的胡言乱语",关于丹麦的美德所说的胡言乱语,从神学角度讲,这是真正的"向异教的倒退",因为基督教恰恰就是"一直想废除异教对各种民族性的偶像崇拜"。除了诸多的谬误之外,格隆德维主义者们还有这样的偏爱:以关于基督教的温馨感伤的观念来代替基督教的悖论性,把基督教想象成"'奇妙而美好的'、'美好的'、'无与伦比地美好而深刻的'等等,简言之,简单直接的范畴",所有这一切全都和他们对生育和家庭生活的崇拜(这与基督教的内在本质相悖,从至深之处看只是反映了"犹太人的价值观")一样不得体。我们再次注意到,索伦和瑞吉娜,在他们对格隆德维主义的生活形态表示不认同的时候,在用词的选择上有着一种巧合;事实上,瑞吉娜尝试着讽刺地以"上帝一定是'以犹太人的方式'通过让他在乡下活得长久来酬赏他"来解释格隆德维的高寿。这一巧合并不因以下事实而不那么让人奇怪:瑞吉娜不可能是从克尔凯郭尔那里得到她的无礼表述的,因为他的日记直到很晚才出版,所以这只能归结为,那种人们经过了所有可能的修正之后所能给出的说法,精神之亲缘性。

至于瑞吉娜那些更多地是忙于"为自己的国度而不是为上帝的国度工作"的"好牧师们"的说法,则反过来,很有可能是受到《瞬间》第7期的启发,其中克尔凯郭尔对路德

第一部分

维·弗洛姆神学硕士进行了反讽,他出现在名为《首先是上帝的国》"一类的短篇小说"中。路德维·弗洛姆在寻求。"当人们听到一个'神学'硕士在寻求时,人们不需要任何生动的想象力就能明白他所寻求的是什么,当然是上帝的国,这是一个人应当首先去寻求的。/ 不,然而事情不是这样的;他寻求的是:牧师这样的皇家职位。"在走到这一步之前,他首先去了语文学校,之后他首先参加了必选的第一和第二大学生考试,然后又在四年的学习之后,首先参加了圣职考试。因而,他现在是神学硕士,但这并不意味着他可以开始为基督教工作,不,不,他必须首先在牧师师范(牧区神学院)学习半年,而在这一学业结束之后,根据目前的规定,他必须再过八年才能真正地投身于牧师之作为:

> 而现在我们正处于小说的开头:八年过去了,他寻求。/ 他的可以说迄今为止与"无条件的"没有任何关系的生活,突然就取用了这样的一种关系:他无条件地寻求一切;把一张又一张的盖了章的纸写得满满的;从希律这里跑到彼拉多那里;既在大臣这里又在门房那里推荐自己,简言之,他完全是在为"无条件的东西"服务。是的,他的一个熟人,在过去的这些年里没有见过他,惊讶地认为自己发现他变小了,这可以解释为:他的情形就像明希豪森的狗一样,本来是一条灵猩灰狗,但由

1858年

于奔跑得多而变成了一只狗獾。/ 以这样的方式三年过去了。我们的神学硕士真的需要休息,在这样一次如此大规模的竭力活动之后,需要被置于行动之外或者在一个职位里进入安宁,并得到他未来妻子的一点照顾——因为他在这期间首先订了婚。

然后,他终于得到了一个职位,但任命一成事实,他就得知他的收入比他所计算的要少大约150国家银行币。弗洛姆几乎绝望,马上买了更多的盖了章的纸,向部长请求免除职务,但被人劝住了,并与自己的悲惨处境和解。"他被授予神职,成为牧师——而他要被介绍给会众的礼拜日已经到来了。做这件事的司铎是个不寻常的人;他不仅有(……)对世俗利益毫无偏倚的目光,而且还有对世界历史的思辨性之眼,这些东西,他并不将之留给自己,而是让全部会众从中得益。"司铎选择的文本,够悖论的,是使徒彼得关于离开一切并跟随基督的话;在司铎之后,轮到了弗洛姆,这一天的文本,够反讽的,是关于首先寻求上帝的国。"'一场非常好的布道',亲自到场的主教说,'一场非常好的布道;关于"首先"寻求上帝的国的整个部分,以及他强调这一首先的方式,都产生了适当的效果'。"

瑞吉娜对这些牧师的讽刺与克尔凯郭尔关于路德维·弗洛姆的短篇故事明显有共同的特征,这些牧师为了自身的利

第一部分

益可耻地将上帝的国推到背景之中,而路德维·弗洛姆则是为了自己的物质生活几乎跑断了腿。因此,在瑞吉娜当时要求亨利克·伦德寄给她的未明确指定的"神学著作"中,很有可能会有几期《瞬间》。如果不是这样,这两个前订婚者在语言使用上的相似就会非常奇怪,以至于人们不得不诉诸于更形而上学的解释了。

奥尔森女王和若尔丹公主

瑞吉娜的偏向的另一个动机可能是她对波莱特·若尔丹的复杂感情。在瑞吉娜1837年春天出现在腓特烈堡之前,波莱特不仅是格隆德维主义者,而且是克尔凯郭尔感兴趣的对象。这个青春时代的女友只是极零星地出现在瑞吉娜的信件中,但很明显,波莱特和她的家人在瑞吉娜的意识中留下了极深的印痕,是的,她坦率地承认,在她还年轻的那些年里,当她和若尔丹家族的成员在一起时,她甚至能感觉到"非常大的罪",在她眼中,他们几乎就是"圣洁的人"。随着时间的推移,这种情况已经发生了变化:"我现在对自己的罪没有任何怀疑,但他们的圣洁却似乎有点臭。"在这句话之后,瑞吉娜让自己保持沉默,另外她也不认为考尔讷丽娅能够"明白我在这里所写的东西,因为不幸的是,书面语言并不是我的能力所能完全控制的"。因此,如果瑞吉娜试图让考尔讷丽娅相信，在她想着这一切的时候，"这一切都是非常有意义的"，但这几乎无济于事，因为"在从头脑到纸张的路上意义丢失了"。

瑞吉娜说若尔丹式圣洁发臭的言论明确无误地带有一种气味——自卑和嫉妒的气味。当她在1857年10月12日的信中谈及若尔丹家族时，她的措辞是不留和解的余地的：

> 从你和玛丽亚的信中听到了若尔丹家的一些事，这为我们带来了怎样的乐趣啊。女人鉴赏家弗里茨说，这正是他对波莱特傲慢的世俗心态的预期；不过，我则认为这几乎就是太糟了！整个格隆德维主义党及其追随者绝对是一无是处的；我尤其要说的是：愿上帝保佑我远离他们的基督教。

不清楚瑞吉娜指的是什么，但也许她听说波莱特结婚了。终于结婚了。就是说，波莱特用了自己十年的青春岁月来为她的哥哥彼得·若尔丹做管家。彼得·若尔丹曾与克尔凯郭尔一起学习神学，从1841年起，他就在位于普拉斯特（Præstø，字面意思是"教士岛"）稍南一点的梅尔恩担任牧师。波莱特没有为后人留下自己的回忆录，因此，我们对她的生活所知甚少，但距离梅尔恩十几公里的地方是伊瑟林根庄园，奥皋家族就住在那里，直到1866年。奥皋家的养女夏

第一部分

洛特写下了这些年的事,并讲述了彼得·若尔丹如何经常来访,并以其活泼而直率的性情传播快乐。波莱特时而会陪伴着他,小夏洛特觉得她"很风趣,很好玩"。她还清楚地记得他们第一次见面的情景:

> 我清楚地记得第一次见到她时的情景,那是梅尔恩的一个夏日;我们这些小家伙跟着一起去了教堂,然后是牧师住宅。波莱特站在那里急切地说着话,靠在门柱上,穿着很贴身的白色长裙和鲜绿色的胸衣。她可爱的、浓密的、黑色的头发在她的颈部打了一个大结,然后,她那双敏锐的、睿智的、浅蓝色的大眼睛。我觉得,玛格丽特女王看上去一定是这样的(……)。在伊瑟林根,我们非常喜欢波莱特,但我们的交往圈子,尤其是沃尔丁堡人,不怎么喜欢她,称她为"若尔丹公主"。她对那些她不喜欢的人有着一种不屑一顾的态度。[161]

这幅回忆画像无疑抓住了波莱特性情的关键一面:强势和自信,接近于傲慢和自负,很少有人喜欢这样,因为它缩小了可供人们共同使用的自由发挥空间,从而使那些被遗弃在了这空间之外的人想宣泄对自己被遗弃的不满。但我们也在夏洛特的描述中感受到对波莱特魅力的迷恋,她的这种魅力毫不费力地将身体的优雅与智慧的精确合而为一,因此,

1858 年

如果你从瑞吉娜对波莱特的评论中察觉到嫉妒和对从未完全消失的羞涩的回忆,那么你肯定没有弄错。

"……仿佛我又重新是16岁,而不是36岁"

11月中旬,瑞吉娜提及了一场"为来自圣托马斯岛的女士们安排的晚宴",但她没告诉我们这次聚会的任何情况,"因为它已经从我的记忆中消失得无影无踪。本来今晚我们还要在府邸里安排聚会打牌,当然,我对这样的事情一点兴趣都没有。"施瓦茨夫人和梅内克夫人被邀请了,这是个小小的亮点,不过,如果要让瑞吉娜诚实地说的话,她宁可自己单独坐着:

(……)我不需要在你耳边说,我宁愿他们离开,让我坐下来休息,安静下来,而不是我现在坐着交谈;但人不能这么自私,若我说这是我们都有的家族弱点,也是无济于事,我至少应当是治好了自己这弱点,因为我有足够多的"让自己不得不克制自己"的机缘;但这又有什么用,天性还是凌驾于教养之上。

通常的情况正好相反;通常是教养战胜了天性,或者是义务战胜了性格倾向。日子变得有些单调,时间带着乌有流

第一部分

逝,信件也相应地变得空洞。瑞吉娜自己也知道这一点,并频繁地展示她所过的琐碎生活,同时也让考尔讷丽娅明白,只要,是的,只要能给亲爱的姐姐写信,她就会有更多的事情可讲:

> 现在,报纸上充满了纯粹毫无内容的东西!唉,唉,我是如此空虚,完全就是为西印度群岛而生的!但我对你的爱还是同样温暖,如果我能够用谈论它来填满整封信,那么无疑就会有内容被加在里面了。

瑞吉娜不得不写一些其他事情,在1858年的一些信件中,穿插着对于西梅尔凯尔小姐订婚的评论,以及关于克雷布斯小姐的几行字,后者在这时已经回到了丹麦本土的尼克宾,在瑞吉娜的请求下,她在那里帮助一位名叫卡塔拉的年老单身妇女,设法让她能用上燃料;关于在日德兰地区特别致命的猩红热,但感谢上帝,它从未进入过霍尔森斯的温宁家;关于劳拉的大画像,它将随康科迪亚号轮回丹麦,这样埃米尔·贝伦岑就能避免一场灾难,"因为它的画布下的画框被虫蛀得如此严重,以至于有一天,这幅画在这里会像一块破布一样掉落下来";关于为国内的朋友和熟人新托运了一大批橙子和"同样的竹芋"以及32瓶"潘趣萃(Punsch Extract)";关于又一批要与乔治号双桅船同路的货物,包括

1858年

"6桶糖，12瓶番石榴朗姆酒，48瓶旧朗姆酒，一箱9瓶菠萝酱"；关于缝制自己和蒂丽的衣裙时所花的漫长时间——"我拆开并且缝错，所以这是一种乐趣"，这是"城里那些多嘴的缝纫女"忙碌地向上帝和每一个人大喊大叫的事情；还有关于和蒂丽在一起的那些上午，蒂丽仍然要被强迫读书，但她正在成长、成熟和发展，每次都坐不住，所以当"马戏团"在七月初抵达圣克罗伊时，她真的"极度想去那里"，而且"真的是无法说或者想其他事情"。

收到西印度岛的这些琐事，考尔讷丽娅作为更有知识的姐姐直接就大胆地提出建议，瑞吉娜也许可把时间用来了解最新出版的书和关于它们的评论，对此，妹妹的反应是觉得受到了伤害，回复说：

> 你怀疑我是否读过对于我们的最新的文学作品的评论，这是当然的，我像你一样地说：现在，如果我得不到要读的书，我就满足于评论；此外，在这里没有让自己丢丑的危险，因为在这里，他们压根就完全什么都不读。

无知的西印度妇女们乎没有动力，大概她们做梦也想不到要去打开一本书，因为她们在自己的永恒的八卦故事中已经有太多要搬弄的内容。新时代出现了一些女性作家，这当

第一部分

然没让瑞吉娜感到满意:

> 我和你一样注意到,我们的性别已经变得狂喜于写作了,上帝保佑我们吧,就仿佛在以前出版的垃圾还不够多似的;然而,让她们享受这快乐吧,只要我不必须阅读这些东西,因此没有什么危险了。我和你一样,读了大量的狄更斯作品;有足够的时间来这样读书真是一种愉快:我开始读的书越厚,我就越高兴。

瑞吉娜就当时的女性写作狂所说的这些轻蔑言论,针对的可能是玛蒂尔德·菲比格这样的女作家,后者以1850年12月的长篇小说《克拉拉·拉斐尔。十二封信》对丹麦国内妇女解放和权利的讨论做出了决定性的贡献。[162]菲比格在许多方面是法国女权主义者乔治·桑的丹麦对应者,但她在风格上却相似于托马西娜·居伦堡的日常生活故事和安徒生的长篇小说和童话故事。安徒生非常喜欢菲比格的风格,尽管他指责该书的意识形态内容。他愤慨地写信给汉莉耶特·伍尔夫:"风格相当出色,但思想是扭曲的,不真实,不自然"。

瑞吉娜和考尔讷丽娅一样,更喜欢明快地讲故事的狄更斯,但瑞吉娜一直不能读他写的那些厚书,她的脑袋确实"不够强大"。但是,当她白天坐在那里摆弄针线时,她能够酝酿出一种阅读欲求,所以到了晚上,她就真正能够献身于

"一本好书,多亏弗里茨的先见之明,我从来不缺这样一本好书"。在弗里茨的书房里面可能还有一套精心挑选出的海贝尔著作选,其中包括他的一些杂耍剧,这些在19世纪20年代和30年代出现的轻松而吸引人的娱乐性剧作,成了海贝尔对丹麦戏剧最成功的贡献。5月中旬,瑞吉娜在给考尔讷丽娅的信中感叹道:

你知道我这次读了什么吗?海贝尔的杂耍剧!你相信吗,我以这样的方式被它们逗笑了,乃至眼泪都沿着我的脸颊流了下来。我不知道与它们有着关联的是这种健康的大笑,还是杂耍剧的香气,还是青春的回忆,或者,我想也许所有这些全都与它们有着关联;再次阅读它们,我感觉自己如此年轻,哦,如此年轻清新,仿佛我又重新是16岁,而不是36岁。

一定是所有这些,健康的笑声,杂耍剧美好的香气,以及无数青春回忆,使泪水滚落,于是瑞吉娜突然觉得自己年轻了20岁,幸福地闪回到了早已消失的岁月。这种通常给观众一些甜美、简单的歌曲的杂耍剧虽然并不想让人不舒服地皱起眉头,但这一艺术形式绝不是纯粹无聊的搞笑。比如说,杂耍可以包含对社会状况的温和讽刺、反讽地指出私立学校教学上的问题或者展示当时传播极快的八卦新闻中的各种可

第一部分

笑故事。

不过，海贝尔的大多数杂耍剧从头到尾提供的都是能够愉快地解决的爱情冲突，以及带着善意的幽默对市民阶级的父亲和母亲让他们痴情的孩子承受的非人道的长期婚约进行调侃——这是瑞吉娜能够参与一起谈论的。毕竟，她自己也曾尝试过两次。总共五年。对于充满激情的娇小少女奥尔森来说，五年是很长的一段时间。

"海贝尔夫人离开了剧院，这是多么巨大的损失啊！"

当瑞吉娜坐在西印度的炎热气候中，因对青春时代轻率的情景剧的喜悦而哭泣时，海贝尔却有着完全不同的落泪理由，——如果他是那类人的话，他当然不是。在担任了皇家剧院院长七年之后，他选择了离开，坚决而疲惫。自1849年被任命为剧院院长以来，他不仅要处理——正如他所表述的——"令人难以置信的大量乱七八糟的小事"，[163]而且还与剧院的年轻力量，特别是弗雷德里克·路德维·霍伊特和米凯尔·维俄展开了各种各样的斗争，这两位都是不可否认的天才，但他们要求场景的创新，要求更具戏剧性的剧目，这不符合海贝尔的保守品位。当得知了他的辞职决定时，哥本哈根的新闻界——海贝尔曾大胆地与之战斗而将之激怒——

1858年

完全无法克制地表达出其恶意祝愿。1856年6月5日,《祖国报》这样宣布：

> 所有艺术界的朋友们翘首以盼的事情终于发生了：国务议员海贝尔辞去了他的院长职务。上周六，我们希望丹麦戏剧艺术永不复返的一个时代落下了帷幕。[164]

海贝尔夫人一生都以令人钦佩的团结精神为其丈夫辩护，甚至在他去世之后也是如此。她在这时也成了新闻界的愚蠢行为针对的目标。人们越来越多地暗示，她得益于与剧院管理层的密切关系，管理层把一些客观地说她因太老而不适合的角色交给她演。海贝尔夫人一开始试图无视这些批评，但后来再也无法忍受，在休假一段时间后，于1858年离开了皇家剧院。[165]当这个不幸的消息在一如既往的延迟之后到达克里斯蒂安斯泰德时，瑞吉娜的反应是愤慨的：

> 海贝尔夫人离开了剧院，这是多么巨大的损失啊！然而，就我从报纸上了解到的情况来看，她在严格的意义上是因恶劣的待遇而被迫离开那里的。我们的小朋友，协商议员昆曾有一天说，人们在这里过着反刍着的生活，因为必须不断地靠自己从家里带来的记忆来活下去；我们当时正是在谈论海贝尔夫人；但现在你们在家里全都

447

第一部分

不得不以这样的方式来生活了,因为确实,一个没有海贝尔夫人的戏剧季,那就是贫瘠。

瑞吉娜对海贝尔夫人离开剧院的反应可以说是涵盖了一代人的感受:丹麦戏剧史上的一个时代确定无疑地结束了。在不止一代人的时间跨度中,海贝尔夫人一直是无可争议的首席女演员,她由于其热情洋溢的感性美感、舞台天才和精神天赋,取得了差不多是神一般的地位。海贝尔夫人不仅是所有浪漫事物的散发着玫瑰芬芳的化身,而且作为一个偶像和品牌,她也有着黄金般的价值——商界知道如何通过向无数的粉丝兜售各种商品来利用这一点。人们能够买到她的肖像,这是或缝在手帕上的,或巧妙地固定在帽冠上的铜版画,人们也能够享受海贝尔夫人牌的雪茄,或把自己的积蓄花在带有海贝尔夫人名字的植物、灯具、肥皂、糕点和巧克力上,——最后,人们也许最后还能跟着伦毕根据这位丹麦首席女演员的名字命名的华尔兹乐声一起哼唱。

弗里茨和他的折磨者

对瑞吉娜来说,总是及时了解哥本哈根的戏剧生活是很难的。预告是迟到的,剧评有时在剧目停演之后才出现。因此,在她的日常生活中,天气和健康常常是最重要的事情:"至于我们的健康状况，目前相当不错，尽管我们有如此可怕地干燥而炎热的天气；我们骑一点马，驾一点车，日子就这样过着。"三月底的一天也是这么过着。弗里茨邀请了施密特夫人一同出行"驾车过北区的山丘到西端"，在那里，包括蒂丽在内不多的几个同行者"在一棵树下吃了早餐"，然后又去了"拉尔家吃午饭"。不过，弗里茨不得不放弃午餐，因为他有公务要去西端，如瑞吉娜所说的，"把公务和令人愉快的事情结合了起来"。

现在，令人愉快的享受相当有限，因为这天太热了，汗珠顺着身体淌成一条条独立的小河，使衣服粘贴着身体，是的，蒂丽干脆就病了，"直到回家路上在我怀里睡了一觉才恢复过来"。在其他方面还算适应的瑞吉娜也受不了这高温——"我想象着，我能够感觉到这高温是怎样像吸血鬼一样地吸走了我的生命力的"。

瑞吉娜关于在绿野的炎热中吃早餐的说法可很容易被弗里茨和他的人员淌着汗写给《部门时报》的一些统计数据所证实。进入1月份已经有9天了（在丹麦国内，这是一个异常寒冷的冬天的开始），人们还能报告说：

在11月的后半月，直到报告送出的时候，圣克罗伊岛下了不少及时雨，这对甘蔗的生长是有益的，该岛不曾连续下过12或24小时的雨，不曾有过雨季，而这种雨是打开地下的泉源和水道所必需的，没有这种雨，即使

第一部分

是短暂的干旱也会令人难以承受。[166]

11月底,《部门时报》对无雨的可怕后果作了概述:

> 事实证明,这种长期干旱在今年8月严重影响了甘蔗的种植和草的生长,人们担心下一年会出现一场自1842年以来从未经历过的歉收;整个圣克罗伊岛的泉源和水道几乎干涸,各城镇开始感到缺水,甚至不得不从圣托马斯岛运马饲料的草到克里斯蒂安斯泰德,因为那里雨水更多一些,草也更多一些。幸运的是,自8月23日以来,天气发生了变化,9月份已有一定的降雨量,但直到10月20日才有特别大的雨,这使甘蔗植物能够茁壮成长,并带来丰富的草类生长。[167]

10月20日,天空终于打开水闸,向干旱的热带岛屿降下带来生命的雨水,这是祝福,不过紧跟着到来的则是诅咒,因为大雨带来了剧烈的风暴:

> 伴随着报告说及的10月20日至22日的大雨,出现了几乎连续不断的雷雨和一些大风,在弗雷德里克斯特德造成了强烈的海啸,在这场海啸中,由国库出资建造的登陆桥被冲毁,几年前由国库出资建造的海关巡逻艇

的艇库也被冲毁；由于预见到风暴的来临，海关巡逻艇被及时地安置在了陆地上，因而得以幸免。[168]

弗里茨作为岛屿的最高长官月复一月地向《部门时报》写报告。他的健康状况不是处于最佳状态，身体已经有一段时间不适了，并患上了他无法"摆脱"的感冒。奥皋医生是个老派的人，除非"有危险"，否则什么都不做，——瑞吉娜解释说——"在我的敦促下，开出了一味晚上睡觉前要喝一杯的苦茶"。这听起来并不是什么令人享受的事情，而且弗里茨更愿意逃避掉，所以瑞吉娜不得不认真地盯着他。她向当时身在哥本哈根的奥卢夫披露说：

> 你还记得吗，奥卢夫，弗里茨是怎样长时间地让身体一直不舒服下去的？而最糟糕的是，他的心情会很坏，这样我让他出去驾车或者骑马，就更困难了。我当然也不否认，对他这个从来不喜欢活动的人来说，在感到沉重和不舒适的时候，这样强行出门，是一种艰难的治疗，但（……）我仍执着地坚持，哪怕有一天我会在沮丧中放弃——如果他真的把我称作是他的折磨者，那么，我会重新开始。这样，今天我非常高兴能让他出去骑行一圈，在整整一个星期的停滞之后，——在这一停滞的星期里我们最多能做的就只是在下午驾车行驶一小段路。

第一部分

343

　　不知道照片中间那位背对镜头的先生在做什么，但可以肯定的是他在克里斯蒂安斯泰德外的新教徒码头。这个岛之所以有这特殊的名字，是因为天主教的法国人不愿意让新教徒埋葬在圣克罗伊岛，因此用船把他们运到港口停泊处的水中央的一个小岛上。在霍乱疫情严重和在奴隶造反的时候，富有的白人会躲避到新教徒码头上。这张照片是1860年拍摄的，所以不能排除瑞吉娜和弗里茨就在正好越过这位先生的头在远处能够被隐约地看见的总督府邸里。

　　无日期的照片。米凯尔·希恩

1858年

床边的苦茶不足以恢复弗里茨的好心情，奥皋医生不愿开药方，想来是由于他的药包里没有任何治疗消沉的有效药剂，而弗里茨持续的感冒可能只是消沉状态在身体上的后果。7月发生的一件小事以其低调的语言说出了逐渐出现在总督和他妻子身上的玻璃般的脆弱。外在的机缘是约纳斯的一封信。约纳斯很少有消息来，因此他的信引起了特别的注意。这确实是一封"美好的信"，瑞吉娜勇敢地向考尔讷丽娅解释说，但也打上了一个减号："它有点太长了，不适合在热带气候里读"。弗里茨和瑞吉娜本来是精心做了准备，"选择了一个没有教堂仪式的周日上午，要在不受干扰的安宁之中享受它"。因而，各种最佳的条件是直接地在场的，但还是出了问题：

> 弗里茨为我朗读，他最喜欢这样，而我则享受；但你会相信吗，在这里人是如此虚弱，当我听完了大部分内容时，额头上冒出了冷汗，我有一种仿佛我要晕倒的感觉；弗里茨因为阅读而声音变得嘶哑，这倒也说得过去，因为他已经感冒了，而且现在已经咳嗽一个多月了。

导致冒冷汗和声音嘶哑的原因不仅仅是这封信的长度； 345
他们身体的反应无疑还有别的原因，这原因就是被压抑的想

第一部分

要与遥远的祖国的亲人们团聚的渴望。弗里茨从来没有如此厌倦过他的职业，他的职业占用了他越来越多精力，而与此同时欣赏他辛苦投入的人却越来越少。"情况变得越来越困难，弗里茨的工作越来越多，人们却越来越不满意"。

普遍的不愉快越来越强烈，到了8月底，瑞吉娜仿佛在以痛苦的低语，让考尔讷丽娅明白，弗里茨有一段时间在考虑辞去他的职务以谋取"加利布的职位"。71岁的彼得·约翰·戈特弗里德·加利布想辞去外交部贸易和领事事务部门主任的职务。他事先告知了弗里茨他的决定，并说了一句可被解释为"好像他希望弗里茨成为自己的继任者"的话。弗里茨曾回答说，如果是这样的话，"他非常愿意放弃自己的高薪和炫眼的职位等等诸如此类，以求回家"。在这个毫无保留的声明之后，是一个漫长而痛苦的时段，因为加里布那里不再有任何消息，最后弗里茨和瑞吉娜"以最后到达的一艘船来为等待着的心找到了安宁"。

这个职位没有给弗里茨，而是给了斯克里克，枢密公使议员阿道夫·斯克里克，他是外交部的部门主任，被授与了俄罗斯圣安妮勋章、瑞典北极星勋章和荷兰狮子勋章的骑士，而且现在他的名片上也能够写上"殖民地主任"。斯克里克被认为是一个高效而慈善的人，他是许多理事会的成员，所以弗里茨不能反对这项任命，无论是从人的角度还是从专业角度。他像个男人一样接受了失败，但整个过程让瑞吉娜感到痛苦，"因为他本来想回到家里，所以他有时希望摆脱这里压在他肩上的繁重的充满责任的工作，那当然也没什么奇怪的"。

瑞吉娜对弗里茨的事情就说到此为止。然后瑞吉娜说她自己的情况："现在你想来也可以对我在这段期待的时间里的感受有所了解了吧？好的，这些感受有着非常复杂的内容。"首先是这之中一直有着对奥卢夫的考虑，他在丹麦作了几个月的长时间停留之后正在回圣克罗伊岛。想到若是弗里茨真的得到了加利布的职位，她脾气温和的哥哥被单独留下，一个人待在克里斯蒂安斯泰德，——瑞吉娜对此感到完全无法忍受。其次，为了适应西印度群岛的条件，瑞吉娜付出了"难以言喻的努力"，以至于她决定了要坚持熬过弗里茨任期剩下的两年。最后，也就是第三，她认为弗里茨在他的职位上做得非常好，因此应该留下来。"现在，你从这一切可以看出，我并不是没有吸收弗里茨的坚韧品格！"她在信中泰然地强调，但她的心肯定不是由百炼的精钢制成的：

因为，不去管我现在在这里写下的所有这些，你对人心中的矛盾当然有着足够的了解，因而，当我告诉你"我在确知所有的希望都破灭时还是不得不如此真挚地痛哭"的时候，你明白我。

第一部分

"——在我这样因俯视进她无限的献身
而晕眩的时候"

  人心中的这些矛盾，克尔凯郭尔也知道。1841年10月26日星期一，他发现自己躺在皇家蒸汽邮船"伊丽莎白女王"号的一个船舱里，这艘船在驶向于斯塔德和施特拉尔松德，从那里，"奥比·克尔凯郭尔博士先生"（这是他在乘客名单上的名字）将转往柏林。十四天前，他取消了与瑞吉娜的婚约，无可挽回地、最终地取消了，但在船舱里，她强烈地在场于他的思想中，他试图不注意蒸汽船引擎的轰鸣声，用写作的方式让自己达到某种清晰的状态。在与自己或多或少的虚构对话中，他想为自己具体地弄清楚"自己在'离开瑞吉娜'这件事中的损失"的性质和程度，他用一些总结性的句子堆将瑞吉娜的"深度"与他自己的"不稳定"进行对比，之后他又以片断的方式地继续：

  ——在我这样因俯视进她无限的献身而晕眩的时候；因为没有任何东西是像爱这么无限的——或者在她的感情没有以这样的方式沉入深处——而是在爱的轻盈游戏中，它们跳着舞向那里去——我所失去了的，我唯一所爱的，我所失去了的（……）我的荣誉、我的喜悦、我

1858 年

的骄傲于——是忠诚的。……然而,在我写下这些的瞬间,我的灵魂就像我的身体一样不安——在一个被蒸汽船的双重运动震撼着的船舱里。

如我们所见,这些句子从根本上被撕散开了,而且在字面上是如此不连贯,以至于它们显得毫无目的。然而,就在伊丽莎白女王号抵达施特拉尔松德之前,克尔凯郭尔已经成功地在他的日记中又加入了几篇,包括这段:

你说:她是美丽的。哦,关于这个,你知道什么,我知道这个;因为这美让我付出了眼泪——我亲自买了花来装饰她,我愿意把世界上所有的饰品都挂在她身上,当然,只有当这些饰品有助于强调出她的优雅时,——而当她站在那里,穿戴着她的华丽服饰时——这时我必须离开——当她那有着灵魂的喜悦、有着生命的快乐的目光遇上我的——这时我必须离开——这时我走出去痛哭。

作为对瑞吉娜的美的敏感的和感人的赞美而开始的东西,得到的却是绝望的结局——因为"痛哭"是彼得在背叛了他的主和主人之后所做的事情,而且鸡叫了第三次。他在船舱里写下的最后一部分中有如下短短的三行,它们与前面的不同,它们没有让瑞吉娜成为他的观察的对象,而是恰恰相反,

第一部分

让她观察他：

348
> 她不爱我形状匀称的鼻子，不爱我美丽的眼睛，不爱我小小的脚——不爱我好的头脑——她只爱我，然而她却不理解我。

如果你有恶作剧的心情，你可能会因克尔凯郭尔强调自己的这些品质而微笑：鼻子、眼睛、小小的脚和聪明的头脑。然而，关键是，瑞吉娜所爱的不是这些或者那些品质，不是这个或那个优点，因为她爱他，毫无保留地、无条件地、完全地，以他以前从未被爱过的程度爱他。悲剧在"她却不理解我"这句随后而来的句子中变得更深了，这句子就像是在追溯性地取消瑞吉娜的奉献。如果一个人爱而不理解他所爱的人，那么这爱显然是错位的，不充分的，注定要失败的。但爱是这样的吗？难道被理解比被爱重要得多吗？这样的区分到底有没有意义？另外，克尔凯郭尔在他那晃动着的船舱里，是从哪里知道瑞吉娜不理解他的？或者从哪里知道他是理解了她的？他怎么能如此肯定，在某些方面，她就不是在实际上比他自己更理解他呢？难道我们就无法想象，那用来要求另一个人作出理解的力量恰恰缘于这一个人自己在自我理解方面的弱点吗？换句话说，这个如此无条件地要求被另一个人理解的人，从根本上看，他理解了自己吗？

克尔凯郭尔抱怨自己的"不稳定性",而且他后来喜欢引用苏格拉底说法:他不能确定地知道自己是否是具有必要的自我知识并具有神性的人,抑或是比神话中拥有一百个龙头和并在龙头上有喷火眼睛的怪物提丰更易变而不可测的生灵。在吉勒莱度过了几个夏季(旨在让学业继续下去并找到自己)之后,22岁的克尔凯郭尔在他的泛绿色封面的日记中简洁地写下了:"我发现了什么?不是我的我。"因而,为了成为他自己,他必须带着这个作为指南针和最终目标的"我"踏上一场存在性的自我教育之旅。克尔凯郭尔是否以及(如果回答是"是"的话)何时达到了他的"我"本真版本,仍然是一个悬而未决的问题,但可肯定的是,他试图依之指引自己的指南针在一路上指向各种不同的方向,把他深深地引进了虚构文学的世界之中,他在这个世界之中无拘无束地对自己的"我"的各种潜在版本秘密地做实验。克尔凯郭尔以各种假名作家的形象,并且通过涉及无数虚构人物来进行这实验,这些人物要么是他从世界文学的巨大宝藏中拿取来的,要么是他从自己的墨水瓶的魔法中变出来的。这一由一生的著述构成的存在性的实验室的迷人之处恰恰在于,它的构建者自己就主动地卷入了个别的实验,自己就在通往他自己的半路上,因此充满激情地在场——但这并不能让人在这个或那个具体的人物中指认出克尔凯郭尔,因为这些人物不断地相互取代,从而引导他们的作者——和读者——继续走向各种新

第一部分

的人物和增加了的自我知识。

克尔凯郭尔走向克尔凯郭尔的旅程首先可到他的许多日记中去追索,他在这些日记中勾勒和描述了他的人生道路的各个阶段。这方面的描述在"关于我自己"一类的日记中,或者采取了更形象的方式,比如说,在1837年的一篇日记中,克尔凯郭尔悲哀地拿自己与罗马天神亚努斯作比较——亚努斯能够以自己的两张脸在时间中同时向后和向前看:"我是一个亚努斯双脸雕像:我以一张脸笑,以另一张脸哭。"这个比较选得很好。随着他的创作渐渐成形并清楚地表明,克尔凯郭尔闻名于世的绝对的"非此即彼"本应是"既此又彼"——因为这更接近他的辩证的天性得多,这个比较选得好这一点得到了证实。以这样一种方式,他就既是沉郁之神学家,又是反讽之博士,既是陶冶性的作家,又是无情的先知,既是修辞的艺术家,又是审美的批判者,既是悖论之思想者,又是简单之倡导者,既是哥本哈根的百万富翁花花公子,又是现代性的殉道者,既是焦虑之缩影,又是无畏的论战者,既在痛悔地消除自我,又有着强烈的自我意识,既是高雅的贵族,又是慷慨的街头牧师,既是古典的思想大师,又是调侃的解构者,既是虔诚的修道士,又是任性肆意的生活享受者,既无条件地未婚,但却又永远地许配于他的青春的爱情。

因而,瑞吉娜所爱的就是这个人,这既不是因为他的鼻子、眼睛、脚或者理解力,也不是因为他是这个难以想象地内容丰富的人类标本，而是，远远更为神奇，因为在她眼里，他就是她真挚地爱着的"那个单个的人"，她真挚地爱着，以至于她准备好了要住进他豪华公寓里的一个简陋的柜子里，只是为了能够靠近他。然而，天哪！他坐着，并且哀叹着她不理解他。理解谁，如果我们可以这样问的话，理解哪一个克尔凯郭尔？一个一生都在努力理解自己的人提出这种理解的要求，难道不是完全不合理的吗？

在关于自己"心灵的女主人"瑞吉娜的那段幸福得喘不过气来的日记中，克尔凯郭尔问自己，瑞吉娜是否会构成他的"生活的各种古怪前提"的结论。当然，从狭隘的历史角度来看，答案是毫无疑问的，但在更广泛和更重要的视角之下看，答案就不是那么确定地只有一种意思了。就是说，瑞吉娜在这样的意义上成了克尔凯郭尔的各种古怪前提的结论：他通过她了解到，对另一个人的理解不如对另一个人的爱重要。尽管过程缓慢，但克尔凯郭尔确实获得了这一认识，他在1853年的某个时候，有可能是当他再次进入了一个船舱时，表明了这一点，这一次更多地是有着隐喻的性质，但在他思绪之中的仍是瑞吉娜：

> 我现在住在沉郁的隔离开的舱室里——但我能为看到其他人的喜悦而高兴（……）。为一个女人所爱，生活在幸福的婚姻中，对生活感到快乐——现在对我来说，

第一部分

这些东西被剥夺了；但当我走出我这隔离开的舱室时，我能为看到别人的幸福而高兴，能去勉励他们：以这样的方式对生活感到快乐并享受生活，这是上帝所喜欢的。健康而强壮，做一个在其未来有希望拥有长久生命的完整的人，——现在，这些东西永远都不会被给予我。但当我这时从我孤独的痛苦中走出来，到快乐的人们中间时，我认为自己能有这种忧伤的喜悦，去勉励他们以这种方式来对生活感到快乐。

对"其他人的喜悦"的喜悦仍然像那"从之中产生出这一喜悦"的爱一样神秘。相应地，这也是神秘的：爱在那把爱放置于我们心中的上帝之中有着其本原，因为，这其实意味着什么？没有人知道，没有人理解，但当克尔凯郭尔在《爱的作为》中如此大气地写出下面的句子时，也许一个人会隐约地感觉得到：

> 如同宁静的湖泊深远地渊源于那些隐秘的泉源，任何眼睛都看不见的隐秘泉源，同样，一个人的爱也是如此深远地渊源于上帝的爱。如果在根底里没有水源、如果上帝不是爱，那么就既不会有那小小的湖泊、也不会有一个人的爱存在。如同宁静的湖泊在幽暗中渊源于深远的水源，一个人的爱也是这样神秘地渊源于上帝的爱。

1858 年

如同宁静的湖泊固然是在请你观察它，但却通过"幽暗性"的反射镜像来禁止你去洞察它，同样，爱在上帝之爱中的神秘本原禁止你去看它的根本；在你以为是看见了根本的时候，那其实却是一幅反射镜像在欺骗你，它，这掩盖了更深的根本的东西，仿佛它就是根本。

1859年

"他们主要是演奏舞曲"

冬天已经来到了西印度群岛,但像往常一样,它是在令人舒适的暖意中到来的:

(……)我们现在有了舒适的凉爽天气。我们早上洗澡的水冷得让我一进浴缸就发抖,而在清晨骑马中,我必须让我的马尽其所能地放开步子跑,来保持让我的身子温暖。现在我又独自和车夫一起骑马了,因为可怜的弗里茨经历了一天的艰辛之后,如此精疲力竭,他真的不能不在早上睡觉,所以他在中午之前和奥卢夫一起骑马,但这样我受不了,因为我在骑行之后根本吃不下东西,没有食物和饮料,英雄就什么都不是,你肯定是知道的。

确实,没有食物和饮料,英雄就没用了;但如果食物和饮料过量，英雄也同样没用，因为那样的话，他就会怠惰，不想动。身材修长的比尔奇早晚都骑马、甚至"为自己的健康做得太多"，而弗里茨则是做的"太少，或者更确切地说他根本就什么都没做"，而且不客气地说，他已经变得"肥胖了"。"你知道施莱格尔不喜欢运动，他总是有这样或者那样的工作作为自己的借口。"她自己试图通过频繁的游泳以及通过骑马来保持苗条的身材，现在她已经愉快地走出了近三年前坠马招致的创伤。这些在温暖的、有节奏的马背上的"晨跑"将成为仅次于她在坎恩花园后的居住时期的，"我某一天从这里离开时一起带走的最美丽的记忆"。

在这一时期的一些不很正式的娱乐活动中，有一场"那不勒斯三兄弟"表演的音乐会，他们的音乐才能并不怎么样——"但在西印度群岛这里，各方面条件都如此不好，人们又能期待什么出色的表演呢"。这三兄弟也必定是经历了不幸的命运，因为，在到达西印度群岛时，他们是五个人，因而可自称是五人组，但后来一个死在了圣克罗伊岛，另一个死在了圣托马斯岛，之后这些兄弟就不得不满足于是一个三人组。一天早上，失落的音乐家们来到总督府，向弗里茨提出在"我们的晚会"上演奏，弗里茨心一软，答应了他们——"然后有人被派进城里传送消息，女仆做了蛋糕，等等；晚上人们蜂拥而至，以至于连我们的大房间都挤满了人。他们主要是演奏舞曲，人们玩得很愉快"。另一场在一个非常

第一部分

普通的星期一安排的活动也非常成功，而且在很多方面是非同寻常的：瑞吉娜听说斯塔克曼最小的女儿（瑞吉娜记得自己有几个夏天在胡姆勒贝克见到过她）因为母亲"生了一个小男孩后仍躺在床上"而不能庆祝她的生日而闷闷不乐。于是瑞吉娜抓住这个机会即兴在总督府办了一场生日派对，并设法让这个愉快的消息迅速在城里流传开：

然后这里也来了一群人，我想大约有60人，这里有好的音乐，出色的灯光，香槟，蛋糕和沙拉等等：人们玩得很高兴，那个小女孩很幸福。看，这是一件愉快的事！

四月底，有一场为最近"抵达的牧师一家人"举办的晚宴，这家人"在来这里的旅途上花了四个月的时间"，瑞吉娜用"艰辛漫长"来形容这一旅程几乎不能说是不恰当。这里所说的这一家人是32岁的丹尼尔·克里斯蒂安·瓦特、他27岁的妻子卡米拉·玛丽·乌纳和一位"年轻的女亲戚"。他们要继续向西去弗雷德里克斯泰德的牧师住宅，绝对是善良理智的人，但瑞吉娜逐渐厌倦了充当聊天、问候和礼貌的机器，不断地"认识完全陌生的人，仅仅为了在很短的时间之后以这样或那样的方式不再看见他们；当我感到思念时，这让我心里感到悲伤，或者当我根本感觉不到思念（在严格的意义上这就是通常的情形）时，这又让我为自己的硬心肠感到伤心！"

1859年

由于大的厅堂"如此破旧",以至于不可避免地需要重新装修一下,这样,10月6日的弗雷德里克七世的生日庆祝不得不取消。虽然殖民地议会的条件也好不到哪里去,而且有几个议员可能也需要"装修一下自己的形象",弗里茨还是在11月19日星期六安排了活动,欢迎一个新的季节的到来,并在当天晚一些的时候主持了传统的晚宴,——这场晚宴"优雅到了极致"。弗里茨穿着整齐的制服,她穿着"蓝色的云纹

甚至在那个年代,国王街的交通也很繁忙。摄影师在1900年前后拍摄下的国王街,传送电流的电线已经进入画面,在学校大楼的三楼走廊外拉伸着。照片右边的大树冠后面是总督府隔壁的新教教堂的方塔,总督府的长廊在两个看着摄影师的女孩的帽子上方张开。在国王街的尽头能够隐约看见克里斯蒂安斯泰德港。

照片摄于1860年前后。国家博物馆。

第一部分

绸",这件衣服在柜子里挂了很久,以至于"开始出现潮气斑点",几乎是在乞求有人穿上它。"像往常一样,我的小协商议员和我坐在同一张餐桌上,因为他是殖民地议会的主席,所以他每次都会享受这个荣誉",瑞吉娜解释说,她不想谈更多"殖民地议会的活动",因为那太冗长了,"他们没做成过任何伟大的和美好的事情"。

圣诞节那天,弗里茨和瑞吉娜破例去了天主教堂,因为他们自己的牧师被借调到圣托马斯岛去了。据瑞吉娜说,天主教神职阶层与丹麦政府的关系紧张,因此给弗里茨弄出了很多"麻烦",所以当他和他的妻子来到他们的教堂时,这是一个真正被人留意的友善标志。委婉地说,瑞吉娜对礼拜仪式没有很好的印象,她在给考尔讷丽娅的信中叹息道:"唉,基督的精神在地球上的任何一个教堂里展示的都不多,在我看来,在天主教的教堂里则最少。"礼拜仪式结束后,主教如此不停地感谢他们的善意,以至于弗里茨和瑞吉娜无法找到借口不邀请他和他的同事到家里共进晚餐:

> 圣诞节的第三天,天主教会的主教与他的所有牧师来这里晚餐;他是一位老人,性格温和而令人愉快;他是法国人,出生在布列塔尼,如果他不是相当耳聋的话,与他交谈会是非常有意思的,因为,想来他知识肯定很丰富。

除了有听觉障碍的主教和许多牧师外，晚宴的参加者是天主教会会众，其中大部分是爱尔兰人，他们"曾做过管理人，后来努力工作成了种植园主"。他们没有太多文化，但他们确实"很好地利用了餐桌，吃好喝好，因而气氛变得活跃起来"。然而，当这位有听觉障碍的主教在晚宴临近结束时提议为总督夫人祝酒时，事情还是有点失控。就是说，其中一个爱尔兰人喝多了一点，忘记了女主人的名字，因此大声喊着为费德森夫人干杯。瑞吉娜将这一事件称作"小错误"，这可以说是一种善意的淡化，更何况那位费德森夫人，也就是她被误认作是的人，已经死了整整六年了。

法国军官：一个小小的弱点

瑞吉娜说，"（……）我们一直就是不得不通过危险和麻烦来获得青春的快乐"，这时她的思绪回到了她和她的兄弟姐妹们从小受到的教育。禁果的味道最好，因为没有什么能像边界一样吸引人，没有什么能像深渊一样引诱人，没有什么能像"禁忌的事情"一样撩逗人，对此瑞吉娜毫不怀疑——"是的，我们享受快乐之前的危险是整件事的最好的调料"。如果小时候受到的教育是这样的，在没有父母知情和同意的情况下你偷偷地去做大多数事物，如果这在有些人看来是"糟糕的教育"，这种教育其实有助于你在日后在生活中抵制伪善和死板。

第一部分

"(……)比如说,现在,你和我,我们都居住在一个集镇上,我任何时候都不担心你会染上这种总是盛行于这一类集镇的狭隘小气"。瑞吉娜无法想象自己最终成为这些磨去了棱角的、循规蹈矩的集镇妇人中的一员,因为她和考尔讷丽娅一样,性情中保存着反叛的元素,这使她半反诘地问道:

(……)难道它的萌芽不是被种植在了我们梦幻般的青春生活中的吗?当我们站在完全沉入埃及的肉锅之底的危险中时,青春时代的某一幅画面难道不是总会出现,令我们惊跳而起吗?

瑞吉娜没有具体说明她以"梦幻般的青春生活"指的是什么,但人们明白,她和考尔讷丽娅对她们生命中的这一时期有着一些保存完好的记忆画面,可以这样说,当奥尔森姐妹有陷入麻木漠然的自我满足的危险时——瑞吉娜用"沉入埃及的肉锅之底"的说法来概括这种危险,这些画面就会自动地浮现出来。这说法中的有意思的地方是,它能够让思绪远远追溯到订婚时期的一个关键阶段,当时克尔凯郭尔的表述为渴望收到信件的瑞吉娜留下了深刻的印象:她显然是"太诗性了,即使永远都没有任何信件到达,也不会渴望回到埃及的肉锅"。瑞吉娜是不是曾坐着重读了那封旧情书,并怀着一种令内心发痒的愤慨,盘桓于这一她后来编织进了那封给考尔讷丽娅的信中的突出表达？当瑞吉娜坐着回想她"梦幻般的青春生活"时，在瑞吉娜身上被唤醒的是不是克尔凯郭尔对市民阶级的平庸的常规和贫血的爱的概念的蔑视？她用以放弃往昔不羁的引诱并认错地快速回到平淡的现在的坚决，不管怎么说，能够使这样的设想成为可能的：

你现在可以看到，因为缺乏材料，一个人会想得出在自己的信中充填怎样的乱七八糟的东西，容忍一个可怜的废话包吧，这个废话包现在才想起来，她本来是能够以平淡的圣诞和圣诞祝福来填满这整封信中的！

瑞吉娜显然发现，在自己神秘的往昔悄悄走动比用传统的圣诞问候语写一封闲聊的信更有意义。在尝试着以"废话"一词隐藏真正的困难时，她不可避免地看到了这些未被解决的困难（这是必须通过各种审查才可写下的东西与瑞吉娜更想传达的所有其他东西之间的不相称）的性质。正如2月11日的信中所写：

看，现在我已经写满了四页，但我难道不能用四个单词就准确地说出同样的事情吗？空虚的是我的信！然而我自己并不觉得空虚，哦，不，我常有如此之多的想法，乃至它们不会让我得到安宁，但要把它们写下来，

第一部分

　　我既不能够也不愿意。我今天渴望着你,哦,就像我离开你的第一天一样。唉,像我这么老,但我有时还是真挚地渴望被爱抚,被你爱抚。

　　瑞吉娜以这样的方式写信给一个女人,而这些话若是写给男人,想来会触及爱欲上的暧昧,若这些话在两个男人间的话,就会在更高的程度上是如此了——尽管这里的"爱抚"等同于更现代的"溺爱"。虽然当时人们比现在的人变老得早很多,但瑞吉娜关于老的说法显然包含有某种娇态,她在信的其他地方直接或间接地表明了这一点。例如,一个有趣的插曲表明,她绝没有失去对性力量的感觉,这个插曲的细节相当复杂,它确切地说是在这样的情况下开始的:一艘来自马提尼克岛的"蒸汽战舰"在圣克罗伊岛停靠,船长带着他的军官上岸。——因为,看,这是一名军官!

　　我的亲姐姐,你和我有着同样的弱点,所以我只需对你说这是一个法国人,你就会知道他符合我的品味,也会符合你的品味;但我要为自己的辩护补充一点,他确实是一个非同寻常地有教养而让人喜欢的海军军官,我可以通过弗里茨和奥卢夫来向你证明:他们俩都非常喜欢他,而后者,如你所知,是非常挑剔的。

1859年

这位无与伦比的军官参加了1855年的克里米亚战争,并引人入胜地讲述了他和他的同胞在与俄国人的战斗中表现出的勇敢,"但他从不过分"。战争以9月11日著名的塞瓦斯托波尔战役中俄国的惨败而告终,9月11日这个日期明显地有着引起灾难的倾向。瑞吉娜将之称作"乔治·桑的同胞"的军官,实际上还是一个贵族,因此能够讲述"巴黎的社交生活和美丽的皇后的事情,他觉得自己抵挡不住她的吸引力"。也许这位富有魅力的军官觉得自己也抵挡不住瑞吉娜的吸引力,而她似乎非常享受这种关注,以至于她以下面这段辩解来继续自己的叙述:

> 你不会奇怪吧,他说及了这么多事情,他是在早上10点来我们这里,然后一直待到晚上10点(……)。星期天,他只是来说再见,然后待了整整两个小时,聊天,所以我们在一天半的时间里同他的关系比同许多英国人一年半的关系还要好。

星期六晚上,总督府安排了一个晚宴,但它并不是完全"令人愉快的"。就是说,除了瑞吉娜本人外,只有很少几个会讲法语的人在场,因此,晚会变得"静默得让人不舒服,这样,我主要就是听到船长的声音和我的声音"。我们从瑞吉娜的信中看不出:是这位军官晋升为了船长,抑或是,她与

第一部分

船上的最高指挥官,也就是船长,坐在同一张餐桌上——这是很有可能的。但无论如何,只有他同她在说话,而晚会的其他人坐在那里拿着刀叉难为情地弄出餐具相碰的的声音,这是尴尬的。当晚的主人肯定不会喜欢这情境:先是冒出一个帅气而优雅的军官,在各个方面向他的妻子献殷勤;然后正式的晚宴是明显沉默的冷场,——在这沉默的场子里,他根本没有机会表明自己是这晚宴的主人。

集体地不可言传的东西和一些盗取的镜像

瑞吉娜1858年11月中旬在写给考尔讷丽娅的一封信中说,"按理我现在根本不该给你写信,因为我的精神和手指都很累,这是我今天开始的第四封信,因此你会原谅我,不管它写成什么样。"写作对瑞吉娜来说固然不像对于克尔凯郭尔来说那样是生活的必需,但也不仅仅是热带的消遣;事实上,她常坐着,"一天的大部分时间"都在写作,但随后不得不"休闲地躺一会儿,以收集材料"。就是说,在一般情况下,她很快就"在一封信中用完了各种事件",到最后"我总是非常空虚"。她不时地幻想自己能像奥丽维娅那样写,后者真的有"写信的天赋",而令人着迷的是,她能"从一个空袋子里抖甩出各种各样的东西来"。玛丽亚的情形差不多也是这样,她也许不是世界上最伟大的文学家,但她的信却"在某种意义上说写得非常好"，因为她毫不虚饰并且简单明了地传达出自己的意思，以至于她的描述几乎就像是在收信人的眼前发生的。考尔讷丽娅也知道如何使用意象，赋予其措辞以活力，使各种事件变得生动以至于成为确定而充满情感的，一个人在读完信并小心翼翼地按原样折叠好放回信封后很久以后仍能记得它们。相反，瑞吉娜常常觉得自己的信是无趣的，也许根本就不应该被写下，更不用说寄出了。她感觉自己根本没有能力去把握住现实，把握各种气味、各种声音、各种陌生环境中的异国民俗，而从根本上看，在这些东西之中充满了各种适合于写下的主题和奇异的事件，能够被直接地搬进写给考尔讷丽娅的信中——就是说，只要瑞吉娜拥有了必要的技巧的话。

如果情况允许，瑞吉娜能够巧妙地对她姐妹们以外的其他人进行比较。克尔凯郭尔的信会完美地适合于文体和修辞分析，因为，它们是专业地写出的，或者更确切地说：它们也是专业地写出的。克尔凯郭尔在"从几乎乌有之中弄出许多东西来"这方面从来就不会有什么麻烦，并且在一种程度上能够像奥丽维娅一样"从一个空袋子里抖甩出各种各样的东西来"。一些小事情或者一些随意的言论、城里的一个场景或沙发中的一个处境，这些都已经足够了，而天气或季节的变化也可能提供一个机缘——比如说写出一篇类似于如下寓言的机缘，根据其准确的日期标记，它是在1840年10月28日星

第一部分

期三下午4点写出的：

我的瑞吉娜！

……冬天来了，花枯萎了，但他还是从寒冷之中救出了一些花。他坐在窗外，充满思念地举起它们；但它们所具的生命太弱了；为了尽可能地保存这生命，他把它们紧紧攥在手里，它们死了，但有一滴仍在那里，它在痛楚中出生，在其自身之中有着一种唯花香具备的不朽性以及一些古老的旋律。

然而，克尔凯郭尔的信件却恰恰压倒性地常常是关于自身的。正如我们所见，第一封信就从排版的角度出发解释了为什么瑞吉娜的名字要加下划线（——"是为了通知排字员，他应当把这个特定的词的字母间的空间拉开"）。相似地，其他信件把信件成功地从发件人的A点到收件人的B点的运送方式当作其主题。也有一些信件解释了为什么它们是在特定的日子里写下的，或者恰恰相反，强调了它们所缺乏的时间和地点的意义所在。还有一些信件几乎是一行一行地描绘自己的形成过程——与此同时，瑞吉娜被告知，她完全可以将爱欲的意义添加到书写笔有节奏的运动和在纸上的流干的墨水中：

（……）如果现在你能够看到我是多么努力地让自己写得可被读出，我的手是带着多么多的喜悦画出每一个字母，如果你能够看到它是多么轻地在纸上停留，而有时又是带着多么多的强调流连，有时是多么放任地抛出一条并不走样而是屈身回返并拥抱字词的摆动曲线，——这样你就会知道，我在想你，我在书写笔的运动中看到了远远更重要的姿态。

以这样的方式，如果我们把克尔凯郭尔关于自己的信件的爱欲化的效果留给诱惑者约翰纳斯，那么这几乎就不能算是过分的传记主义文学风格，——诱惑者约翰纳斯在其日记的一个地方向自己以及后人坦白说：

如果考尔德丽娅收到我的信的时候我能够站在她身后，这会是很让我感兴趣的事情。那样的话，我就很容易能够使自己确定地搞明白，她到底在多大的程度上是在最严格的意义上以爱欲的方式吸收这些信中的内容的。在整体上，这些信一直是并且继续是为一个少女留下深刻印象的无价工具；死板的字母常常比生动的言辞要有着远远更大的影响。一封信是一种神秘的交流；一个人控制住了处境，不会感觉到来自任何在场者的压力，并且，我相信一个女孩更愿意完全单独地与自己的理想相处。

第一部分

如果我们暂且不考虑在这些字行底下冰冷地流渗着的玩世不恭,诱惑者约翰纳斯暴露了他对于"有效的信件能在其接收者(这接收者如此地沉溺于理想爱情的最纯洁,但也是最感性的形式之中,以至于寄信者退入背景之中或者甚至完全消失)身上唤出的爱欲幻想"的细致入微的心理学知识:

如果我只是在书信中出场,那么她就很容易承受与我的交往,在某种程度上,她把我混淆为某个居住在她的情欲之爱中的更为一般的生灵。在书信中你能够更随意地自由发挥,在书信中我能够以一种优雅的方式来拜倒在她的脚下,等等诸如此类,某种如果我自己真的去做会看上去很像是胡闹的东西;如果我自己以行为而不是以书信来表达的话,幻觉就会被丢失掉。在这些运动中的矛盾会唤起并且发展、强化并且巩固她身上的情欲之爱,以一句话说就是:引诱着它。

这封信使一个大胆的爱欲姿势成为可能,仿佛它是一个舞台,克尔凯郭尔可以在上面做在现实中会是不可能的事情,例如,用作为神奇的驱动工具的呼吸把瑞吉娜送到遥远的地方,或者带她下海底,到布置得很舒适的爱情小木屋。但是,除了作为这种奇妙的起跳点的舞台之外,信件还起着盾牌的作用，克尔凯郭尔可以用它来保护自己不受具体现实的影响，并保护一种既不能也不愿公开自身、表明自身、以言辞说出自身的内在真挚（也许是因为语言恰恰威胁要使这内在真挚变得平坦、变得陈腐庸俗，或者直接被耗尽）。那你无法言说的东西，你应该对之保持沉默，克尔凯郭尔远早于维特根斯坦就知道这一点。

这种克尔凯郭尔称为真挚性之不可比性的特别关系，也是瑞吉娜所了解的。就在她坐着竭力要表达出她心中真正所想的东西的时候，这事情就发生了，她内心深处的想法，可以说是致命性地，被证明是抵制被传输到纸上，并且突然不再与它们自身相像，因为——

（……）如果它们要被这样以书面语言强行写下来，我就会看见问题：它们是由风和幻想游戏构成的，不是秩序井然地能够被传递的健全的想法，是的，到最后我不得不宣布自己放弃了，就像从前的波莱特，说，我无法表达出我的意思。而对于一个体面的、必须用好几种语言来表达自己的总督夫人来说，她不能应付书面语言，这在严格的意义上是很不堪的。

瑞吉娜稍稍调侃了一下自己的尴尬，但她无法逃避关键的事实：最本质的东西是最难用语言来表达的——这是后来

第一部分

的精神分析会毫不犹豫地同意的。因此,她感觉到自己与波莱特·若尔丹的一致,后者也总是觉得有时不能表达自己,因此宣布自己放弃了生活的无规则的语言游戏。反过来,在不涉及最内在和最私密的事情时,这些信几乎就是"自己在写着自己",有时达到这样的程度,以至于瑞吉娜不得不告诫自己要保持文学意义上的审慎,——正如1856年2月12日所发生的:

(……)我把目光投向橘树环拥的院子,现在那里金黄色的果实在深绿色的叶子中很显眼,而天空是如此湛蓝,除了它自己的镜像——那在一种更深的蓝色中嬉戏的美丽大海——之外,没有任何东西超越它;看,现在如果一个人想带着对所有美善的恩赐的给予者的感谢接受这一点,那么他当然就有足够的东西去补偿(在内心如此不安地被撼动,以至于所有这些美好事物的上方仿佛罩上了一层密不透光的纱幕,而眼睛则无法再达到比"看见他自己的想象制作出的恐怖画面"更远的时候)那许多黑暗的时日。但是,不说了,我相信上帝会原谅我这严重的罪,就像母亲过去总说的那样,我变得很有诗性,但是放心安慰你自己,亲爱的姐姐,这肯定不是我自己想出来的,不,我肯定是从我最近所读的某一部蹩脚长篇小说里偷来的。

"不过，我现在必须做一件事，就是：为那些丹麦的照片向你表示感谢，它们现在已经和拉尔森船长一起到达了。从这里看出去的景色赏心悦目，特别是圣约翰岛的两张，非常可爱"。1856年，瑞吉娜这样给考尔讷丽娅写信，后者把埃米尔·贝伦岑集团公司出版的《照片中的丹麦，城市乡村风景集》寄送给了在异乡的家人。这本1852年到1856年间出版的书收录了来自丹麦以及石勒苏益格、法罗群岛、格陵兰、冰岛和西印度群岛的77幅彩色石版画。

埃米尔·贝伦岑的石版画，19世纪50年代

瑞吉娜很少允许自己如此地文学化，因此，她突然打断自己并把所有这一切说成是剽窃自一部"蹩脚小说"，就不是不可理解的。尽管如此，我们还是对这打断发生的突然感到有点惊奇，并想知道瑞吉娜"最近"所读而现在明显发现自

第一部分

己剽窃的是什么小说。关于自己的阅读习惯，瑞吉娜一向都不与人交流，因而她指的是什么仍然不得而知。然而，不能排除这样一种可能性，即瑞吉娜所想的根本不是某本书，而是那些在不经意的瞬间悄悄地溜进她信中的异类修辞和术语。如前所述，瑞吉娜在与考尔讷丽娅的通信中从未提及克尔凯郭尔的著作，因此可能是这些著作的诗意笔调突然开始与她轻快的工作散文产生共鸣，并使之明显地偏离她平时的写作风格。一系列表述和主题以一种方式明显地是克尔凯郭尔式的：不安地被打动的心，幻想和现实的对比，特别是"美善的恩赐的给予者"，它在克尔凯郭尔那里出现了好几处，首先出现在1843年《两个陶冶性的讲演》中，其前言引入了"那个单个的人"一词，克尔凯郭尔在使用该词时想着的是瑞吉娜。相似地是克尔凯郭尔式的天空倒映在大海里的画面，我们能够在他的好多篇陶冶性的讲演中发现这画面以隐喻的方式优雅地展开，天空的画面有时是平静地在大海的镜面上勾勒出自身，有时被风打扰并消失在深海中。在给家人和熟人的信中，克尔凯郭尔也会想到"镜子"，但他只使用了一次"镜像"这个词，那恰是在给瑞吉娜的一封信中，他写道：

> 月亮（……）在光芒中超越自己，为了超越而去遮蔽那在大海中的、似乎是比它更强地发出光线的镜像（……）

1859 年

瑞吉娜在给考尔讷丽娅的信中写下面这段话的时候，隐约地浮现在她脑海的可能就是上面的句子：

> 天空是如此令人欣悦地发蓝，除了它自身的镜像之外，没有别的东西超越它（……）

尽管克尔凯郭尔的"镜像"的思路在多个方面与瑞吉娜的"镜像"不同，但它们之间存在着思想的一致——如果你愿意这样说的话——存在着思想的反映。而且瑞吉娜似乎是放不下自己的水的隐喻。在一封按她的计算应当在5月份到达考尔讷丽娅手里的信中，她想象着进入"美好的冷水浴"的时间一定是已经到了，并在这一关联上重新唤起考尔讷丽娅"我们在那里淹没我们的悲伤"的回忆——

> 让我们仍然这样做吧，我的考尔讷丽娅，永远不要淹没我们的悲伤，除非是在那如此清澈和纯净乃至能再现天空的画面的水中。

这可能再次是对前未婚夫文字小的狡猾的借用，他在1844年的《四个陶冶性的讲演》中的最后一篇中写道：

> 在大海竭尽全力挣扎的时候，它恰恰不能够再现天

第一部分

空的画面,即使是最轻微的波动,也会使它无法再现出清晰的画面;但是在它平静而深沉的时候,天空的图案就沉入它的乌有之中。

在上面的情形中,虽然克尔凯郭尔的思路更微妙,但这是一种想法上的重叠,而最引人注目的还是在两个人的文字中都出现了"再现天空的画面"这一表述。

克尔凯郭尔试图隐藏在自己的各种假名后面,瑞吉娜则试图用一个小的无害谎言,说她的文本是从一本"蹩脚长篇小说"中偷来的,来隐藏起——克尔凯郭尔。

生日——和其他各种不祥事件

考尔讷丽娅非常喜欢瑞吉娜对这位迷人军官的描写,并在9月底的回信中附上向"这位不知名的法国船长"的亲切问候。她无法用语言来表达她是多么希望也在当时参加信中谈及的那场"晚宴",尽管她的法语现在有点生疏,几乎不能"把两个词放在一起",但她"天生的任性"使她面对这个世界上大多数事情的看法都不会不知所措。所说的任性,很不幸,它在霍尔森斯就像死掉的章节一样地被尘封遗忘了,"因为人们很少或从来没有敦促在与女士交谈时离开衬裙和化妆品的主题,而在与男人说话时不要谈收获和天气报告;因此人们就变得差不多像死水一样无聊"。

瑞吉娜害怕沉入埃及的肉锅之底,考尔讷丽娅害怕最终成为死水,两人都保留了她们的激情,以及"抵消掉过分的家庭生活带有的贤淑体面和沮丧消沉"所需的反叛。考尔讷丽娅的无畏精神表现在,比如说,她在埃米尔的生日庆祝上表现出的果断应变能力,而这生日庆祝很久以来一直就像是纯粹的失败。就是说,纯粹出于对丈夫健康的关心,她送给他一套"漂亮的马鞍和所有配件",想让他能在忙碌的日常中放松一下,但这一突发奇想根本没让磨坊主感到高兴,他一整天都在发脾气和发牢骚,并对考尔讷丽娅还想到"晚上邀请陌生人来参加牌局晚会"大声表示不满。考尔讷丽娅一开始感到"窝火",但后来决定重新考虑一下,并就此向自己保证,她将"保持和善的态度"。当晚被邀请的人中有比尔奇校长,他拘泥乏味的弟弟曾在以前的一个场合向考尔讷丽娅透露,他在欧洲逗留时总是穿"三件毛料背心",这使得考尔讷丽娅差一点要去问他"当这些物件消失时,比尔奇在严格的意义上还有多少是比尔奇先生本人"。她再次够控制住了自己,但在给瑞吉娜的信中,她承认她真的曾想过,"这具干瘪的木乃伊会不会一有大风吹来就会掉进大海,而弗里茨根本用不上他"。她很清楚,这种胡闹的话是绝不能说的,更何况比尔奇已经"吐了两个半月的血",不过,她还是忍不住调侃了一下。而比尔奇的校长哥哥在埃米尔的生日上感受到了这

第一部分

一点。就是说,当天早一些的时候,考尔讷丽娅发现了家里年轻女佣遗忘在起居室里的一本书。书名是《厨娘玛壬的梦想书》,这是一本"可怕的下流的书",除了许许多多其他东西,书中还包含有"根据每一个人的出生月份来讲述其生活"的粗俗的部分。考尔讷丽娅刚了解了下流的内容,就马上有了一个想法,只要她能让比尔奇朗读出这本书的部分内容,"那么游戏就赢了,我们肯定就会玩得很开心"。这个策略完全成功了,甚至在最微小的细节上都成功到了——

(……)比尔奇严肃的殡仪馆声调朗读书中所包含的由废话和简单闲聊构成的胡闹后产生的搞笑的效果是无法描述的,大家都笑得很开心,是的,我相信这是他们长时间以来参加过的最有趣的聚会之一,当时我站在我心犹不甘的丈夫先生面前,享受我的胜利。

为了平衡一下这说法,考尔讷丽娅急忙补充说,她并非没有看到比尔奇校长高尚的品行,更不是不赞赏他正确的政治判断,——"比尔奇当然很会说话,对人和事有着清晰的洞察,他只有在谈到他的菜园或他房间里的墙纸时才是无聊的"。而且不幸的是,他会无聊地谈论。另一方面,事情也会变得欢快过头,就像疯狂的诺伊基尔奇医生的那段插曲,被白纸黑字记录了下来:

1859 年

（……）我已经很久没有经历过比这更悲哀、更不祥的事情了；霍乱明显结束的那天，他在市政厅召集了一大批牧师和医生开会，并告诉他们说他在晚上得到了上帝的启示，城里将要出现一场大的流行病，他们现在应该一起祈祷，以求能够避免这灾难的发生；晚上，他走出去，穿着内裤为人诊病，第二天他发作了，被套上了紧身衣，并被送到了奥胡斯；现在，他的只有25岁的可怜的年轻妻子坐在空荡荡的家里，她承认，她完全没有预料会有这事情发生，不过我们其他人整个夏天都对此有一种隐约的感觉；她总是仰望他，认为他比她高明得多，是智慧的缩影，所以我完全能够想象，在她相信他发疯之前，他肯定是胡言乱语很久了；最近一段时间他们既不吃也不睡，只是说话；是的，她真的自己就这么亢奋，乃至我们也不得不为她担心；她只愿意粗略地谈及这事，但我想我是注意到了，这主要是宗教思考出了问题，他可是犹太人，而她则是基督徒。

亨克小姐是某位伯爵的社交女友，对格隆德维主义抱有同情，她想为这位发疯的医生的"拯救"做点什么，但当她充满善意地去找他时，却不得不"为这种善意付出了一件新的白色丝绸披肩，他把它撕成碎片，并威胁说还要将她和她黑色灵魂撕成碎片"。克尔凯郭尔的老朋友波厄森牧师"作为

第一部分

灵魂医师匆忙地赶过去,但还是在失去帽子和手套的情况下逃开了",因为诺伊基尔奇医生没有打算被安抚——"怎么这些被选中的人总是想要让自己在所有事情上插一手",考尔讷丽娅摇着头说。

匆忙地来回的波厄森在到达自己安全的牧师住宅时,没有了帽子和手套,他心里在想什么不得而知,四年前他曾在弗雷德里克医院探望过一个垂死的人,这个人的姓可能会让他想起诺伊克尔奇的姓,而且这个人也曾试图呼吁他同时代的人做宗教反思。这个在1855年5月5日星期六庆祝其生命中的最后一个生日的人,在5月23日星期三发表了"这是必须说的;因此就让它说出来",他在文中用这些话来向所谓的教会会众说话:

> 无论你是谁,且不管你的生活如何,我的朋友,——通过(……)不去参与现在的公共的上帝崇拜(……),你就一直地少了一个并且是一个巨大的辜:你没有参与去愚弄上帝。

371 克尔凯郭尔并不像诺伊克尔奇那样是个医生,但他还是作为现时代弊病的诊断师出场,在《瞬间》杂志第2期中,他给出了他所说的"医师评估"。诺伊克尔奇认为,"城里将要出现一场大的流行病",只有通过祈祷才能避免,而克尔凯郭尔则强调，文化新教——"基督教世界"中的流行病渊源于强大的国家教会和腐败的神职阶层，他试图用一幅医院的画面来向读者说明这一点：

> 设想一家医院。病人像苍蝇一样地死去。治疗以这种好那种方式改变着：无济于事。问题会是在哪里？问题是在建筑之中，整幢建筑之中都有着毒（……）。"宗教的"之中的情形也是如此。宗教的状态是悲惨的，人以宗教的方式处于一种可怜的状态，这是肯定的。所以一个人认为，如果人们有一本新的赞美诗集，另一个人认为，如果人们有一本新的圣餐仪式书，第三个人认为，如果人们有音乐礼拜仪式，等等等等，那就会有帮助。/ 徒劳；因为问题是在于：建筑。"国家教会"的全部垃圾，已经记不得有多久了，从精神的意义上讲，一直没有通风晾晒，在垃圾中被封闭的空气已经生成了毒。（……）那么就让这垃圾坍塌吧，清除掉它，关闭所有这些商店和摊位（……），让我们重新在简单性中敬信上帝，而不是在华丽的建筑中愚弄他，让这重新成为严肃，结束游戏吧。

当时有几个人认为，克尔凯郭尔根本没有资格做出任何"医师评估"，因为正相反，他这个自以为健康的人才是病人，

第一部分

因此必须尽快治疗。1854年圣诞节前夕,《哥本哈根邮报》刊登了一篇文章,一位署名"æsculap"(希腊语意为医药之神)而称自己是医生的先生宣称,克尔凯郭尔确实曾经是"有独创性的"(original),但他现在被剥夺了这个词中"除三个字母外的所有字母",因而是已经疯了(gal)。这一"疯狂"主题在接下来的半年里有各种变异,例如,克尔凯郭尔被邀请去作一次"距城区4英里的康复之旅",——就是说,那个地方是圣罗斯基勒的圣汉斯精神病院的所在地!新获职位的马滕森主教认为,克尔凯郭尔的行为和表现表明,他已经"被一个固定想法迷住",并且现在确定地"失去了最简单的思考能力"。这说法与尤斯特·保利的说法相差不远,后者说,克尔凯郭尔必定是"大脑患了软化症",这可能是"他写作的原因"——除非是写作引起了上述的软化症。

先知们在自己的家乡从来都不是特别受欢迎的,无论是在伯利恒、霍尔森斯还是哥本哈根,他们同时代的人总是忙着将他们处决、驱逐或送进医院。当然,有时候,这种措施是完全合理的——就像现在诺伊克尔奇的情形。

第二部分

1860-1896年

"……我不喜欢去哥本哈根"

1860年1月23日星期一，瑞吉娜在远方年满38岁时，生日庆祝更加低调，言辞更加平静。弗里茨在前一天满43岁，来自各个方面的祝贺消耗了女主人太多精力——"我上床时累得几乎脱不了衣服"。当她第二天醒来时，牙疼得厉害，弗里茨马上就做出了一个逗趣的诊断："弗里茨说这是因为我的嘴在前一天一整天就没有闭上过。"

牙痛持续了"12个昼夜"，不得不请来奥皋医生，他开了"各种点滴药水"。结果事实证明这些方法都无效，"最后我在棉花上滴了一滴的氯仿弄在我的牙齿上，从那时起我就完全不再有过牙痛了"。瑞吉娜知道氯仿是一种"很好的药方"，但在很长一段时间内仍犹豫着不用它，而且也不喜欢在家里有这种药——"我觉着，我如果太猛地嗅一下我现在放在柜子里的这个小瓶子，我就会死亡"。瑞吉娜让考尔讷丽娅放心，她谈论氯仿的危险，纯粹只是为了提醒自己记住必要的"谨慎"。

第二部分

一个过于好奇的鼻子能把瑞吉娜送向死亡,考虑到远离故土的时期即将结束,这就更具反讽意味了。他们还不知道归返的具体时间,但在4月10日星期二,瑞吉娜能够告诉考尔讷丽娅,听办公室主任阿道夫·斯克里克说,弗里茨的"离职"申请已经上呈给了国王。弗里茨的离职批准在什么时候公布,瑞吉娜还不知道,同样他们也没有被告知回国的日期和对弗里茨的继任者的任命。不确定的未来可能会给他们带来"实际的损失",因为弗里茨和瑞吉娜很想把过去从费德森那里买来的家具和其他"物件"卖给新总督,这比让各种家居设施在一场公开拍卖会上落锤要远远划算得多。

瑞吉娜用"为不久的将来做计划"来打发等待的时间。她比任何人都清楚,这样的计划会被推翻无数次,而且往往终结于徒劳和乌有,在这样的意义上,反反复复地做计划是相当愚蠢的事情,但她根本就无法控制自己:"好吧,既然我曾提到过关于这事,那我也不妨告诉你,特别是要这样想:这单纯地只是在我的大脑里被孵出的幻想。"然后她展开了她可爱的愿望清单:"就是说,我希望:我能够如此幸福地在你家度过假期的这个月,然后,为了蒂丽的缘故,最好雷格纳也在那里。"然而,在这里,瑞吉娜不得不打断自己,强调自己计划中的"不可靠的成分":如果她和弗里茨太晚离开圣克罗伊,甚至不得已还要"坐帆船走"的话,那么8月就很难会是在霍尔森斯度过了,而会是在公海上的某个不确定的地方。

这种可能性并不妨碍她告知考尔讷丽娅她的另一个同样疯狂的计划，那就是让她和弗里茨同丹麦的家人们在一起度过夏季之中的几个月，然后在冬天真正来临之前一同去南方旅行。考尔讷丽娅应当和他们一起去，——埃米尔当然也去，如果他在那个时候能从磨坊的事务中脱身的话。至于他们自己的处境，这几乎就是理所当然："弗里茨没有职位，我也没有房子！"这无疑并不便宜，但根据瑞吉娜的计算，当她和弗里茨"再次支付了所有新的家用设备的费用"时，剩下的钱不会多于"几千"国家银行币，这样一来，这些钱就"不值得节省"，于是"最明智"就是花在另外还会有可能达到多个目的的旅行上："一次旅行，除了它能给予我们的力量和快乐之外，当然也将能够作为一种过渡，从曾经生活在一个高贵而显赫的位置上，有马、有车、有仆人等等，每年两万，过渡到不得不每年靠两千块钱来过的生活（弗里茨得到的养老金就大概是这么多）。"除了这些看得见摸得着的考虑外，还有一个心理学意义上的考虑：

（……）我不喜欢去哥本哈根；母亲去世了，你也不再住在那里，其他更多的事情让我觉得我对它没有旧爱了，如果可以选择，我宁愿住在乡下！

瑞吉娜没有进一步说明她在写"其他更多事情"时所想的是什么，但当她对哥本哈根不再有"旧爱"时，这可能是

第二部分

因为她在哥本哈根不再有"旧爱"了。

归返和随后的时间

瑞吉娜发自圣克罗伊岛的最后一封信上的日期是1860年4月27日。接下来的一封信是9月29日在哥本哈根写的。没有任何信件讲述在这段时间里发生了什么,所以瑞吉娜、弗里茨、蒂丽、约瑟芬以及我们可以设想的四条腿的小菲多是在什么时候和什么情况下离开克里斯蒂安斯泰德的,我们不得而知。像以前常常发生的那样,祖国和遥远的属地之间的距离在瑞吉娜的计算和推理中和她开着玩笑。4月21日,《部门时报》就已经能够公布:

> 3月10日,丹麦西印度属地的总督约·弗·施莱格尔,丹麦国旗勋章骑士和丹麦国旗勋章人士[即被授予丹麦国旗勋章银十字的人],根据申请,从今年5月31日算起,蒙恩准离职。[169]

如前所述,亨利克·伦德也从这个日子起辞去了殖民地医生的职务,[170]但除了这一特殊的巧合外,关于施莱格尔夫妇的五年异乡生活(在此期间,弗里茨在其职位上工作了1859天)的终结,没有任何可报告的材料。[171]

1860–1896年

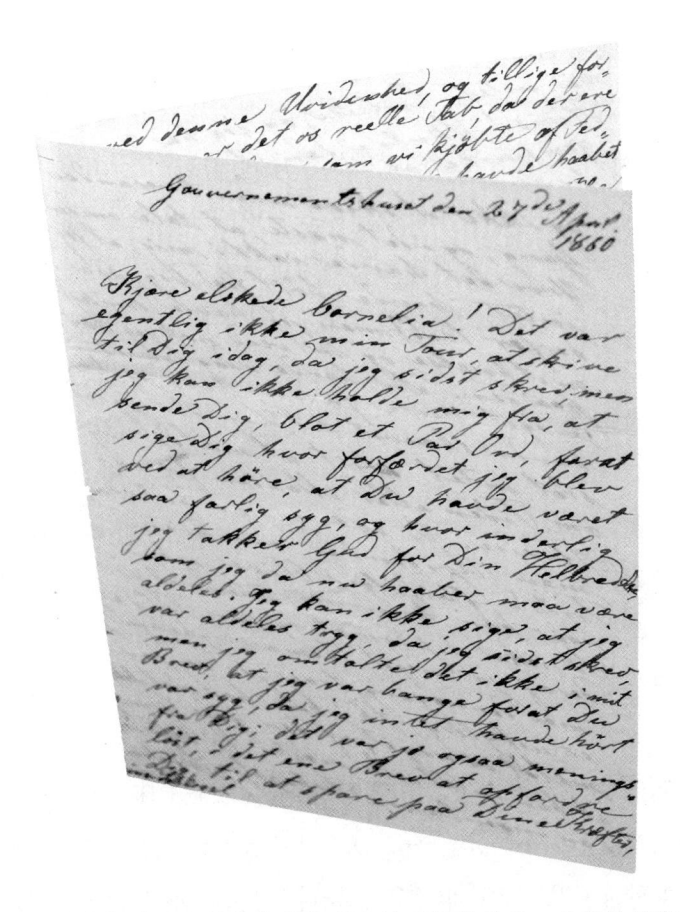

瑞吉娜从圣克罗伊岛寄给考尔讷丽娅的最后一封信的日期是1860年4月27日,信的内容围绕着不确定的未来——"弗里茨没有职位,我也没有房子!"——但瑞吉娜将自己的信念交付给"治理"的深不可测的创造性,它在这一次也必定会赐予她和弗里茨他们所需要的东西。

私人拥有物。摄影:亚当·加尔夫

第二部分

瑞吉娜和弗里茨双脚一踏上丹麦本土的土地，就直接去了霍尔森斯与考尔讷丽娅和埃米尔重聚。我们不知道，瑞吉娜在她的信中经常带着甜蜜的忧惧提到的这次重见在事实上是以什么样的形式实现的。在那些幸福的九月的日子里，在霍尔森斯的磨坊，两姐妹无疑会为重逢而流泪，而历史得体地降下了它的帷幕，掩盖起姐妹间喜悦的眼泪，相应地也呵护地隐藏起他们的丈夫——在他们带着男人的情感向对方伸出手问候的时候——想来会试图抑制住的感动情绪。

具有象征意义的是，随着离别时刻的临近，天开始下雨了。在霍尔森斯峡湾中航行了一段之后，乘客们不得不爬进船舱，风力越来越大，海浪的起伏迫使他们中的大多数人躺下。蒂丽开始晕船，很快就难受得根本无法享用考尔讷丽娅姨妈为她做好让她在旅程中随身带着的美味佳肴。瑞吉娜则不同，她能适应海上的航行，并在渡海过程中得到了一小点睡眠："晚上我像在正常情况下一样脱掉衣服上床，并且在夜里也睡着了一小会儿。"第二天早上5点不到，他们抵达哥本哈根的海关税务口，但不得不等到六点半才能下船——"在那一个半小时里，我感到冷，因为我已经五年没有感到过冷了"。当这些经历了远途旅行的人终于上岸时，永远"忠实的克拉拉"站在那里欢迎他们回到哥本哈根。克拉拉是弗里茨42岁的、仍与父母住一起的妹妹，她在凌晨时分和弗里茨办公室的施密特一起找到了海关税务口。就这样，他们穿过老

1860–1896年

城区的街道,来到了位于小寇贝玛尔街59号的临时住所,寡妇比尔陵夫人在那里热情接待,"为我们摆设好了咖啡桌,并亲自为我们斟上咖啡"。

时间渐渐地过去,一个多星期之后,瑞吉娜才坐下给考尔讷丽娅写她在从西印度群岛和——霍尔森斯(!)回来后的第一封信。她本该早一点写信的,她承认,但她是如此极度地"不知所措",直到现在才重新有时间写信——而这封信尤其是在谈论"哪怕只是差不多安下家来"的各种困难:

星期六,我们就马上走出去看房了,可供选择的公寓不多,克拉拉把所有这些公寓的广告都给了我们,因为都看过了,但要等我们来作决定。然而,有一套却是她没见过的,因为在我们来的那天,它才空置出来,报纸上才登了它的广告,奇怪的是,它就是我们要的那套。我不想说这是什么特别好的,因为那些房间其实还可以再大一点,但它们是所有看过的那些中最好的,所以我们可以为此而感恩了(……)。它在北护城堤32号,二楼,它处在伦德从前拥有的大房子里,他把它遗赠给了伽美尔托弗特,也就是我们现在的房东。

伽美尔托弗特是的鞋匠O. C. Gammeltofte。克拉拉所看的报纸很有可能是《地址报》,因为它在1860年9月21日的

第二部分

"附刊"第3页上刊登了以下广告：

> 北护城堤32号
>
> 是一个美丽的3楼公寓房，由6个房间组成，有门厅间，走廊和所有的便利设施，由于突发情况，在接下来的10月搬家日可入住。上午9点到下午1点可由住在左地下室里的管理人带领看房。

在《地址报》的同一页上，有着一个公寓的广告，这公寓似乎更适合归返的总督和他的妻子：

> 位于山楂林街，在4年前新建的7号院子之中，靠近护城堤，一个优雅的3楼公寓，由6个房间组成，有入口、厨房、佣人房、餐食间、茶水间、杂物和木柴地下储藏室，有阁楼以及水和煤气，将于10月出租；租金为每半年200国家银行币。从上午11点到下午2点可看房。

人们无疑会感到奇怪，为什么施莱格尔夫妇选择了北护城堤的公寓，而对山楂林街的更优雅的公寓似乎根本没有兴趣。弗里茨肯定有他的理由。一方面，400国家银行币的年租金有些昂贵，另一方面，在北护城堤的公寓能够在规定的搬家日之前的一段时间内入住，这对于这对不耐烦的夫妇来说可能是决定性的,他们梦想着在脚下有自己的地板。但除了这些事实需要考虑外,还有一个特殊的细节:山楂林街的地址可能构成象征性的负担。也就是说,在山楂林街和玫瑰堡街拐角处,因而离"新建的7号院子"只有几米远,有一幢外观庄严的建筑,这里曾是索伦·克尔凯郭尔的住处。他1848年4月搬到这里,曾在这幢楼的三楼住了6个月,后来搬进了玫瑰堡街9号的一套更大的公寓,在那里一直住到1850年4月,每年支付400国家银行币的租金。[172]作为一个天才的青春恋人回到家,这对瑞吉娜来说已经是一种考验了,一个人肯定没有必要——弗里茨也许会这样想——恰恰就在旧日情敌日常走动并在一段时期里经常由之出发到城里去看他的前未婚妻(而她现在则带着装满旧情书的箱子和充满回忆的脑子从异国他乡回来了)的那条街上住下的。不管事情是怎样吧:瑞吉娜和弗里茨选择了北护城堤的三楼公寓,并且正在逐渐着手购置新家具:

我们买好了床,昨天一个马具匠开始做床垫,星期一一个女裁缝将在施莱格尔家开始做褥套,所以你看,我并不是完全闲着地坐在集市广场上。

另外,在比尔陵夫人的推荐下,瑞吉娜也成功地找到了一个厨房女佣。这个厨房女佣本来是要结婚的,瑞吉娜说,

第二部分

"但是她的爱人和她分手了,所以她要在11月来我们这里"。打破的婚约会引发很多事情。就像旧的住处。不知由于什么原因,瑞吉娜不希望延长约瑟芬的受雇期,尽管约瑟芬乞求继续留在施莱格尔家。当瑞吉娜在1861年1月初给考尔讷丽娅写信时,似乎已经发生了不可挽回的灾难:

> 我想我从来没有对你讲过关于约瑟芬的任何事情吧?在我回到哥本哈根的最初几个月里,她把我折腾得好惨,她找不到地方,因此到最后想回到我们这里,这当然我是不会同意的,她最终还是非常幸运地找到了一个非常好的位置,从新年开始,是在很有钱的批发商汉森家。

在批发商汉森家,约瑟芬每年得到100国家银行币,"这当然是一份高薪",她的工作任务与她"在西印度群岛在我们家做的事情"非常相似。

退出关于约瑟芬·珊斯霍夫的事情。我们仍怀着一种无法控制的愿望,希望约瑟芬能留下一本日记,从而说出她的版本对这件事情的描述!

"蒂丽是个病罐子"

回顾在比尔陵夫人家住宿的日子,瑞吉娜会忍不住沉重地叹息，因为那是一段"非常艰难的日子"，其中的原因包括了，她和弗里茨通常是在老广场的施莱格尔父母家吃晚饭，"我们也总是在那里结束一天的生活"。于是，具有的私密生活几乎是不可能的。当他们搬进北护城堤的公寓时，从总体上说除了"床、几把椅子，另外全都是箱子"，他们几乎什么都没有，既没有杯子也没有餐具。第一个早上，他们不得不去城里喝茶，因为斯多姆街上的杂货商斯洛曼弄到最后忘记了把瑞吉娜在他那里订购的新茶杯送来，——"是吧，你简直没法相信，这真是彻底一团糟！"

这逆境还有着"不停的雨"这种有些令人沮丧的"伴同者"，但通过一起共同的努力，瑞吉娜和弗里茨设法保持了良好的心态并进入了大致正常的生活状态。她不愿以信件的形式来描述房间里的布置，"我只说，自己来看吧"。考尔讷丽娅和埃米尔提出他们可以送一些自己不再需要的家具过来，但这一提议没有被实施，因为瑞吉娜更愿意"一次性地买下所有新东西"。房间里也没有地方挂"托尔瓦尔德森的画"，墙壁对它来说简直太小了，事实上，公寓里几乎没有足够的墙上空间挂放他们自己的画，这些画仍然立在公寓的地板上，不耐烦地靠在墙上，几乎就是在抱怨着。

尽管面对着所有这些匮乏与障碍，瑞吉娜坐在那里给考尔讷丽娅写信时其实"心情很好，然后我要炫耀一下"。就是说，弗里茨不在时，她自己处理了很多事情：她用了一个新

第二部分

的女佣,搞定了要为蒂丽看病的"两个医生","又让缝衣妇缝制了丧服",最后还弄来了炉子要用的木柴,"但现在我想保持沉默一直到明天,否则我会因为纯粹的炫耀而碎裂。明天再写更多"。

明天的日子以极大的悲哀证实,一天的难处一天当就够了。就是说,搬进公寓后,蒂丽马上就病了,因为一种可怕的"风湿热"而不得不在床上躺了一个星期。该病是由所谓的溶血性链球菌引起的上呼吸道感染造成的。风湿热最严重的后果是对心脏瓣膜有持续的损害,而心脏瓣膜特别容易受到反复感染,因此,曾为临死的克尔凯郭尔看病的弗雷德里克医院的医疗主管塞利格曼·梅耶·特里尔教授现在又被找来诊视蒂丽,他告诉瑞吉娜,这种病可能变得"非常持久",这并非夸大其词。

幸运的是,瑞吉娜雇的女佣卡米拉是一个精力充沛而快乐的人,她在蒂丽家过夜,并在总体上大大减轻了瑞吉娜照顾这个让人费神的病人的负担。尽管如此,在11月期间,瑞吉娜还是几乎每天晚上都要起来几次,以安慰蒂丽,她因为疼痛而尖叫,在纯粹的热病谵妄中左右摇摆——"我们甚至两个人一起都没办法在床上把她按住"。瑞吉娜被这样的情况吓坏了,在给考尔讷丽娅的信中不知说什么好:"这是多么可怕的一种病啊,没有见过这病的人真是不知道,尤其像她发作到这么高的程度!"蒂丽暂时失去了一些最基本的生活能力,"是的,她已经很久不能自己吃饭了",所以瑞吉娜不得不常常坐上"整整一个小时",费力地给这个12岁的女孩喂饭,她那原本漂亮的五官都扭曲成了怪异的鬼脸。然而,与瑞吉娜不得不强迫自己完成的"散步"相比,吃饭的这些事情就简直算不了什么。"因为和她一起走路引起人们极大的关注,所有的人都转身看我们"。

相应地,圣诞节怎么过也取决于蒂丽的状况。瑞吉娜考虑过,她的病是否与节日所带来的各种社交义务相容;但在另一方面,她觉得自己没有任何理由允许自己"弄出一些麻烦事,因为这是我们在家过的第一个圣诞节"。小圣诞节夜,大家都被邀请到老广场的施莱格尔家共进圣诞大餐。"我们离开家有点早",瑞吉娜讲述说,"外面下过雪,非常滑"。前一天晚上来到哥本哈根的雷格纳本应帮忙"守着"蒂丽的,"但他无法做到",所以他们不得不找来曾忠实地坐着为卧床的女孩朗读的18岁的威尔海姆·汤姆森,"然后我们终于到了老广场"。圣诞夜也是和婆家人一起度过的——"并且她也和我们在一起;但圣诞日是最糟糕的一天,这天我们是在玛丽亚家,她有几次剧烈的发作,连带着哭泣和尖叫,所以我真的变得完全绝望了,但我还不得不保持和颜悦色"。在节礼日(圣诞节第二天),"施莱格尔家的所有人都来这里吃饭",瑞吉娜邀请了尤尔一家和布伦杜姆一家,"这样,宫廷议员就可以让自己玩l'hombre(法语:三人玩的奥伯尔纸牌游戏)了"。亚历

第二部分

山大和埃米尔·贝伦岑也顺道来访。总而言之,这是"有点辛苦的一天",当女房东终于能够上床睡觉时,"蒂丽开始尖叫,所以我直到早上才睡下,然后我们决定,在蒂丽的情况稍稍变好之前不再出去参加任何晚餐,也不接待家人来我们这里晚餐,因为我觉得如果我继续再这样下去,结果就会是我自己要发神经热了"。

385　为了缓解蒂丽的背部和胸部疼痛,在天气允许的情况下,瑞吉娜和她一起在厄勒海峡里浴洗。在其他时候,他们买票去瑞森斯丁和石灰厂的浴堂,但这很少会是愉快的经历,"因为蒂丽的样子看上去是那么糟糕,乃至每次看她我都会打颤"。坐在钢琴前的时间也不是那么成功,因为当瑞吉娜和蒂丽一起练习时,她既能看到也能听到:这可怜的女孩的手是多么地不稳。到1862年1月初,蒂丽的健康状况好到可以去参加"儿童舞会"了,在那里她"玩得很开心,每一场舞她都去跳了",但她的病情是不稳定的,到了这一年的10月中旬,瑞吉娜讲述道:

> 昨天和今天,蒂丽的牙齿一直不舒服(……)。她坐着为菲多缝制羊毛项圈,这是医生给它指定的,因为它的咳嗽已经加剧到这样的程度,乃至我们不得不为它找了一名医生,他说我们必须小心不要让它湿了脚,然后它必须喝全脂牛奶,然后给它吃混合食物;你是不是问一下丽克,对这样一个小患者有什么看法吗?不过,说正经的,

> 昨晚菲多咳嗽蒂丽哭，一起二重唱，这一点都不好玩。

瑞吉娜有时很难沉得住气，并且会发现自己怀疑蒂丽心理上有一种小小的、能够为自己赢得好处的疑病症。"蒂丽是个病罐子"——她说，她继续给蒂丽灌鲸油喝，"尽管她在服下每一勺之后都会难受地恶心好几个小时"。虽然经受着痉挛、抽搐和风湿热，蒂丽已经长成了一个漂亮的美少女，她马上将要去适应成人世界——这是成人同样也要去适应的事情。直到1863年6月，给考尔讷丽娅的信中才有了这样的说法：

> 弗里茨现在决定了，让蒂丽在秋天去受坚信礼，我完全同意，她现在已经长得太大，发育得太完全，不能再被当成是一个孩子了，尤其是她看上去样子这么好（人们都在忙着告诉我这一点），这样，她最好在社会中进入一个少女的位置，而不是一个人们可以命令她去做他们想要让她做的事的小女孩了。

瑞吉娜的括号表明，她相当厌烦听到人们赞美她美丽的养女的优点和品质。1863年的蒂丽和在弗雷德里克斯堡第一次遇上克尔凯郭尔（那是在很久很久以前的一个春天的日子，在她的女友波莱特·若尔丹家）时的瑞吉娜本人年龄差不多，想到这一点对她来说必定也是很奇怪的。

第二部分

386

　　1841年1月23日是她的19岁生日，瑞吉娜从她的未婚夫那里收到了一对烛台和某种高级得像"画家的仪器"一样的东西。在随这些东西一起送到的信中，克尔凯郭尔表达出这希望，希望瑞吉娜会用自己的绘画把这"朴素的花朵从死亡和遗忘的黑夜中"拯救出来。我们不知道她是什么时候画这幅静物画的，上面有诱人的桃子、成熟欲爆的葡萄和看起来像一只巨大的柑橘的水果，但笔触是有信心的，才华是无可置疑的。当有机会时，瑞吉娜会去参观夏洛腾堡的展览，尤其是在1865年，她被风俗画家卡尔·布洛赫的画作《普罗米修斯的解放》吸引了。她与弗里茨同享着这一爱好，弗里茨有大量的"铜版画集"收藏，这些集藏不时地被拿出来，帮助他们重温自己在一些德国和意大利的博物馆的记忆。

　　瑞吉娜·奥尔森的油画。照片由亚当·加夫拍摄。私人收藏

1860-1896 年

瑞吉娜的哥本哈根——及周边地区

到从西印度群岛回来时，瑞吉娜的生命还没有过去一半。一年时间与克尔凯郭尔在一起，五年时间与西印度群岛在一起，另外在她面前还有带着对诸如西印度群岛和克尔凯郭尔的回忆的44年。生活与预期的相反，大多数事情很快就变成了它们在国外时的样子，不过，他们也许并不是完全没有预见到是这样的；是的，一切在事实上都令人惊讶地保持不变。当然，她和弗里茨现在又重新能够去看戏，去看画展，与朋友和熟人重新联系，但与社交活动相伴的各种义务与他们在西印度时期不得不忍受的那些义务相似得几乎没有区别。

最重要的是，瑞吉娜还是带着丝毫未减的强度想念着自己所爱的考尔讷丽娅。就是说，虽然两姐妹不再相隔7000多公里，而是相隔不到300公里，但瑞吉娜觉得她们相见少了，实在是太少了，她继续（这对于后人来说是一种幸运）与考尔讷丽娅通信，她还与考尔讷丽娅相互寄一些小包裹。在首都和东日德兰小镇之间，随着时间被寄送的东西有：各种果酱罐子、钩织领子的镶边和褪色的丝带（这些丝带要被送去染色，以便在考尔讷丽娅什么时候去哥本哈根时能够带上）。从磨坊主家里还寄出其他各种包裹，里面有着宰杀好的野兔、鹌鹑、牛舌和各种不同大小以不同方式腌制的黄瓜，它们为

第二部分

哥本哈根的收件人带来快乐——"雷格纳、蒂丽和我在假期里相互抢着地吃黄瓜"——年底的时候,体贴的埃米尔寄送了烈酒、姜饼干、用来做圣诞节蛋糕的新磨的面粉,按瑞吉娜的说法,用这面粉做出来的圣诞节蛋糕非常好,他们说"黑桃二压过面包师的"。[173]

如果说情感坐标基本没有发生变化,但哥本哈根则相反——瑞吉娜不在的时候——发生了重大变化。最明显的变化是那些高大的、风景如画的护城河堤的拆除,几个世纪以来,这些护城河堤一直围绕着这座结构紧凑的要塞城市,但现在却被一车厢一车厢地运走,以便让这城市跨过桥梁扩张开,并为现代的多层楼房让出位置,这些楼房要容纳弗里茨和瑞吉娜离开的五年里来到的11552个哥本哈根人中的一部分。[174]

渐渐地,随着护城河堤外的区域被建设出来,狭窄的城门变得过时了,特别是北门和西门。战争部(译案:丹麦国防部前身。1950年丹麦战争部和海军部合并为国防部)坚持认为这些城门有着军事上的重要性,但自由派的报纸《祖国报》却有着不同的看法,甚至鼓励哥本哈根人从里面向外破坏护城河堤。首先被拆除的是具有纪念意义的北门,1856年10月18日,《祖国报》毫无感伤之情地将之称作"前——",第二年,阿玛尔大门、西门和东门也能被如此称呼了。哥本哈根不再被工事堡垒包围,而是变成了一个开放的城市,其护城河堤让位于交通繁忙的林荫大道,路边是优雅的煤气灯,

1860—1896年

其光线比老式鲸油灯的苍黄的光线更明亮、更强烈。

在19世纪40年代，一种新的交通工具参与了改变城市的面貌，人们借用拉丁语的民主一词，称之为"Omnibus"（巴士）——因为在原则上它是为每个人服务的。这一类交通工具中的最初一批是由马拉着车厢的公共客车，它们以耀眼的漆面和优雅的名字，诸如"太阳"、"红女士"、"狮子"、"鹰隼"和"北极星"吸引了人们的注意。行驶路线最初从阿玛尔广场（Amagertorv）到腓特烈堡，但渐渐地，巴士扩展到了灵比（Lyngby）、夏洛滕隆（Charlottenlund）和鹿苑（Dyrehaven）。对瑞吉娜和弗里茨来说，1863年秋天进入了哥本哈根及周边地区的英国制造的有轨客车是某种新事物。这些客车的车厢仍然由一对马匹拉动，但现在是在轨道上运行了，并配备了开放的车后平台和车厢外通往车顶上的开放座椅的窄长楼梯。坐一趟车要花4或8斯基令，这是很贵的，因而使用有轨马车的一般只是较富裕的哥本哈根人。[175]

弗里茨和瑞吉娜是这些富裕者中的一员，在夏天的那几个月里，他们去玛丽亚那里度周末，——玛丽亚在托尔拜克的小渔村里有着那幢最受喜爱的小房子。去那里的路线，要么是沿着海滩路乘坐巴士马车，要么是乘坐两艘小型鹿苑蒸汽船"威廉号"和"艾玛号"中的一艘，这两艘船每天驶往克兰彭堡，冰岛的兵营外科医生亚尔特林在克兰彭堡开设了一个健康水疗与海滨游泳馆，"威廉号"和"艾玛号"在那里

第二部分

忙碌地来回接送哥本哈根的客人。[176]渐渐地,更多航线被安排出来,以服务越来越多的乘客,这些乘客在炎热的夏天想去森林,但又希望最好在路上避开海滩路上的喧嚣。

瑞吉娜和蒂丽的时间比较多,所以通常先去。当各种事务和心情允许时,弗里茨也会加入进来。索尔登费尔特兄弟经常来访,还有奥卢夫,如果他敏感的胃不出问题的话。然后大家通常会带着食物篮子到大自然里去,或者把方向设定为克兰彭堡、索尔根弗里或者弗雷德里克斯达尔的某一家合适的小餐馆,克尔凯郭尔在他的时代也经常去那里。瑞吉娜从来都不会对这些路线感到厌倦,并常常在给考尔讷丽娅的信中描述西兰岛北部的自然风光——比如说在1861年6月19日的信中:

> 我是多么喜欢鹿苑(……),看见树木变得如此茂盛,我真的是完全沉浸在了享受之中,现在栗子树开着它们骄傲的花朵,我最喜欢的是白色山楂树,在分离这么多年后再次看到它,这让我在心里感到怎样真挚的喜悦啊。有一天,我和弗里茨谈起,到底是什么原因,去年夏天,大自然在严格的意义上并没有给我留下很深刻的印象,我想,那是因为我过于专注于人,但他说了一句非常正确的话,去年夏天我刚从永恒的夏天回来,因此多一点或少一点的绿野景色不可能给我留下任何严格意义上的印象,但是今年,在我重新经历了一个冬天并

1860-1896年

感受到想念绿野是什么之后，看它再次到来，一个人就会更好地珍惜它。(……)星期五下午，弗里茨和他的家人一起到克兰彭堡喝咖啡，蒂丽和我就到那里去找他们，然后我们和他们一同穿过鹿苑，到福耳图娜去喝茶。

在冬季的半年里，大家以市民阶级的准时要么周六要么周日在老广场的施莱格尔家晚餐，但瑞吉娜与公婆家里的人的关系似乎并不特别融洽——"没有人吸引我，如果不算公公的话，他们也不思念我"。然而，公公的思念则是可控的那一种，因为当瑞吉娜来访时，奥古斯特·威尔海姆通常会在旁边的房间里与尤尔先生和布伦杜姆先生愉快地聚在一起玩l'hombre。无疑，主要是出于儿子的责任，弗里茨不时地陪他们玩，但由于瑞吉娜对l'hombre毫无兴趣，她感到很无聊。当瑞吉娜和弗里茨不得不自己充当东道主夫妇并且半心半意地继续做着他们在西印度群岛所做的事情时，事情就没那么愉快了。1861年3月24日星期日，她告诉考尔讷丽娅：

当然，在西印度群岛，我们在这方面得到了很好的训练，所以我们能够体面地承受各种事情；但是，我可以在这里悄悄地告诉你，晚上我总是挺早地开始看表，心想，人们不是很快就要走吧？这并不表明我很喜欢与他们相处，抱歉的是我确实没有太大兴趣，因为，你可

513

第二部分

391

当瑞吉娜从她公公家的窗户向老广场及其喷泉——克里斯蒂安四世在17世纪初建造的明爱喷泉——望下去时,视野之中的景色就是这样的。喷泉后面是新广场,它是这个城市的大商贸集市,人们能够在那里买到肉、鱼、家禽和蔬菜。照片右边,有着引人注目的圆柱并在屋脊上有旗杆的房子是法院。紧挨着法院的楼房,直到1847年,一直属于克尔凯郭尔家族,在1908年才被拆除。因此,从施莱格尔家的起居室望出去,瑞吉娜对自己与克尔凯郭尔相关的往昔有着一片毫无障碍的视野。

1860年左右的照片。皇家图书馆

不要以为这是因为我困了并且想去休息了,哦,不,弗里茨从不在一点钟前睡觉,所以我知道,不管人们是不是离开，就我的安宁而言，这都一样有很长久的前景。唉，你看，我想念你（……）。又有谁可以取代你？没有人，你可是知道我们所有圈子的，它们中有许多人我当然都很喜欢，但没有人能让我想到可以像在你面前一样地在他们面前说我的事情。

在这一年早些时候的一场晚会后，瑞吉娜描述说，一切基本上都很顺利，"如果我略过一些小意外不说的话"，这些小意外包括：他们的女仆格蕾特没有"在牡蛎馅饼里填满足够的馅儿，以至于我们剩下了这么多的馅儿，从那以后，我们每天都在吃馅儿"。那天晚上，瑞吉娜竭尽全力为谈话添加尽可能多的欢乐气氛——"为了补偿馅儿的不足我向他们提供聊天，但很不幸，确实，馅儿本身才是更好的"。顺便说一下，菜单并没有显示出客人是饿着肚子离开餐桌的：

> 龟肉汤、牡蛎馅饼、舌头和鲱鱼配花菜和青豌豆、烤火鸡、冰淇淋蛋糕、葡萄干、杏仁、苹果，酒饮有潘趣酒、红酒、马德拉酒、波特酒和马尔瓦西亚酒。

"关于亲爱的弗里茨的事情"

不管安排这些晚餐要求多大的投入，这工作还是驱散开

第二部分

了各种沉郁的思绪——"它赶走了胡思乱想"——，但瑞吉娜，据她自己说，并不完全是"被各种职责压着"，她也很乐意在朋友交往圈中帮着做一些事情，比如说，帮伯特格尔小姐出售彩票。"你可以肯定，这件事我参与了很大一部分"，她在给考尔讷丽娅的信中这样写道；是的，如果弗里茨没有承担这一事务的"秘书"工作的话，这工作肯定就会堆在她身上让她忙不过来。各种各样的集市募捐也要求她慈善地花出自己的时间，因为她必须带着各种推荐信或人们所称的"签名信"（到1865年11月底她已经分发了大约1000份这样的签名信）出去按门铃。

这位前丹麦西印度群岛总督之所以能抽出时间来当其妻子为退休的老处女们服务而开展的募捐和彩票活动的秘书，其中的原因很简单：因为他回国后没找到职位。非自愿的无业生活对他来说是心理负担，据瑞吉娜说，表现为各种形式的不明确的"抵触性"，尽管他尽力为日常生活赋予有意义的内容。在1862年4月底的一封信中，瑞吉娜能够向考尔讷丽娅倾诉，在奥卢夫、埃米尔和约纳斯去参加索惹的坚信礼的时候，弗里茨则选择待在家里，"因为他感觉不是很舒服。你当然知道他是怎么会有这感觉的"。在这些句子后面接着有一些更秘密的句子，瑞吉娜之所以敢写下这些句子，是因为她来访哥本哈根的姐夫埃米尔能够把信带到霍尔森斯并直接交给考尔讷丽娅，因而弗里茨并不

1860-1896年

知道：

　　因为我是通过埃米尔发送这封信的，我想对你说几句关于亲爱的弗里茨的事情，我自然是不想让他看到，所以你在你的信中一定不要提及这事情。对于没有确定的工作，他很确定地是非常忧郁的，他对此并不抱怨，你知道他是内闭的，但我能够从他的心情上感觉到。我非常热切地希望看见他会得到什么，但我当然知道主总是如此慈爱地关照着我们，我当然仍希望：如果弗里茨仍找不到任何工作，那么这对我们来说就是最有好处的，那么我们就应当通过"一无所有"来练习忍耐，这也是一种考验，因此就是一种工作，愿上帝帮助我们去做我们应该做的事情。

奇怪的是，我们在这里看见，瑞吉娜使用了"内闭的"这个词来说及弗里茨。十几年前，克尔凯郭尔在说明自己为什么不能与瑞吉娜结婚的时候，使用了这个词来说及自己。她说，弗里茨是"内闭的"。我们不禁想到，克尔凯郭尔原本会在瑞吉娜那里获得一个富有同情心的妻子，她不仅理解内闭性的意义，而且还有能力使内闭者有各种更好的想法，——是的，她关于一个人失业时必须练习忍耐的说法简直就像是克尔凯郭尔式辩证法的小示范！

第二部分

394

1863年,施莱格尔夫妇到访了尼尔斯·威卢姆森在小岛水道7号新开的摄影工作室。瑞吉娜穿着一件呈喇叭形展开的圈环衬裙,一系列用带子固定在一起的大小不同的钢圈使得这衬裙有着完美的圆环形。弗里茨坐下了,看上去挺疲惫的,西印度群岛的现实生活留下了明显的痕迹,但他衣装整洁,穿着厚实的外交礼服,左手食指上戴着一枚印章戒指,他的鞋子擦得很亮,以至于在威卢姆森的色调浅棕的相纸上留下了白色的条纹。

1863年的照片。皇家图书馆

然而,弗里茨不是克尔凯郭尔,是的,甚至差不多只勉强地是他自己,而且据瑞吉娜说,他逐渐"对生活中的一切都感到厌烦,我想他也对我感到厌烦"。因此,在那个夏天,她选择了"比以往任何时候都更长久地待在托尔贝克"。她现在是一个42岁的女人，正处于人生的一个阶段，一个你时而是一个年长的年轻人、时而是一个年轻的年长者的阶段，这就是为什么我们把这个阶段很有标志性地称作是更年期。四年前，她不得不有点忧伤地同意她公公的说法：他差不多就不能再叫她"小吉娜"了：

（……）我认为他说得很对，这样的昵称无疑不再适合于我了，我已经变得这么苍老而憔悴！想一下，我马上就要38岁了，而且头发也相当白了，这使得我如此心怀恶意，以至于我不禁为弗里茨头发也白得厉害而感到高兴。——

公公的这句话或多或少无心地让人想起瑞吉娜没有生育的事实，它由一种遥远而令人不安的可能，逐渐地变得像是一个不可辩驳的事实。当她在镜子中看自己时，越来越多地发生的事情是：另一个女人的两眼带着同样的惊奇、羞愧和沮丧反向地凝视着她，因为这双眼睛无法认出自己所看到的东西，或者这双眼睛无法与自己所看到的东西和解。而在曾经有着轻盈身影的地方，现在被看到的是一个不那么敏捷的形象，被时间打上了烙印，从而见证了其流逝，时间，不可逆转地消失了。

第二部分

"我无法了断这一关系"

然而,往昔并不只是往昔。就是说,它每隔一段时间就会到来,而且相当有展示性。经过了一长串的来回讨论,克尔凯郭尔的日记以《索伦·克尔凯郭尔遗留文稿》的标题、在1881年作为九卷本整套出版。[177]这套书的第一卷是在1869年12月13日出版的,其中包括克尔凯郭尔从1833年到1843年的日记,并附有巴尔福德的"介绍性说明"。巴尔福德做了大量工作,但得到的却是明确无误的负面批评。1870年2月9日,弗雷德里克·迈德尔在《祖国报》上如此宣告:他会觉得这是非常不幸的,如果——

> 各位传记作者、自传作者和书信集出版商,以及诸如此类,为了撩逗人们的好奇心,出于对历史要求的盲目尊重,或出于与文学艺术无关的其他原因,逐渐相互引诱而进入不顾后果的危险歧路,在这条路上,人们不需要走多少步就会站在丑闻的正中央。[178]

同一天,在《人民报》上,编辑埃瑞克·博宇在本来有着无所谓态度的栏目"这个那个"之下声称,"我几乎想不出有哪位作家,其《遗留文稿》的出版能够有助于人们对之的记忆";是的,博宇认为,"道德健康警察应该留意这一类事情"。[179] 2月23日和24日,《日报》将矛头指向巴尔福德,批评他在策略和判断力上的不足,特别是他对订婚事件的处理,随后建议巴尔福德在下一卷中要谨慎一些。《奥胡斯地区时报》在3月1日能够向其读者讲述,一个克尔凯郭尔主义者通常是"一个逃避所有社会责任的人,无视每一种与'痛苦的、有时是不美丽的(其主人永远都无法摆脱掉的)自我意识'无关的感动"。[180] 3月30日,《画报时刊》也提出了类似的观点,评论者以"令人厌烦和尴尬"这一类形容词来描述该出版事件,同时希望能够看见"一点更多地照顾到活着的人们的审慎态度"。[181]

在这些活着的人中有瑞吉娜,她让弗里茨购买两卷本,但据说她因日记"与她的私密关系"而觉得"不舒服",并因此没有去读"后续的那些"。[182] 既然她从圣克罗伊岛收到的材料中已经知道了克尔凯郭尔在日记中所写的关于她的内容,所以使其不舒服的几乎不会是内容本身,而是他们的关系的公开曝光,以及——若我们敢这样假设的话——弗里茨现在对于她与克尔凯郭尔相处时光的了解。单是在几篇日记中留下印痕的亲密程度,就必定已经有着让人难以承受的作用了:

当太阳闭上其侦视着的眼睛时,当故事结束时,我不仅要把自己裹在我的斗篷里,而且,我还要把黑夜抛

第二部分

> 掷出去,使之像一道帷幕一样围在我四周,我将到你这里来,——我将像野人倾听那样地倾听——不是倾听脚步声,而是倾听心跳声。

尽管这篇日记背后的人早已被埋入土中,它仍可能为施莱格尔夫妇带来了令其不安的"剧烈心跳",并产生出那种可能需要用上几个小时才能消解掉的相互间的尴尬。弗里茨不仅看到了他也许宁愿没有看到的材料,而且还感到自己被优雅的爱欲气味包围着,这与他自己在风情领域中笨拙的能力有着天渊之别。这是克尔凯郭尔所能的技艺:

> 根据约定,我在此把这朵花送还给你,到现在,它让我高兴了八天,一直是我的关爱和温情的对象。但这并不说明一些什么,因为你当然是自己培育了(丹麦语为opelsket,根据词根和前缀的意思来做字面直接理解的话,可以翻译作"爱出了"[183])它——培育了它,这是一个多么美丽而内容丰富的词啊,一种语言拥有着什么样的丰富宝藏啊——培育了;因为难道你那一次又一次地定格在这棵柔弱的植物上的炽烈的目光,难道你全部爱情之温暖会不是远远足够地在一段极短的时间内使它舒展开自身吗。

在对瑞吉娜"培育着的品质"的这样一些精雕细刻出的赞美之间,我们能够发现克尔凯郭尔对自己的描述,他作为爱情关系的真正力量,对瑞吉娜来说,就像天父对基督一样至关重要:

> 瑞……我非常爱她,她像鸟一样轻盈,像思想一样大胆;我让她越升越高,我伸出我的手,她站在上面,拍打着翅膀,她向下对我呼喊:这里真美好,她忘了,她不知道,是我使得她轻盈,是我给予她思想之中的大胆,是对我的信心使得她在水上行走,我向她致敬,她接受我的敬礼。——在其他时候,她跪在我面前,只想要仰望我,想要忘记一切。

按照克尔凯郭尔的说法,恰恰就是这一崇拜,这一完全的屈从、神化,使得婚约解除后的情况复杂了很多倍,在其他情况下,这解除婚约本来会是 a piece of cake(英语:一块糕,指很简单的事情)——或者,如同丹麦当年的说法,是一片"黄油面包":"是的,若不是她如此多地向我奉献了自己,向我倾诉,为了'为我而生活'而不再过自己的生活;是的,那样的话,这整件事就是一片黄油面包。"当弗里茨读到这些关于自己的妻子"怀着奉献之心跪在克尔凯郭尔面前、沉醉于感性、欣喜若狂"的描述时,他会是怎么想的?

第二部分

而瑞吉娜又会有什么样的反应,她会能在这所描述的处境中认出自己吗?抑或觉得它完全是虚构性的夸张,是与事实脱节的?或者抗议着地断言是后者,因为真正的实情是前者?

在这些同瑞吉娜在一起的难忘时刻的画面中,我们能看见一些描述分手后的状态的完全不同的日记内容,在之中,狂喜和陶醉被羞愧和自责取代。在其中一篇日记中,瑞吉娜的形象回访着这位饱受折磨的作家,以各种非常不同的想象出的形象出现在他面前,这些形象相互搏斗着,努力想让自己作为正确的代表:

> 我的思绪不断地萦绕于她的两个形象之间,——她是年轻的,透明的,有着生命的快乐,有着灵魂的喜悦,简言之,如我也许从不曾见过她的那种样子,——她是苍白的,沉陷于自身之中,等待孤独的时刻到来以便能哭泣,简言之,如我也许也从不曾见过她的那种样子。

这个与克尔凯郭尔有过短暂接触的有血有肉的女人,是作为一个被转化为文学的存在物离开他的,但是在婚约解除后的这段时间里,她真实得几乎是令人担忧的,另外,这对于他来说也是一个无法避开的道德哲学问题。尽管一再尝试,她还是无法被置于作为对一个人物的艺术再现的条件的距离之外:

> 我无法了断这一关系；因为我无法虚构它，因为在我想要虚构的瞬间，有一种恐惧在我内心中跑动着，一种想要行动的不耐烦。

这些极端的瑞吉娜版本，时而有着灵魂的喜悦并且透明，时而哭泣着并且苍白，标志出克尔凯郭尔对"这关系可能的恢复"的反思中的各种极端：

> ——并且这可怕的不安——每个瞬间都仿佛在想要说服我，是否仍有这可能，回到她那里，愿上帝让我敢这样做。（……）我一向讥嘲那些谈论女人之力量的人，我现在也是如此，但一个美丽的、灵魂丰盈的年轻女孩，她以自己的全部心念和全部思绪爱着，她绝对地奉献自己，她祈祷——我有多少次差点把她的爱煽动成一场大火，不是一种有罪的爱，而是：我只要告诉她，我爱她，一切就都会动起来。

如果这些字行让瑞吉娜感到"不舒服"，我们完全能理解；如果她的婚偶有某种相应的感觉，我们则更能理解。弗里茨想来是带着不舒服和愤慨的心情读完了对这熊熊燃烧的爱的描述，这爱固然不是有罪的，但也很难是在情感上不着痕迹的干涩的柏拉图式的，因为他肯定记得，在婚约终结之

第二部分

后很长一段时间里，瑞吉娜是多么的悲惨，那时他，曾被拒绝了的人，能够与一个紧张的瑞吉娜重新开始，一点一点地——现在该用哪个词呢？——培育博士所瓦解的东西。而克尔凯郭尔在回忆那被解除的婚约关系时经常哀叹的羞辱，肯定不会比弗里茨在重新开始这关系所遭受的羞辱更大吧？尽管他有高度的宽容，但要让他再去把自己的功夫用在这位不依不饶而诡计多端的博士的身上，这则是他做不到的，这位博士首先阻挠了他的各种婚约计划，然后死后还要追击他到天涯海角，现在，谁又会相信，他居然在哥本哈根又一卷一卷地重新复活了。

1872年夏天，当克尔凯郭尔1844年至1846年日记的前半卷出版后，周边国家也开始有了反应。比约恩斯彻纳·比昂松在给他的《为理念与现实》杂志的一位编辑同事的信中写道："克尔凯郭尔的最后遗作，我仔细地阅读过，有时几乎会产生那种伴随着呕吐欲望的晕眩感觉。我能够写一本关于他这本书的书，他如此强烈地引起我的反感。"[184]不幸的是，一本这样的书并没有被比昂松写下，但批评在《为理念与现实》杂志上继续，人们在这杂志上遗憾地指出，理念之克尔凯郭尔与现实之克尔凯郭尔并不相称："这里，展示在公众好奇的观察面前的，是克尔凯郭尔才能的有限性的一面。"因此，把各种文稿扔出去让"全世界的人翻动和摸弄"是一种"很粗俗的做法"，人们不得不问自己"这种可恶的做法是否真的还要继续"。关于巴尔福德，我们能够读到：他是"在一个不幸的瞬间被允许去接触到所有这些浩繁的手稿和日记"的。[185]

在1872年11月出版的克尔凯郭尔1844年至1846年日记后半卷的序言中，巴尔福德试图诉诸自己的客观和严谨来应对该版本所受到的抵触性接受。然而，巴尔福德只是在对牛弹琴。直到克尔凯郭尔1847年日记在1877年出版，才开始有稍稍温和的风吹起。在《近与远》期刊中，奥托·伯克瑟尼乌斯以这样的方式表达出自己对此的喜悦：

> 对日记之出版的强烈反感逐渐地让位给了对这一浩繁遗稿的文学史的和心理学的兴趣的同样强烈的承认。我们很容易达成这样的一致意见：这些日记最好是从一开始就该交给一位传记作家，让他在对克尔凯郭尔的生平与活动的详尽的介绍中能够转达出所有最有价值的东西（……），但一位这样的传记作者迄今尚未被找到。[186]

"如此之近，乃至这几乎就像是一次冲撞"

"事情已经被决定下来了，不过我却永远不会在这事情上有了结"，克尔凯郭尔在这些日记中的某个段落里，心里想着瑞吉娜，以辩证的方式筋疲力尽地叹息着。反讽的是，弗

第二部分

里茨可以就自己与"瑞吉娜与克尔凯郭尔的关系"的关系说完全同样的话。随着接下来几卷的出版，日记中披露的内容能够让弗里茨尴尬地了解到，他的合法妻子经常与她的前未婚夫在哥本哈根的街道上或在高高的、风景如画的护城河堤上相遇，无言、果决而热切，从而记录了这样一个悖论：在特殊的情形之中，柏拉图式的爱能够比完全实现了的激情更强烈。"我们经常见面"，克尔凯郭尔在1850年1月这样写道，解释说他和瑞吉娜在一个多月的时间里"几乎每一个永恒的日子都相互见面，或者至少每隔一天有两次"。尽管克尔凯郭尔经常警告说，不要把审美和宗教、戏剧和教堂混为一谈，但他们的遇会确实是在哥本哈根教堂秘密的半暗之中发生的，想来他们在那里发展出了自己的、或多或少地爱欲的仪式。特别是，他们遇会于城堡教堂——"最近一段时间比平时更频繁"——他在那里有自己的固定座位，她就在近旁坐下。然而，在1849年圣诞节期间，一个非同寻常的处境出现了，克尔凯郭尔在自己的日记中对之做了记录，他还在其中留下了不多的从外面看自己的画像中的一幅：

> 她就在我前面坐下，是一个人。在通常的情况下，她往往会在布道后唱一首诗，而我从不这样做。那一天，她没有唱诗。因而我们是同时走的。在教堂门外，她转身看到了我。她站在教堂向外左边的转弯处。我像往常

一样向右转，因为我喜欢穿过拱形走廊。我的头自然地有点向右倾斜。在拐弯时，我的头也许比通常弯曲得更厉害一些。在那之后我继续走我的路，而她走她的路。然后我有了一种很深的自责，或者说我变得焦虑，怕这个动作会被她注意到，并被理解为是一个暗示，在暗示她沿着我的路走。

克尔凯郭尔不知道，瑞吉娜到底有没有注意到这一过程中特殊的细节。不管怎么说，他都会是让她来决定，"她是否想要同我说话"，在这件事情上，必须有"施莱格尔的许可"，但是，如果瑞吉娜想要和他说话，那么，在这相关处境中会有"相当多的机会"。相应地，他确信瑞吉娜会有必要的勇气来同他说话的，因为在取消了婚约后而在与施莱格尔订婚之前的间隔期间，她"通过一个小小的模仿性的远程消息传递，[187]希望从我这里得到一个暗示，并且也得到了这暗示"。至于施莱格尔，克尔凯郭尔完全确信，他的利益得到了充分的照顾。就是说，没有他的"同意"，克尔凯郭尔对此事根本不会感兴趣。"与她没有一点nefas（罪行）痕迹的关系：唉，天父保佑，人们根本就不知道我是怎么一回事"。

然而，施莱格尔很了解克尔凯郭尔，而且肯定也知道，拉丁语的nefas表示违犯神性律法的行为，表示耻辱、罪行，但也表示婚外情。按照克尔凯郭尔，绝对没有这样的事情，

第二部分

但如我们所知，婚外情能有不同的方式和程度。而且，一个"小小的模仿性的远程消息传递"并非总是像克尔凯郭尔所想要表述的那样无辜，作为《诱惑者的日记》背后的人，克尔凯郭尔应该像所有人那样知道这一点，在这本书中，诱惑者约翰纳斯经验老到地说道："我斜视的目光是人们不那么容易遗忘的。"施莱格尔也不可能忘记自己在不到两个月前收到的奇特的"斜视的目光"，其表现形式也就是克尔凯郭尔的密封信，他当即退回了这封信，并带上这说明：他不希望有"任何别人介入到他和他妻子的关系中"。

在这一背景之下，克尔凯郭尔的日记最令人惊讶的是，它在很大程度上隐瞒了这一事实：施莱格尔已经明确无误地表示了不接受对他的婚姻的任何干预，并因此自然也不会给予克尔凯郭尔任何形式的"许可"。不管怎么说，这对前订婚者继续他们的约会，他们相互间仍是沉默无语，但时而有着一种完全是以身体表达出的特征。我们能够从1849年的一篇日记中可以看出这一点，克尔凯郭尔在其中描绘了一个从字面上说是正在走近的瑞吉娜：

> 在不做任何偏离我一贯做法的事情的情况下，她不止一次地做到了：从我身边经过，如此之近，乃至这几乎就像是一次冲撞。哦，但我无法很好地迈出第一步。

1860–1896年

固然要忘记诱惑者斜视的目光可能很难，但要躲避瑞吉娜身体的有目的的动作也不是容易的，这种动作几乎使遇会终结于一种结合，一种拥抱或者一种"冲撞"，正如克尔凯郭尔担忧地称的。事实上，他在后面一点的记叙中也担心瑞吉娜可能还没有完全忘记他们共同的过去，所以"现在拉开伤口是危险的"。然而，克尔凯郭尔的担忧是迅速闪过的，并且被否决掉了，部分地是由于他与瑞吉娜不断继续的遇会，部分地是因为他在日记（对于这日记在未来的出版，他是毫不怀疑的）中多次记载了各种"冲撞"。在1849年夏天的一篇关于"与她的关系"的日记中，他以很有说明性的添加文字"这一次的最后的话"，再一次谈及那——如果他能给瑞吉娜一个等待着她的文学意义上的不朽性的印象——将带给他的快乐，然后，他在特别考虑了她对"虚构性的"的接受力的情况下，进入了对"她在爱欲意义上的准备就绪"的含蓄描述：

是的，我看见她竖起耳朵——其自身无疑并非是"虚构的"的她，但却如同相对于"虚构的"的召唤的瞄准并射击的她，如果她在那时并非完全被扭曲掉了的话。因为，在当年她是否理解我？是的，确实。也就是说，她不理解我的内心深处的东西，她只是明白：这是αδυτον（希腊语：ádyton，不可触及的）。但她与我的爱欲关系，她是否理解：我应该在哪里找到足够的勾和星

第二部分

来标出她在阅读进内心和默写出来等等方面应得的这个"优"呢。

瑞吉娜因此在其各种爱欲的成就上得到了最高分，这就是为什么克尔凯郭尔在更后面的日记中不得不声明，他现在正在慢慢地设计着各种计划，要让她明白"恰恰是姐妹性的关系是'诗意的'"，因为一种这样的关系将能避免任何"'爱欲'方向上的危险"。这一点是克尔凯郭尔能够保证的——"因为'虚构的'，再加上出自我手的一小点帮助，然后她就在缝纫线上行走"，最后的意思大概是在说，瑞吉娜，有着走钢丝的女舞者的轻盈，能够在克尔凯郭尔作为编舞者可在她身下伸张开的给出方向的线索上保持着平衡。日记的后续部分以一种特别煞费苦心的讥诮显示出：如果一个人不承认瑞吉娜有一种这样的可能性，那么这差不多就是一种阙失之罪（阙失之罪：在基督教中的不作为之罪，是因自愿不作出某行为而犯下的罪。其对立面是行为之罪，即因行为而产生的罪）：

诚然，这也是忧伤的：这个女孩简直就像是一直被置于阴暗处。施莱格尔无疑是个值得敬爱的人，我确实相信，她和他在一起会觉得相当幸福；但这个女孩是一件他不知道如何演奏的乐器；她拥有着我知道如何为她诱导出的音调。

1860-1896年

也许克尔凯郭尔已经能够感觉到，通过这些话，他已经到达了差不多要越过通常得体的情理的边缘，但在某种貌似极微的思考停顿的间断之后，他继续坚决地写下去：

> 上帝啊，从人的角度来说，对于像我这样的知名人物来说，期望许可得到"在崇拜着地祈求成为他的女仆的女孩身旁的不幸恋人"的卑微位置，这毕竟是一个相当可怜的要求。（……）作为不幸恋人走在一个拒绝了我的爱的女孩的左边：不，我做不了这样的事。但是，以这样的方式走在"我确实不曾拒绝其爱但却，从人的角度来说，不得不给出我拒绝其爱的外观"的女孩身边：是的，这对于我来说是任务。

405

历史没有告诉我们，落在瑞吉娜的合法婚偶身上的是什么样任务，但对于克尔凯郭尔所欢喜的（因为这只是假装的）拒绝，弗里茨想来从自己的角度出发有着不同的感觉——无论他在自己妻子的右边多么挚爱而忠实地试图跟上节拍。

"……我的心真挚地为我可怜的祖国而伤心"

随着从西印度群岛回到哥本哈根的旅程，施莱格尔夫妇从王国的最西端迁移到了最东端。格陵兰岛、冰岛和法罗群

第二部分

岛构成最北端的属地，而石勒苏益格、荷尔斯泰因和劳恩堡则属于最南端的属地。施莱格尔夫妇回国刚过四年，由于第二次石勒苏益格战争（更多地以1864年战争为人所知），丹麦经历了一场戏剧性的变化，这场战争对丹麦来说是一场无与伦比的民族灾难。

这场战争之源在各种复杂的传承关系、王室争斗、不相容的法律传统、对独立的向往和权力欲望中，尤其在三年战争（该战争从1848年持续到1850年，以丹麦的微胜而告终）造成的各种政治和国家关系的后果中。一方面民主派的政治家敦促改革、让各公国与丹麦王国的关系变得自由，在另一方面则有更多的保守势力朝着相反的方向努力。所谓的整体国政派人士（联合君主制的支持者）希望将三个公国保持在一起，努力阻止它们纳入由39个大小王国、公国和自由城市组成的德意志联邦。1863年，丹麦政府通过了一部宪法，将石勒苏益格与丹麦王国更紧密地联系在一起，并沿着石勒苏益格和荷尔斯泰因之间的艾德河划定了一条新的边界线，这引发了各公国之中亲德意志者的强烈抗议，并强化了三年战争后的复仇愿望。在英国、法国和俄国，关于丹麦宪法的消息也引起了人们的担忧和抗议；担忧，是因为怕欧洲局势走向进一步的不稳定；抗议，是因为该宪法有悖于三年战争后缔结的和平条约的内容。

然而，丹麦政府不为所动，于是冲突进一步尖锐化。德意志联邦在荷尔斯泰因和劳恩堡重新武装了一支由奥地利、普鲁士、萨克森和汉诺威的军队组成的部队。1864年1月中旬，普鲁士首相奥托·冯·俾斯麦向丹麦政府发出最后通牒，如果这宪法在48小时内没有被取消，他们将跨越边境进入石勒苏益格。当这一要求没有得到满足时，57000人的部队于2月1日开进石勒苏益格，并在不久之后用现代后膛枪和新开发的加农炮进行了第一次进攻。

丹内维尔克（位于石勒苏益格-荷尔斯泰因的丹麦防御工事系统）很快就被证明并非是丹麦政治家和狂想的爱国者们所想象的不可逾越的防御工事。在召开战争顾问会议并对局势进行激烈讨论后，尤里乌斯·德·梅萨将军决定放弃丹内维尔克，移往森讷堡附近的杜伯尔。撤离丹尼维尔克的传言像野火一样在全国蔓延开，人们将相关的责任者称作怯懦的和叛卖者。此后不久，一份电报抗议从哥本哈根发给了德·梅萨，德·梅萨，他在2月底被召回并被停职。

瑞吉娜对这些戏剧性事件的第一反应能够在一个月后被追踪到。在3月29日开始的一封信中，她感谢考尔讷丽娅对各种动乱时局的无以伦比的描述。她本来很想把这封信寄给在受战争影响地区的约纳斯和他的家人，但她不敢，"因为如果这封信被德国人打开阅读，这可不是他们会喜欢的事情"。就她自己而言，她并不觉得危险是近在眼前的事情，但是——

第二部分

407
　　（……）我的心真挚地为我可怜的祖国而伤心，我觉得，为它受点苦，更确切地说反倒是对痛苦的缓解（……）试想一下，如果现在能让自己为自己的祖国牺牲，那么一个人的死亡将做出他的生命从未做过的有益之事。你不要为我今天会这么谈论死亡而感到惊讶，今天上午我们看见许多受伤的士兵从火车站被抬出来，经过我们这里，被送往兵站医院。

　　通过这些字行，瑞吉娜在几个方面都表明了自己的心念，并宣示出自己的各种同情和反感。虽然这个词有点别扭，但她是一个整体国政派人士，因此认为离开丹内维尔克并向北撤军的决定是缺乏战斗精神和辜负爱国心的表现。当她第二天继续给考尔讷丽娅写信时，她赞扬了丹麦军队的努力，这让"德国人清楚地看到，要拿下杜伯尔并不那么容易"，但她同时在政治局势的问题上保持了沉默，——在这种问题上，尤其是哥本哈根人能够"表演出整场的'闲话'之鸣枪礼"。另外，关于她在政治方面的投入，弗里茨曾声称，如果她不想讨论政治，那是因为她无法忍受被反驳，只想让人们在说话时迁就她，然而，那是"在我看来一种可怕的看法"。这说法为她留下了印象，是的，瑞吉娜简直变得"焦虑和害怕"——"因为他现在把他一直以来所具的对女人的蔑视集中在了他对我的判断上，而不幸的是，这说法恐怕还是有道理的，因为他似乎是比我自己更了解我"。

瑞吉娜差不多快要把弗里茨称为大男子主义者了——甚至是在比这个词被发明还要早一百年的时候——并且显然是无法接受他对她的解读，无论是她在政治方面的投入，还是"他应该比她自己更了解她"的观念。瑞吉娜在这方面的抵触在她所使用的小词"恐怕"和"似乎"中流露出来，在这些词中蕴含着对充满偏见的弗里茨的默然而明确的保留态度。

就在瑞吉娜的信带着丹麦胜利的微弱希望穿越整个国家从东面被送到西面的时候，南面的普鲁士人在努力摧毁这方面的任何希望。4月初，森讷堡遭受了一场轰炸，这座城市的大部分地区被炸成废墟。丹麦总司令部通过电报请求战争部允许撤离，但遭到拒绝。几周后，当司令部告知战争部撤退是不可避免的时候，战争部的答复是司令部可以自己做决定，但几小时后收到了一份相反的命令，说政府希望坚守阵地，"即使这将招致比较大的损失"。[188] 4月17日，普鲁士人在离杜伯尔的防御工事不到300米的地方完成了他们最后的战壕，丹麦士兵能够从自己的防御工事里看到分布在远不止30个炮台的126门加农炮和迫击炮，——这时将军们再次要求撤离杜伯尔，但总司令提醒自己的手下：命令就是命令。

1864年4月18日星期一是丹麦近代史上的一个决定性日子。凌晨四点，普鲁士人开始对杜伯尔的防御工事进行猛烈的炮击，防御工事被近8000枚炮弹击中。六个小时后，一万名普

第二部分

鲁士士兵从战壕里涌出来，奔向防御工事的各个堡垒。丹麦士兵以步枪开火迎击敌人，但10分钟不到，第一座堡垒被攻占了，20分钟后，7座堡垒全都落入普鲁士人之手，惨败成为历史事实。这个消息正赶上在周一的《祖国报》上被刊出："在报纸完稿的瞬间，有重要消息进来，杜伯尔阵地今天失守了"。

人们在短暂的休战期间用车把伤员拉走、把死者集中起来埋在杜伯尔高地的合葬坟冢中的时候，瑞吉娜坐着给考尔讷丽娅写信：

当你收到这封信时，你肯定从报纸上了解到比我现在知道的更多关于星期一的战斗的情况；我知道这场战斗是可怕的，我方的损失，按昨晚《祖国报》的估计，死亡、受伤和被俘的人数为5000。想一下，对我们的小小的军队来说这是什么样的损失啊，但今天人们在谈论，说我们的士兵逃得比平时更快，所以才会有这么多军官倒下，因为他们事先就受到普鲁士人日夜不停的猛烈炮火的毁灭性轰击，这可怕的轰击的目的，正是为了在发起大规模进攻之前就把他们耗死。

在杜伯尔战役失败后，人们把信心寄托在强大的丹麦舰队上。5月9日，丹麦的"日德兰号"护卫舰与奥地利的"施瓦岑贝格号"指挥舰发生了激烈的战斗，奥地利人在前桅着火的情况下，不得不向黑尔戈兰岛驶去，随后其他奥地利舰只也逐渐向该岛驶去。5月12日，双方达成了停火协议，但其实在4月底，丹麦人就已经同普鲁士、奥地利和德意志联邦的代表在唐宁街10号开始谈判了。除了丹麦人，所有代表都同意一项分割石勒苏益格的提议，——丹麦人则只接受割让石勒苏益格最南端的部分。边界的最终划定引起了相当大规模的讨论，特别是因为丹麦人坚持要让边界划定在丹内维尔克附近。6月25日，谈判最终破裂，会议参与者各自回国，不到一个星期，2500名普鲁士士兵占领了阿尔斯。7月6日星期三，瑞吉娜给考尔讷丽娅写了一封信，讲述了国土被侵占引发出的悲伤——但特别地谈论了男人和女人在"经受眼泪的有益影响"方面的能力差异：

> 我为你的信哭出了我勇敢的泪水，这对我有好处，因为一个人承受着如此多内心的悲伤，乃至他完全能够哭上一整天，不过当一个人仍要做着自己的各种事情时，这则是不可能的，但当一个人能够得到一个机会时，就像现在在读你信的时候，眼泪就会成为对痛苦的真正缓解。因此，一般来说，我们女人在悲伤中也更为坚强，并且在悲伤中能更好地保持我们正常的精神状态；但先生们则相反，他们几乎不知道什么是对痛苦的缓解，因而他们变得郁闷而阴沉。你还能记得我们那时总是嘲笑

第二部分

阿达米娜，因为她先是非常平静地收拾好她的箱子，然后拿起自己的手帕来哭泣和告别，完全就好像这是一份与其他工作一样的工作，你会相信我吗：我此时此刻也完全是在以同样的方式做着。

瑞吉娜的寄居宿舍

瑞吉娜试图通过向女友和有时很多的各种来访者敞开自己家的大门来获得必要的消遣，这样一来这间公寓就像一个小型寄居宿舍。"我的客房被英国女士们占据了"，她以一种意味深长措辞向考尔讷丽娅报告说，"能够为人们提供服务是非常好的，但是（……）"其余的，不言自明。

1864年9月初，这寄居宿舍的使用率急剧上升：哥哥约纳斯和他怀孕后期的妻子劳拉以及他们的七个孩子来到了哥本哈根，因为他们的牧师住宅被普鲁士人占用了，约纳斯则被判"居家监禁"。瑞吉娜通过间接的途径了解到这个家庭的悲惨状况："在约纳斯被带走后，劳拉得了严重的胃痉挛，孩子们不得不去找医生，医生开了水蛭的方子"。前往首都的旅程因恶劣的天气而在半途中耽搁了很久——"他们两次上蒸汽船，每次都在船上呆了24个小时"——现在这一家人数众多的成员终于踏上了陆地，并被分别安置在索尔登费尔特家和施莱格尔家，两边都已经准备好了各种客房。劳拉在夏末的高温下的大肚子,新近的难民身份和不确定的未来,所有这些都并没有使她更善于与人交往。瑞吉娜形容她是一个"非常不近情理的人,有着乖戾的脾性",而且也毫不怀疑,孩子们"在一段时间内得免于他们母亲非常严格的控制"是有好处的,这种控制在小家伙们身上留下了明确无误的印记:

> (……)你不知道她有多难以相处,小女孩们从她那里过来的那天,她们就显得很奇怪,好像是担惊受怕一样,到了第二天才正常起来,变成了人,两个最小的女孩天生就没什么天赋,而且由于成长环境糟糕,她们变得怪怪的,所以要和她们有点关系根本就不是件容易的事。而蒂丽的不断持续的病情也不让人轻松,她是那么紧张烦躁,很难照顾,我几乎不敢对她说什么,因为她看上去那么糟糕,让人不知道事情会变成什么样子,最近她有强烈的咳嗽,现在我给她喂牛奶和黑麦粉粥,我希望这能有所帮助。

就在瑞吉娜试图让她成长受抑制的侄女们快乐起来并给烦躁的蒂丽喂黑麦粥的时候,大世界之中各个国家之间的谈判已经接近了尾声,这谈判的结果是1864年10月30日在维也纳签署的和平条约。这是一个让人屏息等待结果的漫长过程。"我本来是不想在新的停战协议生效之前写信的",她在8月3日的信中写道,"但到目前为止,我们在哥本哈根这里既不

第二部分

知道外面的情况,也不知道里面的情况,战争部对一切都如此保密,不幸的是,这不会是什么好事,因为各种条件将会是最大可能地沉重而令人感到屈辱的"。事实证明,瑞吉娜的担心是有道理的:战胜者要求丹麦无条件地割让石勒苏益格、荷尔斯泰因和劳恩堡,这些地方大约占王国总面积的五分之二,居住着大约一百万人。丹麦沦为一个拥有160万居民的小不点国家。在政治圈里,人们也开始怀疑这个国家的生存机会,并认为最合理的做法是将国家的残余部分纳入德意志联邦,作为一个舰队国家或所谓的海军国家。瑞吉娜感到震惊,但也解读出了一个小小的亮点:战后会出现对弗里茨这样的具有人道和后勤方面资质的人员的紧急需要:

> 弗里茨有如此多的工作要做,以至于他几乎完全不堪重负,由此出现的后果就是他几乎成了个老头,他的心情完全不同于以前,他成了援助基金会的主席,该基金是为了帮助不幸去世的石勒苏益格公务员而设立的。你能肯定的是,会有一些要去做的事情。

施莱格尔的"拐角处"

当我们穿过露易丝王后桥离开哥本哈根城时,我们会看到在北桥街和黑塘堤的拐角上有一座高大的刷白墙建筑,在无风无雨的日子里，它小小的锌圆顶会倒映在下面的湖面上。这座建筑建于1858年，吸引施莱格尔夫妇离开了他们在北护城河堤的外观没有这么庄重的三楼公寓。1864年7月中旬，瑞吉娜写了地址在北桥街8号的新公寓："我们在北桥朝湖塘方向上的角落里的四楼得到了几间房间"。我们知道，这次搬家招致了一些特殊的不便，但现在，尘世的各种物品，包括弗里茨的数千本书，已经逐渐地安顿到位，在一个房间的天花板还在被粉刷的时候，瑞吉娜已经在隔壁的起居室里坐在了她的写字台前向考尔讷丽娅汇报情况了：

> 我们的房东曾答应给弗里茨一个可用的好酒窖，但到了后来，他得到的是一个被水淹没的小小四方间，所以弗里茨不得不把酒装在箱子里，暂时和他的书一起放在施密特的货栈里（……）我们对这些房间非常满意，尤其是美好的风景和阳光，你能够肯定在我们搬走之前，北护城河堤那边已经相当冷了，而在这里，每天上午阳光如此美好地让人感到暖和。

11月底，瑞吉娜回到了公寓朝南的窗户前，窗外的景色如此壮观，以至于我们完全能够接受"在一场东南风的风暴中被吹出自己的床"的处境，而在天气晴朗的时候，各种条件在事实上都是不错的："在没有风正对着窗玻璃吹的时候，这是几间

第二部分

暖和得让人很舒服的房间,而在太阳重新出现在天空中的时候,我们则有这么多的阳光,乃至我们也许是得到了过多的阳光。"414 但是,寒冷也找到了这新地址,在1870年2月初的一个冬日里,瑞吉娜陈述出了一些因气温下降而不得不采取的预防性措施:

413

1864年10月22日,瑞吉娜能够告知考尔讷丽娅自己的新地址:"我们的地址是:北桥街8号3楼"。照片中正对面左边的位于北桥街和圣约尔根湖的拐角上的建筑,建于1857年,第二年瑞吉娜的"拐角处"(也就是右面有着白粉墙的楼,她喜欢这样称呼它)也参与进来。从她的窗户,她能够——就像当年的克尔凯郭尔那样——眺望黑塘湖,并在晴朗的日子里,让目光沿着哥特尔斯街一直奔向国王的新广场。驶过培布陵桥的沉重的马车正在往北桥走,不远就会经过有着克尔凯郭尔墓地的协助墓园。

1875年左右的照片。皇家图书馆

1860-1896年

请原谅我今天在之上写信的这张纸很粗糙,弗里茨去了市政办公室,所以我现在无法找到别的纸,而既然我今天想给你写信,那么我不会因此而将之推迟。我认为在这么冷的天气里用这种纸写很合适,因为我的手指是如此僵硬,以至于它们肯定会把薄一点的纸刮破。你可以相信,这段时间我们在我们的拐角处快被冻死了!晚上在我们的卧室里有3度这么冷,我昨晚睡觉时想到了卡塔拉小姐曾经讲过的那个故事,她曾在一个地方当过家庭教师,冬天他们不得不戴着口罩睡觉,否则鼻子会被冻掉。你们这些在磨坊里的可怜人在现在这时候肯定遭受着很大的痛苦,尤其是那让人无法忍受的恶风,你们在坡上和我们在四楼一样是袒露着的,更不用说日德兰半岛比西兰岛还要更冷。

瑞吉娜从不放弃自己对日德兰半岛的看法,认为这个区域比整个王国的任何其他地区都要冷得多、暗得多、被风刮得也更多。艰苦的条件把她的思绪带回到很久很久以前的往昔:

今天是父亲的生日,我很想带一个花圈到他的墓前,代你们所有人向他问好!在这个时候,他确实会把窗帘挂在证券交易中心那边的家里的那些窗户上!是的,我们以前也曾经忍受过寒冷;但我们是怎样地用衣服把自

第二部分

己包裹起来的,(看在上帝的份上,愿你们中谁都不要着凉,)而父亲则相反,当他在冬天的早晨去办公室时,是穿着薄大衣的!是的,他是顽强的!我想在这方面我们中谁都比不上他或者母亲;蒂丽今天收到了他父亲的信,他也抱怨这寒冷,当然这很正常,他把自己的房子称作冰宫,我想这说法很到位。

她自己的住所还没有成为冰宫,但外面的湖塘早已结冰,成为哥本哈根年轻人的滑冰场,这些年轻人,包括蒂丽,在冰上度过一个又一个小时。作为年轻人精神发展的共同责任者,瑞吉娜很可能对这些无忧无虑的活动感到有点忧虑:

这是一项健康的运动,所以在适当的程度上我不反对,但当整个上午都在冰上度过,而在晚上他们不是去看戏,就是去参加晚会时(……),那么我们肯定就会有所顾虑,要想着怎样让他们回到劳作而平静的生活中去。我尽我所能,给他们讲一些道德方面的道理,当然年轻人肯定会想要尽情胡闹;但我的任务确实也不是轻松的,你说得完全对,尤其是他们整个身心之中缺乏规则在破坏着一切。

瑞吉娜非常清楚责任义务和天性倾向之间的冲突,她自己也曾经年轻过,也曾如此肆意妄为地胡闹过,以至于她最亲近的人担心,这会在肉体和精神上留下深刻而持久的印痕。也许正是因此,她觉得有义务对桀骜不羁的年轻人讲道德方面的道理。也许也正是因此,她知道这样讲出的道理很少有用处,乃至效果会是适得其反。她也找不到任何合适的替代活动来取代滑冰场上欢快的8字形和其他未经设计的运动轨迹:

> (……)在这个时候,很不幸,我还不可能为钢琴所在的房间提供暖气,所以练习当然也就停了,所以我真的不知道他们该做什么。当他们晚上在家时,我在他们工作的同时为他们朗读一本好书;这让我感到欣慰,因为这样一来,我就好像是在为他们的成长做一点事,然而这也许是说说而已;事情完全有可能是这样:我们以我们狭隘的视角来看认为是最毫无意义的事情,倒反而是最有助于年轻人成长的事情。

虽然暖气条件很差,施莱格尔夫妇在他们的"拐角处"还是住了三十年,对弗里茨来说,这是他在世间的最后一个住所。在瑞吉娜的眼中,这公寓的位置也是相当理想的:它离城区不远,因而她能够很容易步行到达;而朝相反的方向走,她在10分钟后就能到协助墓园,也就是她的父母和前未

第二部分

婚夫的墓地所在。最后，这幢楼房当然是直接面对着黑塘湖，在拆除护城河堤后，周围的环境确实发生了变化，但也没有更多的不同，她仍能够从窗户望向对面的爱情小径，她和他曾时而在这沉默的、爱欲颤抖的几秒钟里相互擦肩而过。如果她在连接新城区和旧首都的露易丝王后桥——或称培布陵桥中央停下站定，她能够获得对克尔凯郭尔故居的一瞥，看上去就是东桥街上的一个白色小方块。如果说弗里茨不得不放弃山楂林街的公寓，因为它离克尔凯郭尔的旧居太近，那么，瑞吉娜则反倒是从她的"拐角处"获得了某种差不多就是"对着自己的往昔的完美景象"的东西。

"唉，我就这样是某种幽灵般的东西"

尽管施莱格尔夫妇没有去获取克尔凯郭尔日记的"续集"，但许多其他人无法抵制住诱惑，并以继续阅读这奇特的爱欲的连载：这些连载在无数日记页面中蜿蜒伸展，直到最后的部分。事件的发展过程有时是以戏剧构作法的短篇形式持续下去的，就像1849年中曾发生的：

417

第一段

订婚。我，本质上内向的我，承受着沉郁和良心的折磨，因为我"把她一同撕扯了出来"；在与她的关系中，[我]自然是爱和关怀本身，也许是在过于高的程度上，但我当然已经是一个悔者。此外，我根本没有注意到她，就仿佛会有某种麻烦来自她那里。

第二段

她在无边无际的过分自信中试探自己。在同一瞬间，我在这件事情上的沉郁从根本上消失了，良心的各种剧痛与之没有了关联。我像往常一样轻松地呼吸。

这里有着我的一个辜。我本应利用这瞬间让她来断绝关系，这样一来，就会成为她过度自信的胜利。

然而对我来说，这件事——我是否能够实现一场婚姻——太严肃了，而在她的过度自信中也有着一些孩子气的东西。

不管怎么说，我现在能以一种方式让自己为我所支配——并且我在她的方向上稍稍处理一下这件事。

第三段

她屈服了，并变容成为最为人爱的存在物。

在同一瞬间，我的最初又第二次来到，并因责任而被强化，而这责任现在当然又因她女人性的、几乎是崇拜着的奉献而增大。

第四段

我看出，这必须成为一场分离。

那么，在这里，对她是真诚的，对我自己是背叛的，

第二部分

我给了她这建议：不要尝试着通过骄傲来斗争，因为，那样的话，事情对我来说就会变得更容易，而要通过奉献来斗争。

然而，这关系必须被断开。——我在一封信中把她的戒指寄给了她，这封信被逐字逐句地印在心理学意义上的想象实验中。

第五段

她，不是让事情就此定下，而是在我不在场的情况下上了我的房间，给我写了一张完全绝望的纸条，在上面恳求我"为了耶稣基督的缘故和对我已故父亲的记忆"，不要离开她。

于是没有别的办法可行，只有冒险到极端，如果可能，通过一种欺骗来支持她，为把她从我身边推开、为重新激发出她的骄傲而做一切。

然后我在那之后过了两个月第二次断开这关系。

克尔凯郭尔在"第四段"中提到了"心理学意义上的想象实验"，他指的是《"有辜的？"——"无辜的？"/一个心灵痛苦的故事/心理学意义上的想象实验》，这是《人生道路诸阶段》的一部分，该著作的名叫基旦的男主人公在相应的段落中震惊地感叹道：

到底发生了什么？上帝啊，在我出去的时候，她到过了我的房间。我发现了一张字条，以一种绝望的激情写成，没有我她无法生活，如果我离开她，她就会死去，她祈求我，看在上帝的份上，看在至福的份上，凭借所有绑定我的每一个回忆，凭借神圣的名。

如我们所见，虚构作品中的这段话展示出与日记中"第五段"惊人的相似，表明在克尔凯郭尔的情形之中，"私密的"和"公共的"之间的界限，或者说经验和艺术之间的界限，可以是多么开放。这个片段对克尔凯郭尔来说显然是如此可怕，乃至他无法从中解脱出来并因此而不得不一次又一次地怀着"愿这一次会是最后一次"的希望重新回到这个片段中。数年之前，克尔凯郭尔曾记下这一心理学意义上有趣的事实：在一些民间传说中有这样的叙述，说"被施了魔法的人不得不把这同样的曲子反向地演奏回去"——如果他想要摆脱这魔法的话，"而且，每一次他犯了最微小的错误，都要从结尾处重新开始这项工作"。换句话说，这个民间传说包含了一个创伤治疗的指南，克尔凯郭尔试图按这指南去做：倒过来，反向地演奏关于瑞吉娜的曲子，这样它就能够恰恰在当年灾难开始的地方，也就是在瑞吉娜那令人无法逃避开的咒语中，准确地终结。在日期为1849年9月7日星期五的一篇日记中有着：

第二部分

她用眼泪和咒语（为了耶稣基督的缘故和对我已故父亲的记忆）来祈求我不要离开她，此外，我可以对她做一切事情，无条件地，一切事情，她愿无条件地承受一切，而且终其一生因她与我的关系为至大的善举，而感谢我。她父亲将我的行为解释为奇特的，他乞求并恳请我不要离开她，"她意愿无条件地承受一切"，至于他自己和家里其他人，他以最郑重的方式向我承诺，如果这是我所希望的，那么，一旦我和她结了婚，他或者任何家人都不会跨进我的家门，她将会如此无条件地处于我的控制之下，就仿佛她既没有亲戚也没有朋友。

国务议员提出将他的小女儿无条件地交付给这位奇特的神学家，这看起来像是一种绝望的牺牲行为，在他所重复的"她愿意无条件地承受一切"的诺言之中，有着性方面的意味。在对这处境的回顾中，克尔凯郭尔确实对国务议员这种君子协定的暧昧提议表示反对，这种协定将置瑞吉娜于对其婚偶的永远感恩之债中，并赋予他像另一个"暴君"一样地对她为所欲为的自由："确实，如果我这样做了的话，那么我就会是一个恶棍；我就会是对一个年轻女孩的痛苦进行了卑鄙的、极其卑鄙的利用，这痛苦使她说出不应该、也不能是如此的东西。"尽管谢绝国务议员的提议显然是正确的，但克尔凯郭尔无法控制自己的想象，——他想象，假如他所说的

1860-1896年

不是"不",而是"是"的话,这关系会怎样发展:

> 那么我就会与她结婚。让我们假设是这样。然后呢?在半年的时间里,在更短的时间里,她把自己撕裂。在我身上——这既是我好的地方,也是我坏的地方——有着某种幽灵般的东西,它使得任何要在日常交往中看见我、然后要与我有一种真正的关系的人都无法忍受[我]。是的,穿着我通常所穿的轻便宽边大翻领长外套,事情就有另一种情形。但在家里,人们会感觉到,我在根本上是生活在一个精神世界里。我和她订婚有一年了,但她在严格的意义上并不了解我。——因而她会是崩溃了。然后,想来她也会把我也毁掉,因为我不断地要超越自己的负重极限去抬起她而弄伤了自己,因为她的现实在某种意义上太轻了。我对于她太重而她对于我太轻,而这两种情形都确实能够让人超越自己的负重极限而弄伤自己。

一场这样想象的婚姻中的各种场景是以其现实主义、心理学意义上的清醒和明晰的视野为标志的。他和她根本就不相配,他太重,她太轻,因此他们被判定了会因超越自己的负重极限去抬起对方而弄伤自己,天才的精神和感官性的甜美。就是说,如果他们在当年迈出了完整的一步并结了婚,

第二部分

后果会是什么？克尔凯郭尔稍稍犹豫了一下，但随后大胆提出了一个假设：

> ——那么想来我就变成了什么都不是；或者，我也许还是得到了发展，但她对于我来说会成为一种烦扰，并且恰恰就是这个：我看见她因为与我结婚而被放置在了一个完全错误的地方。——然后她就这样死了。然后，然后一切就结束了。当她成了我妻子时，我把她一同带入历史：不，那是做不到的。她完全可以成为女士（Madame）和夫人（Frue）[189]，但她必须被保留在"是我的情人"的角色上，而不是更多，事情必须被如此安排：要成为一个不幸的爱情故事，并且，对我来说，她成为"我欠她一切"的被爱者：看，这样历史将会带上她，我将教历史去这么做。

在这个关于克尔凯郭尔式婚姻的彻头彻尾的悲哀故事的概述中，有一个问题仍是不清楚的：到底是因为这对恋人不相配，克尔凯郭尔才最终成为作家，抑或是反过来，因为克尔凯郭尔想成为一名作家，所以这关系才终结。在第一种情形中，伦理冲突导向了审美实践；在第二种情形中，审美雄心导向了伦理冲突。什么是因，什么是果？通常克尔凯郭尔把婚约的解除描述成伦理与宗教危机的结果，但在目前的情形中，显然婚姻并不仅仅被解读为限制，而简直就是被解读为毁灭：把克尔凯郭尔的艺术生涯可能性弄成不可能，这样，他不是去成为他作为天才适合于去成为的角色，而终结于成为"什么都不是"。如果他在与瑞吉娜的婚姻中克服所有困难有了发展自己的能力，她对于他就会成为一种"烦扰"，更确切地说，她作为女士（Madame）或者夫人（Frue）会搅乱克尔凯郭尔的大手笔设计，——这一设计在理想化的意义上看是要求了瑞吉娜继续做他的"情人"，这样他们共同的历史就能够作为一个"不幸的爱情故事"维持下去，而在这故事中，瑞吉娜迟早会作为他的瑞吉娜进入伟大的文学史中。然而，所存留下的事实是，克尔凯郭尔是其所是，精神多于肉体，墨水多于血液，并因此担心瑞吉娜会在他的陪伴下枯谢：

> 唉，我现在就是有点像幽灵一样了，看到一个崇拜者的所有可爱的优雅被浪费在我身上，这对我来说就会是一种剧痛（……）。我对生命没有太多牵挂，倒是愿意去死。我死的那一天，她的境况会是令人羡慕的。她幸福地结了婚，她的生活有着一个妻子对丈夫而言罕有的意义，这丈夫无疑是差不多快要崇拜她了——然后我的生命表达了：她是唯一的被爱者，我的整个作为作家的存在应当是在突出地强调她。如果不是在更早的时候，那么，在永恒中，她会理解我。

第二部分

蒂丽的蓝色眼镜

不过，前面所说的永恒得多等一会儿了，因为瑞吉娜在这现世之中还有很多事情要做。"很不幸，我在星期天和奥卢夫吵了一架，他因此变得非常阴郁，在星期一离开之前几乎就没说一句话。"1864年11月22日的信向考尔讷丽娅报告了引发出这些怨尤的缘由：蒂丽未来的居住地。按奥卢夫的理解，蒂丽应当同他和他的妻子克尔丝蒂娜一起住在腓特烈松，而不再住在瑞吉娜和弗里茨在北桥的家里。不管怎么说，蒂丽在事实上就是他的亲生女儿。于是，瑞吉娜和奥卢夫突然就像另一对离婚的夫妇一样，各自把蒂丽向自己的方向上拉——同样地出于好意，同样地不容变更，这是两个善良意愿间的恶性之争。

奥卢夫和瑞吉娜间的冲突在1864年的圣诞节期间得到了解决方案。不存在妥协的问题；相反，解决方案是由一场灾难带来的：在一场短时间的疾病之后，克尔丝蒂娜死了，从而为作为鳏夫的奥卢夫提供了让女儿和自己住的最好理由。葬礼结束后不久，瑞吉娜就和蒂丽一起去了腓特烈松，她在那里度过了心情特别沉重的两个星期，她在回到哥本哈根后给考尔讷丽娅的信中描述道：

1860-1896年

蒂丽在看到她父亲时，哭泣着扑到他脖子上，他也大哭起来，并对她说，他很高兴她愿留在他身边，这是他现在唯一的希望。（……）你能肯定，他很伤心，这也难怪；在他拥有着她的短暂时间里，她对于他来说是个无以伦比的妻子，你真的是无法想象她是怎样地知道为他的舒适和便利安排好一切。秋天他在我们这里，当约纳斯和他家人来到这里时，他被自己和约纳斯的婚姻中的境况对比打动，说："我真是有着无以伦比的幸运，因为你可以确信，克尔丝蒂娜对我就像劳拉对我一样好，这毕竟很说明问题"；但不幸的是，他两次的幸运都有点短暂，所以都等于是被抵消掉了。

就在她坐着写在腓特烈松的那些阴郁日子时，拜访她的新年问候者和其他好心的人们纷纷涌进门来，因而她不得不把信放到一边。当天晚上，约纳斯、劳拉和他们的所有孩子都来吃饭，所以她要等到第二天才有时间继续她的叙述，在之中她写道，在奥卢夫家的访问是——

（……）非常忧伤的，想来你能够想象，尤其是圣诞夜，过得很沉重，我带了一些蛋糕什么的去，蒂丽为我们把这些糕点摆到桌上，这让她觉得很高兴，但我能够看见奥卢夫一直坐着，强忍着泪水，因此我也很难让

第二部分

自己不哭出来,这对孩子来说是不好的,这孩子,因为年轻,她的心情真的非常好。然后晚上就过去了,在她去睡了以后,我和奥卢夫在一起,他开始谈论他的悲伤。一连四、五个晚上,他都在谈他的伤心事。

由于信件中没有提到的原因,蒂丽在一段时间后还是重新回到了瑞吉娜和弗里茨身边,可能是因为与不稳定的奥卢夫的共处对她需要治疗的情绪紧张没有起到最有益助的作用。医生康拉德·威尔海姆·乌辛则一直密切关注着她的这种情绪紧张。他的在场就其本身而言是否有利于健康,我们只能猜测,但是,在这位既是鳏夫又是两个孩子的父亲的医生和他的小13岁的病人之间产生了如此热烈的感情,以至于瑞吉娜在1871年10月23日星期一与考尔讷丽娅分享了一个令人愉快的事件:

> 为了不追随约纳斯的榜样用各种引言来填满整封信,我将直接跳到蒂丽订婚这一重大事件上!我为此感到很高兴,弗里茨也很高兴;起初他对两个孩子有些顾虑,奥卢夫也是如此,但看见了蒂丽感觉有多么快乐幸福——她已经变成了另一个人,我想,他们肯定都已放弃了自己的顾虑。你在上一封信中写道,生活中不再有更多的诗意,我抗议这种说法,在我眼前有两个这样的

例子，如医生和蒂丽，他在第四年忠实地保持着对她的爱，尽管在过去的几年里，这爱显然是没有希望的，而这爱在她那里悄悄地逐渐长大，直到现在它长得如此之大，以至于我理解，爱他的孩子并抚养他的孩子对于她不是什么牺牲。

瑞吉娜保留了她年轻时的浪漫，但也几乎并不觉得一个像蒂丽这样的病罐子选择嫁给一个医生是不合适的！而且，人们敢假设，从出生第一年起就是寄养儿的蒂丽，有着符合进入康拉德的两个孩子的额外母亲之角色的最佳预设条件，这样他们不管是在肉体上还是在精神上都不会再重复病罐子现象。这好医生另外还拥有一幢"家具齐全的房子"，这个事实则更强化了支持这婚姻的热情。

正当这一切走向幸福的结局时，在1871年12月初，一封来自蒂丽的信到了，"其中一半的字母被泪水抹去了"。这些字母被抹去的原因是奥卢夫对女儿的婚礼计划的反应：他无法同意。然而，瑞吉娜很快就意识到，奥卢夫抵触的自言自语渊源于父女关系中几乎是典型的危机，这种危机已经"在相互间把对方缠进如此多忧虑，以至于现在正是他们马上应当被分开的时候"。蒂丽看上去情况很不好——"最糟糕的是，她的左臂和一侧有一种很不舒服的颤抖，这很不幸地让我清晰地回想起了她以前的疾病"。伴随着手臂无法控制的毛病，

第二部分

425 很快又有了极度的头痛和完全无法忍受的左眼疼痛,"遮住右眼时(……)她几乎就无法用左眼来看东西"。被找来的萨洛蒙森医生说,蒂丽的"病很严重",因此他禁止蒂丽离开公寓,并建议她尽可能不要做任何事情。瑞吉娜的姐姐玛丽亚在一位女裁缝的协助下,试图"用蒸汽"来缓解她眼睛的疼痛,与此同时,弗里茨不得不代表蒂丽给仍在腓特烈松怨尤着的奥卢夫写一封措辞婉转的信——"她在那里,这可怜的孩子,在地板上来来回回地走,不敢做任何事情"。由于蒸汽没有效果,而且头痛继续加重,他们不得不采用其他治疗措施:"然后他们在她的太阳穴上放了四条水蛭,但这没有用,她仍还是无法用眼睛看,不过这缓解了痛楚。"不在城里的乌辛因为得到了自己未婚妻健康情况的报告而变得很担心,急切地请求瑞吉娜找萨洛蒙森医生再去看一次蒂丽:

> 萨洛蒙森给她开的处方是洗热水澡加冷水淋浴,尤其要有散心的娱乐,以保持良好的心情,最重要的是,婚礼应当尽快举行,他说,这个过渡期对她的神经系统来说并不是一个幸运的时段。

在与同事萨洛蒙森和莱曼一同进行医学会诊之后,此前曾询问过瑞吉娜"一切可能的事情,特别是淋浴对她的影响"的乌辛决定,蒂丽"应该完全不接受治疗",而只是"尽可能

1860-1896年

两手交叉着，也许有点拘谨，但除此之外还有一种自信的率性，蒂丽在摄影师面前站好了位置，等待着让她留下永恒形象的瞬间。格奥尔格·勃兰兑斯在自己的日记中极富感情色彩地描述了她的精灵般的性情，但与她同行的却是一个外省的鳏夫，而且显然成功地让她感到幸福。

无日期的照片。皇家图书馆

第二部分

少使用她的眼睛，最好完全不用，戴蓝色眼镜，特别是在街上走的时候"。三位医生显然都不敢做出严格意义上的诊断，但瑞吉娜和乌辛在因果关系上有差不多的共识，这说明医学很大程度上是受时代条件局限的学科：

现在我相信，乌辛也大致地倾向于同样的看法，她的神经性关节炎随着淋浴已经到了她的头上，特别是到了她的眼睛上，因为她手臂的颤抖已经完全消失了。

终于，在1871年12月19日星期二，蒂丽和康拉德被宣布为正式的夫妻。索尔登费尔特兄弟向新娘赠送了蓝色的眼镜，向她稳重的医生丈夫赠送了"漂亮的糖碗和奶油壶，价值40国家银行币"，而瑞吉娜本人则绣了一块"桌布"，可惜没有时间完全绣好，"因为在婚礼前的最后六个星期，我不得不把我所有的时间都用在她身上"。瑞吉娜帮着一起确定了日期，这是女性狡智的一个小杰作——"因为她很狡猾"，正如克尔凯郭尔在一个地方赞许地说过的。就是说，12月19日是奥卢夫的57岁生日，这样一来，婚礼庆典就也成了为这位乖戾的父亲庆祝生日的机缘！在1872年12月20日，即结婚一周年后的第二天，瑞吉娜在腓特烈松写下的信中讲述了蒂丽，又被称为乌辛医生夫人的情况："你无疑能够想象，她从她可爱的丈夫那里得到了多么好的照顾，这对她的帮助肯定是特别大。他说，蒂丽的体质尽管很虚弱，但很正常，这一直是很容易治疗的"。精力旺盛的康拉德显然是知道焦躁不安的蒂丽需要什么的。

不管是岳父的嫉妒还是蒂丽的虚弱，都没能夺走康拉德未来的希望，这一点从新的小乌辛们离开蒂丽的产房的速度中可以看出：伊西多拉·瑞吉娜于1872年12月进入世界，弗雷德里克·埃米尔1875年2月，雷格纳·阿尔伯特于1876年4月出生，然后是约翰纳斯，于1877年11月呱呱落地。后来，又一个儿子，亨利克·巴格，于1879年1月出生。然后又轮到女性，1884年11月由玛格丽特作为代表。[190] 蒂丽和康拉德在腓特烈松定居。康拉德在雅戈尔斯普利斯担任地区医生，并成功地当上了一名教授。在他1914年去世后，蒂丽搬进了哥本哈根，在那里，曾经那么虚弱的她，于1930年8月7日去世，享年82岁，显然是尽享了天年。

蒂丽的兄长雷格纳，其不稳定的性格多年来一直让弗里茨姑父和瑞吉娜姑姑担心，不过情况很好。尽管视力不佳，他还是完成了一场航海考试，并以水手和电报员的职业谋生。在他第一次远洋的海上航行中，他被困在了朝鲜，并写下了一份关于自己冒险经历的未发表的记录。他也寻访了西印度群岛。后来他受雇于大北欧电报公司，并与冰岛的古德伦·贝内迪克特松结婚，后者为他生了三个女孩，劳拉、西格丽德·玛丽、考尔讷丽娅和阿斯特丽德·奥丽维娅·塞古

第二部分

尔维格，她们继承了家族的几个漂亮名字，她们属于一个新的时代，三个都成为电话接线员。

瑞吉娜的神话和勃兰兑斯的传记

格奥尔格·勃兰兑斯可以证明，弗里茨和瑞吉娜非常上心地想要为蒂丽找到一个合适的对象，这样她就不会落入一个动机暧昧的先生的手中。就是说，当他拜访施莱格尔夫妇时，他不仅仅是希望与克尔凯郭尔的青春恋人说话，他还有着另一个动机，我们能够从他的日记中看出这一点，在1867年4月27日期下，他写道：

> 最奇妙和最难堪的恋爱漩涡。L. D. 的故事。然后，对 M. O. 的极度爱慕。最后，为了让这画面完整，对 L. B. 的并非是微不足道的迷恋。奇怪的是，这种感情始终是相互的。我无法设想别的。[191]

我们不知道名字简写字母为 L. B. 的是谁，在 L. D. 缩写的背后隐藏的是来自布列塔尼的20岁的路易丝·多雷，她在勃兰兑斯第一次在巴黎逗留期间教他法语，并对他产生了几乎令是可怕的依恋。名字简写为字母 M. O. 的是也被称为蒂丽的玛蒂尔德·奥尔森（Mathilde Olsen），她在施莱格尔家的在场

就像另一首海妖之歌一样迷惑了勃兰兑斯,驱使他来到北桥。他用这些字句解释自己到那里的访问:

> 这是因为那十八岁的精灵女孩,她侄女,有一张令人无法不梦想的脸。这魔法不是从这张脸的各种特征本身之中发出的,尽管它的形状是一个无可指责的椭圆形,狭窄的额头高而有型,下巴有力。也不是出自那通过脸部的特征而被瞥见的个性。这年轻女孩的灵魂特性看起来同其他年轻女孩是一样的,主要是沉默的,或者只在小事情上与人有所交流,除了大自然界本身所要求的青春的最无邪的取悦人的快乐之外,没有其他的娇媚的风情。但是,在她周围就像在精灵女孩们周围一样,笼罩有完全同样的魔法。在她金色的头发周围闪烁着黄色的光芒;她的蓝眼睛里发射着蓝色的火焰。这些火焰在她的周围划出了一个魔法圈。(……)她不是哥本哈根人,只在城里待了几个冬天,然后又消失了。几年后,有一个普遍让人惊讶的消息说,她嫁给了一个省城的鳏夫,——属于诗歌世界的她。[192]

对康拉德·乌辛的描述也就是这么多,或者说也就是这么少,嫉妒的勃兰兑斯以这些尖刻的句子把他削减为一个省城的鳏夫。然而,他对蒂丽的北欧式的清秀和迷人的无邪的深情赞

第二部分

美，使人对他年轻时代的爱慕迷恋的真实性几乎不会有任何怀疑，想来这爱慕迷恋也是得到了回报的，——人们不禁会向自己提出这个问题：如果勃兰兑斯同瑞吉娜的养女结了婚，从而让克尔凯郭尔的青春情人成了自己的养岳母，那么，这故事会怎样发展。一旦在两人间有了必要的相互信任，什么样的信息又会是他无法从她那里钓取出来的，什么样的私密话以及什么样的隐秘想法，这是多么迷人的知情权啊！

勃兰兑斯没有征服蒂丽，但他成功地写出了传记《索伦·克尔凯郭尔的：批判性的概述》，该书出版于1877年4月，印数为1200册。同年，这本书以瑞典语出版。两年后以德语出版。由此，瑞吉娜开始在历史中进入克尔凯郭尔在多个场合向她展示出过前景的位置。不过她也能坐下来研究这位文人为解释"为什么这场人所周知的婚约既不能够也不应当成功"所做的最初尝试。勃兰兑斯写道：

> 1840年9月10日，索伦·克尔凯郭尔订婚。乍听之下，这让人觉得奇怪。这听起来像是有人说：某年某月某日，柱居者西门·斯蒂利塔[193]从他的柱上爬下来了，向一位年轻女士伸出手臂，请求她到上面坐下——不管这居所有多么逼仄。他与一个年轻、美丽、家境良好的女孩订了婚，她在思维上仍还是个孩子，而在年龄上也几乎仍还是孩子。（……）即使完全不存在任何特殊情况，这一关系

1860-1896年

年轻时代的格奥尔格·勃兰兑斯在阅读了《非此即彼》和《人生道路诸阶段》后，几乎痴迷于克尔凯郭尔。他在读完《最后的、非科学的附言》后陶醉地写道："难道他不是丹麦的或者说世界上的最伟大的人？然而，上帝保佑我远离他，否则我永远也无法活下去。"勃兰兑斯写这本关于克尔凯郭尔的批判性传记的目的正是为了能够在"面对着一个克尔凯郭尔并且尽管这世上有着一个克尔凯郭尔"的境况中继续活下去。1888年1月11日，勃兰兑斯给尼采写信，建议这位饱受折磨的哲学家去了解一下克尔凯郭尔，因为他是"有史以来最深刻的心理学家之一"。然而，勃兰兑斯却不想将自己所写的传记推荐给尼采。正如他所解释的，这传记的写作是"一种论战性的工作，是为了阻止其影响而写的"。勃兰兑斯在这部传记中追求的目标是：通过将克尔凯郭尔简化为不自然而怪异的，来使得克尔凯郭尔的影响力大打折扣。勃兰兑斯认为克尔凯郭尔没有能理解自己的激进贡献的范围，勃兰兑斯把他勾勒成一个这样的形象：他是一个精神上的哥伦布，在穿越深海之后，发现了一块新的土地，即人格的美洲，立足于这一点，他继续把它称为信仰之印度。"他无可争议的伟大之处在于他发现了这个美洲；他无可救药的疯狂之处则在于他顽固地继续称它为印度。"

第二部分

在实际上也仍是不可能的。/他作为一个年轻的未婚夫!他,这个在埃及几千年来一直躺在沙漠里郁闷地沉思着生活之谜的斯芬克斯,与一个美丽的充满生命喜悦的小女孩订了婚(……)。他和她!这是古老的童话:美女手臂下挽着一只野兽,只是这野兽是如此聪明,如此迷人,如此难以形容地令人感兴趣,以至于美女听他说话不会感到厌倦;因为这只野兽,就像童话故事中一样,绝不是什么野兽;这只野兽,它是——精神。[194]

真想知道,瑞吉娜读到这些字行时是怎么想的?她的反应是羞愧地认同着点头还是愤慨地摇头?她是否在对"这'在沙漠的沙中沉思了几千年之后突然在她的方向上寻找、以他精神的宏伟力量压倒了她并用她在那之后从不忘记的话语迷住了她'的神话般的存在物"的描述中认出了克尔凯郭尔?抑或她根本就没有想要去阅读勃兰兑斯向公众转达的关于她的青春爱情的内容?我们不知道,但考虑到瑞吉娜经常请勃兰兑斯到家里做客,而这本传记引发出了很多讨论,她看来不太可能忽视这本书和书中对她自己不仅扮演女主角、而且事实上构成了驱动力的场景的描写。就是说,勃兰兑斯强调,这订婚是唤醒了克尔凯郭尔的艺术力量的事件,瑞吉娜因这一事件而违背自己意愿地成了一种类型的缪斯,但要注意,是一个通过其不在场而发挥最强大作用的缪斯:

> 他感到惊讶的是，当她不在场时，他如此真挚地思念着这年轻女孩，然而在严格的意义上，他独自坐着想她时比她在那里时更幸福。他需要她并非为了爱她（……）；是的，对于他来说，有时候她的在场就仿佛只会对他起到打扰作用。他也更愿意给她写信，而不是与她说话。他活得太内向了，太精神性了，无法让感官性的亲近对他来说并非简直好像是太过分。[195]

初看起来，勃兰兑斯对男性和女性品质的划分显得相当传统：克尔凯郭尔是精神性的和内向的人，是"爱情在更为肉身的意义上根本还没有开始就忧郁地坐着回忆自己的爱情"的沉思者，而与此同时，瑞吉娜则是直接的人，无辜性不具备"去弄明白'她让自己去与之有关系的人在严格的意义上是一个什么样的存在物'"的预设条件的。但勃兰兑斯并不只是一个有偏见的传统性别角色的排演者，因为他给出了心理学意义上的细微差别，他继续写道：

> 这听起来很奇怪，在这一关系中，他是被动者，那年轻女孩是主动的力量。他走近她；在顷刻间，她的天性使他的内心受孕。从那一瞬间起，他不能不接受这个事实：她对于他的生活变得不是必要的。[196]

第二部分

通过这一描述，勃兰兑斯无疑圈定并抓住了克尔凯郭尔与其爱情对象之间关系的本质性的层面：在隐喻性的细节上，勃兰兑斯把性别关系反转过来了，这样，恰恰不是瑞吉娜受孕于克尔凯郭尔，而是反过来，是她让克尔凯郭尔受孕，因而不知不觉地签署了自己的死亡判决，并突然发现自己独自一人在那里，只剩下自己尚未得到满足的欲望、自己对爱的深切渴望和自己不断扩展开但却注定不幸的幸福期待。那些日记，克尔凯郭尔在之中以直白的语言宣示出"他惧怕瑞吉娜激情"并且表达出他想到"她可能会断开与弗里茨的关系"时的颤栗的那些日记，是勃兰兑斯在写传记时并不了解的，但不可否认，这些日记支持了他对于"瑞吉娜是这段关系的'主动的力量'"的怀疑。勃兰兑斯认为，这种主动的力量首先是有着感性的或爱欲的特质，是一种发光的、闪亮的对生命的渴望，但却未能参透克尔凯郭尔的忧郁的黑暗，他在后来如此举世闻名的沉郁：

> 她不是那个能打破他的沉郁之沉默的人；她甚至对"在他身上有什么东西在斗争着"一无所知。他无法说话；但不说话，他就不敢拥有她；因而除了解除婚约，在可悲而屈辱的条件下解除婚约之外，再也没有什么其他可做的事情。[197]

勃兰兑斯将对婚约的解除解释为克尔凯郭尔想让瑞吉娜摆脱与一个"魔性而思辨的精神"的恐怖婚姻的绝望尝试，这精神在一个不经意的瞬间让自己被自己深刻但完全不可救药的"想要过一种完全普通的市民生活"的渴望所诱惑。他的天才性使这样的生活成为不可能，他不得不满足于去就这种生活进行虚构，而他也知道如何就这种生活进行虚构，因此，存在本身，在真正悲剧性意义上，带着普遍相关的意义，在他的作品中经过变容之后重新复活。对于他，哪怕只是现实的瞬间即逝的一小块碎片，就已经是足够的动因了：

> 有一些创造着的精神，需要许多伟大的命运或体验来产生出一个小作品。这是那种能从一百磅玫瑰花瓣中生产出一滴玫瑰油的诗人。另一方面，也有一些有才能的人，其天性如此多产，其内在气候是如此具有热带特性，以至于他们从自己带着至高的能量去体验的完全简单的日常生活关系中提取出了整个系列的意义重大的作品。它们类似于太平洋的那些没有树的岛屿，过往船只上的旅客在这些岛屿上遗留了一些果核，而在不多年后这些岛屿就被巨大的森林覆盖。/ 克尔凯郭尔属于后一种类型。[198]

这是一幅壮丽的画面，尤其因为瑞吉娜事实上就是在这

第二部分

样的热带岛屿上收到克尔凯郭尔在婚约时期写给她的那些信的。在婚约时期,他真正地感受到了自己的各种艺术能力所及的范围,并被迫承认,与瑞吉娜的共同生活,也就是这些信如此充满精神地盘桓流连的世界,不得不停留在思想上,除了是一场充满痛苦的梦之外,永远都不会成为其他的东西。

勃兰兑斯的传记在弗里茨那里引出了什么样反应,历史没有做任何叙述,也许他已经与自己古怪的命运和解了。一句特定的说辞能够支持这样的推测:弗里茨是凯隆堡附近的雷弗斯内斯岛上的海岸医院(贫困家庭的结核病儿童被送到这里治疗)的董事会的主席。1875年10月17日医院落成时,他和妻子应邀参加了由医院院长奥特森主持的参观活动。奥特森的办公室里并排挂着格隆德维和克尔凯郭尔的画像。弗里茨停下来,对周围的人说:"当格隆德维的影响力早已消失时,这位的影响力仍会继续活着!"[199]据说这句话让瑞吉娜非常高兴,当然这可能有几个原因,但她的高兴当然能够是由于这事实:弗里茨公开表示出,他已经克服了自己的克尔凯郭尔的危机。或许,弗里茨是不是也还会为这想法感到一小点骄傲:由于他妻子的风流往事,他肯定会一同伴随着作为知名者进入历史?

火烧:弗里茨再回西印度群岛

当35岁的勃兰兑斯在1877年4月出版他写的传记时,弗

1860-1896年

434

中央线是连接东面的克里斯蒂安斯泰德和西面的弗雷德里克斯泰德的25公里长的公路的名称。1848年7月3日晚上,彼得·冯·肖尔腾就是沿着这条穿过岛上一些最赚钱的种植园的蜿蜒的皇家棕榈树大道匆匆出行,没过几个小时就在弗雷德里克斯泰德的堡垒前宣告了奴隶们的自由。这一行为引起了弗雷德里克七世的"极度不满",并导致冯·肖尔滕被解职。一个富人坐着高轮马车几乎是炫耀着地从路边一对贫穷的黑人身边慢慢驶过,这能够像是一种对这些不合理现象的提醒。

无日期的照片。米凯尔·希恩

第二部分

里茨在几个月前已经年满60岁，因此已经过了他的最佳年龄段。然而，这位有文化、有经验而且有效率的人仍是社会所需要的。弗里茨担任着各种董事会的职务，为不同的慈善事业做着自己的贡献，并有着重要的荣誉职位，比如说我们已经看到的，在1864年，援助基金会，但他还被任命为哥本哈根市政办公室第二部门的市议员，负责管理城市的财政，并于1873年担任该部门的行政长官。尽管几年后他时好时坏的健康状况迫使他离开这个职位，但他仍作为公民代表继续参与市政事务的管理。他也还保留着对丹麦热带殖民地的兴趣，因此，当1878年圣克罗伊岛爆发叛乱时，弗里茨很自然地就被任命为于1879年初前往西印度群岛的委员会的主席，委员会去那里的工作是给出"火烧"（那场叛乱被提及时通常所用的名称）之后各种情况的印象。[200]

因而，弗里茨在祖国待了近20年后，在这种悲剧性的背景下，作为委员会的主席，有机会再次见到他在充满麻烦的五年中担任过总督的三个岛屿。我们不可能说这是一次感伤的旅行，但从当时的一封信中能够看出，这次旅行以多种方式都是令人感动的。瑞吉娜在这封1879年3月3日写给考尔讷丽娅的信中概述了她同一天早上从弗里茨那里收到的一篇旅行记叙。我们了解到，弗里茨首先到巴巴多斯岛，从那里继续旅行到圣托马斯岛。海上的航行"极其美丽"，但当邀请弗里茨和他一起住在总督府的伽尔德总督以最悲苦的方式描述这些岛屿的状况时，弗里茨在给瑞吉娜的信中不得不坦率地承认，"我的心一下子沉到了底"。委员们从上午9点到晚上7点半有一个很紧凑的日程，包括对被烧毁的种植园进行全面视察。瑞吉娜相当担心——"对一个在他这年龄的人来说，这几乎是太过分了"。

回国后，弗里茨被授予丹麦国旗大十字勋章。委员会在工作上很有成效，并提出了一系列具体建议：法律和秩序的力量应当得到强化，农业劳工的条件要进行改善，劳动法应当宽松化；相应地，黑人居民的教育水平和普遍的学校教育水准应被提高；最后，作为一项预防措施，委员会建议再次在这些岛屿上驻扎一艘军舰，并在圣克罗伊岛中部建造一个新兵营。[201]

大多数人都同意这些建议，但很少有人知道该怎样去为实现这些建议找到资金。弗里茨也不知道。与当时的许多人一样，他一定觉得"火烧"是"作为殖民国家的丹麦"的时代之终结的开始。1917年，维尔京群岛中的这三个小岛被以二千五百万美元的价格卖给了美国，丹麦在西印度群岛251年的殖民历史也随之结束。[202]今天我们可能会觉得令人反感、目光短浅、在多愁善感的瞬间几乎会觉得是不可原谅的事情，在当年却只唤起了人们很有限的兴趣。这些岛屿对几代丹麦人构成了一个道德问题，而且，自19世纪中叶以来对丹麦来说一直就是一个明显的亏本生意。

当1916年12月14日就售岛问题举行全民投票时，只有

第二部分

三分之一多一点的有投票权的人认为值得为此投票，——其中283670人投了赞成票，158157人投了反对票。[203] 按照传统，人们没有去询问岛上居民他们的选择，也许是因为大多数白人已经在一次指南性的民意调查中明确表示，他们希望归属于美国。另外，丹麦在事实上到底有多大的自由度也是值得商榷的：第一次世界大战爆发后，美国人担心，德国会入侵丹麦并且随后会将一些军事单位部署在这几座紧靠着如此重要的巴拿马运河的热带小岛上。这不是一个像丹麦这样的小国的人民应该干预的国际政治大局。

1917年3月31日星期六，在圣托马斯岛举行的一个庄严仪式上，丹麦国旗最后一次降下，星条旗高高升起。丹麦西印度群岛改名为合众国的维尔京群岛，现在被非正式地称为美属维尔京群岛。转让金额为2500万美元。

1860-1896年

通向永恒的出口

蒸汽磨坊主埃米尔·温宁在1880年卖掉了他一辈子的项目,与考尔讷丽娅一起回到了首都,他们在宽街安居下来。当两姐妹不再需要给对方写信,而是——终于!——手拉手在一起说话时,关于她们生活日常消息的主要来源就消失了。因此,我们对施莱格尔夫妇在19世纪80年代的生活所知非常有限,有着一眼瞥见的偶然特征。当地历史学家古纳尔·桑菲尔德保留下这样一眼瞥见的内容,他讲述了,那些年他们在维德贝克度假,夏天的时候,他们就在维德贝克酒馆北面租下别墅"海滩之乐"的房间:

> 在这里,他们在厄勒海峡游泳,也就是说,肯定只有瑞吉娜去游泳。每天早上她都会让自己在海里扎上一下子。别墅的花园与一家酒馆的花园相邻,诗人霍尔格·德拉赫曼就常常在这家酒馆的草屋里与他的朋友们欢会。瑞吉娜当然无法避免地会听见那里面发生的事情(说话、朗诵诗歌等等)。[204]

在这短小的"等"字背后有些什么,我们只能猜测,但德拉赫曼是感性的文艺复兴者,所以各种娱乐活动肯定不会

第二部分

总仅仅只是精神性的。另外,大胆地投身于海浪之中的尤其是瑞吉娜,而弗里茨则更喜欢脚下的坚实土地,这与多年来的信件描绘他们的画面相当吻合。然而,在维德贝克,这对安静的夫妇和为英国社会主义者唱赞歌的现代诗人之间的临时邻里关系,也成为一幅19世纪和20世纪之间的过渡以及各种巨大的社会动荡的画面,这些社会动荡正在酝酿之中,或者已经——就像人们从窗口看出去时所见的现实本身那样——将自身展示了出来。

在19世纪80年代,弗里茨多次被任命为哥本哈根的首席主席,并在1886年被授予"枢密议员"的荣誉称号。1896年6月8日星期一,弗里茨在79岁的年龄去世,漫长而活跃的一生就此结束。第二天,《伯苓时报》刊发了以下讣告:

> 枢密议员**约·弗·施莱格尔**,丹麦大十字勋章和丹麦国旗勋章人士,于3月8日去世,这一消息由他的妻子
>
> 瑞吉娜·施莱格尔
>
> 在此宣布。
>
> 葬礼定于**6月13日星期六中午12点**在**圣母教堂**举行。

《伯苓时报》在同一天发表了一篇讣告,其中有从高中毕业考试[205]到西印度群岛总督职务的最重要的职业数据。讣告

中还提到，施莱格尔在回国后投身于一些市政工作，但他在1875年就不得不退休了：

> 在其最后几年中，死者没有太多地参与公共生活。[438] 他的名字在各种人道主义活动中为人所知；例如，他是雷弗斯内斯海岸医院的董事会成员。(……)
>
> 死者被认为是一位非常能干的公务员。他伟大的人格魅力是所有与他接触的人都了解和赞赏的。

6月9日星期二，《国家时报》和次日的《日报》和《当日新闻》刊登了相同的讣告，几乎一字不差地重复了《伯苓时报》的讣告，但以更具个人色彩的方式结束："他在许多方面都是一个杰出的人物，在他的同胞中享有极高的威望"。

6月13日星期六，《伯苓时报》在其晚间版报道了刚刚举行的葬礼：

> **葬礼**。今天中午，圣母教堂举行枢密议员约·弗·施莱格尔的葬礼。
>
> 棺材被放置在绿色植物和点燃的高立凳之间。它被美丽的花环和棕榈树装饰覆盖着。能够提及的有，比如说，来自雷弗斯内斯海岸医院的儿童、姐妹慈善会和丹麦大学庆典协会的花圈。

第二部分

439

奥丽维娅·奥尔森在被死亡追上之前从圣克罗伊岛寄出的最后一封信是写给她妹夫的,它以一段可爱的回顾作为引子:"亲爱的好弗里茨!当我以一贯的激烈脾性坚持我是正确的时,你总是一个亲爱的好弗里茨,你带着你一贯的印度式平静坐在那里看着我,最后感叹道'是的,但你可是疯狂得让鬼都受不了,你还要继续从如此错误的方面出发看问题吗'"。他把那种印度式的平静带进了这张未注明日期的照片中,他的头发不再能掩盖住他那位置稍稍有点低的招风耳朵,瑞吉娜在有着特定心情的时候想来会用他的耳朵来调侃他。

无日期的照片。皇家图书馆

所提到的高立凳是高高的、柱状或三脚的桌子，上面有一个圆顶盘，通常人们在上面放置多臂烛台。有时候是一个摩尔人或黑人拿着高立凳的顶板，在这里的情形中，对于死者的在西印度群岛上的往昔来说，这会是一种巴洛克式古怪，尽管上面提到的"棕榈树装饰"倒是与之非常协调，这"棕榈树装饰"在古典的冷森森的教堂空间里成了一种有着热带情调的添加物。在提及了参加葬礼的各种军事和市政名人后，这报道接着说：

> 开场赞美诗后，邦多牧师发言。死者是一个罕见的人。发言者只是在他的晚年才认识他，但他发现这有着白发的挺立的形象中有某种高度地让人信任的东西。而这种让人信任的东西也许与他极大的谦虚是密切地联系在一起的。因为他一生都很谦虚。不管是在为国家还是为市政的服务中，在他曾担任过的重要职位上，人们对他寄予了极大的信任，并授予他极高的职位。但我们在他的外在表现上察觉不到这一点；他始终是一个谦虚的人。而当我们更深入地了解他时，我们就会很快地发现他身上有着多少善与美。
>
> 然后，斯坦德鲁普的奥尔森牧师谈起了死者的情况。
>
> 在管风琴的告别声中，棺材被抬出了教堂，随后在协助墓园下葬。

第二部分

441

克尔凯郭尔在他1849年的日记中写到考尔讷丽娅:"她有一种罕见的真正的女人性"。考尔讷丽娅是瑞吉娜最最爱的姐姐和闺蜜女友。考尔讷丽娅说"Mag. K.(克博士)"在她眼里是一个"好人"——尽管他取消了与瑞吉娜的婚约,这是他从未忘记的。我们不知道施密特是什么时候在霍尔森斯拍摄了可爱的考尔讷丽娅的这张照片,但想来这应当是19世纪60年代末的某个时候,她的头发里的花朵和野性头饰奇妙地预示着100年后的嬉皮文化。

无日期的照片。私人收藏

1860-1896年

　　报道中没有说明约纳斯对他死去的姐夫说了什么，但他几乎没有进一步去引起人们对他自己的关注，想来是差不多与死者本人一样谦虚。事情就是如此不合情理：改变历史进程的很少是谦虚的人。

　　随着世纪的交替，瑞吉娜的朋友和熟人圈子也在不断缩小。玛丽亚·奥尔森于1892年去世，享年83岁。1900年1月22日星期一——瑞吉娜78岁生日的前一天——她心爱的姐夫埃米尔去世，享年82岁。考尔讷丽娅，这位睿智的闺蜜女友、机敏的知密者、最爱的姐姐，于1901年3月26日星期二去世，享年83岁，被埋葬在维斯特雷墓园，与她的埃米尔相邻。第二年轮到了约纳斯，这位心地善良的神学兄长，享年86岁。奥尔森兄妹中最后去世的是奥卢夫，这位行事正确的公务员，受到了生活的非人待遇，却比他所有的兄弟姐妹、妹夫和弟妇都要长寿，他到1906年7月11日星期三才去世，当时他已接近92岁。

第三部分

1897–1904年

"于是一场梦想从我青春的春天来到……"

在其1843年的怪书《重复》中,克尔凯郭尔让一个未给出名字的年轻人寻找一位名叫康斯坦丁·康斯坦丁努斯的先生,以求他那在爱情中膨胀开的心能够放松。这段爱情是那种永远不会成功的复杂的浪漫类型。在这年轻人局促地在地板上来回踱步时,他令人不安地一遍又一遍地入迷地背诵着保罗·马丁·缪勒的《老爱人》中的同一段诗句:

> 于是一场梦想从我青春的春天
> 来到我的沙发椅前,
> 我得到了一种真挚的渴慕,思念你
> 你,女人们的太阳![206]

在人生中经历过了各种事情的康斯坦丁·康斯坦丁努斯不得不坦率地承认,与年轻人在一起的情景为他留下了震撼性的

第三部分

印象。他丝毫不怀疑这个青年是深情而真挚地坠入了爱河，但作为心理学家，他马上意识到，这个年轻的爱者已经在开始回忆自己的爱情，而且到目前为止已经终结了自己与这个女孩的关系，——这关系必须让出自己的位置，以便让她在这年轻人身上唤醒的强大的艺术力量得以实现。康斯坦丁·康斯坦丁努斯所说的"奇特的辩证法"已经变得有效，但他确信，如果有人能谈论"回忆之爱"，那就一定是这个年轻人。

446　　把在康斯坦丁·康斯坦丁努斯家地板上的这一小小的场景解释为一段经过虚构加工的自传，这很难说是一种曲解。在婚约期间的信中，克尔凯郭尔多次编织进了保罗·马丁·缪勒关于老爱人的诗的句子，这样瑞吉娜——也许——就能在忧伤的低吟之中隐约地感受到那等待着她的爱情的黑暗而不可逆转的命运的范围。

现在，这么多年过去了，我们看见的不再是一个在地板上来回踱步的不安的年轻人，而是一个年迈的瑞吉娜，她坐在沙发椅上，能够回想很久以前的那个时代，她是年轻的克尔凯郭尔充满激情地渴望的女人们的太阳。因此，真正能够一同谈论"回忆之爱"的则是她，这种爱随着时间的推移而增加，并最终充填进了一切。让我们把目光移向瑞吉娜生活在弗里茨去世后的这些年，她看上去几乎就像是想打破他们的婚姻基于体面要求她保持的沉默。当她开始谈论克尔凯郭尔时，他不是一个来自遥远的往昔的存在物，而是一个所有这些年来一直无形地在她身边的爱人。

换句话说，瑞吉娜似乎不难同时既是施莱格尔的妻子又是克尔凯郭尔的未婚妻。固然是他，是克尔凯郭尔把她带入了这个故事中，但她现在也有她应说出的东西！然而她没有能够长时间地与自己的故事单独相处。在吊唁信到达的同时，也还有一些人直接询问是否可以与这位小个子的黑衣寡妇谈谈她青春时代的那段神秘的爱情。[207]一开始她有点拘谨，但作为三个人中仍然活着的人，她也觉得有义务在仍有时间的情况下把自己要说的东西说出来。当年勃兰兑斯拜访她而弗里茨还活着时她是腼腆地回避着的，在成了寡妇之后，当有人问起他——那另一个人——时，她的反应是友善地坦然以待的。

一开始，这机缘是由纯粹的事务性关联招致的。1896年夏末的一天，瑞吉娜向图书管理员尤里乌斯·克劳森打开了她的门，他以下面这些话回忆他们的第一次见面：

> 当我第一次按响位于北桥街和黑塘堤的街角房子的门铃时，一位个子很小的白发的老太太，带着最友善的表情为我开了门。她身穿黑色丝绸连衣裙，戴着一顶有流苏的帽子。她在大约一年前丧偶，已故的丈夫枢密议员施莱格尔是一位备受尊敬的公务员，去世前不久是哥本哈根的首席主席，曾任丹麦西印度群岛总督。枢密议员留下了非常大的图书集藏——涉及面广泛的私人图书集藏，包含了所

第三部分

有的体裁,就像人们在特殊科学的时代之前所建出的那种图书馆。夫人的委托人要求我在拍卖前对这一图书集藏进行整理和编目。因此我来了这里。[208]

弗里茨留下了大约7000本书,尤里乌斯·克劳森将为同年10月5日开始的图书拍卖会编目,并附上克劳森的《已故枢密议员约·弗·施莱格尔的约七千册书遗留书藏目录》。清单是在最迷人的夏季天气中准备的,当克劳森在晚上九点钟即将清点完这一天的书堆时,瑞吉娜来到藏书房给他送饮料,通常是一杯番石榴朗姆酒,她将酒与冰水混合后端给疲惫的图书管理员。"现在您一定很累了。您肯定需要一点凉饮",她这样说,这当然正是克劳森所需要的。

然后我们就这样坐在这些夏日炎热的大房间里,当晚间的凉意降临,谈话就开始了。我知道我面前的是谁,但我当然没有冒昧地给出任何暗示。然而,这位老太太却不那么拘谨缄默了。她的话题总是从施莱格尔开始,她高调地赞美他的优秀品质,但她所讲的东西总是终结于——克尔凯郭尔。[209]

448　尤里乌斯·克劳森还不到30岁,他带着尊重和好奇心接近瑞吉娜——就像勃兰兑斯在他那个时候所做的那样。我们明白，他有向这位年老的妇人询问她著名的青春情人的愿望，但是——"自然地"——有足够的慎重来抑制自己的好奇心，这在今天看来只能是遗憾了。然而，瑞吉娜却能够感觉到，这个年轻人如何坐在那里一边礼貌地抿着酒一边尴尬地谈一些不着边际的话题，于是她就直言不讳地开始了，向他讲述起她生命中的男人，首先是弗里茨，然后是这个索伦。她对他说了些什么，克劳森没有说，但他在瑞吉娜对弗里茨"优秀品质"的强调中，感觉到了一种情感上的清醒，在他看来，这种清醒是他们关系的特征，因为品质不是一个人就这么去爱的东西，一个人所爱的是一个"人"。

克劳森看起来是把握不审慎行为的审慎形式的大师。关于克尔凯郭尔1849年的密封信造成的尴尬，他这样说："这是否是施莱格尔寻求去西印度群岛的职位的因素之一，我无法说。他的夫人对此只字未提。"[210]但由于一个这样的设想，克劳森就仿佛是在以低语宣示出，弗里茨离开丹麦很可能是有着纯粹与事业有关的原因之外的其他原因，——其中包括，而且特别是，这个——仍令他妻子难以摆脱的——克尔凯郭尔的沉重在场。

瑞吉娜的爱情故事的权利

在1897年这一年，瑞吉娜离开了她的"拐角处"，搬到

第三部分

449

汉莉耶特·伦德——克尔凯郭尔最喜欢的姐姐佩特瑞娅·塞弗林娜的女儿——有意识地在摄影师的工作室里懒洋洋地坐下,并为这一场合带了一本很可能是她心爱的"索伦舅舅"的书。她通过自己的回忆和与瑞吉娜的一系列谈话来帮助确定他去世后的名声,这些谈话被收录在《我与她的关系:出自索伦·克尔凯郭尔遗稿》一书中,该书于1904年出版。

无日期的照片。皇家图书馆

了奥卢夫那里，奥卢夫已经离开了腓特烈松，现在住在腓特烈堡的一幢别墅里。四年前，也就是1893年的某个时候，那时弗里茨还活着，瑞吉娜曾去找过克尔凯郭尔的外甥女汉莉耶特·伦德并告诉她，在她死后，她将得到有关瑞吉娜与克尔凯郭尔关系的信件和日记。汉莉耶特对这一安排感到有些惊讶，在她眼里这表现出瑞吉娜不"忍心自己销毁"有关的材料并因此希望别人"愿意承担这项任务"。[211] 在后来的一次到访中，瑞吉娜又回到了这个话题上，但汉莉耶特仍还是犹豫不决，直到一位未被提及名字的"表兄弟"来对她说了这件事之后，她才开始明白这些材料对未来克尔凯郭尔传记的无与伦比的重要性。[212] 不过，为了避免可能的误解，她选择了再次与瑞吉娜联系：

> 这样，我就去找她，并问她，我当时把"给我寄那些所提及的信件"的决定理解为她不愿"自己去销毁它们"，并因此几乎就是请求"我去做这一忧伤的行为"，这是不是一个理解错误。我觉得，有那么一瞬间，她似乎有点不确定；不过我马上就明白，正确的决定还没有被做出，在被她自己表达为对于死者的义务感（特别是考虑到他的巨大的宗教意义——"毫无保留地去展示出任何可能有助于揭示他生命中的这一阶段的东西"的义务）的东西背后还有更多的东西。[213]

第三部分

汉莉耶特认为她在瑞吉娜身上察觉到的那瞬间的不确定，想来不是由于瑞吉娜对这些信件的价值有怀疑，而是由于她因"汉莉耶特居然会想到毁掉这些信件"而感到的短暂惊恐！相反，瑞吉娜倒是希望它们会为更多的公众所知。1895年秋天的某个时候，她把剩余的材料交给了汉莉耶特，后者用克尔凯郭尔日记中的相关引文对之进行了补充。一年后，她向瑞吉娜读了自己的描述，据汉莉耶特说，瑞吉娜表示出了自己的"完全满意"。[214]然后两人达成协议，这些材料将由汉莉耶特保管，她在瑞吉娜去世后将设法让这描述以书的形式出版。

然而，几年后，也就是在1898年，瑞吉娜找到汉莉耶特，要求改变她们的协议的前半部分。她不喜欢"这些材料被存放在私人家里"的想法，它们在私人家里可能会遭遇到"火灾和其他偶然事故"[215]。因此，这一年的11月12日，这些文件被移交给位于菲奥巷的大学图书馆。汉莉耶特对此并不特别高兴，这不仅是因为在瑞吉娜的决定中有着或多或少公开的不信任，而且也因为新的存放处让其他人也有机会接触到汉莉耶特觉得自己对之有着某种拥有权（这也是可理解的）的材料。尤其是后者让汉莉耶特担忧，这一点从她在材料被转移到大学图书馆前不久写给瑞吉娜的一封信中可以看出，她在信中重复了瑞吉娜所做的承诺的内容：

1897-1904年

　　1）你不会从我现在真诚地建构我的叙述的东西中拿走任何东西，2）包裹在你目睹之下被密封，存放在图书馆。作为第3点，我想要向你建议，是否在你的规定中可以添加上，在你死后的前半年内不开封（……）。然而，人们能够想要知道的所有东西，都将通过我的文稿来呈现。但是，在我小心翼翼地、一丝不苟地让自己所写与真相相符的同时，一定的谨慎仍还是必要的；想着这样的事情让我不高兴：任何人，——因而也包括笨手笨脚的人，这么快就将拿到他的遗稿，也许从一开始就会歪曲它。[216]

　　汉莉耶特的信揭示了"对这些材料的未来命运的真正关切"和"旨在垄断这个动人的爱情故事以免它落入错误的人手中（这在原则上大概就是指除了汉莉耶特本人之外的任何人）的过于热心地悸动着的私利之心"的奇怪的混合。作为这种双重考虑的结果，她指出，她的描述一方面提供了关于婚约事件的详尽信息，但另一方面又有着"某种谨慎"的烙印，——这一点固然在此足以引发人们的同感，但很难被称作是历史传记方面的强有力的论证依据。

　　这一年74岁的瑞吉娜选择之所以无视汉莉耶特"封存文稿十年"的要求，想来是她希望自己的故事被讲述出来——而且由更多的人讲述。因此，在汉莉耶特慢慢打磨自己的描

第三部分

述的同一年里,瑞吉娜与她的同龄朋友汉娜·穆里耶进行了深入的交谈,后者后来将瑞吉娜所讲述的内容汇集在了一起。据穆里耶说,这份笔录是在瑞吉娜的倡议下进行的,但它不是为了出版,而是为了撰写出一份在必要的时候能够抵消"牵涉你和你丈夫对于克尔凯郭尔的立场和看法时的不准确叙述"的文件[217]。正如我们所见,穆里耶的叙述是直接写给瑞吉娜的,根据1902年3月1日的简短后记,瑞吉娜宣布自己对穆里耶写下的"报告"感到"满意"[218]。这些报告有七页,包含了一些关于订婚史的重要细节,既是传记性的也是按时间顺序的,但"这关系有着各种情感的余波"这一事实,只是在边缘上被触及,而瑞吉娜之谜在这里则仍未被解开。

"……他是谜,伟大的谜"[219]

勃兰兑斯没有成功地解释克尔凯郭尔的力量的性质,这些力量从偶然的尘世的艺术起点出发,终结于不朽的作品,并将哥本哈根护城河堤内的一段不可能的爱情提升为震撼人心的全球艺术。像后来的许多其他人一样,勃兰兑斯给出了简要的总结:"(……)换句话说,他是谜,伟大的谜"。也许这是留给瑞吉娜的一个同源的结论:克尔凯郭尔是她生命中的谜,是在她的余生中一直延续着的伟大的谜,因这个谜,她成为对于她自己的谜——以及对于我们其他人的谜:瑞吉娜之谜。

也许正是希望有人能解开这个谜或者至少能隐约地感觉到它的性质的愿望,让年迈的瑞吉娜在哥本哈根的熟人圈里走了一遍。在文稿移交给大学图书馆的一个月前,她联系了图书管理员拉斐尔·迈耶,表示愿意让他倾听一位"老太太"(如她所表述的)可能要说的话。迈耶很快就了解到,他之所以被找去,并非因为瑞吉娜需要一小点聊天的消遣,而是因为她想要确保她那神秘的爱情故事能够在她去世后继续存活,所以她向迈耶指出,在她死后,"当关于克尔凯郭尔的婚约的话题重新燃起火焰时",他应当用上他"现在通过谈话能够从她那里得到"的东西。[220]

因此,在冬季和1899年5月之前,迈耶每周都会到阿尔罕布拉路拜访瑞吉娜,并像汉娜·穆里耶一样,事后立即写下谈话内容。梅耶说,瑞吉娜对她的前未婚夫受到越来越多的,并且现在也是国际性的关注感到非常高兴——尽管在她看来,法国人永远都不会理解他!当然,瑞吉娜无法知道,为提高克尔凯郭尔在世界上的声誉做出贡献的会是以萨特和加缪为首的法国存在主义。她也无法与丹麦牧师们对克尔凯郭尔的不完全认同达成和解;是的,有一天,她发现哥本哈根的一位牧师在对克尔凯郭尔的了解方面居然是完全空白的,这时,她就攥紧了自己的小手,把他好好地教训了一番:"在克尔凯郭尔出生并有过影响的国家,作为一个有文化的

第三部分

人是不可以这样的,而作为丹麦人民教会的牧师尤其不可这样。"[221]她确信,那位懒散的牧师随后就已经开始阅读了!

拉斐尔·迈耶编辑了与瑞吉娜的对话,并将之收录在他的《克尔凯郭尔文稿,婚约。为瑞吉娜·施莱格尔夫人出版》一书中,该书于1904年出版。在前言中,他讲述了,如我们所知,克尔凯郭尔死后,这些文稿被装在两个密封的包裹中寄往西印度群岛,其中还有瑞吉娜自己的信件——据她所说,她"幸运地"烧掉了这些信件;迈耶接着告知读者:

> 其余部分,她作为珍贵的宝物收藏了起来,直到她(根据她所叙述的,在她丈夫最后的一场病期间,在这期间一方面由于悲伤,一方面由于反复发作的流感,她自己也受到了极大的打击)把这些东西交付给了S.K.的外甥女汉莉耶特·伦德小姐,让她自由处置。[222]

拉斐尔·迈耶在序言中提到,这些材料在瑞吉娜去世后才能"打开并出版"。他本人是尊重了这一条款,还是屈服于诱惑,偷偷看了一下这些放置在他日常工作的图书馆里的材料,我们不得而知。无疑,我们不能排除这样的可能性:瑞吉娜认为这些材料最好由迈耶负责保存,因此在口头上说过,他可以不考虑该条款。不管怎么说,瑞吉娜爱情故事之权利的争夺战已经开始,——甚至是在这位老太太仍精神矍铄地

这个打着整齐的领结、留着浓密胡须的人不是弗里德里希·尼采，而是拉斐尔·迈耶，不过，迈耶和尼采一样，是有专业资格的文献学家，他的工作是首席图书管理员。在年迈的瑞吉娜直接联系他之后，他出版了《克尔凯郭尔文稿，婚约》一书，其中包括克尔凯郭尔的情书和他关于瑞吉娜的日记的一个精选。这本书在瑞吉娜去世后不久于1904年出版，次年就有了德文版。

无日期的照片。皇家图书馆

第三部分

在腓特烈堡四处走动的时候。人们对她的命运有了越来越大的兴趣，她自己当然也绝不是没有推动这一兴趣。丈夫去世后，她对那些希望听她谈论克尔凯郭尔的人敞开了大门，我们能够把这种意愿或是解读为古老的自恋的表达，或是解读为持久地想去理解——为什么柏拉图式爱情的激情能够与完美的爱欲同样强烈，是的，在一些情形之中，柏拉图式的爱甚至能够比爱欲的爱更强烈、更深刻。

罗伯特·内伊恩达姆是戏剧历史学家和演员。瑞吉娜在内伊恩达姆年轻时就认识他，那时他在离阿尔罕布拉路一步之遥的老国王路的一家书店里当学徒。他在回忆录中顺便提到了他与有着施莱格尔的妻子和克尔凯郭尔的未婚妻双重身份的瑞吉娜进行的对话。内伊恩达姆把瑞吉娜描述为一位"身材矮小、和蔼可亲、非常有魅力的女士，有一双友善的眼睛，可能曾充满活力"。[223]她的措辞准确，语气委婉，有多年从事外交工作的痕迹，当内伊恩达姆有一天问起一本"文学史"（书名未进一步说明）中的克尔凯郭尔画像是否与被画者相像时，他得到了一个极具外交特色的回答。"既是也不是"，瑞吉娜回答。"克尔凯郭尔的外表很容易被漫画化，这一点被人们利用了"。[224]内伊恩达姆觉得，克尔凯郭尔总是被描绘得背部僵硬，然而对此，瑞吉娜只是回答说：

是的，他的肩膀有点高，他的头有点向前倾，可能是在书桌前大量读写造成的。[225]

瑞吉娜是忠诚而可敬的，直到最终都是如此，她很高兴自己被带进历史之中。而且，这一想法，据内伊恩达姆说，恰恰弥补了她所承受的痛苦："时间抹去了痛苦，剩下的是对她人生中的体验的回忆。"[226]有趣的是，尤里乌斯·克劳森在提到瑞吉娜青春生命的界标性事件时，所用的恰恰也是体验这个词。他写道："瑞吉娜从未忘记她最初青春的伟大体验"[227]，然后他将其定义为"面对不寻常的事物、罕见的事物时的感觉"[228]。克劳森在瑞吉娜时年"已过80"搬到了腓特烈堡之后仍与她保持着联系。他以一种独特的几乎说出一切的客观态度指出："我经常去那里看望她，——现在她不再谈论施莱格尔，而只谈论克尔凯郭尔。"[229]然而，无论是克劳森还是其他勤于记录的人，都没有成功地引诱这位神秘的寡妇说出她的谜。另外，年岁所决定的衰竭贪婪地攫取人的健康，也吞噬着记忆的最后残余。"我从索伦那里得到的戒指是不是给了您？"有一天，瑞吉娜问尤里乌斯·克劳森。他不得不坦白地告诉她，"很遗憾，不是的"。[230]

"'我们的亲爱的小瑞吉娜'"

1904年3月18日星期五，这位有着雪白头发的娇小女人

第三部分

去世了。她在家中睡去后没再醒来，享年82岁。在她最后的这段日子里，她一直由受人尊敬的医生布尔照顾着，后者也是考尔讷丽娅的女儿玛蒂尔德的丈夫。根据腓特烈堡教区的入葬记录，死因是流感。第二天，奥卢夫在《伯苓时报》早报版上刊登了这则死亡公告：

我亲爱的妹妹，**瑞吉娜·施莱格尔**，枢密议员弗·施莱格尔的遗孀，昨天去世，享年82岁。

3月19日，阿尔罕布拉路。

O. C. 奥尔森。

前海关出纳员。

根据死者的意愿，请求不要送花圈，葬礼在沉默中举行。

3月20日星期日，《政治报》发布了一篇似乎有点不得体的讣告，其中首先提到了几年前枢密议员夫人遭遇的一场交通事故，然后提到了她与克尔凯郭尔的关系，最后谈及了她与施莱格尔的婚姻，因而他这是又一次被安排在了最后的位置上：

施莱格尔

枢密议员夫人

—o—

施莱格尔枢密议员夫人上周五去世，高寿，享年逾

82岁。

有人会记得这位老太太的名字,几年前她在街上被车撞倒,如果我们没记错的话,她臀部的一侧因此骨折了,但却从这一对她这个年龄的女士来说是非常危险的事故中恢复了过来。

现在她已去世,但施莱格尔夫人的名字有另一个远远更重大的理由要被提及,因为这不是什么秘密,她是国务议员、办公室主任特尔克尔·奥尔森的女儿,在当年曾与索伦·克尔凯郭尔订婚。

1840年,她年轻而充满生命喜悦地与后来变得如此著名的哲学家订婚。但13个月后,他解除了婚约。正如他后来所写的那样:"她无法打破他沉郁的沉默"。众所周知,克尔凯郭尔为了缓和取消婚约后果,尽一切可能在她面前展示自己最糟的一面,在面对了14天的流言蜚语之后——正如他自己所说——他绝望地旅行到柏林,在那里待了较长的一段时间。

六年后,瑞吉娜·奥尔森小姐嫁给了首席办事员施莱格尔,后者此后在事业上有了如此出色的成就,成为西印度群岛总督、首席主席,并升至国家的各种至高的荣誉职位。

瑞吉娜被埋葬在协助墓园,就在她丈夫旁边。葬礼于

第三部分

1904年3月24日由总教区牧师长尤尔·邦多主持，弗里茨的葬礼也是由他主持的。墓碑上写着：

> 这里长眠着约翰·弗雷德里克·施莱格尔，枢密议员，S.K. DBMD。1817年1月22日出生，1896年6月8日去世，和妻子瑞吉娜·施莱格尔，出生姓奥尔森，1822年1月23日出生，1904年3月18日去世。

我们会注意到缩写字母"S.K."，因而难免联想到他的情敌的名字缩写，简直就好像后者也将跟着弗里茨进入死者们的国土。但随后我们会改变想法，因为"S.K."并不代表索伦·克尔凯郭尔，"S.K."是"Stor Kors"（丹麦语"大十字"，也就是"大十字勋章"的意思）的缩写，这是弗里茨在西印度群岛最后一次为国家工作时获得的勋章，而"DBMD"则是"Dannebrogsmand"（丹麦语"丹麦国旗勋章人士"）的缩写。

就像在现实繁忙的世界中，瑞吉娜和索伦之间很少相距得特别远，在死亡宁静的花园中，两人之间的距离也非常短，大约50米，甚至可能更短。正如施莱格尔老太太在丈夫的墓碑前站立了一会儿之后，想来也会悄悄地走到克尔凯郭尔的墓前，让自己沉浸在自己的思绪中那样，如今那些好奇地沿着墓间的小道漫步的游客也把索伦和瑞吉娜再次联系在一起，从而帮着让他们进入不幸爱侣的系列之中——皮拉姆斯和提丝贝[231]、但丁与贝雅特丽丝、阿贝拉尔与哀绿绮思[232]、罗密欧与朱丽叶、卡夫卡和菲莉丝——他们永远地相互属于对方，因为他们在现世之中从未拥有过对方，而不得不耐心等待到永恒之中的某个时候。正如索伦在他的那个时候所说的："你看，瑞吉娜，在永恒之中没有嫁娶；在那里，施莱格尔和我都会因与你在一起而喜悦。"[233]

同一个索伦在他婚约时期那些信的一封中以复数形式的所有格"我们的瑞吉娜"来提及自己的未婚妻，这能够像是对这种天国重婚的奇怪预示——难道他甚至在那时就知道瑞吉娜永远不会属于他一个人，而总是属于更多人、许多人、所有人？他在1849年写下那封密封的信时，再次使用了"我们的瑞吉娜"这一表述，并将之放在引号中，以表明他是在引用自己的话：

> 所爱的人就是她。我的存在将无条件地强调她的生命，我的著述活动也能够被视作一块纪念碑，为了她的荣誉和对她的赞美。我把她带进历史。而我沉郁地只有一个愿望，即让她着迷的我期望：在那里这愿望没有被拒绝；在那里我走在她身边；作为一个司仪，我把她带进胜利，并说：请为她腾出一小点地方，为"我们亲爱的小瑞吉娜"。

第三部分

　　那么，请为小瑞吉娜腾出一小点空间吧！因为，按弗里茨的说法，虽然她的体型没有大到无法在雨滴中不湿鞋地跑来跑去，但她还是占据了相当大的空间。她的谜也是如此，瑞吉娜的谜，并不比所有其他的谜更容易解开，而爱情总是以这些谜来逗弄和祝福那些认真地爱着的人。

（本书终）

参考书目

与西印度群岛相关的文献

Antonsen, Inge Mejer: *Tre vestindiske stuer*, København: Nationalmuseet 1967.

Antonsen, Inge Mejer: »Møbler og boligkultur i *Dansk Vestindien*«. *Dansk Kunsthaandværk*, 40. årg., København: Landsforeningen Dansk Kunsthåndværk 1968, s. 187-193.

Bugge, Knud Eyvin: *Grundtvig og slavesagen* (Skrifter udgivet af Grundtvig-Selskabet; bind 35) Århus: Aarhus Universitetsforlag 2003.

Dahl, Thorkel: *Kunstakademiets Vestindienstudier*. København: Kunstakademiets Arkitektskole 2003.

Dahl, Thorkel og Licht, Kjeld de Fine: *Kunstakademiets Vestindienstudier. Opmålinger 1961 af bygninger på St. Thomas & St. Croix*. København: Kunstakademiets Arkitektskoles Forlag 2004.

Dahlerup, Hans: *Mit Livs Begivenheder* II, 1815-1848 (udg. Joost Dahlerup), København: Gyldendalske Boghandel, Nordiske Forlag 1909.

Døygaard, Bodil og Heino: *Dansk Vestindien-i dag. Fra dansk koloni til turistparadis*. København: Munksgaard 1987.

Døygaard, Heino: *Fra det nu forsvundne Dansk Vestindien* Strandberg 1987.

参考书目

Garde, H.F.: »Anna Heegaard og Peter von Scholten«, *Personalhistorisk Tidsskrift* 78, Samfundet for dansk genealogi og Personalhistorie 1958, s. 25-37.

Gjessing, F. C. og Maclean, William P.: *Historie Buddings of St. Thomas and St. John*, London: Macmillan Caribbean 1987.

Gregersen, Hans: *Slaveliv i Dansk Vestindien*, Tema Bogforlag (u.å.).

Gøbel, Erik: Besejlingen af Sankt Thomas havn 1816-1917. *Handels- og Søfartsmuseets årbog* 2000 Helsingør: Selskabet Handels-og Søfartsmuseets Venner, s. 7-35.

Gøbel, Erik: »Sankt Thomas havn i det 19. og tidlige 20. århundrede«. *Handels- og Søfartsmuseets årbog* 2001 Helsingør: Selskabet Plandels- og Søfartsmuseets Venner, s. 7-48.

Hornby, Ove: *Kolonierne i Vestindien-Danmarks historie - udenfor Danmark* bd. 2, København: Politikens Forlag 1980.

Hvass, Tyge: »*Dansk Vestindien*«. Ældre nordisk *Architektur* VI, København: C.A. Reitzel 1925.

Hvass, Tyge: »Møbler fra *Dansk Vestindien* «. Ældre nordisk *Architektur* XI, København: Gyldendal 1947.

Jeppesen, Alfred: *Rejseliv i Danmark. Fra oldtidsvej til dampfærge*, København: Gyldendal 1978, s. 172.

Kirkegaard, Morten: *Om Anna Heegaard: generalguvernør Peter V. Scholtens samlever på St. Croix: en historisk biografi*, Charlottenlund: Morten Kirkegaard, 1998.

Nielsen, Per: *Flåden og Dansk Vestindien. Den danske flådes togter til Caribien 2671-1917*, København, Marinehistoriske Skrifter 1997.

参考书目

Olesen, Mogens Nørgaard: *Over Storebælt i 1000 år.* Espergærde, Lamberth 2000.

Petersen, Sophie og Arne Ludvigsen: *Vore gamle Tropekolonier*, København: Thaning & Appel 1948.

Petersen, Bernhard von: *En historisk Beretning om de dansk-vestindiske Öer St. Croix, St. Thomas og St. Jan*, København: Stinck 1855.

Skrubbeltrang, Fridlev: *Vore gamle Tropekolonier* (red. Johannes Brøndsted), bd. 3, København: Fremad 1966.

Vibæk, Marius: *Royal Mail og St. Thomas*, Handels- og Søfartsmuseets Årbog 1949, Helsingør: Selskabet Handels- og Søfartsmuseets Venner, s. 99-102.

* * *

Departementstidenden, udgivet, redigeret og forlagt af Etatsraad J. Liebe, Statssekretær.

Rigsarkivets hjemmeside: www.virgin-islands-history.dk/a_wicomp.aspwww.jmarcussen.dk/historie / hart / rejser / vesti / vestiguv.html #056

与索伦·克尔凯郭尔和瑞吉娜·施莱格尔相关的文献

Af Søren Kierkegaards Efterladte Papirer, udg. af H.P. Barfod og H. Gottsched, bd. I–IX, København: C.A. Reitzel 1869–1881.

Brandes, Georg: *Søren Kierkegaard. En kritisk Fremstilling i Grundrids*, København: Gyldendal 1877.

Cappeløm, Niels Jørgen, Joakim Garff & Johnny Kondrup: *Skriftbilleder. Søren Kierkegaards journaler, notesbøger, hæfter, ark, lapper og strimler*, København: Gads Forlag 1996.

参考书目

Clausen, Julius: *Fortegnelse over afd. Geheimekonferensraad J.F. Schlegels efterladte Bogsamling bestaaende af c. 7000 Bind*, 1896.

Garff, Joakim: *SAK. Søren Aabye Kierkegaard. En biografi*, København: Gads Forlag 2000.

Heiberg, Johan Ludvig: *Intelligensblade*, nr. 24, København: C.A. Reitzel 1843, s. 285ff.

Hjerl-Hansen, Børge: *Kierkegaardske kontrafej-fund og klenodier. En scrapbog*. København: Atelier Elektra 1956.

Jensen, Finn Gredal: »To genfundne breve. Fra J.C. Lund til P.C. Kierkegaard og fra Regine Schlegel til Henrik Lund«, *Danske Studier*, København: C.A. Reitzel 2005, s. 194–200.

Kabell, Aage: *Kierkegaardstudiet i Norden*, København: H. Hagerup 1948.

Lund, Henriette: »*Mit Forhold til Hende*«. *Af Søren Kierkegaards efterladte Papirer*, København: Gyldendal 1904.

McKinnon, Alastair: »Hun and Hende: Kierkegaard's relation to Regine«, *Kierkegaardiana* 22 (ed. Darío González et alii), København: C.A. Reitzel 2002, s. 24–41.

Nielsen, Flemming Chr.: *Alt blev godt betalt. Auktionen over Søren Kierkegaards indbo* Lyngby: Holkenfeldt 3 2000.

Fenger, Henning: *Kierkegaard-Myter og Kierkegaard-Kilder*, Odense: Odense Universitetsforlag 1976.

Søgaard, Ib: »Sørens sidste sygdom«, *Dansk medicinhistorisk årbog*, København 1991.

Tullberg, Steen: *Søren Kierkegaard i Danmark. En receptionshistorie.* København: C.A. Reitzel 2006.

参考书目

史料、地志和其他文献

H.C. *Andersens dagbøger 1851-1860* (udgivet af Tue Gad) København: Det Danske Sprog-og Litteraturselskab 1974, bd. IV.

H.C. *Andersens almanakker 1833-1873* (udg. af Helga Vang Lauridsen & Kirsten Weber), København: Det Danske Sprog-og Litteraturselskab, 1990.

Andersen, H.C.: *I Spanien.* Danske Klassikere. Det Danske Sprog-og Litteraturselskab. Valby: Borgen 2005.

Baudrillard, Jean: *Forførelse,* Århus: Sjakalen 1985.

Borup, Morten: *Johan Ludvig Heiberg,* bd. 3, København: Gyldendal 1949.

Brandes, Georg: *Levned, Barndom og første Ungdom,* bd. 1, København og Kristiania: Gyldendalske Boghandel Nordisk Forlag 1905.

Christensen, Villads: *København i Kristian den Ottendes og Frederik den Syvendes Tid 1840-1857,* København: G.E.C. Gads Forlag 1912, s. 226.

Dehs, Jørgen: »Cordelia, c'est moi. Kierkegaard og Baudrillard«, *Denne slyngelagtige eftertid* (red. af Finn Frandsen og Ole Morsing) bd. 3, Århus: Slagmark 1995, s. 541-554.

Fenger, Henning: *Den unge Brandes. Miljø. Venner. Rejser. Kriser.* København: Gyldendal 1957.

»Horsens Dampmølle A/S. Inventar-og maskinregistrering af dampmølleri«. Foretaget i september 1974 af arkitekt m.a.a. Gert Bech-Nielsen (et alii). Horsens Byarkiv.

»Horsens Dampmølle« i Århus Stifts Årbøger (bd. 66), Århus: Historisk Samfund for Århus Stift 1975.

Møller, Poul Martin: »Den gamle Elsker« i *Efterladte Skrifter,* bd. 1-3, København 1839-1843.

611

参考书目

Rørdam, H.F.: *Peter Rørdam. Blade af hans Levnedsbog og Brevvexling fra 1806 til 1844*, bd. 1, København: Karl Schønberg 1891.

Skovmand, Roar: *Folkestyrets Fødsel 1830–1870*, Danmarks Historie, bd. 11, København: Politikens Forlag 1980.

Tudvad, Peter: *Kierkegaards København*, København: Politikens Forlag 2004.

* * *

www.jakulff.com/pdf/ strandberg/2006–04.pdf

www.tuxen.info/kinafarer/ winning.htm

人名索引

（本索引页码为原书页码，即本书页边码）

A

Abelard 阿贝拉尔 116, 458

Andersen, H.C. 安徒生 37, 49, 56, 98, 213, 251, 303, 337

d'Arc, Jeanne 贞德 116

Arnesen, H.L. 阿尔讷森 69

B

Baggesen, Jens 巴格森 111

Bahneberg, Niels Anthon & frue 班纳贝尔（尼尔斯·安东和夫人）169

Barfod, H. P. 巴尔福德 42, 98, 395, 396, 400

Benediktsson, Gudrun 贝内迪克特松, 古德伦 428

Berg, Hans Henrik 贝尔格，汉斯·亨利克 211, 288

Bernhard, Carl 伯恩哈德，卡尔 117

Birch, Frederik Christian Carl 比尔奇, 弗雷德里克·克里斯蒂安·卡尔 168

Birch, Vilhelm Ludvig 比尔奇, 威尔海姆·路德维 168, 267, 269

von Bismarck, Otto 俾斯麦, 奥托·冯 406

Bjerring, A.N. (enkefrue) 比尔陵夫人（寡妇）379, 381, 382

Bjørnson, Bjørnstjerne 比昂松, 比约恩斯彻纳 400

Boesen, Emil 波厄森, 埃米尔 97, 98. 124, 135, 175, 184, 187, 212, 219, 234, 241, 277

613

人名索引

Boesen, pastor 波厄森牧师 370
Bondo, Juul 邦多，尤尔 440, 458
Borchsenius, Otto 伯克瑟尼乌斯，奥托 400
Borries, Catharine Christiane 克里斯蒂安娜·鲍里斯，凯萨琳 27
Brandes, Georg 勃兰兑斯，格奥尔格 9-10, 426, 428-433, 446, 448, 452
Brandt, pastor 勃兰特牧师 90, 273
Bruun, Sophie 布鲁恩，索菲 161
Buhl, Mads P. 布尔（医生）456
Bull, Adolph 布尔，阿道夫 246
Bærentzen, Emil 贝伦岑，埃米尔 16, 44, 45, 70, 83, 84, 141, 215, 254, 280, 292, 336, 365, 384
Bøgh, Erik 博宇，埃瑞克 396
Bøttger, C. J. (jomfru) 伯特格尔小姐 155-156, 392

C

Caroline Amalie 卡洛丽娜·阿玛莉亚 34
Christian IV 克里斯蒂安四世 391
Christian VIII 克里斯蒂安八世 34, 71, 286
Clausen, Julius 克劳森，尤里乌斯 127, 446-448, 456
Collin, Theodor 科林，特欧多尔 213
Columbus, Christoffer 哥伦布，克里斯托弗 59, 60, 67

D

Dickens, Charles 狄更斯 304, 337
Dorré, Louise 多雷，路易丝 438
Drachmann, Holger 德拉赫曼，霍尔格 437
Dyppel, Jørgen Iversen 戴佩尔，约尔根·易瓦尔森 62

E

Eckersberg, C. V. 埃克斯堡 84
Esmit, Nicolai 埃斯米特，尼古莱 62
Ewald, Johannes 埃瓦尔德，约翰纳斯 111
Exner, Julius 埃克斯纳，尤里乌斯 85, 163, 164

人名索引

F

Falbe, Anton 法尔贝，安东 55, 179
Feddersen, H. D. F. 266-267, 270, 311, 376
Feddersen, fru 费德森夫人 299, 356
Ferdinand, kong 费迪南德国王 59
Fibiger, Mathilde 菲比格，玛蒂尔德 337
Filip V 菲利普五世 284
Frederik VI 弗雷德里克六世 75, 76
Frederik VII 弗雷德里克七世 7, 36, 300, 354, 434
Freund, H.C. 弗洛恩德 75
Friedlænder, Julius 弗里德兰德，朱利叶斯 73

G

Gammeltofte, O. C. 伽美尔托弗特 380
Garde, J.A. (Janus August) 伽尔德 435
Garlieb, Johann Gottfried 加利布，彼得·约翰·戈特弗里德 273, 345
Grundtvig, N. F. S. 格隆德维 329-330, 433
Gyllembourg, Thomasine 居伦堡，托马西娜 337

H

Hall, C. C. 哈尔 181
Hansen, C. F. 汉森 75
Hansen, Peter 汉森，彼得 271
Hauch, Carsten 豪赫，卡斯顿 96
Heiberg, Johanne Louise 海贝尔夫人 339-340
Heiberg, Johan Ludvig 海贝尔，约翰·路德维 219, 251
Héloïse 哀绿绮思 116, 458
Hertz, Henrik 赫尔兹，亨利克 127
Hjaltelin, J. J. 亚尔特林 389
Høedt, Frederik Ludvig 霍伊特，弗雷德里克·路德维 339
Haagensen, A. W. 豪根森 161

I

Ingemann, B. S. 英格曼 96

K

Kierkegaard, Ane 克尔凯郭尔，安

615

人名索引

娜 174

Kierkegaard, Michael Pedersen 克尔凯郭尔，米凯尔·彼得森 40, 43, 174, 197

Kierkegaard, Niels Christian 克尔凯郭尔，尼尔斯·克里斯蒂安 44, 279

Kierkegaard, Peter Christian 克尔凯郭尔，彼得·克里斯蒂安 18, 100, 104-106, 108, 125, 127, 174, 181-182, 186, 230-231, 242, 279

Knobelauch, Sophie Frederikke 克诺贝劳赫，索菲·弗莉德丽克 268

Knudsen, Adrian Benoni Benzon 克努森，阿德里安·贝诺尼·本仲 207, 210, 299

Kolthoff, Ernst Vilhelm 考尔托夫，恩斯特·威尔海姆 192

L

Laura (gift med Oluf Olsen-se Laura Isidora Winning) 劳拉（奥卢夫·奥尔森之妻：温宁，劳拉·伊西多拉）

Laura Henriette (gift med Jonas Olsen) 劳拉（约纳斯·奥尔森之妻）53

Lumby, H. C. 伦毕 340

Lund, Carl Ferdinand 伦德，卡尔·费迪南德 174

Lund, Henrik Ferdinand 伦德，亨利克·费迪南德 173-174

Lund, Henrik Sigvard 伦德，亨利克·西格瓦尔德 107-109, 173-174, 177, 178, 179, 181-182, 187, 220, 230, 240-242, 277, 319, 323, 327

Lund, Johan Christian 伦德，约翰·克里斯蒂安 100, 106, 173-174, 181

Lund, Michael 伦德，米凯尔 100, 179

Lund, Nicoline Christine (født Kierkegaard) 伦德，妮可莉娜·克里斯蒂娜（出生姓克尔凯郭尔）173-174

Lund, Petrea Severine (født Kierkegaard) 伦德，佩特瑞娅·塞弗林娜（出生姓克尔凯郭尔）

174, 449

Lund, Sophie Vilhelmine 伦德，索菲·威尔海弥娜 174

Læssøe, Signe 莱西俄，西娜 251

Løvmand, Albert 勒夫曼，阿尔伯特 154

M

Malling, Regine Frederikke 马琳，瑞吉娜·弗莉德丽克 37, 57, 118, 142, 144

Mangor, Anne Marie 曼戈尔，安妮·玛丽 170

Marstrand, Wilhelm 马斯特里德 85

Martensen, H. L. 马腾森 80–81, 100, 181, 372

Meineke, fru 梅内克夫人 311, 335

Meyer, Raphael 迈耶，拉斐尔 187–188, 337, 452–454, 455

de Meza, Julius 梅萨，尤里乌斯·德 406

Michelsen, Kirstine 米凯尔森，克尔丝蒂娜 118

Monigatti, Johan 莫尼加蒂，约翰 278

Moth, Frederik 莫特，弗雷德里克 74

Mourier, Hanne 穆里耶，汉娜 188, 212, 452, 453

Mynster, J. P. 明斯特尔 27, 80, 81, 116, 129, 224

Møller, Poul Martin 缪勒，保罗·马丁 40, 111, 164, 249, 445, 446

N

Neiiendam, Robert 内伊恩达姆，罗伯特 454, 456

Neukirch, doctor 诺伊基尔奇医生 369–372

O

Oehlenschläger, Adam 欧伦施莱格尔，亚当 49, 111

Ohsten, C. F. 奥斯滕 170

Olivarius, H. P. T. 奥利维勒斯 298

Olsen, Maria Dorothea Frederike 奥尔森，玛丽亚·多萝西娅·弗莉德丽克 118

Olsen, Astrid Olivia Segurveig 奥尔森，阿斯特丽德·奥丽维

617

娅·塞古尔维格 428

Olsen, Jonas Christian 奥尔森，约纳斯·克里斯蒂安 53, 54, 70, 92, 118, 127, 143-144, 158, 164-165, 248, 292-293, 294, 295, 300-301, 328, 344, 393, 406, 410, 422-424, 440

Olsen, Maria 奥尔森，玛丽亚 440

Olsen, Olivia Christiane 奥尔森，奥丽维娅·克莉丝蒂安娜 37, 58, 73, 85, 118, 157-158, 166, 170, 203, 263, 299, 360-361, 439

Olsen, Regnar 奥尔森，雷格纳 57-58, 67, 69, 71-72, 74, 93-94, 152, 153, 159, 249, 376, 384, 387, 427

Olsen, Sigrid Marie Cornelia 奥尔森，西格丽德·玛丽·考尔讷丽娅 428

Olsen, Terkild 奥尔森，特尔基尔德 37, 41, 73, 118, 124-125, 128, 144, 157, 168, 191-192, 314, 457

Ottesen, N. C. 奥特森 433

P

Paludan-Müller, Frederik 帕鲁丹·缪勒 326-327

Paulli, Just 保利，尤斯特 24-25, 103, 372

de Pontavice, Emilie 蓬塔维斯，埃米莉·德 171, 172, 173, 213, 313

de Pontavice, Jean 蓬塔维斯，让·德 172

Pontoppidan, Hendrik 蓬托皮丹，亨德里克 56

R

Rahr, familien 拉尔家 74, 341

Reitzel, C. A. 莱兹尔出版商 170, 286

Riise, A. H. 瑞斯 209

Rørdam, Bolette 若尔丹，波莱特 41-42, 47, 149, 171, 173, 333-335, 363-364, 387

Rørdam, Cathrine Georgia 若尔丹，卡特琳娜·乔治娅 41

Rørdam, Elisabeth 若尔丹，伊丽莎白 41

Rørdam, Emma 若尔丹，艾玛 41

Rørdam, Peter 若尔丹，彼得 41,

334

Rørdam, Thomas Schatt 若尔丹，托马斯·夏特 41

S

Sand, George 桑，乔治 337, 359

Schanshoff, Josephine 珊斯霍夫，约瑟芬 48, 382

von Schelling, Friedrich 谢林，冯·弗里德里希 283, 285

Schlegel, Augusta 施莱格尔，奥古丝塔 39

Schlegel, Clara 施莱格尔，克拉拉 39, 85, 90, 275, 379–380

Schlegel, Dorothea Maria 施莱格尔，多萝西娅·玛丽亚 39

Schlegel, Emma 施莱格尔，艾玛 39

Schlegel, Wilhelm August 施莱格尔，39, 40, 390

Schmidt, fru 施密特夫人 340

Schmidt, F. W. 施密特（摄影师）441

Schmidt, hr. 施密特先生 77, 92, 150, 379

von Scholten, Frederik 肖尔腾，弗雷德里克·冯 69

von Scholten, Peter 肖尔腾，彼得·冯 12, 63, 69, 73, 75, 76, 77, 154, 434

Schopen, John William 肖鹏，约翰·威廉 75

Schubothe, J.H. 舒波特书商 219

Schulze, Hedwig 舒尔茨，黑德维希 280–281

Schwartz, fru 施瓦茨夫人 311, 335

Scribe, Augustin Eugène 斯可里布，奥古斯丁·欧仁尼 219

Sibbern, F. C. 西贝恩教授 24, 123, 281

Skrike, Adolph 斯克里克，阿道夫 345, 375

Smed, Erik Nielsen 斯迈德，艾瑞克·尼尔森 62

Sokrates 苏格拉底 102, 195, 348

Soldenfeldt, Ferdinand Vilhelm 索尔登费尔特，费迪南德·威尔海姆 37, 57, 292, 410, 427

Soldenfeldt, Joseph Carl 索尔登费尔特，约瑟夫·卡尔 37, 57,

人名索引

292, 410, 427

Søbøtker, Johannes 索博特克·约翰纳斯 75, 87

T

Thorvaldsen, Bertel 托尔瓦尔德森，贝尔特尔 76, 383

Trap, Jens Peter 特拉普，延斯·彼得 246

Trier, Seligmann Meyer 特里尔，塞利格曼·梅耶 95, 103, 383

U

Unna, Camilla Marie 乌纳，卡米拉·玛丽 354

Ussing, Conrad Wilhelm 乌辛，康拉德·威尔海姆 423

Ussing, Frederik Emil 乌辛，弗雷德里克·埃米尔 427

Ussing, Henrik Bagge 乌辛，亨利克·巴格 427

Ussing, Isidora Regina 乌辛，伊西多拉·瑞吉娜 427

Ussing, Johannes 乌辛，约翰纳斯 427

Ussing, Margarethe 乌辛，玛格丽特 427

Ussing, Regnar Albert 乌辛，雷格纳·阿尔伯特 427

V

Vater, Daniel Christian 瓦特，丹尼尔·克里斯蒂安 353-354

W

Wiedewelt, J. 威德威尔特 75

Wiehe, Michael 维俄，米凯尔 339

Willumsen, Niels 威卢姆森，尼尔斯 394

Winning, Frederik Emil 温宁，弗雷德里克·埃米尔 37, 97, 215, 243, 436

Winning, Frederikke Mathilde 温宁，弗莉德丽克·玛蒂尔德 37

Winning, Johanne Marie 温宁，约翰娜·玛丽 37

Winning, Laura Isidora 温宁，劳拉·伊西多拉 37, 67-69, 71-73

Winning, Olivia 温宁，奥丽维娅 37

Winning, Paul Thorkild 温宁，保罗·托尔基尔德 37
Winsløw, Carl 温斯洛，卡尔 128
Winther, Christian 温特尔，克里斯蒂安 111, 121
Wulff, Henriette 伍尔夫，汉莉耶特 98, 337

Z

Zeltner, H.C. 泽尔特纳尔建筑师 243

Å

Aagaard, doktor 奥皋医生 150, 152, 210, 213, 216, 268, 297, 300, 334, 342, 344, 375

注释及引文来源

1 勃兰兑斯：《生平》（Brandes: *Levned*, bd. 1, s. 207f.）。

2 按西方说法，一个"世代"对应于两代人之间的年龄差异的时间段，即约30年或1/3世纪。

3 参看哥本哈根大学克尔凯郭尔研究中心出版的丹麦文版《索伦·克尔凯郭尔文集》（*Søren Kierkegaards Skrifter*, udg. af Niels Jørgen Cappelørn, Joakim Garff, Anne Mette Hansen, Jette Knudsen, Johnny Kondrup, Alastair McKinnon, Tonny Aagaard Olesen og Steen Tullberg, bd. 1-55, København: Gads Forlag 1997-2013. 以下注释中一律简写为SKS）第5卷第13页第11行（简写为SKS 5,13,11）的注释。

4 《新约》中的各种"书"（比如说《罗马书》等等）都是使徒所写的书信。

5 丹麦文版《所遇的索伦·克尔凯郭尔。他的同时代人所见的一个生命》（*Søren Kierkegaard truffet. Et liv set af hans samtidige*, udg. af Bruce H. Kirmmse, København: C.A. Reitzels Forlag 1996. 以下注释中一律简写为SKT）, s. 84.

6 参看耶伯森：《丹麦的旅行生活》（Jf. Jeppesen: *Rejseliv i Danmark*, s. 145.）。

7 安徒生：《在西班牙》（Andersen: *I Spanien*, s. 10.）。

注释及引文来源

8 SKT, s. 73.

9 SKT, s. 73.

10 SKT, s. 73, s. 65.

11 若尔丹:《彼特·若尔丹》（Rørdam: *Peter Rørdam*, s. 78.）。

12 SKT, s. 66.

13 欧尔森:《大带子海峡1000年》（Olsen: *Over Storebælt i 1000 år*, s. 14f.）。

14 耶伯森:《丹麦的旅行生活》（Jeppesen: *Rejseliv i Danmark*, s. 135f.）。

15 耶伯森:《丹麦的旅行生活》（Jeppesen: *Rejseliv i Danmark*, s. 136.）。

16 耶伯森:《丹麦的旅行生活》（Jeppesen: Jf. *Rejseliv i Danmark*, s. 153），以及欧尔森:《大带子海峡1000年》（Olsen: *Storebælt i 1000 år*, s. 31.）。

17 参看欧尔森:《大带子海峡1000年》（Jf. Olsen: *Over Storebælt i 1000 år*, s. 31f.）:"直到1855年4月11日，蒸汽船恢复航行，次日邮艇开始航行，大带子海峡上的漫长而严峻的冰冬才算结束。"

18 参看欧登塞博物馆安徒生网站: http://hca.museum.odense.dk/anderseniana/2001/pdf/aia2001artikel4.pdf。

19 参看耶伯森:《丹麦的旅行生活》（Jf. Jeppesen: *Rejseliv i Danmark*, s. 147.）。

20 参看耶伯森:《丹麦的旅行生活》（Jf. Jeppesen: *Rejseliv i Danmark*, s. 161-164.）。

21 http://base.kb.dk/hca_pub/cv/main/VolDown-load.xsql?nnoc=hca_pub&p_VolNo=3.

22 这里签名瑞吉娜使用的是Regina Schlegel，不是Regine Schlegel。下一段中考尔讷莉亚在给瑞吉娜的信中所称的"瑞吉娜"也是Regina。

注释及引文来源

23　在后面我们能够读到埃米尔的妹妹劳拉是奥卢夫去世了的妻子，即蒂丽和雷格纳的母亲。

24　参看葛贝尔："从圣托马斯港出发的航行"（Erik Gøbel har lidt andre mål og lader de tre øer samlet svare til Mors, jf. Gøbel: »Besejlingen af Sankt Thomas havn 1816-1917«, s. 8.）。

25　《丹属西印度群岛》（Døygaard, Bodil og Heino: *Dansk Vestindien*, s. 29.）。

26　丹麦国家档案库网页：Rigsarkivets hjemmeside: www.virgin-islands-history.dk/a_wicomp.asp。

27　参看《艺术学院的西印度研究》（Jf. Dahl & de Fine Licht: *Kunstakademiets Vestindienstudier*, s. 82.）。

28　参看彼特森：《我们的老殖民地》（Jf. Petersen: *Vore gamle Tropekolonier*, s. 32.）。

29　《艺术学院的西印度研究》（Dahl & de Fine Licht: *Kunstakademiets Vestindienstudier*, s. 257.）。

30　丹麦文版《与索伦·克尔凯郭尔相关的书信和文件》（*Breve og Aktstykker vedrørende Søren Kierkegaard*, udg. af Niels Thulstrup, bd. 1-2, København: Munksgaard 1953-1954. 以下注释中一律简写为 B&A），nr. XX, s. 21。

31　SKT, s. 169f.

32　SKT, s. 169f.

33　SKT, s.171.

34　《出自索伦·克尔凯郭尔遗稿（1854-55）》（Af Søren Kierkegaards Efterladte Papirer（1854-55）, s.591-599.）。

35　波厄森与克尔凯郭尔的对话在SKT（s. 175-182）中被再现。

注释及引文来源

36　SKT, s. 178.

37　SKT, s. 178.

38　SKT, s. 177.

39　SKT, s. 172.

40　SKT, s. 352ff. 另见加尔夫《克尔凯郭尔传》(SAK, s. 554-559.)。

41　SKT, s. 173f.

42　SKT, s. 182.

43　丹麦文版《彼特和索伦·克尔凯郭尔》(Carl Weltzer: *Peter og Søren Kierkegaard*, bd. 1-2, København: G.E.C. Gads Forlag 1936. 以下注释中一律简写为POSK), s. 271.

44　参看《索伦的最后疾病》(Jf. hertil Søgaard »Sørens sidste sygdom«, s 27.)。

45　SKT, s. 76.

46　SKT, s. 76.

47　参看 SKS K 27, s. 5, note 2.

48　信件已经遗失。参看 SKT, s. 384.

49　SKT, s. 76f.

50　丹麦皇家图书馆的克尔凯郭尔档案 (KA, D pk. 3 læg 5), 在SKT (s. 76f.) 中被再现。

51　POSK, s. 285.

52　POSK, s. 285.

53　尼尔森：《一切都很好地得到支付》(Nielsen: *Alt blev godt betalt*, s. 60.)。

54　信件是星期三送到的说法是海宁·冯格尔提出的。参看《克尔凯郭尔神话》(jf. *Kierkegaard-Myter*, s. 149ff.)。不过这个说法并非完

625

全可信，在SKS中有与此不同的信件编年。

55　SKT, s. 72.

56　**在职宫廷侍从**］丹麦文是fungerende Kammerjunker，指宫廷所雇用的人，其头衔在当时的"市民等级规章"中的等级是"第4级第2号"，卡尔·伯恩哈德的小说《旧日的回忆》的第2-15页中写到一个这样的宫廷侍卫，他是"不再在职的"，克尔凯郭尔想来是拿瑞吉娜很可能知道的这个人物来发挥，尽管克尔凯郭尔对这个名称的使用与小说中的使用方式不同。宫廷侍卫一词也被用来比喻地指称一个过于矫情或过于有礼貌的人，甚至更广泛（如克尔凯郭尔的用法），用来指称一个挑剔、迂腐、沉迷于自己的习惯的人。参看克尔凯郭尔在《论反讽的概念》中对他那个时代的小资式求婚的描述。克尔凯郭尔所推崇的讽刺笔法的典范是霍尔堡在喜剧《忙碌不息的人》（1731年）中对剧中人物簿记彼得·埃里希森的描写。

57　**中国式的工艺性勤奋**］就是说，一种对于琐碎小事的勤奋而迂腐的实践。

58　**"责无旁贷的关注"**］或者译为"尽职尽责的关注"，在克尔凯郭尔时代的政治术语中，特别是在法律术语中，"尽职尽责"或者说"没尽职尽责"是很流行的用语。

59　**埃及的肉锅**］典故出自《出埃及记》（16：3）："巴不得我们早死在埃及地耶和华的手下，那时我们坐在肉锅旁边，吃得饱足。你们将我们领出来，到这旷野，是要叫这全会众都饿死啊。"其中讲述了以色列人在耶和华带领他们脱离埃及的奴役后在旷野中的流浪。众人向摩西和亚伦所发的怨言。

60　参看冯格尔：《克尔凯郭尔神话》（Jf. Fenger: *Kierkegaard-Myter*, s. 158f.）。

注释及引文来源

61 "牧师师范",拉丁外来语的丹麦语是Pastoralseminarium,也有译作牧师神学院或牧会神学院,但是它不同于大学里的神学院系,是一个教育机构,为大学神学系毕业生完成成为牧师的教育。大学神学院系的教育为牧师实施其神学作为提供学术方面的内容,而牧师师范的教学旨在为神学专业毕业生提供大学学业中未涉及的牧师工作方面的实践性的培训。在丹麦,神学专业毕业生必须完成神学师范的神学作为之实践的课程,这是他们在教会就业的先决条件。

62 **在东方,寄送一条丝带意味了对收信人的死刑判决**] 在东方的习俗中有这样一种:让人一条丝带给自己的属下,作为一种表示,让这属下自杀(或者以这条丝带勒死自己)。

63 SKT, 292f.

64 SKT, 296.

65 参看冯格尔:《克尔凯郭尔神话》(Jf. Fenger: *Kierkegaard-Myter*, s. 163.)。

66 SKT, s. 61.

67 SKT, s. 204.

68 SKT, s. 204.

69 SKT, s. 299.

70 **维也纳马车**] 精致双座马车,带有车篷。

71 SKT, s. 299.

72 参看SKS 10,79,19的注释(Jf. kommentar i SKS 10,79,19.)。

73 旧时,在丹麦有这样的淋浴设备(在丹麦现代游泳池的桑拿房外仍常配有这样的淋浴设备):一个木桶,在桶口表面沿一直径的两个点上以钉钩挂起,这桶以钉钩两点处为支撑点可以摇晃。在桶

627

注释及引文来源

的一边与直径相对最远的点（与钉钩两点所构成的直径的平行的线和桶圈相切的点）上拴有绳索，一拉绳索，水桶就会晃动，乃至翻覆。桶上面有水管，水从水管流进桶中。水桶里的水满了，沐浴人一拉绳索，水就泼下，供之淋浴。

74 《重复》的草稿中谈及瑞吉娜的文字，收在皇家图书馆克尔凯郭尔手稿中（Ms. 1.2. s. 124）；另见丹麦文版《索伦·克尔凯郭尔文稿》(*Søren Kierkegaards Papirer*, udg. af P.A. Heiberg, V. Kuhr og E. Torsting, bd. I-XI, Kbh. 1909-1948; 2. forøgede udg. ved N. Thulstrup, bd. I-XVI, Kbh. 1968-1978. Der henvises til bind, gruppe (A, B eller C), optegnelsens nummer samt i visse tilfælde tillige til sidetal. 以下注释中一律简写为 *Pap*），IV B 97,3。

75 **双倍地得到一切**] 参看《约伯记》（42：10）。

76 《重复》的草稿中谈及瑞吉娜的文字，收在皇家图书馆克尔凯郭尔手稿中（Ms. 1.2, s. 124）；另见 *Pap*. IV B 97,24。

77 《重复》的草稿中谈及瑞吉娜的文字，收在皇家图书馆克尔凯郭尔手稿中（Ms. 1.2, s. 122）；另见 *Pap*. IV B 97,13。

78 参看 SKS 的注释（Jf. kommentar i SKS K.）。

79 参看霍尔恩比：《西印度群岛的殖民地》（Jf. Hornby: *Kolonierne i Vestindien*, s. 271.）。

80 参看霍尔恩比：《西印度群岛的殖民地》（Jf. Hornby: *Kolonierne i Vestindien*, s. 272.）。

81 SKT, s. 66.

82 SKT, s. 225.

83 SKT, s. 226.

84 SKT, s. 418.

85 参看SKS K 13, s. 45.中的文本说明（Jf. tekstredegørelsen til værket i SKS K 13, s. 45.）。

86 SKT, s. 189. 另见加尔夫《克尔凯郭尔传》（SAK, s. 689f.）。

87 SKT, s. 190.

88 POSK, s. 288f.

89 丹麦皇家图书馆的克尔凯郭尔档案（KA, D pk. 4 læg 1.），印刷出的可见于丹麦文版《克尔凯郭尔文稿。婚约》（Raphael Meyer: *Kierkegaardske Papirer. Forlovelsen.* Udgivne for Fru Regine Schlegel af Raphael Meyer, København og Kristiania: Gyldendalske Boghandel Nordisk Forlag 1904. 以下注释中一律简写为KP），s. 142。

90 KS, s. 142f.〔译者认为KS是卡贝尔《克尔凯郭尔研究》（Kabell: *Kierkegaardstudiet*）的缩写〕。

91 KP, s. 144.

92 KP, s. VII & SKT, s. 381.

93 KP, s. VIII & SKT, s. 381.

94 KP, s. VII & SKT, s. 381.

95 SKT, s. 63.

96 参看SKS 2, s. 357.

97 麦克金农："克尔凯郭尔与瑞吉娜的关系"（McKinnon: »Kierkegaard's Relation to Regine«, s. 24.）。

98 "虚构性的"（digterisk）。丹麦语digterisk同时有着"诗意的"和"虚构的"的意思。

99 参看克里斯蒂安森：《哥本哈根1840-1857》（Jf. Christensen: *København 1840-1857*, s. 527.）。

100 《部门时报》（*Departementstidenden*, nr. 51, 1856, s. 764.）。

注释及引文来源

101 《部门时报》(*Departementstidenden,* nr. 56, 1856, s. 837.)。
102 《部门时报》(*Departementstidenden,* nr. 58, 1856, s. 859f.)。
103 《部门时报》(*Departementstidenden,* nr. 60, 1856, s. 895.)。
104 《部门时报》(*Departementstidenden,* nr. 63, 1856, s. 913.)。
105 《部门时报》(*Departementstidenden,* nr. 63, 1856, s. 913.)。
106 《部门时报》(*Departementstidenden,* nr. 69, 1856, s. 1008f.)。
107 《部门时报》(*Departementstidenden,* nr. 77 & 78, 1856, s. 1152.)。
108 KS, s. 65 & SKT, s. 62.
109 SKT, s. 62.
110 《安徒生日记》(*H.C. Andersens dagbøger 1873–1875,* bd. X, s. 38.)。
111 参看克里斯蒂安森：《哥本哈根1840–1857》(Jf. Christensen: *København 1840–1857,* s. 226.)。
112 引用SKS的注释（SKS K2-3, s. 180.)。
113 参看图德瓦德：《克尔凯郭尔的哥本哈根》(Jf. Tudvad: *Kierkegaards København,* s. 257.)。
114 POSK, s. 285f.
115 POSK, s. 312.
116 POSK, s. 287.
117 POSK, s. 288.
118 POSK, s. 291f.
119 参看《文稿图片》(Jf. Cappelørn et alii: *Skriftbilleder,* s. 11.)。
120 POSK, s. 291f.
121 延森：“两份被重新发现的信件”（Jensen: »To genfundne breve«, s. 197.)。
122 KP, s. 145.

123 KP, s. 145.

124 KP, s. 145.

125 KP, s. 146.

126 SKT, s. 175.

127 KP, s. 146.

128 *Pap.* X 5 B 262, s. 429f.

129 *Pap.* X 5 B 263.

130 *Pap.* X 5 B 264.

131 *Pap.* X 5 B 263.

132 丹麦语"skylde"可以理解为"欠……"和"归因于……",所以这个句子的意思同时也理解为"她的婚姻在事实上也是成功的,这要归因于克尔凯郭尔"。

133 参看《部门时报》(Jf. *Departementstidenden*, nr. 9-10, 1860, s. 134f.)。

134 POSK, s. 305.

135 参看关于霍尔森斯的蒸汽磨坊的资料(Jf. hertil »Horsens Dampmølle A/S« & »Horsens Dampmølle«.)。

136 SKT, s. 90f.

137 SKT, s. 91.

138 海贝尔:《智性杂志》(Heiberg: *Intelligensblade*, nr.24, Kbh. 1943, s.285f.)。

139 *Pap.* V B 53,26.

140 这种说法受到波德莱尔对《诱惑者日记》的解读的启发,他在《诱惑》(丹文版 *Forførelse*, Århus: 1985, s. 102-122)中阐述了这一点;另参见德赫斯:"考尔德丽娅,是我。克尔凯郭尔与波德莱尔"(Dehs: »Cordelia, c'est moi. Kierkegaard og Baudrillard«,

注释及引文来源

Denne slyngelagtige eftertid, bd. 3, s. 541-554.)。

141　海贝尔:《智性杂志》(Heiberg: *Intelligensblade*, s. 285f.)。

142　*Pap.* V B 53, 26.

143　*Pap.* V B 53, 26.

144　根据1805年4月24日的教学计划，哥本哈根的高中（丹麦语为den lærde Skole，直译是"博学学校"，也就是"拉丁语学校"。这是为上大学作准备的学校。在这一从宗教改革时期确立的学校中，各种古典语言是这类学校的主要教学内容）的宗教课程更深入，范围也更广，包括宗教史知识。《福音基督教中的教学书，专用于丹麦学校》（亦即《巴勒的教学书》）在1791年被授权为学校教材，直到1856年，它一直是学校的宗教或基督教教学以及教堂的坚信礼预备的正式教科书。

145　霍尔恩比:《西印度群岛的殖民地》(Hornby: *Kolonierne i Vestindien*, s. 273ff.)。

146　霍尔恩比:《西印度群岛的殖民地》(Hornby: *Kolonierne i Vestindien*, s. 274.)。

147　霍尔恩比:《西印度群岛的殖民地》(Hornby: *Kolonierne i Vestindien*, s. 275.)。

148　引自斯科鲁贝尔特朗的《我们的老殖民地》(Citeret efter Skrubbeltrang: *Vore gamle Tropekolonier*, bd. 3, s. 33.)。

149　参看SKS注释（Jf. SKS K28, s. 247.)。

150　克尔凯郭尔1841年日记"笔记本8: 42"（Not 8:42, fra dec. 1841: SKS 19, 238.)。

151　《非此即彼》第二部分（*Enten-Eller*, Anden Deel, 1843, SKS.)。

152　《部门时报》（*Departementstidenden*, nr. 64, 1856, s. 942.)。

注释及引文来源

153 《部门时报》(*Departementstidenden*, nr. 52, 1857, s. 792f.)。

154 《部门时报》(*Departementstidenden*, nr. 65 & 66, 1857, s. 1008.)。

155 《部门时报》(*Departementstidenden*, nr. 73 & 74, 1857, s. 1140.)。

156 参看《部门时报》(Jf. *Departementstidenden*, nr. 77 & 78, 1857, s. 1201.)。

157 《安徒生日记》(*H.C. Andersens dagbøger 1851–1860*, bd. IV, s. 253.)。

158 《安徒生日记》(*H.C. Andersens dagbøger 1851–1860*, bd. IV, s. 254.)。

159 《安徒生历书》(*H.C. Andersens almanakker 1833-1873*, s. 23.)。

160 www.kalliope.org/digt.pl?longdid=muel¬ler1999091912&needle=paradis#offset。

161 http://tom.brondsted.dk/genealogi/CharlotteIbsen.php。

162 参看网络连接：til det følgende: Lise Busk-Jensen:www.kvinfo.dk/side/170/bio/768/。

163 波鲁普：《约翰·路德维·海贝尔》(Borup: *Johan Ludvig Heiberg*, bd. 3, s. 101.)。

164 波鲁普：《约翰·路德维·海贝尔》(Borup: *Johan Ludvig Heiberg*, bd. 3, s. 126.)。

165 海贝尔在1857年10月16日申请辞职，并于1858年3月3日收到了带退休金的辞职许可。

166 《部门时报》(*Departementstidenden*, nr. 3 og 4, 1858, s. 50.)。

167 《部门时报》(*Departementstidenden*, nr. 71, 1858, s. 1019–1020.)。

168 《部门时报》(*Departementstidenden*, nr. 71, 1858, s. 1019–1020.)。

169 《部门时报》(*Departementstidenden*, nr. 29–30, 1860, s. 415, jf. »To genfundne breve«, s. 197.)。

170 参看《部门时报》(Jf. *Departementstidenden*, nr. 9–10, 1860, s. 134f.)。

注释及引文来源

171　www.jmarcussen.dk/hi¬storie/hart/rejser/vesti/vestiguv.html#056.
172　参看《克尔凯郭尔的哥本哈根》(Jf. hertil *Kierkegaards København*, s. 44ff.)。
173　那时丹麦的一种渊源于纸牌游戏的说法,其中最大的牌是黑桃A,第二大的是黑桃2。说出了黑桃二,就是说"我的牌比你大",就是说优越过对方。这里就是说这蛋糕做得比在面包店买的蛋糕更好。
174　参看克里斯蒂安森:《哥本哈根1840-1857》(Jf. Christensen: *København* 1840-1857, s. 518.)。
175　参看耶伯森:《丹麦的旅行生活》(Jf. Jeppesen: *Rejseliv i Danmark*, s. 172.)。
176　参看耶伯森:《丹麦的旅行生活》(Jf. Jeppesen: *Rejseliv i Danmark*, s. 138),克里斯蒂安森:《哥本哈根1840-1857》(Christensen: *København 1840-1857*, s. 394),以及网络连接:www.jakulff.com/pdf/strandberg/2006-04.pdf
177　参看图尔贝尔《索伦·克尔凯郭尔在丹麦》中的注释(Jf. Tullberg: *Søren Kierkegaard i Danmark*, s. 127, note 26: »De enkelte binds udgivelsesår og det tidsrum, de dækker, er som følger: Bd. 1-2 (1833-38, 1839-43) udkom i 1869, bd. 3 (1844-46) i 1872, bd. 4. i 1877, bd. 5, 6 og 7 1848, 49, 50 alle i 1880 og bd. 8 og 9 (1851-53, 1854-55) begge i 1881«.)。
178　卡贝尔:《克尔凯郭尔研究》(Kabell: *Kierkegaardstudiet*, s. 124.)。
179　卡贝尔:《克尔凯郭尔研究》(Kabell: *Kierkegaardstudiet*, s. 124f.)。
180　卡贝尔:《克尔凯郭尔研究》(Kabell: *Kierkegaardstudiet*, s. 125.)。
181　卡贝尔:《克尔凯郭尔研究》(Kabell: *Kierkegaardstudiet*, s. 125.)。

注释及引文来源

182　KP, s. VI; SKT, s. 63.

183　动词"培育"（opelsker）是动词爱（elsker）加上前缀"op-"（有"向上引、引出、作成等等"的意思）。其实"培育"也就是"带着爱心去帮助……成长"的意思。

184　卡贝尔：《克尔凯郭尔研究》（Kabell: *Kierkegaardstudiet*, s. 126.）。

185　卡贝尔：《克尔凯郭尔研究》（Kabell: *Kierkegaardstudiet*, s. 126.）。

186　卡贝尔：《克尔凯郭尔研究》（Kabell: *Kierkegaardstudiet*, s. 131.）。

187　远程消息传递是指从一个地方得到另一个遥远的地方的消息。当时已有电报通讯，但是尚未普遍，在电报出现之前远程通讯，有着一些古老的信息系统，用于远距离传输可见的代码符号，如闪光、翅膀信号或者旗语，克尔凯郭尔所写的"模仿性的远程消息传递"指远远地通过身体做出姿势来传递讯息。

188　斯科夫曼：《民主政体的诞生1830—1870》（Skovmand: *Folkestyrets Fødsel 1830–1870*, s. 479.）

189　女士（Madame）：没有衔位的丈夫的妻子有"女士"的头衔，而"夫人（Fru）"则保留为有衔位的丈夫的妻子的头衔。

190　www.tuxen.info/kinafarrer/winning.htm.

191　冯格尔：《年轻时的勃兰兑斯》（Fenger: *Den unge Brandes*, s. 108-109.）。

192　勃兰兑斯：《生平》（Brandes: *Levned*, bd. 1, 207f.）。

193　**西门·斯蒂利塔**〕Simon Stylita，也被称作是"柱子圣人西门"（约390-459年），是基督教的苦行者和隐居者，在叙利亚的安提欧其亚附近的一个柱子上生活了三十多年。柱子二十米高，在顶上是十一平方米的正方形。他用绳子把吃的东西吊上柱顶，他就睡在柱顶上。在活着的时候，他就被当作圣人崇拜，人众涌向

635

注释及引文来源

他,询问他各种各样的问题。在那些教会的重要争议中,人们都怀着敬畏听从他的说法,或者他从柱上所写的东西。他有不少模仿者。

194 勃兰兑斯:《索伦·克尔凯郭尔》(Brandes: *Søren Kierkegaard*, s. 61f.)。

195 勃兰兑斯:《索伦·克尔凯郭尔》(Brandes: *Søren Kierkegaard*, s. 64.)。

196 勃兰兑斯:《索伦·克尔凯郭尔》(Brandes: *Søren Kierkegaard*, s. 66.)。

197 勃兰兑斯:《索伦·克尔凯郭尔》(Brandes: *Søren Kierkegaard*, s. 69.)。

198 勃兰兑斯:《索伦·克尔凯郭尔》(Brandes: *Søren Kierkegaard*, s. 77.)。

199 SKT, s. 64.

200 参看霍尔恩比:《西印度群岛的殖民地》(Jf. Hornby: *Kolonierne i Vestindien*, s. 312f.)。

201 参看霍尔恩比:《西印度群岛的殖民地》(Jf. Hornby: *Kolonierne i Vestindien*, s. 318.)。

202 参看《来自现在已消失的丹属西印度群岛》(Jf. *Fra det nu forsvundne Dansk Vestindien*, s. 9f.; 50f.)。

203 参看霍尔恩比:《西印度群岛的殖民地》(Jf. Hornby: *Kolonierne i Vestindien*, s. 377.)。

204 引文出自书后文献列表中提到的耶尔汉森(Hjerl-Hansen, Børge)的著作。

205 在丹麦,"成为大学生"在那个时代是离开拉丁语学校通过了大学入学考试，后来是通过拉丁语学校毕业考，在今天就是通过高中毕业后的毕业考（大学生考试）。所以丹麦的"成为大学生"在某种意义上就相当于中国的"成为高中毕业生"。

206 缪勒的收在《遗稿》中的"老爱人"（Møller: »Den gamle Elsker« i *Efterladte Skrifter*, bd. 1, s. 12.）。

207 参看 SKT, s. 58; s. 65.

208 SKT, s. 82。尤里乌斯·克劳森在这里说"大约一年前"就已是孀妇，他应该是记错了，因为弗里茨是在1896年6月8日去世的。

209 SKT, s. 82.

210 SKT, s. 84.

211 伦德：《我与她的关系》（Lund: *Mit Forhold til Hende*, s. 5.）。

212 伦德：《我与她的关系》（Lund: *Mit Forhold til Hende*, s. 6.）。

213 伦德：《我与她的关系》（Lund: *Mit Forhold til Hende*, s. 8.）。

214 伦德：《我与她的关系》（Lund: *Mit Forhold til Hende*, s. 11.）。

215 伦德：《我与她的关系》（Lund: *Mit Forhold til Hende*, s. 12.）。

216 SKT, s. 383.

217 SKT, s. 58.

218 SKT, s. 64.

219 勃兰兑斯：《索伦·克尔凯郭尔》（Brandes: *Søren Kierkegaard*, s. 80.）。

220 KP, s. I; SKT, s. 381.

221 KP, s. III; SKT, s. 66.

222 KP, s. VII; SKT, s. 381f.

223 SKT, s. 84.

224 SKT, s. 85.

注释及引文来源

225　SKT, s. 85.
226　SKT, s. 85.
227　SKT, s. 84.
228　SKT, s. 84.
229　SKT, s. 84.
230　SKT, s. 84.
231　"皮拉姆斯和提丝贝"是传说中的一对年轻的恋人,在巴比伦相邻而居。他们的父亲禁止他们相爱,但这爱情在暗中越燃越旺。他们通过墙上的一个裂缝热烈地向对方耳语(奥维德:《变形记》,第四歌,第55-166行。/P. Ovidii Nasonis opera quae supersunt V. 2, p. 99-102.)。
232　这里所指的是法国神学家和经院哲学阿贝拉尔(Pierre Abélard, 1079-1142年)与年轻聪颖的哀绿绮思的著名爱情故事。阿贝拉尔在巴黎遇上哀绿绮思,并爱上了她。他向哀绿绮思的叔父富尔贝尔(叔父负责她的教育)提出,要为哀绿绮思讲课。他成了家庭教师,两个人坠入爱河,并且没有阻碍地享受着他们的爱情,直到富尔贝尔发现他们的关系;然后哀绿绮思怀孕了,两个人双双逃往布列塔尼。为了与富尔贝尔和解,阿贝拉尔与哀绿绮思结婚,然而这婚姻却是秘密的。但是,因为阿贝拉尔安排哀绿绮思住在修道院里,所以富尔贝尔以为阿贝拉尔要与妻子离婚,他决定报复。他雇了一些人去阉割了阿贝拉尔。阿贝拉尔随后逃避进一家修道院,不久成为院长,然后他建立了一座修女院,哀绿绮思(她一直是作为一个修女生活着)任修女院院长。阿贝拉尔在这一阶段(1133年前后)给自己的一个朋友写了一封信"我艰难的历史"(Historia Calamitatum),哀绿绮思得知了这封信,于是他们两人就开始通信了。

根据克尔凯郭尔的日记（*Pap.* IV A 31 [JJ:42]），克尔凯郭尔在德文版的 Jacob Benignus Bossuet, *Einleitung in die allgemeine Geschichte der Welt*（J.A. Cramer 译，bd. 1-7, Leipzig 1785, ktl.1984-1990）中的章节 "Ueber Peter Abélards Versuche, den Lehrbegrif der Religion seiner Zeit dialektisch zu erklären und zu beweisen" 中读到阿贝拉尔与哀绿绮思的故事的。另外克尔凯郭尔也有费尔巴哈的《阿贝拉尔与哀绿绮思，或者作家和人》（L. Feuerbachs, *Abälard und Heloise oder der Schriftsteller und der Mensch*, Ansbach 1834, ktl.1637.）。

233　SKT, s. 69, jf. s. 64.

图书在版编目（CIP）数据

瑞吉娜之谜/（丹麦）尤金姆·加尔夫著；（丹麦）京不特译.—北京：商务印书馆，2023
ISBN 978-7-100-22177-1

Ⅰ.①瑞… Ⅱ.①尤… ②京… Ⅲ.①传记文学—丹麦—现代 Ⅳ.① I534.55

中国国家版本馆 CIP 数据核字（2023）第 047325 号

权利保留，侵权必究。

瑞吉娜之谜
一部关于克尔凯郭尔的未婚妻和施莱格尔的妻子的传记
〔丹麦〕尤金姆·加尔夫 著
京不特 译

商 务 印 书 馆 出 版
（北京王府井大街36号 邮政编码100710）
商 务 印 书 馆 发 行
北京中科印刷有限公司印刷
ISBN 978-7-100-22177-1

2023年6月第1版	开本 850×1168 1/32
2023年6月北京第1次印刷	印张 20¼

定价：80.00元